Ned Beauman

WARUM DER WAHNSINN EINER NIEDERLAGE VORZUZIEHEN IST

Roman

Aus dem Englischen
von Marion Hertle

TEMPO

TEIL EINS

Wahnsinn ist besser als Niederlage. Den Fluss hinab ist das Licht der Vernunft.

(Aus Orson Welles' Drehbuch für die nicht realisierte Adaption von *Herz der Finsternis*, 1939)

Springfield, Virginia – 1959

Das Tribunal wird erst wieder einberufen, wenn ich die Möglichkeit hatte, alle verfügbaren Beweise zu meinem Fall zu sichten. Das ist mein gutes Recht als Amerikaner und Beamter der Central Intelligence Agency. Wenn meine Zeugenaussage der Wahrheit entspricht, müsste der Beweis dafür irgendwo in dieser Lagerhalle zu finden sein, und deshalb habe ich die Erlaubnis, danach zu suchen. Meine Ankläger geben vor, diese Vorschrift als Belästigung zu empfinden, denn sonst könnten sie die Lagerhalle morgen räumen lassen und hätten mehr Platz für gestohlene Politbüro-Zigarrenstümpfe oder was sie sonst hier in Virginia archivieren wollen. Aber in Wirklichkeit sind sie darüber entzückt. Es gibt keinen einfachen Weg, um »alle verfügbaren Beweise zu meinem Fall« zu sichten, ich schätze, es sind etwa hunderttausend Kilometer, ein alchemistisches Wunderwerk aus Urin, Steinsalz und Maya-Rüstungen, glänzende Bündel, die sich zu salpetersaurem Insektendung zersetzen. Alles mit gebotener Sorgfalt durchzusehen und eine Chronologie und Konkordanz zu erstellen, dauert Jahrzehnte. Und die bleiben mir nicht mehr.

Das weiß ich deshalb: Während des fehlgeschlagenen ersten Unabhängigkeitskriegs in Kuba 1868 wurde die reiche spanische Familie Azpeteguias, Plantagenbesitzer in der Nähe von Valle de Viñales, von ihren eigenen Landarbeitern in ihrer Villa belagert. Alle sechzehn Familienmitglieder starben am Gelbfieber, ehe die Armee sie befreien konnte. Man beschloss, die Leichen zum Begräbnis nach Havanna zu bringen, damit sie nicht von den Einheimischen geschändet wurden. Aber die Landarbeiter lauerten der Karawane in den Hügeln auf, stemmten die Särge auf und warfen die Leichen in den Dreck. Als ich 1953 in Kuba für die CIA arbeitete, schenkte mir ein Freund in Pinar del Río zum Dank für einen großen Gefallen eine Flasche Rum, der in einem Fass aus dem Holz der Särge der Azpeteguia-Familie gereift war. In der Flasche sind noch etwa 300 Milliliter übrig. Dieser Rum ist sogenannter diagnostischer Alkohol. Laut Volksmedizin ist der lange Nachgeschmack der flüchtige Anteil des Rums, der als Brodem dem Mund entströmt, nachdem er bereits durch die eigenen Eingeweide gespült ist. Man schmeckt sich selbst darin. Ein paar alte Bourbons haben dieselbe Fähigkeit. Als ich die Flasche öffnete, damals, bei voller Gesundheit, war Azpeteguia-*añejo* der erlesenste Rum, den ich je gekostet hatte, aber heute schmecke ich Gift nach jedem Schluck, Galle, so widerlich und unheilverkündend, dass die normale Magensäure vor dem Erbrechen reinster Ahornsirup dagegen ist. Irgendwann bald werde ich mir von einem Arzt die Leber abtasten und mir offiziell bestätigen lassen, was ich jetzt schon weiß. Zwischen meinem Magen und meinen Lungen befindet sich ein schwarzer Knorpel. Statt eines funktionierenden Organs habe ich eine Ruine, ein Drecksloch, eine verstopfte Kloake.

Ich bin dreiundvierzig Jahre alt. Alkoholismus zieht sich wie ein roter Faden durch die Zonulet-Familie, und er wird mich in jüngeren Jahren um die Ecke bringen als meinen Vater. Ich werde sterben, lange bevor ich meine Verteidigung abschließen kann. Ganz zu Beginn bat ich um einen Assistenten, der sich mit mir durch diesen Dschungel kämpft, aber es hieß, außer mir werde niemand die Sicherheitsfreigabe bekommen. Sie haben mich am Arsch, und das wissen sie. Das Tribunal noch einmal einzuberufen, ist gar nicht nötig, die lebenslange Freiheitsstrafe ist bereits verhängt, und zwar auf allereleganteste Weise, ohne ein mit lautem Gerassel verkündetes banales Urteil. Ich bin mein eigener Kerkermeister im Gefängnis meiner unveräußerlichen Rechte. Sie wussten, dass ich nie wieder etwas mit diesem Tempel zu tun haben wollte, und jetzt bin ich für den Rest meines Lebens zwischen den Fäden seines silbernen Speichels gefangen.

Von Anfang an habe ich immer dieselbe Zeugenaussage abgelegt.

Ich habe getan, was ich konnte, um diese Ereignisse in Honduras zu verhindern, aber die Mächte, die gegen mich in Stellung gebracht wurden, waren zu stark (und einige dieser Mächte überwachen jetzt diskret meine strafrechtliche Verfolgung). Die mir drohende Strafe steht in keinem Verhältnis zu den Regeln, die ich womöglich umgangen oder gebrochen habe zugunsten von vollkommen begründeten Zielen, und auch nicht zu meiner peripheren Schuld an einer Reihe von Ereignissen, die zum größten Teil außerhalb meiner Kontrolle lagen. Ich bin ein fehlbares menschliches Wesen, und ich bedaure meine Fehler, aber bei gesundem Verstand und reinem Gewissen bin ich überzeugt, im besten Interesse meines Landes gehandelt zu haben. Ich kenne Dutzende von Typen in Foggy Bottom, die viel, viel Schlimmeres verbrochen haben und nichts als Mitleid für ihr Pech bekamen.

Ich habe zehn Jahre für die CIA und drei Jahre für das Amt für Strategische Dienste, kurz OSS, gearbeitet, und was ist davon geblieben? Nur ein Freund, Winch McKellar, mein einziger Verbündeter in der gesamten Mannschaft. Mittlerweile ist er aus Jakarta zurück, aber auch er kann mir nicht helfen. Manchmal bin ich versucht, zur *Washington Post* zu gehen und dort alles zu erzählen, was ich über Sektion 9 weiß, und manchmal würde ich am liebsten das ganze Lagerhaus abbrennen und mich selbst gleich mit. Aber was mich von diesen beiden Varianten der Selbstaufopferung abhält, ist die Tatsache, dass sich der Beweis, den ich suche, der Beweis, der meine Zeugenaussage vor dem Tribunal belegen würde, irgendwo in diesen Regalen befindet. Theoretisch könnte ich ihn morgen finden. Rein rechnerisch ist das möglich.

Sollte ich jedoch sterben, ehe ich den Jackpot geknackt habe, dann will ich, dass es in der Lagerhalle geschieht. Sie werden sich fragen, wo nur dieser Geruch herkommt, bis sie meinen Körper über einem stählernen Dachträger hängen sehen, wie ein Paar über eine Telefonleitung geworfene Turnschuhe. Niemand wird sich einen Reim darauf machen können, wie ich da hochgekommen bin, und sie werden einen Kran brauchen, um mich runterzuholen.

Also sitze ich jeden Tag bis zehn oder elf Uhr nachts mit meinen Notizbüchern am Schneidetisch in der Lagerhalle. Dann ziehe ich meine Handschuhe aus, verabschiede mich vom Wärter und mache auf dem Heimweg beim Diner halt, um mir einen Hamburger zu holen, der nach verbranntem Werg schmeckt. Danach schlafe ich in meiner Wohnung nicht viel und weiß nie, wie ich die Zeit totschlagen soll. Aber jetzt habe ich ein Hobby. Tip tip tip tippititipp tip.

Dieses Manuskript wird eine Enthüllung. Doch vermutlich wird der einzige Mensch, der es jemals lesen wird, ein junger Beamter vom Sicherheitsbüro sein, den man nach meinem Tod damit betrauen wird, meine Papiere durchzusehen und einen ausführlichen Bericht über deren Inhalt zu verfassen. Wahrscheinlich wird sich dieser Jungspund wundern, woher ich so viel über Dinge wissen kann, die Menschen passiert sind, die ich nie getroffen habe, an Orten, wo ich nie gewesen bin.

Die Arbeit des Geheimdienstes besteht zu einem nicht unwesentlichen Teil aus Textanalyse, die in ihren Methoden der Literaturkritik oder der Schriftexegese gleicht. Einer der Typen, die uns beim OSS ausgebildet haben, war der Ethnologe Newton Mathers aus Yale. Er hat jahrelang die mündlichen Überlieferungen des Amazonas erforscht, also nicht unbedingt belegbare historische Fakten, aber er hat uns beigebracht, immer nach dem zu suchen, was er den »Gestank der Wahrheit« nannte. Gestank ist Gestank, weil er zu komplex, zu mikrobiell und zu überraschend ist, um nur ein Geruch zu sein. Künstlich erschaffene Dinge riechen. Natürliche Dinge stinken.

Der Jungspund vom Sicherheitsbüro wird schon gehört haben, dass ich vor meinem Tod eine völlig wirre Zeugenaussage vor dem Tribunal abgeliefert habe, und geht vermutlich davon aus, dass meine Memoiren nur eine Ausarbeitung dieser phantastischen Geschichte sind. Aber sollte er zu dem Schluss kommen, dieser Bericht sei detailreich, stimmig und lebensnah genug, um den Gestank der Wahrheit zu verströmen, und wird er darüber hinaus wissen, dass ich kein Füllhorn von Überwachungsberichten und Wanzenmitschnitten zur

Verfügung hatte, wird er nach einer Erklärung suchen. Ist es möglich, dass ich wirklich nur mit dem Material aus der Lagerhalle auf den ganzen Rest des Universums rückschließen konnte? Dass ich mit ein paar wenigen Anhaltspunkten das unermessliche Kreuzworträtsel lösen konnte?

In unserer ersten Woche gab uns der gute alte Mathers Leibniz zu lesen. »Setzen wir beispielsweise, jemand brächte wahllos eine Menge Punkte zu Papier«, schreibt Leibniz in seiner *Metaphysischen Abhandlung,* »so behaupte ich, dass es möglich ist, eine geometrische Linie zu finden, deren Begriff einer gewissen Regel zufolge konstant und einförmig ist, und zwar so, dass diese Linie durch alle jene Punkte und in derselben Reihenfolge geht, wie sie die Hand markiert hat. Ist aber eine Regel sehr zusammengesetzt, so gilt das mit ihr Übereinstimmende als unregelmäßig. Man kann deshalb sagen, dass die Welt, wie auch immer Gott sie erschaffen hätte, stets regelmäßig und in einer bestimmten allgemeinen Ordnung gewesen wäre.« Selbst die Platzierung der Punkte ist nicht willkürlich. Alles geschieht aus seinem eigenen undurchschaubaren Grund. Wenn man also genügend Punkte hat, um die sie bestimmende Formel abzuleiten, kann man folglich auch alle weiteren Punkte ableiten, die noch nicht da sind.

Falls das so klingt, als würde ich Leibniz sehr großzügig auslegen, bedenken Sie, dass er selbst sogar noch weiter geht: »Wenn man so die Verknüpfung der Dinge recht betrachtet, kann man sagen, dass es in der Seele Alexanders jederzeit Reste alles dessen gibt, was ihm widerfahren ist, und Kennzeichen für alles, was ihm widerfahren wird, ja sogar Spuren von allem, was im Universum geschieht …« Mit anderen Worten, man kann jede Formel von nur einem einzigen Punkt ableiten. Vielleicht braucht man etliche Verhörtage, bis dieser Punkt sichtbar wird, aber irgendwann wird er sein Herz ausschütten.

Allerdings habe ich es nicht so gemacht. Ich habe die Formel nicht gefunden. Ich habe nicht die Spuren an einem Punkt abgelesen oder sie von vielen abgeleitet, wie ein sorgfältiger Geheimdienstler es tun würde. Ich habe eine sehr viel primitivere Methode angewandt, beinah schon einen Trick. Ich bin zum Aleph gegangen, dem Punkt, von dem aus alle anderen Punkte sichtbar sind. Ich bin in diesen Tempel in Honduras gekrochen und habe alles auf einmal gesehen. Fragte man den Regisseur von *Herzen in der Finsternis*, dem Film unter dem schlechtesten Stern in der Geschichte Hollywoods, würde er einem versichern, dass da drin die Götter zu mir gesprochen haben. Ich dagegen bleibe dabei, dass die Erklärung mykologischen Ursprungs ist. Was der Jungspund daraus machen wird, weiß ich nicht. Er wird mein Nekrologe sein, mein Testamentsvollstrecker und mein Grabräuber in einem, also ist vielleicht auf lange Sicht seine Meinung die einzige, die wirklich zählt.

Wenn er den dicken Ziegelstein von einem Manuskript auf meinem Schreibtisch sieht und ihm klar wird, dass er das von vorn bis hinten lesen muss, wird er vielleicht das gleiche denken wie ich an meinem ersten Tag in der Lagerhalle, als der Wärter die Halogenlampen eingeschaltet hat: Ich kann mich unmöglich durch all das durcharbeiten. Das wäre mir nur recht. Schon lange versuche ich nicht mehr, mir eine Leserschaft heranzuziehen, wie ich es ja nicht nur als Polizeireporter beim *New York Evening Mirror*, sondern auch als Sachbearbeiter bei der CIA tun musste. Ich erinnere mich, wie einer meiner Vorgesetzten meinen Bericht über eine Schlägerei zwischen ein paar Kommunisten in Paris, von der ich Zeuge geworden war, mit der Begründung ablehnte, er sei »zu sehr Hemingway«. Der Bezug war ein wenig veraltet, ging aber in die richtige Richtung. Die CIA bringt jedes Jahr Millionen von Dokumentseiten hervor, der Großteil davon in der Ich-Perspektive geschrieben, und obwohl die internen Schriften der CIA natürlich nie eine modernistische oder Beat-Periode durchlaufen haben, ist es absurd, davon auszugehen, dass ein Haufen neophiler College-Absolventen an ihren Schreibmaschinen völlig unberührt von dem bleibt, was draußen in den Verlagen (die sie teilweise heimlich mitfinanzieren) erscheint. Ich fragte meinen Vorgesetzten, in welchem Stil ich meinen Bericht denn dann abfassen solle, und er brüllte zurück: »Sie schreiben in gar keinem Stil, Zonulet, Sie schreiben verdammt noch mal einfach nur auf, was passiert ist!« Logischerweise brachte ich danach etwa einen Monat lang kein Wort mehr zu Papier.

Aber diesmal muss ich mir über Kritik keine Gedanken machen. Also zermartere ich mir auch nicht den Kopf, wo ich anfangen soll. Ich beginne vor einundzwanzig Jahren, 1938, in der 49. Straße in Manhattan mit einer Wette.

—

Die Wette sah vor, dass Elias Coehorn jr. für alle zehn Sekunden unter einer Minute, die der Taucher brauchte, um den Oktopus aus dem Wasserbecken zu ringen, 100 Dollar verlieren würde, für alle zehn Sekunden über einer Minute aber würde er mit derselben Rate gewinnen. An diesem Abend war der Taucher ein Hafenarbeiter aus Chelsea, der einem mit seinem rechten Haken die Nase so übel brechen konnte, dass der Arzt die Knorpel mit einer Pinzette durch die Nasenlöcher rauszupfen musste. Er hatte noch nie länger als anderthalb Minuten gebraucht, um einem Oktopus zu zeigen, wo der Hammer hängt. Ein oder zweimal hatte er das Untier sogar, kaum hatte die Glocke geläutet, aus dem Becken geschleudert, so nonchalant, wie ein junger Poolpfleger einen platten Schwimmflügel aus dem Pool schnippt. »Das Erste, was man lernen muss«, hatte man ihn sagen hören, »ist, dass man keine Beinschraube anlegen kann bei einem Biest mit acht Beinen.«

Coehorn hatte in der Wohnung seiner Freundin Irma seine Armbanduhr zertreten, um irgendeinen rhetorischen Streitpunkt zu untermauern, der bereits wieder aus seinem Kopf verschwunden war, aber er ging davon aus, dass es Samstag, irgendwann nach Mitternacht sein musste, was bedeutete, dass er seit mindestens sechsunddreißig Stunden wach war. Sein Bewusstsein dümpelte in einem Pool aus Champagner, Gin, Kokain, Haschisch, Benzedrin und Nähmaschinenöl vor sich hin. Trotzdem brauchte er keinen Rechenschieber, um zu kapieren, dass seine Chancen nicht besonders gut standen. Er hatte sich aber dennoch auf die Wette eingelassen, weil ihm schien, dass dieser spezielle Oktopus nicht so schnell aufgeben würde. Als sie vor ihm gestanden und die edle Wölbung seines lila Schädels bewundert hatten, wies Irma Coehorn darauf hin, dass dieser gefangene Marsmensch nur sieben intakte Arme hatte. Dünne Gewebefetzen von intratentakulärer Membran hingen aus dem Stumpf des achten. Dieser Oktopus wusste, was es bedeutete, um sein Leben zu kämpfen.

»Hey«, sagte jemand zu Coehorn, »hat Ihnen schon mal jemand gesagt, dass Sie genau aussehen wie dieser Sänger, äh … Wie heißt er noch?«

Coehorn verdrehte die Augen. »Frank Parker?«

»Ja!«

»Nur etwa eine halbe Million Mal.«

Der Impresario, der diese Wochenend-Orgien in der Kellerbibliothek des verlassenen New Yorker Hauptquartiers der Bering Strait Railroad Association of North America organisierte, hatte sich nie die Mühe gemacht, die schimmelnden Atlanten aus den Bücherregalen zu räumen, und so verbreiteten die Sulfide der blauen Tinte der toten Ozeane darin den angemessenen Algengestank. Heute Abend war der Raum so überfüllt, dass man nur auf die gefährlich schwingenden Kronleuchter deuten und eine Anspielung auf das Feuer in den West-Side-Schlachthöfen machen musste, das vor kurzem den Hudson einen Tag lang in eine Bouillon verwandelt hatte, um seinem Mädchen ein morbides Kichern zu entlocken. Ich selbst war ebenfalls auf dem Weg zur 49. Straße, weil ich hoffte, einen Informanten von mir für die Kesselschmied-Gewerkschaft-Story aufzuspüren, aber ich sollte erst ein paar Minuten später in diesem Keller eintreffen. Wie gesagt werden in diesen Memoiren ein paar Ereignisse geschildert, die ich nicht mit eigenen Augen gesehen, sondern erst Jahre später erfahren habe, als ich in das Tempelinnere vordrang.

Der Lärm legte sich ein wenig, als der Taucher die oberste Sprosse der Leiter am Wasserbecken erklomm. Die schmalen Streifen des schwarzen Badekostüms bedeckten seine Brustmuskeln so dürftig, dass man unwillkürlich an die Unterwäsche einer Burlesque-Tänzerin denken musste. Nachdem er sich verneigt hatte, wandte er sich wieder dem Wasserbecken zu und beugte vor Tatendrang strotzend die Knie, wie ein marmorner Kratos auf einem Sockel. »Guter Gott, sieh ihn dir nur an«, sagte Irma anerkennend. Coehorn selbst fand protzige Geschlechtszurschaustellung – durch Kleidung oder Verhalten – bei Männern wie bei Frauen gleichermaßen unattraktiv. Nachdem er alles Erdenkliche unter der Sonne ausprobiert hatte, war er mittlerweile zu dem Schluss gekommen, dass seine ideale Konkubine ein drahtiger Hermaphrodit wäre, für jede Konstellation gut ausgestattet und so erlesen gepflegt und gekleidet, um über Sex erhaben zu sein. Er versuchte die Aufmerksamkeit des Oktopusses auf sich zu ziehen und ihm seine besten Wünsche zu übermitteln, aber zwischen ihnen war zu viel spiegelndes Glas. Dann, gerade als der Gong ertönte und der Taucher ins Wasser sprang, spürte Coehorn eine Hand auf seinem Arm. Er drehte sich um.

»Ich wusste gar nicht, dass Sie ein Spieler sind, Mr. Parker.« Sähe man dieses Wesen nachts in der Küche herumhuschen, würde man sofort einen Kammerjäger rufen, und obwohl der Mann eine schleimige Vertraulichkeit an den Tag legte, war sich Coehorn sicher, dass er ihm noch nie begegnet war.

»Ja, auf der Saratoga-Rennbahn habe ich Hausverbot, also komme ich stattdessen hierher«, gab er süffisant zurück. Zwei hintereinander. Manchmal hasste er Frank Parker so sehr, als hätte der Schnulzensänger diese Ähnlichkeit absichtlich herbeigeführt, nur um ihn zu ärgern. Parker war ein italienischer Jude, der seinen Namen geändert hatte, wogegen Coehorn keinen Tropfen jüdischen Bluts in sich hatte. Außerdem war Parker mindestens fünf Jahre älter. Am niederschmetterndsten war es gewesen, als ihm der Talentjäger einer Agentur für Prominenten-Doubles namens *Seeing Double!* nahelegte, er könne sich als Parkers Doppelgänger ein schönes Nebeneinkommen verdienen, wenn er bereit wäre, für seinen eigenen Gesangsunterricht zu bezahlen.

»Ich hatte noch nicht das Vergnügen, Ihre Bekanntschaft zu machen, Ma'am«, sagte der Rattenmensch an Irma gewandt, »aber ich erlaube mir zu sagen, dass Sie beide ein sehr augenfälliges Paar abgeben.«

»Wir sind nicht zusammen«, sagte Coehorn.

»Oh, tut mir leid. Nun, ja dann …« Er streckte die Hand aus. »Leland Trimble. *New York Evening Mirror.*« Er schien vollends davon überzeugt, dass Coehorn Frank Parker war. Coehorn wollte ihm gerade sagen, er solle zur Hölle fahren, als er bemerkte, dass Irma blass wurde.

Noch keine dreißig Sekunden waren seit dem Sprung vergangen, aber auf seine benebelte Art überraschte ihn das, was er erblickte, durchaus, als er sich wieder dem Becken zuwandte. Der Oktopus schien huckepack auf dem Taucher zu reiten, seine Schnauze war zwischen die Schulterblätter des Mannes gedrückt. Zwei seiner Tentakel hatten sich an der Glaswand des Beckens festgesaugt; zwei weitere fesselten die Handgelenke des Tauchers hinter seinem Rücken; ein fünfter Tentakel steckte tief im Rachen des Tauchers, und der sechste schien sich, wenn auch durch das Badekostüm ein wenig verdeckt, ähnlich tief im Rektum des Tauchers zu befinden.

Die Vorstellung, dass ein Oktopus einem Ringer dermaßen überlegen sein sollte, grenzte in ihrer Lächerlichkeit an die Vorstellung eines eingefetteten Ferkels bei einem Dorf-Jahrmarkt, das die Knechte zertrampelt, die es zu fangen versuchen. Andererseits konnte es sich wohl kaum um eine Strategie des Tauchers handeln. Dessen hervortretende Augen bestätigten Coehorn jedenfalls, dass seine erste Einschätzung hinsichtlich der Kraft des Tintenfischs richtig gewesen war. Abgesehen von ein paar plappernden Mädchen auf der anderen Seite des Kellers, die vermutlich gar nicht mitbekommen hatten, dass ein Kampf stattfand, hatte sich ein unbehagliches Schweigen über die Menge gelegt. Als die Stoppuhr sechzig Sekunden anzeigte, konnte man an den strampelnden Beinen des Tauchers deutlich erkennen, dass es im Augenblick nicht sein erstes Ziel war, sich aus dem Fesselgriff zu befreien, sondern er vor allem an die Oberfläche zu kommen versuchte, wo er vielleicht durch die Nase hätte Luft holen können. Aber der Oktopus ließ ihn nicht. Eigentlich müsste der Taucher imstande sein, den Atem mindestens drei, vielleicht dreieinhalb Minuten lang anzuhalten, aber vermutlich hatte der Schock, an jedem Ende dreißig Zentimeter Weichtier in sich zu spüren wie eine Art umgekehrte Lebensmittelvergiftung, verfrüht etliche Liter Luft entweichen lassen. Coehorn fragte sich, wie sich das wohl anfühlen musste. Er hatte schon Schwänze im Mund und im Hintern gehabt, auch gleichzeitig, aber zum Glück – oder leider? – hatten die nicht zupacken können.

»Worauf haben Sie gewettet, Mr. Parker?«, fragte Trimble

»Lang«, sagte Coehorn.

»Ich auch! Sie wissen ja, laut den Regeln läuft die Uhr weiter, bis entweder der Taucher oder der Oktopus aus dem Becken ist. Theoretisch müssten sie also so lange weiterzahlen, bis jemand einen der beiden da rausholt. Wir haben hier einen Home-Run auf unserer Seite. Außer natürlich sie behaupten, dass er nicht mehr im Becken, sondern schon im Himmel weilt, aber ich glaube, damit würden sie nicht durchkommen.«

»Sie meinen doch nicht, dass er da drin wirklich sterben könnte?«, fragte Irma.

»Wieso denn nicht?«, antwortete Coehorn.

»Wieso unternimmt denn niemand etwas?«

»Was denn?«

»Das Glas zerschlagen und ihn rausholen.«

»Und was ist mit dem Oktopus? Der verteidigt sich nur selbst!«

»Du kannst ihm ja das Waschbecken im Männerklo volllaufen lassen«, sagte Irma.

»Diese Weste ist aus Goldaugen-Seide, und mein Schneider hat mir ausdrücklich eingeschärft, keinesfalls auch nur einen Tropfen Wasser draufzukleckern.«

»Himmelherrgott, Elias, wenn ich diesem Mann beim Sterben zusehen muss, kann ich ein Jahr lang nicht mehr schlafen!«

Coehorn konnte der sensiblen Irma einfach nichts abschlagen.

Außerdem würde das eine gute Anekdote abgeben. »Na ja, dann.« Er krempelte beide Ärmel hoch und wusste, dass es einen speziellen Satz gab, den man in solchen Situationen sagte. Dann fiel er ihm ein. »Alle zurücktreten, bitte.«

»Hey, hey, Moment, Mr. Parker«, rief Trimble. »Wie viel haben Sie schon gewonnen?«

Coehorn sah auf die Uhr. Jetzt war er bei dreihundert Dollar. Würde er es auf fünfhundert bringen – und das wären nur noch siebzehn Sekunden –, könnte er das Geld direkt Irma geben und sie damit für die Gemälde entschädigen, die er auf eigene Faust dem »charmanten« »weißrussischen« »Galeristen« anvertraut hatte, während sie in der Wüste war; das wäre doch eine schöne Geste, die sie mehr freuen würde als dieser kapriziöse Eingriff in das Leben eines Fremden. Denn wenn Coehorn verschiedene Probleme zu lösen hatte, zog er es immer vor, sich um das zu kümmern, was sich fein säuberlich mit Geld aus der Welt schaffen ließ. Zugegeben, ganz sicher war er sich nicht, ob er es sich reinen Gewissens erlauben konnte, die Rettung des Tauchers um weitere siebzehn Sekunden hinauszuzögern. Aber vielleicht könnte er die Entscheidung noch um weitere siebzehn Sekunden aufschieben? Also eigentlich sechzehn Sekunden. Fünfzehn Sekunden.

»Elias!«, kreischte Irma.

Mittlerweile hatte sich der siebte Tentakel des Oktopusses über die Augen des Tauchers gelegt, der sich immer noch wie ein schlechter Entfesselungskünstler wand, allerdings schienen seine Kräfte zu schwinden. Coehorn trat von einem Fuß auf den anderen und beschwor die Zeit, schneller zu verrinnen. Als er einen Blick auf die Zuschauer hinter sich warf, wirkten sie so versunken wie beim Masturbieren. Er beschloss, dass Irma recht hatte und er ihre letzten hundert Dollar besser anderswo auftrieb, und griff zu der Tretleiter aus Metall, um das Becken damit zu zerschmettern.

Aber gerade als er sie ungelenk über den Kopf hievte und ausholten wollte, rissen vier Hände an seinen Schultern, und die Tretleiter fiel krachend auf den Steinboden.

Zuerst dachte er, ein paar andere Spieler, die auf lang gesetzt hatten, wollten verhindern, dass er ihr Preisgeld schmälerte. Aber statt des erwarteten Schlags auf die Nase spürte er, wie er durch die Menge weggezerrt wurde.

Er wandte und drehte sich nach links und rechts und sah, dass seine Entführer zwei Männer in schwarzen Serge-Anzügen waren, gebaut wie Bigfoot und noch muskulöser als der Taucher. Coehorn schuldete vielen Leuten Geld, aber bei der Wahl seiner Gläubiger war er sehr vorsichtig – nichts Entsetzlicheres war ihm angesichts seiner Säumnisse je zugestoßen als eine Pralinenschachtel voller toter Kakerlaken im Briefkasten – also war die Wahrscheinlichkeit gleich null, dass diese Schläger zum Geldeintreiben hier waren. »Irma, hilf mir!«

Aber Irma mühte sich gerade damit ab, selbst die Tretleiter hochzuheben, und die anderen Zuschauer waren von der Show zu gefesselt, um Coehorns Entführung zu bemerken. »Wen Sie auch suchen, ich bin es garantiert nicht!« Erst als sie an der Treppe angekommen waren, fiel ihm eine andere Möglichkeit ein. »He, hören Sie, ich bin nicht Frank Parker! Hören Sie mich? Ich weiß nicht, was er angestellt hat, aber ich bin es nicht! Ich sehe nur aus wie er. Wenn er jünger wäre.« Er verrenkte sich den Hals, um einen letzten Blick auf den Taucher zu erhaschen, aber Irma und das Becken waren schon außer Sichtweite.

Ich war gerade dort angekommen und musste mich oben an der Treppe gegen die Wand drücken, um die drei Männer vorbeizulassen. Die neueste Mode unter Büroangestellten in der Innenstadt war ein Kautabak, der angeblich die Zähne weißen sollte und die Gehsteige hier scheckig machte. Draußen fand Coehorn die 49. Straße schrecklich grell. »Du liebe Zeit, ist es schon Sonntagmorgen?«, fragte er blinzelnd. Das ist der einzige Teil des Ganzen, den ich mit eigenen Augen beobachtet habe. Zum ersten Mal machte einer der beiden Bigfoots den Mund auf. »Montagmorgen.«

»Oh«, sagt Coehorn.

Ohne den Griff zu lockern, führten sie ihn zu einer Buick-Limousine, die an der Ecke geparkt war. Hinter dem Steuer wartete ein Chauffeur und auf der Rückbank ein Stahlkübel. Coehorn stieg ein und stellte den Kübel auf den Boden, ehe er sich setzte, auf jeder Seite von einem der Bigfoots flankiert. »Den brauchen wir nicht«, sagte er. »Ich kotze nicht. Ich kotze nie.« Als der Chauffeur den Motor startete, zog der Bigfoot links von Coehorn etwas aus der Hosentasche, das aussah wie ein Asthmaspray. »Was ist das?«, fragte Coehorn. Bigfoot rammte die Tülle des Sprays in Coehorns Nase und drückte dreimal kräftig auf das Fläschchen.

Coehorn fühlte sich, als hätte man ihm mit einer statisch aufgeladenen Kugel aus Senfpulver in den Stirnlappen geschossen. Türkisfarbene Blitze zischten vor seinen Augen vorbei, und seine Zungenwurzel lähmte ein seltsamer Krampf. Dann spürte er, wie die Reste seiner letzten Mahlzeit aus ihm herausbrachen. Er beugte sich über den Eimer und kotzte so heftig, dass er dachte, es würde den Boden durchschlagen. Als er fertig war, reichte ihm der Bigfoot zu seiner Rechten ein Seidentuch und eine Glasampulle mit Lavendelwasser. Coehorn gurgelte und wischte sich den Mund ab, ehe er das Tuch und die leere Flasche in seine Ergüsse fallen ließ. Bigfoot kurbelte die getönte Scheibe herunter, warf den Eimer auf die Straße und kurbelte das Fenster wieder hoch, ehe Coehorn auch nur erahnen konnte, in welche Richtung sie fuhren.

In diesem Augenblick ging Coehorn auf, dass er nicht mehr betrunken war. Sorgfältige Introspektion förderte nicht die geringste Spur von Champagner, Gin, Kokain, Haschisch, Benzedrin oder Nähmaschinenöl zutage. Er hatte keinen Kater. Und er brauchte noch nicht mal dringend eine Zigarette. Etwa seit seinem sechzehnten Lebensjahr hatte er keinen so klaren Kopf mehr gehabt. Der Pool war zerschlagen, er lag in einer Lache, und nichts trennte ihn von den gierigen Fingern der Welt. Als Kind hatte Coehorn einer hängenden Orchidee geglichen – reizbar und lichtempfindlich, seine ganze Liebe galt seinem Bett und seinem Hund; seine Pubertät kam so spät, dass man ihn für einen Kastraten hätte halten können – bis zu dem Tag, an dem er sich zum ersten Mal betrank und herausfand, dass er so galant sein konnte wie alle anderen, solange er vergaß, dass er es in Wirklichkeit gar nicht war. »Was haben Sie mir da gerade gegeben?«, murmelte er. Die Bigfoots antworteten nicht. Die ungewohnte Klarheit erlaubte es Elias Coehorn jr., nun mühelos das Ziel der Fahrt zu ermitteln. Die Bigfoots hielten ihn nicht für Frank Parker. Sie wussten haargenau, wer er war.

Sie brachten ihn zu seinem Vater.

Ende der dreißiger Jahre war Elias Coehorn sen. fast eine mythische Figur in New York, ein Eisriese, ein Wolkenkratzer-Khan, der in den Verfolgungsphantasien der durchgeknallten Penner aus der Bowery mehr Platz einnahm als jeder andere im ganzen Land. Und seine Aura löste sich keinesfalls in Luft auf, wenn man ihm zum ersten Mal persönlich begegnete. Ganz im Gegenteil. In meiner ersten Woche beim *Mirror*, im Jahr 1934, sollte ich einen Albino aus Mott Haven interviewen, der eine ganze Menge Leute davon überzeugt hatte, dass Gott höchstpersönlich mit ihm ein Schwätzchen zu halten pflegte. Gott, so berichtete er, habe jede Menge zu sagen zur düsteren Zukunft der Vereinigten Staaten unter einem sozialistischen Präsidenten. Wir hatten am Telefon einen Termin für das Interview vereinbart, aber als ich bei seiner Wohnung ankam, hatte er kein Interesse mehr. »Ich treffe heute Nachmittag Elias Coehorn«, sagte er und meinte natürlich Elias Coehorn sen. »Er hat mir gesagt, dass ich in der Zwischenzeit nicht mit der Presse sprechen darf.« Elias Coehorn sen. war neben seiner Eigenschaft als einer der reichsten Männern New Yorks bekannt für sein leidenschaftliches Interesse an christlichen Sehern, und der Albino war logischerweise unter Strom, denn aus dem Treffen könnte sich für ihn ein sehr lukratives Engagement ergeben. Doch als ich ins Büro zurückkam, nannte mich Bev Pomutz, mein Chefredakteur, einen »selten dämlichen Mehlwurm«, weil ich das Nein einfach hingenommen hatte. Also fuhr ich am nächsten Morgen ohne Termin wieder nach Mott Haven und fand dort nur noch die Hülle des Typen, den ich am Vortag getroffen hatte. Wie ein Kranker lag er unter seine Decke zusammengerollt. »Coehorn hat mich sofort durchschaut«, sagte er. »Er wusste von Anfang an, dass ich alles nur erfunden habe. Wie er mich angesehen hat … Es war furchtbar gruslig.« »So gruslig, dass Sie davon fast graue Haare gekriegt hätten?«, witzelte ich. Aber der »Albino« kapierte den Witz nicht. »Nein, sie wachsen erst in ein paar Wochen wieder schwarz raus.« Er gestand, dass er sich mit Bleiche, Reispuder und Augentropfen weiß färbte. »Coehorn hat das auf den ersten Blick durchschaut. Ich weiß nicht, wie. Bisher hat es noch nie jemand erraten.«

Ich habe Elias Coehorn sen. nie persönlich getroffen (obwohl ich später wohl sehr nah dran war – uns trennten nur ein paar Zentimeter). Aber jeder, der ihm begegnete, fühlte sich, ob er es zugeben wollte oder nicht, als wäre er gerade noch mal mit seiner Seele davongekommen. Sogar Elias Coehorn jr., der ein Leben lang Zeit gehabt hatte, sich an seinen Vater zu gewöhnen, und es sich zur Strategie gemacht hatte, ihm voller Spott und Hohn zu begegnen, musste sich wappnen, als er im 32. Stock des Hauptquartiers der Eastern Aggregate Company in das Büro seines Vaters geführt wurde.

Vor dem gigantischen Mahagoni-Schreibtisch stand kein Stuhl, also fragte er nach einem. Phibbs, der Privatsekretär seines Vaters, wollte schon sagen, dass er sofort einen aus dem Vorraum holen würde, wurde aber unterbrochen. »Mein Sohn bleibt stehen und hört zu.«

Das hagere Gesicht von Coehorn sen. wurde wie eh und je von buschigen weißen Koteletten und einem hochgeschlagenen abnehmbaren Kragen gerahmt; seinen Stil hatte er vier Jahrzehnte zuvor festgelegt, etwa zur selben Zeit, als er auch seine Sprechweise unverrückbar zementierte und daraus die letzten Spuren des Arbeiterakzents aus Pennsylvania verbannte, die damals noch seine Herkunft aus einer Vorstadt von Hershey verrieten.

Als Unternehmer wurde er zum ersten Mal im Alter von vierzehn Jahren tätig, als er in einer Scheune Pard Liquor herstellte. Pard Liquor wurde in den achtziger Jahren immer noch gebraut, indem man jedes verfügbare tote Pferd, bei dem das Ledergerben nicht lohnte, aufschnitt, das Fleisch mit Besenkorn und ätzender Pottasche in ein Fass stopfte und das Fass eine Woche lang zweimal am Tag drehte. Dann musste man nur noch die sich ergebende braune Schmiere aussieben, die die ortsansässigen Metzger gern mit Hackschnitzeln vermengten, um damit für ein langsames und gleichmäßiges Feuer zu sorgen, wenn sie ihre Schinken räucherten oder die Blutwurst gerinnen ließen. Es war keine schöne Arbeit, vor allem im Sommer nicht. Aber weil die Nachfrage nach Pard außerhalb von ein paar holländischen Nestern im Südosten Pennsylvanias so gering war, hatte sich niemand auf dieser Seite des Atlantiks je die Mühe gemacht, es im größeren Stil herzustellen, und so blieb man auch als einzelner Unternehmer ohne Startkapital und mit vorindustriellen Methoden wettbewerbsfähig.

Eines Wintermorgens siebte ein Metzger aus einem Eimer mit Coehorns Pard Liquor den gravierten Ehering einer Lehrerin aus Hershey, die vor kurzem spurlos verschwunden war. Düstere Schlüsse wurden gezogen, und der junge Mr. Coehorn wäre vielleicht einem Mob zum Opfer gefallen, wenn nicht noch am selben Nachmittag der Körper der Lehrerin im Wald gefunden worden wäre, völlig intakt, abgesehen von ein paar Fingern, die höchstwahrscheinlich von einem der Waschbären abgenagt worden waren, mit denen der geschäftstüchtige Junge seine Pferdefässer streckte. Dieser Vorfall war für Coehorn Ansporn genug, um Hershey zu verlassen und nach Manhattan zu ziehen, wo seine Karriere richtig Fahrt aufnahm. (Dem Handel mit Pard Liquor schwor er dennoch nicht vollständig ab: Noch siebenundvierzig Jahre später gab es innerhalb einer der Dutzenden Tochtergesellschaften der Eastern Aggregate eine Abteilung, die ein vergleichbares Produkt herstellte – mittlerweile wurde es allerdings als Zusatzstoff für luxuriöse Damenkosmetik verwendet.)

»Eine Entführung war durchaus nicht nötig, Vater«, sagte Elias Coehorn jr. »Du hättest auch einfach anrufen können.« Besser, er erwähnte nicht, dass es ihn völlig aus der Bahn geworfen hatte.

»Ich habe angerufen.«

»Wir haben eine Vielzahl von Anrufen abgesetzt, zu einer Reihe von Wohnsitzen und Etablissements, in denen Sie verkehren, Master Coehorn, aber ohne Erfolg.« Phibbs war zu frühkindlichem Ruhm gekommen durch ein von den Zeitungen so genanntes »medizinisches Wunder«: Er war eine Eileiterschwangerschaft gewesen und war außerhalb der Gebärmutter gewachsen. Seine Überlebenschancen waren gleich null gewesen, wäre da nicht ein Tumor an der Außenwand der Gebärmutter gewesen, der ihn großzügig mit Blut versorgte, das er sich abzapfte. Sein kinnloser Kopf schlackerte auf seinem langen Hals wie der Sandsack eines Boxers.

»Ja, meine Freunde wissen, dass sie keine Nachrichten entgegennehmen sollen. Was gibt es denn so Dringendes?« Coehorn hatte über ein Jahr lang nicht mit seinem Vater gesprochen und schon begonnen, sich wie ein Migräne-Patient zu fühlen, der so lange keinen Anfall mehr gehabt hatte, dass er sich bereits fragte, ob er geheilt sei.

»Ich bin mir nie ganz sicher, wie viel deiner Unwissenheit vorgetäuscht ist«, sagte sein Vater. »Aber ich nehme an, du weißt, dass es eine Körperschaft namens Coehorn Missionsstiftung gibt.«

»Soll ich als Exempel dafür dienen, dass sie ihre Aufmerksamkeit dringend nach New York lenken müsste?« Coehorn hatte die naive Schuljungen-Gläubigkeit seines Vaters und vor allem dessen Faszination für die Wiedergänger des heiligen Franziskus, die angeblich in Kontakt mit Gott standen, schon immer als die lächerlichste Seite seines Vaters empfunden – und zugleich als seine unpassendste, angesichts der Härte, die er in jedem anderen Lebensbereich an den Tag legte.

»Im Nordosten von Spanisch-Honduras betreibt die Stiftung am Rand des Dschungels eine Missionarsstation in der Nähe einer Stadt namens San Esteban und bringt das Wort des Herrn zu den Flusshändlern und dem eingeborenen Volk der Pozkito. Vor acht Tagen erhielten sie dort unerwartet Besuch von zwei Franzosen, die sie um Wasser und medizinische Versorgung anflehten. Dabei handelte es sich um die einzigen Überlebenden einer Gruppe von neun Archäologen, die sich tief in den Dschungel vorgewagt hatten. Beide fieberten, und einer hatte noch einen meterlangen Pfeil im Unterarm stecken. Aber sie berichteten, dass sie einen Tempel gefunden hatten. Lange galt die Siedlung in Copán als östlichste der großen Maya-Ruinen, aber dieser Tempel liegt offenbar fast zweihundert Meilen weiter östlich und unterscheidet sich in seiner Architektur von allen anderen.«

Als er »Maya-Ruine« hörte, erschien vor Coehorns innerem Auge das Bild einer Kalkstein-Zikkurat mit vierfacher Symmetrie, wie er sie im *Life Magazine* gesehen hatte; aber das kleine Modell aus Balsaholz, das Phibbs vor ihm auf den Tisch stellte, sah überhaupt nicht so aus, denn statt vier gestuften Seiten hatte es nur zwei Stufenseiten und zwei völlig senkrechte, als wären zwei Trittleitern an der flachen Seite zu einem Podest zusammengeschoben worden. Als er das Modell in die Hand nahm, zerbrach es in zwei Teile. Man konnte ihm kaum die Schuld an der schlampigen Ausführung geben, dennoch warf ihm sein Vater einen Blick zu, den er nur allzu gut aus seiner Kindheit kannte.

Diese Blicke ... Wenn man hin und wieder Einsicht in die Eishöhlen hinter Elias Coehorn sen. gefasster Miene erhaschte, konnte man kaum glauben, dass er es tatsächlich geschafft hatte, einen Erben zu zeugen: Man erwartete vielmehr, dass jede Frau, die sich einer Injektion seiner Körperflüssigkeiten aussetzte, von der Gebärmutter nach außen zu steinhartem Eis gefror.

Dennoch, Ada Coehorn hatte das Prozedere überlebt – nur um dann im Winter 1918, dem sechsten Lebensjahr ihres Sohnes, aus einem von Braeswoods Türmchen zu stürzen. Anhand einer Treppe, die sie aus alten Wörterbüchern gebaut hatte, um an das obere Fenster zu gelangen (W–Z; R–S, T–V; J–L, M–O, P–Q; A–B, C–D, E–F, G–I), hatte die Polizei geschlossen, dass sie versuchte hatte, eine zwischen den Vorhangschärpen gefangene Motte zu befreien; doch Coehorn hatte lange Zeit angenommen – genau wie es auch jeder andere unter diesen Umständen getan hätte –, dass sein Vater sie umgebracht hatte. Mit fünfzehn hatte er jedoch die Idee, seinen Latein-Privatlehrer zu bestechen und ihn zum Glen-Cove-Gerichtshof zu schicken, damit er dort für ihn den gerichtsmedizinischen Bericht kopierte, und er fand zu seiner Überraschung und seinem Missfallen heraus, dass kaum ein vernünftiger Mensch dem Urteil widersprechen konnte, laut dem weder sein Vater noch der Butler seines Vaters etwas mit ihrem Tod zu tun gehabt haben konnten. Zum zweiten Mal wurde sein Vater, sechsunddreißig Jahre nach der Lehrerin in Hershey, von der Jury widerwillig des Mordes freigesprochen; widerwillig, weil es einfach so viel besser gepasst hätte, wenn er es getan hätte.

»Ich gehe davon aus, dass du nicht zu dämlich bist, um die Größenordnung dieser Entdeckung zu erkennen«, fuhr sein Vater fort, nachdem Phibbs die Hälften des Modells wieder an sich genommen hatte. »Der springende Punkt für unsere Zwecke ist aber jedenfalls, dass noch niemand davon weiß. Die Missionare haben den Franzosen nicht erlaubt, die Station zu verlassen, zumal sie körperlich gar nicht dazu in der Lage waren. Die Einzelheiten wurden uns verschlüsselt übermittelt, und die Skizzen der Franzosen wurden dem Bildtelegrafen in La Ceiba verkehrt herum als Pläne für eine neue Goldmine vorgelegt.«

»Was hat das alles mit mir zu tun?«, fragte Coehorn.

»Ich will diesen Tempel. Du wirst ihn für mich holen. Die Vorbereitungen für eine Expedition nach Spanisch-Honduras sind bereits in vollem Gange. Eine Truppe einheimischer Arbeiter wird den Tempel demontieren, woraufhin er Stein für Stein aus dem Dschungel getragen, auf Schiffe verladen und nach New York gebracht wird, wo alles Reparaturbedürftige ausgebessert und er auf Braeswood wieder zusammengesetzt wird, dort, wo momentan der nördliche Leuchtkäferpavillon steht. Du wirst diese gesamte Unternehmung leiten.«

Coehorn lächelte. »Ich könnte dir genauso gut Eier vom Vogel Rock vom Kap der Guten Hoffnung bringen.«

»Du bist sechsundzwanzig Jahre alt, Junge. Ich muss dir nicht noch einmal sagen, was ich in deinem Alter bereits geleistet habe.

Ich habe dir erlaubt, all diese Jahre mit deinen drogensüchtigen Clowns zu vergeuden, in der Erwartung, dass du solcher Ausschweifungen irgendwann von selbst überdrüssig wirst. Aber das ist nicht passiert. Genug ist genug. Vielleicht hast du damit gerechnet, dass ich dir eines Tages den Vorsitz der Radio-Abteilung oder irgendeinen anderen infantilen Ruheposten anbieten würde. Stattdessen wirst du nun ein paar Wochen lang richtige Arbeit verrichten.«

»Wenn die französischen Archäologen im Delirium waren, woher willst du dann wissen, dass es diese Ruinen tatsächlich gibt?«

»Ihr Bericht über den Tempel war sehr konkret und plausibel. Das ist keine deliröse Architektur. Ich kann dir versichern, dass dir im Gegensatz zu den Franzosen keine physischen Gefahren drohen, solange du nicht zu unvorsichtig bist.«

Früher wäre ein direkter Befehl seines Vaters ein Tentakel um Coehorns Hals gewesen, aber heutzutage ging er damit souveräner um. »Ich fürchte, ich habe bereits eine ältere Verpflichtung und muss dein Angebot deshalb ablehnen. Es war mir wie immer eine Freude, dich zu sehen, Vater.«

»Du tust, was ich sage, oder es gibt kein Geld mehr.«

»Das ist keine allzu schlimme Drohung, du gibst mir ja ohnehin kein Geld mehr. Ich habe gelernt, ganz wunderbar alleine zurechtzukommen.«

»Tatsächlich«, schaltete sich Phibbs ein, »hat Ihr Vater in den letzten zwölf Monaten über 20000 Dollar auf Ihr Konto eingezahlt.«

Coehorn lächelte und schüttelte den Kopf. »Nein, das ist sicherlich nicht der Fall.«

»Doch, Sir, so ist es«, sagte Phibbs.

»Aber das kann nicht sein, ich bin ja immer blank.« Manchmal konnte er etwas abheben und manchmal nicht, aber er machte sich nie die Mühe, seinen Kontostand zu prüfen.

»Ob du nun anerkennst, dass du ein Taschengeld erhältst, oder nicht, du wirst nichts mehr ausgeben können.«

»Es gibt einen Fonds, dafür hat Mutter gesorgt. Ich weiß, was man mir schuldig ist. Ich gehe vor Gericht.«

»Man ist dir gar nichts schuldig. Du wirst keinen Anwalt finden, der dich vertritt. Dennoch: Das ist die letzte Bedingung, die ich je stellen werde. Von mir aus kannst du danach zum Kropotkinismus konvertieren oder eine Vielehe mit Eskimo-Frauen eingehen. Bring mir diesen Tempel, und wir zahlen dir bei deiner Rückkehr deinen Fonds sechs Jahre vor Fälligkeit aus.«

»Wenn ich es nicht mache, wer geht dann?«

»Dann werde ich Phibbs schicken.«

Die Vorstellung, dass Phibbs an seiner Stelle in die Tropen reisen würde, war Coehorn verhasst, denn dieser direkte Austausch legte ja nahe, dass er auf einer Stufe mit diesem buckelnden Kammerdiener stand. Allerdings hatte sich sein Vater höchstwahrscheinlich schon darauf eingestellt. Höchstwahrscheinlich hatte sein Vater bei den meisten seiner diesbezüglichen Pläne Phibbs vor Augen gehabt, aus der äußerst plausiblen Annahme heraus, dass er, Coehorn, ablehnen würde. Höchstwahrscheinlich hätte es seinen Vater nur in dem Glauben bestärkt, dass sein Sohn zu rein gar nichts taugte, wenn er bei der Farce mit dem Oktopus dabei gewesen wäre. Weil sich Coehorn aber nicht erlauben wollte, sich in dem öden Freud'schen Determinismus zu verheddern, den er so mühelos im Gefühlsleben seiner Freunde auszumachen vermochte, versuchte er in dem instinktiven Drang, seinem Vater das Gegenteil zu beweisen, nichts anderes zu sehen als das Betteln eines Hundes bei Tisch. Die Drohung seines Vaters, ihm die Geldmittel zu streichen, den einzigen Tank zu zerschmettern, auf den es wirklich ankam, konnte er allerdings nicht ignorieren. Allzu viele seiner Bekanntschaften aus seinen anderthalb Semestern in Harvard waren nach dem Crash verschwunden, nicht alle in jenem Herbst und nicht alle auf einmal, sondern einer nach dem anderen in den folgenden Jahren, wie dahingerafft von einer Krankheit vom Festland, die sich allmählich über dem Inselmeer ausbreitete. Das hier wäre eine weitere Dosis Schwarzer Dienstag. Wenn er kein Geld mehr hatte, würden ihn seine New Yorker Freunde fallen lassen, und das könnte er ihnen nicht mal verübeln, hatte er selbst es doch viele Male genauso gemacht. Er versuchte, ein Bild des Dschungels vor seinem geistigen Auge heraufzubeschwören, aber alles, was er zustande brachte, war der Botanische Garten von Brooklyn. Wie es der Zufall wollte, hatte er dort kürzlich an einem Sonntagnachmittag ein Mädchen sagen hören: »Ist das nicht Frank Parker?« – »Nein«, hatte ihr Begleiter geantwortet. »Ich glaube, das ist einer von diesen Rockefellers.« Coehorn musste wohl oder übel seine Ähnlichkeit mit Frank Parker einräumen, aber wie einer dieser schielenden Rockefeller-Brüder sah er nun wirklich nicht aus. Zwischen den Pfingstrosen hatte er gespürt, wie seine Identität zu verschwimmen begann. Aber in Spanisch-Honduras würde keiner dieser Namen irgendetwas bedeuten. Nicht mal der Name Elias Coehorn sen.

»Also?«, fragte sein Vater.

—

In Hollywood gab es einen Spitznamen – *Bumps* – für all jene, die aus dem ganzen Land in der Hoffnung auf eine glänzende Zukunft im Filmbusiness herbeiströmten. Das Wort ging auf die Geschichten zurück, laut denen junge Schauspielerinnen so verzweifelt waren, dass sie sich vor die Stoßstangen – *bumper* – der Studio-Limousinen warfen, um von einem der mächtigen Bosse auf den Rücksitzen »entdeckt« zu werden. Im Land der *Bumps* träumte jeder davon, so ein Telegramm zu bekommen, wie es Jervis Whelt gerade in den Händen hielt. Und fast jeder hätte es als verspäteten Aprilscherz abgetan, hätte er es tatsächlich gekriegt. *Kommen Sie morgen Mittag zu mir nach Hause Arnold Spindler,* lautete der gesamte Text.

Als Gründungsvorstand von Kingdom Pictures stand in den oberen Rängen des Filmbusiness über Spindler nur noch Jack Warner. Mit »zu mir nach Hause« war in diesem Zusammenhang sein Anwesen in Bel Air gemeint, wohin er nur äußerst selten Gäste einlud. Seit einem fast tödlichen Unfall im Jahr 1929 hatte er den Ruf eines Einsiedlers und Paranoikers. Als enthusiastischer Futurist hatte er sich damals nicht damit zufriedengegeben, die große Werbetrommel für den Tonfilm und Technicolor zu rühren, sondern war so weit gegangen, ein Team von Luftfahrtingenieuren anzuheuern, die versuchsweise ein Prallluftschiff bauen sollten, mit dem man Luftaufnahmen aus geringer Höhe und fast ohne Motorengeräusch machen konnte. Anstatt den ersten Flug über das Owens Valley einem Testpiloten zu überlassen, stieg er selbst in die Gondel für den Kameramann. Doch die Hülle des Luftschiffs hielt nicht stand, und es krachte in eine Hügelkette. Spindler überlebte zwar, aber eine Reihe von Marathon-Operationen war nötig, um seinen zerschmetterten Schädel wieder zusammenzuflicken. Seither wurde er kaum je in der Öffentlichkeit gesehen und führte die meisten seiner Geschäfte telefonisch oder über einen Stellvertreter durch. Natürlich gab es Gerüchte, Spindlers Gehirn habe Schaden genommen wie Schinken in einer unversiegelten Dose, Kingdom habe jetzt einen benebelten König, und wenn der kommerzielle und künstlerische Qualitätsabfall des Studios in den letzten neun Jahren nur minimal zu spüren gewesen sei, liege das einzig daran, dass seine Untergebenen auch ohne ihn alles richtig machten. Allerdings besagten gegenteilige Gerüchte, dass Spindler so scharfsinnig und fit sei wie eh und je und seine Verletzungen lediglich seine Augen fürchterlich lichtempfindlich gemacht hätten. Aber keine der Thesen wurde durch eindeutige Beweise belegt.

Und so wäre vermutlich auch ein in seinem Fach äußerst erfolgreicher Regisseur über eine persönliche Einladung von Arnold Spindler überrascht gewesen. Und Jervis Whelt war kein äußerst erfolgreicher Regisseur seines Fachs: Er war ein Regisseur ganz am unteren Ende eines fremden Fachs. Und das war Bildung. Er unterrichtete zwei Abendklassen in Regie und Drehbuch in einem fensterlosen Klassenzimmer der Hancock Park Technical High School, deren vormittägliche Besucher offenbar Zugang zu einem sehr beeindruckenden Arsenal an Kratz-, Schnitz-, und Gravier-Werkzeug hatten, sodass sie für ihr Projekt der Verzierung jeder sichtbaren Oberfläche mit der gewaltigen Darstellung untilgbarer Genitalien nie auf den schnöden Füllfederhalter zurückgreifen mussten. Trotz seiner jungen zwanzig Jahre unterrichtete er voller Selbstbewusstsein. Er selbst war noch nie an der Entstehung eines Films beteiligt gewesen, aber er hatte verstanden, wie Filme funktionierten, hatte es grundlegend erfasst, tief im Innersten seines Intellekts, dort, wo Philosophen ihren Satz vom ausgeschlossenen Dritten und Physiker ihr Prinzip der kleinsten Wirkung verwahrten. Daher hatte er die Whelt-Regel erfinden können, der er ehrfürchtig stets einen eigenen Absatz vorbehielt, wann immer er sie niederschrieb.

Bei jeder erfolgreichen Geschichte muss sich die Handlung in einer Reihe von fünf oder sechs regelmäßigen Schritten intensivieren und ihr höchstes Niveau erreichen, ehe sie sich zu einem spannenden Intervall der Schwerelosigkeit oder des Schwebens auflöst, um dann wieder sicher zum Status quo zurückzukehren.

Jeder erfolgreiche Film, den er je gesehen hatte, folgte der Whelt-Regel, und er war überzeugt, dass alle großen Drehbuchautoren und Regisseure auf irgendeiner Ebene damit vertraut sein mussten, ohne sich zwingend darüber bewusst zu sein oder sie artikulieren zu können. Als sich eine seiner Studentinnen beschwerte, dass die Whelt-Regel so offensichtlich war, dass man sie schon beinah tautologisch nennen konnte, hatte Whelt mit der Frage gekontert, warum in den Kinos dann immer noch so viele Flops liefen, die sich nicht daran hielten. Tausende von Autoren-*Bumps* kamen jedes Jahr nach Hollywood und dachten, sie könnten alles nebenbei erlernen, aber Whelt wusste, dass man im Leben ohne Regeln nichts erreichte – unumstößliche Regeln, so viele Regeln, wie man finden konnte, Regeln, die man wie einen Schatz hortete.

Folglich war er wenig überrascht, dass der Vorstand von Kingdom Pictures ihn kennenlernen wollte. Höchstwahrscheinlich wollte Spindler ihn erpressen oder ihm drohen, damit er die Whelt-Regel unter Verschluss hielt. Spindler war mit seinem *business as usual* so unglaublich erfolgreich, dass er Whelt wohl nicht erlauben wollte, mit der Klarheit seines neuen Denkens das Filmemachen zu revolutionieren.

Whelt hatte nicht die Absicht, seinen Heilsgesang verstummen zu lassen. Und auch wenn er sich hier gerade einen erbitterten Feind machte, würde er seine Regel nicht brechen, zu jedem wichtigen Termin mindestens eine, wenn möglich zwei Stunden früher zu erscheinen. Seiner Erfahrung nach reagierten die Menschen oft mit Verwirrung und leichter Feindseligkeit auf solche Vorkehrungen, vermutlich weil es ihnen vergegenwärtigte, wie unverantwortlich sie ihr eigenes Leben führten, und deshalb hatte er sein Auto am Fuß des Hügels geparkt, außer Sichtweite des Anwesens, und saß nun auf dem Vordersitz und absolvierte seine Übungen. Nachdem er einen Eintrag aus der etwas wassergewellten Enzyklopädie, die er im Auto aufbewahrte, gelesen und zum Teil auswendig gelernt hatte, dachte er sich drei verschiedene Filmhandlungen zum Thema dieses Eintrags aus, die natürlich allesamt der Whelt-Regel folgten (ziemlich einfach bei »Connecticut«, weniger bei »Consecutio Temporum«), und notierte sie mittels eines eigens dafür entwickelten Diagramms, in dem sich jede denkbare Haupthandlung auf eine kurze Abfolge von Graphemen herunterbrechen ließ. Sobald er das für fünf Einträge erledigt hatte, versuchte er bis auf zehn Sekunden genau zu erraten, wie viel Zeit vergangen war, seit er zuletzt auf die Uhr gesehen hatte, um dann seine Schätzung zu überprüfen. Und dazu presste er die ganze Zeit einen Volleyball zwischen seinen Schenkeln zusammen. Innerhalb von zwei Stunden konnte er so sein Allgemeinwissen, seine erzählerische Phantasie, sein Zeitgefühl und die Kraft seiner Adduktoren deutlich mehr verbessern als der Durchschnittsmensch in einem ganzen Jahr. Außerdem spielte er mit dem Gedanken, in baldiger Zukunft eine fünfte Übung hinzuzufügen. Doch all das erforderte große Konzentration, und so bemerkte er die blonde Frau nicht, die versuchte, ihn mit ihrem Auto zu passieren, und als das nicht gelang, ausstieg, herüberkam und an sein Fenster klopfte.

»Entschuldigen Sie bitte, ich komme nicht vorbei«, sagte sie, nachdem Whelt das Fenster runtergekurbelt hatte. »Könnten Sie vielleicht Ihr Auto beiseitefahren?«

»Besuchen Sie das Spindler-Anwesen?«

»Ja.«

»Haben Sie auch so ein Telegramm bekommen wie ich?«

»Nein.«

»Ohne Termin wird er Sie nicht empfangen«, sagte Whelt. »Er ist bekannt dafür, dass er sehr zurückgezogen lebt. Wussten Sie das nicht?«

»Doch, das weiß ich. Hören Sie, gibt es irgendeine Möglichkeit, mich mit reinzunehmen? Sie könnten ja behaupten, ich sei Ihre Stenotypistin oder so?« Sie war hübsch genug für eine Nebenrolle in einem Film, dachte Whelt, mit geschwungenen, fast kalligraphischen Augenbrauen.

»Warum sollte ich das tun?«

»Ja, das ist vermutlich eine gute Frage.«

»Wenn Sie Mr. Spindler wirklich treffen wollen, hoffe ich für Sie, dass Sie es schaffen, aber ich glaube nicht, dass ich Ihnen dabei behilflich sein kann.«

»In Ordnung, aber könnten Sie zumindest Ihr Auto wegfahren, damit ich vorfahren kann?«

Es war tatsächlich schon fast Zeit für sein Treffen mit Spindler, also legte er Enzyklopädie und Volleyball beiseite und fuhr selbst den Hügel hinauf. Die Frau folgte ihm in ihrem Auto. Oben an der Auffahrt prüfte ein Wächter das Telegramm und fragte, ob die Frau zu ihm gehöre, was Whelt verneinte. Als er das Tor hinter sich gelassen hatte, stieg er aus und schirmte mit der Hand die Augen ab, um den Ausblick über das Tal der Glücklichen auf sich wirken zu lassen. Im Osten hing wie eine nässende Wunde einer der Heißluftballons am Himmel, die als Werbekampagne für eine Schnulze über den Vertrag von Kanagawa rosa »Kirschblüten« aus Baumwolle über dem Hollywood Boulevard verstreut hatten.

Niemand erwartete ihn im Portikus, also drückte Whelt nach einem Augenblick vorsichtig eine der hohen Eingangstüren auf. Er hatte sich auf die Grandeur einer Empfangshalle eingestellt, mit von der Decke perlenden Kristallleuchtern voller Freskenputten, die Handkurbelprojektoren auf Nymphen richteten, deren Scham mit

Kränzen aus 35-Millimeter-Film bedeckt war, dazu vielleicht eine herrschaftliche Serpentinentreppe, die sich zur Galerie hochwand, von der aus man das Foyer überblickte. Stattdessen fand er sich in einer ausgedienten Lagerhalle wieder, die von gigantischen Spinnen erobert worden war.

So sah es zumindest auf den ersten Blick aus. Der Raum war düster, nicht unterteilt, dafür aber von Wand zu Wand und von der Decke bis zum Boden mit unregelmäßigen Trapezen aus kreuz und quer verlaufenden Fäden bespannt, die aussahen wie Kaugummifäden, die man von seiner Schuhsohle zieht, nachdem man in einen frischen Klumpen getreten ist. Er nahm den nächstbesten Streifen genauer unter die Lupe und stellte fest, dass er aus schwerem, scharfkantigem Segeltuch bestand, als wären diese langen Streifen aus einem Zelt oder einem Segel gerissen worden – also, genauer gesagt aus einem ganzen Feldlager oder eine Flotte, denn hier fanden sich Tausende von Metern davon. Alle waren unten an Metallhaken im Marmorboden befestigt. In das Segeltuch waren in regelmäßigen Abständen kleine Glöckchen eingenäht, die bei jeder Berührung der Stoffstreifen klingelten, wie ein Übungsobjekt in einer Taschendiebschule. Whelt musste an den alten Jerome denken, den aschfarbenen Kater des Waisenhauses, in dem er aufgewachsen war. Nachdem sich Jerome auch die letzte Maus auf dem Gelände geschnappt hatte, stürzte er sich auf Singvögel und deponierte ihre Überreste unter den Betten; also wurde ihm ein Glöckchen ans Halsband gebunden, um seine Beute vor ihm zu warnen. Erstaunlicherweise hatte Jerome nach ein paar Monaten gelernt, wie bei einer Kamerafahrt dahinzugleiten, sodass das Glöckchen nicht mehr klingelte – und er schnappte sich wieder genauso viele Singvögel wie zuvor. So geschickt war kein Mensch, weshalb die Bewegungen Whelts, der durch die klingende Takelage kaum mehr als ein paar Meter in jede Richtung sehen konnte, für jeden in der Nähe zu hören waren. Langsam bekam er es mit der Angst zu tun. »Hallo?«, rief er. Als er auf eine Antwort lauschte, nahm er nur ein fernes Klingeln wahr. Er war nicht allein.

Sein erster Impuls war, sich umzudrehen und zu verschwinden. Stattdessen schob er sich weiter durch die Stoffstreifen und tastete sich leicht gebeugt voran. Tiefer im Dschungel wurde es so dunkel, dass er beschloss, ein Streichholz anzuzünden.

»Vielen Dank, dass Sie gekommen sind, Mr. Whelt.«

Das Streichholzheftchen fiel ihm aus der Hand, und er wirbelte herum, konnte aber niemanden entdecken. »Mr. Spindler?«

»So ist es«, sagte die Stimme.

»Es ist ein großes Privileg, Sie kennenzulernen, Sir.« Whelt versuchte den Rat aus einem Fernkurs mit dem Titel *Der schnellste Weg zum Wohlstand* zu befolgen. Lektion 3: *Schmeichle einem wichtigen Mann, wenn du ihn zum ersten Mal triffst.* Aber irgendwie schienen diese speziellen Umstände das zu erschweren.

»Wissen Sie, warum Sie hier sind?«

»Äh, ist es wegen der Whelt-Regel?«

»Ja, Mr. Whelt, so ist es.«

Er hatte seinen Satz geübt: »Sir, ich bin nicht käuflich«, sagte er. Sein Gastgeber antwortete nicht direkt. Als Whelt klar wurde, dass er sich allein in einem Netz, umgeben von Finsternis, befand, fügte er schnell hinzu: »Also, na ja, das heißt, vielleicht würde ich mich kaufen …«

»Bitte entspannen Sie sich, junger Mann. Diese Kammer dient dazu, meine Sicherheit zu gewährleisten, nicht, meine Besucher einzuschüchtern. Darf ich Sie fragen, ob Sie den Roman *Herzen in der Finsternis* von Q. Bertram Lee gelesen haben?«

»Nein.« Whelt machte sich eine Notiz im Geiste, dass er von nun an drei Romane pro Tag lesen würde, damit er mit einem deutlichen Ja antworten konnte, falls er je wieder in eine solche Situation geriet. Viele Leute benutzen den Ausdruck »Notiz im Geiste«, aber Whelts geistiges Notizbuch war so greifbar und beständig wie ein physisches Objekt.

»Kingdom Pictures verfilmt den Roman *Herzen in der Finsternis*«, sagte Spindler mit einer Stimme von so schokoladenmalziger Wärme, dass sich Whelt schon fast wieder sicher fühlte. »Aber Kingdom hat keinen einzigen Regisseur unter Vertrag, der neue Ideen hat. Deswegen habe ich beschlossen, mich nach einem jungen Burschen umzusehen. Als ich von Ihrer Whelt-Regel gehört habe, dachte ich, dieser Junge versteht mehr von Filmen, als die meisten Regisseure es je tun werden. Jeder kann einen Film auf die Beine stellen, aber nicht jeder kann eine Geschichte erzählen. Mr. Whelt, ich möchte, dass Sie für mich bei *Herzen in der Finsternis* Regie führen. Verstanden?«

Whelt wusste nicht, was er antworten sollte außer: »Ja, Mr. Spindler.«

»Der Film soll irgendwo zwischen *Es geschah in einer Nacht* und *Zu heiß zum Anfassen* angesiedelt sein. Lassen Sie mich das Szenario erläutern. Wir haben einen jungen, reichen Herumtreiber namens Coutts, der nichts anderes im Kopf hat als Champagner, Roulette und mit schicken Miezen den Half Doodle zu tanzen. Um ihn wieder auf die richtige Bahn zu bringen, beschließt sein Vater, ihn auf eine archäologische Expedition der Harvard Universität zu einem alten Maya-Tempel im Dschungel zu schicken. Monate vergehen, bis das Gerücht durchdringt, dass Coutts dort im Tempel einen Nachtclub eröffnet hat, der für jeden, der weiß, wo er ist, zum schicksten Ort in den Tropen avanciert ist. Coutts' Vater bezahlt eine Expedition, um den Jungen nach Hause zu holen, aber die Leute kommen auch nicht mehr zurück, weil sie mit der munteren Bande im Tempel so viel Spaß haben. In der Zwischenzeit beschließt allerdings Coutts' Schwester Marla, dass sie heiraten will. Einer alten Familientradition zufolge muss jedoch der Bruder, nicht der Vater, die Braut zum Altar führen – andernfalls ist die Ehe über kurz oder lang zum Scheitern verurteilt. Also machen sich die Schwester und ihr Verlobter selbst auf, um Coutts zur Hochzeit zu holen. Das Dumme ist, dass es nur einen einzigen Forscher mit genügend Erfahrung gibt, um sie sicher an den Eingeborenen vorbeizuschleusen, und das ist zufällig Marlas Ex-Verlobter, der deutlich schneidiger ist als ihr aktueller. Et cetera, et cetera. Den Rest können Sie sich sicher denken. Einer meiner Dramaturgen fragte

Lee, woher er die Idee habe, und er sagte, das alles sei einem Freund von ihm passiert.

Kongo Kavalkade haben wir in einem ganz normalen Studio gedreht. Wir kamen gar nicht auf den Gedanken, vor Ort zu drehen. Aber dann sind diese Typen, die *Tarzans neueste Abenteuer* gedreht haben, 1934 wirklich nach Guatemala gereist, weil sie in Hollywood kein eigenes Studio hatten – und das Publikum war begeistert! Ich sage Ihnen, so sieht die Zukunft aus – und in dieser Hinsicht habe ich mich in zwanzig Jahren nicht getäuscht. Das Problem ist nur, dass die Guatemalteken eine Goldgrube aufgetan zu haben glauben und nun Geld dafür wollen, dass in ihren Ruinen gedreht wird. Aber es gibt da einen Ort in Spanisch-Honduras, der spektakulär und gerade erst entdeckt worden ist und uns deshalb keinen Pfennig kostet. Fragen Sie mich nicht, wie ich davon erfahren habe. Wir bereiten hier im Handumdrehen alles vor, und Sie reisen in zwei Wochen ab. Verstanden?«

Noch einmal kratzte Whelt all seinen Mut zusammen, der bereits so angeschlagen und mickrig war wie Mut, der schon zu oft zusammengekratzt worden war. »Aber folgt *Herzen in der Finsternis* denn der Whelt-Regel?«, wagte er sich vor.

»Wie bitte?«

»Mr. Spindler, es gibt nichts auf der Welt, was ich lieber tun würde, als einen Film zu drehen. Aber wenn ich den Film nicht nach der Whelt-Regel drehen kann, dann will ich ihn lieber gar nicht machen. Ganz offen gesagt, Ihr Angebot ist die größte Chance meines Lebens. Deswegen will ich Sie nicht enttäuschen. Aber wenn ein Drehbuch nicht der Whelt-Regel folgt, gibt es nichts, was Sie oder ich oder irgendjemand sonst tun kann, um einen Flopp zu verhindern. Also kann ich mich nicht darauf einlassen, Regie bei Ihrem Film zu führen, wenn sich die Handlung nicht in einer Abfolge von fünf oder sechs regelmäßigen Schritten intensiviert, dann ihr höchstes Niveau erreicht, ehe sie sich zu einem spannenden Intervall der Schwerelosigkeit oder des Schwebens auflöst, um schließlich sicher zum Status quo zurückzukehren.«

»Hören Sie, Whelt, ich respektiere Ihre Regel. Deswegen habe ich Sie kommen lassen. Wenn Ihnen das Ende nicht gefällt, können Sie es ändern. Sonst noch irgendwelche Bedenken?«

Whelt versuchte sich einzureden, dass ihn das, was hier gerade passierte, nicht alarmieren musste, denn fast jedes Mal, wenn er ins Kino ging, war er sich hundertprozentig sicher, er selbst hätte es besser machen können als der Regisseur. Und dass Spindler solche Talente erkannte, war Teil genau jenes Scharfblicks, den man beim zweitreichsten Studioboss Hollywoods erwarten musste. Doch so gelassen Whelt das Telegramm auch entgegengenommen hatte, er wurde das nagende Gefühl nicht los, dass bei allem Selbstvertrauen hinsichtlich seiner Regel schwer vorstellbar war, ein zurechnungsfähiger, rationaler Geschäftsmann würde ihm allein auf dieser Basis die Verantwortung für einen Vier-bis-fünfhunderttausend-Dollar-Film überlassen. Er verspürte den zweifelnden Stolz eines Vaters, dessen Sohn gerade eben zum Chef der Navy ernannt worden war, und das im Alter von sieben Jahren. Konnte das wirklich stimmen? »Nein, keinerlei Bedenken, Sir.«

»Gut. Morgen früh um acht melden Sie sich bei Kingdom Pictures in der Formosa Avenue. Sie werden erwartet. Und wenn Sie heute Abend Ihre Jungs auf ein Bier treffen, was werden Sie Ihnen dann von mir erzählen?«

Whelt trank nie Alkohol und hatte keine »Jungs«. »Äh, ich weiß nicht, Mr. Spindler, was soll ich Ihnen denn erzählen?«

»Werden Sie Ihnen erzählen, dass ich einen Sprung in der Schüssel habe? Dass ich für menschliche Gesellschaft nicht tauge? Dass ich eine wunderbare Villa in ein Spukhaus verwandelt habe?«

»Nein, Mr. Spindler!«

»Nein?«

»Ich meine … doch? Soll ich das sagen? Das kann ich gerne machen.«

»Sie können sagen, was Sie wollen. Da ist schon so viel Schweinefutter im Suppentopf, dass Sie nichts reinwerfen können, was den Geschmack verändert. Aber ich möchte, dass Sie verstehen, dass es einen Grund für das Innere dieses Hauses gibt. Viele wünschen mir den Tod. Selbst innerhalb meiner eigenen Firma. Das ist nur natürlich in meiner Position. Und es gibt keinen Leibwächter, dem ich so sehr vertraue wie einer Glocke an einem Faden. Verstanden?«

»Klar, ich verstehe.«

»Aber ich merke, dass Sie immer noch skeptisch sind.«

»Nein, Sir, überhaupt nicht.«

»Ich weiß, dass Sie es sind. Ich will, dass Sie mir in die Augen sehen.« Diese letzten Worte wurden direkt hinter Whelts Ohr gesprochen.

Er drehte sich um, sein Herz dröhnte laut in seiner Brust. Spindler musste so behände sein wie Jerome, die Katze, denn er hatte bei seinem Näherkommen keine einzige Glocke zum Läuten gebracht. Neben jedem Artikel über Spindler wurde das letzte freigegebene Foto von ihm abgedruckt; es war bei der Premiere von *Kongo Kavalkade* aufgenommen worden, etwa ein Jahr nach seinem Unfall. Aber es war ein Profilbild, auf dem man nicht erkennen konnte, dass seine Augen nicht mehr auf einer Linie lagen und die rechte Augenhöhle etwa einen Zentimeter sein Gesicht hinab und zur Nase hin gerutscht war zu einem dauerhaften kubistischen Schielen. Seine lange Zunge fuhr im Mund herum, auch wenn er gerade nicht sprach, und sein Atem roch wie eine fassgereifte Fußbandage. Aus irgendeinem Grund trug er einen weiten Arbeitsoverall aus demselben Stoff wie die Bänder. »Hier bin ich, Junge«, sagte Spindler. »Jetzt, wo wir uns von Angesicht zu Angesicht gegenüberstehen, können wir freier miteinander sprechen. Wir können uns ein genaueres Bild voneinander machen.«

»Ja, Mr. Spindler.«

»Sehr gut. Zeit für den Abschied.«

Als Whelt erleichtert den Rückzug antrat, stolperte er über einen der Streifen, verlor das Gleichgewicht und fiel rückwärts hin. Aber bevor sein Kopf auf dem Boden aufschlug, wurden seine Schultern von einem anderen Streifen aufgefangen wie in einer Hängematte. Jetzt sah er, dass sieben oder acht Meter über ihm eine lange Kabine aus Metall, die hauptsächlich an ihren schimmernden Kanten auszumachen war, wie ein Baumhaus im Blätterdach hing. Er fragte sich, ob es ein Speisewagen der Union Pacific war. Aber dann erkannte er, worum es sich handelte. Es war die Gondel.

Spindler hatte sich aus dem Korpus, in dem er um ein Haar sein Ende gefunden hätte, ein Nest gebaut. Die Hülle des Gefährts hatte aus schwerer Baumwolle bestanden, die nicht nur mit Eisenoxid versiegelt war, sondern auch mit demselben Zelluloseacetat-Butyrat, das als sicherer Ersatz für Nitrat in der Entwicklerflüssigkeit für Fotos verwendet wurde. Diese hauchdünne Haut hatte Spindler nun als wichtigstes Material für seine Einsiedelei wiederverwendet: für seinen handgenähten Arbeitsoverall und die Glöckchenstreifen, die ihn angeblich schützten. Vielleicht schläft er ja sogar in der Gondel, dachte Whelt, aber dann müsste er schon sehr gelenkig sein.

Als Whelt sich wieder aufgerichtet hatte, war sein neuer Boss verschwunden. Whelt hatte es so eilig wegzukommen, dass die Streifen um ihn herum wie wild klingelten und bimmelten, als er sich einen Weg bahnte. Doch kurz vor der Tür wurde ihm klar, dass es tausend Fragen gab, die er Idiot nicht gestellt hatte. Er wandte sich um und rief: »Mr. Spindler, haben Sie irgendeinen Rat für mich, äh, wie man einen Film dreht?«

»Machen Sie es nicht zu kompliziert, Whelt.« Die Stimme schien von keinem bestimmten Ort zu kommen. »Führen Sie alle wichtigen Figuren in der ersten Szene ein, und was Sie auch tun, versuchen Sie nie, besonders clever zu sein. Machen Sie's nicht zu kompliziert.«

Draußen schlang das Sonnenlicht seine Arme um Whelt, als hätten sie sich seit Jahren nicht gesehen. Als er durch das Tor fuhr, sah er die Blondine an der Motorhaube ihres Autos lehnen und rauchen; diesmal war er es, der nicht vorbeikam. Ganz offensichtlich musste sie beiseitefahren, aber sie tat es nicht. Also zog er die Handbremse und stieg aus.

»Und? Ist er so verrückt, wie alle sagen?«, fragte sie.

»Nein.«

»Hat man Ihnen gesagt, dass Sie das sagen müssen?«

»Niemand hat mir gesagt, dass ich irgendwas sagen muss.«

»Niemand hat Ihnen gesagt, dass Sie irgendwas sagen müssen, und niemand hat sie zur Verschwiegenheit verpflichtet?«

»Er hat gesagt, ich könne sagen, was ich wolle und zu wem ich wolle.«

»Jetzt habe ich ein schlechtes Gewissen, weil ich davon ausgegangen bin, dass ein Mann, der sich versteckt hält, auch was zu verstecken hat. Wie schätzen Sie meine Chancen ein, dass ich ein Interview bekomme, wenn ich für den Rest des Tages hier warte?«

»Sind Sie Reporterin?«

»Mein Name ist Meredith Vansaska, und ich arbeite für den *New York Evening Mirror*. Glauben Sie, er wird mit mir sprechen?«

»Nein.«

»Ganz sicher nicht?«

Whelt schüttelte den Kopf.

»Das habe ich mir gedacht«, sagte Vansaska. »Hören Sie, würden Sie mir ein paar Fragen beantworten, wenn ich Sie zu einem Sandwich einlade? Ich weiß nicht, wie Sie Ihr Geld verdienen, und habe keine Ahnung, ob ein Sandwich ein großer Anreiz ist, aber Sie sind der erste Mensch, den ich hier getroffen habe, der in den letzten fünf Jahren mit Spindler gesprochen hat und es auch gleich zugibt.«

Normalerweise hätte Whelt abgelehnt, denn Mittagessen mit einer Fremden stand nicht auf seinem Zeitplan für diesen Tag, und er hatte nicht vor, seinen Nachmittag an eine Frau zu verschwenden. Aber er war hungrig und hatte etwas zu feiern. »Also gut«, sagte er.

—

Als eine junge Frau namens Joan Burlingame etwa eine Woche nach den geschilderten Ereignissen einen Zug von Cambridge nach Notcote bestieg, um zu ihrem ehemaligen Tutor zu fahren, war sie so nervös, dass sie eine Ausgabe des *Verzeichnisses der Tucano-sprechenden Völker* als Schutzamulett bei sich trug. Es war ein Meisterwerk der Ethnologie und hatte Dr. Sidney Bridewall im zarten Alter von neunundzwanzig Jahren berühmt gemacht. Ihr schien, wenn es frisch in ihrem Kopf und schwer in ihrer Handtasche ruhte, könne sie auf irgendeine okkulte Art eine Verbindung mit dem galanten jungen Dr. Bridewall aus den frühen zwanziger Jahren aufbauen, denn der war nicht halb so einschüchternd wie sein heutiges Ich, zu dem sie unterwegs war. An diesem Morgen hatte direkt nach dem Frühstück der Portier an ihrer Zimmertür im Newnham geklopft, um ihr mitzuteilen, sie möge bitte in die Portiersloge kommen, weil sie dort ein Telefonanruf aus Amerika erwarte. Sein Ton legte nahe, dass es sich hierbei um eine unentschuldbare Anmaßung ihrerseits handelte, als hätte sie die Anlieferung eines saphirfarbenen Pianolas veranlasst.

»Hallo?«, sagte die Stimme am anderen Ende der Leitung, kaum hörbar über dem Rauschen der Störgeräusche. »Wer ist da?«

»Hier spricht Miss Joan Burlingame.« Der Portier beobachtete sie, als wolle er sichergehen, dass die unglaublich wichtige junge Frau zufrieden war mit ihrem unglaublich wichtigen Anruf. »Darf ich fragen, mit wem ich –«

»Hier spricht Elias Coehorn jr. Ich möchte wissen, ob Sie irgendeine Ahnung haben, wo ich diesen sagenumwobenen Dr. Bridewall finden kann. Ich habe mit etwa hundert Leuten gesprochen, und alle konnten mir nur sagen, dass hin und wieder ein Mädchen namens Burlingame kommt, um seine Post abzuholen. Stimmt das?«

»Ja, aber ich habe ihn schon seit einer Weile nicht mehr gesehen.« Obwohl Dr. Bridewall fast alle Posten bei den Verbänden und Vereinen, denen er einst angehört hatte, verloren hatte, bekam er noch immer des Öfteren Einladungen von verschiedenen kleineren Gremien – vom Ethnographie-Club des Winchester College, der Gesellschaft südrhodesischer Amateur-Archäologen, dem Bostoner Konventikel zur Erbauung feiner Damen – die allesamt noch nicht mitbekommen hatten, dass er in Ungnade gefallen war, und ihn um einen Vortrag oder einen Artikel für ihr Vereinsorgan baten. Es hatte keinen Sinn, solche Anfragen an Notcote Hall weiterzugeben, denn selbst wenn Dr. Bridewall die Briefe bekommen hätte – beantwortet hätte er sie sicher nicht. Burlingame fühlte sich schuldig, weil sie diese Briefe anstelle ihres ehemaligen Tutors beantwortete, ohne dass er ihr je die Erlaubnis dazu erteilt hatte, aber dies zu unterlassen hätte ihr ebenso Schuldgefühle beschert, denn jede unbeantwortete Einladung verursachte seinem Ruf einen weiteren, vermeidbaren Kratzer. Was sie auch tat, sie hatte das Gefühl, das Falsche zu tun – ein Zustand, der ihr aus jedem anderen Bereich ihres Lebens durchaus vertraut war. »Nun«, dachte sie bei sich, »da kann man nichts machen« – und stellte die Worte im Geist in Anführungszeichen, wie jede Wendung, die sich in ihrem Kopf festgesetzt hatte, weil ihre Mutter sie zu Hause so oft benutzt hatte: »Da kann man nichts machen«, »Da kann man nichts machen«, »Da kann man einfach nichts machen«, als wären die Widrigkeiten des Lebens eine Abfolge sterbender Tiere, die durch eine Tierarztpraxis geschoben werden.

»Wenn Sie ihn nicht treffen, Miss Joan Burlingame, warum holen Sie dann seine Post?«, fragte Coehorn. Als sie nicht sofort antwortete, fuhr er fort: »Ach, ist ja auch egal. Wo ist er?«

»Er ist nicht mehr an der Universität. Er lebt bei einem Dorf namens Notcote.«

»Hat er ein Telefon?«

»Nein, aber ich kann Ihnen die Adresse geben, wenn Sie möchten.«

»Es ist keine Zeit zum Schreiben. Ist dieser Ort Notcote weit weg von da, wo Sie sind?«

»Nein, nicht weit.«

»Können Sie ihm eine Nachricht überbringen? Ich begebe mich auf eine Expedition in den Dschungel von Spanisch-Honduras. Ins Land der Pozkito, in der Nähe des Río Patuca, vom Karibischen Meer aus etwa fünfzig Meilen im Landesinneren, wir werden allerdings von der anderen Seite kommen. Ich habe gehört, dass die Einheimischen dort mit Bridewall ganz dicke sind. Ich möchte, dass er als unser Reiseführer und Vermittler mitkommt. Wir brechen Anfang nächsten Monats auf. Er wird äußerst gut bezahlt werden – unbegrenzte Geldmittel – die Eastern Aggregate Company finanziert uns. Ich möchte, dass Sie genau diese Worte verwenden: ›unbegrenzte Geldmittel‹. Er muss sich lediglich zu einem Telefon bewegen und mich per R-Gespräch in Audobon 281 anrufen, damit wir alles Weitere besprechen können. Audobon 281. Das ist natürlich in New York. Haben Sie das alles?«

Burlingame kapierte zu spät, dass die Worte »nicht weit« als Spaziergang über den Moorweg ausgelegt worden waren und nicht als Hin- und Rückfahrt mit dem Zug, die einen ganzen Nachmittag in Anspruch nehmen würden, den sie eigentlich nicht erübrigen konnte. Sie wünschte, sie könnte das klarstellen, aber es nun zu erwähnen, wäre seltsam, denn Coehorn dachte dann womöglich, sie wolle ihre Verantwortlichkeiten schmälern oder sogar auf eine Kompensation hindeuten. »Ja, ich habe es notiert«, sagte sie. »Vielen Dank, Mr. Coehorn.« Wenn sie nach Notcote fuhr, konnte sie von Glück reden, wenn ihre Übersetzung von Montejos *Las Curiosidades de Yucatán* um zwei Uhr früh fertig wurde. »Nun«, dachte sie unglücklich, »da kann man nichts machen.«

Unter Burlingames jüngeren Cousins und Cousinen gab es etliche der lästigen Kategorie Kind, das einem seine komplette Sammlung von Pfeifenstielen / Muscheln / Zigarettenbildchen vorführte, wenn man zum Tee geladen war. Ganz ähnlich verhielt es sich mit dem Ausblick aus dem Fenster des 13.38-Uhr-Zugs von Cambridge, der offenbar nicht ruhen wollte, ehe er einem systematisch jede einzelne an der Strecke lebende Kuh vorgeführt hatte.

Also lenkte sie an diesem Nachmittag nicht viel vom *Verzeichnis der Tucano-sprechenden Völker* ab, obgleich sie schon so vertraut damit war. Das hohe Maß an Gelehrsamkeit war äußerst belebend – die Sorgfalt und Gründlichkeit, mit der Dr. Bridewall, die Methodologie von Antti Aarnes *Verzeichnis der Märchentypen* erweiternd, zunächst in den Grenzen von Newton Mathers Frühwerk zum vorliegenden Thema arbeitete, dieses Schema aber gegen Ende aufbrach wie eine Gipsform, sodass dahinter die schimmernde Gestalt eines visionären Verständnisses zum Vorschein kam –; als der Zug schließlich in Notcote eintraf, hatte Burlingame das Gefühl, eine liebevolle Verbindung zu Dr. Bridewalls gründlichem und galantem jüngeren Ich aufgebaut zu haben.

Das half ihr allerdings nicht weiter, als sie an der Eingangstür des prächtigen altehrwürdigen Anwesens Notcote Hall von Lady Alice, der ältesten Tochter des verstorbenen Earl of Notcote, begrüßt wurde, die nackt war, abgesehen von einem Rock aus Rinde und einer Halskette aus Blumen.

»Oh, das tut mir ganz fürchterlich leid!«, sagte Burlingame, sich schon wegdrehend, während sie sich die Hand vor die Augen hielt.

»Was denn?«, fragte Lady Alice.

Nach seiner Rückkehr von einer Expedition in den Dschungel von Spanisch-Honduras im Jahr 1935 hatte Dr. Bridewall alle seine Verpflichtungen an der Fakultät für Archäologie und Anthropologie abgegeben, um vierzehn verschiedene Hörsäle in ganz England zu bereisen und dort eine Tonbildschau mit dem Titel *Was ich vom Volk der Pozkito gelernt habe* vorzuführen. Die Eingeborenen dieser Region, verkündete er, seien die glücklichsten, weisesten und aufrichtigsten Menschen der Welt. Sie hätten keine Götter, keine Könige, keinen Krieg, kein Eigentum und vor allem keine Regeln für ihr Sexualverhalten. Sie verbrächten den Großteil ihrer wachen Stunden damit, eifrig Verkehr miteinander zu haben, oft in Trios oder Quartetten, und gönnten sich nur eine Pause, um Früchte von den Bäumen zu pflücken oder Fische aus dem Strom zu fangen. Sie verwendeten ein sicheres und verlässliches Verhütungsmittel, das sie aus Rindensaft gewannen. Innerhalb weniger Wochen nach seiner Ankunft hätten sie Dr. Bridewall als einen der Ihren akzeptiert, und er sei nur nach England zurückgekehrt, weil er es für seine Pflicht hielt, seine Landsmänner darauf aufmerksam zu machen, was ihnen entging. Der ehemalige fromme Anglikaner wollte von jetzt an leben wie die Pozkito, und er lud Männer und Frauen aus jeder Gesellschaftsschicht ein, sich ihm anzuschließen. Einzige Voraussetzung war ein Vorgespräch, um festzustellen, ob es sich nicht um Journalisten oder Sensationslustige handelte. Bei mehreren dieser

Vorträge wurde Dr. Bridewall von einem aufgebrachten Publikum niedergebrüllt und im Dudley Opera House sogar in Polizeigewahrsam genommen. In der Folge dieses Skandals erhielt er eine Einladung zum Abendessen im Londoner Domizil der jungen Lady Alice, die sich gern mit dekorativen Ikonoklasten umgab, und schon bald darauf zog er nach Notcote Hall zu den drei Töchtern des verstorbenen Earl of Notcote. High-Society-Freunde von Lady Alice reisten angeblich regelmäßig nach Notcote, um selbst herauszufinden, was sie vom Volk der Pozkito lernen konnten. Lady Alice' nächster männlicher Verwandter, ein älterer Botaniker-Cousin, befand sich in Australien, wo er die Blüte der Udumbara-Blumen von Queensland abwartete, und konnte deshalb nicht zu weiter reichenden Schritten greifen als einer Reihe von Postkarten, die unbeantwortet blieben.

»Ich bin hier, äh …« Alle anderen Menschen würden sich in dieser Situation instinktiv auf die Annahme verständigen, dass sich Lady Alice nach einem frühen Bad gerade hatte ankleiden wollen, dann aber aus irgendeinem Grund die Türklingel mit dem Feueralarm verwechselt hatte, schoss es Burlingame durch den Kopf.

»Sind Sie wegen Dr. Bridewall hier?«

»Ja«, sagte Burlingame erleichtert. Sie kam sich unhöflich vor, weil sie mit Lady Alice sprach, ohne sie anzusehen, aber sie anzusehen, wäre mindestens ebenso unangenehm gewesen.

Lady Alice rief über die Schulter ins Haus: »Sidney, komm unter Gwyneth raus und beweg dich zum Eingang – hier ist ein Mädchen für dich.« Sie wandte sich wieder Burlingame zu. »Wie lange planen Sie bei uns zu bleiben? Ich sehe, Sie haben kein Gepäck. Manchmal bedeutet das, dass die Leute nur einen Nachmittag bleiben wollen, und manchmal planen sie, nie wieder zu gehen. Ich fürchte, das ist kaum möglich, außer wir alle verfallen Ihrem Glanz.«

»Nein«, stotterte Burlingame hastig, »ich bin keine …« Ich bin keine von euch, hatte sie sagen wollen.

»Meine Liebe, Sie werden es hier nicht sehr lange aushalten, wenn Sie sich nicht überwinden können, ein Paar Brüste ins Auge zu fassen.«

Wenn man einer Person die Stirn bieten wollte, die gerade so mit einem gesprochen hatte, drehte man sich dann um und sah ihr in die Augen, oder drehte man sich dann um und sah ihr auf die Brustwarzen? Letzteres schien unmöglich für Burlingame, die schon die Anwesenheit der marmornen Nackten im Fitzwilliam Museum kaum ertrug.

Aber in diesem Augenblick erschien ihr ehemaliger Tutor hinter Lady Alice. Auch er trug nur ein Röckchen aus Rinde und eine Blumenkette, und sein Gesicht war gerötet und mit Schweiß überzogen wie eine Drüse. »Miss Burlingame!«, rief er keuchend. »Was für ein unerwartetes Vergnügen!« Diesmal schaffte es Burlingame beinah, sich einzureden, dass Bridewall, während Lady Alice badete, zufällig einen Dieb verfolgt hatte, der mit seinem Pyjama geflohen war. Denn ihr einziger Anhaltspunkt, wie ein Mann sich nach einer sexuellen Zusammenkunft verhalten könnte, stammte von dem lateinischen Sprichwort (hin und wieder Galen zugeschrieben), in dem es heißt: »Nach dem Koitus ist jedes Tier traurig.« Wenn er also wirklich gerade erst »unter Gwyneth rausgekommen« war, hätte er sich wohl ernst und ruhig verhalten wie der Zeuge eines Jagdunfalls. Dennoch, sie wusste ja, dass dies nicht der Dr. Sidney Bridewall des *Verzeichnisses der Tucano-sprechenden Völker* war und dass irgendwo unter diesem Rindenröckchen ein bösartiges, zeugungsfähiges Instrument lauern musste. »Meine Güte, Alice, warum hast du sie nicht hereingebeten?«, fragte er.

»Äh, nein, ich komme nicht rein«, sagte Burlingame und wich unwillkürlich einen Schritt zurück. Ihre Angst, unhöflich zu erscheinen, hatte sie in ihrem Leben schon an viele unangenehme Orte geführt. Die Schwelle zu Notcote Hall war da nur der letzte in einer langen Reihe. Und eine Pozkito-Orgie würde sie vermeiden, wenn es irgendwie ging.

»Warum um Himmels willen denn nicht?«

»Ich habe nur eine Nachricht für Sie, weiter nichts.«

»Von der Universität?« Seit er Cambridge verlassen hatte, fielen ihm die Locken seines ergrauenden Haares bis auf die Schultern.

»Nein.« Sie räusperte sich. »Mr. Elias Coehorn jr. aus New York möchte, dass Sie ihn auf eine Expedition in den Dschungel von Spanisch-Honduras begleiten, in der Nähe des Río Patuca, vom Karibischen Meer aus etwa fünfzig Meilen im Landesinneren. Er sucht Kontakt zu den Einheimischen.«

Lady Alice streichelte Bridewalls Arm. »Oh, Sidney, ist das nicht wundervoll?«

Alles überschüssige Blut war abrupt aus Bridewalls Gesicht gewichen. »In der Nähe des Río Patuca, vom Karibischen Meer aus etwa fünfzig Meilen im Landesinneren?«

»So hat er es gesagt.«

»Aber da gibt es nichts zu sehen. Überhaupt nichts. Kein Grund hinzureisen. Besser gar nicht erst hinfahren.«

»Außer den Einheimischen!«, rief Lady Alice. »Du hast immer gesagt, wie liebend gern du in den Dschungel zurückkehren würdest, wenn du es irgendwie finanzieren könntest.«

»Und genau da liegt der Hase im Pfeffer. Er denkt bestimmt, er kriegt das zum Preis einer Reise an die Riviera. Ich bekomme andauernd solche Anfragen.«

Niemand wusste besser als Burlingame, dass das nicht stimmte. »Er sagt, er verfüge über unbegrenzte Geldmittel. Er hat die Unterstützung der Eastern Aggregate Company.«

»Oh, ich glaube, Daddy besaß Aktien von denen«, sagte Lady Alice. »Sidney, du *musst* hinfahren! Sie werden sich so freuen, dich zu sehen! Die ganzen alten Gesichter vom letzten Mal – wie ein Klassentreffen!«

»Aber ich kenne nicht einmal die Referenzen von diesem Menschen.«

»Wenn er dafür zahlt, dass du zurück in den Dschungel kannst, ist es doch egal, ob er ein Zirkuspony mit Krawatte ist.«

»Du glaubst doch nicht wirklich, dass ich dich und deine Schwestern hier alleine lasse?«

»Was ist bloß in dich gefahren, Sidney? Natürlich kannst du uns hier allein lassen.«

Burlingame stellte sich ganz ähnliche Fragen. Warum nur war Bridewall so unwillig? In diesem Moment wandte er sich wieder ihr zu. »Sie werden fahren«, erklärte er.

»Wie bitte?«

»Nichts dient der Sache mehr, als wenn die Alten wissen, wann sie zurücktreten und es der jüngeren Generation überlassen müssen, die Ehren anzustreben, die sie selbst nicht mehr verdienen, und die Pflichten zu übernehmen, die sie selbst nicht mehr erfüllen können. Ich weiß, dass Mittelamerika Ihr Spezialgebiet ist. Als ich nicht viel älter war als Sie jetzt, bin ich nach Burma gegangen und habe mir dort einen Namen gemacht. Sie waren immer eine gute Studentin und haben die Gelegenheit verdient, dasselbe zu tun.«

»Aber du bist doch gar nicht alt«, unterbrach ihn Lady Alice. »Du bist noch nicht mal fünfzig.«

Bridewall ignorierte sie. »Sie können Mr. Coehorn sagen, dass Sie mein vollstes Vertrauen genießen. Er mag vielleicht nach mir verlangt haben, aber er bekommt etwas Besseres.«

»Sidney, ich kann mir kaum vorstellen, dass sie unter den Einheimischen gut aufgehoben ist. Sieh doch, wie sehr sie allein ein paar Zentimeter nackter Haut ängstigen.«

»Meine Entscheidung ist gefallen. Sie sind meine offizielle Abgesandte zu den Pozkito. Entweder sagen Sie Mr. Coehorn, dass Sie fahren, oder Sie werden ihm mitteilen müssen, dass niemand mitkommt.«

»Aber ich habe noch nicht mal meine Tripos-Prüfung«, wandte Burlingame ein. Natürlich war das nur einer von Dutzenden Gründen, warum Bridewalls Vorschlag grotesk war. Ein anderer war zum Beispiel, dass sie sich unmöglich einen Namen machen konnte, wie Bridewall es getan hatte – nicht nur, weil sie eine Frau war, sondern auch, weil sie, wie er gesagt hatte, die klassischen Zivilisationen Zentralamerikas zu ihrem Spezialgebiet gemacht hatte – eine Wahl, die sie mittlerweile fast bereute. Die Amis arbeiteten da unten rasend schnell wie Piranhas, sodass die Region, bis sie selbst sich einer der wenigen britischen Expeditionen würde anschließen können, komplett kartiert und skizziert und alles übersetzt sein würde, bis nichts außer Knorpeln übrig wäre. Jeden kleinen Anflug von persönlichem Ehrgeiz ignorierte Burlingame, aber selbst wenn sie wild entschlossen gewesen wäre, einen Beitrag so bedeutsam wie das *Verzeichnis der Tucano-sprechenden Völker* zu leisten, würde sie niemals die Gelegenheit dazu bekommen. Das Beste, worauf sie hoffen konnte, war eine Karriere des pedantischen Querverweisens auf anderer Leute Entdeckungen in dicken Büchern, die niemand lesen würde; diese Aussicht gab ihr das angenehme Gefühl von Sicherheit am rechten Ort, wie der Geruch ihres Dachbodenzimmers bei ihren Eltern zu Hause.

Bridewall wechselte die Taktik. »Hören Sie zu, Joan, warum kommen Sie nicht rein, und wir sprechen in Ruhe darüber?« Er lächelte und fuhr sich mit der Zunge über die Lippen. »Wenn Sie erst mal einen Vorgeschmack vom Leben in Notcote Hall bekommen haben, sind Sie wahrscheinlich ganz begierig darauf, das tropische Vorbild mit eigenen Augen zu sehen.«

An diesem Punkt erschien Lady Gwyneth an der Schwelle zwischen ihrer Schwester und Bridewall. »Wer ist das?«, fragte sie mit kindlicher Stimme. Sie war vollkommen nackt, hatte schwere Augenlider und glänzte von Kopf bis Fuß wie ein Porträt von Tizian mit vierzig Schichten Lasur, doch es war eine Strähne ihres kastanienbraunen Haars, die der Schweiß an ihre sommersprossigen Wangenknochen klebte, die Burlingames ganze Aufmerksamkeit auf sich zog. Denn diese Strähne schien auf den Punkt zu bringen, wie unmöglich es in einer Welt wie dieser war, verbieten zu wollen, dass etwas klebte, was nicht kleben sollte, dass etwas feucht wurde, was nicht feucht werden sollte. Sie fragte sich, wie oft die Rohre von Notcote Hall wohl mit irgendeinem neuen, unbekannten Sekret verstopft waren, das einer der Bewohner irgendwo tief in seinem sündigen Körper aufgestöbert hatte. Burlingame warf einen letzten Blick auf Lady Gwyneth, ehe sie Dr. Bridewall zum Abschied zunickte, sich umdrehte und so schnell sie konnte von Notcote Hall wegmarschierte.

Wegen des Gesichtsausdrucks, mit dem der Portier sie unweigerlich bedenken würde, konnte sie im Newnham kein R-Gespräch nach New York anmelden. Deshalb ging sie in Cambridge direkt ins Glengarry Hotel, das über einen öffentlichen Fernsprechapparat in einer Kabine verfügte. Die Telefonistin brauchte fast eine halbe Stunde, um sie mit Audobon 281 zu verbinden, und Burlingame hatte noch nicht mal das *Verzeichnis der Tucano-sprechenden Völker* dabei, um sich die Zeit zu vertreiben, weil sie es absichtlich im Zug hatte liegen lassen.

»Sie haben mich geweckt«, sagte Coehorn. »Ich war bis fünf Uhr morgens wach und habe herumtelefoniert wie ein Buchmacher. Welche Zeit haben Sie? Michaeli? Laufen in England auch die Uhren andersherum?«

»Es tut mir leid, dass ich Sie geweckt habe.« Das meinte sie ernst. Burlingame hasste es, Schlafende zu wecken, selbst wenn sie eigens darum gebeten worden war. Wie bei Spinnen oder Babys hatte deren Fragilität fast etwas Feindliches.

»Haben Sie Bridewall getroffen?«

»Ja.«

»Kommt er mit mir nach Honduras?«

»Nein.«

»Das ist kein Telegramm, Miss Joan Burlingame, Sie müssen nicht für jedes Wort extra bezahlen. Berichten Sie mir, was geschehen ist.«

»Er sagte, es sei ihm lieber, *ich* ginge an seiner Stelle. Aber das ist natürlich unmöglich.« Sie rang sich ein tonloses kleines Lachen ab, um zu unterstreichen, wie absurd dieser Vorschlag war. »Ich wünschte, ich hätte bessere Nachrichten für Sie.«

»Er will nicht mit? Sie müssen zurück und ihm von dem Tempel erzählen. Dann wird er anbeißen.«

Zurück nach Notcote Hall konnte sie auf keinen Fall. »Welcher Tempel?«

»Es ist streng geheim, aber man hat da draußen im Nordosten des Dschungels eine spektakuläre Ruine gefunden, irgendwo zwischen der Küste und San Esteban. Das ist unser Ziel.«

»Ich fürchte, man hat Ihnen einen Bären aufgebunden, Mr. Coehorn«, sagte Burlingame. »Östlich von Copán gibt es keine solchen Siedlungen. Dr. Bridewall hat mir versichert, dass es in diesem Teil des Regenwalds rein gar nichts zu sehen gibt.« Denn tatsächlich war eines der Ziele seiner schicksalhaften Reise nach Spanisch-Honduras damals gewesen, eine Theorie zu entwickeln, die erklärte, warum die Maya ihr Imperium nicht noch weiter ausgedehnt hatten.

»Ja, das dachten bisher alle. Aber jetzt ist dieser Tempel entdeckt worden. Und er sieht anders aus als alle anderen.«

Burlingame spürte, wie ihr Atem plötzlich schneller ging. »Wie viel wissenschaftliche Forschung hat dort schon stattgefunden?«

»Praktisch keine«, antwortete Coehorn. »Wir werden die erste größere Expedition sein, die sich dorthin aufmacht, und bisher haben wir noch nicht mal einen Archäologen. Hören Sie, was meinten Sie damit, dass es Bridewall lieber wäre, Sie gingen an seiner Stelle? Sind Sie auch eine Maya-Spezialistin? Sie sagen, Bridewall vertraut Ihnen – nun, mir läuft die Zeit davon, also genügt mir das vollkommen. Was meinen Sie, Miss Joan Burlingame? Wenn Sie den Job wollen, können Sie ihn haben.« Einen Augenblick lang war die Leitung von dem statischen Rauschen abgesehen still. »Hallo? Sind Sie noch dran? Hallo?«

—

Beverly Pomutz, damals mein Chefredakteur beim *New York Evening Mirror,* hatte sich in den neunundzwanzig Jahren zwischen seinen Flitterwochen und seinem Herzinfarkt keinen einzigen Tag freigenommen (außer sonntags und an Weihnachten). Bei seiner Rückkehr ins Büro nach dem zweiten Infarkt verkündete er, er habe erfahren, wie es sich anfühlt zu sterben – und zwar nicht, als seine Koronar-Arterie dichtgemacht hatte und er im Depeschenzimmer zusammengebrochen war, sondern als er eine ganze Woche in einem Krankenhausbett hatte verbringen müssen, und dies auf ärztliche Anweisung hin ohne Zugriff auf Telefon, Telegramme, Radios und

Zeitungen – sogar seine eigene. Wie bei vielen Männern seines Alters war ein deutlicher Warnschuss nötig, um ihm klarzumachen, dass ihm vielleicht nur noch wenige Jahre auf Erden blieben und es an der Zeit war, sich auf das zu konzentrieren, was ihm im Leben wirklich wichtig war. Also beschloss er, auch sonntags und an Weihnachten ins Büro zu gehen.

Seine Frau hatte sich allerdings entschieden gegen dieses Vorhaben gewehrt, da sie der Meinung war, er solle überhaupt ganz aufhören zu arbeiten. Und so kam es, dass er jeden Tag mit einem kleinen Zwergspitz an der Leine zur Arbeit erschien. Pomutz' Arzt hatte festgestellt, dass es den Blutdruck senkte, wenn ein Patient täglich zehn Minuten einen kleinen Hund streichelte, doch der Hauptzweck dieses flauschigen Fellballs war, dass er warnend bellte, wenn Stimmen lauter wurden; und wie ein manipulationssicherer Alarm bellte er auch, sobald Pomutz außer Sicht war. Das Bellen entsprach in seiner Tonlage etwa der Notfallbremse der Subway und war länger als ein paar Sekunden am Stück nicht auszuhalten. Es sollte Pomutz daran erinnern, ruhig zu bleiben, wenn seine Frau nicht bei ihm sein konnte, um ihm die Schulter zu tätscheln. Den Hund taufte er Scofield, nach dem Verleger des *Mirror*.

Am frühen Nachmittag seines ersten Tages im Büro hatte Pomutz schon so viele dringende Fragen mit seinen Ressortleitern geklärt, dass er jetzt von seinen jüngeren Reportern zu erfahren wünschte, was er sonst noch während seiner Genesungszeit verpasst hatte. Von seiner Bürotür aus rief er: »Miss Vansaska, Mr. Zonulet, Mr. Trimble – zu mir«, vielleicht völlig willkürlich, oder vielleicht weil er fand, dass wir drei nicht beschäftigt genug aussahen.

»Erster Tagesordnungspunkt«, begann Pomutz, als wir alle saßen, »Mr. Trimble, können Sie mir sagen, was verdammt noch mal mit Mr. Busby los ist?«

»Ich weiß nicht, was ich sagen soll, Boss.« Gul Busby, der Klatschreporter des *Mirror*, machte sich fast nie die Mühe, im Büro zu erscheinen, aber von seinem Assistenten, Leland Trimble, wurde Präsenz erwartet, falls er kurzfristig zum Einsatz bereitstehen musste.

Seit seinem ersten Tag beim *Mirror* hatte Trimble durchblicken lassen, dass er es auf Busbys Job abgesehen hatte, aber bisher war nichts aus seinen Plänen geworden, einerseits weil Busby als einer der Besten seines Fachs galt, andererseits aber auch, weil Trimble es regelmäßig schaffte, seine Quellen zu verprellen. In letzter Zeit war Busby allerdings immer schrulliger geworden. Zuerst stimmte irgendwas an seinen Kolumnen nicht mehr ganz, es ließ sich schwer benennen, aber der Stil fühlte sich wie ein eingeklemmter Nerv an. Doch im Verlauf der letzten Woche war es deutlich schlimmer geworden: Obwohl er immer noch über New Yorker Stars und Sternchen schrieb, schien er jetzt ihre Romanzen und Konkurrenzkämpfe zu ignorieren, um stattdessen beispielsweise zu beschreiben, wie die Adern an Gertrude Niesens Arm hervortraten, wenn sie ein Glas Pernod zum Mund führte, oder wie asymmetrisch Joe DiMaggios Turnschuhe geschnürt waren, als er beim Yankee-Stadion in ein Taxi stieg – und das alles in einfachen, deskriptiven Sätzen, völlig frei von dem blumigen Broadway-Slang, für den er bekannt war. Wegen der langjährigen Vereinbarung, dass nur Pomutz selbst Busbys Texte redigieren durfte, waren seine Kolumnen in Pomutz' Abwesenheit unverändert abgedruckt worden, und schon jetzt lag eine ganze Reihe verärgerter Leserbriefe vor.

»Hatte der Mann einen verfluchten Nervenzusammenbruch?«, fragte Pomutz. Scofield stieß eine verbale Warnung aus. Das Tier hatte drei schwarze Punkte anstelle eines Gesichts, doch bei einem Wettbewerb zur überzeugendsten Gefühlsdarstellung wäre er weit hinter einen Halloween-Kürbis zurückgefallen und vielleicht auf einer Stufe mit den Scheinwerfern und dem Kühlergitter eines Taxis im Leerlauf gelandet. »Haben wir es etwa mit krankhafter Abulie zu tun, verdammt noch mal?«, fügte der Herausgeber etwas leiser hinzu. »Haben Sie mit ihm gesprochen?«

»Er sagt, er habe ›Bedenken‹ angesichts der Art, wie er die Kolumne bisher verfasst hat«, sagte Trimble.

Vansaska bemerkte, dass Trimble eine neue silberne Krawattennadel trug. Sie wusste, dass er sich Schmuck nur kaufte, wenn er bei seinen Wetten eine Glückssträhne gehabt hatte. Niemanden beim *Mirror* mochte sie weniger als diese menschliche Eiterbeule. An ihrem ersten Arbeitstag hatte sie den Fehler gemacht, nach Feierabend mit ihm ein Stück Apfelkuchen essen zu gehen, er hatte freundlich gewirkt und versprochen, ihr zu erzählen, wie im Büro alles lief. Was er damit gemeint hatte, war aber nur seine objektive Einschätzung dazu, mit wem sie ins Bett gehen solle. Falls sie mit dem Lokalreporter vögelte, würde es jeder erfahren, falls sie mit dem stellvertretenden Lokalreporter vögelte, würde es jeder erfahren, mit Pomutz konnte sie nicht vögeln, weil er seine Frau nie betrog, es habe keinen Sinn, jemanden wie mich zu vögeln, weil ich keinen Einfluss hatte, und so weiter. Aber wenn sie mit Trimble vögelte, konnte sie nicht nur als Mentor auf ihn zählen, was ihre beste Chance auf einen schnellen Aufstieg darstellte und darüber hinaus eine Garantie für seine absolute Diskretion. »Bei niemandem sind Geheimnisse besser aufgehoben als bei einem Klatschreporter«, sagte er zu ihr. »Das nennt man ein Paradoxon.« Sie rechnete schon mit einer klebrigen Hand auf ihrem Knie, aber stattdessen lehnte er sich zurück und wartete offenbar darauf, dass sie die grenzenlose Dankbarkeit, die sie angesichts seines Angebots zweifellos fühlen musste, in die Tat umsetzte.

Also teilte sie ihm mit, dass sie verlobt war, seinen Schwanz nicht mal dann mit einem Bootshaken berühren würde, wenn er sie morgen zur Herausgeberin der *Herald Tribune* machen könnte, und dass es in New York etwa dreieinhalb Millionen Männer gebe, die sie eher vögeln würde als ihn, und jede Stunde, in der das Dixie Bus Center in Betrieb war, ein paar Dutzend mehr davon ankamen. Sie hatte das alles sehr ruhig vorgebracht, aber als er sie daraufhin nur breit und selbstgefällig angrinste, hätte sie ihm am liebsten entgegengeschrien, dass ihre Weigerung kein Angebot für eine implizite langfristige Verhandlung darüber war. Er war ein Widerling erster Güte. Dennoch stufte sie ihn in ihrer Schlussanalyse als unbedrohlich ein. Niemals hätte er die Charakterstärke, etwas wirklich Abscheuliches zu tun.

»Bedenken?«, fragte Pomutz.

»Er sagte, bei ihm ›habe sich das Gefühl eingestellt, es sei unerhört und unaufrichtig, anthropische Erfahrungen so darzustellen, als könne man sie auf diese vom Kontext losgelösten, vorhersehbaren Narrative reduzieren‹«, erklärte Trimble. »Er sagte, er sei sich nicht sicher, ob er noch an ›die individuelle menschliche Persönlichkeit glaube‹. Er sagte, die Welt sei eine ›Trivialität von komplexen, fraktilen Wechselwirkungen‹, und das Einzige, dessen man sich wirklich sicher sein könne, sei ›die unmittelbare Realität physischer Objekte, die sich durch den Raum bewegen‹. Er sagte ›reines Gefühl‹ interessiere ihn nicht mehr. Ich zitiere hier wörtlich, Boss. Er hat jede Menge Fremdwörter benutzt, ich hoffe, ich habe alles richtig in Erinnerung.«

»Will er mehr Geld raushandeln?«

»Das glaube ich nicht.«

»Sie sagen mir also, wir haben hier einen verdammten Klatschreporter am Hals, der sich nicht mehr für das ›reine Gefühl‹ interessiert?«, fragte Pomutz, wobei er die letzten drei Worte brüllte, sodass Scofield selbstgerecht zu bellen anfing. Vansaska zuckte zusammen und hielt sich die Ohren zu. Pomutz atmete langsam ein und blickte auf den Hund hinab. »Also gut, verstanden, du Fotzenlecker.« Scofield verstummte. »Hat er irgendwas für morgen?«

»Er sagt, er könne viel über das Muster der Wassertropfen im Waschbecken schreiben, nachdem sich Jimmy Dorsey gestern Abend im Klo vom Lollipop die Hände gewaschen hat.«

»Herrgott.«

»Kommen Sie schon, Boss. Geben Sie mir den Job. Busby ist seit Monaten neben der Spur. Es ist nur bisher niemandem so richtig aufgefallen.«

»Auf keinen Fall.«

»Busby ist ein guter Mann«, sagte ich. In diesem Stil werde ich meine Geschichte aufschreiben – »sagte ich« – obwohl meine persönlichen Erinnerungen an diesen Tag so verblasst sind, dass ich genauso gut über einen anderen Mann schreiben könnte. Das alles ist immerhin über zwanzig Jahre her. Das Seltsame ist aber, dass ich mich seit meinem Aufenthalt im Tempel völlig klar daran erinnern kann, was Vansaska gedacht hat. Also kann ich immerhin berichten, wie ich in ihren Augen gewirkt habe: Die meiste Zeit erschien ich ihr demonstrativ gelangweilt, wie ich da auf meinem Stuhl lümmelte, abgesehen von dem jeweiligen Körperteil, das sich zu gegebener Zeit genau gegenteilig verhielt – ich klopfte mit dem Fuß, zupfte am Fingernagel, klickte mit der Zunge – als würde ein kleiner nervöser Tick eine Rundreise durch meinen Körper machen. Und sie fand, dass ich zu oft drinnen meinen Hut trug. Ich war damals erst zweiundzwanzig.

»Geben Sie mir einfach eine Woche Probezeit«, schlug Trimble vor.

»Nein«, antwortete Pomutz. »Dann rennen Sie eine Woche lang rum und brüsten sich mit Ihrem neuen Job als Klatschreporter des *Mirror*. Aber der Klatschreporter ist Repräsentant einer Zeitung. Und in Ihrer Gegenwart fühlen sich die Menschen unbehaglich.«

»Dann eins nach dem anderen. Lassen Sie mich die Kolumne für morgen übernehmen.«

»Die Tatsache, dass Sie momentan zufällig der einzige halbwegs qualifizierte Klatschreporter in meinem Blickfeld sind, sollte nicht Grund genug sein dafür, dass ich mich auf diesen Deal einlasse, aber ich muss wohl eingestehen, dass es so ist. Sie bringen den Text direkt zu mir, wenn Sie fertig sind. Und Sie holen sich Storys von jedem in der Redaktion. Ich will Qualität.«

»Ich habe genug, um sie selbst zu füllen.«

»Heißen Scheiß?«, fragte Pomutz. Das war sein Ausdruck für einen Knüller.

»Klar. Erstens: Ich habe letzte Woche Frank Parker getroffen.«

»Wen?«

»Den Sänger. Er hatte einen heißen Feger dabei – entschuldigen Sie meine Wortwahl, Miss Vansaska«, fügte Trimble hinzu, als ob sich irgendjemand, der länger als fünf Sekunden für Pomutz arbeitete, eine Abneigung gegenüber Obszönitäten erlauben würde. »Er sagte mir, dass er bei der Rennbahn Hausverbot hat. Dann haben ihn ein paar Zbyszkos mitgenommen. Vermutlich Mafiosi, die ihr Geld eingetrieben haben. Er brüllte herum, aber niemand hat eingegriffen.«

»Das war nicht Frank Parker«, unterbrach ich ihn.

»Hä?«

»Ich war dort, als sie ihn weggeschleppt haben. Das war nicht Frank Parker in dem Keller. Sondern einfach nur ein Typ, der ihm ähnlich sieht. Der junge Coehorn, glaube ich.«

»Ich hab mich ihm vorgestellt, klar?«, sagte Trimble. »Ich habe ihn erkannt, weil ich ihn schon bei einem Auftritt gesehen habe. Wir haben uns unterhalten. Es war Frank Parker.«

Ich wandte mich an unseren Chefredakteur. »Bev, ich sage Ihnen, er war es nicht.«

»Ich will festhalten, dass niemals zwei meiner Reporter zur selben Zeit im selben Nachtclub sein sollten, außer sie machen beide ihren Job nur zur Hälfte«, sagte Pomutz. »Haben Sie mit ihm gesprochen, Mr. Zonulet?«

»Nein. Trimble und ich waren unabhängig voneinander dort.«

»Boss, das ist zu gut, um es nicht zu verwenden«, sagte Trimble. »Frank Parker mit seinem weichgespülten Schwiegersohn-Image wird wegen seiner Spielschulden von einem Oktopuskampf weggeschleppt. Abgesehen davon beruht die Hälfte des Materials in der Kolumne auf Hörensagen. Aber diesmal war ich selbst dort und habe es mit eigenen Augen gesehen.«

»Es ist schon ein paar Tage her?«

»Ja, weil Busby nichts von dem genommen hat, was ich ihm angeboten habe. Aber es ist immer noch frisch. Es war noch in keiner anderen Zeitung.«

»Okay, schreiben Sie es auf, und ich schaue es mir an. Nächster Punkt: Zurück zu Mr. Zonulet. Was ist mit diesem Bullen, der ganz nach der neuesten Mode plötzlich seinen verdammten Verstand verliert, obwohl er ein erwachsener Mann mit einem Job ist?«

Pomutz meinte den Fall von Joseph Cybulski, einem jungen Polizisten aus Red Hook, Brooklyn. Am Freitag war Cybulski während seiner Schicht verschwunden und wurde erst am nächsten Tag gefunden, wie er ohne Hemd im Red Hook Park herumirrte und sinnloses Zeug vor sich hin brabbelte, das Brusthaar mit Kotze verklebt. Laut dem Fahrdienstleiter der Station gab es Berichte von Geräuschen, die aus dem Inneren einer alten säkularisierten Kirche am Ufer gedrungen waren. Die Kirche war eigentlich vernagelt, seit das Dach bei einer illegalen Eintänzer-Party eingestürzt war, und Cybulski war reingegangen, um die Landstreicher zu vertreiben. Wenn man bedenkt, dass Cybulski 1935 nur das *Vaterunser* hatte aufsagen müssen, um sich für den Anblick von fünf zerstückelten Leichen im Laderaum eines Lasters zu wappnen, den er an einer Kreuzung aufgehalten hatte – ich habe ihn damals selbst dazu interviewt –, musste das, was er in dieser Kirche gefunden hatte, ziemlich fürchterlich gewesen sein, wenn er daraufhin brabbelnd durch die Nacht gezogen war.

»Oder«, schlug ich vor, »vielleicht hatte er auch nur verdorbene Austern erwischt. Bev, ich glaube immer noch nicht, dass wir hier eine Story haben. Ich garantiere Ihnen, ich verwende meine Zeit sinnvoller für den Fall mit der Kesselschmied-Gewerkschaft. Wenn ich ihn knacke, beschert uns das Aufmacher für eine ganze Woche.«

»Sie haben gute Gründe, das zu glauben, oder?«

»Ja.«

»Haben Sie weiter daran gearbeitet?«, fragte Pomutz beiläufig.

»Ein wenig. Zufällig war ich gerade im Keller der Bering Strait Railroad Association, weil ich einer Quelle auf der Spur war, und habe dort den Typen gesehen, der nicht Frank Parker war …« Als ich endlich verstummte, konnte sich Vansaska ein Seufzen angesichts meines Fehlers nicht verkneifen.

Pomutz schlug mit beiden Händen donnernd auf den Schreibtisch und sprang auf. »Sie arbeiten an der Cybulski-Story! Nicht an der Kesselschmied-Story!«

Scofield begann zu jaulen.

»Boss –«

»Alles, was Sie mir von den Kesselschmieden erzählen, bestätigt mir, dass die Story eine Sackgasse ist, und das habe ich Ihnen schon ein Dutzend Mal gesagt! Was denken Sie sich dabei, verdammt noch mal, wenn Sie Ihre Zeit und mein Geld bei so einer Schnepfenjagd verschwenden, die man wirklich nur als Freizeitbeschäftigung bezeichnen kann, weil es verdammt noch mal nicht Ihr verfluchter Job ist …«

Vansaska kannte niemanden außer Pomutz, der so lange Sätze brüllen konnte. Unter noch lauterem Gejaule hüpfte der Spitz auf und ab, als hielte ihm jemand ein Leckerli genau außerhalb seiner Reichweite vor die Nase.

»Boss –«

»Der Grund, warum ich meinen Reportern so verdammt viele Freiheiten zubillige, ist, dass ich ihnen zum Teufel noch mal sage, was sie zu tun haben! So läuft das hier! Das wissen Sie! Sie bleiben an der verdammten Cybulski-Story dran!« Dann blickte er auf Scofield hinab, und seine Hände verkrampften sich zu Krallen. »Ich hasse dich mehr als alles andere auf der Welt«, sagte er im Plauderton, »und ich wünschte, deine eigene Mutter hätte dich gefressen, als du noch ein Welpe warst.« Das Tier beruhigte sich. »Nun, Miss Vansaska«, sagte Pomutz und wandte sich ihr zu. »Wann sind Sie aus dem Land von Sonnenschein und Reichtum zurückgekehrt?«

»Freitagabend.« Auf dem letzten Stück der Zugreise hatte sie ein solches Grauen überfallen, dass ihr eine Entgleisung wie eine wundersame Gnadenfrist erschienen wäre. Im Westen war es ganz einfach gewesen, den Verlobungsring zu vergessen, den sie in ihrem Necessaire vergraben hatte. Aber die Zugreise zurück nach New York fühlte sich an, als würde sie in ein Gefängnis aus schwarzem Basalt gebracht, aufgehübscht mit Pfingstrosen, Reifröcken und elfenbeinfarbener Papeterie. Als sie vor der Penn Station in ein Taxi stieg, sah sie einen alten Mann mit einem Plakat, das ziemlich unpräzise warnte, das Jüngste Gericht »sei nah«, und es überfiel sie der Drang, ihm mitzuteilen, dass es tatsächlich bereits im Kalender stand, in vier Monaten und zweiundzwanzig Tagen. Hochzeitsglocken, oh Jubelklang!

Das Taxi fuhr Richtung Uptown, und sie schob den Verlobungsring wieder über ihren Finger und stellte fest, dass sie – ganz gleich wie belebend Hollywood auch gewirkt hatte – immer noch nicht dazu in der Lage war, Bryce das Herz zu brechen, von den Herzen ihrer Eltern und ihres Bruders ganz zu schweigen, denn ihre Familie freute sich schon auf diese Hochzeit, seit sie und Bryce als Kinder miteinander im Sandkasten gespielt hatten. Ein paar Tage vor ihrer Abfahrt hatte sie absichtlich einen Streit darüber vom Zaun gebrochen, ob sie ihren Job bei der Zeitung nach der Hochzeit behalten würde oder nicht, aber sie war einfach nicht wütend genug auf Bryce geworden. Für gewöhnlich war sie alles andere als rührselig, aber in diesem Fall fühlte sie sich wie ein Schlachtermeister, der es nicht schaffte, ein verwundetes Küken totzutreten. Sie hasste sich für jede Minute, in der sie es nicht über sich brachte, und hasste sich noch mehr dafür, wie sie in der Zwischenzeit mit ihrem gutaussehenden Verlobten umging. Ihr wurde ganz schlecht, wenn sie daran dachte, wie liebevoll er ihr versichert hatte, es mache ihm gar nichts aus, dass er noch Jungfrau war, sie aber nicht. Er habe keine moralischen Bedenken gegenüber Sex vor der Ehe, sagte er, während er ihre Hand streichelte, aber er persönlich habe nie etwas mit einem Mädchen anfangen wollen, das diejenige später ihm Leben womöglich bereuen würde. Wäre er doch nur einmal im Leben nicht so warmherzig und großzügig, aufrichtig und hingebungsvoll! Was wäre es für eine Freude, eines Tages unangekündigt bei ihm aufzutauchen und ihn dabei zu erwischen, wie er in der Küche in eine gestohlene Polio-Schiene wichste.

»Ist Arnold Spindler wirklich verrückt?«, fragte Pomutz. »Und wo wir gerade hier zusammensitzen, stimmen Sie zu, dass unser Verleger den Namen dieser Zeitung genauso gut in *The New York Dementia Chronicle* ändern könnte? Zwei Fragen an Sie.«

»Alle in Hollywood sagen, Spindler sei verrückt«, antwortete sie. »Es heißt, er sei zu durchgeknallt, um sein eigenes Studio zu leiten. Man sagt, alle Entscheidungen würden seit Jahren von seinen Stellvertretern getroffen. Aber Spindler hat tatsächlich noch das Kommando.«

»Haben Sie mit ihm gesprochen?«

»Ich habe mit einer Quelle gesprochen.« Wenn man einen Mann unter solchen Umständen kennenlernte, wusste man natürlich, dass man ihn nie wiedersehen würde. Das machte ja gerade den Reiz aus. Und trotzdem ging ihr der aufstrebende Jungregisseur Jervis Whelt seit dem Nachmittag im Motel kaum mehr aus dem Kopf. Wie ihr Verlobter hatte er noch nie mit einer Frau geschlafen. Er war nicht homosexuell, wie er ihr sagte, er folgte nur einem sehr vollen und strengen Tagesplan und sah keinen Sinn in nicht-reproduktivem Geschlechtsverkehr. Den Blick auf den Deckenventilator gerichtet, der ihren Zigarettenrauch verwirbelte, hatte Vansaska ihn gefragt, warum er sich dann von ihr beim Essen hatte verführen lassen, und er behauptete, ihm sei aufgegangen, dass er womöglich eines Tages eine Szene schreiben oder drehen müsse, in dem ein Paar gerade miteinander geschlafen hatte, und dabei wollte er sich nicht durch Unerfahrenheit blamieren. Ihr war auch tatsächlich aufgefallen, dass sein Körper während des Akts wie ein Roboter immer wieder kleine Anpassungen und Korrekturen vorgenommen hatte, als wäre er wild entschlossen, am Ende seines ersten Vorstoßes gelernt zu haben, eine Frau so effizient zu befriedigen wie jeder andere in Kalifornien. Aber als sie fragte, ob ihm jetzt der Sinn von nicht-reproduktivem Geschlechtsverkehr klarer sei, errötete er ein wenig, und sie merkte, dass er doch nicht ganz so blutleer war, wie er sich gab.

Wäre sie nicht überzeugt gewesen, dass sie über keinerlei Muttergefühle verfügte, hätte sie sich vielleicht einen unterdrückten Beschützerinstinkt unterstellt. Dieser Junge war jedenfalls eine ganz andere Nummer als der französische Bankier, mit dem sie in New York geschlafen hatte; ihre immer aufreibenderen Begegnungen beruhten allem Anschein nach auf nichts anderem als gegenseitiger Abneigung. Whelt hätte fast ein frühreifer Neunjähriger sein können. Dennoch hatte sie mit ihm viel besser reden können als mit irgendeiner ihrer Freundinnen, besser als mit dem Therapeuten, zu dem ihre Eltern sie geschickt hatten, und sicherlich tausendmal besser als mit ihrem Verlobten. Bryce kannte sie seit zwanzig Jahren, war aber immer noch so von ihrem sonnigen Gemüt überzeugt, dass er jedes Mal, wenn er sie dabei erwischte, wie sie weniger sonnig dreinblickte, darauf beharrte, dass es »doch gar nicht zu [ihr passe], Trübsal zu blasen!«. Aber Whelt schien sich kein bisschen zu wundern, als sie ihm von dem Gefängnis aus schwarzem Basalt erzählte und dass sie manchmal das Gefühl hatte, in die Psychiatrie zu gehören. Irgendwie schien er sie auf seine gelassene, merkwürdige Art zu verstehen.

»Miss Vansaska, es mag ja sein, dass sich ›alle‹ in ganz Hollywood einig sind, dass Mr. Spindler ein König Ludwig ist«, sagte Pomutz. »Aber Kingdom Pictures arbeitet weiter unter der Prämisse, dass der Vorstand der Vorstand ist. Hunderte von Menschen gehen dort jeden Tag unter dieser Prämisse zur Arbeit. Für diese Prämisse spricht bereits sehr viel. Wenn Ihnen eine Quelle sagt, dass eine auf dem Papier leitende Person auch eine tatsächlich leitende Person ist, dann ist das kein Scoop. Was haben Sie sonst?«

»Spindler hat immer noch das Kommando, aber er ist mindestens halb verrückt.«

»Kommt das wieder von dieser Quelle?«

»Ja. Die Quelle kam gerade von einem Meeting mit Spindler auf dessen Anwesen.«

»Haben wir seine Einwilligung zur Veröffentlichung?«

»Nein.«

»Also haben wir eine anonyme Quelle, die ein Gerücht entkräftet – nein, *bestärkt*, von dem die meisten unserer Leser sowieso noch nie gehört haben. Herrgott noch mal«, sagte Pomutz und versuchte des Hundes wegen leise zu bleiben. »Haben Sie sonst noch irgendwas?«

»Kingdom Pictures stürzt sich in die Produktion einer Komödie mit einem Regie-Neuling. Sie wird wie *Tarzans neueste Abenteuer* vor Ort in einem Tempel im Dschungel gedreht.«

Pomutz' Versuch, leise zu bleiben, scheiterte endgültig. »Ich bezahle Sie dafür, eine Woche in der Sonne Kaliforniens zu baden, weil Sie mir versprochen haben, mir was Pikantes über Arnold Spindler zu liefern«, brüllte er, »und Sie bringen mir nichts weiter als eine Nachricht, die ich in einer verdammten Pressemitteilung hätte lesen können?«

Tatsächlich aber war es so, dass Vansaska an der Kingdom-Pictures-Geschichte härter gearbeitet hatte als an irgendeiner Story je zuvor. Sie hatte Dutzende von Menschen in Hollywood angerufen und tagelang vor Spindlers Anwesen gewartet. Das Geheimnis nagte noch immer an ihr. Doch sie fand einfach nichts zu ihrer Verteidigung zu sagen und war folglich sehr erleichtert, als Pomutz seine Aufmerksamkeit auf Scofield richtete. Er hob den bellenden Hund hoch, trug ihn hinüber zum offenen Fenster und hielt ihn hinaus über die Fifth Avenue. »Wenn du nicht die Klappe hältst, lasse ich dich fallen!« Er drehte die Nervensäge herum. »Siehst du das, du kleiner Scheißkläffer? Auf dem Gehsteig da unten platzt du auf wie ein verdammter Fünf-Pfund-Rambutan!« Zu seiner Ehre sei gesagt, dass der Hund weiterbellte, als wäre er vollkommen bereit, sein Leben für die Pflicht zu opfern.

»Hey, Bev, das ist gar nicht nötig«, sagte ich.

Eine Ader an Pomutz' Schläfe stand so weit hervor, dass es aussah, als könnte man sie mit einer einzigen Bewegung einfach rausziehen wie bei einem Shrimp. »Doch, ist es.«

»Bev, setzen Sie ihn einfach wieder auf den Tisch, und ich zeige Ihnen, was ich tue, wenn bei Interviews ein Baby in der Nähe weint.« Pomutz holte das Tier zähneknirschend wieder rein und folgte meinen Anweisungen. Mit einem breiten Grinsen auf dem Gesicht stand ich auf und ging zum Schreibtisch. »Oh, was haben Sie denn hier für einen süßen kleinen Knopf! Ich liebe Babys! Darf ich hallo sagen?«

»Äh, sicher«, sagte Pomutz, dem nicht klar war, dass auch er Teil dieser kleinen Szene war.

»Ist es ein Junge oder ein Mädchen?«

»Ich habe mir nie die Mühe gemacht, nachzusehen.«

Aus meiner Innentasche nahm ich etwas, das entfernt an eine Miniatur-Fahrradglocke erinnerte. »Na, gefallen dir solche schönen glänzenden Dinge, mein Süßer? Ja?« Ich hielt dem Hund das Spielzeug direkt vors Gesicht und ließ es ein paarmal klingeln. Scofields Lider flatterten, dann sank er zusammen.

Ein kurzer Augenblick der Stille folgte, in dem alle auf den Hund starrten. Ich steckte die Glocke in meine Tasche zurück.

»Was haben Sie getan, verdammt noch mal?«

»Ich habe ihm eine Nase voll Benzoe-Oxymorphon verabreicht.«

»Ist er tot?«

»Ich töte doch keine Babys. Ich schicke sie nur für eine halbe Stunde in den Schlaf. Wenn ein Baby nervt, können die meisten Leute nicht abschalten, und dann reden sie nicht offen.«

»Jetzt sind Sie bei mir wieder gut angeschrieben, Mr. Zonulet«, sagte Pomutz und ließ Scofield ohne Umschweife in den Papierkorb neben seinem Schreibtisch fallen. »Außer er fängt an zu schnarchen …« Aber das Tier drehte sich nur lautlos im Schlaf und rollte sich wie ein echtes Baby in das zerknitterte Sandwichpapier, das seinen Fall gedämpft hatte. Pomutz setzte sich. »Sie dagegen sind bei mir ganz und gar nicht gut angeschrieben«, wandte er sich an Vansaska. »Ganz im Gegenteil. Sie stehen in meinem Buch gerade so schlecht da, dass es nicht mal der Vatikan verbannen würde, weil er nicht will, dass der Papst von Leuten wie Ihnen Wind kriegt. Wo wird dieser Film gedreht?«

»Spanisch-Honduras.«

Pomutz lehnte sich in seinem Sessel zurück. »Wissen Sie, mein alter Kumpel Hal Denny hat während des Aufstands in Nicaragua einige Zeit im Dschungel verbracht. Er sagte, er sei noch nie an einem Ort gewesen, der sich so gleichgültig gegenüber menschlichen Bestrebungen zeigt; dann unterbrach er sich und sagte: ›Nein, das stimmt nicht, nur die halbe Zeit über kann man von Gleichgültigkeit sprechen. In der anderen Hälfte der Zeit ist es verdammter leidenschaftlicher Hass.‹ Nicht für zehn Millionen Dollar würde er jemals wieder in den Dschungel zurückkehren. Miss Vansaska, raten Sie mal, wohin Sie fahren?«

»Ich verstehe nicht.«

»Sie werden diesen Film begleiten. Die nehmen Sie sicher mit, wenn wir es ihnen anbieten. Zu Vorab-Presse sagt niemand nein.«

»Aber was ist die Story?«, fragte ich.

»Ein Regie-Neuling dreht einen Film im Dschungel. Die Story gibt es dann, wenn ihnen dieser ganze bescheuerte Plan um die Ohren fliegt und sie mit leeren Händen heimkommen, genau wie Sie, Vansaska. In der Zwischenzeit können Sie uns mit Klatsch für unsere darbende Kolumne versorgen.«

Vansaska wusste, dass das als Strafe gedacht war, und zwar eine völlig unverhältnismäßige; das lag an Pomutz' geballtem Verdruss über alle drei Jungreporter. Aber in Wahrheit war sie darüber so glücklich, dass sie sich zusammenreißen musste, um ihn nicht anzustrahlen. Seit sie acht Jahre alt war und ihr Vater sie zum Klavierunterricht geschickt hatte, sehnte sie sich danach, den Dschungel zu sehen.

Unter ihrer Klavierlehrerin lebte eine alte, kinderlose Frau, die zufällig während dieses ersten Klaviersommers voller Misstöne starb. Als der Neffe der alten Frau in ihrer Wohnung eintraf, um sich der Leiche anzunehmen, stellte sich heraus, dass sie alle Räume mit Dutzenden und Aberdutzenden von Graslilien, Dieffenbachien und Araceen vollgestellt hatte, und zwar so dicht, dass man sich kaum mehr darin bewegen konnte. Der Neffe selbst war mit den Vorbereitungen für das Begräbnis beschäftigt und wies einen seiner jüngeren Söhne an, sich um die Räumung der Wohnung zu kümmern. Stattdessen knüpfte der geschäftstüchtige Siebzehnjährige den Kindern aus der Nachbarschaft einen Nickel dafür ab, dass sie den »Dschungel« besuchen durften.

Die Heizung war voll aufgedreht, und in der Küche kochten vier große Töpfe mit Wasser auf dem Herd, sodass einem beim Eintreten schwüle feuchte Luft entgegenschlug. Unter den Schuhen knirschte eine dünne Schicht von Erde und trockenem Mulch auf den Dielenbrettern. Die Topfpflanzen waren von der Vordertür wie eine Allee aus arrangiert, und man musste bei jedem Schritt das Blattwerk beiseiteschieben. Aus irgendeinem Grund verkaufte in diesem Jahr jeder Obst- und Gemüsestand in New York mehlige mexikanische Guaven, und entweder zogen diese Früchte die Obstfliegen besonders schnell an, oder die Guaven trugen die Eier beim Verkauf bereits unter der Haut – jedenfalls schaffte es eine Tasche voller Früchte binnen vierundzwanzig Stunden, ein ganzes Zimmer mit Fliegen zu bevölkern. Das nervöse blaue Blitzen im Augenwinkel stammte von einem einzelnen Schmetterling, den der Großneffe zusammen mit den Obstfliegen engagiert hatte, und irgendwo außer Sichtweite zwitscherten auch ein paar Wellensittiche in einem Käfig. Selbst bei geschlossenen Fenstern war das Rattern der Hochbahnen draußen zu hören, aber man konnte es auch für einen fernen Dickhäuter halten. Wenn man das Wohnzimmer zur Hälfte durchquert hatte, quietschte ein Seilzug, und etwas fiel von der Decke. Es handelte sich um ein ausgestopftes Jaguarjunges, das auf dem Boden aufschlug, auf die Seite kippte und den Besucher aus leeren Augenhöhlen anstarrte. An seinem linken Hinterbein hing ein Seil, und das schwarze Fell war an den Seiten abgeschabt wie ein alter Teppich. Und während man sich gerade noch von dem Schrecken erholte, erschien wie aus dem Nichts ein Medizinmann.

Der Großneffe trug eine Ghul-Maske mit roten Streifen und ein Bärenfell, das er sich wie eine Toga umgeschlungen hatte, und brabbelte und hüpfte eine Minute lang herum, ehe man gebratenes Krokodil zu probieren bekam, das aus grün eingefärbter Schweineschwarte bestand. Dann schüttelte er einem die Hand und begleitete einen aus der Wohnung. Ein paar der Kinder verlangten ihren Nickel zurück, aber nicht Vansaska. Der Amateur-Dschungel begleitete sie noch viele Jahre. Sie hatte jede Menge Fragen dazu. Warum hatte der Großneffe sich so viel Mühe damit gegeben, wo es sich finanziell doch niemals auszahlen konnte? Wo hatte er das ausgestopfte Jaguarbaby her, und wo den Schmetterling? Wollte er einen Dschungel in Afrika, Südamerika, Asien oder an irgendeinem unergründlichen Dreiländereck wie dem Rock of Three Kingdoms imitieren? Warum war er der Meinung, Krokodilfleisch sei auch im Inneren grün? Und wie lange hatte sich die Wohnung in diesem Zustand befunden, bis die Nachbarn eingeschritten waren? Lange genug, um die Imitation real zu machen, lange genug, dass sich der Dschungel seiner Exklave ermächtigte, weil die Vögel Eier legten, Moos die Tapeten überzog und die Dielenbretter aufbrachen wie wiederauferstandene Bäume? Als Bryce sie ins Kino in den Film *Kongo Kavalkade* ausführte, war sie völlig begeistert, denn die wenig überzeugende Geräuschkulisse versetzte sie direkt zurück in den Dschungel an der Upper West Side. Im Motelzimmer in Westwood hatte sie Whelt mehrmals gesagt, wie sehr sie ihn beneidete, dass er die Wildnis mit eigenen Augen sehen würde. Und jetzt eröffnete Pomutz ihr, dass ihr dasselbe Abenteuer bevorstand. Zumindest für ein paar Wochen würde sie weit weg von Bryce sein, weit weg von ihrem Vater, weit weg von New York, weit weg von allem; aber nah bei diesem seltsamen Jungen mit den langen Wimpern.

Dennoch wusste sie natürlich, dass sie jetzt bedrückt aussehen musste, damit der Herausgeber nicht dachte, er habe nicht hart genug durchgegriffen. Deshalb sagte sie: »Okay, Boss«, und starrte auf den Boden. Das Meeting war bald beendet, und danach waren wir uns alle einig, dass Pomutz heute ganz besonders gut gelaunt war.

—

»Den Anfang vom Skript müssen sie kürzen, oder?«

»Warum?«

»Dieses ganze Zeug über den Dschungel.«

»Das ist direkt aus dem Buch.«

»Das weiß ich.«

»Es gibt dem Ganzen was Literarisches.«

»Was Literarisches? Haben Sie es gelesen? ›Unerbittlich, undurchdringlich, majestätisch – eine halbe Million Morgen Finsternis und

Fieber – eine jähe Wand, gegen die Menschen seit Cortes dem Killer ankämpfen – der gewaltige Dschungel von Honduras …‹« Müssen die Leute das wirklich hören? Müssen sie hören, dass es heißer als die Hölle ist, man über Lianen stolpert und Fische die Pissgrube hochgeschwommen kommen?«

»Steht da wirklich, dass Fische die Pissgrube hochschwimmen?«

»In der Erzählung? Nein.«

»Das sollten wir verwenden. ›Der gewaltige Dschungel von Honduras, wo die Fische die Pissgrube hochschwimmen.‹«

»Wenn ich drüber nachdenke, könnte das auch der Amazonas gewesen sein. Und demgegenüber hat unsere Gegend hier einen gehörigen Minderwertigkeitskomplex. ›Eine halbe Million Morgen‹ – als wäre das besonders viel. Jedenfalls hat jeder Mann, jede Frau und jedes Kind in Amerika *Kongo Kavalkade, Zu heiß zum Anfassen* und *Tarzans neueste Abenteuer* gesehen.«

»Niemand hat *Tarzans neueste Abenteuer* gesehen.«

»Okay, aber der Punkt ist doch, sie haben Hunderte von Filmen gesehen. Die Älteren erinnern sich wahrscheinlich noch, wie Teddy Roosevelt nach dem Rio da Dúvida gesucht hat. Die wissen doch, dass der Dschungel ungemütlich ist. Das müssen wir ihnen nicht noch mal sagen.«

»Erstens langweilt es die Leute nie, wenn ihnen mal wieder vorgeführt wird, dass der Dschungel wirklich ungemütlich ist. Dann wissen sie ihre klimatisierten Kinosäle erst richtig zu schätzen. Zweitens kann man sich nicht auf Andeutungen aus alten Filmen verlassen, weil man selber keine Lust hat, etwas darzustellen. Bei *Herzen in der Finsternis* müssen wir erst mal einführen, dass der Dschungel ein scheußlicher Ort ist. Nur weil der Dschungel in *Kongo Kavalkade* ein scheußlicher Ort ist, heißt das noch lange nicht, dass der Dschungel in *Herzen in der Finsternis* auch ein scheußlicher Ort ist. *Kongo Kavalkade* gehört ja nicht zu unserem Film.«

»Aber es ist derselbe Dschungel!«

»Der Dschungel ist jedes Mal ein anderer. Die Welt unseres Films existiert erst ab dem Augenblick, wenn sich die erste Filmrolle dreht.

Nichts wurde überliefert. Der Einführungstext ist die Genesis. Jeder giftige Farn ist noch voller Käseschmiere.«

»Also müssen wir so tun, als leide das Publikum an Amnesie? Wir müssen jedes kleine Detail erzählen? ›Der gewaltige Hut, eine Kopfbedeckung aus Stoff mit horizontaler Krempe.‹«

»Hüte haben die Leute selber schon gesehen. Den Río Patuca aber nicht.«

»Genauso wenig wie Q. Bertram Lee! Die Geschichte stammt von einem Schriftsteller, der nie im Dschungel gewesen ist und allen anderen erklärt, wie der Dschungel aussieht. Was hat das denn verdammt noch mal für einen Sinn?«

»Was meinen Sie denn dazu, Mr. Trimble? Sie sind doch sicher ein Kinogänger.«

Trimble blickte auf. Er hatte die Tucuxi-Delfine beobachtet, die im Kielwasser des Bootes wie überhitzte Kinder im Sprühwasser eines Hydranten herumtollten; ihre Haut hatte das fleckige Rosa eines haarlosen Hundebauchs.

Falls sie noch im Zeitplan lagen, mussten sie nun fast da sein. Die beiden Männer, die sich hier draußen auf dem Oberdeck unterhielten, waren der erste und der zweite Regieassistent, aber Trimble war sich nicht sicher, welcher welcher war. »Habt ihr in Hollywood keine Probevorführungen, um genau solche Fragen zu klären?«, fragte er.

Am Tag nachdem in der Klatschkolumne des *New York Evening Mirror* Trimbles Text erschienen war, in dem er Frank Parkers Entführung durch ein paar Zbyszkos bei einem Oktopus-Ringkampf beschrieb, hatte er einen Anruf von einem seiner Informanten, dem Barkeeper des Goldilocks, bekommen. Er hatte ihm dringend nahegelegt, schnellstmöglich aus der Stadt zu verschwinden. Offenbar war Parker unglücklich über den Schaden, den diese Kolumne seinem Ruf als braver, christlicher junger Mann zugefügt hatte. Er war sogar so unglücklich über den Schaden, den diese Kolumne seinem Ruf als braver, christlicher junger Mann zugefügt hatte, dass er geschworen hatte, er würde Trimble über ein Schaukelpferd binden und ihn mit einem Kondensatormikrofon in den Arsch ficken, wie er es immer machte, wenn jemand zum ersten Mal seinen Unmut auf sich zog. Trimble war natürlich schon zuvor Gewalt angedroht worden, aber für gewöhnlich gab es immer einen Gefallen, den man jemandem zur Entschädigung anbieten konnte, oder man hielt einfach für eine Weile den Ball flach. Aber Parker war anders. Der Sänger von *Wherever You Are, Sweetheart, I'll Find You* – aktuell auf Platz 12 der Billboard-Charts von Notenblätterverkäufen in den USA – neigte nicht zur Übertreibung. Und sein Manager stand im Ruf, noch viel schlimmer zu sein. Trimble trug seinem Goldilocks-Kontakt auf, das Gerücht zu verbreiten, die Kolumne sei auf Busbys Mist gewachsen, zweifelte aber daran, dass dieser Trick ziehen würde, weil er schon seit längerem großmäulig verkündete, er schreibe mittlerweile die Kolumne alleine.

An diesem Nachmittag hatte er im Büro des *Mirror* mitgehört, wie Vansaska telefonisch ihre Reisevorbereitungen traf. Kingdom Pictures hatte ein Boot gechartert, das Crew und Besetzung von *Herzen in der Finsternis* von Los Angeles die Westküste runter bis Mexiko und dann durch den Panama-Kanal in einer Schleife wieder hoch nach Spanisch-Honduras bringen sollte. Also buchte sich Vansaska eine Kabine auf einem Passagierdampfer, der von New York via Havanna nach La Ceiba fuhr, um sich dort pünktlich mit den Filmleuten zu treffen und mit ihnen in den Dschungel zu reisen. Sie bestellte außerdem ein Taxi, das sie am Abreisetag zum Hafen bringen würde. Und an dieser Stelle schaltete sich Trimble mit seiner neuesten List ein. Er rannte zu einer Telefonzelle auf der anderen Straßenseite und rief bei demselben Taxiunternehmen an wie Vansaska. Als er den Fahrdienstleiter am Hörer hatte, erklärte er, seine Schwester Meredith bilde sich ein, sie laufe vor ihrer Familie weg zu einem geheimen, verzauberten Tempel in den Tropen, wo sie entweder Filmstar oder unerschrockene Reporterin werden würde (irgendwie könne sie sich nie ganz entscheiden). Es sei äußerst wichtig, dass man sie in diesem Glauben lasse, sonst fange sie wieder an, sich die Fingernägel auszureißen, was auch der Grund sei, warum er ihr gerade eben erlaubt hatte, das Telefon zu benutzen. Aber eigentlich müsse sie auf direktem Weg ins Creedmor State Hospital zur psychiatrischen Behandlung gebracht werden.

Um ganz sicherzugehen, nahm Trimble früh am nächsten Morgen die Subway in die Upper West Side, und als das bestellte Taxi ein paar Minuten vor sieben vor Vansaskas Wohnung anhielt, ging er rüber und klopfte ans Fenster. Er erklärte, er werde mit seinem eigenen Auto in sicherem Abstand folgen, um seine Schwester zu übernehmen und den Fahrer zu bezahlen, denn Meredith werde sicher versuchen, herauszuspringen, wenn sie merkte, dass sie nicht auf dem Weg zum geheimen verzauberten Tempel war. Der Fahrer solle also unter keinen Umständen anhalten, bevor sie bei der Klinik ankamen. Daraufhin machte sich Trimble auf den Weg zum Hafen, wo er sich mühelos bis zur *SS Alterity* durchfragte. Er hatte zwar keine Ahnung, ob Vansaska wirklich in der Anstalt abgeliefert worden war, aber sie erschien jedenfalls nicht rechtzeitig, um ihn aus ihrer Kabine zu werfen. In dem Telegramm, das er später von Havanna aus an Pomutz schickte, erklärte er, dass er seine geschätzte Kollegin mit einer freundlichen Verabschiedung am Pier hatte überraschen wollen, aber als er dann feststellen musste, dass sie nicht auftauchte, hatte er dem *Mirror* zuliebe die Initiative ergriffen. Der nächste Dampfer nach La Ceiba sollte erst in drei Tagen ablegen, aber dann gab es keine Chance mehr, die Expedition noch zu erwischen.

Trimble wusste, dass Vansaska ihm den Streich auf lange Sicht nicht übelnehmen würde. Damals, in seiner Kindheit und Jugend in Gowanus – damals, als noch niemand geglaubt hätte, dass er mal seine Kröten damit verdienen würde, sich im Big Apple unter die Stinkvornehmsten der Vornehmsten zu mischen –, damals hatte er drei Teenagercousinen, allesamt ein wenig schlicht, die es trotz strenger Aufsicht schafften, so oft schwanger zu werden, dass das Gerücht ging, ihr Stiefvater habe für sie einen eigenen Abtreibungsarzt engagiert. Nach einer Weile gelang es Trimble, an der Veränderung im Teint die Schwangerschaft zu erkennen, noch bevor die Mädchen selbst davon wussten. Bei dem Redaktionsmeeting an Pomutz' erstem Tag im Büro war er so gut wie sicher gewesen, diese

Veränderung auch an Vansaska festzustellen. Der gewaltige Dschungel war kein Ort für ein trächtiges Weibchen.

Eine Theorie auf dem Schiff lautete, dass sich unter den Pozkito ein Déjà-vu wie eine Art hysterische Infektion verbreitet hatte. Das musste der Grund sein, warum die Einheimischen immer nach »den anderen Amerikanern« fragten, die gerade vorbeigekommen seien. Wer zur Hölle sollte das sein? Wie konnte es hier draußen »andere Amerikaner« geben? Als Trimble an der Reihe war, sich dazu in Spekulationen zu ergehen, wies er darauf hin, dass beim *Mirror* hin und wieder in der Klatschkolumne versehentlich Prophezeiungen abgedruckt würden, indem etwa detaillierte Augenzeugenberichte von Partys wiedergegeben wurden, die noch gar nicht stattgefunden hatten. Vielleicht war die Kingdom-Pictures-Expedition von ihrem eigenen Echo überholt worden. Aus Berichten, dass sie den Fluss hinabfuhren, seien Berichte geworden, dass sie den Fluss hinabgefahren waren. Soweit man wusste, kannte die örtliche Sprache ja gar keine Zeitformen.

In Wirklichkeit aber war Trimble einfach nur der Frage ausgewichen. Denn er war der Einzige an Bord, der wusste, dass noch eine zweite amerikanische Expedition auf dem Weg in den Dschungel war; er war der Einzige, der über Havanna angereist war, wo er etliche einschlägige Details über ein gechartertes Schiff gehört hatte, das eine Woche zuvor dort zur Maschinenreparateur angelegt hatte. Der Mensch, der all das hätte aufklären können, war Poyais O'Donnell, ein Ire, der in dem Städtchen San Esteban lebte. Er war der Mittelsmann, der fünfhundert Pozkito-Eingeborene als Komparsen für den Film besorgt hatte. Aber als sie in San Esteban ankamen, war O'Donnell nicht da. Er hatte dem jungen Regisseur Jervis Whelt die Nachricht hinterlassen, er habe wegen eines dringenden Geschäfts abreisen müssen, aber alles sei bereits mit den Pozkito arrangiert. Und so konnten sie ihn nicht fragen, was es mit den »anderen Amerikanern« auf sich hatte.

Abgesehen von zehn Schauspielern und vier Schauspielerinnen

gehörte zu der Crew von *Herzen in der Finsternis*: Regisseur, Erster Regieassistent, Zweiter Regieassistent, Produktionsleiter, Kameramann, Dialogassistent, Drehbuchautor, Hauptkameramann, zwei Assistenzkameramänner, Kranführer, Kransteuerer, Beleuchter, Assistenzbeleuchter, Hauptkamerahelfer, zwei Assistenzkamerahelfer, zwei Elektriker, Tontechniker, Assistenztontechniker, zwei Mikrofontechniker, Mikrofonkabeltechniker, Hauptmikrofonträger, Assistenzmikrofonträger, Techniker für Spezialeffekte, Requisiteur, Assistenzrequisiteur, Kostümbildner am Set, Assistenzkostümbildner am Set, Innenausstatter, Schreiner, Assistenzschreiner, Maler, Maskenbildner, Assistenzmaskenbildner, Garderobier, Assistenzgarderobier, Friseur, Assistenzfriseur, zwei Stuntmen, Tierbetreuer, Entwickler, Filmvorführer, Feuerwehrmann, Standfotograf, Rechnungsführer, Sekretär, Arzt, Zahnarzt, Chefkoch, Küchenleiter, zwei Küchenassistenten, Lagerverwalter, Assistenzlagerverwalter, Übersetzer, zwei Unterbringungsbeauftragte, Wäschereimänner und zwei persönliche Assistenten für jedes Mitglied der Besetzung. Obwohl entsprechend der Studiogepflogenheiten alle »Techniker« oder »Assistent« genannt wurden, waren fünfzehn davon weiblich. Und außerdem noch Trimble, was zusammen neunundsiebzig Menschen ergab, die hier im abenteuerlichen Quellgebiet dieses Nebenflusses des Río Patuca von Bord gingen.

»Ich werde mir nicht die Mühe machen, mir alle Namen zu merken«, hatte eine der Schauspielerinnen erklärt. »Wir werden nicht so lange hier sein, und außerdem sind wir dafür zu viele.« Aber Trimble hatte nicht nur alle Namen gelernt, sondern sogar für jedes Expeditionsmitglied eine eigene Akte angelegt, denn so funktionierte sein Kopf. Nach seiner Berechnung gab es in New York etwa neunundsiebzig Menschen, die berühmt genug waren, um es an einem ruhigen Tag allein schon mit ihrer Geburtstagsparty in die Klatschkolumne zu schaffen. Keiner aus dem Filmteam von *Herzen in der Finsternis* hatte einen sicheren Platz in der Kolumne, aber wenn er etwas Pikantes über einen Schreiner oder einen Hilfskoch hörte, konnte er das nicht einfach ignorieren. Vor dieser Reise war

Trimble nie weiter als bis nach Atlantic City gekommen. Vielleicht hätte er vom »gewaltigen Dschungel« berauscht sein müssen. Aber tatsächlich bemerkte er kaum einen Unterschied. Was ihn interessierte, waren die Menschen. Alles andere war nur Tapete.

Mindestens fünfzig Eingeborene hätten sie hier empfangen und das Schiff entladen sollen, aber bisher war überhaupt niemand zu sehen, allerdings war die Vegetation auch so dicht, dass sich die gesamte Bevölkerung von Staten Island unbemerkt dahinter hätte verstecken können. Etwa die Hälfte der Reisegruppe stolperte am glitschigen Ufer herum, die andere Hälfte befand sich noch an Deck. Die meisten waren für einen normalen Sommertag auf dem Filmgelände gekleidet; eine unbetitelte Fotografie dieser Szene hätte eine Vergnügungsfahrt zeigen können, die ganz fürchterlich vom Kurs abgekommen war. Als Trimble die Gangway hinabschlenderte, sah er, dass Whelt mit seinem Premierminister und seinem Papst beisammenstand: Kermit Rusk, der Produktionsleiter, und George Aldobrand, der Engländer, der die Hauptrolle in *Herzen in der Finsternis* spielte, nämlich den Ex-Verlobten von Coutts' Schwester.

»Entweder hat O'Donnell die falschen Anweisungen gegeben, oder sie haben ihn nicht richtig verstanden«, sagte Rusk gerade. »Aber sie werden uns wohl an der Pyramide erwarten.« Hin und wieder nannten die Leute den Tempel immer noch so, obwohl mittlerweile alle wussten, dass es sich nicht um eine Pyramide handelte, sondern um zwei gestufte und zwei vertikale Seiten; wenn man es genau nahm, war es ein vierseitiges Prisma. »Wir schicken ein paar Leute hin, um sie herzuholen.« Seine Stimme klang immer verschleimt, was es beim ersten Kontakt fast unmöglich machte, sich auf seine Worte zu konzentrieren, weil man so sehr damit beschäftigt war, ihn im Geist anzuflehen, sich zu räuspern.

»Ohne Führer?«, fragte Whelt.

»Laut der Karte liegt die Stätte östlich von diesem Quellgebiet. Nicht sehr weit entfernt. In der Zwischenzeit schicken wir alle wieder aufs Schiff, damit uns niemand abhandenkommt.«

»Ich gehe nicht zurück auf dieses vermaledeite Schiff«, sagte Aldobrand.

Trimble war der einzige amerikanische Reporter im Umkreis von hundert Meilen, und ein paar Mitglieder der Besetzung hatten schon zaghaft begonnen, um seine Aufmerksamkeit zu werben, weil sie für die Dauer der Dreharbeiten ansonsten ja vollkommen ohne Presse auskommen mussten. Nicht so jedoch Aldobrand. Er war damals in Bournemouth ein aufsteigender Stern im Varieté-Theater gewesen, doch sein Manager hatte ihn mit der Begründung fallengelassen, er sei »zu gut aussehend, um lustig zu sein.« Doch die Legende ging, dass ihm, seit er in Hollywood war, keine einzige Rolle abgeschlagen worden war. In *Herzen in der Finsternis* musste er sich in einer Szene eine Fliege binden, während er vor der Schauspielerin, die Coutts' Schwester Marla spielte, einen komplizierten Monolog hielt. Whelt hatte seine Textproben größtenteils ohne Requisiten und Kostüme durchgeführt, doch der Dialogassistent hatte darauf bestanden, dass Aldobrand in dieser Szene eine echte Gieves & Hawkes in die Hände bekam, denn bei *The Big Shakedown* hatte sich die professionelle und respektvolle Atmosphäre, die für einen funktionierenden Dreh so entscheidend war, nie wieder ganz herstellen lassen, nachdem man viel zu spät herausgefunden hatten, dass Charles Farrell nichts als gutturale Laute von sich zu geben vermochte, wenn er sich die Schnürsenkel band. Wie sich herausstellte, musste man Aldobrand anweisen, seine Fliege viel langsamer und mit beiden Händen zu binden, und nicht nur mit einer. Sonst sei der Anblick zu verstörend, da waren sich alle einig.

»Bei allem Respekt, Mr. Aldobrand, wollen Sie das Schiff eigenhändig entladen?«, fragte Rusk.

»Wir sind seit einer Ewigkeit unterwegs. Alle wollen doch unbedingt sehen, worauf wir die ganze Reise lang hingefiebert haben.« Zu dieser Zeit am Nachmittag waren die Bewegungen, mit denen sich die Menschen Luft zufächelten oder Moskitos verscheuchten, so schlaff und träge geworden, dass die gesamte Gruppe wie eine riesige Seeanemone zu schwanken schien.

Rusk nickte in Richtung des Regisseurs. »Die Entscheidung liegt bei Ihnen, Whelt.«

Whelt machte auf Trimble nicht den Eindruck von jemandem, der sich schnell an unvorhergesehene Umstände anpasste. »Vielleicht sollten wir einfach hier warten«, sagte Whelt. »Die Einheimischen sind womöglich schon zu uns unterwegs.«

»Warten?«, fragte Aldobrand. »Wie lange? Nein. Wenn das die vorherrschende Einstellung wäre, hätte man den Tempel nie entdeckt. Und die Insekten nerven sicher nicht mehr so sehr, wenn wir uns erst vom Wasser entfernt haben.« Er nahm Rusk das Megafon aus der Hand und hob es an den Mund. »Alle mal herhören: Unsere Portiers sind zwar noch nicht eingetroffen, aber wir machen uns einfach forsch auf den Weg! Nehmt mit, was ihr gerne mit euch tragt. Alles andere lassen wir später holen.« Vereinzelt war Applaus zu hören.

Und so zogen sie hinter einer Drillspitze aus Macheten in den Dschungel. Trimble war ziemlich weit vorne neben Myslowitz gelandet, dem eingewanderten Garderobier, der nörgelnd bemerkte, dass es seinerzeit in Deutschland wegen dieses »Hochstaplers« Leopold Jessner und seinen Shakespeare-Inszenierungen Mode gewesen war, jedes einzelne Stück auf der Jessner'schen Treppe aufzuführen, rauf und runter. Er hatte darauf gehofft, solchem Wahnwitz in Amerika endgültig zu entkommen – und jetzt wurde er ausgerechnet für diesen Film hier engagiert. Aber im Allgemeinen hielt die gute Stimmung viel länger, als Trimble erwartet hätte. Aldobrand schritt die Reihen auf und ab, um allen seine ermunternden Worte zukommen zu lassen: »Denkt dran, wir sind fast die ersten Weißen, die diese Stätte zu sehen bekommen. Davon könnt ihr noch euren Enkelkindern erzählen.« Jemand gab einen Tagtraum zum Besten, in dem in tausend Jahren ein Trupp von Hottentotten-Abenteurern auf den Grundstein der St. Patricks Kathedrale stieß. Als nach etwa einem Kilometer ihr Ziel zwischen den Kapokstämmen durchblitzte, wurde gedeutet und gejubelt. Und wenn es möglich war, dass neunundsiebzig Menschen tatsächlich glaubten, die ihnen angeblich vorauseilenden »anderen Amerikaner« seien nur eine optische Täuschung, wie der Einbrecher, der doch in Wirklichkeit das eigene Spiegelbild am anderen Ende des düsteren Flurs ist, dann war es auch möglich zu glauben, dass sich die Ruine durch irgendeine refraktäre Eigenschaft der tropischen Luft in sich selbst zusammengefaltet hatte. Das jedenfalls versicherten sie sich gegenseitig, bis ihre Sinne die Beweise nicht mehr leugnen konnten und selbst Aldobrand verstummte.

Da stand nur ein halber Tempel.

Und über dem Sirren, Brummen, Keifen, Meckern und Rülpsen des Urwalds war eine Jazz-Band zu hören.

In diesen ersten Tagen fragten sich die wenigsten, warum die Pozkito Coehorns vage Anweisungen so ausgelegt hatten, zuerst eine der beiden großen Treppenhälften des Tempels abzutragen, ehe sie sich der zweiten zuwandten, anstatt mit dem Deckstein zu beginnen und sich dann langsam nach unten vorzuarbeiten. Immerhin bedeutete beides vermutlich den gleichen Arbeitsaufwand, und für einen »zivilisierten« Geist, der gelernt hat, Symmetrie zu trauen und Willkür zu misstrauen, fühlte es sich so logischer an. Doch ein paar Tage später machte eine Geschichte über einen Pozkito-Jungen die Runde, den man dabei beobachtet hatte, wie er erst komplett die eine Hälfte einer Papaya aß, ehe er sich an die andere machte (anstatt sich den Weg um den Äquator zu erarbeiten wie bei einem Apfel). Dies mag zu der Theorie beigetragen haben, dem Volk der Pozkito sei eine in ihrer Rasse begründete Veranlagung zum bisektionalen Fortschreiten zu eigen, obwohl der Pozkito-Junge in Wahrheit vielleicht nur die mehlige Hälfte der Papaya verschmäht hatte. Jedenfalls waren die Ereignisse dieser ersten paar Tage für die meisten Neuankömmlinge an der Maya-Stätte so unerwartet, dass kaum jemand geometrische Analysen anstellte. Vor allem die Damen und Herren aus der Crew von *Herzen in der Finsternis* hatten, als sie zwischen den Bäumen hervortraten, nichts weiter im Kopf als: »Uns fehlt der halbe Tempel!« Sie waren ihres touristischen Erlebnisses beraubt, das sie sich nach der langen Reise verdient hatten, der Ehrfurcht, die sie hätte treffen sollen wie ein Schlag in die Magengrube. Denn der Tempel musste doch recht beeindruckend gewesen sein, als er noch intakt war: sechzig Meter hoch, sechzig Meter breit, hundertzwanzig Meter lang, mit moosigen Balustraden voller Skulpturen und einem Peripteros, das entfernt an das Jefferson Memorial erinnerte, als krönender Abschluss der oberen Terrasse, dort, wo sich die beiden Treppen trafen. Und all das – kaum zu fassen – inmitten eines unbändigen und ungebändigten Dschungels. Aber die Neuankömmlinge sahen kaum, was vorhanden war. Sie sahen nur, was fehlte. Eine Hälfte war greifbar und wie erwartet massiv – die andere eine gähnende Lücke.

Leland Trimble bildete sich viel darauf ein, dass ihn nichts überraschte. Und in der Tat war er, weil er schon von »den anderen Amerikanern« gehört hatte, besser als seine Begleiter darauf vorbereitet, vierzig, vielleicht fünfzig Weiße um ein Feldlager am Fuß des Tempels herumstehen zu sehen, während zahllose dürre Pozkito-Männer in Lendenschurzen um sie herumschwirrten wie Ameisen, die über eine Hochzeitstorte herfallen. Manche rollten Rundhölzer, andere zogen an Seilen, und wieder andere klopften Steine, alles begleitet von einem Pianisten, Bassisten, Klarinettisten und Schlagzeuger, die zusammen eine Zigeunerweise improvisierten. Ein Detail in diesem Tableau fiel seinen Begleitern überhaupt nicht auf, Trimble aber verschlug es den Atem. Und zwar die Tatsache, dass der Mann, der all diese Arbeiten beaufsichtigte, doch tatsächlich Frank Parker war, der Nachtclubsänger, der ihm den ganzen Weg bis nach Spanisch-Honduras gefolgt war, um sich für seine Klatschkolumne zu rächen. Trimbles Instinkt riet ihm zur Flucht, ehe Parker ihn bemerkte. Doch er konnte nicht anders, als Whelt zu folgen, während dieser die Anhöhe hinaufstürmte. Denn was hier auch passierte – es würde später wichtig sein.

Whelt schrie mit den Armen wedelnd: »Aufhören!« Er hob sein Megafon. »Sofort damit aufhören!« Und Trimble wusste, dass Whelt verlieren würde. Er klang wie ein Pazifist oder ein Vegetarier. Die »anderen Amerikaner«, von denen viele Karten spielten oder in der Sonne badeten, sahen sich verwirrt um, als immer mehr der neunundsiebzig Neuankömmlinge wie bei einem halbherzigen Überfall aus dem Dschungel stolperten. Und die Pozkito beachteten ihn überhaupt nicht.

Wenn zwei Menschen sich auf der Straße mit ihren Hunden begegnen, kann man oft beobachten, wie die Hunde zu jaulen und zu bellen anfangen, sobald sie einander erblicken, um sich dann ohne Debatte direkt in den Kampf zu stürzen, auf der Stelle scharrend, sodass ihre Klauen auf dem Gehweg praktisch Funken werfen, als hätten sie die Leine vergessen und wollten im Leben nichts mehr, als ein paar Zentimeter näher an die Halsvene des anderen Hundes zu gelangen. Manchmal handelt es sich dabei um einen lächerlich kleinen Krümel von einem Hund, einen Pudel etwa, einen Pekinesen oder einen Spitz wie Scofield, der sich einem Dobermann stellt – doch dieses Ungleichgewicht kümmert niemanden. All das geschieht mit einem so allumfassenden Hass, als hätte der eine Hund den Vater des anderen umgebracht oder dessen Frau vergewaltigt oder sein Kaufhaus in den Ruin getrieben, wobei sie sich in Wirklichkeit nie zuvor begegnet sind; die einzige Erklärung ist, dass jeder im anderen eine schreckliche Nichtvergleichbarkeit erschnuppert auf der tiefsten Ebene der Hundemusik, der Hundemathematik. Genau das geschah, als Whelt und sein Gegenspieler sich zum ersten Mal in die Augen sahen. Sie fingen nicht an zu knurren – gut. Aber Trimble hörte den Hass in der Luft zwischen ihren Köpfen knistern, ein Hass, den keiner der beiden hätte erklären können, ein Hass wie eine Liebe, die kein Außenstehender wirklich verstehen kann, der aber unmittelbar, unbestreitbar und übermächtig ist.

»Wer sind Sie, und wer sind diese ganzen Menschen?«, fragte Whelt.

»Mein Name ist Elias Coehorn jr., und das sind meine Angestellten. Hoffentlich haben Sie ebenfalls eine gute Antwort parat.«

Also war es doch nicht Frank Parker. Trimble musste sich jetzt eingestehen, dass ich in dem Meeting beim *Mirror* recht gehabt hatte: Bei dem Typen, der beim Oktopuswettkampf gekidnappt worden war, handelte es sich tatsächlich um den Coehorn-Jungen. Aber so absurd Parkers Anwesenheit hier auch gewesen wäre – dass Coehorn hier war, ergab auch nicht besonders viel Sinn.

»Mein Name ist Jervis Whelt. Ich bin der Regisseur des Films *Herzen in der Finsternis* von Kingdom Pictures. Das ist meine Besetzung und meine Crew. Wir sind hier, um am Originalschauplatz bei diesem Maya-Tempel zu drehen.« Whelt klang, als wäre alles gut, solange er Fakten aneinanderreihen konnte.

»Tut mir leid, aber wie Sie sehen, kommen Sie zu spät. Wir nehmen ihn mit nach Hause. Sie hätten schon letzte Woche hier sein müssen.«

»Wir haben keine anderen Schiffe gesehen.«

»Dann haben Sie offenbar nicht richtig hingeschaut. Wir haben flussabwärts angelegt und eine Abkürzung über Land genommen.«

Mittlerweile hatte Rusk aufgeschlossen. Whelt drehte sich zu ihm um. »Holen Sie unseren Dolmetscher.«

In diesem Augenblick entdeckte Coehorn Trimble. »Kennen wir uns nicht von irgendwoher?«

Der Dolmetscher war nicht weit weg. Rusk schnappte sich den nächstbesten Pozkito-Arbeiter, einen mürrisch wirkenden Kerl mit Unterbiss. »Fragen Sie ihn, ob er irgendwas von den fünfhundert Eingeborenen weiß, die Poyais O'Donnell als Arbeiter für uns angeheuert hat«, befahl Whelt.

Nach einem kurzen Austausch mit dem Arbeiter erklärte der Dolmetscher: »Er sagt, er sei einer von ihnen.«

»Was soll das heißen?«

»Das sind sie. Sie sind alle hier.«

»Das sind die Einheimischen, die wir angeheuert haben?«, fragte Whelt.

»Ja.«

»Das kann nicht stimmen.«

»Ganz sicher nicht«, sagte Coehorn. »Der irische Vermittler hat diese Einheimischen für uns besorgt. Das sind unsere Einheimischen, nicht Ihre.«

Über ihnen zog ein Macau mit schimmernden Federn seinen Bogen, wie ein Spähtrupp für einen Regenbogen. »Fragen Sie ihn, für wen er zu arbeiten glaubt«, befahl Whelt.

Wieder ein kurzer Wortwechsel. »Für beide.«

»Beide?«

»Er sagte, erst arbeiten sie für diesen Mann« – Coehorn – »dann werden sie für Sie arbeiten« – Whelt.

»Aber wir brauchen den Tempel hier an Ort und Stelle, um unseren Film zu drehen«, sagte Whelt. »Wie will er für unseren Film arbeiten, wenn wir ihn gar nicht drehen können, weil sie den Tempel weggeschafft haben?«

Wieder ein Wortwechsel. Diesmal zuckte der Dolmetscher mit den Schultern. »Ich glaube, entweder hat er die Frage nicht verstanden, oder ich habe nicht richtig übersetzt.«

»Haben Sie Mr. O'Donnell seine Provision vorab bezahlt?«, fragte Rusk.

»Ich glaube schon«, sagte Coehorn.

»Haben Sie ihn je persönlich getroffen?«

»Er war unterwegs wegen …«

»Eines wichtigen Geschäfts, klar. Dieser Hurensohn.«

»Die Eingeborenen werden den Tempel wieder aufbauen müssen«, stellte Whelt fest.

»Wir haben hier nur zwei Wochen für Dreharbeiten eingeplant«, fügte Rusk hinzu. »Wenn wir fertig sind, können Sie damit machen, was Sie wollen.«

»Erwarten Sie ernsthaft, dass wir hier zwei Wochen lang rumsitzen und uns die Fingernägel feilen?«, fragte Coehorn. »Ich bleibe keinen Tag länger, als ich muss.«

Mittlerweile war Trimble fast ein wenig enttäuscht, dass Frank Parker nicht bis nach Spanisch-Honduras gereist war, um Rache an ihm zu nehmen. Im Leben gab es nur wenig, was wichtiger war, als abzurechnen, und er hatte schon immer Respekt gehabt vor Typen, die nicht nur nach dem Motto »Zahn um Zahn« handelten, sondern einem für einen Zahn gleich das ganze Lächeln nahmen.

Rusk sagte zu Coehorn: »Wenn Sie nicht warten wollen, bis wir fertig sind, könnten Sie gehen und später wiederkommen.«

Coehorn verzog das Gesicht zu einem Grinsen und wandte sich an den Dolmetscher. »Sagen Sie unserem Pozkito-Freund, er kann sich wieder an die Arbeit machen.«

»Er ist unser Dolmetscher«, sagte Whelt. »Sie können nicht einfach unseren Dolmetscher benutzen! Nein, sagen Sie ihm, dass sie von uns kein Geld kriegen, wenn sie weiter für diese anderen Leute arbeiten.«

»Sagen Sie ihm dasselbe von mir«, sagte Coehorn.

»Sagen Sie ihm, wir verdoppeln ihren Lohn.«

»Mit Nachdruck: Dito!«

Whelt zog Rusk ein wenig beiseite, und Trimble folgte. Einen Augenblick lang starrte Whelt vor sich hin, als würden die Techniker in seinem Inneren irgendwelche Notfall-Neukalibrierungen vornehmen. Dann sagte er leise: »Wie viel Bargeld haben wir?«

»Nicht viel. Wir haben nicht damit gerechnet, viel zu brauchen. Nur einen Notgroschen, falls in Panama oder La Ceiba irgendwas total in die Hose gegangen wäre. Und ein wenig Silber und Gold aus demselben Grund.«

»Schicken Sie jemanden zum Schiff, der alles holt. Schnell.«

»Diese Eingeborenen wissen womöglich nicht, was sie mit einem Hundert-Dollar-Schein anfangen sollen. Ich bin davon ausgegangen, dass O'Donnell sie mit, na ja, Sie wissen schon, Angelhaken und Perlen bezahlt.«

»Holen Sie einfach alles. Auch den Schmuck. Armbanduhren. Räumen Sie die Kabinen aus.«

»Da werden die Leute nicht gerade erfreut sein.«

»Wir können alles zurückkaufen, sobald wir Mr. Spindler erreicht haben, damit er mehr Geld schickt. Und bringen Sie Alkohol, Salz, Spiegel, Taschenlampen … alles, was für Eingeborene von Wert sein könnte. Wir packen nicht gleich alles auf den Tisch, aber wir brauchen es in der Hinterhand für die Verhandlungen.«

»Diese anderen Typen haben vielleicht die gleiche Idee.«

»Dann müssen wir sie einfach übertrumpfen. Uns bleibt nichts anderes übrig.« Whelt sah Trimble an. »Warum folgen Sie uns andauernd?«

Aber in diesem Augenblick erschien Aldobrand und vervollständigte die Troika. »Was zum Teufel ist hier los? Warum zerstören die unser Set?«

Während Rusk die Sachlage erklärte, sah Trimble einen Anolis über den Boden huschen und trat darauf – der klassische Brooklyner Kakerlaken-Instinkt.

»Nun, ganz gleich ob wir die Indios überreden können, ihn wieder aufzubauen, oder nicht«, sagte Aldobrand, »im Augenblick ist es doch von entscheidender Bedeutung, dass sie ihn zumindest nicht noch weiter abbauen. Denken Sie nicht?«

»Ja«, antwortete Whelt. Aber die Pozkito rackerten sich unermüdlich weiter ab.

»Dann ist es Zeit, uns an die Tore zu ketten.«

»Wie bitte?«, fragte Rusk.

»Na, wie die Suffragetten.« Zum zweiten Mal schnappte Aldobrand sich das Megafon. »Alle mal herhören: Der letzte auf den Stufen ist eine lahme Ente!«

Die Besetzung und Crew von *Herzen in der Finsternis* runzelten zunächst nur die Stirn, vermutlich wegen seiner pittoresken Wortwahl. Aber als er losstürmte, verstanden sie. Es kam zu einer Stampede. Innerhalb kürzester Zeit hatte sich die gesamte Gruppe über die Steinstufen der noch intakten Treppe verteilt wie das Publikum in einem griechischen Auditorium, wobei Aldobrand bis ganz zur obersten Terrasse hinaufhechtete, die auf die fehlende Treppe auf der anderen Seite hinausragte, darunter ein Abgrund. Trimble selbst jedoch setzte sich nur auf die unterste Stufe, als wollte er lediglich auf der Treppe eines New Yorker Stadthauses eine Zigarette rauchen, weil er sich noch nicht so recht für eine Partei entscheiden konnte. Auf der Stufe über ihm hockte ein ihm unbekanntes, reizloses Mädchen.

»Hey, ich glaube, wir kennen uns noch gar nicht«, sprach er sie an.

Sie schluckte. »Nein, äh … vermutlich nicht. Ich nehme an, ich bin nicht … das heißt, ich hab mich wohl bisher im Hintergrund gehalten. Ähm.« Wie Aldobrand hatte sie einen arroganten britischen Akzent, und aus irgendeinem Grund zitterte ihre Stimme, als hätte er sie gerade beschuldigt, ein Baby ertränkt zu haben.

Trimble sagte in schäkerndem Tonfall: »Sie klingen, als hätten Sie was verbrochen.« Das Mädchen errötete und wich seinem Blick aus. Aber nicht auf diese verführerische Art, wie Mädchen das hin und wieder tun. Er nahm ein Taschentuch heraus, um sich die Stirn abzutupfen. Aldobrand ging davon aus, dass die Armee der Pozkito-Männer Coehorn gegenüber nicht loyal genug war, um sie alle an den Haaren von der Treppe herunterzuschleifen. Nach allem, was er in den schäbigen kleinen Siedlungen am Ufer des Patúca beobachtet hatte, wurden die Pozkito ihrem Ruf als lokale Friedensgesellschaft in keinster Weise gerecht. Sie waren mehr als nur gewaltbereit. Er konnte sich durchaus vorstellen, wie Tommy Gagliano auf dem Broadway Reißaus vor ihnen nahm.

Aber am nächsten Morgen waren sie allesamt verschwunden.

—

Das Mädchen neben Trimble war Joan Burlingame, Jungfrau, Maya-Expertin und jetzt auch Überläuferin. Letztes Ostern hatte eine Freundin aus der Bibliothek sie mitgenommen und ihr das Archiv mit Charles Darwins Nachlass gezeigt, der gerade neu katalogisiert wurde. Darunter war Burlingame ein Brief aus dem Jahr 1831 besonders bemerkenswert erschienen, in dem Darwin die Bedenken notiert hatte, die sein Vater äußerte, weil er einen Platz als überzähliger Naturkundler auf der *Beagle* angenommen hatte: Zum Beispiel, »dass sie den Platz als Naturkundler schon vielen anderen vor mir angeboten haben müssen; weil er noch nicht vergeben war, müsse es ernsthafte Bedenken angesichts des Schiffs oder der Expedition an sich geben; außerdem würde meine Unterbringung äußerst unbequem sein, und überhaupt sei es ein sinnloses Unterfangen.« An diesen Brief musste sie denken, als sie ihrer Mutter und ihrem Vater die Coehorn-Expedition schmackhaft machen wollte, die ganz ähnlich reagierten wie Robert Darwin damals: Joan könne unmöglich die erste Wahl für ein solches Vorhaben gewesen sein, und die Tatsache, dass ihr diese Stelle angeboten wurde, beweise, dass damit irgendetwas nicht stimmen konnte, sie werde sicherlich jede einzelne Minute davon hassen, weil sie ja noch nicht mal gern ans Meer fuhr.

Obwohl sie ihnen im Prinzip bei allem recht gab, gelang es Burlingame nach langem Kampf, ihre Eltern zu überzeugen. Dem Rektor des Newnham College und dem Leiter der Fakultät für Archäologie und Anthropologie dagegen genügte jeweils ein höflicher Brief von der Eastern Aggregate Company, in dem um die zeitweilige Beurlaubung ihrer Studentin ersucht wurde, zugunsten eines Unterfangens von größter wissenschaftlicher Bedeutung und erzieherischem Wert. Diese wurden von derselben tüchtigen Sekretärin verschickt, die für Burlingame eine Passage nach New York buchte und eine Truhe voller nagelneuer Feldausrüstung bereitstellte. Doch jedes Mal, wenn sie den Mut aufbrachte zu fragen, ob sie noch einmal mit Mr. Coehorn sprechen könne, wurde ihr gesagt, er sei nicht verfügbar. Er besuchte sie auch nicht in den zwei Tagen in dem Hotel in Manhattan, das sie sich nicht zu verlassen traute, da ihr niemand gesagt hatte, wohin sie gehen sollte. Und so fand sie erst am ersten Nachmittag auf dem gecharterten Dampfer nach La Ceiba heraus, was der eigentliche Zweck dieser Expedition war: einen Maya-Tempel abzubauen.

Burlingame sagte sich immer wieder, dass das British Museum nur aus leeren Räumen bestünde, wenn es nicht erlaubt wäre, Altertümer mit nach Hause zu bringen, um sie sicher zu verwahren. Genau wie die Nymphen von Notcote schändeten die Stammesangehörigen hier die Gemäuer ihrer Urahnen. Und auch Lord Byron hatte zwar geschrieben: *Stumpf ist das Aug', das nicht in Thränen thauet, / Wenn es erblickt, wie eines Britten Stab / Von deinem Wall das Bildwerk schlägt herab / Wie sie verschleppen deiner Kunst Altäre!*, etc. – aber er hatte nie einen Pozkito getroffen. Bisher stimmten Burlingames Beobachtungen überhaupt nicht mit dem überein, was sie von Dr. Bridewall über dieses Volk wusste. Sie hatte keinerlei Belege für Sinnesfreude, Jubel oder Kommunismus gesehen, sondern nur Gewalt, Härte und Gier. Wie dem auch sei, die Conclusio zum verantwortungsvollen Handeln des pflichtbewussten weißen Mannes musste dieselbe sein.

Als sie fünf Jahre alt war, hatte ihr Vater ihr ein Los für die Kirchenlotterie gekauft, und als die Nummern gezogen wurden, gewann sie eine Flasche Champagner. Alle hatten sie angesehen und gelacht, was sie zum Weinen gebracht hatte. Dann wurde ihr der Preis in seiner hübschen Goldfolie wieder weggenommen, und sie hatte noch mehr geweint. Aber genau wie ihr heute klar war, dass ein Kind keine Flasche Champagner behalten durfte, sollte den Pozkito klar sein, dass es ihnen nicht erlaubt sein konnte, den Nachlass ihrer fortschrittlicheren Vorfahren zu verwalten. Oder zumindest redete sie sich das bis zu dem Augenblick ein, als sie dann auf der Lichtung stand und sah, wie die ersten Steinblöcke der Ruine weggeschleppt wurden. Sie erkannte, dass dieser Tempel der ehrfurchtgebietendste Anblick ihres Lebens war und dass sie ihn zum ersten Mal in den allerletzten Augenblicken vor einer Plünderung gesehen hatte, an der sie selbst beteiligt war. Jetzt erschien ihr der Tempel mit seinem gesamten bergschweren Gewicht paradoxerweise flüchtig, ein Traum, der im Geist zersprang, wenn man versuchte, sich daran zu erinnern, ein Tiefseefisch, der zu Tode prolabierte, sobald er nach oben ans Licht kam.

Doch selbst dann hatte Burlingame nicht das Wort erhoben. Sie notierte sich nur so viel wie möglich und half nach Kräften mit, die Einzelteile zu katalogisieren, sodass der Tempel in Long Island entsprechend der fortlaufenden Nummern, die auf die Steine gemalt wurden, wieder aufgebaut werden konnte. Wenn er schon abgebaut werden musste, dachte sie, sollte er doch zumindest korrekt wieder aufgebaut werden. Noch immer wurde sie das Gefühl nicht los, dass das nicht der Grund war, warum sie hergereist war; dass das nicht der Grund war, warum sie so hart dafür gearbeitet hatte, in Cambridge bei Dr. Bridewall studieren zu können; dass das, alles in allem, nicht der Grund war, warum sie auf der Welt war. Aber ihr war auch klar, dass nichts zweckloser wäre, als bei Coehorn gegen den Abbau zu protestieren, der mit keinem anderen Ziel gekommen war, als den Tempel wegzubringen, und der, soweit sie es beurteilen konnte, immer noch keine Ahnung hatte, wer sie war. Selbst als die Gegenpartei aus Los Angeles so überraschend am Tempel auftauchte und klar wurde, dass sie ihn wieder aufbauen wollten, wonach ja auch sie sich sehnte, änderte das für Burlingame nichts an ihrer Lage, schließlich hatten ihre Eltern sie stets zur Loyalität erzogen.

Aber dann kam der Augenblick, als der Schauspieler zum Handeln aufrief, und sie verstand, dass die Neuankömmlinge die noch verbleibende Hälfte der Ruine beschützen würden. Sie blickte zu dem frisch exponierten inneren Gesicht des Tempels auf, das nicht vermoost und glatt war wie die schräg abfallenden Seiten, sondern eher grob und zerklüftet, schattig, ein Heim für Vogelnester, und an etwas erinnerte zwischen einer Basaltklippe und einem Hinterhaus, dessen Seitenwand durch den Abriss des Nachbarhauses entblößt war. Jemand hielt sie für eine vom Filmteam, schlug ihr auf die Schulter und rief: »Los, komm!« Noch einmal spürte sie das Gewicht der Champagnerflasche in ihren kleinen Armen, und diesmal drückte sie sie an sich und rannte los.

—

Die Pozkito waren nirgendwo zu finden.

Fünfhundert Männer waren einfach verschwunden, und dennoch konnte sich all dem zufolge, was Trimble belauscht hatte, kein einziger Amerikaner, egal von welcher Seite, erinnern, einen von ihnen gehen gesehen zu haben. Selbst die Aufmerksamsten hatten nicht mehr bemerkt als den flüchtigen Eindruck des Schwunds, wie wenn die Sternbilder in der Stunde vor der Morgendämmerung verblassen.

Und die Pozkito hatten ihre Beute mitgenommen.

Fast den gesamten Abend lang hatten die jeweiligen Anführer der beiden Expeditionen (mithilfe ihrer Übersetzer) mit den Vertretern der Pozkito verhandelt und immer mehr geboten, entweder für den kompletten Abbau oder für den Wiederaufbau des Tempels. Erst sollte alles nach Beendigung bezahlt werden, dann die Hälfte nach Beendigung und die Hälfte vorab, dann, als die Lage immer verzweifelter wurde, alles vorab, noch in dieser Nacht. Als die Auktion nach mehreren Stunden endete, waren beide Bieter mit ihren geistigen Kräften so am Ende, dass sie in ihren mit Moskitonetzen verhängten Biwaks einschliefen – ein wenig verwirrt angesichts der letzten Entwicklungen, aber dennoch in der Überzeugung, gewonnen zu haben. Keiner von beiden konnte dagegen glauben, dass sie tatsächlich so weit gegangen waren, analphabetische Stammesmänner um das Privileg anzuflehen, ihnen für körperliche Arbeit viel zu viel bezahlen zu dürfen. Vielleicht war das der Grund, warum es ihnen nicht in den Sinn kam, irgendetwas zurückzubehalten. Sie kamen aus einem Land, wo Menschen Tausende Meilen trampten, um Wurzeln zu sammeln. Wer rechnete schon damit, dass diese Eingeborenen sowohl Hinterlist als auch Entschlusskraft genug besaßen, um sie mit so einem bequemen Job im Stich zu lassen?

Aber jetzt, als der Tempel bei Sonnenaufgang einen langen Schatten über die Bäume warf, war keiner von ihnen mehr da.

»Wir haben ihnen all[es] gegeb[en]«, sagte Rusk schwach. »All[es]!« Wenn er wütend war, neigte er dazu, mehr Kautabak in seinen Mund zu stopfen, als er verarbeiten konnte.

»Ich würde vorschlagen, wir wählen ein halbes Dutzend Männer von jeder Partei aus und schicken sie in den Dschungel, um diese Indios zu suchen«, sagte Aldobrand.

»Und dann?«

»Bringen wir sie mit allem, was sie gestohlen haben, hierher zurück.«

»Und wie sollen zwölf Weiße fünfhundert Eingeborene in den Griff kriegen?«

Aldobrand sah Rusk an, als verstünde er die Frage nicht.

»Sie versuchen doch nur, uns zu dezimieren«, sagte Coehorn. »Ich schicke niemanden von hier weg.«

»Wir brauchen die Eingeborenen nicht, Mr. Rusk«, erwiderte Whelt. »Wir sind fast achtzig Mann. Wir können den Tempel selbst wieder aufbauen. Wissen Sie nicht mehr, was Sie uns am Labor Day über den Hurrikan erzählt haben?« Eines Nachts hatte Rusk an Bord des Schiffs erzählt, wie er ein paar Tage nach dem großen Hurrikan 1935 durch die Florida Keys gereist war, um seinen Cousin zu suchen. Er beobachtete die schlecht organisierten Bemühungen der Küstenwache und war fortan vollkommen davon überzeugt, dass ein Studio wie Kingdom Pictures in Krisensituationen die Rettung und Evakuierung deutlich effizienter hätte erledigen können als die Regierung, denn niemand wusste besser, wie man bei engem Zeitplan und knappem Budget Menschenmassen ernährt, unterbringt und transportiert, als ein Filmstudio.

»Niemand wird hier irgendwas wieder aufbauen«, sagte Coehorn. »Ihr Tempelbesetzer haltet euch wohl für ganz besonders clever, aber dieses Spielchen beherrschen wir auch.« Er deutete auf die exponierte Hälfte der Tempelfläche. Die Urahnen hatten ihren Grundstein auf ein Fundament aus weißer Tonerde und zerbrochener Töpferware gesetzt, das seit kurzem wegen der floßartigen Paletten, mit denen die Pozkito die großen Steinblöcke von der Stätte weggeschafft hatten, von breiten Furchen durchpflügt war. Das gesamte Gelände war noch mit Überbleibseln übersät, nicht nur Seile, Werkzeuge, Holz und Inga-Schoten, sondern auch etwas, das aus der Ferne wie angelaufenes Silber aussah. Und jetzt verlegten die »anderen Amerikaner« eiligst ihr Lager auf diese Fläche, sodass die Dekonstrukteure den Rekonstrukteuren im Weg waren, genau wie es die Rekonstrukteure den Dekonstrukteuren ohnehin schon waren. Etwas früher an diesem Tag hatte Trimble bereits die ersten vorsichtigen und peripheren Annäherungen zwischen den beiden Expeditionen beobachtet, aber er wusste, das würde nicht von Dauer sein. Geistesabwesend saugte er an seinem kleinen Finger. Beim Aufwachen war dessen Spitze von einer Art faserigem Fingerhut umschlossen gewesen, vermutlich von irgendeinem Insekt aus unergründlichen Motiven gesponnen. Sein Rücken schmerzte immer noch von der Nacht auf dem Stein.

»Sie verhalten sich nicht gerade vernünftig«, sagte Whelt und funkelte Coehorn an.

»Kommen Sie mir doch nicht mit ›Vernunft‹«, erwiderte Coehorn und funkelte zurück. »Sie sind zweitausend Meilen aus Hollywood hergereist, um einen Film an dieser Pyramide zu drehen? Noch nie was von Sperrholz gehört? Oder Kulissen?«

»Wenn das so weitergeht, sitzen wir alle hier fest«, warf Aldobrand ein. »Irgendjemand muss das tun, was nötig ist.«

»Wir gehen nicht«, sagte Whelt.

»Wir gehen auch nicht«, sagte Coehorn.

Und das taten sie auch nicht.

TEIL ZWEI

Die Hitze, das muss man sagen, ist ungeheuer, aber das Make-up hält. Der Dschungel ist so grün wie immer, aber Moskitos stören nie.

Aus Bosley Crowthers Kritik des Films
Flucht in die Tropen in der *New York Times*, 1941

Man hat mir eine Assistentin geschickt.

Ich bin heute Morgen reingekommen, und da war sie. Als hätte jemand das Bild einer Assistentin in meinem Kopf in Fleisch und Blut verwandelt: zwanzig Jahre alt und von so zartschmelzender Jugend unter ihrem prüden Gingham-Kleid, dass es fast wehtut, sie anzusehen, wie ein Barren direkt aus dem Schmelzofen, aber auch ernsthaft, tüchtig und aufrichtig froh über den Job. Ihr Name ist Frieda, und sie wohnt mit ihren Eltern und ihren zwei kleinen Brüdern nicht weit von meiner Wohnung in Springfield. Ich fragte sie, wer ihr die Sicherheitsfreigabe für die Arbeit in der Lagerhalle erteilt habe, und sie antwortete, es sei ein Mann namens Mr. McKellar gewesen. Also hat sich Winch entgegen all seinen Beteuerungen, er sei machtlos, doch für mich eingesetzt. Natürlich verdoppelt meine neue Assistentin die Chancen, dass ich finde, wonach ich in »all den Beweisstücken für meinen Fall« suche – als hätte man zwei Lotterielose gekauft statt einem. Sollte es nur fünf Jahre dauern, den Sieg gegen das Lagerhaus zu erringen, statt zehn, wird mich meine Leber trotzdem lange vor dem Ziel umbringen: Es ist nicht nur das Trinken, dazu kommt noch meine Organschädigung, als ich '57 wegen einer Bauchhöhlenpunktion fast verblutet wäre. Die Hilfe des Mädchens wird so zwecklos sein wie alles andere in meinem Leben.

Trotzdem ist es schön, sie um mich zu haben. Erst als ich mir vorzustellen versuchte, wie das Beweislager auf sie wirken muss, kam ich auf die Idee, eine Kaffeemaschine und ein Radio zu besorgen. Den Vormittag habe ich damit verbracht, ihr beizubringen, wie ein Schneidetisch funktioniert. Nach der Mittagspause, als sie ihr Schinkensandwich verzehrt hatte, bemerkte ich, dass sie ihren rechten Daumen mit einer klaren Flüssigkeit aus einem Fläschchen bestrich, aber es roch nicht nach Nagellack. Als ich nachfragte, errötete sie und gestand mir, dass sie es nie geschafft habe, sich das Daumenlutschen abzugewöhnen, und sich den Daumen deshalb zweimal am Tag mit Bitterapfelessig einstreiche. Nur leider funktioniere es nicht mehr so gut, weil sie den Geschmack langsam möge. Mein Gott, wie süß dieses Mädchen ist. Allein dieselbe Luft zu atmen wie Frieda, beschert mir womöglich ein paar weitere Monate, wie sich auch König David verjüngte, indem er das Bett mit der Jungfrau Abishag teilte; aber ich beschloss schon bald, dass sie nicht allzu lange bei mir bleiben sollte, selbst wenn sie es wollte. Ich kann nicht Tag für Tag hier sitzen und zusehen, wie das Licht immer weiter aus ihren Augen schwindet. Das wird der Job ihres Mannes werden.

Sie hat noch nicht gefragt, warum von einem meiner Ohren etwa ein Drittel fehlt, aber sie hat erwähnt, dass ich »manchmal irgendwie britisch klinge«. Ich erklärte ihr, dass ich in einer kleinen Kolonie des British Empire in die Welt gesetzt worden sei: durch meine verstorbene Mutter. Und selbst nach einem Jahrzehnt amerikanischer Schulen wurde ich ihre Stimme nie ganz los. Später bei meiner Arbeit im Amt für Strategische Dienste erwies sich mein Fast-Akzent als Vorteil, denn ich fügte mich wunderbar zu den Aristokraten aus dem Nordosten, die allesamt sprachen wie Douglas Fairbanks jr. Das erwähnte ich mal meiner Mutter gegenüber, und sie schrieb es sich stolz auf die Fahne, als hätte sie schon damals im Sinn gehabt, mich für den Eintritt in eine Organisation vorzubereiten, die es noch gar nicht gab. Und ich konnte nicht widersprechen, denn sie hatte mich minutiös genau kalibriert. Meine Mutter ist am Berkeley Square aufgewachsen, wie in dem Lied, und sprach genauso, wie diese ganzen Wichtigtuer am liebsten sprechen wollen. Ein alter Mann aus der Nachbarschaft hat mir mal gesagt, dass es ihm mehr Freude bereite, ihr beim Feilschen über den Preis von Pastrami zuzuhören, als es jede Musik vermöge.

Meine Mutter wurde in ein reiches Elternhaus geboren, aber als sie nach New York kam, war nichts mehr von dem Vermögen übrig. 1912 hatte ihr Vater ein gewaltiges Kurzzeitdarlehen auf sein

Anwesen aufgenommen, um sich einen Anteil an einem britisch-amerikanischen Konsortium zu kaufen, das den historischen Zusammenschluss der Atlantik-Schifffahrtslinien anstrebte. Das hätte ihn zu einem der reichsten Männer Londons machen sollen, aber einer seiner amerikanischen Partner betrog ihn unter Mitwissen eines bestechlichen Richters. Anstatt sich auf die Anwälte zu verlassen, überquerte mein Großvater selbst den Atlantik, um sich seine Investition zurückzuholen – wenn nötig, mit Gewalt. Aber bevor er seinen ehemaligen Partner aufspüren konnte, erkrankte er an Tuberkulose. Meine Mutter folgte ihm nach New York, um ihn bis zu seinem Tod zu pflegen. Und danach war das Haus am Berkeley Square perdu, und die einzige Hinterlassenschaft waren Schulden. Aber mittlerweile hatte sich meine Mutter in einen Eislaufbahnbetreiber verliebt und kehrte nie wieder nach Hause zurück.

Frieda präsentierte ich eine Zwei-Satz-Version von dieser Geschichte. Aber daraufhin fragte sie nach genaueren Einzelheiten. Ich schätze, es ist romantisch. Nur eins gefällt mir an Friedas Anwesenheit nicht: Ich werde niemals wieder in einer Position sein, um mich bei Winch McKellar für den Gefallen erkenntlich zu erweisen. McKellar war es, der mich überhaupt zum Amt für Strategische Dienste geholt hat. Ich habe ihn in den Dreißigern kennengelernt, als ich noch beim *Mirror* war und er das Geld seines Vaters verschleuderte, indem er in Varietétheater investierte und dabei ganz automatisch zu einem dieser Typen wurde, die aus überhaupt keinem Grund in der Stadt allgegenwärtig sind. Wir hassten einander.

Aber im Frühjahr 1943 war ich wieder in New York auf Urlaub von der 2. Photo-Tech-Staffel. Gegen vier Uhr früh an einem Montagmorgen warf mich das Mädchen, mit dem ich den Großteil des Wochenendes verbracht hatte, aus ihrer Suite im Waldorf-Astoria, und mir fiel nur ein einziger Ort ein, an dem ich in diesem Teil der Stadt noch was zu trinken kriegen würde. Als ich in die 49. Straße einbog, sah ich, dass dort bereits jemand vor dem Eingang zum Hauptquartier der alten Bering Strait Railroad Association of North

America stand. Aus seinen hängenden Schultern las ich dieselbe Enttäuschung heraus, die mich einen Augenblick später überfiel, als mir klar wurde, dass wir auf eine Parfümerie blickten.

»Wann hat der Laden hier zugemacht?«, fragte ich.

»Da ist man mal eine Weile aus New York weg …«

»Und dann passiert so was. Genau.«

»War es wegen diesem armen Schwein, das im Wasserbecken gestorben ist?«

»Machst du Witze? Das war 1938. Da hatte der Laden seine besten Zeiten noch vor sich.«

»Das war vor fünf Jahren? Der Killer-Oktopus? Himmelherrgott, dahin will ich wieder zurück.« Schließlich drehte er sich mir zu, und seine Augen hinter den Brillengläsern wurden größer. »Zonulet?«

Ich kicherte. »McKellar!« Wir umarmten uns, und von diesem Augenblick an war alle frühere Feindseligkeit kaum mehr als ein scheußliches Gerücht, das ein anderer in die Welt gesetzt hatte. Ich hatte immer noch meine zerknautschte Lieutenant-Uniform an, aber McKellar trug Zivilkleidung. »Bist du auch in der Army?«, fragte ich.

»Klar.«

»Wo?«

»Da, wo du auch sein solltest. Wo kriegen wir jetzt einen Drink her? Ich laufe nicht den ganzen Weg bis zum Broadway.«

»Ich komme gerade vom Waldorf.«

»Ist die Bar da noch offen?«, fragte McKellar. Sein Kiefer ist so breit, dass man damit Flaschen öffnen könnte.

»Nein, deswegen bin ich ja da weg. Aber irgendwo da drin gibt es was zu trinken.«

»So viel ist schon mal sicher.«

Unterwegs sahen wir einen Fischlaster, der um die Ecke zum Hintereingang des Hotels einbog, und wir folgten ihm und schlichen uns über die Laderampe ins Innere – gut, vielleicht nicht gerade die würdevollste Anwendung der Kampfausbildung, die wir beide absolviert hatten. Kurz darauf öffneten wir eine gestohlene

Flasche Sherry im Schirmzimmer des Waldorfs. »Das könnte eine ziemlich romantische Eskapade sein, wenn du eine Frau wärst«, bemerkte McKellar. Das Zimmer wurde gerade renoviert im Stil der neuesten Mode unter verlobten Paaren, die unter Tandemschirmen spazieren gingen – einer der Gründe, weshalb ich gar nicht so böse war, wieder in den Krieg zurückzukehren.

»Lass mich raten«, sagte ich, »du bist bei den Ganz Geheimen?« Ein Spitzname für die Strategischen Dienste.

»Die Ganz Geschickten. Stimmt. Und ich glaube, du bist genau der Typ, den ich hier treffen musste.« Er warf einen Blick auf die Makrele in seiner Hand. »Ich kann mich gar nicht erinnern, dass ich die mitgenommen habe.« Er legte sie weg. Dann goss er etwas Sherry über seinen Zeigefinger und betupfte damit meine Stirn.

»Was zur Hölle tust du da?«

»Ich salbe dich. Priesterweihe. Jetzt kann ich dir das Geheimzeug erzählen, und solltest du je ein Wort davon verraten, wird dich die Statue von General Benjamin Rush auf der E-Street mit einem Blitz niederstrecken.«

»Ist das das offizielle Verfahren?«

»Ja, laut Kriegsdienstvorschrift Meine Dicke Hose. Hör mal, nächsten Monat holen wir uns Sizilien.« Auf der Insel gebe es verstreute Partisanen, Radikale, Überläufer und alliierte Eindringlinge, erklärte McKellar, aber nichts, was einem verlässlichen örtlichen Hilfsnetz für die Operation Husky gleichkomme. Das Amt für Strategische Dienste hoffte, für General Patton eine Möglichkeit zu finden, alle verschiedenen Gruppen nach der Landung zusammenzuführen. Und dazu brauchten sie die Mafia. »Wir arbeiten seit '41 mit den jüngeren Spaghettifressern hier zusammen, um die Häfen sauber zu halten. Aber Sizilien ist anders. Die ganzen *Padroni* dort hassen Charles *the Moose* Panarella, deswegen dachten wir, wir hätten leichtes Spiel. Aber wir hören immer nur, dass niemand mit uns sprechen will, außer wenn wir es über Andreotti versuchen. Offenbar ist er der einzige Boss in Amerika, den sie alle noch immer respektieren. Weißt du, wer Andreotti ist?«

Der Regengeruch hier drin wurde zu einem Overproof destilliert. »Klar weiß ich, wer Andreotti ist. Ich war acht Jahre lang Gerichtsreporter. Andreotti hat so oft gedroht, mich höchstpersönlich zu erwürgen, dass ich es gar nicht mehr zählen kann. Einmal hat er sich wegen eines Missverständnisses nachher entschuldigt.«

»Er hat sich entschuldigt?«

»Er hat mir als Geschenk zwei Nutten in die Wohnung geschickt. Ich war ausgegangen. Sie haben den ganzen Abend vor meiner Tür gewartet. Mein Vermieter hätte mich fast rausgeschmissen.«

»Bei uns sind lauter Jungs aus Yale – wir haben nicht die richtigen Kontakte für solche Dinge. Kannst du uns eine freundliche Zusammenkunft mit Andreotti organisieren?«

Ich warf einen Blick auf meine Uhr. »Nicht in den nächsten drei Stunden.«

»Dann ist dein Urlaub vorbei?«

»Yeah.«

Er klopfte mir auf die Schulter. »In Wirklichkeit endet dein Urlaub genau jetzt. Ich verlege dich. Allein die Tatsache, dass du noch nicht längst beim Amt für Strategische Dienste bist, zeigt mir, dass wir bei der Rekrutierung was falsch machen.« Darauf tranken wir, und so begann meine Karriere beim Geheimdienst, die eines Tages wie ein Meteorit in einem halben Tempel in Honduras zerbarst. Der Tempel zog für manche von uns einen langen, komplexen Fall nach sich, für andere dagegen einen kurzen und ganz schlichten Fall. 1946, etwa drei Jahre nach meinem Wiedersehen mit McKellar, taumelte ein blutender und entkräfteter Hauptsturmführer namens Kurt Meinong zwischen den Bäumen hervor. Als er den Tempel zum ersten Mal sah, war es nicht das Monument an sich, das seine Aufmerksamkeit auf sich zog, sondern die menschliche Gestalt, die in sechzig Meter Höhe als Silhouette vor der untergehenden Sonne am Rand der Terrasse stand und unverkennbar kurz davor war, herunterzuspringen.

—

Neun Tage zuvor war Meinong an dem letzten Zufluchtsort angekommen, den er je brauchen sollte. Für ein stürmisches Willkommen in Erlösungsfeld hätte es genügt, zu erklären, dass er ein Nachfahre des Neffen von Augustus Meinong war, dem sächsischen Pferdezüchter, der 1848 nach Spanisch-Honduras gekommen war, um diese gottesfürchtige Bauernsiedlung im Wald zu gründen. Aber nachdem er hatte verlauten lassen, dass er die letzten sechs Jahre damit verbracht hatte, für den Ruhm des Dritten Reichs zu kämpfen, behandelten ihn die Erlösungsfelder wie Jesus Christus auf Fronturlaub. Bei einem Abendessen mit gepökeltem Schweinefleisch im Versammlungshaus mussten viele der Frauen weinen, als er seine Erinnerungen an die Nacht mit ihnen teilte, in der er vom Heldentod seines Bruders in Dramburg erfuhr. Und als er einräumen musste, dass alles wahr war, was sie von der sowjetischen Vergewaltigung des Vaterlandes gehört hatten, und sogar noch Schlimmeres geschehen war, wurde einer der Bauern so wütend, dass er sich buchstäblich die Haare ausriss. Mehrere Male wurde Meinong gebeten, die Einzelheiten seines eigenen Kriegsdiensts zu erläutern, aber obwohl er mit Erleichterung feststellte, dass die Erlösungsfelder geradeheraus über Juden sprachen, saßen immerhin Kinder mit am Tisch.

Weil aus Belize und Guatemala der Großteil der deutschen Einwanderer in den ersten Kriegsjahren vertrieben worden war, aber keine vergleichbare Verfolgung in Spanisch-Honduras stattgefunden hatte, hing man in Erlösungsfeld allgemein dem Glauben an, dass Augustus Meinongs Wahl dieses Landes vor all den Jahren nicht nur ein Glücksgriff gewesen war, sondern von Gott gelenkt gewesen sein musste; jetzt, da sie diesen gutaussehenden Ritter des Reiches beherbergten, waren sie sich dessen umso sicherer. Falls ihn irgendwelche Amerikaner oder die örtliche Polizei suchen sollten, würden sie lieber die Siedlung niederreißen, sagten sie, als ihn auszuliefern. Kurt ging nicht davon aus, dass eine so großzügige Geste nötig werden sollte, weil er auf dem Weg hierher sehr vorsichtig gewesen war, aber er wusste auch, dass er sich besser noch eine Weile bedeckt halten sollte, also gewöhnte er sich lieber gleich an sein neues

Immigrantenleben in Erlösungsfeld. Die Dorfbewohner waren unglaublich langweilige Menschen, aber damit konnte er leben.

In der dritten Nacht hielt er sich noch eine ganze Weile im Versammlungshaus auf, nachdem die Frauen die Tische abgeräumt hatten. Als nur noch ein halbes Dutzend Männer auf der Terrasse saß, zog einer der Bauern eine Flasche mit Zuckerrohrschnaps hervor. Er erklärte Meinong einigermaßen verlegen, dass die Erlösungsfelder zwar selbst nicht tranken, aber kleine Mengen alkoholischer Getränke für ihre Gäste brauten, als fürchte er, dass Meinong sie nun für Glaubensabtrünnige halten würde. Meinong nickte, als kaufe er ihm diese Geschichte ab, und fragte sich gleichzeitig, ob sie seit dem letzten Jahrhundert je einen anderen Besucher gehabt hatten.

Sie sprachen über Hitler und all das, was er für Deutschland getan hatte. Meinong behielt seine Gedanken über Flatterhaftigkeit und Geltungsbedürfnis des Führers für sich. Zu einem bestimmten Zeitpunkt, räumten die Bauern ein, hatte man darüber diskutiert, nach Europa zurückzureisen und für das Reich zu kämpfen, und Meinong merkte ihnen an, dass sie noch immer Schuldgefühle plagten, weil sie sich dagegen entschieden hatten. Natürlich waren sie alle begierig darauf, Einzelheiten über seinen Dienst zu erfahren. Als er kurz abschweifte und beklagte, wie viel Zeit er im Krieg in engem Kontakt mit Juden gestanden hatte, bekundeten die Bauern ihr Mitgefühl; aber Meinong, mittlerweile bei seinem vierten großen Glas Schnaps angekommen, war ihr Mitgefühl nicht mitfühlend genug, und als ihm aufging, dass keiner dieser Männer je persönlich einen Juden getroffen hatte, wollte er ihnen unbedingt vermitteln, wie verstörend dieser Umgang Tag für Tag, Woche um Woche gewesen war. Und plötzlich hörte er sich von seinen Pflichten in der Pathologie von Standort D berichten.

Nachdem er geendet hatte, war lange nichts zu hören als das Zirpen der Grillen. Meinong leerte sein Glas Schnaps und goss sich mit unsicherer Hand nach. Die Bauern tauschten Blicke, und einer von ihnen brummte ein Wort, das Meinong nicht ganz verstand.

Dann richteten sie sich in einer fast telepathischen Synchronie auf, hoben Meinong hoch und trugen ihn zur farnumsäumten Grenze des Dorfes.

Meinong hätte dies beinahe für eine spontane Siegesparade gehalten, wie wenn eine Fußballmannschaft ihren Stürmer nach einem Tor die Ränge entlangträgt, aber ihr fester Griff um seine Arme und Beine war dafür eigentlich zu grob. Und als er sich bäuchlings auf dem Boden wiederfand, wobei ihn der kräftigste der Bauern runterdrückte, wusste er, dass er einen schwerwiegenden Fehler gemacht hatte.

»›Und schändet das Land nicht, darin ihr wohnet‹«, sagte der Bauer, das Knie fest in Meinongs Rücken gepresst, »›denn wer blutschuldig ist, der schändet das Land, und das Land kann vom Blut nicht versöhnt werden, das darin vergossen wird, außer durch das Blut des, der es vergossen hat.‹«

Ein paar der Bauern hatten bereits eine Schlinge gebunden und warfen sie jetzt über den dicksten Ast eines Kapokbaums.

»Es waren doch nur Juden!«, jaulte Meinong.

»Es waren Frauen und Kinder. Das hast du selbst zugegeben.«

»Es war doch gar nicht unser Land. Es war größtenteils in Polen. ›Rächt euch nicht selbst, Geliebte, sondern gebt Raum dem Zorn Gottes!‹ Kennt ihr das? Römer, glaube ich. ›Gebt Raum dem Zorn Gottes! Denn es steht geschrieben –‹« Aber da schlug ihm der Bibelzitierer auf den Mund.

Seit seinem ersten Tag bei der SS hatte es unumstößlich zu Meinongs Morgentoilette gehört, sich in den linken Umschlag seines Hemdkragens statt eines Kragenstäbchens eine Rasierklinge zu stecken, und in Erlösungsfeld hatte er diese Gewohnheit genauso wenig abgelegt wie das Zähneputzen. Jetzt rettete sie ihm das Leben. Er wartete, bis die Schlinge geprüft und ein Hocker daruntergestellt war. Als der Bibelzitierer, der ihn immer noch am Boden hielt, sein Gewicht verlagerte, bekam Meinong eine Hand frei. Er zog die Klinge aus seinem Kragen, schnellte damit hinter seinen Kopf und machte blindlings drei Schnitte an der Stelle, wo er Gesicht und

Kehle des Mannes vermutete. Der kreischte auf und fiel nach hinten. Meinong kam frei und rannte durch das Zuckerrohrfeld.

Er ging davon aus, dass die Erlösungsfelder umkehren würden, sobald er sich nicht mehr auf ihrem Land befand. Aber sie verhielten sich wie Buschmänner, die eine Antilope verfolgten. Niemals hätte er sich vorstellen können, dass er so lange würde fliehen müssen. Aus Minuten wurden Stunden, aus Stunden Tage. Fast sehnte er sich die sowjetische Armee herbei. Die Verfolgung wurde das Haus, in dem er lebte: Er aß darin und ruhte dort, und einmal, auf dem Höhepunkt seines Deliriums, masturbierte er sogar. Manchmal war er fast sicher, dass die Bauern aufgegeben haben mussten, aber dann verriet ihm ferner Radau, dass sie noch da waren. Sie versuchten sich gar nicht erst an irgendeiner List, sondern sangen Kirchenlieder, um den Mut nicht zu verlieren, sodass er sie selbst dann hörte, wenn er ihnen weit voraus war und wirklich nicht verstehen konnte, wie sie es schafften, ihm auf der Spur zu bleiben.

Das Ende kam erst am Nachmittag des sechsten Tages. Sie waren mittlerweile tief im Dschungel, so tief, dass man durch den Anstieg des Terrains bereits Druck in den Ohren spürte. Er wünschte, er hätte sich auf La Ceiba zubewegt und das Risiko auf sich genommen, in einem Boot zu fliehen, statt zu versuchen, die Bauern in der Wildnis abzuhängen. Schmutz, Schweiß und das getrocknete Blut klebten wie schwerer Flanell an ihm, die Haut darunter glich einer proterozoischen Moorlandschaft aus Schnitten, Blasen, Schwellungen und Bissen, ein äußeres Organ, viel violetter und empfindlicher als jedes in seinem Inneren. Abgesehen von den Ameisen, die er von seinen Armen pflückte, gab es hier nichts zu essen außer unreifen Papayas an den Bäumen; am Vortag hatte er keine Nahrung bei sich behalten können, aber heute musste er sich nicht mehr übergeben, was womöglich ein schlechtes Zeichen war, wie wenn man so sehr friert, dass man aufhört zu zittern. Er wusste, lange würde er nicht mehr durchhalten. Jeder einzelne Schritt war mittlerweile eine Heldentat, eine Münze, geklaut aus Gottes Manteltasche. Seine Verfolger waren ihm so dicht auf den Fersen, dass nicht daran zu denken war, sich an einen Baum gelehnt ein wenig zu erholen. Gar keine Frage. Aber er tat es trotzdem.

Als er die Augen wieder aufschlug, waren die Bauern keine zwanzig Meter mehr entfernt und nur noch zu dritt statt zu viert. Er fragte sich, was für einen Tod sie ihm bescheren würden, und war dankbar, dass er wegen ihrer ungelenken Hände und ihres kümmerlichen Einfallsreichtums unmöglich so langsam und präzise sein konnte wie die Todesarten, bei denen er seine Hände im Spiel gehabt hatte und die fast an eine Fuge erinnerten.

Dann *bumm, bumm, bumm, bumm* – und alle drei fielen zu Boden. Die Schüsse klangen fast wie von einer Mauser. Aus den Bäumen stieg eine fedrige Stoßwolke von Vögeln auf.

Zwei kleine Männer kamen in Sicht. Eindeutig Wilde mit mahagonifarbener Haut, schwarzem Haar und nackter Brust, mit Ketten behängt. Aber sie trugen Khakihosen und Lederstiefel und hatten Kammerverschlussgewehre bei sich. In ein paar Sekunden würden sie Meinong entdecken. Er musste aufstehen. Er hatte keine Reserven mehr, keine Kraft mehr, und trotzdem weigerte er sich zu sterben. Also hebelte er sich hoch und stolperte wie eine Marionette, die über die Bühne gezogen wird, davon. Er hörte noch mehr Schüsse hinter sich und hoffte beinah, einer würde ihn treffen, aber er rannte weiter.

Und so kam er schließlich zum Tempel. Er sah eine Art Barackensiedlung, oder vielleicht auch zwei Barackensiedlungen – die eine erstreckte sich über die gestufte Hypotenuse des Tempels, die andere über das flache Feld daneben – und Dutzende von Menschen, voll bekleidete Weiße, die sich zwischen den Hütten und Unterständen bewegten wie Bauern zwischen den Ruinen Roms. Er roch Holzfeuer und schmorendes Fleisch. Die Existenz des großen steinernen Keils an diesem unerfindlichen Ort hätte Meinong ehrfürchtig machen können oder ihn verwirren, wäre er nicht so abgelenkt gewesen von der Gestalt ganz oben. Selbst von hier unten war an ihrer Haltung zu erkennen, dass er oder sie nicht einfach wegen der schönen Aussicht dort stand.

»Wer sind Sie?«

Der Kerl mit dem sandfarbenen Haar vor ihm hatte ihn auf Englisch angesprochen. Kurt versuchte sich an den Namen auf seinen gefälschten Papieren vom Roten Kreuz zu erinnern – vergeblich. Er war einfach zu müde. »Ich bin Hauptsturmführer Kurt Meinong«, krächzte er.

»Wo kommen Sie her?«

Meinong deutete hinter sich.

»Sie kommen aus dem Dschungel?«

»Ja.«

»Aber Sie sind ein Weißer. Ich meine, woher sind Sie davor gekommen? Kommen Sie von ... irgendwo draußen in der Welt?«

»Ja.«

»Wir haben niemanden von außerhalb gesehen seit ... na ja, seit wir hier sind. Acht Jahre. Sie zu sehen, ist so wahnsinnig seltsam ... Wenn Sie also da draußen waren, wissen Sie auch, was passiert ist? Seit wir weg sind?«

»Ja.«

Der Kerl sah kurz panisch aus. Da er plötzlich die Gelegenheit hatte, eine Frage zu stellen, irgendeine Frage, war sein Kopf natürlich völlig leer. »Äh, was ist mit Hitler und der Tschechoslowakei und dem ganzen Zeug?«, fragte er schließlich. »Hat es Krieg gegeben? Bei unserer Abreise hieß es, es könnte Krieg geben. Sie klingen europäisch. Wir haben überhaupt keine Nachrichten gehört.«

»Keine Nachrichten?«, fragte Meinong und begriff langsam, dass diese Unterhaltung Konsequenzen haben könnte. Um mit den finalen physischen und spirituellen Anstrengungen gleichzuziehen, die er gerade hinter sich gebracht hatte, musste er nun also zu einer letzten mentalen Anstrengung ansetzen. Er dachte an eine Chronik über die Belagerung von Paris, in der er gelesen hatte, dass die schlimmste Prüfung nicht im Hunger oder in dem Beschuss bestanden hatte, sondern allein darin, von allem abgeschnitten zu sein, was außerhalb der Stadtmauern vor sich ging. »Zu Ihnen ist nichts durchgedrungen? Seit acht Jahren?«

»Gar nichts.«

»Ja, es hat einen Krieg gegeben«, sagte Meinong vorsichtig. »Russland ist 1939 in Polen einmarschiert. Dann hat Japan einen Überraschungsangriff auf die USA gestartet. Stalin und Hirohito wollten gemeinsam die Weltherrschaft übernehmen.«

»Was ist passiert?«

»Wir haben sie zurückgeschlagen.«

»Sie haben gekämpft? Sie persönlich?«

Er würde nicht wieder denselben Fehler machen wie in Erlösungsfeld. »Für die Deutsch-Amerikanische Allianz, ja. Es war ein langer und schrecklicher Krieg. Mindestens fünfzig Millionen Tote.«

»Mein Gott.«

Ehe der Kerl noch mehr Fragen stellen konnte, zeigte Meinong auf die Spitze des Tempels. Jetzt, da er den infernalischen Triathlon hinter sich gebracht hatte, würde er gleich in Ohnmacht fallen, vorher aber wollte er wissen, ob irgendjemand den Selbstmörder aufhalten würde. »Haben Sie bemerkt, dass –?«

Aber in diesem Augenblick sprang die Gestalt.

—

Etwa zur selben Zeit als Kurt Meinong am Tempel auftauchte, lud Elias Coehorn jr. zu einem speziellen Abendfrühstück in seiner Hütte ein. Die Tischgesellschaft bestand aus seiner Freundin Irma Kittredge, dem *New York Evening Mirror*-Reporter Leland Trimble und Walter Pennebaker, dem ehemaligen Chefbuchhalter des Lollipop in der 47. Straße, den man wohl am ehesten als Coehorns Finanzminister bezeichnen konnte. Die vertrauliche Zusammenkunft fand zur Feier von Pennebakers Abreise statt. Am nächsten Tag würde er nach New York zurückkehren. Zum ersten Mal in den acht Jahren, die sie mittlerweile hier verbracht hatten, schickte Coehorn jemanden nach Hause. Der Cognac hatte ihn auf diese Idee gebracht.

Zählte man die Vibrationsentschlackungen nicht mit, die er in

New York alle zwei Wochen über sich hatte ergehen lassen, um sich bis ins mittlere Alter einen glatten Teint zu erhalten, hatte Coehorn nur eine einzige Langzeitinvestition gemacht. Eines verschneiten Nachmittags im Jahr 1936, als sich in dem Templerorden von persönlichen Buchhaltern seines Vaters immer noch ein paar fanden, die sich dazu überreden ließen, ihm Bargeld vorzuschießen, war er auf dem Weg zu einer Freundin gewesen. Dieser Freundin hatte er versprochen, sich großzügig dafür zu revanchieren, dass er bei ihrer Geburtstagsparty in ihrer Wohnung einen symbolischen Scheiterhaufen abgefackelt hatte, eine rhetorische Figur in einem Disput, der ihm nicht in Erinnerung geblieben war. Aber auf der Park Avenue traf er einen anderen, noch älteren Freund, den sommersprossigen Brimslow Rennie. Die Rennies hatten nach dem Black Tuesday alles verloren, und Coehorn hatte Brim seit Jahren nicht gesehen.

Brim erzählte ihm, dass er am nächsten Morgen den Dampfer nach Frankreich nehmen werde, weil er gerade eine kleine Cognac-Brennerei in Charente-Inférieure ihrem bankrotten, trinksüchtigen Besitzer abgekauft hatte. »Es brechen neue Zeiten an«, lispelte er. »Innerhalb von vier Jahren werde ich schwarze Zahlen schreiben. Und dann werde ich als Erstes Mutters Perlen zurückkaufen.« Was Rennie jedoch noch fehlte, war das Geld, um die rostigen Brennblasen der Destillerie durch modernes Equipment zu ersetzen. In New York hatte er keine Investoren auftreiben können, und so hoffte er jetzt, seine Mitreisenden während der Überfahrt dazu zu bewegen. Als Coehorn fragte, was er als Gegenleistung für die sechs knackig frischen Geldscheine erwarten könne, die er zufällig in einem Umschlag bei sich trug, antwortete sein Freund, dass ihm ein Anteil von dreihundert Dollar sechs Kisten Cognac zu jedem Neujahrstag bis an sein Lebensende bescheren würde, und zwar beginnend im Jahr 1946, dem ersten Jahr, in dem das *eau de vie* von 1936 lange genug in den Fässern gelagert hatte, um genossen zu werden. Wenn irgendjemand mit so etwas Erfolg haben konnte, dann der gewissenhafte Brim, dachte Coehorn und gab ihm alles, was er bei sich hatte. Er freute sich darüber, ging seiner Wege und vergaß die ganze Angelegenheit ein paar Jahre lang.

Doch am 31. Dezember 1945 während der Vorbereitungen zum Maskenball kam ihm zum ersten Mal in den Sinn, dass er nicht veranlasst hatte, den Cognac nach Spanisch-Honduras weiterzuschicken. Womöglich kam Rennie auf die Idee, Coehorns Cognac einfach an jemand anderen zu verkaufen, wenn er allzu lange nichts von sich hören ließ. Und das brachte Coehorn zu der Frage, was wohl sonst noch alles in seiner Abwesenheit geschehen war. Er war jetzt fast vierunddreißig, und mittlerweile mussten die meisten Sicherheitsklauseln aus seinem Treuhandfonds verjährt sein. Abgesehen davon war er sich ziemlich sicher, dass sein Vater etwa alle fünf Jahre sein Testament überarbeitete. Ehe noch ein weiterer Neujahrstag verging, sollte ganz New York mitbekommen, dass er immer noch voll und ganz damit beschäftigt war, den Tempel nach Braeswood zu exportieren, und, sobald er damit fertig war, wie ein Odysseus zurückkehren würde, um Rache an den anderen Cognac-Freiern zu nehmen und das zu genießen, was ihm zustand.

Auch wenn er lediglich ein Stück von der Konsole, das beim anfänglichen Abbau abgebrochen war, nach Norden schickte, ein Briefbeschwerer aus Maya-Kalkstein quasi, konnte zumindest niemand leugnen, dass er mit dem Job begonnen hatte. Genau wie die Erosion durch die Elemente brauchte diese Arbeit Zeit, war aber unumkehrbar. Seit ihrer Ankunft hatte er keinem einzigen Mitglied der Expedition erlaubt, sich von der Stätte zu entfernen, weil Whelt ohnehin schon eine gefährliche Überzahl auf seiner Seite hatte. Und er wusste selbst nur zu gut: Wenn sich ein einziger Gast vom Tanzdinner entfernte und so wirkte, als hätte er etwas Besseres vor, dann folgten alle anderen bald nach. Aber zurzeit erschienen ihm seine Rivalen blass und harmlos, auf ihren Stufen zitternd wie Katzen, die nicht mehr vom Baum herunterkommen. Als er dann auf die Idee kam, Pennebaker als Kurier einzusetzen und ihn dadurch auch gleich ein paar Monate lang vom Hals zu haben, war es beschlossene Sache.

»Die Frage ist natürlich, wie er die Geschichte unserer Expedition darstellen soll, wenn er in New York ankommt«, sagte Coehorn zu seinen Gästen. »Wir können nicht so sehr ins Detail gehen, dass man sich langweilt. Wir können nicht jede Minute der acht Jahre ausbreiten, die wir jetzt hier sind. Vor allem in der Anfangsperiode – '38, '39 – ist so wenig Interessantes passiert.«

—

Carrotwood Hospital
5600 Samuell Boulevard
Dallas, TX
United States

2. Dezember 1938

Meine Liebe,
Als ich Dir zum letzten Mal schrieb, hieß es noch, sie würden einen Sack mit Post nach San Esteban mitnehmen – das ist die kleine Stadt, durch die wir auf dem Weg hierher gereist sind, wo ich diese meckernde alte Hexe getroffen habe (von der ich Dir schon erzählt habe) –, um ihn von dort aus nach Norden zu schicken. Aber bei all dem, was gerade passiert, sagt Mr. Rusk, dass erst mal überhaupt keine Post nach San Esteban gebracht wird. Also werde ich diesen Brief wohl einfach zusammenfalten und ihn neben dem ersten in meiner Schmuckschatulle aufbewahren müssen.

Ich weiß nicht mal, ob sie Dich meine Briefe lesen lassen, ich vermute, eher nicht, eigentlich vermute ich, ganz sicher nicht, und falls doch, dann weiß ich nicht, ob Du sie überhaupt lesen willst oder ob du sie noch nicht mal im Kamin verbrennen würdest, damit Du nicht versehentlich mit dem Rauch einen Hauch von mir einatmest. Also sagst Du vielleicht: Lieber Himmel, warum schreibt sie dann überhaupt? Nun, meine Liebe, meine süße Emmy Emmy Emmy, aus demselben Grund, weshalb ich fast die ganze Zeit in meinem

Kopf mit Dir spreche, weil ich lieber mit Dir spreche, auch wenn Du nicht bei mir bist, als mit irgendjemand anderem auf der Welt, ob er nun da ist oder nicht.

Wir sind schon über drei Wochen hier, und die Dreharbeiten sollten nur zwei Wochen dauern. Aber das eigentlich [unleserlich] daran ist, hätten uns diese Typen aus New York den Tempel zumindest für kurze Zeit wieder aufbauen lassen, worum wir sie gebeten haben, wären wir jetzt schon fertig, und jeder könnte seiner Wege ziehen. Aber Mr. Coehorn gibt einfach nicht nach. Mr. Whelt, dieser arme penible Junge, sieht aus, als werde er gefoltert, und jede Minute, mit der wir den Zeitplan überschreiten, ist eine weitere Drehung am Hebel. Mr. Rusk ist vor einer Woche der rauchfreie Tabak ausgegangen, und jetzt kaut er stattdessen auf Blättern aus dem Wald, die seine Zunge anschwellen lassen. Ich mag Mr. Rusk, er hat eine sehr direkte Art, aber wenn man ihn nach seiner alten Mutter und ihren Perserkatzen fragt, die zu Hause in Los Feliz auf ihn warten, sieht man, dass tief in ihm ein weiches Herz schlägt, haha.

Mr. Rusk sagt, dass die Versicherung nur eine Woche Verzögerung deckt, also ist unsere Schonfrist um; falls es jetzt irgendwelche Unfälle gibt und die Besetzung, Crew oder Ausrüstung Schaden nimmt, bekommt Kingdom Pictures keinen Ausgleich, und die ganze Produktion ist in Gefahr, noch mehr als ohnehin schon. Aber er sagt, das Budget reiche noch, um diese ganzen Überstunden zu bezahlen, auch wenn er nicht verrät, wie lange noch, und wir doch alle wissen, dass Mr. Coehorns Vater mehr Geld hat als Kingdom Pictures und der liebe Gott zusammen. Sollte es also auf diese Art von Wettkampf hinauslaufen, können wir nur verlieren.

Das größere Problem ist, dass uns die Konserven ziemlich schnell ausgegangen sind und wir keine Eingeborenen haben, die für uns sorgen. Also stellt Mr. Rusk Truppen zusammen, die in den Wald gehen und uns dort Nahrung besorgen. Das machen die New Yorker genauso, außer dass wir nach Süden und sie nach Norden gehen. Zum Glück haben wir Bit Sewald, den Requisiteur, der letztes Jahr für einen Höhlenmenschen-Film Pfeile und Bogen gebaut, aber keine Ahnung von der Jagd hat, und außerdem haben wir den Schauspieler Amos Fleming, der keine Ahnung hat, wie man Pfeile und Bogen macht, aber auf die Jagd geht, seit er ein Baby war, wie er behauptet.

Ich habe gehört, dass die New Yorker manchmal nur mit Körben voller fauliger Früchte heimkommen. Gestern gab es bei uns einen Fleischeintopf, von dem der Koch sagte, es sei Reh, aber dann hörte ich ein Gerücht, dass es in Wirklichkeit irgendwelche kleinen wilden Schweinchen namens Tapir (reimt sich auf Papier) waren. Die Leute mögen es gar nicht, wenn sie nicht wissen, was sie essen, vor allem Miss Thoisy, die die Marla spielt und ihre Nerzstola sogar bei dieser Hitze trägt. Sie ist ausgerastet und hat Mr. Rusk angebrüllt: »Glauben Sie ernsthaft, dass wir irgendeinen dreckigen Fleischabfall essen, den Sie da aus dem Dschungel ziehen?« Zum Glück gibt es noch Mr. Aldobrand, den Engländer, der Miss Thoisys Ex-Mann spielt. Alle mögen ihn, und er schafft es immer wieder, alles auszubügeln. Als er mit seiner Rede fertig war, fanden es plötzlich alle richtig lustig, so zu essen wie auf einem Camping-Trip.

Jedenfalls habe ich das Gerücht gehört, dass unsere vornehme Miss Thoisy damals in Kansas mal fast in den Knast gewandert wäre, weil sie Kohl von einem Laster gestohlen hatte, also sollte sie lieber ganz still sein. Und das kannst du mir glauben – die, die abends um sieben sagen, dass sie lieber verhungern, schlingen um halb neun alles runter, was noch da ist. Allerdings schmeckt das Essen ein wenig fade, weil die Eingeborenen Salz und Pfeffer mitgenommen haben.

Habe ganz vergessen, Dir zu erzählen, dass wir einen Neuzugang haben. Miss Burlingame, eine Engländerin genau wie Mr. Aldobrand, ist Archäologin oder Anthropologin, ich weiß nicht mehr genau, vielleicht auch beides. Sie ist ein Schatz, aber so schreckhaft, dass man sie manchmal gar nicht ansprechen kann. Sie hat mir erzählt, dass sie mit den New Yorkern hergekommen ist, um den Tempel zu erforschen, aber als sie rausgekriegt hat, dass sie ihn mit nach Hause nehmen wollen, fand sie das falsch, genau wie diese Damen von der Gesellschaft zum Schutz südlicher Altertümer. Sie hatte auch gehofft, die Eingeborenen erforschen zu können, aber weil keine mehr da sind, erforscht sie jetzt stattdessen die Amerikaner, und ich war mir nicht sicher, ob das ein Witz sein sollte oder nicht; wahrscheinlich nicht, sie macht so gut wie nie Witze.

Sie ist auch nicht die Einzige, die hier die Ohren spitzt. Mr. Trimble passt immer sehr genau auf. Er ist der Klatschreporter, der über unsere Dreharbeiten berichten soll, aber er kommt aus New York und will sich scheinbar auf keine Seite schlagen. Wenn man ihn kennenlernt, kann man nicht anders, als ihn wegen seinem Quatsch zu mögen, aber ziemlich schnell fühlt man sich dann wie ein Trottel, weil er einen so hinters Licht geführt hat. Wenn man einen Moskito im Schlafzimmer hat und die ganze Nacht meint, er krabbele einem den Hals hinab, auch wenn er gar nicht da ist – genau so fühlt man sich, wenn man gerade nicht aufgepasst hat und plötzlich bemerkt, dass Mr. Trimble einen beobachtet hat.

Oh, Emmy, erinnerst Du Dich noch an unser letztes Treffen, bevor sie uns erwischt haben? Als der Mann im Radio über diese stinkvornehmen New Yorker geredet hat, die den Half Doodle tanzen, und wir es auch versucht haben, aber die Schritte nicht wussten und einfach nur herumgewirbelt sind und ich auf dem Rücken gelandet bin und

Ich höre besser auf, da sitzt nämlich ein Mädchen und näht und sieht, wie ich rot werde. Aber ich verspreche, dass ich bald wieder schreibe. Auch wenn ich den Brief nicht abschicken kann. Ich liebe Dich, Emmeline Sapp.

Für immer deine
Gracie

… Jervis Whelt skizziert ein zweites, größeres Heliodon, um die Position der Sonne im Hinblick auf die Positionierung seiner Kamera und die der Schauspieler zu berechnen … Elias Coehorn jr. liegt bäuchlings in seiner Hängematte und lässt einen Eiswürfel auf seinem Nacken schmelzen … Tontechniker Wayne Dutch versucht aus dem Gedächtnis

den Kopf seiner Ex-Verlobten aus feuchtem Ton zu formen … Leland Trimble spaziert mit der Klarinettistin Sandy Mitchell durch das Lager der New Yorker und schwelgt in Erinnerungen an New Orleans, eine Stadt, in der er noch nie war … Kranführer Fales Apinews streitet mit dem Kransteuerer Emil Berg darüber, ob William Powell oder James Cagney bei Der öffentliche Feind *mitgespielt hat … Kermit Rusk flicht Lianen zu Seilen … Joan Burlingame schämt sich, weil sie an den Nägeln gekaut hat … die Assistenzgarderobiere Gracie Calix faltet einen Brief an ihre Nichte zusammen und legt ihn in ihre Schmuckschatulle …*

Carrotwood Hospital
5600 Samuell Boulevard
Dallas, TX
United States

15. Mai 1939

Meine Liebe,
Etwas ganz ganz Schreckliches ist passiert. Mr. Rusk ist tot. Er hat ein paar von uns sein neues Perpetuum mobile gezeigt, bis er sich plötzlich an den Nacken fasste und fluchte – ich habe ihn zum ersten Mal fluchen gehört. Er zeigte uns allen einen Skorpion, der sich in seinem Kragen versteckt haben musste, es war ein ganz kleiner. Er lachte und warf ihn weit weg. Etwa eine Minute später bekam er plötzlich einen verträumten Blick und sagte, dass er sich ein paar Minuten hinlegen müsse.

Ich habe ihm in seine Kabine geholfen, und fast im selben Augenblick, als er das Bett erreicht und sich voll bekleidet hingelegt hat, ist er eingeschlafen, murmelte aber noch und glühte heißer als der Hass. Ich bin die ganze Nacht bei ihm geblieben, aber es wurde immer schlimmer, er schreckte oft hoch, als hätte er einen elektrischen Zaun berührt, und einmal hat er, ohne die Augen zu öffnen, seine Hand ausgestreckt und mich so fest am Handgelenk gepackt, dass ich schon dachte, es sei verstaucht. Und als der Tag anbrach, war es vorbei. Dieser Mann hat so hart für uns gearbeitet, und jetzt ist er weg. Ich bin am Boden zerstört, Emmy, wirklich.

Und ich mache mir Sorgen. Ich weiß, dass es nicht recht ist, über so etwas nachzudenken, wo er doch gerade erst unter der Erde ist, aber dem Mann wurde das Leben einfach genommen, und seine alte Mutter in Los Feliz weiß noch nicht mal davon, aber ich glaube, wir sitzen hier jetzt ganz schön in der Tinte. Zwei Männer sind verantwortlich für diesen Dreh, Mr. Whelt und Mr. Rusk, und Mr. Whelt arbeitet fast genauso viel, wie es Mr. Rusk getan hat, wenn nicht noch mehr, ich bin mir nicht mal sicher, ob er überhaupt schläft, aber der Unterschied ist, dass Mr. Whelt alles egal ist, was nicht vor der Kamera stattfindet. Einen leeren Magen kann man durch die Kamera nicht sehen, also ist ihm ein leerer Magen egal, sogar sein eigener. Diese Linse ist sein einziges Auge. Mr. Rusk hat das Fallenstellen und die Nahrungssuche im Wald organisiert. Und ich kann dir sagen, wir alle wissen ziemlich genau, was passiert, wenn es keinen Mr. Rusk mehr gibt, weil die New Yorker nämlich keinen Mr. Rusk haben, niemals hatten, und deswegen sind ihre Fallen und ihre Nahrungssuche vor einiger Zeit einfach im Sand verlaufen, weil sie keine Lust mehr hatten, die ganze Zeit in den Wald zu gehen. Jetzt kaufen sie den Großteil ihrer Nahrung von uns. Womit kaufen sie die Nahrung? Sie kaufen sie mit Eis. Ja, Emmy, Du liest richtig: Obwohl die New Yorker vorhatten, nur zwei Wochen lang im Dschungel zu bleiben, haben sie eine Eismaschine mitgebracht, von Hand betrieben läuft sie mit Ammoniak, weil Mr. Coehorn nicht auf seine allabendlichen Horse's Necks verzichten wollte, obwohl das jetzt natürlich keinen Sinn mehr hat, weil die Einheimischen seinen Brandy mitgenommen haben.

Gerne schicken wir ein paar Fresskörbe für einen Sack Eis rüber, aber die Eismaschine kann auch nicht unendlich viel Eis produzieren, jedenfalls nicht genug für das ganze Essen, das die New Yorker von uns wollen, also müssen sie mit allem handeln, was sie sonst noch haben. Wir dachten, sie hätten genau wie wir alles den Eingeborenen gegeben, aber wie sich herausgestellt hat, haben sie noch alle möglichen Gebrauchsgegenstände, die die Eingeborenen nicht wollten, weil sie nicht wussten, wofür man sie benutzt. Magenbitter, Alka Selzer, Ohrstopfen, Parfum, Wrigley's, Bimsstein, Schachspiele, Pomade, getrockneter Lavendel, Benzedrin, [unleserlich], chinesische Fächer, oh, und Gummis. Ich bin mir sicher, ein paar von unserer Crew haben selbst welche dabei, jeder Mann hat ja so seine Träume, haha, aber sicher nur ein paar, wogegen Mr. Coehorn eine ganze Schachtel eingepackt hat, und Kondome sind vielleicht nicht so wichtig wie Nahrung, aber Miss Droulhiole, die Assistenzkosmetikerin, ist schon so dick, dass wir uns alle einig sind, dass der Klapperstorch schon auf dem Schiff gekommen sein muss und nicht erst mit dem gutaussehenden Gentleman von der United Fruit Company, der allen Mädchen in San Esteban Drinks ausgegeben hat. Und ich habe gehört, dass auch bei den anderen ein Mädchen guter Hoffnung ist, da kann man sich den Rest ja denken.

Mr. Whelt hat solchen Kleinkram nicht mitgebracht, weil er nicht damit gerechnet hat, dass das wichtig sein könnte, und vielleicht ist es das auch nicht, aber die Leute gieren danach, oh ja, wie wir uns danach sehnen, jetzt, wo wir schon seit Monaten im Dschungel sind. Die New Yorker haben eigenes Geld, wie Spielgeld, das sie Dollarscrips nennen und das auf Kunstseide gedruckt ist. Manche hier bei uns sind der Meinung, wir sollten auch eigenes Geld haben, aber Mr. Rusk und Mr. Whelt halten nichts davon, also geben wir alles etwa gleichwertig aus, und das klingt vielleicht ein bisschen nach New Deal, aber ich bin froh, dass wir es so machen, weil die Leute auf unserer Seite immer noch sehr herzlich miteinander umgehen.

Aber langsam geht uns alles aus. Ich meine, nicht nur Wrigley's und so Zeug. Wir haben fast keinen Film mehr. Du fragst dich vielleicht, wie wir so viel Film verschwenden können, wo wir doch noch gar nicht mit den Dreharbeiten angefangen haben. Das ging alles für Probeaufnahmen drauf. Mr. Whelt macht so viele Probeaufnahmen mit Doubeln, weil er der Meinung ist, dass er damit danach so gut vorbereitet sein wird, dass er dann den ganzen Film ohne eine zusätzliche Minute oder Einzelbilder drehen kann, wenn uns die New Yorker endlich den Tempel zurückgeben. Auf jeden Fall zieht das Licht die Motten an.

Mr. Whelt hatte nicht vor, den Vorrat auch nur ansatzweise aufzubrauchen, aber wir haben weniger, als wir dachten, weil ein paar Filmdosen kaputtgegangen sind und Mr. Rusk, Gott hab ihn selig, es erst vor ein paar Wochen bei einer Inventur gemerkt hat. Erst heute habe ich gehört, wie Mr. Whelt Mr. Yang, den Entwickler, gefragt hat, wie man hier draußen im Dschungel Zelluloidfilm herstellt – was für ein himmelschreiender Blödsinn, aber es war ihm todernst, also musste Mr. Yang ihm erklären, dass man Silberchlorid und Nitro-Irgendwas braucht, um Nitrofilm herzustellen, und das kann man nun nicht mal eben schnell in einer Bratpfanne kochen. Mr. Whelt und Mr. Yang führten dieses Gespräch ein paar Stunden nachdem Mr. Rusk verstorben war, was ich nicht besonders respektvoll fand, aber wenn schlimme Dinge passieren, scheint Mr. Whelt es gar nicht zu bemerken, oder er tut zumindest so. Dass der Film schneller zu Ende gehen würde, als er gedacht hatte, machte ihn offenbar wütender als die Tatsache, dass es mit Mr. Rusk schneller zu Ende gegangen war, als er gedacht hatte.

Auch das Papier. Es mag genauso dämlich wirken, eine Druckerpresse den ganzen Weg bis nach Honduras mitzuschleppen wie eine Eismaschine, aber man braucht sie für den Drehtagesablaufplan, für Skriptänderungen, Memos und so weiter, weil es zu lange dauern würde, wenn jemand fünf Blätter auf einmal mit Durchschlag abtippt, also haben wir eine Druckerpresse und etwa zwanzig Stapel Papier mitgebracht. Aber im Februar ist hier bei vielen ein ordentlicher Durchfall durchgefegt, und die Leute wurden grantig, als alles Mögliche aus ihnen rausschoss, und ich glaube, Mr. Whelt und Mr. Rusk fürchteten um ihre Autorität, ganz gleich wie viele schöne Worte Mr. Aldobrand fand. Also mussten sie die Leute irgendwie beruhigen, und am Ende sagten sie, also gut, man darf ab jetzt Papier für alle möglichen körperlichen Notwendigkeiten benutzen und nicht mehr nur welke Blätter. Sie hatten eigentlich vor, pro Kopf und Tag nur ein Blatt rauszurücken, aber die Leute stürmten die Treppe hinauf, und binnen kurzem war alles weg, und ich habe nur noch ein paar zerrissene Fetzen abgekriegt. Ich weiß, ich habe gerade geschrieben, dass die Leute hier immer noch herzlich miteinander umgehen, aber nicht an jenem Tag …

Ich selbst habe schönes Briefpapier mitgebracht, um dir zu schreiben, aber bei weitem nicht genug, weil ich nicht damit gerechnet habe, dass wir so lange hier sein würden, und jetzt ist fast alles aufgebraucht. Dann habe ich neulich morgens mit Miss Droulhiole darüber gesprochen, dass das Papier ausgeht, und sie hat mich gefragt, wofür ich Papier brauche, und ich habe beschämt erklärt, dass ich immer noch Briefe schreibe, obwohl sie nicht verschickt werden, und sie hat mir gesagt, dass sie es ganz genauso macht. Ich habe mir nichts weiter dabei gedacht, aber an diesem Abend kam Trimble vorbei und sagte, eine kleines Vögelchen habe ihm zugezwitschert, dass ich kein Schreibpapier mehr hätte, um an meine Lieben zu schreiben, und er würde mir gern ein paar Seiten schenken.

Es ist parfümiert, und ich verstehe bei meinem Leben nicht, wie es diese unglaublichen Regengüsse hat überstehen können. Ich habe ihn gefragt, was er dafür haben möchte, und er hat mich beleidigt angesehen und gesagt: Nichts, gar nichts. Okay, Emmy, ich weiß, ich sollte bei diesem Mann wirklich keinerlei Schulden haben, aber ich wusste ja, dass mir das Papier ausgeht und ich Dir dann nicht mehr schreiben kann, und, mein Herz, es macht mich so froh, Dir zu schreiben, also habe ich es angenommen. Er wollte mir nicht sagen, woher er davon wusste, also habe ich am nächsten Tag Miss Droulhiole gefragt, ob sie Trimble davon erzählt hat, und sie schwor, dass sie ihm gegenüber kein Wort verloren hat.

Ich beschreibe besser mal, was ich vorhin mit Perpetuum mobile gemeint habe. Mr. Rusk hat es so genannt, aber er hat uns erklärt, dass es kein echtes Perpetuum mobile ist, weil ein Perpetuum mobile von nichts anderem als sich selbst angetrieben wird, seine Maschine aber treibt der Regen an. Mal sehen, ob ich erklären kann, wie sie funktioniert. Es ist ein Flaschenzug, mit dem man schwere

Güter vom Fuß der Treppe bis ganz nach oben befördern kann. Oben am Tempel steht ein Fass, das sich bei Regen mit Wasser füllt, und das Fass ist über eine Rolle mit einem Schlitten verbunden. Wenn das Fass voll ist, macht man den Riegel los und gibt Seil, sodass das Fass an der flachen Seite runterfällt und den Schlitten die Stufen hochzieht. Das Seil ist nur so lang, dass das Fass nicht ganz den Boden erreicht und kurz vorher umkippt, sodass das ganze Regenwasser rausschwappt. Leer ist es dann so leicht, dass das Gewicht des leeren Schlittens, der jetzt die Stufen wieder runterfährt, das Fass hochzieht. Hast Du das kapiert? Ich würde Dir ja ein kleines Bildchen malen, aber Du weißt ja, ich hab's nicht so mit dem Malen. Wahrscheinlich ist es egal, ob du es dir vorstellen kannst oder nicht, das muss ich mir immer klarmachen, denn nur weil ich mir alles vorstellen will, was bei dir so passiert, heißt das nicht, dass du dir alles vorstellen willst, was hier bei mir passiert.

Neulich morgens saßen ein paar von uns zusammen und haben darüber gequatscht, wie es für die Maya gewesen sein muss, die diesen Tempel vor so vielen Jahren aufgebaut haben, wie lange sie hier gelebt haben und ob eine Maya-Mutter mehr Kinder in der Wiege verlor als eine Mutter aus Oklahoma und so weiter. Du kannst dir vorstellen, Emmy, dass es bei einer solchen Diskussion jede Menge Platz für Schweinkram gibt, und ich behaupte ja nicht, dass ich besonders gebildet wäre, aber manchmal wird einem bei all der Dummheit hier ganz schwindlig. Ich weiß gar nicht mehr, wie wir auf das Thema gekommen sind, aber der Tontechniker, Mr. Dutch, hat behauptet, eine Frau kann zehn Jahre lang jedes Jahr ein Baby bekommen, aber wenn sie ein Baby bekommen hat, kann sie nicht zehn Jahre später noch eins kriegen, weil die Eierstöcke von Frauen wie Dosenschinken sind, hat er gesagt: Er hält lange, bevor man ihn aufmacht, aber wenn er offen ist, muss man davon weiteressen, zumindest immer ein bisschen was von oben ab, sonst wird er schlecht. Wir haben ihm gesagt: Nein, Mr. Dutch, so läuft es nicht mal mit Dosenschinken, geschweige denn mit Eierstöcken, aber er war nicht davon abzubringen.

Also habe ich ihm erzählt, dass meine Eltern meinen Bruder bekommen haben, als meine Mutter neunzehn war, und ich weiß nicht warum, aber dann bekamen sie erst wieder ein Baby, als meine Mutter einundvierzig war, nämlich mich. Und dass mein Bruder eine eigene Tochter hat, was bedeutet, dass ich eine Nichte habe, die nur ein Jahr jünger ist als ich, und ich sie wegen irgendwelcher Familienstreitigkeiten noch nicht mal kennengelernt habe, bis wir beide mit der Highschool fertig waren. Und deswegen war es gar nicht so, als ob ich eine Nichte oder sogar eine Schwester treffe, sondern einfach nur eine wunderbare neue Freundin, die mir ein wenig ähnlich sieht.

Und oh mein Gott, Emmy, was ich dann gesagt habe, hatte gar nichts mehr mit Mr. Dutch und seiner bescheuerten Eierstocktheorie zu tun, aber manchmal kann ich einfach nicht aufhören, über Dich zu sprechen, bis mich jemand unterbricht. Wenn Mr. Dutch nicht eingeworfen hätte, dass weibliche Eileiter wie schlafende Bären sind, dann hätte ich vielleicht einfach weitergeredet und ihnen erzählt, was Du anhattest, als ich dich zum ersten Mal gesehen habe, dass Dein Kleid fleckig war vom Lilienblütenstaub und ich gesehen habe, wie Du auch mich anschaust, und ich kaum zu hoffen wagte, dass Dein Herz so trommelt und jubelt wie meines. Wenn ich daran denke, mein Herz, bin ich immer am traurigsten, dass alles so gekommen ist. Jetzt höre ich besser auf. Ich liebe Dich, Emmeline Sapp. Ich weiß, dass Du nicht an Gott glaubst, aber ein Gebet zu sprechen, das nicht gehört wird, ist auch nicht dümmer, als einen Brief zu schreiben, der nicht verschickt wird. Also schließe bitte Mr. Rusk in Deine Gebete mit ein.

Für immer Deine
Gracie

Elias Coehorn jr. spielt eine Runde des Kartenspiels Canfield mit dem Küchenassistenten Art Canfield, was ihn jedes Mal wieder amüsiert … Die Masseuse Patricia Boniakowski fragt sich, ob sie damals vor sieben

Monaten in ihrer Wohnung in Astoria ihren Lockenstab aus der Steckdose gezogen hat … Der erste Regieassistent Rick Halloran feiert, weil er zum ersten Mal erfolgreich einen lebendigen Fisch mit bloßen Händen aus dem Fluss gezogen hat, nach so vielen Wochen des Scheiterns … Jervis Whelt bittet Freddie Yang, ihm das Prinzip der Elektropositivität bei Metallen genauer zu erklären … Leland Trimble feilscht mit Coehorns Freundin Irma Kittredge um ein Opernglas … Joan Burlingame stellt fest, dass sie den Sammelnamen für Frösche vergessen hat und keine Möglichkeit hätte, ihn nachzuschlagen, wenn es aus irgendeinem Grund wichtig werden sollte … Virginia Droulhioles Baby tritt in ihrem Bauch … Gracie Calix faltet den Brief an ihre Nichte zusammen und legt ihn in ihre Schmuckschatulle …

—

»Eigentlich weiß ich noch ziemlich viel von dem, was '38 und '39 so passiert ist«, sagte Irma.

»Trotzdem müssen Sie es so schnell zusammenfassen wie möglich«, sagte Coehorn zu Pennebaker. »Zack, zack, zack, nur die Fakten.«

»Wie wäre es ein wenig impressionistischer?«, fragte Irma. »Zum Beispiel das Leben aus der Perspektive einer Reihe von unterschiedlichen Leuten. Eine Art Querschnitt.«

»Etwas Langweiligeres kann ich mir nicht vorstellen«, antwortete Coehorn. »Viel besser –«

Aber er wurde von seinem Chefkoch unterbrochen, der einen Servierwagen ins Esszimmer schob, beziehungsweise weniger schob als zerrte, weil sich nur noch eins der Räder drehte.

Auf dem Servierwagen befanden sich vier Teller unter angelaufenen Zinnglocken und eine Kanne mit wolkiger roter Flüssigkeit und vielen Eiswürfeln, an deren Außenseite das Kondenswasser hinabrann.

»Also, wie lange haben Sie daran gearbeitet?«, fragte Coehorn.

»Etwa acht Monate«, antwortete der Chefkoch.

»Erklären Sie Ihre Mühen.«

»Zum Essen gibt es rohen Pekari-Schinken und pochierte Wildenteneier auf einem ungesäuerten Muffin aus Maniokmehl mit Sauce hollandaise aus Wildenten-Eidotter, Brotnuss-Butter und dem Saft der unreifen Spitzblume. Zum Trinken haben wir Maniokschnaps und Saft aus eingelegten Casanas, gewürzt mit Palmwedelkohle, Chili und noch mehr Saft von der unreifen Spitzblume, dazu einer Worchestershire Sauce aus Maniok-Essig, Inga-Zucker, gestreiften Anchovis, Kermesbeeren-Knoblauch, Bambuskohle und verschiedenen anderen Dschungelgewürzen.«

Coehorn sah sich beglückt um. »Haben das alle verstanden?«

»Nein«, sagte Irma, die ein Kleid trug, das sie sich aus dem Futter eines ruinierten Anzugs von Coehorn genäht hatte.

»Eggs Benedict und Bloody Mary!«, jubelte Coehorn. »Genau wie im Waldorf. Abgesehen von einer Chemiekeule, die ich einmal in einer Limousine verabreicht bekommen habe, ist das die beste Katermedizin der Welt. Eigentlich schlägt sie vielleicht sogar die Chemiekeule.«

»Ich glaube nicht, dass ich schon mal eine Bloody Mary getrunken habe«, sagte Trimble.

»Na ja, noch nicht mal in New York kriegt man überall Bloody Marys. Es gibt nur eine kleine Bruderschaft von kompetenten Barkeepern.«

Dieses Abendfrühstück zum Abschied von Pennebaker war ein ausreichend großes Ereignis, sodass Coehorn nicht gezögert hatte, diesem Anlass durch die Premiere von Eggs Pozkito und Pozkito Mary ein wenig Glamour zu verleihen. Niemand außer ihm und dem Chefkoch wusste, was für ein unverhältnismäßig großer Teil der Leistungsfähigkeit des Lagers in den letzten acht Monaten in dieses Unterfangen geflossen war (obwohl Pennebaker eine Ahnung gehabt haben musste). Aber das war es wert, denn dieses Frühstück war Coehorns Tempel für die Götter. Genau wie der Maya-Tempel selbst – oder auch die Hängenden Gärten von Babylon, Braeswood oder eines der Nachbar-Anwesen an der Goldküste – nur von einer Zivilisation hatte gebaut werden können, die so im Überfluss schwelgte, dass sie sich sogar der Verwirklichung ihrer prachtvollsten Einfälle widmen konnte, so wurde auch dieses Frühstück nur durch den aktuellen Wohlstand des Lagers ermöglicht. Damals als jeder noch über jede gebratene Wespe froh gewesen war, wäre ein solches Mahl ein Ding der Unmöglichkeit gewesen. Mit anderen Worten, das Abendfrühstück, über dem sie miteinander darüber diskutierten, wie Coehorns visionäre Führung in New York vermittelt werden sollte, war das beste Symbol für ebendiese Führung und gleichzeitig deren Untermauerung. Leider konnte man ein pochiertes Wildentenei nicht zweitausend Meilen weit transportieren. Also saßen sie jetzt zusammen und stellten stattdessen eine offizielle Geschichte zusammen.

»Pennebaker, wenn Sie da mit meinem Vater sitzen, mit einem von Trimbles Kollegen vom *Mirror* oder mit wem auch immer, der etwas über uns wissen will, wenn Sie da also sitzen und Ihre Artikulation kurzzeitig zwischen zwei großen Bissen Funnel Cake verständlich ist, denke ich, es wäre am besten, wenn Sie zuallererst erklären, was für gute Kapitalisten wir sind«, sagte Coehorn, während sein Chefkoch vier Gläser Pozkito Mary einschenkte, sorgfältigst darauf bedacht, keinen Tropfen zu verschütten.

In allen Minen, Steinbrüchen, Plantagen und Holzfällerlagern, die die Tochtergesellschaften der Eastern Aggregate Company betrieben, sowie in einigen der abgelegenen Lebensmittel- und Konservenfabriken waren Dollarscrips im Umlauf. Selbst in den Staaten, in denen es nicht legal war, die Arbeiter mit nur in betriebseigenen Läden gültigen Berechtigungsscheinen zu bezahlen, konnte man in dieser Form immer noch Vorschüsse auf den Lohn anbieten, und die Arbeiter nahmen Vorschüsse immer an, wenn sie welche kriegen konnten. Um Fälschungen zu vermeiden, wurden sie meistens nicht auf Papier, sondern auf Viskose gedruckt – eine Neuerung, die es ausschließlich bei der Eastern Aggregate gab. Elias Coehorn sen. hielt nur selten Predigten, aber eines Tages, als sein Sohn etwa vierzehn Jahre alt war, hatte er einen Zehn-Dollar-Coupon voller brauner, getrockneter Blutflecken hervorgeholt. »Letzten Monat wurde ein Holzfäller in Alaska von zwei anderen Männern totgestochen, die ihm diesen Schein abnehmen wollten. Seine Witwe hat ihn mir geschickt, aus Gründen, die sie mir im Brief nicht verständlich machen konnte. Aber weißt du, warum ich ihn dir zeige, Junge?« Coehorn jr. hatte den Kopf geschüttelt. »Für dich und mich ist dieser Schein wertlos. Im Staat New York gibt es keinen einzigen Laden, der ihn annehmen würde. Irgendwo habe ich hundert Blätter ungeschnittener Musterseiten mit identischen Scrips. Aber in Alaska ist er so viel wert, dass man dafür tötet. Dieses Stück künstliche Seide war es wert, dafür zu töten, und nur aus dem einen Grund: weil ich es so bestimmt habe. Ich könnte das mit jedem anderen Ding der Welt genauso machen, das groß genug ist, um meinen Namen in Sechs-Punkt-Schrift draufzudrucken. Ich könnte das mit jedem welken Blatt im Rinnstein machen. Verstehst du das? Das ist die Macht, die du vielleicht eines Tages erben wirst. Das solltest du immer bedenken.«

In den bedenkenlosen Jahren, die folgten, zeigte diese Lektion offenbar nicht den beabsichtigten Effekt bei Elias Coehorn jr. Anstatt in welkem Laub potenzielle Banknoten zu sehen, sah er in Banknoten nicht viel mehr als Mulch, der sich wichtigmachte, vor allem wenn er – um nur ein Beispiel zu nennen – einen Freund auf der Straße traf, der eine Cognac-Brennerei generalüberholen wollte. Bei einer Besprechung zur Honduras-Expedition, die so ermüdend war, dass Coehorn dachte, er spüre seine Rückenmarksflüssigkeit gerinnen, hatte der Logistiker der Eastern Aggregate gesagt: »Normalerweise geben wir Dollarscrips aus, wenn wir Leute an ein Ziel so weit entfernt von jeder Bank schicken, aber dafür werden Sie gar nicht lange genug dort sein. Doch jetzt zu diesen Import-Haftungserklärungen, über die wir am Telefon gesprochen haben –« Coehorn unterbrach ihn. »Ich will Dollarscrips.« Ihm wurde klar, dass er dieses besondere Privileg seines Vaters doch gern am eigenen Leib erfahren wollte: Sollte er schon ein Königreich haben, wenn auch nur für ein paar Tage, dann musste es auch eine königliche Münzanstalt geben.

Aber genau wie es der Manager eingedenk des ursprünglichen Zeitplans vorhergesagt hatte, nützten ihm die Dollarscrips gar nichts. An Bord und beim Tempel gab es keine betriebseigenen Geschäfte. Alle nahmen sich einfach, was sie brauchten. Erst als die eingeborenen Gauner sich mit ihrer Beute aus dem Staub gemacht hatten, beschloss Coehorn, eine Währung auszugeben. Die Maxime des Lagers würde kein kommunistisches *Jeder nach seinen Fähigkeiten, jedem nach seinen Bedürfnissen* sein, und ein Tauschmittel wurde nötig, um die verfügbaren Vorräte zuzuweisen (oder auch nur um ein Poker-Turnier gegen die Langeweile auf die Beine zu stellen). Und im Rückblick war diese Entscheidung ein Geniestreich gewesen, denn dadurch entstand die Miniversion eines freien Marktes.

Nicht vollkommen frei, natürlich. Das Eastern-Aggregate-Lager konnte man auch als Planwirtschaft betrachten, mit Pennebaker als Chefplaner. Coehorn betrachtete Buchhaltung als Aberglaube und beinah jede Art von Vorausplanung als eine Umarmung des Todes. Pennebaker dagegen hatte schon seit Kindertagen davon geträumt, Buchhalter zu werden, sodass er für den Rest seines Lebens fröhlich zwischen Soll und Haben herumtollen konnte. Im Lager war es immer Pennebaker, der Coehorn daran erinnerte, dass sie mehr Eis an die Angelenos verkaufen mussten, dass sie mit den Kaugummireserven sparsamer umgehen sollten oder dass sie bei der Nahrungssuche zu viel Zeit auf so zwielichtige Gewürze wie die Kermesbeere verwendeten. Und er achtete lästigerweise genauso sehr auf das Wohlergehen der Bürger wie auf das Wohlergehen des Staates, auch wenn die Leute nicht den ganzen Weg in den Dschungel hinter sich gebracht hatten, um gesagt zu bekommen, dass sie sich die Zähne putzen, sich ausruhen oder sich noch was für später aufheben sollten, wenn sie vielleicht wieder hungrig sein würden. Es war unerträglich. Dass er immer recht hatte, machte die Sache nur noch schlimmer. Sogar Irma war der Meinung, dass er wegmusste.

»Nun, Mr. Coehorn«, sagte Pennebaker, »am besten beginne ich wohl, indem ich eine Diskussion über den Unterschied zwischen Rechengeld und Hartgeld in diesem Zusammenhang anzettle. Wir hatten die Firmencoupons, aber hier draußen schienen sie wertlos zu sein, weil –«

»Oh mein Gott, Pennebaker, ich sinke jetzt schon ins Koma«, rief Coehorn aus, den Kopf in die Hände gestützt. »Das ist schlimmer als eine Logistikversammlung. Ein oder zwei Absätze, habe ich gesagt! Das waren jetzt … schon um die sechs, oder?«

»Nein, Mr. Coehorn, das waren bisher nur … dreizehn Wörter.«

»Vierzehn zu viel. Lassen wir die Ökonomie doch mal beiseite.«

»Wenn Sie erlauben, Mr. Coehorn, ich glaube, meine Erfahrungen beim *Mirror* könnten hier von Nutzen sein«, schaltete sich Trimble ein. »Als Nachrichtenmann lernt man ziemlich schnell, dass man eine dreifach verdrehte und um die Ecke gedachte Geschichte anhand von Menschen, nicht von Fakten und Zahlen erzählen muss.«

Ein weiterer Grund, warum Coehorn keinerlei Bedenken hatte, Pennebaker wegzuschicken, war, dass er in Trimble einen vorzüglichen Berater gefunden hatte. Es hatte sich gezeigt, dass dieser rattenhafte kleine Kerl ziemlich clever sein konnte, und obwohl sich Trimble amphibisch zwischen den beiden Lagern hin und her schlängelte, wusste Coehorn, dass er tief in seinem Inneren ein New Yorker war und New Yorker Interessen im Herzen trug. Coehorn konnte die *Herzen in der Finsternis*-Crew in dieser Hinsicht nur bedauern, denn falls es jemanden gab, dem ihre Interessen am Herzen lagen, dann war es ganz sicher nicht ihr Kindkönig Jervis Whelt. »Trimble hat recht«, sagte er. »Beginnen Sie mit etwas Interessantem. Ich weiß, das bevorstehende Wiedersehen mit ihrem geliebten Funnel Cake trübt vielleicht Ihr Urteilsvermögen, aber versuchen Sie, sich ganz dem Problem zu widmen.«

»Nur um es noch mal zu klären, Mr. Coehorn, Sie möchten, dass ich '38 und '39 schnell abhandle«, sagte Pennebaker.

»Ja.«

»Dann verringere ich das Tempo, wenn wir zu den ersten Jahren dieses Jahrzehnts kommen.«

»Nein, nicht unbedingt. Ich habe auch diese Jahre nicht als besonders ereignisreich in Erinnerung.«

Carrotwood [unleserlich]
[unleserlich] Samuell [unleserlich]
[unleserlich] TX
Vereinigte [unleserlich]

26. [unleserlich]

Meine Liebe,
seit uns [unleserlich] ausgegangen ist, versucht [unleserlich], selbst Papier [unleserlich], auch wenn der erste Versuch [unleserlich] Art von Baum völlig verkorkst, [unleserlich] es kaum [unleserlich] und der Stift einfach durchsticht [unleserlich]
ach, verdammter Mist

Virginia Droulhiole spielt Guck-guck mit ihrem Sohn Colby … Elias Coehorn jr. wird vom Croupier Carl Ivo mit dem Mund befriedigt … Irma Kittredge wärmt ihr Badewasser in einem Boiler, der aus einem der Generatoren gebaut ist, der das Flutlicht betreiben sollte, ehe das Benzin ausging … Jervis Whelt kniet auf der oberen Terrasse, wo einst ein hübscher Peripteros gestanden hat, bis eine Hälfte abgetragen wurde und die verbleibende Hälfte bei einem Sturm einstürzte, und malt eine Karte des anderen Lagers … Walter Pennebaker versucht den metabolischen Brennwert von Dschungelhonig in Kalorien pro Unze zu schätzen … Leland Trimble tröstet den weinenden Schreiner Dick Schwalbe … George Aldobrand spielt Kricket mit einem Ball aus Tapirhaut, den er selbst gebaut hat … Gracie Calix knüllt den Brief an ihre Nichte zusammen und wirft ihn weg …

Carrotwood Hospital
5600 Samuell Boulevard
Dallas, TX
United States

3. September 1942

Meine Liebe,
es gibt so viel zu erzählen. Ich konnte eine ganze Weile nicht schreiben, weil die Papierherstellungs-Truppe so lange gebraucht hat, um rauszukriegen, wie der Brei angemischt werden muss, damit das Papier nicht auseinanderfällt, wenn man darauf schreibt, und dann schafften sie in den ersten paar Monaten immer nur ein paar Blätter pro Tag, und für die arme alte Gracie fiel nichts davon ab. Ich wollte nicht auf dem matschigen Papier schreiben, weil Du die Worte nicht entziffern könntest, was eigentlich auch egal gewesen wäre, denn, meine liebste Emmy, Du wirst diese Briefe sowieso nie lesen, und ich könnte sie auch genauso gut mit meinen Fingern in den Regen schreiben. Aber ich will einfach richtige Briefe schreiben, also glaube ich wohl im Alleralleralleraller-Innersten meines Herzens, dass Dich diese Briefe eines Tages doch noch irgendwie erreichen. Vielleicht sitze ich ja dann sogar neben Dir und sehe zu, wie Du sie liest. Irgendjemand müsste mich mal zur Vernunft bringen, meinst Du nicht?

Eigentlich sollte ich vorne anfangen, aber ich weiß gar nicht, wo das ist. Also lege ich einfach los. Die Leute von Kingdom Pictures haben uns zu Weihnachten 1938 mit ein paar Filmspulen zurückerwartet, um dann die Anfangsszenen zu drehen, die in New York spielen. Emmy, wusstest Du, dass sie Filme nie der Reihe nach drehen? Ich jedenfalls hatte keine Ahnung, bevor ich hier angefangen habe, und jetzt habe ich vielleicht das Ende von diesem Brief vor seinem Anfang geschrieben, haha. Aber Weihnachten '39 und Weihnachten '40 kamen und gingen, und Mr. Whelt sagte, er ist sicher, dass Mr. Spindler versteht, mit welchen Schwierigkeiten wir hier in Honduras konfrontiert sind, aber trotzdem ist es bestimmt nicht zum Vorteil des Filmes, dass wir so weit hinter dem Zeitplan liegen. Also hat er vor, mit dem fertigen Film heimzukommen, sodass Mr. Spindler nur noch den endgültigen Schnitt abnehmen muss, ehe der Film an die Kinos geschickt wird.

Die Tempelszenen können wir immer noch nicht drehen, weil wir nach wie vor nur den halben Tempel haben. Aber Mr. Whelt sagt, dass es keinen Grund gibt, warum wir die New-York-Szenen mit der Coutts-Familie nicht drehen sollten, die werden ohnehin nur auf einer Tonbühne gefilmt, und wir müssten also nur ein paar Kulissen, Requisiten usw. bauen. Das Problem ist, dass nicht genug Filmmaterial übrig war nach den ganzen Probeaufnahmen von Mr. Whelt, nicht mal genug für die New-York-Szenen. Also hat Mr. Whelt etwas erfunden, so eine Art *tableaux vivantes,* wie wir sie mal auf einem Jahrmarkt gesehen haben. Nur [unleserlich] die Damen dort aus Schicklichkeit keinen Muskeln rühren, aber Mr. Whelt sorgt dafür, dass ein halbes Dutzend Schauspieler herumgeht und wie bei einer Rinderversteigerung spricht, damit in fünf oder sechs Sekunden so viel passiert wie sonst auf einer halben Spule.

Film ist nicht das Einzige, was uns ausgegangen ist …

[Absatz gestrichen]

Etwa einen Monat danach, als alle meinten, noch schlimmer könne es nicht werden, wurde Mr. Aldobrand von einem Affen das Gesicht abgerissen. Ja, du hast richtig gelesen. Er war auf Nahrungssuche, zum dritten Mal an diesem Tag, wie es hieß, was nicht ungewöhnlich ist, wenn man weiß, wie schwer er für uns alle schuftet, und plötzlich springt diese Kreatur ihn völlig ohne Grund aus den Bäumen an, und ehe das Vieh weggescheucht werden konnte, hat es schon seine Nase, seine Oberlippe und den Großteil seiner Wangen abgerissen. Mr. Aldobrand war ganz munter und aufgekratzt, als Dr. Zasa ihn danach im Lager behandelte, obwohl er gewusst haben muss, dass der Arzt nicht viel mehr tun konnte, als ihn zu verbinden. Keine Sorge, mein Gesicht ist bei Lloyds versichert, hat er gesagt, und ich glaube, das war ein Witz, obwohl es auch stimmen könnte, ich habe mal gehört, dass Mary Pickford ihre Haare versichert hat. Mr. Apinews war dabei gewesen und konnte sich gar nicht mehr darüber beruhigen, dass der Affe abgehauen war, ehe sie Rache nehmen konnten an dem kleinen Soundso.

Vor ein paar Tagen hat Dr. Zasa beschlossen, dass es Zeit wäre, die Bandagen abzunehmen. Nicht dass ich glaube, dass er irgendeine Ahnung hat, wie [unleserlich] so eine Verletzung verbunden bleiben muss, er ist ja nur ein Studioarzt und kein Chirurg. Oh, Emmy, mir fehlen die Worte, um Dir zu erzählen, wie Mr. Aldobrand jetzt aussieht, und ich bin froh, dass es so ist, denn es aufzuschreiben, wäre schon fast eine Grausamkeit. Wir sollten mit Mr. Aldobrand eigentlich genauso umgehen wie zuvor, aber in Wirklichkeit ist es so, dass ich, wenn ich ihn auch nur eine Sekunde lang direkt ansehe, wegrennen, mich irgendwo allein hinsetzen und ein paar Minuten lang zittern muss.

Wenn unserer vornehmen Miss Thoisy so etwas passiert wäre, hätte sie sich sicher gewünscht, der Affe hätte sie umgebracht, denn nichts ist ihr wichtiger als ihr Aussehen; aber Mr. Aldobrand ist das genaue Gegenteil, er rennt herum und tut so, als wäre es ihm vollkommen egal. Das hört sich vielleicht an, als wäre es eine Erleichterung für uns, aber eigentlich würden wir uns wünschen, dass er etwas mehr Reaktion zeigt, denn so fühlt es sich einfach nicht richtig an.

Als die Leute sein neues Gesicht zum ersten Mal sahen, sagten sie, es sei nun endgültig an der Zeit, jemanden zurück nach Hollywood zu schicken, und dass wir Mr. Aldobrand zu den Ärzten bringen sollten, die Mr. Spindlers Gesicht nach dem Luftschiffunfall wiederhergestellt haben. Aber davon will Mr. Aldobrand natürlich nichts wissen. Er will den Film machen. Aber was niemand zu sagen wagt, ist natürlich – wie sollen wir unseren Film drehen, wenn die Hauptfigur so aussieht. Mr. Halloran will jemand anderen für die Rolle casten, aber Mr. Whelt sagt, dass wir so eine große Veränderung nicht ohne Mr. Spindlers Zustimmung vornehmen können, weil Mr. Aldobrand auch schon in den ersten Presseankündigungen steht. Stattdessen will er eine neue Szene ins Skript einbauen, in der Mr. Aldobrands Figur auf dem Weg zum Tempel von einem Affen das Gesicht weggerissen wird, aber ich bin mir nicht sicher, ob das dem Hays Code entspricht, und ich glaube, er vergisst, dass Mr. Aldobrands Figur am Ende des Films Miss Thoisys Figur heiraten und nicht tot den Río Patuca runtertreiben soll wie Lon Chaney in *Das Phantom der Oper*. Oh Gott, warum habe ich das nur hingeschrieben, ich habe jetzt schon ein schlechtes Gewissen. Ich musste kurz unterbrechen, weil Trimble reinkam. Ich muss Dir etwas gestehen: Ich habe am Anfang des Briefes gelogen, oder nein, nicht wirklich gelogen, aber ich habe etwas weggelassen. Die Papierhersteller-Truppe produziert mehr Papier als am Anfang, aber immer noch nicht genug. Deswegen schreibe ich Dir jetzt gerade auf dem Papier, das Trimble mir gebracht hat.

Nachdem er mir zum ersten Mal welches gegeben hat, habe ich mir geschworen, dass ich nie wieder was von ihm annehmen werde, aber ich hab's wohl nicht geschafft, mich dran zu halten. Ja, Emmy, man könnte sagen, ich habe einen Pakt mit dem Teufel geschlossen, aber ganz so ernst ist es nicht. Manchmal fragt mich Trimble, ob ich etwas Bestimmtes über jemanden gehört habe, oder manchmal bringt er mich dazu, jemandem etwas über jemand anderen zu erzählen, und dabei muss ich so tun, als hätte ich es gar nicht von Trimble. Das ist alles. Ich hasse ihn immer noch wie die Pest, ich gräme mich deswegen aber nicht mehr, denn es tut niemandem weh, es ist ja nur Klatsch.

Ich finde es unheimlich, wie Trimble immer so viel weiß über Dinge, die ihn eigentlich nichts angehen – und nicht nur über uns, sondern auch über die New Yorker, weil er bei denen genauso viel Zeit verbringt wie hier. Er muss wohl ein geborener Klatschreporter sein.

Herr im Himmel, was gäbe ich für eine Zigarette.

Letzte Nacht saßen ein paar von uns Mädchen ums Feuer und machten Pfeile. Ich spitzte gerade eine Fischgräte an, als Miss Raye, die eins der Flittchen aus dem Nachtclub im Tempel spielt, völlig aus dem Nichts losgeheult hat, dass uns fast die Augen ausfielen. Wir wollten wissen, warum, und sie hat erst mal nichts gesagt, dann aber nach einer Weile: »Wann kommen sie und holen uns, wir sind schon so lange hier, es fühlt sich an, als säßen wir im Fegefeuer, es ergibt doch keinen Sinn, fragt sich denn niemand, wo wir sind, ich habe doch Freunde in Hollywood, die zu den Behörden gegangen sein müssen, wir werden schon so lange vermisst, warum sind wir nicht in den Zeitungen?, warum schicken sie keine Suchtrupps?, wie kann uns Kingdom Pictures einfach so vergessen hier draußen?«, und so weiter.

Also haben wir ihr gesagt: »Wir fahren nach Hause, sobald wir mit dem Film fertig sind, sie müssen nur erst den Film im Kasten haben«, also alles das, was immer alle sagen, wenn hier jemand die Nerven verliert. Aber dann meinten ein paar andere Mädchen, dass sie sich genau das Gleiche fragten, und schon bald sagten alle: »Ja ja, wenn wir doch nur nach Hause könnten.« Aber ich hab's nur gesagt, um nicht aufzufallen. Denn in Wahrheit will ich gar nicht nach Hause. Miss Burlingame klang auch nicht besonders überzeugend. Vielleicht haben einige der Mädchen das nur gesagt, weil die anderen es sagten. Man landet in Hollywood, weil man vor etwas weggelaufen ist, aber dann ist man gar nicht lange dort, bis es wieder etwas gibt, von dem man wegwill. So ist das Leben. Ich persönlich habe nichts gegen Hollywood, aber mir ist es auch ziemlich egal, wo ich bin, wenn ich nicht bei Dir sein kann, dem einzigen Stern an meinem Himmel.

Für immer Deine
Gracie

Joan Burlingame versucht Jervis Whelt zu einem Nickerchen zu überreden … Der Kabelträger Mick Ofshe ejakuliert auf ein Spinnennetz, um zu sehen, was passiert … Colby Droulhiole singt ein Lied, das ihm seine Mutter beigebracht hat … Elias Coehorn jr. hat in seiner Hütte gekotzt, erträgt den Gestank aber, bis jemand kommt, um das Erbrochene zu vergraben, anstatt sich zu erniedrigen und es selbst zu beseitigen … Der Schauspieler Amos Fleming, ein zwanghafter Leser, der davon ausgegangen war, dass diese Reise eine wunderbare Gelegenheit wäre, sich ein paar Wochen lang in die Gesammelten Werke *von Shakespeare zu vertiefen, hat deshalb kein anderes Buch mitgebracht und beginnt es jetzt zum fünften Mal. Für den Autor empfindet er einen Hass wie für kein anderes lebendiges Wesen … Carl Ivo nimmt einen Katzenfisch aus … George Aldobrand wischt mithilfe eines Spiegels Insekten von den tauben Teilen seines Gesichts … Gracie Calix faltet den Brief an ihre Nichte zusammen und legt ihn in ihre Schmuckschatulle …*

—

Es gibt eine zweifelhafte Geschichte über einen CIA-Analytiker, der vermutlich immer noch unten in Foggy Bottom arbeitet. (Natürlich ist jede Geschichte über die CIA, die ich hier festhalte, zweifelhaft, weil sie nicht verifizierbar ist, aber speziell diese scheint mir gar kein bisschen nach Wahrheit zu stinken. Andererseits geht mir das mittlerweile meistens so; ich glaube, meine Nase ist abgestumpft.) Angeblich haben vor etwa zehn Jahren zwei Kriminalpolizisten in New York oder Chicago oder einer anderen Stadt eine Serie von besonders kaltblütigen Sexualmorden untersucht. Ein Tipp oder eine Ahnung oder ein glücklicher Zufall führte sie zu einer Wohnung, in der sie eine Garrotte oder ein Jagdmesser oder eine Kiste mit grauenhaften Negativen oder irgendetwas anderes fanden, das sicher auf die Schuld des Bewohners schließen ließ. Aber sie fanden auch Tausende von maschinengetippten Seiten mit verschiedenen Szenarios zur Eskalation des atomaren Wettrüstens. Selbst beim Überfliegen erkannten die Polizisten darin ein solches Maß an Professionalität und so viele Einzelheiten, dass sie sich fragten, ob sie auf einen ehemaligen KBG-Agenten gestoßen waren, der gemäß irgendeiner esoterischen russischen Agenda ortsansässige Blondinen ermordete. Sie übergaben den Verdächtigen an das FBI, und das FBI übergab ihn an die CIA, aber als die CIA ihn zu seinen Notizen verhörte, stellte sich heraus, dass er keine Staatsgeheimnisse kannte, oder zumindest keine, die er sich nicht selbst abgeleitet hatte. Er war lediglich ein Enthusiast, eine Art Gentleman-Gelehrter von hartnäckiger und zersetzender Intelligenz. Analytiker bei der CIA, die Fotokopien von seinen Notizen bekamen, waren sich größtenteils einig, dass sie in ihrer ganzen Karriere noch nie so qualitativ hochwertige Arbeiten gesehen hatten, und schließlich wurde beschlossen, dass der Verdächtige um der längerfristigen Sicherheit der Vereinigten Staaten willen nicht für seine Verbrechen vor Gericht gestellt, sondern ihm stattdessen sehr diskret eine Stelle angeboten werden solle. Jetzt hat er sein eigenes Kellerbüro, wo er lange Berichte schreibt zu Händen des Präsidenten. Der »Großcomputer«, der in Langley gebaut wird, um riesige Datenmengen zu verarbeiten, wurde so entworfen, dass er seine Denkweise so genau wie möglich imitiert. Manchmal endet die Geschichte hier, aber manchmal wird auch behauptet, dass er zweimal im Jahr, zu Weihnachten und zum Unabhängigkeitstag, in eine nach dem Zufallsprinzip ausgewählte Stadt im Mittleren Westen eskortiert wird, wo er einen Abend lang seinem anderen Hobby nachgehen darf, damit sich bei ihm nichts aufstaut. Außerdem steht er gerade direkt hinter Ihnen. Buh!

Diese Geschichte glaube ich erst, wenn ich den Typen mal treffe. Trotzdem bringt sie mich immer wieder dazu, über die Persönlichkeiten nachzudenken, die weit gekommen sind in diesem Business. Trimble wäre, ob es mir gefällt oder nicht, ein Gewinn für die CIA. Aber wenn mich Frieda, meine Assistentin im Lager, jemals nach einem festen Job fragt, werde ich sie nicht dazu ermutigen. Sie hat ein zu großes Herz dafür. Als ich heute Morgen bei Winch McKellar anrief, um mich für sie zu bedanken, hat mich seine Sekretärin nicht mal durchgestellt. Mir ist schon klar, dass er nicht zugeben kann, dass er mir geholfen hat. Ich bin ein rotes Tuch. Aber es zeigt, wie sich die CIA in den letzten Jahren verändert hat, und das liegt alles an der Vormachtstellung von Sektor 9. Ein Beamter wie Mr. McKellar sollte sich nach so vielen Dienstjahren keine Gedanken darüber machen müssen, mit wem er telefoniert. Dennoch habe ich Frieda gesagt, dass ich mit Mr. McKellar gesprochen hätte, dem Mann, der ihre Sicherheitsfreigabe durchgesetzt hat, um ihm zu versichern, dass sie sehr fleißig für mich arbeitet – liebe Güte, immer wenn sie mir ein Lächeln schenkt, spüre ich, wie meine Sünden von mir abfallen wie Vogelscheiße unter dem Dampfstrahler. Noch nicht mal Erzengel Gabriel würde es wagen, dieses Mädchen auf ein Date einzuladen, weil er sich neben ihr wie ein Penner fühlen würde. Abgesehen davon ist sie ohnehin fast jeden Abend zu Hause, um ihren drei kleinen Brüdern bei den Hausaufgaben zu helfen. Also hätte sie sowieso keine Zeit.

Trimble war in den Jahren, die Gracie Calix in diesen Briefen beschreibt, wie ein Avatar der CIA, nicht der eigentlichen Staatsbürokratie, sondern eine paranoische Vorstellung davon, wie eine Immanenz oder ein übersinnliches Gesetz. Für fast alles, was am Tempel geschah, ganz egal wie geringfügig, gilt: Wenn Trimble nicht selbst dafür verantwortlich war, dann wusste er zumindest davon. Die Dollarscrips der Eastern Aggregate waren unter den Kaliforniern noch nicht im Umlauf, also gab es theoretisch keine lagerübergreifende Währung, aber Trimble hatte sich selbst zur Notenbank gemacht – in einer Ökonomie der Gerüchte. Zwar waren sowohl Coehorn als auch Whelt in gewisser Hinsicht Staatsmänner, aber außer Trimble gab es niemanden mit totalisierenden Bestrebungen, also musste er bei seinem Vorhaben keine Konkurrenz fürchten.

Meine Aufgabe hier ist, Rechenschaft über das Ausmaß dieses Projekts abzulegen, aber angesichts des Obengenannten ist die unmittelbare Frage nicht, weshalb Trimble so viel, sondern warum er so wenig Macht hatte. Von der Ankunft im Jahr 1938 brauchte er bis 1944, um sowohl die tragbare Druckerpresse der *Herzen in der Finsternis*-Crew als auch regelmäßigen Papiernachschub unter seine Kontrolle zu bringen – das waren die beiden bescheidenen Prämien, auf die er fast die gesamte Zeit über hingearbeitet hatte. Hätte Elias Coehorn sen. nur so schleppende Fortschritte gemacht, hätte nie jemand von der Eastern Aggregate gehört. Aber eine Bevölkerung mit 131 Seelen ist nicht New York, noch nicht mal Hershey. Sie führten ein bescheidenes Leben in Zentralverwaltungswirtschaft und ohne große Laster. Trimble konnte nur so dynamisch agieren wie das System, in dem er sich bewegte. Es war, als hätte er sich an eine pedalbetriebene Nähmaschine gesetzt, um herauszufinden, dass die Kurbelwelle das Schwungrad nur ganz leicht berührte und kaum Platz war, um den Fuß zu bewegen, sodass er sich sechs Jahre lang verbiegen und herumhampeln musste, bis er nach endlosen, qualvollen Schritten schließlich genügend Energie in die Maschine hatte einfließen lassen, um sie zum Laufen zu bringen.

Trimble war von Natur aus ein Hamsterer. Aber das Hamstern war gar nicht so einfach, er konnte da draußen ja schließlich kein Lager anmieten. Jeder Vorrat in einem Zelt oder einer Hütte wäre sofort aufgefallen, und im Wald gab es keine vor menschlichen und tierischen Jägern und Sammlern sicheren Verstecke. Wenn Trimble über Handelsgut verfügen wollte, musste er es zusammen mit anderen Parteien verstecken, es konnte folglich nur ein virtueller Schatz sein.

Also hamsterte Trimble in erster Linie, was er in seinem Kopf lagern konnte, und sein Kopf ließ diesen neuen »Großcomputer« in Foggy Bottom wie einen Knoten im Taschentuch aussehen. Kein russischer Romancier verstand seine Figuren je so, wie Trimble diese Menschen verstand. Er kannte den wahren Vater deines Kindes. Er wusste, dass du links nicht von rechts unterscheiden kannst, ohne auf die Narbe an deiner Hand zu schielen. Er wusste, dass du, auch wenn du immer behauptet hast, in New York glücklich verheiratet zu sein, in Wirklichkeit in ein Wohnheim ziehen musstest, nachdem du deiner Frau unabsichtlich den Tripper weitergegeben hast, den du dir von einem anderen Mann geholt hattest. Er wusste, dass du bei der Geschichte, die du immer wieder erzählst, ein winziges Detail verschweigst, nämlich dass du zwar tatsächlich einer der wenigen überlebenden Zeugen des Massakers am Owls Head Pier bist, aber dass du dazu eine dicke Frau als Schutzschild benutzt hast. Er wusste, dass du es keinen Tag lang aushalten konntest, ohne die sauren lila Blätter zu kauen, selbst wenn du dafür so weit in den

Dschungel gehen musstest, dass du dich manchmal hoffnungslos verliefst. Er wusste, dass du einen anderen Mann gefragt hast, ob er dein Komplize bei einer Vergewaltigung sein wolle, und hinterher so getan hast, als sei es ein Witz gewesen. Er wusste, dass du mit gezinkten Würfeln spielst. Er wusste, dass du deine Zunge mit zerkauter Papaya darauf rausstreckst und dann wartest, bis ein Insekt darauf landet, ehe du es verschlingst wie eine Eidechse. Er wusste, dass du deinen sehr technischen Job nur wegen eines Schreibfehlers bekommen hast und dass du um jeden Tag dankbar warst, an dem die Dreharbeiten noch nicht begannen. Er wusste, dass du Essensreste klaust. Er wusste, dass du den Affen viel schneller von Aldobrand hättest wegreißen können, wenn du von diesem Anblick nicht so fasziniert gewesen wärst. Er wusste, dass du Angst vor der Dunkelheit hast. Und vor allem wusste er, dass du fast alles tun würdest, was er verlangt, wenn er dir damit droht, das alles auszuposaunen. Und dazu gehörte auch, ihm die Geheimnisse anderer preiszugeben, von denen du bei deinem Leben geschworen hast, sie niemals zu verraten. Darüber hinaus hatte er für jede Tatsache, die nachweislich stimmte, eine erfundene parat, die er den anderen aber problemlos verkaufen konnte. Mein alter *Mirror*-Kollege war schon in New York hinterhältig gewesen, hatte sich aber hin und wieder etwas tollpatschig angestellt. Die Isolation hier hatte seine Sinne geschärft wie ein niemals endendes Tennislager. Er machte keine Fehler mehr.

In den zwei Absätzen, die ich aus Calix' Brief vom September 1942 streichen musste, erzählt sie von den Ereignissen, die dazu führten, dass Trimble schließlich die Druckerpresse unter seine Kontrolle bringen konnte. Calix war eine glänzende Analytikerin. Und bei all ihrer Naivität erfasste sie sein Wesen schneller als die meisten anderen im Camp. Trotzdem ist dieser Teil ihres Briefs fast völlig unverständlich. Aber wer könnte ihr das vorwerfen? Trimbles Projekt musste aus der Perspektive eines Tempelanwohners einem dieser Rätsel in Zeitschriften gleichen, bei denen die Leser anhand eines vergrößerten Details irgendeines Haushaltsgegenstands erraten sollen, worum es sich dabei handelt. Nur dass es in diesem Fall nicht um eine Zahnbürste oder einen Seidenstrumpf ging, sondern um eine Monstrosität, die noch in der Finsternis keimte.

Als Trimble Whelt zum ersten Mal fragte, ob er zum Wohl der Moral im Camp die tragbare Druckerpresse ausleihen könne, antwortete der Regisseur, dass die Anwesenheit des Reporters bei den Dreharbeiten nur wegen der Vorberichterstattung erlaubt sei und die Ausrüstung von Kingdom Pictures nicht der leichtfertigen Abnutzung preisgegeben werden dürfe. Whelt war einer der wenigen am Tempel, auf die Trimble keinen Druck ausüben konnte. Coehorn dagegen war zwar unberechenbar, aber insgesamt relativ leicht zu lenken. Trimble hatte gelernt, seiner Eitelkeit zu schmeicheln, deren Fokus sich in dieser Zeit weg von seiner Kleidung und seinem Äußeren, hin zu seinen Qualitäten als gütiger Anführer verlagert hatte.

Etwa um diese Zeit heckte Whelt den Plan aus, zwei Männer in einer mondlosen Nacht die Treppe runterzuschicken, um eine Gallone Ammoniak aus Coehorns handbetriebener Eismaschine zu klauen. Natürlich bekam Trimble Wind davon. Also arrangierte er, dass die Männer auf frischer Tat ertappt wurden. Das war das erste Vergehen von einem der beiden Lager seit Ankunft der beiden Expeditionen, und es war für die meisten ein Schock.

Coehorn tobte und verlangte für die Freigabe der verhafteten Diebe ein Lösegeld in Form von Nahrungslieferungen für ein ganzes Jahr. Eine völlig überzogene Forderung. »Als wir erfuhren, was er verlangte«, schrieb Calix, »schäme ich mich zu berichten, dass ein paar von uns bereit waren, die beiden Männer dort unten ihrem Schicksal zu überlassen. Aber nicht ich und Mr. Whelt.« Trimble schlug Coehorn vor, dass er, weil die Männer unverzüglich ausgeliefert werden sollten, ein Pfand auf die noch ausstehenden Zahlungen verlangen solle. Etwas, das Whelt nicht ersetzen konnte. Nicht die Kamera oder die Tontechnik, das würde Whelt niemals aus den Händen geben. Aber vielleicht seine Druckerpresse …

Und so wurde die Incipit-Druckerpresse ordnungsgemäß als Sicherheit übergeben. In der Folge wurden die Lösegeldzahlungen so erdrückend, dass sich die ökonomischen Positionen der beiden Lager umkehrten und die New Yorker den Angelenos nun überlegen waren. »Wir taten ohnehin schon, was wir konnten, beim Fallenstellen, der Nahrungssuche und beim Fischen«, schrieb Calix, »und hatten trotzdem kaum genug übrig, um Eis von den New Yorkern zu kaufen. Jetzt müssen wir Tag für Tag ihr Abendbrot auf den Tisch bringen, und unseres noch dazu. Es treibt uns in den Ruin. Die Leute sagen, es ist wie ein zweiter Schwarzer Dienstag, und besonders wehtut, dass die New Yorker wegen ihrer Faulheit so lange die Hungerleider des Dschungels waren, aber jetzt hat sich alles komplett umgekehrt, und alles war umsonst.« Alles umsonst? Nicht für Trimble. Denn die Druckerpresse war jetzt sein.

Falls irgendwelche Ausgaben des *Pozkito Enquirer* bis zum heutigen Tag erhalten sind, haben sie es leider nicht bis in die Lagerhalle oder meine privaten Archive geschafft. Schon bevor Trimble die erste wöchentliche Ausgabe veröffentlichte, müssen die Tempelbewohner geahnt haben, dass sie unter einer düsteren neuen Diktatur lebten. Aber dieses Bewusstsein hatte sich noch nicht in Worten oder konkreten Gedanken materialisiert. Die Leute wussten – jeder von ihnen –, dass Trimble sie erpresste. Sie wussten, dass die Erpressung sie bedrückte. Sie sahen, dass auch ihre Nachbarn bedrückt wirkten. Aber sie schafften es nicht, den logischen Schluss zu ziehen und zu kapieren, dass Trimble auch ihre Nachbarn erpresste, weil er ihnen jeweils vermittelt hatte, ihr Geheimnis sei ganz besonders schmählich, niemand würde ihnen jemals vergeben, weil niemand sonst etwas so Schreckliches zu verbergen hatte – oder weil sie bis zum Hals in seiner Schuld standen.

Als sie zum ersten Mal diese Zeitung mit ihrer unscharfen und unregelmäßigen, aber dennoch grauenhaft leserlichen Schrift in den Händen hielten, müssen sie schließlich erkannt haben, dass sich der gesamte Außenposten vor Trimble fürchtete. Aber im selben Augenblick, als der kollektive Widerstand geboren wurde, hörte sein kleines Herz auch schon wieder auf zu schlagen, denn es ist eine

Sache, wenn dein Geheimnis von Zelt zu Zelt und Hütte zu Hütte weitergeflüstert wird, zusammen mit den ganzen anderen Absonderungen und dem Schmutz des dörflichen Gesellschaftslebens, aber es ist eine ganz andere, diese Geheimnisse schwarz auf weiß gedruckt zu sehen, sodass sie jedes andere menschliche Wesen im Universum bis zum Mittag gelesen hat. Da war die grundsätzliche Absurdität der schieren Existenz des *Enquirer* schnell vergessen, genau wie die Abscheu seinem Herausgeber gegenüber. Wenn ein Mann zum ersten Mal seinen Namen in einer Zeitung besudelt sieht, ist es egal, ob er weiß, dass niemand das Gerücht glauben wird, es ist egal, ob er das einzige je gedruckte Exemplar vor sich hat – er wird trotzdem jenseits aller Vernunft erschüttert sein. Von Text in Spalten unter einer Überschrift geht grundsätzlich eine magische Kraft aus. Ich weiß das nur zu gut, schließlich war ich auch mal Reporter. Vielleicht hielten Aldobrand, Thoisy und ein paar andere Hollywood-Veteranen diesem Effekt stand, genau wie es heißt, dass ein Jivaro-Krieger, der von seinen Feinden oft genug verflucht worden ist, einen Schutzschild dagegen entwickelt. Aber nicht der Rest. Hatte man Trimble in den letzten Monaten verärgert, hatte man vielleicht abgewartet, um zu sehen, was passieren würde, oder hatte man womöglich seinen Fehler noch gar nicht erkannt? Wie auch immer, jetzt erfolgte Trimbles Vergeltung, so öffentlich wie eine altmodische Hinrichtung.

In beiden Lagern versuchten die Leute, die Zeitung bei einer höheren Autorität anzuzeigen. Noch wollte niemand glauben, dass es Trimble erlaubt war, sich Whelt oder Coehorn offen zu widersetzen, und obwohl die Ausgabe im selben flotten Stil geschrieben war wie damals die Klatschkolumne im *New York Evening Mirror*, konnte niemandem bei Verstand entgehen, dass es sich um ein bösartiges Pamphlet handelte. Aber als man Whelt die erste Ausgabe des *Enquirer* zeigte, überflog er sie lediglich mit wenig Interesse und gab sie dann zurück, weil er nicht verstand, wie sie für seinen Film von Relevanz sein konnte. Und als man sie Coehorn zeigte, schmunzelte er sich bis zum Ende der Seite durch und sagte, man müsse Trimble zu dieser Idee gratulieren und er hoffe, die Tempelbewohner nähmen es mit Humor.

Carrotwood Hospital
5600 Samuell Boulevard
Dallas, TX
Vereinigte Staaten

19. September 1944

Meine Liebe,
Lyndon hatte fürchterliche Angst davor, dass es in die Zeitung kommen würde. Wenn alle wüssten, sagte er immer, das war noch, bevor ich nach Hollywood abgehauen bin. Wenn alle wüssten, dass seine Frau und die Nichte seiner Frau … Aber er konnte den Satz nie zu Ende bringen. Ich weiß, du hast die ganze Episode schon gar nicht mehr im Kopf, sagte er zu mir, aber der Ruf eines Mannes – der gilt für immer. Schon gar nicht mehr im Kopf! Sicher, ich hab's schon gar nicht mehr im Kopf. So gar nicht, dass ich auch acht Jahre später noch keinen Zentimeter Deines Körpers vergessen habe, und das meine ich wirklich, Emmy, keinen Zentimeter. Ja, wir alle wissen, an gewisse Körperteile von Dir würde ein halbblinder Junge, auch wenn er sie nur einmal im Leben durch einen schwarzen Schleier bei schwachem Mondlicht gesehen hätte, immer noch denken, wenn er als alter Mann vor einem Erschießungskommando stirbt, aber ich kann mir die Unterseiten Deiner Füße vorstellen oder die Rückseiten Deiner Ohrläppchen oder die kahle Stelle, die sich wie die Biegung eines Flusses seitlich an deinem Kopf erstreckt, dort, wo sich deine Haare teilen.

Ich will damit sagen, dass ich damals nicht verstanden habe, warum Lyndon sich so sehr vor der Zeitung fürchtete, aber jetzt verstehe ich es.

Wir versuchen alle, sie nicht zu lesen. Das schwöre ich. Denn wenn sie niemand mehr liest, dann schrumpelt Trimble zusammen und wird vom Regen weggespült, das wissen wir genau. Aber jede Woche, wenn die neue Ausgabe rauskommt, ich weiß nicht, wie ich Dir das erklären soll, Emmy, aber dann fühlt es sich an, als wäre es einfacher, mit dem Atmen aufzuhören, als wegzusehen. Unten an den Stufen haben wir einen Truthahnstall voll mit Dschungeltruthähnen, ihre Flügel sind in Technicolor, und sie kollern immer schneller, wie eine Münze, wenn sie genau richtig auf den Tisch fällt. Eines Nachts hatte der Kameraführer Mr. Hickock Wachdienst, als ein Jaguar vorbeikam. Er versuchte, ihn zu vertreiben, aber der Jaguar riss trotzdem den Großteil der Truthähne. Das hat Mr. Hickock zumindest gesagt. Jedenfalls machte der *Pozkito Enquirer* in dieser Woche damit auf, dass Mr. Hickock wegen zu viel Yam Gin eingeschlafen ist und vergessen hat, die Stalltür zuzumachen, sodass die Truthähne ihm einfach abgehauen sind. Als er aufwachte, bemerkte er seinen Fehler, also verpasste er sich mit einem Messer ein paar Schnitte und nahm dann einen der Truthähne, der zu [unleserlich], um abzuhauen war, und zerriss ihn mit bloßen Händen im Stall, damit es so aussah, als wäre ein Jaguar eingedrungen.

Ich weiß, für Dich klingt das sicher nicht wie eine Sünde, für die man in die Hölle kommt, nach allem, was wir durchgemacht haben, und abgesehen davon – von wem hat er wohl den Schnaps gekauft, wenn nicht von Trimble? Mr. Hickock ist auch nur ein Mensch, genau wie wir alle. Aber man muss bedenken, dass wir hungrig sind, so unglaublich hungrig, die ganze Zeit, und ohne diese Vögel, die wir monatelang aufgezogen haben, werden wir für lange Zeit noch hungriger sein, ganz zu schweigen von den Federn, die wir zur Befiederung benutzen. Mr. Hickock hat sich immer sehr viel auf seine Zuverlässigkeit und seinen soliden Lebensstil eingebildet, und dann macht er so was. An dem Abend, als die Zeitung rauskam, ist Mr. Hickock einfach aufgestanden und in den Dschungel gegangen.

Er hatte kein Ziel und nicht die Absicht zurückzukommen.

Dr. Zasa hat ihn verschwinden sehen, sich aber nichts dabei gedacht, bis jemand eine Nachricht in seiner Hütte fand. Also sind der Doktor und ein paar andere Männer aufgebrochen, um nach ihm zu suchen. Ich kann dir sagen, nachdem sie die Zeitung gelesen hatten, haben sich einige gefreut, dass er weg war, aber Mr. Hickock ist unser Freund, und wir können es uns ohnehin nicht leisten, noch ein weiteres Paar starker Hände zu verlieren. Als die Männer loszogen, um Mr. Hickock zu retten, dachten sie wahrscheinlich, es wäre gegen Trimbles Willen, weil Trimble ihn mit dieser Zeitung zu ruinieren versucht hatte. Aber als sie ihn am nächsten Morgen völlig zerschunden und schwankend zurückbrachten – es grenzt ohnehin an ein Wunder, dass sie ihn gefunden haben – schien sich Trimble noch viel mehr zu freuen als alle anderen. Er hat Mr. Hickock in den Arm genommen und gesagt, er wird dafür sorgen, dass er beim Essen einen Nachschlag bekommt. Später hab ich's dann kapiert: Über einen toten Mr. Hickock hat Trimble keine Macht mehr, und Trimble will über niemanden die Macht verlieren.

Du fragst Dich vielleicht, ob ich mir Sorgen mache, dass auch mein Name irgendwann auf diesen unseligen Seiten auftaucht. Nun, Emmy, ich glaube, dieses eine Mal im Leben war ich schlau. Sehr lange habe ich den Leuten hier nichts darüber erzählt, wo ich herkomme. Warum zur Hölle auch? Aber nach einer Weile merkte ich, dass Trimble anfing rumzuschnüffeln. Er wollte etwas gegen mich in der Hand haben, genau wie gegen jeden anderen hier. Also habe ich vor nicht allzu langer Zeit eines Nachts Miss Raye erzählt, dass ich meinen Mann verlassen habe, um nach Hollywood zu gehen und Schauspielerin zu werden, und habe dazu geschluchzt wie eine sündige Katholikin bei der Beichte und immer wieder beteuert, was für Schuldgefühle ich deswegen habe. Nun weiß ich natürlich, dass Miss Raye zu ihrer Zeit noch viel schlimmere Sachen angestellt hat, wie fast alle hier. Als sie mich getröstet hat, muss sie mich also für eine richtige Puritanerin gehalten haben, weil ich mich über so eine Kleinigkeit so aufgeregt habe. Und genau das will ich, denn jetzt denkt Trimble, wenn er mir Angst machen will, muss er mir einfach nur drohen, das in der Zeitung zu bringen. Und das könnte mir egaler nicht sein, hahaha.

Du siehst also, Trimble habe ich mir ziemlich vom Hals geschafft. Ich erledige immer noch hin und wieder was für ihn, aber nicht weil ich muss. Oh, Emmy, mein Gewissen, Du fragst Dich sicher, warum ich ihm immer noch ab und zu helfe, jetzt, wo wir doch alle wissen, was für ein Mensch er ist. Aber Du hättest mich letzte Woche sehen sollen, als ich den Lippenstift trug, den er mir gegeben hat, kein Dschungel-Lippenstift, den wir aus Rukus-Strauch machen, sondern echter Max Factor. Ich habe keine Ahnung, wie es in diesem Dschungel nach sechs Jahren noch echten Max Factor geben kann, und natürlich konnte ich ihn nicht im Camp tragen, denn dann hätten alle gewusst, von wem ich ihn habe. Ich musste einen Spaziergang durch die Bäume machen, als ich gerade nicht gebraucht wurde. Ich habe ein kleines Stück von einem zerbrochenen Spiegel mitgenommen und den Lippenstift ganz perfekt aufgetragen. Ich konnte zwar nicht mein ganzes Gesicht sehen, aber ich könnte schwören, als ich fertig war, war ich hübscher als Miss Thoisy. Das mag vielleicht nicht viel heißen, denn ob Du's glaubst oder nicht, Miss Thoisy lässt es sich nicht nehmen, immer noch mit dieser Nerzstola rumzurennen, obwohl es mittlerweile ein Kompliment wäre, sie als etwas zu bezeichnen, das man aus der Kanalisation gefischt hat. Aber ich schwöre, so war's, und es hat sich so gut angefühlt, Darling, und ich konnte nur noch daran denken, wie sehr Du Dir wünschen würdest, dass ich Dich küsse, wenn Du mich so sehen könntest, und wie mein Lippenstift einen Hauch von Farbe auf Deinen Hals bringen würde. Ich will nicht sagen, was ich für Trimble tue, aber wenn er je etwas von mir verlangt, das jemanden verletzen würde, sage ich nein, also bin ich nicht so schlimm wie so manch andere.

Es donnert draußen. Mr. Upritchard hat Nierensteine, und Dr. Zasa sagt, dass sie in ein paar Wochen verschwunden sein werden, aber wenn ich ihn da so sehe, mit Höllenqualen im Gesicht, muss ich immer denken, dass er einfach stirbt wie Mr. Rusk.

Letzte Nacht habe ich von Dir geträumt, Emmy. Wir waren bei einem Tanzkurs, und der Affe, der Mr. Aldobrands Gesicht weggerissen hat, brachte allen den Half Doodle bei und kreischte uns jedes Mal an, wenn wir aufhörten zu tanzen, aber zumindest warst Du bei mir. Weißt Du, ich wollte Dich holen kommen. Ich war dabei, alles vorzubereiten, damit wir wegziehen, und wollte Dich holen. Deswegen habe ich zu Lyndon und den anderen gesagt, was ich gesagt habe. Ich dachte, wenn ich die Wahrheit sage, beobachten sie uns beide, aber wenn ich lüge, kann eine von uns der anderen helfen. Ich habe nicht versucht, mich selbst zu retten, ich habe versucht, uns beide zu retten. Das weißt Du, oder zumindest will ich glauben, dass Du es weißt.

Für immer Deine
Gracie

Jervis Whelt hält dem Blitz eine Kupferstange entgegen … Fales Apinews verliert die Wette mit sich selbst, wie lange er es schafft, nicht an seine Zahnschmerzen zu denken … Leland Trimble grabscht nach einem gefallenen Apostroph … Rick Halloran gibt seinen Versuch auf, aus dem gesprungenen Kiefer eines Piranhas eine Mausefalle zu machen … Joan Burlingame entkernt eine Chili … Keith Upritchard sehnt sich nach dem Tod … Carl Ivo geht runter zum Fluss, um zu fischen, aber findet stattdessen ein leeres Becken, ein gestrandetes Schiff und einen großen Betondamm … Gracie Calix faltet den Brief an ihre Nichte zusammen und legt ihn in ihre Schmuckschatulle …

Er hat die Briefe gelesen

Emmy, er hat die Briefe gelesen

OH GOTT, EMMY, er hat die Briefe gelesen

Er liest sie schon, seit ich sie schreibe. Ich war SO DÄMLICH, Emmy. Meine Schmuckschatulle. Wie konnte ich denken, dass

Ich schicke sie ja sowieso nicht ab, und das wird auch nicht mehr passieren, warum habe ich sie nicht einfach verbrannt oder

[unleserlich]

Letzten Abend ist er zu mir gekommen, als ich allein war, und sagte, er möchte mich um einen kleinen Gefallen bitten. Ich dachte, es ginge mal wieder um Klatsch und Tratsch wie immer. Und das stimmte auch, aber es war nicht wie immer. Er will, dass ich behaupte, Mr. Aldobrand hätte mich missbraucht. Dass er mir in die Bäume gefolgt sei, mir einen Pfahl an die Kehle gehalten und mich missbraucht hat. Er nannte mir die ganzen verschiedenen Dinge, von denen ich sagen soll, dass Mr. Aldobrand sie mir angetan hat, und das waren alles Sachen, von denen ich noch nie im Leben gehört habe.

Ich weiß auch, warum. Jeder hier mag Mr. Aldobrand, und er macht nie irgendwas falsch, also ist er fast der einzige Mann hier, der Trimble die Stirn bieten könnte, wenn er es denn wollte.

Ich sagte: Nein, Mr. Trimble, das werde ich nicht tun, Mr. Aldobrand hat mir nie irgendwas getan, es ist mir egal, wie viel Eis und Lippenstift Sie diesmal haben. Und er grinst und sagt: Aber Miss Calix, wir wissen doch alle, dass niemand Mr. Aldobrand anfassen wird, wegen seines Gesichts. Und mittlerweile ist er innerlich genauso zerklüftet und zerschunden wie äußerlich. Ist Ihnen nicht aufgefallen, wie er euch Damen in letzter Zeit ansieht? Wenn Sie das für mich tun, ersparen Sie einer Ihrer Schwestern das Unvermeidliche, wenn Mr. Aldobrand sich irgendwann nicht mehr beherrschen kann. Und ich schüttle den Kopf und sage ihm, er soll aus meiner Hütte verschwinden. Ich kann kaum sprechen, so schlecht ist mir von seinem schmutzigen Gerede. Aber dann sagt er: Sie wissen doch, dass Sie ganz schön in die Klemme geraten, wenn die

Sache mit Ihnen und Ihrer Nichte auffliegt? Ich möchte nicht, dass Sie in der Patsche sitzen, Miss Calix. Wir haben uns doch immer so gut verstanden.

Er weiß es, Emmy. Er weiß fast alles.

Was ich mich bei Trimble immer gefragt habe, war, ob die anderen Mädchen ihm ihre »liebevolle Fürsorge« zuteilwerden ließen. Er kriegt alles, was er will, und Männer wollen, was Männer eben wollen. Trimble ist zwar nur ein halber Mann, aber ich weiß, dass er es auch will, weil ich es in seiner hässlichen Fratze gesehen habe, jedes Mal, wenn sich ein Mädchen gebückt oder sich ein Träger gelöst hat. Er muss im Dschungel so glücklich sein wie ein Floh auf einem Hofhund, dachte ich. Aber ich konnte mir nie erklären, warum er nie etwas in dieser Richtung von mir verlangt hat. Ich weiß, das klingt furchtbar eitel, ich bin ja nicht das hübscheste Mädchen hier draußen, aber ich stand schon in Trimbles Schuld, und zu Hause in Hollywood ist es das Erste, woran ein Mann denkt, wenn man in seiner Schuld steht. Ist mir bei Kingdom Pictures schön öfter passiert, als ich zählen kann.

Jetzt weiß ich, warum er so etwas nie verlangt hat. Er will nicht darum bitten. Er will darum gebeten werden. Er will angebettelt werden. Ich habe gebettelt, und das war es, was ihm am besten gefallen hat, da bin ich mir sicher. Letzte Nacht habe ich ihm gesagt, er kann diese Dinge mit mir machen, all diese Dinge, von denen ich behaupten sollte, Mr. Aldobrand hätte sie mit mir gemacht. Er kann das alles machen, solange es ein Geheimnis bleibt und auch du ein Geheimnis bleibst. Aber er sagte, er denke ja gar nicht daran, eine Lady so zu behandeln. Also begann ich wirklich zu flehen, ich habe meine Bluse ausgezogen und ihm gesagt, dass ich wollte, dass er das mit mir macht, ich habe gesagt, dass ich mich danach verzehre. Es ist das Beschämendste [unleserlich], was ich je getan habe, viel schlimmer als alles in Hollywood, weil es Trimble war. Er hat immer noch abgelehnt. Er sagte: Es schmeichelt mir, Miss Calix, aber das ist nicht die Art von Gefallen, um die ich gebeten habe. Sie wissen, was ich von Ihnen möchte.

Ich kann es nicht tun, Emmy. Ich habe ein falsches Zeugnis abgelegt, und wohin hat das geführt? Du sitzt an diesem Ort fest, und alles nur meinetwegen. Ich habe es gut gemeint, dabei ist es das Schlimmste, was ich je getan habe.

Aber ich kann meinen Namen nicht nächste Woche in großen Buchstaben auf der Titelseite der Zeitung sehen. Ich ertrage es nicht, wenn alle davon wissen. Ich kann es nicht. Ich kann es nicht. Ich kann es nicht. Nur deswegen ist es mir egal, dass wir immer noch nicht wieder zu Hause sind, weil hier draußen im Dschungel niemand davon weiß. Es ist ein Schlag ins Gesicht von Jesus, wenn sich Verwandte zueinanderlegen, Emmy, ganz davon zu schweigen, wenn es zwei Frauen sind, zumindest werden sie das sagen, weil sie das immer zu uns sagen. Sie verstehen nicht, dass wir gar keine andere Wahl hatten. Sie verstehen nicht, dass unsere Liebe wahrer war als alles, was sie je in ihren erbärmlichen Leben gefühlt haben.

Es gibt jetzt keinen Ausweg mehr. Nicht für mich.

Oh, mein Liebling, warum musste ich in Hollywood enden, frei wie der Wind, und Du hinter diesen Mauern in Dallas. Das ist nicht richtig. Warum war es nicht andersrum? Du hättest Dich nie in einen solchen Schlamassel gebracht. Ich weiß, dass Du mich dafür hasst. Du musst Deinen Hass immer und immer wieder austeilen, wie die Karten einer Patience. Ich versuche mir etwas anderes einzureden, aber ich weiß es einfach.

Wenn ich fertig geschrieben habe, werde ich das hier zerreißen, sodass niemand es je finden kann.

Es tut mir leid, Emmy. Es tut mir so leid. Ich liebe Dich noch immer.

Elias Coehorn jr., Leland Trimble, Irma Kittredge und Walter Pennebaker setzen sich zu einem Mahl mit Eggs Pozkito und Pozkito Mary … Joan Burlingame schlichtet einen Streit zwischen Joe Hickock und Lionel Zasa über den Plan zur Nahrungsbeschaffung … Chefkoch Sal Delabole verquirlt die »Hollandaise« … Colby Droulhiole steht reglos da, damit er die durchsichtigen Schmetterlinge nicht verscheucht, die sich auf ihm niedergelassen haben, um seinen Schweiß zu trinken … Kurt Meinong humpelt um sein Leben … George Aldobrand haut einem Puma auf die Nase … Freddie Yang schließt die Augen, um noch ein letztes Mal die Orientierung in der Dunkelkammer zu üben … Gracie Calix faltet den Brief an ihre Nichte zusammen, um ihn einfacher zu Konfetti zerreißen zu können, geht dann barfuß aus ihrer Hütte und steigt die Stufen des Tempels hinauf; sie hält den Blick gesenkt, nicht nur weil sie lieber unbemerkt bleiben, sondern auch weil sie nichts sehen will, was sie dazu bewegen könnte, sich die Sache noch einmal anders zu überlegen, doch wenn irgendetwas sie jetzt noch aufhalten könnte, sind es nicht die hungrigen Männer und Frauen in ihren krummen Hütten, sondern der Ausblick von der Terrasse ganz oben über das andere Lager und das Blätterdach des Waldes und die Hügel in der Ferne hinweg; eine bessere Verkörperung des Paradieses als das sanfte Licht des frühen Abendhimmels, der sich gerade orange färbt, ist kaum vorstellbar, aber sie weint so sehr – wenn sie sich die Tränen von ihren Augen wischen würde, um richtig sehen zu können, würde sich das anfühlen, als wollte sie ein Boot ausschöpfen; wenn sie nach unten blickt, fürchtet sie sich überhaupt nicht vor dem Fall, aber sie weiß, dass sich irgendjemand fragen wird, was zur Hölle sie hier oben macht, wenn sie zu lange stehen bleibt (die Vorstellung, wie Mr. Hickock »gerettet« zu werden, ist ihr unerträglich), also atmet sie tief ein, und mit nichts Gewichtigerem als »Komm schon, tu es, Gracie« im Kopf macht sie einen Schritt nach vorn und springt …

—

»Jedenfalls wartet das Frühstück schon viel zu lange höflich auf uns«, sagte Coehorn und beendete damit die Diskussion, wie die Geschichte der Expedition bis zum heutigen Tag am besten erzählt werden solle. »Acht Monate Vorbereitung, weiter dürfen wir es wirklich nicht hinausschieben.« Er hebt sein Glas mit dem Pozkito Mary. »Auf eine gute Geschichte, gut erzählt!«

»Auf eine gute Geschichte, gut erzählt!«

Jeder der vier nahm einen langen, genüsslichen Schluck. Dann wurde Trimble bleich, Coehorn schlug mit der Faust entsetzt auf den Tisch, Irma bekam einen Hustenanfall, und Pennebaker spuckte den Pozkito Mary über seine Eggs Pozkito.

Nachdem sie sich erholt hatten, wurde Pennebaker befohlen, von den Eiern auf Coehorns Teller zu kosten, und er berichtete mit zugeschnürter Kehle, dass sie, wenn überhaupt möglich, noch weniger geglückt seien. Als der Chefkoch ins Esszimmer zurückkam, warteten die drei Gäste zögerlich ab, ob Coehorn in einen Wutanfall ausbrechen würde. Sie ahnten nicht, dass es ein doppelter Schlag für ihn war, denn jetzt würde er das auf zwölf Monate angelegte Projekt eines »Hummer Thermidor«, den er als nächsten Schritt geplant hatte, auf jeden Fall verschieben müssen. Dennoch war er immer der Meinung gewesen, dass man angesichts von Fehlschlägen teurer Vorhaben den Humor behalten sollte, das war viel wichtiger als bei etwas Billigem. »Schicken Sie die Reste mit besten Grüßen von mir an Master Whelt«, scherzte er. »Und bringen Sie uns schnell irgendetwas Einfaches zu essen und zu trinken.« Das hielt ihn nicht davon ab, dem Chefkoch später seinen Lohn in Dollarscrips zu kürzen. Was auch immer sein nörgelnder Buchhalter über die Fehlleitung von Ressourcen sagte – diese beträchtliche Verlustabschreibung kümmerte Coehorn wenig, denn sein Reich stand momentan sehr gut da. »Also, wo waren wir stehengeblieben?«, fragte er.

»Der silberne Schein der vielen Wolken, die über unseren Köpfen bimmeln«, antwortete Trimble. »Wenn wir einfach nur hergekommen wären, den Tempel eingepackt hätten und rechtzeitig zur Radiostunde der United Fruit Company wieder zu Hause gewesen wären – dann wäre das keine Geschichte. Aber womit Sie alles fertigwerden mussten, Mr. Coehorn, das gehört auf die Aufmacherseite.«

»Haargenau«, sagte Coehorn. »Wir beginnen mit diesen Taugenichtsen, die uns hier an den Hacken hängen. Dann etwas darüber, wie ich die Idee hatte, diese Fläche hier wie eine Armee zu besetzen, sodass sie den Tempel nicht wieder aufbauen konnten. Weiter geht's damit, wie ich sie in den letzten acht Jahren unterstützt habe, weil sie sonst im Dschungel einfach nicht klarkommen würden, und dabei zeigen sie sich nicht dankbarer als Lenin, nachdem Hoover ihm die ganze Hungerhilfe geschickt hat. Sie müssen deutlich unterstreichen, Pennebaker, dass die Damen und Herren der Eastern Aggregate mir natürlich mehr als alles andere bedeuten. Ich habe kaum eine Minute geschlafen, seit wir hier sind, weil ich so wild entschlossen bin, dass sich jeder in meinem Camp wohlfühlt – aber gleichzeitig sind auch Whelts Leute Menschen, und wie schlecht sie sich auch benehmen, ich habe es mir zur Aufgabe gemacht, dafür zu sorgen, dass jeder einzelne Amerikaner in diesem Dschungel –«

Sie wurden vom Chefkoch unterbrochen, der hereingerannt kam. »Eine Dame ist vom Tempel gesprungen. Von ganz oben!«

»Wo ist sie gelandet?«, fragte Irma.

»Habe ich nicht gesehen. Irgendwo im Camp vermutlich.«

Irma hatte ihre nackten Füße im Jaguarfellteppich vergraben, aber jetzt streifte sie sich ihre Sandalen wieder über.

»Wo gehst du hin?«, fragte Coehorn.

»Na, was glaubst du wohl?«

»Wir haben immer noch nichts gegessen.«

»Herrgott noch mal, Elias, vielleicht ist gerade jemand gestorben!«

»Aber nur einer von den Trepplern«, das war Coehorns Spitzname für die Angelenos auf den Stufen. Er wusste, wie wichtig es war, ganz zu Beginn einer Krise die Initiative zu ergreifen, indem man den Leuten versicherte, dass sie sich gar nicht darum kümmern mussten. Aber Irma funkelte ihn nur an. »Oh, alles klar.«

Der Himmel im Westen mixte gerade einen Old Fashioned, darunter zogen sich die baumbestandenen Hügelketten in den Nebel zurück. Schon jetzt konnte man das Pulsieren einer Menschenmenge spüren, die sich um etwas ballen will, aber noch in dem Augenblick festhängt, ehe sie ihr Zentrum gefunden hat. »Worauf warten denn alle?«, fragte Coehorn. »Der Körper wird direkt unten am Fuß der Mauer liegen. Da oben ist ja schließlich kein Platz, um Anlauf zu nehmen.«

»Tatsächlich könnte es sein, Mr. Coehorn, dass diese Dame zehn oder zwölf Meter vom Fuß des Tempels entfernt gelandet ist«, sagte Pennebaker.

»Das ist doch lächerlich – niemand kann zehn Meter in die leere Luft springen. Auch Sie nicht, Pennebaker, nicht mal wenn Sie sehen würden, wie jemand einen Funnel Cake vom Dach wirft.«

»Aber horizontale Geschwindigkeit ist unabhängig von der Fallbeschleunigung, Mr. Coehorn, weshalb ein fallender Körper –«

»Ihre Märchen interessieren hier niemanden! Wie oft muss ich Ihnen das noch sagen?«

Coehorn und Irma gingen die gesamte Mauer des Tempels auf und ab, fanden allerdings keinen Körper zwischen dem Kalksteingeröll. Also formierten sich ein Dutzend Männer zu einem Suchtrupp, was recht absurd wirkte, da das Lager nicht so breit war, dass es schwierig sein sollte, ein Objekt in der Größe einer erwachsenen Frau zwischen den Hütten, Unterkünften, Webstühlen und Öfen auszumachen. Dennoch erlaubte Coehorn ihnen, sich den Weg bis zu Pennebakers phantastischer Zwölf-Meter-Marke zu bahnen, ehe er zum Chefkoch sagte: »Sie haben eindeutig einen Adler oder so fliegen sehen und ihn dann mit Dorothy Poynton verwechselt.«

»Nein, Mr. Coehorn, ich war nicht der Einzige, der sie gesehen hat. Ich habe schon mit zwei anderen gesprochen. Es war eine Frau. Wir sind uns sicher, es war eine Frau.«

Coehorn hob eine Augenbraue. »Also wollen Sie mir weismachen, dass eine Frau vom Tempel gesprungen ist und dann …«

Der Chefkoch nickte. »Ja, Sir, sie ist einfach verschwunden.«

Hier folgen Anweisungen, wie man im Dschungel Filmmaterial herstellt.

1. Man gebe jeden Versuch auf, Stickstoff mithilfe von Blitzen aus der Luft ziehen zu wollen. Selbst nach monatelanger Arbeit an dem kupfernen Stickstofffixier-Stab, gebaut aus der restlichen Beleuchtungsausrüstung, hat man keinen Weg gefunden, genug Ammoniak zu gewinnen, um damit arbeiten zu können. Yang wird hin- und hergerissen sein, denn einerseits wird ihm der Gedanke nicht besonders gefallen, dass er einen Blitzschlag quasi umsonst überlebt hat, andererseits wird er froh sein, dass er sich nicht mehr in diese Gefahr begeben muss. Die rosafarbene Tätowierung geplatzter Blutgefäße an seiner Schulter ist nach dem Blitzschlag fast einen Monat lang nicht verblasst; ein gegabeltes Muster wie ein Blitz am Nachthimmel, als wäre Yangs Haut selbst zum Filmmaterial für Unwetterfotografie geworden. Man teilt sein Verlangen nach Stickstoff mit allen Pflanzen im Regenwald, wo nie genug davon im Boden enthalten ist. Yang wird erwähnen, dass man das Birkeland-Eyde-Verfahren anwenden könnte, wenn einem nur genug Energie zur Verfügung stünde, um den Stickstoff mithilfe eines Lichtbogens aus der Luft zu oxidieren; kurz wird man darüber nachdenken, ob es möglich wäre, den Damm der Indianer in ein hydroelektrisches Kraftwerk umzubauen, aber dazu fehlen sowohl die nötige Ausrüstung als auch die nötigen freundschaftlichen Beziehungen zu den Pozkito.

2. Den Versuch, Ammoniak aus Urin zu gewinnen, gebe man nicht auf. Ja, zu Beginn war man dabei so unproduktiv wie der Stickstofffixier-Stab, selbst nachdem man extra im Dschungel einen Vierzig-Liter-Urintank aus Kapokholz gebaut hat, der mit Kiefernharz versiegelt war. Aber nachdem Upritchard von seinen Nierensteinen zu Fall gebracht worden ist, erfährt man von Dr. Zasa, dass der Ammoniakgeruch von Upritchards Harnröhre darauf schließen lässt, dass die Nierensteine womöglich Struvitsteine sind, was Pech für Upritchard ist, denn Struvitsteine sind besonders schwer auszuscheiden. Nach intensivster Befragung verrät Dr. Zasa, dass seiner Erinnerung zufolge Struvitsteine ver-

mutlich durch Mikroben im Harntrakt entstehen, obwohl er das ohne seine Nachschlagewerke nicht mit Sicherheit sagen könne und möglicherweise Struvit mit Cystin verwechsele. Man nehme also eine Urinprobe von Upritchard, in der Hoffnung, dass die Mikroben, die seine Nieren heimsuchen, von einer besonders hartnäckigen und habgierigen Sorte sind. Man füge die Probe dem Urintank hinzu, zusammen mit ein paar Litern Tapirblut, das Mikrobennahrung liefern soll. Nach etwa einer Woche wird man feststellen, dass der Urintank jede Menge Ammoniak produziert, solange er regelmäßig mit Tapirblut gefüttert wird. Dieser letzte Bestandteil erweist sich als sehr unpraktisch, denn der Gestank des Tanks entvölkert den Urwald in einem Umkreis von sechzig Metern. Schlägt man Yang eines Tages vor, dort eine Wache zu postieren, falls jemand versuchen sollte, den kostbaren Urin aus dem Tank zu stehlen, wird er einen lange schweigend ansehen.

3. Es wird sich herausstellen, dass Adela Thoisy mindestens einen Gegenstand zurückbehalten hat, als Crew und Besetzung aufgefordert wurden, all ihr Geld, ihren Schmuck und ihre Uhren als Handelsware für die Dienste der Pozkito zur Verfügung zu stellen. Dies wird nicht die erste Entdeckung dieser Art sein, aber die erste von Bedeutung. Bei dem Gegenstand handelt es sich um ein Diamanthalsband aus Platin von Lacloche Freres, das Thoisy von einem ihrer Liebhaber damals in Hollywood bekommen hat. Man versichere Thoisy, dass die folgenden Ereignisse ihre Entscheidung vollkommen rechtfertigen, auch wenn sich ein irrationaler Teil des Geistes fragt, ob genau dieser Fehlbestand das letzte entscheidende Argument gewesen wäre. Man nehme Thoisy das Halsband zur Aufbewahrung ab, mit dem Versprechen, es ihr unbeschadet zurückzugeben, dann breche man die Diamanten heraus und hämmere mühevollst das Platin dünner und dünner, bis man eine Art flexibles Gitter erhält. Man erhitze das katalytische Platin über einem Kohlenfeuer so stark wie möglich, pumpe

das Ammoniak aus dem Urintank durch das gefaltete Gitter und lasse das sich daraus ergebende Stickstoffoxid durch Wasser sprudeln, um so Salpetersäure zu gewinnen. Mehrere Monate des Ausprobierens und Scheiterns werden nötig sein, und man selbst und Yang wird sich an eiternde Blasen auf den Unterarmen und Kurzatmigkeit gewöhnen müssen. Wenn Burlingame darauf drängt, damit aufzuhören, ehe man sich schwere Verletzungen zuzieht, antworte man, ohne Filmmaterial könne man keinen Film drehen. Dann folgt die Erkenntnis, dass es womöglich von Vorteil war, den Ammoniak aus Coehorns Eismaschine nicht bekommen zu haben, denn die Quelle wäre zwingenderweise versiegt, wogegen diese erneuerbar ist.

4. Man nehme mehrere Männer, Hämmer, Hacken und Spaten mit zu dem ausgetrockneten Flussbett und grabe nach Steinsalz. Moos und Ranken hatten hier noch keine Zeit, sich auszubreiten, weshalb es sich um das kahlste Gelände handeln wird, das man zu sehen bekommt, seit die New Yorker die Grundmauern des Tempels entblößt haben. Warum die Pozkito beschlossen haben, den Verlauf dieses Nebenflusses mit einem Damm zu verändern, weiß niemand, aber der Ursprung ihres Anfangskapitals für den Zement und die Bauwerkzeuge ist auf schmerzhafte Weise eindeutig. Burlingame warnt, dass sich die Nahrungssuche nun noch schwieriger gestalten wird, weil man nicht mehr in der Nähe fischen könne, aber die Essensversorgung am Set gehört zum Verantwortungsbereich des Produktionsleiters, nicht des Regisseurs, also wie gewohnt: Nicht weiter darum kümmern. Jedenfalls braucht man Kochsalzlösung dringender als Fisch. Während man bei Mondlicht gräbt, weil die Sommerhitze tagsüber zu groß ist, vermutet man, dass die Pozkito einem dabei zusehen, von der Brüstung ihres Dammes aus, der sich blank über dem Becken erhebt wie die Leinwand in einem Kino. Manchmal hört man das Echo von etwas, das wie Schüsse klingt. Das Schiff ist bereits jedes Gramms Metall, Stoff und Glas beraubt und wird sich täg-

lich weiter zum Hafen hin neigen; Yang wird erwähnen, dass es aufregend wäre, den Augenblick zu filmen, an dem es vollständig kentert, also erinnere man ihn streng daran, dass im Drehbuch von *Herzen in der Finsternis* kein trockengelegtes Schiffswrack vorkommt. Wenn man den Dreck von den nebligen rosafarbenen Steinsalzkristallen wischt, erscheinen sie wie maßstabsgetreue Modelle von Upritchards Struvit-Steinen. Die Frage stellt sich, ob nicht mehr der anfallenden Aufgaben während der Dreharbeiten an Mikroben verschiedenster Arten abgetreten werden könnten, eingedenk der Tatsache, dass Upritchards ehemalige Untermieter mehr zum Fortschritt des Films beitragen als Upritchard selbst vor seinem Tod. Man erinnere sich daran, dass Käse durch Fermentierung entsteht, und frage sich dann, ob es nicht irgendwo im menschlichen Körper eine Mikrobe gibt, die faulendes Gemüse in ein nahrhaftes Gelee verwandelt. Man denke immer noch darüber nach, wie viel besser es wäre, zweimal am Tag ein nahrhaftes Gelee zu essen anstatt unplanbarer Mahlzeiten, wenn man im Lager ankommt, wo einen Burlingame fragt, was man glaube, wie viel Nahrung gespart werden könne, wenn man einen Teil des neuen Minenertrags an das andere Lager als Tafelsalz, Konservierungssalz, Bleichsalz und so weiter verkaufen würde. Man ignoriere Fragen, die nichts mit dem Film zu tun haben.

5. Man kollaboriere mit den Mitgliedern der Papierherstellertruppe für die Produktion von Zellulose aus Kiefernbrei. Die Zellulose, die sie zur Papierherstellung verwenden, ist zu grob für die eigenen Zwecke, also werden mehrere Wochen lange Experimente nötig, sie zu verbessern. Burlingame wird warnen, die Papierhersteller seien erschöpft, und wenn man antwortet, dass sie einem doch nur zwölf Stunden pro Tag geben, wird sie darauf hinweisen, dass sie sich auch noch um den normalen Papiervorrat kümmern müssen und deshalb keine Zeit mehr zum Schlafen haben. Weil man Schlaf so gut wie nie nötig findet, interessiert einen dieser

Einwand nicht. Abgesehen davon versteht man nicht, warum man dieser Tage so viele Gespräche mit der Engländerin führen muss, die nicht mal mit aus Hollywood gekommen ist und keine offizielle Aufgabe bei den Dreharbeiten hat. (Gelegentlich fragt man sich, ob sie mit einem ins Bett will; sie macht nicht den Eindruck, als wolle sie überhaupt mit irgendjemandem ins Bett, aber andererseits hat die blonde Reporterin damals 1938 beim Spindler-Anwesen auch nicht so gewirkt, bis genau zu dem Augenblick, als offensichtlich wurde, dass sie sofort mit einem ins Bett wollte, also kann man es vielleicht einfach nicht wissen.) Man frage ein Mitglied des Papierherstellertrupps, warum er immer noch normale Papiervorräte produziert, die unter unseren aktuellen Umständen keinen nachvollziehbaren Zweck haben, anstatt seine gesamte physische und mentale Kraft den Zellulose-Experimenten zu widmen. Er wird nicht antworten wollen, aber dann nach einer Weile etwas über Trimble murmeln, den Reporter aus New York.

6. Man gewinne Gelatine aus Tapirhaut und -knochen. Dieses Verfahren ist so elementar, dass es hier nicht weiter erklärt werden muss.

7. Man stelle sicher, dass einer der eigenen Mittelsmänner bei den Verhandlungen über die Geiseln aus dem verpfuschten Ammoniakraub wiederholt Silberspäne von einer der zeremoniellen Maya-Rüstungen mitnimmt, die im anderen Camp herumliegen. Man gieße heiße Salpetersäure über das Silber, um Silbernitratkristalle zu gewinnen. Diese löse man in warmem Wasser auf, genau wie auch etwas gemahlenes Salz in warmer Tapir-Gelatine. (Statt Laborausrüstung verwende man Yangs Entwickler-Ausrüstung. Viele dieser Schritte müssen bei vollständiger Dunkelheit stattfinden.) Mithilfe eines Puffers aus Zitronensaft und Natriumcarbonat vermische man die beiden Lösungen, um als Ausscheidungsstoff Silberchlorid zu erhalten. In einem separaten Schritt

gieße man heiße Salpetersäure über die gepresste Zellulose, um Nitrozellulose zu erhalten. Man schneide die Blätter der Nitrozellulose vorsichtig mit einer Nagelschere auf 35 Millimeter, ehe man sie mit Palmetto-Palmöl als Weichmacher einreibt. Noch bevor man herausgefunden hat, wie wichtig es ist, die Nitrozellulose feucht zu halten, wird man beim ersten Versuch das Glück haben, lediglich das erste Fingergelenk des Mittelfingers der linken Hand bei der Explosion zu verlieren. An diesem Tag wird Burlingame einen anflehen, damit aufzuhören, was man für eine Weile auch tue, weil sich mit verbundenen Händen nicht präzise arbeiten lässt. Man genehmige sich diese Pause, um die Situation zu überdenken. Die mäßig komplexen Anforderungen der Filmmaterialherstellung bis zu diesem Punkt haben einem vor Augen geführt, dass ein Einzelbild von belichtetem Film wie eine ganze Sammlung von Enzyklopädien ist, weil ein Einzelbild belichteten Films fast alles enthält, was je passiert ist. Von all den möglichen Universen, die Gott hätte erschaffen können, gibt es so viele, in denen dieses Einzelbild nie entstehen würde, und so wenige, in denen es das tut. In diesem Kontext sind nur die Eigenschaften unseres eigenen Universums bedeutungsvoll, die seinen Status im Hinblick auf diese Zweiheit definieren. Der Megafon-Befehl »Ruhe am Set!« ist bedeutungslos, denn er beruht auf der Unterscheidung von Set und Nicht-Set. Tatsächlich umfasst das Set jede Entität, die in irgendeiner kausalen Verbindung zu irgendeinem Einzelbild steht. Was bedeutet, dass man als Regisseur, der vollständige Kontrolle haben und genau den Film machen will, den er sich vorstellt, entweder jede dieser kausalen Verbindungen lösen oder seine Autorität auf jede dieser Entitäten ausweiten muss. Manchmal erinnert einen die zweckmäßige Selbstversorgung des Drehs von *Herzen in der Finsternis* an das Waisenhaus, in dem man aufgewachsen ist. Als Jerome weiterhin auf Rotkehlchenjagd ging, nachdem die Oberin eine Glocke an seinem Halsband befestigt hatte, fühlte sich das wie ein Triumph an, den die Jungen mit der Katze teilten, aber jetzt, da man selbst das

Sagen hat, würde man eine Katze lieber erwürgen, als sie durch die Aufnahmen spazieren zu lassen. Beim Film hat alles seinen Grund; im Leben fast nichts. Man hat seinen Namen auf dieselbe Art bekommen wie alle anderen Findelkinder im Waisenhaus: Eine Oberin fährt in einem Buch über den Bürgerkrieg mit dem Finger eine Liste von Brevetmajoren hinab und macht zufällig bei Jervis Whelt halt. Man selbst würde niemals ein Drehbuch verfilmen, in dem die Hauptfiguren so willkürlich benannt sind.

8. Man überziehe die Nitrozellulose-Streifen mit einer Silberchlorid-Emulsion und perforiere die Ränder. Glückwunsch! Sie haben Filmmaterial hergestellt und können wieder mit dem Filmen beginnen. Nun halte man sich nur noch an die Whelt-Regel, und alles wird gut.

—

»Joan, kommst du mal bitte?«

»Darf ich die Tür aufmachen?« Burlingame wusste, wie wütend sie wurden, wenn sie zum falschen Zeitpunkt Tageslicht aus dem Vorraum einließ. (Es war der Tag, an dem Kurt Meinong 1946 genau rechtzeitig am Tempel erschien, um zu bezeugen, wie sich Gracie Calix davon herabstürzte.)

»Ich habe doch gesagt, du sollst reinkommen, oder?«

Sie öffnete die Tür. Die Dachluke der Dunkelkammer war offen, und die beiden Männer standen im schummrigen Licht der Abenddämmerung. Hier drin musste genug Platz sein, damit zwei Männer gleichzeitig herumtasten konnten, weshalb diese Hütte eine der längsten im Lager war: Sie erstreckte sich über mehrere Tempelstufen und war von unten mit einem Gerüst gestützt.

»Entschuldige, dass ich so gebrüllt habe, Joan, aber das musst du dir ansehen«, sagte Yang. Sie trat vor, und Whelt reichte ihr einen Negativstreifen. »Du kannst es ruhig anfassen«, sagte Yang. »Aber am besten am Rand halten. Ja, zum Licht hin.«

Das Material war in seinen Abmessungen und der Ausführung genauso exakt, wie man es von der Persönlichkeit seines Herstellers erwarten würde, dennoch hatte es die urwüchsige Beschaffenheit einer Schlangenhaut aus dem Urwald. Die sechzig oder siebzig Einzelbilder zeigten Yang, wie er auf die Kamera zulief, mit den Armen wedelte und die Zunge herausstreckte. Sie hatten die Kamera mit einer Handkurbel angetrieben, weil die Generatoren natürlich seit Jahren nicht mehr liefen. Obwohl die seitenverkehrten Bilder in Grautönen kaum größer als drei Zentimeter waren und schon leicht verblassten, waren sie von einer erstaunlichen, fast dreidimensionalen Klarheit wie das Basrelief am Fries von Parnassus.

»Was sagst du dazu?«, fragte Yang.

»Ich habe keine Ahnung von Film, aber ich finde, es sieht wunderbar aus.«

»Nur ›wunderbar‹? Hast du eine Ahnung, wie lange wir daran gearbeitet haben?«

»›Wunderbar‹ drückt da, wo ich herkomme, wirklich ziemliche Begeisterung aus.«

»Joan, da, wo du herkommst, ist seit achthundert Jahren nichts so Aufregendes passiert, und deswegen hast du auch kein Wort dafür. Wir haben im Dschungel Filmmaterial hergestellt! Wir haben im Dschungel Filmmaterial hergestellt, und es sieht besser aus als jeder Eastman Super X I. Whelt, erzähl ihr von deiner Theorie.«

»1925 hat ein Forscher bei Kodak herausgefunden, dass die Filmempfindlichkeit am besten ist, wenn man Gelatine von Kühen benutzt, die mit wilden Senfsamen gefüttert wurden«, sagte Whelt. »Der Schwefel des Senfsamens macht die Silberhalogenide lichtempfindlicher.«

»Hier gibt es keinen Senf, aber was auch immer ein Tapir so frisst – es muss doppelt so gut sein.«

»Bedeutet das, ihr könnt mit den Dreharbeiten anfangen?«, fragte Burlingame. Außerhalb dieser Hütte, wo die Hungersnot nie weit war, wäre diese Frage lächerlich gewesen, fast schon ein Affront. Aber sie wusste, dass Whelt an nichts anderes als *Herzen in der Fins-*

ternis dachte. Als sie ihn 1938 kennengelernt hatte, war ihm gerade aufgegangen, dass Menschen nicht rückwirkend von einem Film, den es vielleicht eines Tages geben würde, versorgt und untergebracht werden konnten. Diese Erkenntnis war inzwischen verlorengegangen. Je weiter sich sein Schiff der blanken Erde zuneigte, umso fester hielt er das Steuer umklammert. Was Burlingame allerdings nicht verstehen konnte, war die Tatsache, dass Whelt, der in den letzten acht Jahren vermutlich weniger gegessen und weniger geschlafen hatte als alle anderen hier, auch weniger gealtert war – als würde sein Körper das Vergehen der Zeit nur angesichts der Anhäufung von beschrifteten Filmdosen akzeptieren. Und außerdem konnte sie nicht verstehen, wie es gekommen war, dass sie so viel Zeit damit verbrachte, den Regisseur zu bemuttern. Wohl wahr, wenn etwas erledigt werden musste und kein anderer sich darum kümmerte, musste sie es selbst in die Hand nehmen, sonst fühlte sie sich wie ein Drückeberger. Aber die Vormundschaft für einen erwachsenen Mann war etwas ganz anderes als ein paar verkrustete Teller schrubben.

»Wir haben fast alles, was wir brauchen«, sagte Yang. »Wenn wir wollen, können wir sogar Tonaufnahmen machen. Allerdings gehen uns bald die Entwickler-Chemikalien aus, selbst wenn wir das übrige Fixiermittel verdünnen, und da ich annehme, dass es hier keinen Busch gibt, dessen Beeren Hydrochinon enthalten, können wir auch keines herstellen. Aber nur weil wir das Filmmaterial nicht ansehen können, ehe wir zu Hause sind, bedeutet das nicht, dass wir keinen Film drehen können.«

»Wir brauchen nur mehr Silber«, fügte Whelt hinzu.

»Eine Menge Silber ist nötig, um das Silberchlorid auf dieses Weise herzustellen. Eine Unze Silber sollte eine Weile reichen, aber wir haben diesmal nur ein paar Meter Film zustande gebracht. Wenn wir eine komplette Rüstung hätten, könnten wir genug herstellen, um den Film fertig zu drehen, sobald der Tempel wieder aufgebaut ist. Vorausgesetzt, wir brauchen nicht zu viele Takes. Aber nach unseren vielen Probeaufnahmen …«

Mit anderen Worten – im Grunde waren sie keinen Schritt weiter. Burlingame musste an einen alten Witz ihres Vaters denken: »Wenn wir Speck hätten, könnten wir Speck mit Eiern machen, wenn wir Eier hätten.« Von einer bestimmten Perspektive aus war dieses Projekt nie dringlicher gewesen. Yang hatte herausgefunden, dass sich ein Teil des Kodak-Films, den sie im ersten Jahr gedreht hatten, in der stickigen Luft des Dschungels bereits zu zersetzen begann, er hatte braune Flecken bekommen und stank wie dreckige Socken. Whelt würde die Szenen neu drehen müssen, was andererseits zumindest das Anschlussproblem von Aldobrands Entstellung lösen würde, weil die Rolle neu besetzt werden konnte. Aber aus einer anderen Perspektive waren die Chancen dieses Projekts nach wie vor gleich null. Denn wenn die Hitze ihres blanken Hasses Coehorn bis jetzt nicht hatte verdampfen lassen, dann würde das vermutlich auch nicht in nächster Zeit geschehen – wie also sollten sie eine komplette Silberrüstung in die Hände bekommen, ganz zu schweigen vom Rest des Tempels?

Natürlich war Yang so aufgeregt wie ein Schuljunge, und selbst Whelt wirkte ausnahmsweise mal zufrieden. Nach außen hin entspannte er sich niemals, das wusste sie, aber in den Tiefen seiner Ängste verlieh ihm seine Regel Ruhe. Alle Riesenerfolge, hatte ihr der Regisseur gesagt, folgten der Whelt-Regel, und jedes Volksmärchen, das in einer Zivilisation lange genug Bestand hatte, um von einem Anthropologen niedergeschrieben zu werden, musste als Riesenerfolg betrachtet werden. Wenn sich also jemand die Mühe machen würde, die Handlung jedes Volksmärchens der Welt in Whelts eigens erfundene Darstellungsart zu transferieren, würde er erkennen, dass jedes einzelne der Whelt-Regel folgte. Burlingame war allerdings eher skeptisch, dass alle Märchen tatsächlich in dieses perfekte Schema eingepasst werden konnten. Sie hatte einfach sehr viele gelesen, die auf faszinierende Weise schief und schräg waren. Aber abgesehen davon schien ihr die eigentliche Frage zu sein, welche Art von Regel die Whelt-Regel sein sollte. Glaubte Whelt wirklich, dass alle Menschen zu allen Zeiten und an allen Orten

Handlungsstrukturen bevorzugten, die seiner Regel folgten? Anders gesagt, spiegelte die Regel tatsächlich irgendeine unverrückbare Eigenschaft des menschlichen Geistes wider? Nach einem recht schwierigen Stück »neuer Musik« bei einem Klavierkonzert hatte ihr Onkel ihr mal erklärt, dass selbst ein Marsmensch die übliche Harmonie vorziehen würde, da sie auf einem schlichten mathematischen Zusammenhang basiere. Würde also ein Marsmensch auch die entsprechenden Handlungsverläufe bevorzugen? Whelt dachte zu sehr ans Praktische, um sich mit solchen Spekulationen abzugeben. Er konnte immer noch die zehn umsatzstärksten Filme jedes Jahres bis zurück zu *Die Geburt einer Nation* von 1915 aufsagen, und diese Metrik war das Einzige, was für seine Regel zählte, wie er verlauten ließ. Bei anderen Gelegenheiten sprach er jedoch über die Regel, als wäre sie ein strahlender kategorischer Imperativ.

Überraschenderweise hatte ihr die Diskussionen mit Whelt jedoch einen neuen Zugang zum Verständnis der Weltenentstehungslehre der Pozkito ermöglicht. Laut den Berichten, die sie gelesen hatte, glaubten die Pozkito nicht, dass die Götter materielle Dinge erschaffen hatten, sondern quasi nur die platonische Ideenlehre. Allerdings glich es eher dem Kalibrieren physikalischer Gesetze oder der Festsetzung neuer Spielregeln oder … es war recht schwierig, das auf den Punkt zu bringen. Doch jetzt verstand Burlingame, dass die Götter der Pozkito im Prinzip die Reihe von möglichen Narrativen festgelegt hatten, genau wie Whelt mit seiner Darstellungsweise oder Antti Aarne mit dem *Verzeichnis der Märchentypen*. Sie hatten die Verhaltensmuster bestimmt, denen die Dinge unweigerlich gehorchen würden, bis ans Ende aller Zeiten. Trotz dieser Errungenschaften sollte die Macht der Pozkito-Götter nicht überbewertet werden. Am nächsten kamen ihnen vielleicht die Asuras der Hindus oder die Laren der alten Römer. Die Haltung der Pozkito ihnen gegenüber war nicht Anbetung oder Angst, sondern eher ein pragmatisches Bündnis. Natürlich hatte Burlingame sich deutlich mehr Erkenntnisse erhofft. Aber hier gab es keine Pozkito, die man hätte studieren können. Also studierte sie stattdessen die Amerikaner.

Ihre Beobachtungen machte sie heimlich. Das hatte zwei Gründe. Der zweitrangige Grund war, dass sie bei der herrschenden Papierknappheit nicht wollte, dass irgendjemand von ihrem Vorrat von 280 Seiten Alwych wetterfesten Notizbüchern erfuhr, von dem sie nun das letzte zu ihrer großen Sorge beinah gefüllt hatte. Aber der Hauptgrund war, dass die anderen vermutlich ungehalten reagieren und sie isolieren würden, wenn sie es rauskriegten. In Cambridge war es ein Gemeinplatz, darüber zu witzeln, dass man die Leute am High Table studierte, als wären sie Kopfjäger, aber der Witz war nur lustig, weil jeder wusste, dass es in der Anthropologie laut Definition darum ging, primitive Völker zu studieren. Jede gute Feldforschung begann damit, dass ein mutiger Mann eine lange Reise an irgendeinen staubigen Ort unternahm. Und sie wusste, dass die Amerikaner sich nicht gern als ein Volk dieser Art betrachten lassen würden. Nur einmal hatte sie sich verplappert, und das bedauerte sie noch immer. Was hatte Miss Calix nur an sich, dass sie ihr gegenüber so unbesonnen daherschwatzte?

Dass ihr an diesem Morgen die Assistenzgarderobiere in den Sinn kam, war jedoch völlig normal, denn Calix war seit der vorigen Nacht aus ihrer Hütte verschwunden, und offenbar hatte sie seit Sonnenuntergang niemand mehr gesehen. Da sie wusste, dass es keinen Sinn hatte, mit Whelt und Yang darüber zu sprechen, gratulierte sie ihnen noch einmal zu ihrer Leistung und verließ dann die Hütte.

Draußen überzogen Wolken so zart wie Pusteblumen den ganzen Himmel. Als Erstes erblickte sie Joe Hickock, der auf dem Weg nach unten war. Sie wusste, dass er wegen der Meinungsverschiedenheit am Vorabend immer noch sauer war. Manchmal wünschte sich Burlingame, sie könnte einfach still in den Wald verschwinden und sich um die Nahrungssuche, die Gärten, die Jagd und die Fallen für alle im Lager kümmern, das wäre deutlich weniger unangenehm, als all die Streitigkeiten darüber zu schlichten, wer seine Pflichten vernachlässigte. Weil das nicht machbar war, musste sie oft Schiedsrichterin zwischen zwei wütenden Männern spielen, die sie über kurz oder lang mehr hassten als sich gegenseitig. Ihre erste Reaktion an diesem Morgen war, so schnell wie möglich wegzurennen und vorzugeben, sie hätte Hickock nicht bemerkt. Aber ihr Pflichtgefühl spielte nicht mit.

»Einen wunderschönen guten Morgen, Mr. Hickock«, sagte sie. Aber er nickte ihr nur zu und ging seines Weges. Im Stillen betend, dass er es ihr nicht allzu schwer machen würde, rief sie ihm nach: »Mr. Hickock, ich habe mich gefragt, ob ich –«

»Was?« Er war ein großgewachsener Mann, dessen Augen aussahen, als wären sie permanent erschöpft vom erdrückenden Gewicht seiner Brauen.

»Es tut mir ganz fürchterlich leid, wenn ich Sie aufhalte, aber –«

»Sie wollen mir sagen, dass ich gerade draußen auf der Suche nach Vogelnestern sein sollte.«

»Nein, Mr. Hickock, keineswegs.«

»Also, was ist es diesmal? Ein Strafzettel, weil ich Müll herumliegen lassen habe? Sie haben doch immer was zu mäkeln, Burlingame, nicht wahr? Immer gibt's irgendwas. Können einen nie vorbeigehen lassen.«

Burlingame schluckte. »Es ist nur, dass Miss Calix seit gestern Abend nicht mehr gesehen worden ist, und auch wenn es noch zu früh für einen Suchtrupp ist, denke ich, wir sollten zumindest –«

»Sie haben Angst, dass sie genug von allem hier hat. Etwas dagegen unternommen hat.«

Einen Augenblick lang verstand Burlingame nicht, was Hickock meinte, bis ihr mit einem Schaudern klar wurde, dass er von Selbstmord sprach. Dass sich ein Mädchen, so lebhaft und hübsch wie Calix, dafür entschied, sich umzubringen, konnte sie sich so wenig vorstellen wie einen Schmetterling, der absichtlich in eine Öllampe flog. Selbst wenn sie in diese Richtung gedacht hätte, wäre sie niemals so grob gewesen, es Hickock gegenüber zu erwähnen, der 1944 nachts in den Dschungel gegangen war und sich immer noch wie ein Mann hielt, der nicht damit rechnete, dass dieser Fehlschlag je in Vergessenheit geraten würde, fast wie zum Trotz gegenüber einer Gemeinschaft, die durchaus gewillt gewesen wäre, nicht mehr daran zu denken. »Nein«, sagte sie. »Ich meinte …« Sie hatte gedacht, dass Calix von einem Jaguar zerfleischt, von einer Schlange gebissen oder von einem der New Yorker an einen Baum gebunden worden sein könnte. Aber jetzt war sie zu beschämt, um ihren Satz zu Ende zu bringen.

»Ist Ihnen jemals der Gedanke gekommen, dass Menschen mitunter Entscheidungen treffen? Sie treffen sie selbst, nicht Sie, und wenn Ihnen das nicht gefällt, tja, dann *tut es mir ganz fürchterlich leid, Miss Burlingame*«, sagte Hickock, wobei er ihren Akzent nachäffte, »aber Sie können mich mal. Es ist ihr Leben. Sie haben dazu kein Recht. Sie halten sich für die Übermutter hier, aber das sind Sie nicht. Sie stecken Ihre Nase in jede Kleinigkeit, und niemand weiß, warum, Sie sind ja nicht mal mit uns hergekommen, Sie sind nur irgendeine alte Jungfer, die wir uns eingefangen haben wie eine schlimme Erkältung, weil die Arschlöcher da drüben Sie nicht haben wollten. Wenn das Mädchen weg ist, dann lassen Sie sie gehen. Sie glauben, ich schließe mich Ihrem verdammten Suchtrupp an? Warum können Sie nicht ab und zu jemanden einfach mal machen lassen?«

Burlingame drehte sich um und floh die Stufen hinauf.

Sie hatte schon kapiert, dass ihre Wichtigtuerei nicht immer gut ankam. Aber sie hatte gehofft, die Leute würden erkennen, dass es auf lange Sicht zum Besten ihres kleinen Clans war. Zu hören, dass man es ihr so übelnahm, fühlte sich an, als wäre der Tempel hochgehoben und auf sie fallen gelassen worden. Selbst die Worte »alte Jungfer« trafen sie, was dämlich war. Ja, sie war neunundzwanzig, und ihr erster und einziger Kuss lag zwölf Jahre zurück, aber fast jeder hier hatte sein Privatleben auf Eis gelegt, denn das war nun mal das Wesen dieser Expedition. (Abgesehen davon blieb sie mehr oder weniger aus freien Stücken allein: Sie war sich ihrer Unscheinbarkeit bewusst, aber hier gab es so wenige Damen, dass selbst sie mit den Jahren ein paar Annäherungsversuche hatte abwehren müssen.) Hinter Hickocks Beleidigungen stand die Grausamkeit seiner verzweifelten Tat vor anderthalb Jahren. Konnte es wahr sein, dass er sich wünschte, seine Freunde hätten ihn nicht nach Hause gebracht? Sie war immer davon ausgegangen, dass Menschen, die vor einem Selbstmord gerettet wurden, für den Rest ihres Lebens dankbar waren. Und dazu noch dieser abscheuliche Ton und die Ausdrucksweise, als wäre sie seine Höflichkeit nicht wert, was sie so wütend machte, dass sie am liebsten einen Polizisten gerufen hätte oder zumindest einen Freund, aber hier gab es natürlich niemanden, den das interessierte. Von der zerschmetternden Vielfalt der Beleidigungen wurde ihr schwindlig. Als sie keuchend auf der obersten Terrasse ankam, war sie erleichtert, niemanden zu sehen, denn sie hatte vor, hier zu sitzen und zu weinen, bis von Joan Burlingame nichts mehr übrig sein würde als eins dieser kleinen Museumsschilder, auf denen steht: ›Ausstellungsstück vorübergehend entfernt‹.

Aber eins war sicher. Sie würde sich niemals, niemals wieder in irgendjemandes Angelegenheiten einmischen. Nicht ohne schriftliche Aufforderung. Sie bemerkte, dass die Seile von Rusks regenbetriebenem Flaschenzug vom letzten Einsatz noch immer verhakt waren – aber sie würde sich ganz sicher nicht darum kümmern. Sie wischte ihre Nase mit dem Handrücken ab und wünschte, sie käme einem sauberen Taschentuch auch nur auf fünfzig Meilen nahe. Und dann hörte sie ganz leise und von irgendwoher jemanden um Hilfe jammern.

—

»Sonst fällt mir nichts mehr ein, also sind wir wohl am Ende des Rundgangs angekommen«, sagte Coehorn etwas später an diesem Tag.

»Nochmals vielen Dank«, antwortete Meinong. »Das ist ein außerordentlicher Ort.« Sie standen auf einer bewachsenen Anhöhe, von der aus man einen guten Blick auf das zwei Morgen große Lager am Tempel hatte. Hinter ihnen jaulte und quengelte der Dschungel. Am Morgen war Meinong nach einem etwa fünfzehnstündigen Schlaf in der Krankenhütte erwacht, mit der Angst im Nacken, er sei irgendwie wieder in Erlösungsfeld gelandet. Als die Tür aufging, hatte er in seinem Bett gekauert und war davon ausgegangen, einen der Bauern vor sich zu sehen. Diese Erinnerung war ihm jetzt peinlich. Es war nur Coehorn gewesen, der Anführer dieses Lagers, der nachsehen wollte, ob er wach war. Über einer Schüssel Gemüsebrühe versuchte Meinong, ihn dazu zu befragen, wo er war, aber keine der Antworten ergab Sinn, also bestand er darauf, mit einem geborgten Spazierstock einen Rundgang zu machen, obwohl er sich fühlte, als wäre er erschossen, gestopft, beschlagen und sicherheitshalber noch mal erschossen worden.

»Weißt du, so könnte Pennebaker es auch machen«, sagte Irma.

»Was machen?«, fragte Pennebaker.

»Wenn man herauszufinden will, wie man etwas am besten erklärt, muss man einfach nur warten, bis jemand Neues dazukommt und man ihn herumführen kann. Wenn Pennebaker in New York ist, könnte er so tun, als würde er jemanden durchs Camp führen, genau wie du gerade Kurt. ›Hier drüben … zu Ihrer Linken …‹ Und sofort würde im Kopf ein Bild entstehen.«

»Aber niemand hat mitgeschrieben, was ich gerade gesagt habe, und ich glaube nicht, dass ich es ein zweites Mal so gut hinkriegen würde«, erwiderte Coehorn.

»Oh.«

»Verzeihung, aber sagten Sie gerade, Mr. Pennebaker reise nach New York?«, fragte Meinong.

»Ja, das stimmt«, sagte Coehorn. »Sie müssen sich ja fragen, was aus uns geworden ist, also wollen wir ihre Neugierde stillen.«

»Kommt er wieder zurück?« Meinong bemühte sich um einen völlig normalen Ton.

»Nein«, sagte Coehorn.

»Doch«, sagte Pennebaker. Der Mann erinnerte Meinong an einen peniblen alten Kollegen mit vorstehenden Zähnen in Standort D: Wenn er jemanden wegen einer Kleinigkeit korrigierte, bemühte er sich dabei stets um einen möglichst beiläufigen Ton, aber nicht, weil ihm klar war, dass es dem anderen völlig egal war, sondern im Gegenteil, weil er davon ausging, dass ihn sein Fehler beschämte, und ihm helfen wollte, das Gesicht zu wahren. »Ich muss dafür sorgen, dass die Vorräte hier sicher ankommen«, fuhr Pennebaker fort. »Kerosin, Gewehre, Desinfektionsmittel …«

»Schallplatten, Cognac, Pyjamas …«, ergänzte Coehorn.

»Tischlernägel, Binden, Brillen …«, sagte Pennebaker.

»Lippenstift, Benzedrin, der *New Yorker* …«, fügte Irma hinzu.

»Und natürlich genug Funnel Cake, um die Carnegie Hall damit zu füllen!«, rief Coehorn.

»Kurt weiß vermutlich nicht, was Funnel Cake ist«, merkte Irma an.

»Es ist eine Art Kuchen«, erklärte Coehorn. »Pennebaker liebt ihn, nicht wahr, Pennebaker? Er weint sich jede Nacht in den Schlaf, weil er so lange keinen mehr bekommen hat.«

Was sich auf Pennebakers Gesicht abzeichnete, konnte man kaum als Lächeln bezeichnen, es war eher ein freudloses Zucken. Meinong wedelte eine Bremse, so groß wie ein Canelé, beiseite und bemerkte dabei, dass etliche der dickeren Kalksteinblöcke der Maya-Ruine hier als Seitenwände oder Mezzanin dienten, sodass die willkürlichen Positionen, an denen sie von den Wilden vor acht Jahren liegengelassen worden waren, den Plan dieses ganzen Ferienlagers vorgaben. Die Russen würden in Berlin vermutlich nicht so nachlässig mit dem Schutt von Speers wunderbarer Reichskanzlei umgehen. Bei der Durchreise mit den gefälschten Schweizer Papieren war er in Puerto Cortés gezwungen gewesen, sich das einzig verfügbare Taxi vor seinem Hotel mit einem amerikanischen Geschäftsmann zu teilen. Unaufgefordert begann der Geschäftsmann von seiner anstehenden Überfahrt nach Europa zu sprechen. Er verdiente sein Geld als Exporteur von landwirtschaftlichen Geräten, aber sein größter Kunde, die United Fruit Company, war gerade zu einem anderen Unternehmen gewechselt, das behauptete, seine »hygienische« Ausrüstung vermöge die Ausbreitung einer Zwiebelfäule namens Weißer Sigatoka aufzuhalten. Also wollte er jetzt sein Glück in Berlin versuchen, weil er glaubte, dass dort ein robuster Markt entstehen werde, wenn erst alle Fabriken abgerissen und die Arbeiter aufs Land zurückgekehrt waren. Nach dieser zweiten Offensive, sagte er, werde die Welt dem deutschen Volk sicher nicht erlauben, jemals wieder etwas anderes zu tun, als ihr Land wie mittelalterliche Bauern zu bestellen.

»Schaut mal«, sagte Irma. »Der Tempel – irgendwas ist da ganz oben los.«

»Fliegt noch eine magische Fee ins Empyreum?«, fragte Coehorn. »Vergeude nicht meine Zeit. Ich habe von gestern Abend immer noch einen Krampf im Nacken.«

»Nein, es sieht eher so aus, als würden sie auf unserer Seite runterkommen.«

Die anderen drei folgten ihrem Blick. Irma hatte recht. Zwei Männer wurden wie Fensterputzer an der Fassade des Tempels herabgelassen, allerdings befand sich ihre Plattform momentan erst ein paar Meter unter der obersten Terrasse. »Wäre es Nacht, würde ich sagen, es handelt sich um einen weiteren heimlichen Diebstahlversuch«, sagte Coehorn. »Aber sie sind schon von weitem klar und deutlich zu sehen.«

»Los, komm, Elias«, sagte Irma. Sie eilten los, um sich die Sache genauer anzusehen, wobei sie vermutlich vergaßen, dass Meinong mit seinen zittrigen Beinen nicht Schritt halten konnte.

Als sie außer Hörweite waren, sagte Pennebaker zu Meinong: »Wissen Sie, ich habe noch nie Funnel Cake gegessen. In meinem ganzen Leben nicht.«

»Oh?«

»Ich habe noch nicht mal einen gesehen. Ich habe sehr ernsthaft versucht, mich daran zu erinnern, was ich gesagt haben könnte, das Mr. Coehorn auf den Gedanken gebracht hat, ich würde Funnel Cake lieben, aber ich weiß es einfach nicht.«

»Haben Sie je versucht, dieses Missverständnis zu korrigieren?«

»Ja, ein Mal, aber er glaubte, mir seien nur seine Witze peinlich.«

»Werden Sie einen dieser Funnel Cakes probieren, wenn Sie in New York sind?«

»Darüber habe ich noch nicht nachgedacht. Denken Sie, ich sollte es tun?«

Meinong zuckte mit den Schultern. »Wann rechnen Sie damit, wieder zurück zu sein?«

»Es sollte nicht länger als ein paar Monate dauern. Ich bin besonders gespannt, was im Krieg passiert ist. Alle wollen, dass ich Nachrichten mit zurückbringe. Wir wissen es natürlich sehr zu schätzen, was wir von Ihnen erfahren, aber mein Bruder ist beim Militär, und ich frage mich, wohin er versetzt wurde. Mittlerweile spricht er vermutlich schon etwas Deutsch! Verstehen Sie mich nicht falsch, aber ich hätte nie gedacht, dass es so etwas wie eine Deutsch-Amerikanische Allianz geben könnte, nicht nach dem letzten Krieg. Aber das war vermutlich nur eine Meinungsverschiedenheit unter Cousins – wenn man dagegen die Russen oder die Japaner nimmt …«

Pennebaker plapperte weiter. Nach Meinongs Einschätzung musste jeder dieser einfältigen Amis irgendwann mal über ansehnliche Intelligenz verfügt, ihr dann aber freiwillig abgeschworen haben: Coehorn, weil sie seinem Egoismus im Weg gestanden hätte, Irma hatte sich auf Coehorns Niveau herabgelassen, weil das auf lange Sicht der am wenigsten ärgerliche Weg war, um ihre Freundschaft aufrechtzuerhalten, und Pennebaker aus Unterwürfigkeit den beiden anderen gegenüber. Er fragte sich, wer hier wirklich das Sagen hatte. Morgen würde er sich jemanden suchen, der ihm eine Führung durch das Lager auf der Treppe gab. Abgesehen von ein paar Bambusgerüsten, die direkt in die Erde geschlagen waren und die unteren Hütten stützten, war es diesem Lager nie erlaubt gewesen, über den Tempel hinauszuwachsen. Am Fuß des Tempels zu stehen und die Stufen hinaufzublicken war wie die Ankunft per Schiff in einem der Küstendörfer von Cinque Terre, wo die Terrassen sich malerisch an die zerklüftete Felswand schmiegten. Ob er sich nun hier unten niederließ oder dort auf der Treppe – beide Lager waren vermutlich bessere Zufluchtsorte als Erlösungsfeld. Zumindest solange nichts den Frieden störte. Er betrachtete Pennebaker einen Augenblick lang und humpelte dann weiter.

—

Als sie in der Nacht die Augen geöffnet und ein Totenkopf sie angegrinst hatte, war Calix auf der Stelle klar gewesen, dass sie ins Land der Toten eingetreten war. Aber dann hatte es gedämmert, und sie hatte die Hand ausgestreckt, um einen Schneidezahn aus dem zerbröselnden Kiefer des Kopfes zu ziehen und sich damit den Beweis zu holen, dass sie an der Grenze dieses Landes abgewiesen worden war.

Nicht der Fall bringt einen um, sondern der Aufschlag – hieß es jedenfalls immer. Ihr Fall war kaum nennenswert gewesen, die Landung dafür umso spektakulärer.

Folgendes musste geschehen sein: Als sie sich vor Stunden an den Rand des Tempels schob, hatte sich eine Seilschlinge von Rusks Flaschenzug um ihren Knöchel gelegt, und sie war so am Ende gewesen, dass sie es nicht bemerkt hatte. Der obere Flaschenzug war nach dem letzten Einsatz nicht ordentlich verstaut worden und hatte noch etwa drei Meter Seil, bis sich die Bremse einklinkte. Als sie dann sprang, dauerte das spannende Intervall der Schwerelosigkeit oder des Schwebens nur den Hauch eines Augenblicks, ehe sich das Seil spannte, sie einen Ruck an ihrem linken Bein spürte und in einem vertikalen Bogen wie eine Abrissbirne zurück zum Tempel schwang. Ihre Kniescheiben, die als Erstes gegen den Kalkstein prallten, waren über ihrem Gesicht, das als Zweites am Tempel aufschlug. Wie oft sie aufgeschlagen und abgeprallt war, konnte sie nicht sagen, denn sie wurde schon beim ersten Mal ohnmächtig. So baumelte sie am Tempel wie ein Kletterer, der beim Abseilen alles falsch gemacht hatte.

Später dämmerte sie im Mondlicht ohne Zeitgefühl halb wach vor sich hin und verlor immer wieder das Bewusstsein. Ihr ganzes Blut hatte sich wie der letzte Rest in der Ketchupflasche in ihrem Kopf verdickt, bis auf ein paar Tropfen, von denen sie spürte, dass sie sich über ihren Augen verkrusteten. Ihr gesamter Körper schmerzte so unglaublich, dass ihr Zustand – kopfüber an einem Knöchel in sechzig Meter Höhe hängend – im Vergleich kaum der Rede wert war. Speziell ihr linkes Bein fühlte sich an, als wäre es an mehreren

Stellen gebrochen, und ihr rechtes Bein konnte sich nirgendwo abstützen, also versuchte sie es seitlich an den kühlen Stein zu legen, aber jedes Mal rutschte sie ab, und das nutzlose Gewicht zerrte an ihren Oberschenkelmuskeln, bis sie meinte, sich schon wieder über ihr eigenes Gesicht erbrechen zu müssen.

Als sie etwas wacher war, wimmerte sie, so laut sie konnte, aber sie war nicht lauter als eine Vogelstimme in einer Nacht voller Vogelstimmen. Selbst vor Sonnenuntergang war sie vor der schartigen Oberfläche des Tempelaufrisses kaum zu sehen gewesen, jetzt dagegen war sie so gut wie unsichtbar. Die nächste Ohnmacht würde vermutlich nicht die letzte sein, aber eine der folgenden vielleicht durchaus. Je länger ihre Eingeweide auf ihre Lungen drückten, umso schwieriger wurde das Atmen; das war es nämlich, was einen tötete, das wusste sie von den Kopfüber-Kreuzigungen der Römer, wie bei Petrus.

Sie musste wieder nach oben auf die Spitze des Tempels. Und natürlich war ihr einziges Hilfsmittel ein Seil. Aber seit ihrer Kindheit war sie an keinem Seil mehr hochgeklettert, und Kinder klettern mühelos an allem hoch. Außerdem hatten ihre kleinen Füße damals Boden unter sich gehabt. Sie hatte noch nie versucht, nur mit den Händen an einem Seil hochzuklettern. Und selbst dazu müsste sie sich in der Mitte zusammenfalten, um die Hände bis zu ihrem linken Fußknöchel zu bringen, wo das Seil begann. Sie wusste schon vor dem ersten Versuch, dass ihr dazu die Kraft fehlte, probierte es aber trotzdem. Die Anstrengung ließ sie keuchen wie eine Gebärende, und trotzdem schaffte sie es nicht, ihren Torso auch nur ein kleines bisschen anzuheben oder ihre Hände in die Nähe des Seils zu bringen.

»Emmy«, keuchte sie und ließ sich eine Weile hängen.

Sie musste an den Chaplin-Film denken, in dem er bei der Eröffnungsfeier eines Kaufhauses kopfüber an einem Fahnenmast hochgezogen wird, nur war es bei ihr leider nicht so lustig. Ihr ging auf, dass sie hauptsächlich ihre Armmuskeln beanspruchen müsste, wenn sie versuchte, sich mit den Händen Zentimeter um Zentimeter an der Seite des Tempels hochzuziehen, anstatt sich mithilfe der Bauchmuskeln zusammenzufalten. Es gab jede Menge Haltegriffe an dem gebrochenen Mauerwerk. Jedoch erkannte sie das Problem dabei direkt bei ihrem ersten zaghaften Versuch. Normalerweise lastet der Großteil des Gewichts auf den Füßen, wenn man eine Wand hochklettert und sich mit den Händen weiter hochzieht. Aber weil sie nicht wie ein Affe an ihren Zehen hängen konnte, waren ihre Füße nutzlos. Also musste sie ihre Stirn am Tempel abstützten, um etwas Gewicht von den Armen zu nehmen. Selbst wenn sie ein paar einladende Vorsprünge im Stein fand, würde es immer schwerer werden, denn wenn sie ihren Torso von vertikal zu horizontal erhob, konnte sie den Kopf nicht mehr an der Wand ruhen lassen, sondern ihn nur noch dagegendrücken, und musste sich auf die Reibung zwischen Kalkstein und verfilztem Haar verlassen. Und falls ihr Kopf unvermeidlicherweise abrutschen sollte, wären ihre Arme allein nicht stark genug, um sie zu halten, also würde sie direkt wieder runterfallen und ihr gesamtes Körpergewicht an ihrem linken Bein zerren. Allein der Gedanke genügte, um sie laut aufjaulen zu lassen.

Sie würde einfach hier hängen bleiben, bis entweder das Seil riss oder sie aus ihrer Ohnmacht nicht mehr erwachte.

Nein, das würde sie nicht, denn sie hatte keine Ahnung, wie lange das dauerte, und in der Zwischenzeit würde dieser Schmerz sicher nicht nachlassen. Das Klettern konnte ja nicht unmöglich sein. Sicherlich war es zu schaffen. Von einem Zirkus-Akrobaten. Mit einiger Übung.

Der nächste Versuch, und sie setzte eine zitternde Hand über die andere, diesmal ernsthaft, aber mit jeder Sekunde auch umso überzeugter, dass es nicht funktionieren konnte.

Dann fand sie die Lücke.

Zuerst fühlte es sich an wie eine besonders große Ritze. Aber als sie tiefer hineintastete, merkte sie, dass der Spalt in der ursprünglichen Tempelarchitektur vorgesehen gewesen sein musste. Er war so tief, dass sie mit den Fingerspitzen die Hinterwand nicht erreichte, hoch genug, dass sie nicht an die Decke kam, und vielleicht zwanzig Zentimeter breit.

Dieses Schlupfloch war breit genug für ihren Kopf, aber nicht für ihre Schultern, also würde sie nur reinpassen, wenn sie sich dort seitlich hineinschob. Falls ihr das gelang und das Seil genügend Spiel hatte, schaffte sie vielleicht eine langsame Drehung, bis sie wieder richtig rum war, wodurch sie auch noch etwas an Höhe gewinnen würde. Trotzdem fehlte ihr dann vermutlich immer noch die Kraft, um wieder hoch auf die Terrasse zu klettern, aber wenigstens würde sie nicht mehr an ihrem Knöchel hängen und vielleicht sogar das Seil erreichen, ohne sich zusammenfalten zu müssen. Ab und an war in der Ferne dieses Knallen zu vernehmen, wie Feuerwerk, das man dieser Tage immer öfter hörte, wenn man weit genug oben auf dem Tempel war. Die kleine Bruderschaft der Crew von *Herzen in der Finsternis*, die gedient hatte, ließ sich nicht davon abbringen, dass es sich um Geschützfeuer handelte, irgendwo im Dschungel, aber das war noch nicht ausdiskutiert, weil Geschützfeuer irgendeine Erklärung verlangt hätte.

Sie stützte ihre linke Handfläche auf den Boden der Spalte und drückte dann ihren Arm durch, um ihren Oberkörper aufzustemmen, denn je höher sie kam, umso mehr Seil wurde locker. Als sie es geschafft hatte, ihren Ellbogen durchzustrecken, lastete auf diesem Arm so viel Gewicht, dass er unter ihr zitterte. Mit der rechten Hand tastete sie nach einem Halt an der Wand, und als sie einen gefunden hatte, begann sie sich mit dem Kopf voran in die Dunkelheit zu ziehen. Ein Moskito setzte sich auf die Tränenwurzel ihres Auges, die plötzlich so empfindlich war, dass sie es zu spüren meinte, wenn der Moskito wie ein Golfspieler das Gewicht von einem Bein aufs andere verlagerte, direkt vor dem Biss. Ein Ärgernis mehr, das es zu ignorieren galt, genau wie ihren Überlebensinstinkt, der sie davor warnte, sich in einen winzigen Raum zu zwängen, aus dem sie womöglich nicht wieder rauskäme, der aber sofort verstummte, als sich alle anderen Überlebensinstinkte um ihn scharten und ihn mit wutglühenden Augen anstarrten.

Sie schob sich etwa bis zur Hüfte hinein und benutzte dann die Ellbogen, um ihren Oberkörper höher zu stemmen, wobei sie die Schultern wie bei einem Schraubstock diagonal gegen die Wände drückte, um nicht abzurutschen. Sie hatte vorgehabt, sich zu drehen, bis sie kopfüber war, aber weit davor erreichte sie einen Punkt so nah am Liegen, dass kaum mehr Gewicht an dem Seil um ihren Knöchel lastete. Zum ersten Mal floss Blut dahin zurück, und ihr linkes Bein konnte sich erholen, was ein Gefühl auslöste, das für sie dem Schmerz so nahe kam wie der Tempel einem Vogelnest. Sie wurde wieder ohnmächtig und erwachte erst Stunden später, als der Mond direkt in die Spalte schien und sie Bekanntschaft mit dem Schädel in seinem schimmernden Helm machte.

»Haben Sie Brüder oder Schwestern, Miss Burlingame? Jüngere?«

»Nein. Auch keine älteren. Warum fragen Sie?«

»Sonst wüssten Sie, dass man niemanden waschen kann, ohne ihn anzusehen.« Burlingame errötete, und Calix fühlte sich ein wenig boshaft, weil sie sich über sie lustig machte, aber die Situation war einfach lächerlich: Sie selbst lag nackt unter einer Decke, während Burlingame mit abgewandten Augen ihre Verletzungen wusch. »Haben Sie je versucht, einen Teller zu waschen, ohne ihn anzusehen?«

»In jeder beliebigen Woche wasche ich eine ganze Menge Geschirr in fast vollständiger Dunkelheit.«

»Abgesehen davon müssen Sie sich die Mühe wirklich nicht machen. Ich würde sagen, Sie haben Ihre gute Tat für heute schon erledigt, als Sie mich in meinem Nest zwitschern hörten und mich gerettet haben.« Es war Vormittag, und vor etwa vierundzwanzig Stunden war Calix halb bewusstlos in die Krankenhütte gebracht worden. Vor der Hütte hörte sie Stimmen und fragte sich, ob sie ihnen Anlass zum Klatsch geboten hatte.

»Nun, ich kann ja kaum einen der Männer darum bitten. Außerdem heißt es, dass der Deutsche, der im anderen Lager aufgetaucht ist, bestens gepflegt wird. Wir können uns ja wohl nicht von denen übertrumpfen lassen. Wie geht es Ihnen jetzt?«

»Als hätte man mir eine dieser schwedischen Massagen verpasst, und zwar jeder einzelne Mann, jede Frau und jedes Kind in Schweden. Aber besser als vorher.« Ihre Pflegerin war so schicklich, dass Calix es sich nicht verkneifen konnte, sie noch ein bisschen hochzunehmen. »Sie schauen ja immer noch nicht hin. Sie lassen manche Stellen aus.«

Burlingame schluckte und fuhr mit ihrer Zunge zwischen Unterlippe und Zähnen von links nach rechts und wandte den Blick dann sehr bewusst, als würde sie das Teleskop einer Sternwarte neu kalibrieren, hinab auf Calix' Oberkörper. Dieses Unterfangen verlangte Burlingame offensichtlich so viel ab, dass Calix sofort bereute, sie so weit getrieben zu haben. Außerdem beschämte sie aus nicht triftigem Grund ihre Nacktheit ein wenig.

Ein unglückliches Schweigen senkte sich über sie beide. Die Bewegungen des Schwamms hatten sich verändert, weil Burlingame nun so zu tun versuchte, als wüsche sie nicht warmes Fleisch, sondern polierte Möbelstück. Calix schrieb das hauptsächlich Burlingames britischer Prüderie zu, dennoch war es beunruhigend, wenn jemand so zimperlich auf den eigenen verletzten Körper reagierte. Um das Schweigen zu füllen, während der Schwamm sich an das Unterleibskapitel wagte, fragte sie: »Was haben Sie da oben eigentlich gemacht? Oben auf dem Tempel? Das haben Sie gar nicht erzählt.«

»Ich wollte mich nur sammeln.«

»Schön ruhig da oben, nicht wahr? Und der Ausblick ist schick.«

»Allerdings.«

»Man sollte da so ein Doppelfernrohr aufstellen.«

Beiden war klar, dass sehr bald das Bettlaken unterhalb von Calix' Hüften fallen musste. Calix war sich nicht sicher, warum diese Erkenntnis so schwer wog, aber das tat sie. »Und Sie?«, fragte Burlingame und tauchte den Schwamm wieder ins Wasser. »Ehe Sie gefallen sind?«

Calix lächelte. »Das ist nett von Ihnen, Miss Burlingame.«

»Was meinen Sie damit?«

»Nett, dass Sie das so sagen. Aber dazu müssen Sie sich wirklich nicht verpflichtet fühlen.« Sie kriegte Gänsehaut auf ihrem Bauch, und obwohl sie nicht der Meinung war, dass Gänsehaut in irgendeiner Weise unzüchtig war, wünschte sie doch bei Gott, sie würde vergehen.

»Ich fürchte, das ist zu hoch für mich«, sagte Burlingame.

»Sicher weiß jeder, warum ich da hochgegangen bin, und dass ich nicht einfach gefallen bin.«

Der Schwamm hatte nun beinah Calix' Schambein erreicht.

»Wenn Sie auf dieser Höhe unachtsam waren und sich zu weit vorgelehnt haben, ist das kein Grund zu –«

»Ich bin gesprungen«, fiel ihr Calix ins Wort.

Der Schwamm hielt inne.

Der Kummer auf ihrem Gesicht verriet deutlich, dass Burlingame gewünscht hätte, ihre Version hätte noch ein klein wenig länger bestehen bleiben können. »Sie hatten einen Augenblick des … Wahnsinns.«

»Es war nicht nur ein Augenblick.«

»Aber jetzt sind Sie natürlich froh, dass Sie gerettet wurden«, sagte Burlingame mit einer Stimme, gespannt wie ein Drahtseil.

»Sie meinen, ob ich es noch einmal versuchen werde?«

»Werden Sie das?«

»Wenn Sie versucht hätten, zu tun, was ich versucht habe, und Ihnen wäre dasselbe passiert wie mir, würden Sie sich dann den Staub abklopfen und noch mal loslegen?«

»Nein, ganz sicher nicht.«

»Na dann.«

Burlingame legte den Schwamm wieder in den Eimer und ließ ihn dort. »Sie haben immer eher fröhlich gewirkt. Aber … hm, es heißt natürlich auch, dass … hm.«

»Mr. Trimble hat mich in ein schlimmes Dilemma gebracht.«

»Trimble?«

»Ja.«

»Ich kann mir nicht vorstellen, was für ein Dilemma so schlimm sein könnte, dass Sie …«

»Mr. Trimble hat ein seltenes Talent, Leute ins Dilemma zu manövrieren. Er ist ein ganz großes Tier auf dem Dilemma-Sektor.« Calix sah, dass Burlingame nicht kapierte. »Sie verstehen doch, Miss Burlingame, oder? Sie wissen doch über Trimble Bescheid. Wie sollten Sie nicht über ihn Bescheid wissen!«

»Bescheid worüber?«

»Nun kommen Sie schon, Miss Burlingame! Die Leute sprechen vielleicht nicht viel drüber, aber jeder weiß doch davon, warum sollte man etwas anderes behaupten? Mr. Trimble ist der Herr über diese Schonung. Wir sind alle seine Sklaven. Wir sind in seiner Hand. Hier oben bei uns genau wie bei denen da unten.«

»Sie neigen offenbar zur Übertreibung.«

»Nein, das tue ich nicht. Sie können mir doch nicht erzählen, dass Sie das nicht wissen! Sie haben seine Zeitung doch gelesen. Mr. Trimble ist ein schlechter Mensch, er bekommt fast alles, was er will, und es gibt nichts, was man dagegen unternehmen kann.«

Burlingame blickte eine Zeitlang auf den Boden. »Vielleicht habe ich es gewusst. Nicht so ganz bewusst. Aber ich habe mir alle Mühe gegeben, nicht darüber nachzudenken. Vermutlich bin ich keine sehr gute Beobachterin, verglichen mit anderen Ethnologen. Aber das wusste ich eigentlich auch schon.« Sie nahm einen tiefen Atemzug. »Und Sie wollen sagen, dass Sie nur wegen Trimble ... getan haben, was Sie getan haben?«

»Ich habe keinen anderen Ausweg gesehen.«

»Wenn Sie Ihr Leben verloren hätten, dann nur wegen dieses Mannes?«

»Ich habe mein Päckchen zu tragen.«

»Nur wegen seines ... seines verdammten ...« Burlingame blickte auf. Zum ersten Mal seit Beginn der Schwammwaschung sah sie Calix in die Augen. Und Calix war erstaunt, ja sogar erschrocken, wie schnell Burlingames Stimmung umgeschlagen war. Ihren Kopf hatte sie nur für kurze Zeit gesenkt, aber irgendwie hatte sie schon jetzt das gerötete und tränennahe Gesicht von jemandem, der einen lautstarken, impulsiven Streit ausgetragen hatte, und in ihren grünen Augen tobte eine Wut, die Calix überhaupt nicht mit dem zusammenbringen konnte, was sie über die scheue Engländerin wusste.

»Geht es Ihnen gut, Miss Burlingame?«

»Ich werde Trimble finden. Ich fürchte, Ihr Bad muss warten.«

»Oh nein, Miss Burlingame, tun Sie das nicht!«

»Machen Sie sich keine Sorgen. Mich kann er nicht erpressen. Ich bin auf der sicheren Seite. Ich habe in meinem ganzen Leben noch nie etwas Interessantes gemacht, wissen Sie?« Und mit diesen Worten war sie weg.

—

Die Wolken drohten mit Regen, als Burlingame Trimble weiter unten an den Stufen fand, wo er mit Berg, dem Kranlenker, plauderte.

»Ich muss dringend mit Ihnen sprechen, Mr. Trimble.«

»Natürlich, Miss Burlingame«, Trimble klopfte Berg auf die Schulter. »Wir sehen uns in der Kirche, Kumpel.«

Jetzt waren sie allein, oder zumindest ein Stück vom üblichen Nachmittagsbetrieb am Tempel entfernt. »Mir ist zu Ohren gekommen …« Burlingame verwirrte die Tatsache, dass sie Vokabular benutzte, das sie mit ihrer Schulzeit assoziierte, aber etwas anderes hatte sie gerade nicht zur Verfügung. »Mir ist zu Ohren gekommen, dass durch Ihr Handeln, absichtlich oder unabsichtlich, ein junges Crew-Mitglied großen Schaden genommen hat.«

Trimble schüttelte den Kopf und stieß einen kleinen Pfiff aus. »Also ehrlich, Miss Burlingame, es fühlt sich an, als hätte mir gerade jemand einen Medizinball in den Magen gerammt. Das ist das Letzte, was ein Mann an einem so schönen Tag wie heute hören will. Aber wenn Sie mir sagen könnten, was passiert ist, und mir einen Tipp geben, wie ich das wieder in Ordnung bringen kann, täten Sie mir einen äußerst großen Gefallen.«

»Miss Calix. Die Garderobiere. Wie Sie wohl bereits wissen, liegt sie im Krankenbett.«

»Natürlich. Es hieß, sie könne froh sein, dass sie mit dem Leben davongekommen ist.«

»Das stimmt.«

»Hat einen ziemlichen Sturz hingelegt.«

»Ja.«

»Aber jetzt sieht es ja so aus, als käme sie durch«, sagte Trimble. »Klingt genau wie der Herzenswärmer, den ich auf der Titelseite des *Enquirer* bringen kann. Ich freue mich schon darauf, den Artikel zu schreiben. Aber abgesehen davon weiß ich nicht, was das alles mit mir persönlich zu tun hat.«

»Sie werden nichts davon in Ihre Zeitung schreiben. Sie werden Miss Calix in Ruhe lassen.«

»Sie in Ruhe lassen? Wenn Sie erlauben, tue ich das lieber nicht. Sie ist eine Freundin von mir.«

»Nein. Sie hören mit diesem ganzen Zeug auf. Sie werden Ihre Verleumdungsmaschinerie schließen.« Wo sie diesen Ausdruck herhatte – keine Ahnung. Sie war immer noch ziemlich von sich überrascht, weil sie vor ein paar Minuten das Wort »verdammt« verwendet hatte.

»Sie bringen mich ganz aus der Fassung, Miss Burlingame. Ich kann einfach nicht verstehen, worauf Sie hinauswollen. Nun, Sie kennen ja sicher die alte Redewendung ›Zwei Nationen, von der gemeinsamen Sprache geteilt!‹.«

»Sie bringen die Menschen in die Bredouille. Sie sind ein böser Mensch. Alle wissen das.«

Trimble starrte sie an. Sie konnte sehen, dass er kurz davor war, die Geduld zu verlieren. »Alle wissen das, wie?«

»Ja.«

»Alle wissen das, und allen geht es damit genau wie Ihnen?«

»Ja, das glaube ich.«

»Hey, Ricky-Boy.« Burlingame sah sich um. Halloran, der Erste Regieassistent, war mit einem Megafon in der einen und einem Knäuel Bindfaden in der anderen Hand auf dem Weg nach oben. Die Crew von *Herzen in der Finsternis* lebte bereits so lange auf diesem Treppenanwesen, dass sich ihr Gang verändert hatte. Wenn sie in den Wald gingen, dann im Treppengang statt im Seemannsgang. Diese Topologie würde auch im Film selbst eingebettet sein, falls er je fertig wurde: Alle Kamerafahrten in Whelts aktuellen Storyboards verliefen seitlich, als würde die Kamera entlang einer Spur ausweichen, und alle Schwenke verliefen entweder horizontal oder vertikal, um dem rechtwinkligen Gitter der Kalksteinblöcke zu folgen. Doch auch nach all dieser Zeit hatte Burlingame das Gefühl, dem Zusammenwirken im Lager hafte immer noch etwas leicht Provisorisches an, denn es ist eine Regel des menschlichen Lebens, dass ein Zusammentreffen auf der Treppe nie viel zu bedeuten hat. Alle sehnten sich nach dem *esprit de l'escalier*, der ewig hinauszögerten Pointe, weil sie nie ganz nach unten gelangten.

»Gutes Timing, Rick«, sagte Trimble. »Leih mir mal deine Flüstertüte für einen Augenblick, ja?« Halloran kam ziemlich unterwürfig herübergesprungen, um Trimble das Megafon zu reichen, und Trimble streckte es Burlingame hin. »Wenn es allen anderen genauso geht wie Ihnen, sollten Sie sich zusammentun. Gründen Sie eine politische Partei. Wie wär's, Burlingame? Seien Sie nicht schüchtern. Erzählen Sie ihnen von mir. Sagen Sie ihnen, was Sie angeblich wissen. Und dann schauen Sie mal, wie weit Sie damit kommen.«

»Nein!« Burlingame fuhr herum. Der Schrei war von Calix gekommen, die sich anstatt einer Krücke ein Kiefernbrett unter dem Arm geklemmt hatte. Doch die Tempelstufen waren so hoch, dass sie mehr hüpfte als humpelte. Sie trug die sauberen Kleider, die ihr Burlingame in die Krankenhütte gebracht hatte, damit sie sie später anziehen konnte, allerdings war der Rock verkehrt herum. »Bitte, Miss Burlingame, lassen Sie's gut sein. Mr. Trimble und ich klären das untereinander.« Halloran hatte wohl erraten, was los war, denn er nickte Burlingame nur ernst zu, als wollte er sagen, sie solle besser auf Calix hören.

Ohne einen festen Entschluss gefasst zu haben, nahm Burlingame das Megafon entgegen. Trotz seines ganzen Weißblechgewichts fühlte es sich nicht völlig real an. Die Wahrheit war, dass sich nichts mehr real anfühlte, seit Calix den Saum des Bettlakens über ihre Hüfte hinabgefaltet hatte. Burlingame hatte mal über einen albanischen König gelesen, der so vielen Mordversuchen seiner eigenen Generäle entkommen war, dass er einen hydraulischen Mechanismus unter seinem Thron einbauen ließ, der auf Knopfdruck auf allen vier Seiten Stahlgitter um seinen Thron herum hochspringen ließ. Genauso reagierte Burlingame auf einen Schock. Sie hätte den Notstand, in den Calix' Busen sie in diesem Augenblick brachte, nicht überlebt, wenn sie nicht vor der Wirklichkeit in einen undurchdringlichen Käfig geflüchtet wäre, damit sie Calix' Nacktheit dort berühren konnte, wo es nötig war, aber es sie selbst nicht berührte. Burlingames Käfig war aber nicht wieder eingefahren, auch wenn Calix jetzt bekleidet war. Er war immer noch da, zwischen ihr und dem Gewicht des Megafons, zwischen ihr und der Faktizität ihrer Taten, zwischen ihr und dem Unbegreiflichen, einem Mann ins Gesicht zu sagen, dass er böse ist. Das Problem war nur, dass der Käfig nicht ganz so funktionierte wie vorgesehen. Er mochte sie vor der unmittelbaren Zerstörung geschützt haben, aber letzten Endes nicht vor dem Bild des Seifenschaums, der an den Seiten von Gracies Brüsten herablief, und nicht vor der Wut, dieser tiefen, knochenbrecherischen Wut bei dem Gedanken an die äußerste Verzweiflung, in die das Mädchen gedrängt worden war, allein zum unsinnigen Wohl eines anderen. Sie hatte sich lange danach gesehnt, sich mit Calix anzufreunden, aber das erklärte nicht, was gerade mit ihr geschah. Die Intensität dieses Gefühls war so einzigartig, dass sich Burlingame schon fast fragte, ob sich irgendetwas aus dem Dschungel in ihr Gehirn eingeschlichen hatte. Die ganze Zeit über fühlte sich alles außerhalb des Käfigs schwerelos, fiktiv oder neutralisiert an, ganz einfach weil es nicht Gracies Körper oder Gracies Leben war. Trimble klebte immer noch ein höhnisches Grinsen im Gesicht, weil er sich so sicher war, dass sie es nicht drauf ankommen lassen würde, als sich das Megafon, als wäre es voller Helium, wie von selbst an ihren Mund hob. »Äh, guten Morgen allerseits«, sagte sie. »Könnten bitte alle mal herhören?«

Zum allerersten Mal erkannte sie die praktischen Vorteile eines englischen Akzents, der Amerikaner aufmerken ließ. Eine ganze Reihe von Köpfen hatte sich ihr zugewandt. Sie ging die Stufe entlang, bis sie direkt am Rand des Tempels stand wie auf einer Kanzel, von der aus das Echo ihrer Stimme vielleicht sogar bis zu den New Yorkern drang. »Könnten bitte alle mal herhören?«, rief sie erneut. »Jetzt sofort.«

Gracie, die es endlich bis zu ihr geschafft hatte, legte eine Hand auf ihren Arm. »Nein, Miss Burlingame! Ich lasse nicht zu, dass Sie sich in solche Bedrängnis bringen. Nicht meinetwegen. Sie wissen nicht, was er mit Ihnen anstellen wird.«

»Alles in Ordnung, Gracie.« Die warme Hand auf ihrem Arm bestärkte sie nur. Durch das Megafon sagte sie: »Mr. Trimble hat mir die Erlaubnis erteilt, mit Ihnen allen über die Zustände in unseren beiden Lagern zu sprechen.« Sie warf einen Blick zu ihm hinüber. Das Grinsen auf seinem Gesicht schien zu flackern wie eine rotierende Kreissäge. »Es ist unbedingt nötig, dass wirklich jeder zuhört. Ich habe etwas Wichtiges zu sagen. Bitte versammeln Sie sich hier.« Sie wusste, dass sie das eigentlich nicht konnte. Wenn sie versuchte, sich an Reden zu erinnern, kamen ihr nur wieder Schulversammlungen, Preisverleihungen und Zeugnisvergaben in den Sinn. Das jedenfalls war ihr Leben vor dem Tempel gewesen. Aber bedeutete es nicht, dass sie zumindest intelligent war? Intelligenz war nicht nichts. Sie wartete, bis eine ganze Menge an Leuten ihre Arbeit niedergelegt hatte oder zumindest aus ihren Hütten gekommen war, darunter auch mindestens ein Dutzend vom anderen Lager.

»Wir sind alle sehr dankbar für Mr. Trimbles harte Arbeit in den vergangenen Jahren«, begann sie. »Er hat eine sorgfältige Chronik über die Ereignisse in unserer kleinen Gemeinschaft geschaffen. Wer von uns hat sich nach einem langen, arbeitsreichen Tag nicht darauf gefreut, sich mit der neuesten Ausgabe des *Pozkito Enquirer* hinzusetzen? Mr. Trimble verdient unseren aufrichtigen Dank.« Sie begann zu klatschen, was gar nicht so leicht war, weil sie das Megafon in ihrer linken Hand hielt und sich mit der rechten auf den

Handrücken klopfen musste. Hie und da stimmten andere in den Applaus mit ein, aber sie brach ihn schnell wieder ab. »Dennoch bin ich mir sicher, dass Mr. Trimble nichts dagegen hat, wenn ich vorschlage, dass womöglich die Zeit gekommen ist, um … nun.« Ein Regentropfen platschte ihr hinten auf den Nacken. Sie stockte. Falls ein richtiger Regenguss folgte, würde er sie übertönen, sie würde abbrechen müssen, und das wäre okay, denn es wäre nicht ihre Schuld. Sie spürte nicht mehr länger die Unbesiegbarkeit eines Betrunkenen in sich, und ein Teil von ihr, gar kein so kleiner Teil übrigens, wäre dankbar für ihre fristlose Kündigung durch den Himmel.

Trimble nutzte die Gelegenheit, um sich einzuschalten. »Ich danke Ihnen vielmals, Miss Burlingame«, sagte er. »Das rührt mich wirklich sehr.« Er streckte den Arm aus, um ihr das Megafon aus der Hand zu nehmen.

Aber Halloran versperrte ihm mit seinen breitschultrigen 1,95 Metern den Weg.

Trimble sah Halloran an, als könne das nur ein Witz sein. Und Halloran blinzelte und biss sich auf die Lippen, als wäre eine Biene in seinem Gesicht gefangen. Aber er knickte nicht ein. Burlingame hatte Gracie gegenüber eingestanden, dass sie mehr oder weniger die Augen gegenüber Trimbles Treiben verschlossen hatte. Aber einer Tatsache war sie sich fast vollkommen sicher, nämlich dass er nie auf Gewalt zurückgegriffen hatte. Und so war es ein seltsames Schauspiel, das da auf Hallorans Gesicht stattfand (der im Übrigen bei der Infanterie gedient hatte), eine Art von Grimasse, die man für gewöhnlich mit der animalischen Angst vor drohender Verstümmelung assoziiert. Die Leute hatten Angst vor Trimble, wurde ihr da plötzlich klar, er war gefürchtet wie der Tod, dieser rattenhafte Schreiberling, der so wenig Macht hatte, um etwas wirklich Bedeutsames zu bewirken.

Burlingame blickte zu Gracie, die Tränen in den Augen hatte, und dann wieder auf ihr Publikum. In der letzten Minute schien es sich fast verdoppelt zu haben. Sie versuchte, nicht in einzelne Gesichter zu sehen, denn sie wusste, das würde sie bremsen. Ins Megafon sagte sie: »Sie alle kennen Miss Calix. Sie alle wissen, dass Miss Calix letzte Nacht beinahe ums Leben gekommen wäre. Natürlich hat jeder von uns sein Päckchen zu tragen. Dennoch bin ich zu der Annahme gekommen, dass Mr. Trimble bei all seinen guten Absichten einen Teil der Schuld daran trägt.« Die rechten Winkel der Tempelstufen verzerrten die Akustik, sodass ihre Worte hin und wieder mächtig zu ihr zurückdröhnten, doch wenn sie das Megafon ein wenig senkte, fühlte es sich an, als würde sie in ein Kissen sprechen. »Miss Calix war verzweifelt. Sie ist eine junge Frau mit starkem Charakter und fröhlichem Gemüt. Wie konnte es also so weit kommen? Warum wurde ihr das angetan? Was hat sie letzte Nacht dort hinaufgetrieben? Was ich sagen will ...« Burlingame musste sich anstrengen, dass ihre Stimmte nicht brach. »Diese junge Frau, unsere teure Freundin, hat einmal einen Fehler gemacht. Zweifellos einen unbedeutenden Fehler. Und genau wie er es vor ein paar Jahren mit Mr. Hickock gemacht hat, zwang Mr. Trimble sie in eine Position ...«

»Miss Burlingame –«, sagte Gracie.

Sie spürte wieder einen Regentropfen und sprach schneller. »Ich weiß nicht, was sie getan hat. Das zu wissen, habe ich gar kein Recht. Das hat keiner von uns. Aber ich bin mir ziemlich sicher, dass es belanglos war. In solche Bedrängnis zu geraten, hat sie nicht verdient. Was ihr passiert ist, darf niemals wieder passieren.«

»Miss Burlingame, meine Nichte ist in einer Irrenanstalt eingesperrt, weil wir monatelang eine sexuelle Beziehung hatten, und als wir schließlich erwischt wurden, habe ich allen gesagt, dass sie sich mir aufgedrängt hat«, unterbrach Gracie sie.

Burlingame stand einen Augenblick lang mit offenem Mund da. Zum Glück konnten die Versammelten nicht hören, was Gracie sagte. Aber Halloran hatte es gehört und starrte Gracie jetzt an, als hätte sie sich gerade mit einer zwanzig Zentimeter langen gespaltenen Zunge über die Lippen geleckt.

»Gracie ...«

»Ich kann nicht zulassen, dass Sie das hier für mich tun und es nicht wissen. Er wird es ohnehin allen erzählen.«

»Na, wie gefällt Ihnen das, Miss Burlingame?«, fragte Trimble. »Ist dieses kleine Flittchen immer noch Ihre ›teure Freundin‹? Dieses kinderschändende, mösenleckende falsche Dixie-Flittchen?« Mit einem Knurren schob er sich an Halloran vorbei, sodass sein Gesicht jetzt nur noch Zentimeter von Burlingames entfernt war und ihr deutlich bewusst wurde, wie nah an der Kante des Tempels sie stand, dreißig Meter über dem Boden. »Wollen Sie sich jetzt immer noch für sie einsetzen? Jetzt, wo Sie wissen, was sie getan hat? Ihre ›teure Freundin‹ hat ihrer kleinen Nichte das Kleid vom Leib gerissen, sie flachgelegt und ihre Muschi verspeist. Wahrscheinlich hundertmal hintereinander. Ich habe ihr einen Gefallen getan. Ich habe das herausgefunden und niemandem etwas davon gesagt. Und wenn sie vom Tempel gesprungen ist, und zwar meinetwegen, dann habe ich ihr vielleicht auch damit einen Gefallen getan. Denken Sie mal darüber nach, Miss Burlingame, bevor Sie weiterreden.« Er grinste. »Oder vielleicht schreckt Sie das ja gar nicht. Vielleicht ist es ja ein Teil des Reizes. Könnte man meinen.« Er wirkte fast, als würde er Witterung aufnehmen. »Ja. Ja, das könnte sein. Wissen Sie, ich glaube, das trifft den Nagel auf den Kopf. Das hätte ich mir denken können. Als sie eine Krankenschwester gebraucht hat, waren Sie ganz schnell zur Stelle, nicht wahr? Als ihr Höschen fiel und sie gründlich zwischen den Beinen gewaschen werden musste.«

Ohne es zu wollen, blickte Burlingame zu Gracie und wandte sich dann zutiefst gedemütigt ab. Dem Mädchen konnte sie alles vergeben, aber sie konnte nicht erwarten, dass auch ihr vergeben wurde. Es gab keinen hydraulischen Käfig mehr, keinen König darin, nur ein paar verbogene Medaillen, dic auf einem kleinen Häufchen Asche glommen. Niemand am Tempel war immun gegenüber einem Putsch, außer diesem Hexenmeister, der deine Geheimnisse kannte, ehe du selbst davon wusstest. Diesmal hielt Halloran Trimble nicht davon ab, ihr das Megafon aus den schlaffen Händen zu nehmen. Er hob es zum Mund.

»Entschuldigen Sie die Unterbrechung, Ladys und Gentleman. Wir mussten hinter den Kulissen nur eine kleine Verschmelzung vollenden. Aber das ist jetzt vorbei. Ich möchte Ihnen allen einen kleinen Ausblick auf die Titelseite des *Enquirer* von morgen bieten. Denn Miss Calix und Miss Burlingame hier sind nicht nur zwei treue Freundinnen. Sie sind nicht nur ein paar Mädels, die sich in schweren Zeiten umeinander kümmern.«

Aber trotz des Megafons war seine Stimme mittlerweile kaum noch zu hören, denn mindestens hundert Männer und Frauen, oben wie unten, Angelenos und New Yorker, Rekonstruktivisten und Dekonstruktivisten, skandierten: »Raus! Raus! Raus!«

—

Pennebaker sollte das Lager bei Tagesanbruch verlassen. Also hatte er am Vortag seine Absicht verkündet, zeitig ins Bett zu gehen, womit er acht Uhr abends meinte, um für seine lange Reise gut ausgeruht zu sein, und Coehorn hatte seine Absicht verkündet, spät ins Bett zu gehen, womit er sieben Uhr morgens meinte, um bei seinem Abschied zugegen zu sein. Bevor Pennebaker sich zur Ruhe legen konnte, hatte Coehorn ihn allerdings gebeten, noch ein letztes Mal seine Eröffnungsworte vor der New Yorker Presse durchzugehen. Pennebakers Ansprache saß perfekt, aber als er es jetzt wieder hörte, fiel Coehorn auf, dass immer noch ein, zwei *mots* nicht ganz *justes* waren. Er sagte Pennebaker, es fiele ihm im Traum nicht ein, ihn vom Schlafen abzuhalten, aber während er sich die Zähne putzte und seinen Pyjama anzog, könnten sie ja gemeinsam an einer allerletzten Skriptpolitur feilen, wie ihre Rivalen das nennen würden. Siebzehn Stunden später gab es kein Skript mehr. Noch nicht mal die einfachsten Faktendarstellungen waren stehengeblieben. Coehorn hatte so viel von den sauren lila Blättern gekaut – zunächst, um kreativer zu werden, dann um wach zu bleiben –, dass er jetzt nicht aufhören konnte, mit seinen fleckigen Zähnen zu knirschen. Er hatte langsam begriffen, dass keinerlei Hoffnung bestand, Pennebakers Notizen umzuschreiben, bis es ihm gelungen war, bestimmte, bisher unauffällige Sprünge in der Struktur der englischen Sprache selbst aufzuzeigen und zu korrigieren. Aber er war immer noch vollkommen zuversichtlich, dass sie Pennebaker vor dem Mittag verabschieden konnten.

Als Lon Maisoneuve in den Bungalow kam und von dem Aufruhr draußen berichtete, wies Coehorn alle an, zu ignorieren, was immer dort vor sich ging. Das war ja fast schon ein alter Hut. »Zuerst dieser Zirkustrick mit dem Unglaublichen Verschwundenen Springer«, maulte er und zählte an den Fingern ab: »Dann die sich senkende Plattform – und jetzt irgendeine Krise. Die betteln doch nur um Aufmerksamkeit.«

»Ganz im Ernst, Mr. Coehorn. So eine Menschenmenge habe ich nicht mehr auf einem Fleck gesehen, seit wir hier angekommen sind«, sagte Maisoneuve. »Viele der Treppler sind von den Stufen heruntergekommen.«

»Sie meinen, der Tempel ist unbewacht?«

»Jedenfalls so unbewacht wie nie zuvor.«

Coehorn sprang auf. Er verspürte eine Aufregung wie seit den ersten Zusammenstößen 1938 nicht mehr. Vor kurzem erst war ihm aufgegangen, dass er genau wie sein Vater ein Unternehmen gegründet hatte. Der Hauptgeschäftszweig seines Unternehmens war die Befriedigung seiner Launen und seiner Trägheit, und aus diesem Blickwinkel konnte man es tatsächlich als eine Art Parodie auf die Eastern Aggregate betrachten. Trotzdem war es keineswegs weniger zweckmäßig oder autark. Seine Errungenschaften würde er niemals unterbewerten. Und dennoch verlangte es ihn so sehr nach dem Tempel wie eh und je. Die Augen gegen das Tageslicht abschirmend, eilte er aus dem Bungalow. Er war bereit, die Gelegenheit beim Schopfe zu packen, auch wenn die letzten siebzehn Stunden nicht gerade ein gutes Beispiel für seine Entschlusskraft waren.

Aber als er mit Irma und Pennebaker um die südwestliche Ecke des Tempels bog, war der erste Mensch, auf den er traf, ein großer Mann, in dem er einen von Whelts Handlangern erkannte.

»Mr. Coehorn, ich wurde geschickt, um Ihnen mitzuteilen, dass Sie bei allem gebührenden Respekt besser nicht auf dumme Ideen kommen sollten«, sagte der Mann. »Wir halten Wache, und wenn wir den Eindruck haben, Sie könnten etwas im Schilde führen, sind wir ganz fix wieder da oben und wehren Sie schneller ab, als Sie ›Jack Robinson‹ sagen können. Was gerade passiert, betrifft Ihre Leute genauso sehr wie unsere, also können Sie alles andere in der Zwischenzeit vergessen. Keine Touchdowns in der Halbzeit.«

»Was meinen Sie mit ›was gerade passiert‹?«, fragte Coehorn.

»Wir schaffen uns Trimble vom Hals.« Der Mann versuchte so ernst wie möglich zu klingen, aber seine Freude war so unkontrollierbar, dass seine Stimme zwitscherte. Er deutete hinter sich. Coehorn konnte erkennen, dass Leland Trimble grob an die Grenze der Lichtung befördert wurde, wobei ein Angeleno seinen linken Arm umfasst hielt und Mac Parke, Coehorns höchsteigener Fitnesstrainer, seinen rechten. Von hinten schoben wie bei einer Hochzeitsgesellschaft verschiedene andere nach, insgesamt fast die gesamte Bevölkerung beider Lager, die sich die Hälse verrenkten, vorwärtsschubsten oder sich an den Seiten verteilten, um besser sehen zu können. Es war sehr laut, aber er konnte die einzelnen Rufe nicht verstehen, nur einen schwarmartigen hysterischen Jubel.

»Was ist das?«, fragte Coehorn. »Haben wir plötzlich irgendein Indio-Ritual übernommen? Jagen wir einen Sündenbock aus dem Dorf, in der Hoffnung auf eine bessere Ernte?« Voranschreitend rief er: »Sofort damit aufhören!«

Trimble blickte auf. Sein Haar war zerzaust, und er hatte eine Sandale verloren, aber er schien unverletzt. »Mr. Coehorn!«

Der Himmel hatte die Farbe des Tempels angenommen, und Coehorns Gesicht war feucht, aber an den Zuständen im Dschungel gemessen, war das noch kein Regen, nur etwas, das der Himmel loswerden musste, ehe er richtig loslegte, wie das Wasser, das noch vom letzten Mal im Duschkopf geblieben ist. Mittlerweile war er nah genug, um sich direkt an Parke zu wenden. »Lassen Sie ihn los! Glauben Sie wirklich, dass jemand, der mit mir an meinem Tisch speist, dermaßen gedemütigt werden darf? Was zum Teufel ist in Sie gefahren?«

»Ganz genau, Mr. Coehorn«, rief Trimble. »Bringen Sie sie zur Vernunft.«

Die Prozession hatte angehalten. »Wir haben das alle zusammen beschlossen, Sir«, sagte Parke, der sich ansonsten nur durch gemeißelte Züge und dumpfen Gehorsam auszeichnete wie ein Billig-Golem, »dass er wegmuss.«

»Sie haben etwas ›beschlossen‹? Haben Sie vergessen, für wen Sie arbeiten? Wenn Trimble aus irgendwelchen Gründen auf den billigen Plätzen nicht mehr willkommen ist – nur zu. Wir haben hier unten mehr als genug Platz für ihn. Wenn Sie nicht aufpassen, kriegt er Ihre Hütte, Parke.«

»Er hat üble Dinge verbrochen.«

»Was verbrochen? Eine Zeitung veröffentlicht? Jede Menge komplizierte Abkommen zwischen den beiden Lagern ausgehandelt? Er ist unentbehrlich.«

»Sie wissen nichts davon, Sir. Sie würden es nicht verstehen.«

»Ich verstehe es ganz wunderbar. Und ich weiß, was ich hier sehe. Das ist Pöbeljustiz, und es ist abstoßend. Acht Jahre lang sind wir zivilisiert geblieben, und jetzt das. Was haben Sie mit ihm vor? Ihn an die Jaguare verfüttern?«

»Nein, Sir, ihn ins Exil schicken. Er muss nur unsere Lager verlassen. Er kann gehen, wohin er will. Aber er darf nicht zurückkommen.«

»Und wie soll er im Dschungel überleben? Hören Sie mal, nur weil jemand von der Anwesenheit einer anderen Person nicht begeistert ist, hat er noch lange nicht das Recht, ihn …« Coehorn fiel ein, dass Walter Pennebaker neben ihm stand. »Jedenfalls erlaube ich es nicht.«

Irma nahm seinen Arm. »Elias«, zischte sie.

»Was ist, Irma?«

»Elias, sieh mich an.« Das tat er und erschrak vor ihren Augen. »Lass das geschehen.«

»Was?«

»Lass sie ihn wegschicken.«

Er spürte, wie sich ihre Fingernägel in seinen Bizeps gruben, und wollte seinen Blick abwenden, aber er schaffte es nicht. »Irma, was ist denn nur in dich gefahren? So habe ich dich noch nie gesehen.«

»Ich sage es dir nicht noch einmal, Elias. Lass. Das. *Geschehen.*« Sie fauchte jetzt, und dieses letzte Wort war die Spitze eines Springmessers, direkt an seiner Kornea.

Die Menge war fast vollkommen verstummt. Alle warteten ab, was Coehorn tun würde. Er streckte die Hand aus und schüttelte die des Reporters. »Viel Glück, Trimble. Schauen Sie mal vorbei, wenn wir alle wieder in New York sind.«

Coehorn blieb nicht lange genug, um zu sehen, was dann passierte. Stattdessen versuchte er ein Quäntchen Autorität zurückzugewinnen, indem er darauf bestand, dass Irma und Pennebaker mit ihm in den Bungalow zurückkehrten. Hinter seinem Rücken konnte er hören, wie Trimble etwas über jemandes uneheliches Kind rief, irgendwas über jemandes Probezeit, aber Coehorn hörte nicht hin. Sie rannten fast den gesamten Weg zur Hütte, denn nun hatte der echte Regen eingesetzt, die Hyperemesis, das Maschinenpistolensperrfeuer, der einstürzende Aquädukt, die doppelte Schwerkraft. In jeder Hütte würden sich neue Lecks auftun, wie immer direkt über dem Bett, dem Tisch oder dem Schrank. Der Anblick des an dem antiken Kalkstein herabströmenden Wassers erweckte in Coehorn eine Sehnsucht nach New Yorker Bürgersteigen im Frühling. »Ihre Taschen sind gepackt, Pennebaker?«, fragte er, als sie drinnen ankamen. »Sie haben den Stein? Sind Sie bereit zum Aufbruch?«

»Ich hatte eigentlich gedacht, wir würden es auf morgen verschieben«, antwortete Pennebaker.

»Es ist noch nicht mal Mittag. Es sind noch viele Stunden Tageslicht übrig.«

»Aber Mr. Coehorn, ich habe nicht geschlafen.«

»Schlafen können Sie heute Nacht. Besser keine Zeit mehr verschwenden.«

»Und wir sind noch nicht mit meiner Rede fertig.«

»Oh, ich kann jetzt keine Minute länger damit vergeuden«, sagte

Coehorn mit einer wegwerfenden Handbewegung. »Rufen Sie sich einfach unsere Diskussionen in Erinnerung, und wählen Sie das beste und wahrheitsgetreuste Material aus, bringen Sie es in eine intelligente Reihenfolge. Ich bin mir sicher, wir können uns darauf verlassen, dass Sie uns nicht enttäuschen.«

—

Obwohl er sich der Zwecklosigkeit bewusst war, verwendete Yang viel Zeit darauf, Whelt zu überreden, nicht ins Innere des Tempels zu gehen. Sein erstes Argument war, dass sie gar kein Silber mehr brauchten. Nachdem die Rüstung, die Gracie Calix gefunden hatte, mit dem Flaschenzug hochgeholt und von den Knochen darin befreit worden war, blieben etwa vierzig Pfund Metall übrig, was mehr als genug Silbernitratfilm ergeben würde, um *Herzen in der Finsternis* abzudrehen (sobald alle anderen Hindernisse aus dem Weg geräumt waren). Aber Whelt, der kaum je überhaupt irgendwelche Gelüste an den Tag legte, sprach über Silber wie ein gieriger Schürfer. Selbst wenn sie keine weitere komplette Rüstung finden sollten, sagte er, gab es vielleicht zumindest ein paar Schmuckstücke. War auch nur noch eine Unze Silber da drin, mussten sie sie haben.

Als zweites Argument brachte Yang vor, dass es schlicht zu gefährlich war. Womöglich war die Nische, die Calix aufgespürt hatte, nichts weiter als eine Nische, aber vielleicht war dieses Bauwerk, das sie so gut zu kennen meinten, so hohl wie ein Kartenhaus. Doch falls der Tempel tatsächlich eine komplexe innere Struktur hatte, war es nicht gerade wahrscheinlich, dass sie den hotelähnlichen Fluren und Treppen einer ägyptischen Pyramide glich. Nur zu leicht konnte Whelt an einer Stelle stecken bleiben, wo es zu eng oder zu steil zum Zurückklettern war. (Halloran erlaubte sich den Scherz, dass sie in diesem Fall einfach die andere Hälfte des Tempels abbauen und ihn rausholen würden, wofür er allerdings nur einen eisigen Blick von Whelt erntete.) Und falls Whelts Laterne ausgehen sollte, würde er sich dort im Dunkeln verirren wie ein Höhlenforscher.

Im Lager gab es kein Seil, das lang genug war, um es zur Sicherung zu benutzen. Aber Whelt sagte, sie könnten einfach Rusks »perpetuum mobile« kurzzeitig auseinandernehmen. Außerdem wäre so ein Sicherungsseil auch ein sehr praktisches Kommunikationsmittel: Einmal ziehen für »Mir geht es immer noch gut«, zweimal ziehen für »Bitte schickt jemanden, ich brauche Hilfe«, und dreimal für »Ich bin nicht mehr zu retten, also riskiert kein weiteres Leben, sondern lasst mich sterben.« Letzteres ließ Yang ausrufen, wenn es denn schon sein müsse, dann sollte doch keinesfalls der Regisseur des Films da reingehen, weil sie es sich nicht leisten konnten, ihn zu verlieren. Aber Whelt war der Meinung, dies könne kein anderer übernehmen, dessen Gründlichkeit möglicherweise von irrationaler Angst in Mitleidenschaft gezogen würde.

Trotz des Wetters hatten sich die Feierlichkeiten nach Trimbles Verbannung zu einem kleinen Karneval ausgewachsen, mit Gesang, Tanz und kleinen Wettkämpfen, und die Crew-Mitglieder reagierten einigermaßen bestürzt, dass von ihnen erwartet wurde, heute noch zu arbeiten. Gleichwohl war Whelt schon bald ganz oben auf dem Tempel und schlang sich das Seil zweimal um die Taille. Weil die Nitrierung der Maya-Rüstung noch nicht in Gang gebracht war, trug er die gravierte Kopfbedeckung als Schutzhelm. Yang hatte ihn so lange bedrängt, bis er eingewilligt hatte, innerhalb von einer Stunde von dieser ersten Erkundung zurückzukehren, selbst wenn er Katakomben fand, die man erforschen konnte. Er kletterte zu der abgehängten Plattform hinab, die sie am Vortag gebaut hatten, um Calix zu retten, und das Letzte, was er sagte, ehe er in der Silbermine verschwand, war rätselhafterweise: »Das erinnert mich daran, wie ich damals in Mr. Spindlers Haus eingeladen war.«

Nach einer Stunde rollte Yang das Seil etwa zwanzig Meter auf, bis es fast straff war, und zog einmal daran. Whelt zog ebenfalls einmal, also gab Yang dem Seil wieder Spiel. Nach zwei Stunden wiederholte Yang die Prozedur, und wieder zog Whelt nur einmal – leicht genervt, wenn das möglich war. Und nach drei Stunden wieder.

Nach vier Stunden versuchte Yang das Seil wieder aufzurollen, aber diesmal spulte und spulte er, bis er das ausgefranste Ende in der Hand hielt.

—

»Sie wissen doch, wie man zum Fluss kommt, oder?«, hatte ihn jemand gefragt, und er hatte genickt. Niemand eskortierte ihn bis dorthin, aber Trimble folgte diesem Kurs trotzdem eine ganze Weile, für den Fall, dass er überwacht wurde. Sie dachten doch tatsächlich, er würde das Lager endgültig verlassen. Da lagen sie falsch, und das sollte auch so bleiben.

Wenn er wollte, konnte er überallhin gehen. Er hatte sich nie die Mühe gemacht, mehr als ein paar Worte Pozkito zu lernen, aber er wusste, dass er zu diesem Guerilla-Indiolager jenseits des Damms laufen konnte, ein zerlumpter weißer Mann, der noch nicht mal eine wurmige Cherimoya zum Handeln anzubieten hatte, und innerhalb eines Jahres wäre er ihr Anführer. Oder er konnte Richtung San Esteban flößen, bis er unterwegs auf etwas stieß, womit sich richtig Geld machen ließ – Holz, Rinder, Zuckerrohr, Kredite, ganz egal, solange es den Leuten dadurch gut genug ging, dass sie etwas zu verlieren hatten. Wenn das langweilig wurde, konnte er einen Dampfer nach New York nehmen, Herausgeber des *Mirror* werden, Präsident der Aktienbörse, Bürgermeister oder wozu er eben Lust hatte. Sein Potenzial hatte er bereits über alle Zweifel hinweg unter Beweis gestellt.

Aber wenn ein Inkassounternehmen ein Vorhängeschloss an deinen Laden hängt, zuckst du auch nicht einfach mit den Schultern und rufst deinen Cousin in Poughkeepsie wegen eines Jobs an. Du bleibst in der Gegend; du beobachtest, wartest; lieber pisst du dir auf die Schuhe, als den Laden aus den Augen zu lassen. Denn es ist immer noch deiner, genau wie alles, was darin ist, und über kurz oder lang findest du einen Weg, ihn zurückzubekommen. Den Tempel jetzt aufzugeben würde bedeuten, acht Jahre wertvoller Arbeit in den Wind zu schießen. Sein gesamtes Vorhaben basierte auf dem Prinzip des Besitzes ohne Eigentum, und er war vollkommen damit einverstanden, dass andere Leute sich um seine Besitztümer kümmerten. Wenn diese Besitztümer nicht alle in seiner Hütte zusammengetragen wurden, bedeutete das nicht, dass sie ihm nicht gehörten, dasselbe galt auch für den Tempel, selbst wenn er sich ihm eine Zeitlang nicht nähern durfte.

Sie waren höchstwahrscheinlich der Meinung, es sei eine vernichtende Demütigung, unter Gebrüll verjagt zu werden. Aber in New York war er manchmal in einer Nacht aus drei verschiedenen Nachtclubs geflogen und hatte trotzdem jedes Mal sein lebenslanges Hausverbot überdauert. Er beschwichtigte sich, um ihnen ihr Verhalten nicht übelzunehmen. Sie konnten unmöglich verstehen, wie viel er ihnen gegeben hatte, und an ihrer Stelle hätte er vielleicht sogar genauso gehandelt. Aber natürlich schon viel früher und viel besser. Wo sie nur reingepikst hatten, hätte er gepfählt. Seine alten Freunde schienen nicht zu verstehen, dass ihm nun nichts anderes übrigblieb, als mit ihnen abzurechnen, und deshalb hatten sie erst gar nicht versucht, dafür zu sorgen, dass er nicht zurückzukehren wagte. Sie waren so undankbar wie Kinder, aber eben auch genauso sanft. Das hatte er allein schon an der Ernsthaftigkeit gemerkt, mit der sie gefragt hatten, »Sie wissen doch, wie man zum Fluss kommt, oder?«, damit sie sich hinterher für ihre Großzügigkeit auf die Schultern klopfen konnten. Niemals würden sie zugeben, wie einfältig sie sich in den letzten Augenblicken gefühlt hatten, als sie mit ihm zwischen den Bäumen allein waren, wie ein paar gottesfürchtige Jungverkäufer, die einer Hure die Tür wiesen, nachdem der Spaß ein wenig aus dem Ruder gelaufen war. Aber er kannte sie. Allein die kraftlose Art, mit der sie ihn vom Thron gestoßen hatten, bewies doch, wie einfach es werden würde, ihn wieder zu besteigen.

In regelmäßigen Intervallen hatte er in den letzten acht Jahren ganze Tage oder Nächte zwischen den Zweigen eines Baums am Rande der Lichtung verbracht und das Gelände aus der Ferne durch das Opernglas beobachtet, das er Irma abgekauft hatte, um die Abläufe im Lager besser zu verstehen. Alle außer ihm betrachteten die zwei Lager getrennt, unabhängig voneinander, denn sie hatten im Gegensatz zu ihm nicht erkannt, wie selbst kleine Ereignisse im einen Lager mit kleinen Ereignissen im anderen zusammenhingen. Wenn er jemanden beobachtete, wie er irgendwohin ging oder etwas tat, das Trimble sich nicht unmittelbar erklären konnte, stellte er sicher, der Sache am nächsten Tag auf den Grund zu gehen. Er verlangte nach Allwissenheit und hatte sie auch die meiste Zeit über. Jetzt, da er niemanden mehr direkt befragen konnte, musste er sich deutlich mehr aufs Ausspähen der Ameisenfarm verlegen. Aber er wusste, dass an diesem Nachmittag wegen des Wetters nicht mehr viel passieren würde, also war es in dieser Situation wohl am klügsten, sich um Nahrung, Unterkunft und Waffen zu kümmern. Er wollte gerade Richtung Norden abdrehen, als er eine Bewegung auf dem Jagdweg ganz in der Nähe wahrnahm.

Fast hätte er es nicht gehört, denn der strömende Regen verwandelte jede Laube im Dschungel in eine abgeschiedene Zelle. Er ging auf die Knie und kroch ein paar Meter in Richtung der Bewegung durch das Unterholz, bis er erkennen konnte, wer dort kam, ohne selbst gesehen zu werden.

Niemand ging heute ohne guten Grund raus – hier ertrank man ja beinah schon, wenn man zu weit gähnte –, und er hätte sich denken können, dass es Pennebaker sein musste. Der Buchhalter sah unglücklich, aber wild entschlossen aus, wie er da so mit seinem Tornister auf dem Rücken und einem Tropenhelm auf dem Kopf eine Viertelmeile weit gekommen war und nur noch zwei- oder dreitausend vor sich hatte. Den Stein vom Maya-Tempel, den Coehorn seinem Vater schicken wollte, trug er wie ein Kleinkind auf den Armen. Trimble verschaffte es einige Befriedigung, dass das Kräftegleichgewicht im Lager gewaltig ins Wanken geraten würde, nicht nur weil dieser heimtückische Säufer an einem einzigen Morgen seine beiden besten Berater verloren hatte, sondern auch, weil die Crew von *Herzen in der Finsternis* nun womöglich langsam auf

Burlingame hören würde. Sollen die Sanftmütigen nun doch noch das Erdreich besitzen.

Dann bemerkte Trimble zwischen den Bäumen noch jemanden, weiter hinten auf dem Weg. Meinong, der deutsche Offizier, bemühte sich, Pennebaker einzuholen.

Trimble hatte ihn seit seiner sensationellen Ankunft am Tempel genau im Auge behalten. Er war schlau, wachsam, geduldig, gerissen. War er so ehrgeizig wie er, Trimble selbst? Würde er wie Trimble das Beste aus seinen Gaben machen? Anzeichen gab es noch keine, aber man konnte ihn sich gut als Rivalen vorstellen.

Erst als Meinong direkt hinter ihm war, hörte Pennebaker die Schritte und wandte sich um. »Oh, Mr. Meinong! Hat Mr. Coehorn Sie mir hinterhergeschickt? Ist etwas passiert?« Trimble hatte Mühe, die Worte zu verstehen.

»Ja, Mr. Pennebaker«, anwortete Meinong. »Man befürchtet, dass sich Miss Lopez' Tanzmaus in Ihrem Rucksack versteckt hat.«

Pennebakers Antwort war unverständlich.

Meinong sagte: »Vielleicht könnten Sie den Rucksack trotzdem noch einmal durchsehen?«

»Okay.« Pennebaker blickte auf den Stein hinab. »Mir ist nicht erlaubt, dass ein anderer diesen Stein hier berührt, bis ich in New York bin, aber vielleicht könnten Sie ihn doch kurz halten?«

»Mit Vergnügen, Mr. Pennebaker«, sagte Meinong.

Pennebaker reichte ihm den Stein, ehe er den Rucksack von den Schultern streifte und ihn vor seine Brust holte. Er hantierte an den Schnallen herum, als Meinong den Stein mit beiden Händen auf Pennebakers Kopf sausen ließ, wodurch dessen rechte Augenhöhle brach und sein Augapfel platzte.

Der Buchhalter ließ den Rucksack fallen und kippte vornüber. Er lag schlaff am Boden, und der Regen spülte eine Mischung aus dunklem Blut und gläsernem Dotter aus seiner zerstörten Augenhöhle. Vermutlich war er ohnehin schon hinüber, aber Meinong kniete sich trotzdem hin, hob den Stein erneut über seinen Kopf und ließ ihn noch einmal hinabsausen.

Als das erledigt war, packte er Pennebakers Fußknöchel und zog ihn runter vom Jagdweg. So leise er konnte, glitt Trimble rückwärts, für den Fall, dass Meinong sich in seine Richtung bewegen sollte. Der Regenwald war wie die Bowery: Ließ man etwas einen Nachmittag lang herrenlos auf der Straße stehen, blieb am Ende nur noch ein Fettfleck davon übrig. Doch falls Meinong so klug war, wie Trimble glaubte, würde er sich zumindest um die Messingteile an Pennebakers Rucksack und seine Zahnfüllungen kümmern, die jeweils Beweis genug dafür waren, dass das Skelett nicht zu einem Pozkito gehört hatte, falls es eines Tages mit aus den Augenhöhlen wachsenden Lianen gefunden wurde. Es war durchaus möglich, dass es in Honduras Aasfresser gab, die auch Metall verschlangen, aber Trimble hatte nie von ihnen gehört.

»Hey! Wer ist da?«

Trimble blickte bestürzt auf, genau wie Meinong.

Joe Hickock, der Kameraführer, der 1944 so melodramatisch auf den Streit wegen der entflohenen Truthähne reagiert hatte, näherte sich mit einer Axt in der Hand. Dass sich alle vier Männer auf dem Jagdweg trafen, war ein äußerst unglücklicher Zufall, aber andererseits war es auch der schnellste Weg zum Fluss, und bei einem solchen Unwetter riskierte niemand eine brandneue Abkürzung. Meinong ließ Pennebakers Füße fallen und ging Hickock entgegen, um ihn abzufangen. »Guten Tag, ich bin Herr Meinong. Ich glaube, wir kennen uns noch nicht.«

»Sind Sie der Neue, über den alle geredet haben? Der Deutsche?« Hickock konnte Pennebakers Körper nicht sehen, wenn er nicht nach links blickte.

Der nächste Wortwechsel war nicht zu verstehen.

Dann lächelte Meinong. »Das Essen in unserem Lager macht's meinem Magen nicht gerade leicht.«

»Sie sind so weit gelaufen, nur um scheißen zu gehen?«

»Ich dachte, es wäre das Beste, ja.«

»So schlimm gleich?«

»Und Sie?«

»Ich suche nach Trimble. Er ist früher immer hier langgegangen. Haben Sie ihn gesehen?«

»Nein, habe ich nicht. Was wollen Sie von ihm?«

Hickock senkte die Stimme. »Ich wollte mit ihm reden, bevor er verschwand. Das ist alles. Keine Spur von ihm?« Er sah sich um und entdeckte Pennebakers Füße. »Hey, verdammt, was …?«

Meinong senkte den Kopf, ging auf Hickock los, und rammte ihn in die Brust.

Trimble dachte an die Nacht in der Bering Strait Railroad Association zurück, als er ein hübsches Sümmchen gewonnen hatte, weil er beim Kampf zwischen Taucher und Weichtier auf »lang« gesetzt hatte. Auch dieser Kampf hatte sicher einiges zu bieten, eine Schande, dass er mit niemandem wetten konnte. Wäre Trimble selbst in dieser Situation erwischt worden, hätte er sich rausgeredet, aber zugegeben, für den Fremden mit dem seltsamen Akzent, der nun auf Hickocks Oberkörper kniete, wäre dies um einiges schwieriger geworden.

Mit seiner linken Hand presste Meinong Hickocks rechtes Handgelenk auf die Erde und versuchte mit der rechten dessen Finger vom Griff der Axt zu lösen. Das bedeutete aber, dass Hickocks linke Hand frei war und er weit genug ausholen konnte, um Meinong einen Haken an den Unterkiefer zu versetzen. Beim dritten Haken schwankte Meinong einen Augenblick lang, und Hickock riss seine Knie hoch und stieß Meinong von sich.

Beide versuchten den anderen auf den Boden zu zwingen, beide hatten eine Hand an der Axt; beide krallten sich mit der freien Hand in Augen, Nase, Rachen des anderen. Beide waren so voller Schlamm, dass ihre verschlungenen Körper wie ein Krake aussahen, den gerade ein Schlammloch ausgespukt hatte. Und Hickock, der bereits Meinongs linkes Nasenloch aufgerissen hatte, musste der Stärkere sein, denn er zwang Meinong auf den Boden und trieb ihm mit einem kräftigen Schlag die Vorderzähne in die Kehle. Meinong wand sich und drückte seine Handkante unter Hickocks Kinn, um ihn runterzustoßen, kam aber nicht weit. Beide brüllten wie eine falsch eingestellte Maschine, während sie sich aneinander abkämpften. Dann plötzlich erschlaffte Meinong. Hickock fiel dadurch nach vorn, und seine Schulter landete schwer auf der Schneide der Axt, die nach oben gerichtet in der Erde steckte.

Hickock kippte mit schmerzverzerrtem Gesicht zur Seite. Meinong riss die Axt aus Hickocks Schulter. Jetzt war die Waffe unangefochten seine. Doch mit unglaublicher Willenskraft gelang es Hickock noch vor Meinong, sich halbwegs aufzurichten, wobei er mit einer blutigen Hand den Schnitt in seiner Schulter zusammenhielt. Meinong schlug auf dem Rücken liegend wild nach Hickock, der noch auf einem Knie war, aber fast schon stand. Das war verfänglich, und wenn Hickock schnell genug gewesen wäre, hätte er dem Deutschen die Axt aus der Hand reißen können. Aber stattdessen rammte ihm Meinong den Schaft in die Leisten.

Hickock brach wieder zusammen, und jetzt war es Meinong, der keuchend auf die Knie kam. Er hatte Trimble den Rücken zugewandt, dem klar wurde, dass vielleicht immer noch Zeit war, dazwischenzugehen. Trimble wusste nicht, warum Meinong Pennebaker abgefangen hatte. Vielleicht wollte dieser angebliche Kriegsheld nicht, dass die Außenwelt von den beiden Lagern erfuhr, oder vielleicht wollte er nicht, dass die zwei Lager von der Außenwelt erfuhren, oder womöglich beides. Jedenfalls verfolgte er irgendeinen Plan. Hickock hegte unfreundliche Absichten gegenüber Trimble, sicher, aber ihm fehlten die richtigen Instinkte, um eine echte Bedrohung zu sein. Meinong dagegen konnte sich Trimbles Abwesenheit sehr wohl zunutze machen, seine hart erkämpften Errungenschaften zerstören und seine Rückkehr erschweren. Wenn Hickock statt Meinong lebendig nach Hause zurückkehrte, wäre Trimble vielleicht irgendwann froh darum. Dazu musste er nur rauskriechen und eines von Meinongs Beinen unter ihm herausziehen. Dieser kleine Streich würde vermutlich genügen, damit der Amerikaner die Oberhand gewann. Ein schöner patriotischer Gedanke.

Aber er hielt inne. Hickock konnte nicht wissen, dass er hier war. Er musste an den jungen Coehorn denken, den er in dieser Nacht mit Frank Parker verwechselt hatte und der es nicht geschafft hatte, den Ringkampf zu unterbrechen.

Und dann war es zu spät, um einzugreifen, denn Meinong ließ die Axt auf Hickocks Schädel herabsausen wie bei Hau den Lukas, und zwar so heftig, dass die Klinge aus dem fauligen Griff brach.

Trimble fragte sich, wie der Deutsche das wohl hindrehen würde. Wenn Hickocks Abwesenheit bemerkt wurde, nahm vermutlich eine ganze Menge Menschen zu Recht an, dass er losgezogen war, um sich selbst an Trimble zu rächen, und dass dabei etwas schiefgegangen war. Sie würden es mit Bedauern feststellen, bis sie bemerkten, dass auch eine Axt fehlte, was sie wiederum erzürnen würde. Vorausgesetzt natürlich, Meinong konnte ins Lager zurückkehren, ohne dass jemandem seine Abwesenheit aufgefallen war. Allerdings würde Meinong dort mit Schlamm im Haar und einem Gesicht wie ein Kirschkuchen, den sich der Hund von der Anrichte geklaut hat, auftauchen. Jeder würde sofort sehen, dass er gekämpft hatte – und dann brauchte er eine gute Geschichte. Trimble würde darauf wetten, dass Meinong den anderen erzählen würde, seine Verletzungen hätten nichts mit Hickocks Verschwinden zu tun, aber ein Verdacht bliebe natürlich bestehen.

Trimble begann, durch die Büsche zurückzukriechen, damit Meinong die Leichen vom Weg schleppen konnte. Da blickte Meinong zu Trimble.

Er musste die Bewegung gehört haben. Der Regen platschte immer noch aufs Blätterdach, und Trimble hatte geglaubt, er sei leise gewesen – aber offenbar nicht leise genug. Er verharrte vollkommen reglos.

Meinong kam langsam in seine Richtung. Innerhalb weniger Sekunden hätte er Trimble aufgescheucht wie einen Schwarm Wachteln. Die Axt mochte zwar kaputt sein, aber Trimble würde einen Kampf sicher verlieren; man könnte sagen, in Sachen Mord hatte Meinong gerade eine Glückssträhne.

Trimble sprang auf und rannte um sein Leben.

Durch den Dschungel zu rennen war immer ein Albtraum. Die

leere Luft verdichtete sich zu einem riesigen Wespennest, das aus dem Nebel auftauchte, oder der feste Erdboden wurde hohl, wenn der Fuß auf die Erdhöhle eines Eichhörnchens traf, Lianen schlangen sich um Knöchel, Äste schlugen einem in die Augen, und man verrenkte sich Gelenke, von denen man noch nicht mal gewusst hatte. Im Trainingsraum der Hölle veranstaltete er so viel Lärm, dass er nicht mal hören konnte, ob Meinong hinter ihm war, aber er taumelte dennoch weiter.

Dann fiel er.

Er war an einen langen, steilen Abhang gelangt, wie man ihn in diesem Terrain nicht oft fand, und er hatte so viel Schwung, dass er einfach hinunterstürzte. Sein Schenkel schlug auf der Erde auf, dann seine Schulter und seine Stirn und dann sein Hintern, als er den Abhang hinabrollte, der sich bis zum Mariannengraben zu ziehen schien. Er hörte sich schreien. Und irgendwann kam er zu einem Halt.

Er fühlte sich wie der sprichwörtliche Penny, den man vom Empire State Building fallen ließ. Sein Körper war eine Fachmesse für die Schmerzbranche, die jede dem modernen Menschen bekannte Art von Brennen, Stechen und Ziehen präsentierte. Sofort war ihm klar, dass es beim Erwachen am nächsten Morgen einfacher sein würde, den Atem anzuhalten, bis sein Herz aufhörte zu schlagen, als sich in eine aufrechte Position zu bringen. Vermutlich war es allerdings nicht ganz so schlimm, wie mit dem Gesicht voran gegen den Tempel zu knallen und dann die ganze Nacht kopfüber an einem Knöchel zu hängen wie ein Trottel. Außerdem hatte er mittlerweile einen ziemlichen Vorsprung vor Meinong, weil der Deutsche wohl kaum den gleichen Lift in die Tiefe nehmen würde. Er lauschte sehr genau, konnte aber keine Bewegungen oben auf dem Abhang hören. Für den Augenblick war er in Sicherheit.

–

Bei Tagesanbruch hatte es aufgehört zu regnen, aber der Nebel war dichter denn je. Die Sonne, dieses klamme und schwächliche Ding, schob sich aus der Nacht hervor. Jervis Whelt, dieses klamme und schwächliche Ding, schob sich aus dem Tempel hervor.

Am Vorabend war Yang direkt zu Burlingame marschiert und hatte sie über die Neuigkeiten informiert. Sie hatte ihn überzeugt, die Nachricht besser noch für zwölf Stunden unter Verschluss zu halten, als die Feierlichkeiten zu sprengen. »Bevor die Sonne aufgegangen ist, können wir ohnehin niemanden da reinschicken, also sind uns im Moment sowieso die Hände gebunden«, sagte sie. »Bis dahin ist es zwecklos, eine Panik auszulösen. Sie müssen es noch nicht wissen. Es mag herzlos klingen angesichts der Tatsache, dass Whelt da drin alleine ist, aber ich finde es mindestens genauso herzlos, allen mit einer Nachtwache den Spaß zu verderben. Die Leute haben schon lange nicht mehr so glücklich ausgesehen. Und endlich vermischen sich auch mal die beiden Lager.« Also hatte Yang die Nacht höchst besorgt in einem Wigwam auf der oberen Terrasse verbracht, und als Whelt schließlich doch noch aus der Spalte am Tempel plumpste, war der Entwickler sofort bei ihm, um ihm zu trinken zu geben und Hilfe zu holen. Mit einem Gewicht von fünfundvierzig Kilo und dreihundert Gramm wurde das Neugeborene mit derselben Trage von der Plattform geholt wie Calix und in dieselbe Krankenhütte gelegt.

Heute jedoch hatte Burlingame nicht vor, irgendwelche folgenreichen Schwammwaschungen zu verabreichen. Sie drängte Whelt zu schlafen, aber er weigerte sich, die Augen zu schließen. Als sie seine Stirn berührte, war sie so heiß, dass sie zurückzuckte. Burlingame glaubte natürlich nicht an den Fluch der Mumie aus der *Daily Mail*-Legende. Und obgleich sie Whelt sehr darum beneidete, dass er als Erster den Tempel hatte erforschen können, war sie sich nicht sicher, ob sie den Mut aufgebracht hätte, ganz allein da reinzugehen. Sie war nicht abergläubisch, aber auch nicht angstfrei. Und jetzt waren ihre Ängste auf gewisse Weise bestätigt worden. Whelt litt nicht nur unter Durst und Erschöpfung. Er sah aus, als hätte ihm jemand die Arterien verknotet. Er musste irgendein altes Gift oder einen Erreger aus seinem staubigen Schlaf erweckt haben. Sie fragte sich, ob sie wirklich das Risiko eingegangen wären, noch eine Seele in diese Finsternis zu schicken, falls er nicht zurückgekommen wäre. Ein mutiger Mann unternimmt eine lange Reise an einen staubigen Ort …

»Fledermäuse«, krächzte er, als hätte sie ihn gerade etwas gefragt.

»Wie bitte?«

»Denken Sie an Fledermäuse, Burlingame.«

»Was ist geschehen, hat Sie eine Fledermaus gebissen?« Tollwut würde er hier nicht überleben.

»Nein. Da waren keine Fledermäuse. Das meine ich ja gerade. Denken Sie darüber nach. Warum nicht? Es ist höhlenartig und dunkel dort, und nichts stört. Ein Traumhaus für jede Fledermaus. Warum haben wir sie bei Sonnenuntergang nie aus dem Tempel fliegen sehen?«

»Das weiß ich nicht.«

»Sie fürchten sich.«

»Wovor? Was haben Sie da drin gefunden?«

»Abgesehen von Silber, meinen Sie?«

»Da war noch mehr Silber?«

Eine gewisse Befriedigung lag in seiner Stimme, als Whelt antwortete, aber Burlingame hörte gleichwohl, dass etwas seine Begeisterung bremste. »Ja«, sagte er. »Da waren noch mehr Rüstungen. Dutzende. Es hätte für eine ganze Infanterie gereicht. Tonnenweise Silber. Wir können Millionen Meter Film herstellen. Aber das ist nicht alles. Sie kennen doch die Götter der Pozkito, oder?«

»Ein wenig.«

»Ich habe sie da unten getroffen, Burlingame. Im Tempel habe ich die Götter getroffen.«

—

Von all den Stellvertreterkriegen, in die sich die Vereinigten Staaten zu meinen Lebzeiten eingemischt haben, war der Bürgerkrieg von Bangassou im Jahr 1951 bisher der kleinste. Er begann, nachdem eine französische Firma zur Erkundung von Mineralvorräten verkündete, dass unter den Hügeln dieses lächerlich kleinen unabhängigen Sultanats zwischen 20 000 und 30 000 Tonnen Uran lagerten. Der damalige Sultan war den ansässigen französischen Kolonialmächten freundlich gesinnt und für die Vereinigten Staaten daher diplomatisch und kommerziell zugänglich, weshalb die UdSSR umgehend begann, seine Feinde mit Geschenkkörben voller Waffen und Bargeld zu beliefern. Schon bald wurde er abgesetzt und entkam nach Paris, wo ich eines Nachmittags ein paar Stunden mit ihm verbrachte. Mittlerweile unterstützte die CIA seinen Neffen. Kaum ein verlässlicher Journalist schaffte es aus dieser Region heraus, aber der Sultan wusste, dass sich seine ehemaligen Untertanen gegenseitig mit fremden Waffen abschlachteten. Stellvertreterkriege sind hässliche und schäbige Angelegenheiten. Selbst wenn sich die Kriegsparteien dort unten als Schachfiguren der Supermächte bezeichnet hätten, wäre das noch etwas selbstverherrlichend gewesen: Bestenfalls waren sie Knöpfe und Pfennige, mit denen man spielte, wenn die echten Figuren verlorengegangen waren. »Es wäre besser gewesen, wir hätten dieses Uran nie gefunden«, sagte der Sultan mit seiner sanften Stimme zu mir. »Nicht nur für mich, für alle. Es gibt Unheil, das ich meinen schlimmsten Feinden nicht wünschen würde. Meine Frau nahm an, es würde mich korrumpieren. Sie hat sich darauf gefreut.« Im folgenden Jahr wurde der Geschäftsführer der französischen Firma des Investmentbetrugs angeklagt, nachdem sich herausgestellt hatte, dass in Bangassou tatsächlich nicht mehr als etwa tausend Tonnen Uran lagerten. Zu dieser Zeit war der Sultan bereits auf einem Massagetisch erschossen worden, und fast die Hälfte der überlebenden Bevölkerung von Bangassou war über die Grenze nach Belgisch-Kongo geflohen. Dieses Debakel zog den Rücktritt von drei meiner Kollegen nach sich, die diverse Angaben genauer hätten überprüfen sollen, ehe sie sich gegenüber dem

Kreml so weit aus dem Fenster lehnten. Meines Wissens war in der amerikanischen Presse nie ein Wort über den Bürgerkrieg in Bangassou zu lesen gewesen. Die Annalen der CIA sind vergoldet mit solchen Triumphen.

Es wäre besser gewesen, Whelt hätte das Silber nie gefunden. Nicht nur besser für alle. Sondern besonders für mich.

Uran, Gold, Diamanten, Kautschuk, Öl – all das schimmert für eine Nation wie Blei in der Muttermilch. Und diese Maya-Silberader hatte eindeutig eine deformierende Wirkung auf *Herzen in der Finsternis*. Aber ich bin der einzige Mensch, der dieses Silber immer noch schlucken muss, jeden Tag seines Lebens.

Seit sie mich vor ein paar Monaten zum ersten Mal in die Lagerhalle ließen, habe ich mich durch ungefähr tausend Stunden Filmmaterial gearbeitet, also etwa ein Fünfzigstel der hunderttausend Kilometer 35-mm-Film, die Whelt zwischen 1938 und 1957 am Tempel gedreht hat. Wie gesagt kann das Tribunal nicht fortfahren, ehe ich Gelegenheit hatte, das gesamte verfügbare Beweismaterial zu sichten. Also bin ich dazu verurteilt, meine letzten Jahre, bis meine Leber sich an mir rächt, damit zu verbringen, die ungeschnittenen Aufnahmen von *Herzen in der Finsternis* anzusehen und nach dem fotografischen Beweis zu suchen, der meine Aussage vor dem Tribunal untermauert. Meine juristische Revision verlangt nach einer systematischen Chronologie des Materials, aber wenn Gott die Welt von seiner Werkbank gefallen und am Boden zerschmettert wäre, hätte er nicht mehr Arbeit damit haben können, die gesamte Kulturgeschichte wieder zusammenzubasteln. Als Kind liebte ich es, ins Kino zu gehen. Aber Puzzle habe ich immer gehasst.

Zugegeben, die Arbeit hier gestaltet sich deutlich angenehmer, seit Frieda da ist. Aber Dienstag ist sie nicht zur Arbeit erschienen, und jetzt haben wir Donnerstagabend, und sie war seither nicht da. Drei Tage. Das Lagerhaus fühlt sich leer an ohne sie, aber dass ich meine Assistentin vermisse, beunruhigt mich nicht. Ich bin beunruhigt, weil ich weiß, wie gewissenhaft sie ist. Wenn sie krank im Bett läge, hätte sie es mich wissen lassen, da bin ich mir fast sicher. Ich bin zu müde und gereizt, um Frieda nachzustellen, aber sie ist so bezaubernd, dass ich etwas fühlen muss, also empfinde ich väterliche Gefühle für sie – das ist zumindest meine küchenpsychologische Erklärung. Und vielleicht bin ich nur ein überfürsorglicher Vater. Aber sie ist genau der Typ Mädchen, den das Universum gerne schändet, einfach nur um etwas zu beweisen, und ich kann nicht aufhören, mir darüber den Kopf zu zerbrechen, was mit ihr geschehen ist. Ich weiß, dass meine Orchidee mit ihrer Familie in Springfield lebt, aber ihre Nummer oder ihre Adresse habe ich mir nie aufgeschrieben. Also habe ich heute Abend als letzte Option Winch McKellar angerufen, um ihn danach zu fragen.

»Ich habe dir keine Assistentin geschickt«, sagte er.

Das überraschte mich nicht. »Mir ist klar, dass du das nicht offen sagen kannst, du musst ja den Schein wahren … und dieser ganze Schwachsinn. Aber wir wissen ja wohl beide, dass es sonst niemanden gibt, der mir so einen Gefallen tun könnte. Ich hätte dich nie angerufen, aber sie ist in den letzten drei Tagen nicht ins Lagerhaus gekommen. Sie ist ziemlich jung. Ich weiß, Springfield ist nicht die Bronx, aber ich will nur sicher sein, dass es ihr gut geht.«

»Ich habe dir keine Assistentin geschickt. Selbst wenn ich gewollt hätte, wäre es unmöglich gewesen. Das Material ist unter Verschluss. Glaubst du, dass sie ausgerechnet für dich die Vorschriften beugen? Niemals würden sie irgendein Mädchen vom College da reinlassen.«

»Nun, aber Tatsache ist, dass sie es zugelassen haben. Sie hat großartige Arbeit geleistet.«

McKellars Stimme wurde sanfter. »Wenn das stimmt … dann kann ich nur sagen, Zonulet, sei vorsichtig. College-Mädchen sind nicht mehr so unschuldig, wie sie es mal waren. Glaub mir. Ich weiß, wie sorgfältig du in all den Jahren auf deine weiße Weste bedacht warst, und ich will nicht, dass du vom rechten Weg abkommst.«

Ich kicherte, und mir war klar, dass McKellar niemals deutlicher eingestehen würde, dass er mir einen Gefallen getan hatte. Wenn er mir natürlich eine schnelle Nummer und dazu noch eine helfende

Hand hatte schicken wollen, hatte er das falsche Mädchen ausgesucht.

Aber er kam direkt wieder zur Sache. »Hör zu, ich kann dir weder in dieser noch in irgendeiner anderen Angelegenheit helfen. Bitte ruf nicht mehr an, bis dein Tribunal vorbei ist.«

»Mein Tribunal wird nie vorbei sein«, sagte ich, aber er hatte schon aufgelegt. Trotz des Witzes über College-Mädchen hätte niemand erraten, dass wir bis vor ein paar Jahren die engsten Freunde waren. Ich weiß nicht, was ich wegen Frieda noch unternehmen kann, als durch Springfield zu fahren und aus meinem Autofenster ihren Namen zu rufen. Ich kann nur darauf hoffen, dass sie morgen kommt, oder am Montag, und dieses ganze Theater umsonst war.

Wie mich McKellar freundlicherweise erinnert hat, ist das Beweismaterial in meinem Fall unter Verschluss. Was bedeutet, dass ich der »unautorisierten Entfernung und Zurückbehaltung von geheimen Dokumenten oder Beweisstücken« schuldig bin, eine Straftat gegen den Staat. Heute Abend habe ich ein paar Filmstreifen aus dem Lagerhaus geschmuggelt. Ich habe zwei lächerliche Sicherheitsvorkehrungen getroffen. Die erste war, sie in meinen Unterhosen zu verstecken, obwohl mich der Wächter nie beachtet. Die zweite war, dass ich nur Abschnitte mitgenommen habe, die so über- oder unterbelichtet sind, dass darauf nichts zu sehen ist als Weiß oder Schwarz und sie deshalb eigentlich nicht als geheimes Beweismaterial betrachtet werden können, obwohl das zu meiner Entschuldigung nicht genügen würde, falls sie in meiner Wohnung gefunden werden. Ich habe dieses Risiko auf mich genommen, weil ich in aller Ruhe einen genaueren Blick darauf werfen wollte. Als ich heute einen Streifen 35-mm-Film auf das Schneidebrett gelegt habe, war mir, als erblickte ich auf dem Bildschirm etwas, das ich aus Honduras kannte. Nichts, was die Kamera auf dem Negativ eingefangen hatte, sondern etwas Lebendiges auf der Filmoberfläche.

Aus zwei Gründen bin ich mir fast sicher, dass ich mich getäuscht haben muss. Der erste ist, dass der Film im Dschungel zusammengebastelt wurde, aus einer antiken Rüstung, Tapirknorpeln und dem Nierenstein-Urin. Über die Jahre hinweg wurde das Rezept immer mehr dem Geschmack angepasst. Es handelt sich um ein vorindustrielles, selbstgemachtes Produkt, wie etwas, das man an einem Büdchen am Straßenrand kauft, und deshalb gibt es selbstverständlich Unregelmäßigkeiten im Material. Die Rolle kann also auch einfach aus einer verdorbenen Ladung stammen.

Der zweite Grund ist Halorit 1219. Nitrozellulose ist hoch entzündlich. Sie kann völlig grundlos in Flammen aufgehen, und wenn sie brennt, ist sie kaum zu löschen, denn sie produziert ihren eigenen Sauerstoff. Jedenfalls wurde jeder Filmzentimeter von *Herzen in der Finsternis* mit einem geheimen Feuerschutzmittel aus Halogenkohlenwasserstoff namens Halorit 1219 eingesprüht, bevor 1957 alles von Spanisch-Honduras in die USA verschifft wurde. Halorit 1219 wurde von Apex Chemicals in Michigan hergestellt und nie für den Markt freigegeben. Ich hatte in dieser Phase der Operation nichts damit zu tun, kann aber dieser Wahl wohl auch nicht widersprechen, denn seit meinen Tagen beim *New York Evening Mirror* war ich ein treuer Apex-Chemicals-Kunde. Aus ihrem Katalog bestellte ich immer das Benzoe-Oxymorphon, das ich in meinen beiden Tätigkeitsfeldern regelmäßig zum Einsatz brachte, und ich glaube, sie haben auch den Wirkstoff für eine Notfall-Katermedizin erfunden, auf die ich ein, zwei Mal zurückgreifen musste. Der Haloritüberzug vermindert die Bildqualität deutlich, und ich bin mir sicher, dass die Dämpfe dies auch mit meinem Nierengewebe tun, aber es ist ein unumgängliches Übel: Ohne Halorit wäre das Lagerhaus eine Bombe mit sehr kurzer Lunte. Der springende Punkt ist jedoch: Kein lebendiger Organismus kann auf einer Oberfläche überleben, die mit Halorit eingesprüht ist. Und dennoch habe ich diese Filmschnipsel mit nach Hause genommen, weil ich ganz sichergehen muss.

Ich bin nicht nur ein Alkoholiker, der zu krank zum Trinken ist, ich bin auch ein Berufsspion ohne Sicherheitsfreigabe, was einen genauso zittern lässt. Ich bin selbst in den besten Zeiten vorsichtig paranoid, und gerade jetzt ist meine Assistentin verschwunden, und ich habe Schmuggelware in meiner Wohnung. Ich hoffe, man kann mir deshalb verzeihen, dass mich ein cremefarbenes Chevrolet Bel Air Cabrio, das in den letzten drei Nächten an drei verschiedenen Stellen in meiner ruhigen Straße geparkt war, schwer beschäftigt. Ich erkenne einen Observierungswagen, wenn ich einen sehe, auch wenn ich nicht unbedingt erklären kann, woran.

—

Einmal mehr wandern meine Gedanken zu dem Jungspund von der CIA, der nach meinem Tod meine Papiere wird durchsehen müssen. Vermutlich wird er dieses Tagebuch überfliegen wie ein Neuntklässler, der am nächsten Morgen ein Referat halten muss. Aber ich hoffe dennoch, dass er zu viel Angst hat, etwas Wichtiges zu übersehen, wenn er nicht jedes Detail abgleicht, sodass ihm diese Aufgabe an seinen Wochenenden nachhängen, sich in seine Träume schleichen und ihn wünschen lassen wird, er hätte einen anderen Beruf gewählt.

In diesem Fall wird ihm sicherlich Meredith Vansaska einfallen, meine ehemalige Kollegin beim *New York Evening Mirror*, die für diese Geschichte noch lange nicht irrelevant ist, nur weil sich Trimble 1938 ihren Platz auf der *SS Alterity* geschnappt hat. Ihr Leben enthält jedoch Abschnitte, bei denen das Überfliegen tatsächlich vertretbar wäre, denn neun Jahre lang kam sie dem Tempel kein Stück näher. Aber dann, eines Morgens im Jahr 1947, war der Tempel plötzlich wieder da – unter wenig verheißungsvollen Umständen und völlig aus dem Blauen heraus, wie ein Block Maya-Kalkstein, der aus dem wolkenlosen Himmel über Santa Monica fiel. Zwei Minuten zuvor rauchte sie noch eine Zigarette im Wohnzimmer eines Apartments im Miramar Hotel, während sie und der Klavierspieler darauf warteten, dass Wilf Laroux fertig masturbiert hatte.

Sie arbeiteten gerade an Laroux' Autobiographie, genauer gesagt an dem Kapitel über das Jahr 1918, als er seinen ersten großen Auftritt am Broadway hatte. Weil er laut seinen Tagebüchern fast jeden Abend im Chalfonte in der 45. Straße gegessen hatte, rief er in der Küche des Miramar an und bestellte ein Frühstück aus Tiroler Rinderhack mit Sauce gribiche und weißem Spargel. Weil laut seinen Tagebüchern das Lied, zu dem er damals im Pluto's am liebsten getanzt hatte, *Your Lips Are No Man's Land but Mine* war, spielte der Klavierspieler es gerade zum achtundzwanzigsten Mal. Und weil er laut seinen Tagebüchern während der Produktionszeit von *The Rainbow Girl* am häufigsten sexuellen Verkehr mit Verree Dietz hatte, vergnügte er sich jetzt im Schlafzimmer mit einem alten Foto dieser Schauspielerin.

Vansaska hätte diese Methode nur allzu gerne als vollkommen lächerlich abgelehnt. Das Problem dabei war, dass sie so ausnehmend gut funktionierte. Jeden Tag kam der neunundvierzigjährige Schauspieler aus seinem Schlafzimmer gestürmt (ein altes Pressefoto und ein warmes Handtuch achtlos auf den Boden werfend) und schwelgte in Erinnerungen. Vor diesem Ritual brachten Fragen über seine Vergangenheit nur die wirrsten Gemeinplätze hervor, die sich meistens auch noch widersprachen. (Die Tagebücher selbst halfen kaum weiter, denn er hatte sich nie die Mühe gemacht, etwas anderes zu notieren als unkommentierte Quittungen von Vorsprechen, Gehaltsschecks, Lieder, Abendessen und Sexualpartner.) Nachdem er sein Ritual absolviert hatte, verwandelte er sich zwar nicht plötzlich in Proust, aber er konnte zumindest eine elementare Nostalgie heraufbeschwören, und bei den Episoden, die ihm wirklich etwas bedeutet hatten, zauberte er sogar ein sehr hübsches Bouquet sinnlicher Details aus dem Hut. Der Preis, den Vansaska dafür jedoch zahlen musste, war das mühevolle Zusammentragen von Hintergrundfakten, das ihr journalistischer Ethos ihr abverlangte, denn Laroux war so berauscht von seinem eigenen Sensorium, dass er keinerlei Geduld für irgendwelche Ereignisse oder Zusammenhänge hatte, die er nicht direkt miterlebt hatte. Husserl, der große Detektiv der Phänomenologie, beschreibt seine vorbereitenden Untersuchungen als Egologie, ein Begriff, der sich nicht durchgesetzt hat, aber Vansaska hatte in Radcliffe etwas Husserl gelesen und war sich sicher, dass Laroux einer der weltweit führenden Egologen war.

Sie hatte nicht vorgehabt, Ghostwriterin von Autobiographien zu werden. Aber momentan hatte sie nichts anderes, um ihren Lebensunterhalt zu bestreiten, und auch niemanden sonst, der es an ihrer Stelle tat. Anfang 1939, also vier Monate nach dem ruchlosen Motel-Nachmittag mit dem langwimprigen jungen Regisseur, dem sie vor Arnold Spindlers Anwesen begegnet war, fehlte ihr noch immer der Mut, ihre Verlobung mit Bryce zu lösen. Also hatte sie ihren liebenden, jungfräulichen Verlobten gebeten, eine Abtreibung für sie zu arrangieren. Das war das Grausamste, was sie je einem anderen Menschen angetan hatte, aber es war gut so, denn er sagte ihr, dass er nicht mehr ihr Mann werden könne, wenn er das täte. In diesem Winter wurden zwei Dinge beendet, aber zumindest konnte sich Bryce erheben und war frei, nachdem das Amnion seiner Hingabe schließlich ausgeschabt war. Und als Amerika in den Krieg eintrat, waren tatsächlich beide schon glücklich anderweitig verheiratet.

Der Eingriff bescherte ihr eine recht trübe Zeit, und sie spürte den Verlust noch deutlich länger, als sie sich vorher hatte eingestehen wollen. Doch auf einer Skala der Schrecken lag der Abort weit hinter dem Gefühl, vier Monate zuvor auf dem Rücksitz eines Taxis gekauert zu haben, das durch das Tor des Creedmor State Hospital fuhr. Als Trimble den Taxifahrer überredet hatte, sie dort als Patientin einzuliefern, konnte er nicht wissen, dass sie ihr ganzes Leben lang gefürchtet hatte, genau an einem solchen Ort zu enden. Aber vielleicht hatte er eine Ahnung gehabt. Nachdem das Missverständnis beseitigt war, sagte sie dem Fahrer, er könne bestenfalls damit rechnen, dass ihm sein Führerschein entzogen werde, und schlimmstenfalls mit einer Anklage wegen Kidnapping. Aber als sie dann tatsächlich zu Hause ankam und ihr klar wurde, dass sie *nicht* in den Dschungel fahren würde, tat sie nichts weiter, als beim *Mirror* anzurufen, um sich krankzumelden. Dann zog sie die Vorhänge in ihrer Wohnung zu und verbrachte die nächsten vier Tage heulend und schlafend zu Hause. Sie fühlte sich, als wäre ihr übel mitgespielt worden, um ihr einmal mehr einen Grundsatz des Lebens deutlich in Erinnerung zu rufen: Man kann zwar zu einem Versteck aufbrechen, wird dort aber immer nur das vorfinden, wovor man sich verstecken wollte.

Bryce kannte seine Ehefrau seit seinem ersten Jahr in Harvard. Vansaska lernte ihren Gatten zwei Wochen vor der Hochzeit kennen. Er war ein Cowboy, ein richtiger Cowboy mit großen, rauen Händen wie in einem Groschenroman über einen Cowboy mit großen rauen Händen, den sie in einer Bar an der Grand Central Station kennengelernt hatte. Die achtzehn Monate, die sie zusammen verbrachten, waren die glücklichsten ihres Lebens. Sie gab ihm einen ihrer Lieblingsdichter zu lesen, zeigte ihm, wie man eine Artischocke aß, oder ließ ihn auf einer Party mit drei ihrer giftigsten Freundinnen allein und sah ihm dabei zu, wie er sich ihnen mit seiner umgänglichen Art – ernsthaft und selbstironisch, tollpatschig und tüchtig zugleich – gewachsen zeigte, und konnte sich nur wünschen, dass sie eine ebenso gute Figur machte, wenn sie im Abendkleid über einen Gully balancierte. Bei solchen Anlässen empfand sie am innigsten für ihn.

Aber dann, ganz plötzlich, war ihre Liebe zu Ende, wie wenn nach einem Film die Lichter angehen. Beiden wurde es fast gleichzeitig klar, und sie trennten sich ohne Groll. Damals war keiner von ihnen strebsam genug, um eine Scheidung zu veranlassen (obwohl sie damit rechnete, eines Tages, wenn er eine andere kennengelernt hatte, deswegen einen Brief von ihm zu bekommen), und so ging er einfach wieder zurück nach New Mexico und trat später in die Army ein. Sie hatte das Gefühl, dass es eine gute Ehe gewesen war, viel besser als die ihrer Freundinnen. Zu dieser Zeit hatte sie sich von ihren Eltern entfremdet und wünschte sich einen Neuanfang, also zog sie nach Los Angeles wegen eines Jobs beim *Herald Examiner*. Das schwarze Basaltgefängnis schien dort in weiter Ferne zu sein, und sie beschloss zu bleiben. Die weitläufige Gegend wuchs ihr ans Herz, genau wie ihre langen Spaziergänge in der Abenddämmerung von ihrem Zuhause in Silver Lake aus, bei denen man fast nie jemanden traf außer den Hunden, die ihr so viel wirklicher erschienen als ihre Besitzer, die sie wie Mannequins auf Rädern an Leinen hinter sich herzogen. Gegen Ende des Krieges wechselte sie zur *Times*, wo sie, weil sie mit ihrer Mittagspause nichts Besseres anzufangen wusste, eine Affäre mit ihrem Chefredakteur begann. Sie war davon ausgegangen, beiden Parteien sei klar, dass diese Affäre rein zweckmäßig war, aber als sie sie beendete, wurde er so wütend, dass er sie unter einem Vorwand feuerte. Mit weniger als sechzig Dollar auf dem Konto hörte sie sich nach Jobs um. Schließlich empfahl ein Freund von der *Dial Press* in New York sie für den Ghostwriter-Job, und sie wurde zu einem Vorstellungsgespräch in einem Bungalow-Apartment des Miramar eingeladen, wo Wilf Laroux wohnte, bis die Renovierung seines Anwesens beendet war.

Jetzt stürmte der Egologe, zum Bersten voll mit Erinnerungen, aus seinem Zimmer, die Hände waren noch mit der Kordel seines Hausmantels beschäftigt. »Das New Amsterdam Theater!«, rief er aus. »Premierenabend!«

Vansaska drückte ihre Zigarette aus und schnappte sich einen 2B-Bleistift, um mitzustenografieren. Der Pianist spielte weiter.

»… und das hat für Verree alles ins Laufen gebracht«, sagte Laroux eine kleine Weile später, »sie war nämlich die Zweitbesetzung für Ada Coehorn, und am Tag vor der Premiere verschwand diese Frau einfach. Um ganz ehrlich zu sein, ich war froh darüber. Sie war so eng mit Verree, dass ich Verree quasi nie allein zu fassen kriegte. Sie klebten immer in ihrer Garderobe zusammen und sprachen über, Sie wissen schon, dieses Zeug, über das Frauen eben reden. Eines Abends war es so mühsam, die zwei voneinander loszueisen, dass ich aufgegeben habe und in ein Miezenhaus gegangen bin.«

»Ada Coehorn?«, sagte Vansaska. »Hatte sie irgendwas mit der Eastern Aggregate Company zu tun? War Elias Coehorn nicht mal mit einer Schauspielerin verheiratet?«

»Ich habe nie jemanden aus ihrer Sippe kennengelernt.« Das genaue Gegenteil eines allwissenden Erzählers zuckte mit den Schultern. »Aber sie trug jede Menge Diamanten. Ganze Felsstürze von Diamanten. Sie war ein hübsches Ding, noch hübscher als Verree, sie brachte einen wirklich zum Schmelzen. Ich hab's bei einer Party mal bei ihr versucht, aber sie sagte: ›Tut mir leid, Wilf, aber ich gehöre einem anderen.‹ Mir war schon aufgefallen, dass sie einen Ring trug. ›Hast du's nicht gehört?‹, fragte ich. ›Die Ehegesetze sind seit Mitternacht außer Kraft. Sie haben vergessen, sie zu erneuern. Jeder im Staat New York ist unverheiratet, bis sie morgen früh in Albany einen neuen Vertrag verabschieden.‹ Diesen Spruch habe ich damals ziemlich oft gebracht, und sie hat darüber gelacht, aber dann sagte sie: ›Oh, ich meinte nicht meinen Mann.‹«

»Dann hatte sie einen Liebhaber?«

»Vielleicht. Irgendwann während der Proben habe ich sie mal erwischt, wie sie mit Arnie-wie-hieß-er-noch gevögelt hat.«

»Wer war das?«

»Irgend so ein Impresario. Er hat einen ganzen Haufen Shows im Knickerbocker produziert. Das war das letzte Mal, dass ich ihn in New York gesehen habe, er steckte bis zum Anschlag in Ada Coehorn. Dann habe ich ihn irgendwann in den Zwanzigern, direkt nachdem ich nach Hollywood gezogen war, zufällig wiedergetroffen. Er war ein großes Tier bei irgendeinem Studio … oh, es liegt mir auf der Zunge. Süße, gib mir mal mein Tagebuch von '29.«

»Ich weiß nicht, ob das nötig ist, Mr. Laroux. Wir kommen mit 1918 gerade so wunderbar voran.«

»Aber du sagst doch immer, dass du alle langweiligen Details hören willst.« Er blätterte durch das Tagebuch. »Johnny, spiel mal *You're Getting to Be a Habit*. Das kennst du doch, oder?« Der Klavierspieler spielte den Anfangsakkord. »Mary Rialto«, sagte Laroux. »Hühner-und-Schweine-Sülze.«

»Bitte?«

»Mary Rialto. Hühner-und-Schweine-Sülze. Mary Rialto. Hühner-und-Schweine-Sülze. Mary, Mary.« Er schloss die Augen, und seine Hand begann wieder Richtung Lenden zu wandern. »Mary Rialto.«

»Noch mal zurück zu *The Rainbow Girl*, bitte«, ging Vansaska spitz dazwischen.

»Mary Rialto, das ist es. Ganz genau. Mary Rialto.«

»Sollen wir, äh …, mal kurz rausgehen, Mr. Laroux?«, fragte der Pianist.

»Nein, spiel weiter. Mary Rialto, Mary Rialto. Mary Rialto. Hühner-und-Schweine-Sülze. Mary Rialto.« Dann sprangen Laroux' Augen auf. »Arnold Spindler! Der Boss von Kingdom Pictures! Es war ein bewölkter Morgen mit dem Duft von Gardenien in der Luft, und ich war für die Rolle eines Navy-Kapitäns gebucht, in einem Film, der damals noch *Offizier an Bord* …«

Aber Vansaska hatte ihren Stift sinken lassen. »Arnold Spindler hatte eine Affäre mit Ada Coehorn?«

»Ja. Ich habe vergessen, warum das gerade noch interessant war. Wo waren wir? Johnny, spiel noch mal *Your Lips Are No Man's Land but Mine*. Danke. Also, an diesem Abend war Jim Huneker im Publikum, und er hatte eine absolut rotzige Kritik über unseren *Julius Caesar* geschrieben, also habe ich in der Pause einen Jungen zu ihm geschickt mit einem Zettel, auf dem stand … Moment, ich muss mich an den genauen Wortlaut erinnern …«

Vansaska konnte über Laroux lachen, soviel sie wollte, aber ihr eigenes Gehirn arbeitete auch nicht unbedingt mit maschineller Präzision. Der Junge mit den langen Wimpern, die angekündigte Reise in den Dschungel, die Fahrt in die Irrenanstalt, die Abtreibung, die gelöste Verlobung: Selbst nach all der Zeit hörte sie in ihrem Kopf immer noch Motel-Kleiderbügel an einer Schrankstange klappern, wenn irgendetwas sie an diese Monate erinnerte (wogegen sie Probleme hatte, auch nur ein einziges Bild der pastellfarbenen Ebene aus dem Jahr 1944 heraufzubeschwören). Diese Zeit war so intensiv gewesen, sie schien fast schon einen eigenen Namen zu verdienen, wie *la Terreur*, und sie nannte sie manchmal »die Klemme«, nach einem Begriff eines Freundes, der sich ihr eingeprägt hatte. Arnold Spindlers umstrittene Zurechnungsfähigkeit war bei weitem nicht das einzige Thema, das sie für den *Mirror* recherchiert hatte und das ins Leere gelaufen war. Aber es hatte sie länger verfolgt als jedes andere – nicht nur, weil ganz allgemein die Artefakte aus der Klemme außerordentlich gut erhalten waren, sondern auch und vor allem, weil sie Spindlers *Herzen in der Finsternis* mit der Flucht in die Tropenzone assoziierte, die irgendwie alles in ihrem Leben auf die richtige Bahn gelenkt hätte (so hatte es sich zumindest damals angefühlt, und das tat es vielleicht auch noch heute).

Sie war erwachsen und konnte einen vernünftigen Bericht über die Ereignisse in der Klemme liefern. Und dennoch verstand sie diese Ereignisse überhaupt nicht, fühlte sich verwirrt und hilflos wie ein Tier. Ein Zusammenhang oder eine Logik dahinter waren nicht vorhanden, und diese Abwesenheit spürte sie schmerzlich, als hätte man ihr etwas gestohlen. Spindlers Schicksal war ein Geheimnis, das man in einem Vorspann in zwei Sätzen zusammenfassen konnte, aber alles darum herum waren Geheimnisse, bei denen sich noch nicht mal auf den Punkt bringen ließ, was daran so geheimnisvoll war. Es gab keinen wirklichen Grund, warum sie glaubte, dass ihr die Lösung des Rätsels um Spindler aus der Klemme helfen würde. Dummheit über Dummheit also. Nein, der Dschungel hätte ihr Leben nicht wieder in die richtige Bahn gelenkt. Nein, ein Studioboss hätte es nicht entschlüsseln können. Sie wusste, irgendwann musste sie diesen Irrglauben überwinden, aber das war gar nicht so einfach.

Sie wartete lange darauf, dass *Herzen in der Finsternis* ins Kino kam, und stellte sich darauf ein, dass sie ihn sich alleine ansehen würde, um sich damit zu quälen, und zwar mindestens zwei oder drei Mal. Aber er kam nicht. Also verbrachte sie bei der *Los Angeles Times* schließlich an einem ruhigen Nachmittag ein paar Stunden mit dem Nachrichten-Bibliothekar im Archiv, das Leichenhalle genannt wurde. Nach der ersten Ankündigung fand sich keine einzige Erwähnung des Films mehr. Kingdom Pictures hatte nie eine komplette Besetzungsliste veröffentlicht, aber sie wusste, dass George Aldobrand und Adela Thoisy für die Hauptrollen vorgesehen gewesen waren, und wie sich herausstellte, war keiner der beiden nach 1938 je wieder in irgendeinem Film zu sehen gewesen. Aldobrand tauchte 1944 noch einmal im *Photoplay* in der Kolumne »Was macht eigentlich …?« auf, ohne dass sich darin irgendwelche neuen Informationen gefunden hätten; man ging davon aus, dass sich seine Karriere einfach im Sande verlaufen hatte.

Was sie jedoch am meisten überraschte, war ein Bericht in der *Times* selbst, darüber, dass der Vorstand von Kingdom Pictures einen neuen Vorsitzenden gewählt hatte, denn sie konnte kaum glauben, dass sie damals nichts davon mitbekommen hatte. Arnold Spindler wurde nur am Rande als Gründer und ehemaliger Vorsitzender erwähnt. War er gestorben oder einfach nur zurückgetreten? Und was war der Grund für das eine oder andere? Hatte er sich irgendwann in der Öffentlichkeit gezeigt? Der Artikel machte sich nicht die Mühe, diese Fragen zu beantworten, und auch von den Gerüchten über Spindler, die damals in Hollywood jeder kannte, war keine Rede mehr. Der Autor hatte die *Times* verlassen, und Vansaska fand auch seine Telefonnummer nicht heraus, aber bei dieser Gelegenheit fragte sie den Chefredakteur, ob er noch irgendetwas über Arnold Spindler, *Herzen in der Finsternis,* George Aldobrand oder Adela Thoisy wisse. Herablassend wie eh und je informierte er sie, dass der Krieg Amerika durch eine Zentrifuge geschickt habe und dass die Hinweise, die man vor Pearl Harbour hätte finden können, einfach für alle Zeiten verschwunden waren. Das erschien Vansaska ziemlich defätistisch – Los Angeles war ja nicht gerade Tokio unter Besatzung, und die Kapitulation Japans war nicht gerade das Jahr null –, aber sie wusste von ihren eigenen Recherchen, dass es in manchen Fällen der Wahrheit ziemlich nahe kam. Das Archiv wurde Leichenhalle genannt, aber es erinnerte eigentlich mehr an einen Friedhof, der durch seine Ausdehnung das Vergehen der Zeit bezeugte. Der Bibliothekar litt ganzjährig unter einer Erkältung, und wenn man zu lange mit ihm da unten war, steckte man sich an.

Seither hatte sie Arnold Spindler erfolgreich aus ihren Gedanken fernhalten können. Aber Laroux hatte das mit ein paar wenigen Worten geändert. »Es tut mir leid, wenn ich Sie noch einmal unterbrechen muss, Mr. Laroux«, sagte sie, »aber ich habe noch ein paar Fragen zu Ada Coehorn.«

»Ich dachte, Sie wollten weiter über *The Rainbow Girl* sprechen. Ada Coehorn hat bei *The Rainbow Girl* nicht mehr mitgespielt.«

»Sie ist direkt vor der Premiere verschwunden. Stimmt.« Vansaska wusste, wenn Laroux »verschwunden« sagte, war nicht unbedingt gemeint, dass sie spurlos vom Erdboden verschluckt worden war, sondern nur, dass er sie nie wieder persönlich getroffen hatte, was für ihn gleichbedeutend war mit »vom Erdboden verschluckt«. »Wurde jemals geklärt, wohin sie verschwand?«

»Ich weiß nicht, was das mit meiner Lebensgeschichte zu tun haben soll«, sagte Laroux. »Ich habe keine weiteren Erinnerungen an Ada Coehorn und weiß nicht, wohin sie gegangen ist oder mit wem sie gevögelt hat.«

»Aber ich vermute, Verree Dietz könnte es wissen. Was ist aus ihr geworden?«

»Sie ist am Broadway geblieben. Und das war auch besser so, denke ich. Sie war ein wenig älter als ich, und ich glaube nicht, dass Hollywood ihr gut bekommen wäre.«

»Könnte ich sie anrufen? Nur wegen des Hintergrunds, Sie verstehen schon. Ich bin Zeitungsjournalistin, und die alten Gewohnheiten wird man kaum mehr wieder los«, fügte sie bescheiden lächelnd hinzu, um ja nicht zu neugierig zu klingen. »Ich möchte nur verhindern, dass irgendwelche Fakten durcheinandergeraten.«

»Bitte verschwenden Sie damit keine Zeit. Erstens schreiben wir ein Buch über Wilf Laroux, nicht über Ada Coehorn. Zweitens würde Verree nicht mit Ihnen sprechen. Schmierfinken hat sie immer gehasst. Und drittens, selbst falls sie mit Ihnen sprechen würde, hätte sie kein freundliches Wort über mich zu sagen. Diese Art von Hintergrund können Sie vergessen, verstanden?«

»Ja, Mr. Laroux«, antwortete Vansaska. »Tut mir leid, Mr. Laroux.«

Wenn Leute die Lebensmitte überschritten hatten, wurde hin und wieder über ihr Gesicht gesagt, es erzähle die ganze Geschichte ihres Lebens; für eine zweifach verheiratete ehemalige Broadway-Schauspielerin und »Kaschemmenkönigin« sah Verree Dietz mit fünfundfünfzig ziemlich gesund und schnörkellos aus, was Vansaska optimistisch dahingehend stimmte, dass diese Lebensgeschichte (wie eine Autobiographie) manchmal äußerst wählerisch bei ihren Inhalten ist. »Was wollen Sie?«, fragte Dietz, die in ihrer Wohnungstür stand.

»Guten Tag, Mrs. Dietz. Mein Name ist Meredith Vansaska. Ich schreibe –«

»Tut mir leid, aber ich spreche nicht mit Journalisten.«

Vansaska stellte zwar nicht ihren Fuß in die Tür, machte aber eine Art Bewegung in diese Richtung, die schon genügte, damit Dietz ihr nicht die Tür vor der Nase zuschlug. »Wilf Laroux schickt mich.«

Diesen Namen hatte Dietz eindeutig schon eine ganze Weile nicht mehr gehört. »Wilf? Wirklich?«

»Ja, ich bin die Ghostwriterin seiner Autobiographie, und er hat mich gebeten, mit Ihnen zu sprechen.«

Dietz lächelte und schüttelte den Kopf. »Sie müssen eine sehr geduldige und kreative junge Frau sein. Ich habe Wilf mal nach seiner Kindheit gefragt. Er brachte genau eine Geschichte über seine Mutter zutage, nur dass er sie, wie sich dann herausstellte, mit seiner Nanny verwechselte, und eine Geschichte über seinen Vater, nur dass er ihn, wie sich dann herausstellte, mit Mark Twain verwechselte. Aber ich werde mich nicht als Erinnerungsstütze einspannen lassen. Ich hoffe, Sie sind für dieses Gespräch nicht durchs ganze Land gereist.«

»Doch, bin ich.« Sie stellte sich vor, sie trage einen Taucheranzug mit einem Atemschlauch, der Tausende von Meilen zurück bis nach Silver Lake reichte. Bei diesem Besuch würde sie weder Freunde noch Familie treffen, in Erinnerungen an die Vergangenheit schwelgen und kaum ein Molekül der eisigen New Yorker Luft atmen, denn eigentlich war sie gar nicht hier. Sie hatte eine Woche unbezahlten Urlaub genommen und sich ein Rückfahr-Schlafwagenticket gekauft, das sie sich kaum leisten konnte, einzig und allein um völlig grundlos eine Spur zu verfolgen, und weiter würde sie diesen Unsinn auch nicht treiben. Als sie durch Manhattan spazierte, achtete sie streng darauf, im Zickzack durch das Reißbrett zu gehen – einen Block runter, einen rüber, einen Block runter, einen rüber –, denn sie hing dem Aberglauben an, das würde die Chancen verringern, Bekannte zu treffen. »Und ich habe hier einen Brief von Mr. Laroux«, sagte sie. »Ich kann Ihnen gar nicht sagen, wie wichtig es ihm war, dass ich mit Ihnen spreche.«

Widerwillig nahm Dietz den Brief und überflog ihn. Vansaska war vertraglich verpflichtet, Laroux' Stimme zu imitieren, also hätten ihr diese drei schreibmaschinengetippten Absätze ebenso leichtfallen müssen wie die gefälschte Unterschrift darunter. Doch wenn Laroux etwas von einem völlig Fremden brauchte, wie bedeutungslos es auch sein mochte, ging er so verschwenderisch mit seinem Charme um, dass Vansaska nicht ganz sicher war, welche Register er in einem Fall wie diesem hier ziehen würde, um eine scharfsinnige alte Freundin von seiner Aufrichtigkeit zu überzeugen. Dennoch hatte sie das Gefühl, es einigermaßen überzeugend hinbekommen zu haben.

Dietz blickte auf. »Und warum haben Sie vorher nicht angerufen?«, fragte sie. »Vermutlich, weil Sie mir den Brief selbst in die Hand drücken wollten wie eine Zwangsvorladung?«

»Das war Mr. Laroux' Vorschlage, ja.«

»Alles, was ich zu diesem Schreiben sagen kann, ist, dass sich Wilf verändert haben muss. Ob zum Besseren oder Schlechteren, wage ich nicht zu beurteilen. Sie haben eine Stunde.«

»Ich danke Ihnen vielmals, Mrs. Dietz.« Als sie die Wohnung betrat, sagte Vansaska unwillkürlich: »Oh, sind Sie gerade dabei …« Umzuziehen, hätte sie sagen können, oder den Frühjahrsputz zu machen oder zu renovieren, aber sie beendete den Satz nicht, denn nichts davon ergab Sinn. Sofa, Sessel, Schreibtisch, Bücherregal: Im Wohnzimmer standen exakt vier Möbelstücke, zwei kleine Bilder hingen an den Wänden, aber überhaupt kein Schnickschnack, keinerlei Schmuck. Doch es war kein misslungener Versuch europäischer Strenge, wie sie in einer gewissen intellektuellen Schicht Hollywoods gerade schick war. Die Wohnung wirkte wie verlassen.

»Gerade dabei – was?«, fragte Dietz. »Legen Sie den ab«, fügte sie mit einer Geste auf Vansaskas Wintermantel hinzu und deutete auf den Sessel. »Ich kann mir schon vorstellen, was die Leute von einer ausgemusterten Schauspielerin erwarten, die alleine lebt. Gerahmte Theaterprogramme, Zeitungsausschnitte und signierte Fotografien von mir. Alte Requisiten und Geschenke von meinen verstorbenen Verehrern und vielleicht einen Corgi, der unter der Chaiselongue vergammelt. Hatten Sie es sich etwa so vorgestellt?«

»Nein, überhaupt nicht …«, antwortete Vansaska wenig überzeugend.

Dietz setzte sich ihr gegenüber auf die Couch. »Waren Sie je in einem Film im Loew's Park Theatre oder an der Eighth Avenue?«

»Ich glaube nicht.«

»Nein, natürlich nicht, dazu sind Sie viel zu jung. Aus irgendeinem Grund wird dieses Kino fast ausschließlich von Leuten besucht, die älter sind als die Brooklyn Bridge. Und wenn Sie da hingehen und sich ansehen, wie sie sich benehmen, wird Ihnen klar, dass fast jeder, der lange genug in New York City lebt, irgendwann verrückt wird. Geld hilft dabei auch nicht weiter. Nicht einfach so. Es gibt nur zwei Dinge, die das verhindern können. Eins davon sind Kinder, und ich habe keine.«

»Und was ist das andere?«

»Ein Haus auf dem Land. Und das habe ich auch nicht. Also tue ich einfach, was ich kann. Meine Wohnung sieht so aus, weil ich glaube, dass man in einer Wohnung wie dieser nicht so schnell verrückt wird. Vielleicht habe ich es ein bisschen zu weit getrieben. Zum Beispiel würde es wahrscheinlich nicht schaden, mehr als zwei Bilder aufzuhängen. Aber das sind die zwei besten Bilder, die ich besitze, und ich bin noch nicht damit fertig, sie mir anzusehen. Vielleicht hänge ich noch ein paar auf, wenn ich mit den beiden fertig bin. Ich will nur nicht in so einer ägyptischen Pyramide leben, in der alle Wertsachen mit dem Eigentümer begraben sind und jedes einzelne Detail des eigenen Lebens in die Wände geritzt ist. Ich war schon in solchen Wohnungen, und in denen drehen die Leute durch, wenn sie alt werden. Dann gehen sie ins Loew's Park Theatre und spucken das Popcorn-Mädchen an. Also, holen Sie Ihr Notizbuch und Ihr Aufnahmegerät raus. Was wollen Sie über Wilf und mich wissen?«

Vansaska hatte beschlossen, dass sie erst direkt nach Arnold Spindler fragen würde, wenn das Thema nicht innerhalb von fünfzig der ihr beschiedenen sechzig Minuten von selbst aufkam. Aber wie sich zeigte, musste sie gar nicht so lange warten. Noch ehe eine halbe Stunde um war, sagte Dietz: »... und er ist oft so wütend geworden, weil er mich nicht immer haben konnte, wenn er wollte. Aber auch wenn ich so auf Wilfs Penis fixiert gewesen wäre wie er selbst, hatte ich noch meine Pflichten gegenüber Ada. In diesen Jahren hatte sie nur wenige Freunde und ganz sicher keine andere Vertraute. Zugegeben, sie neigte dazu, immer wieder um dasselbe Thema zu kreisen, manchmal stundenlang, aber ihre Situation damals war tatsächlich unerträglich.«

»Welche Situation denn?«

»Nun, für die Ballade von Wilf Laroux ist das nicht wirklich relevant.«

»Ada Coehorn hat die Produktion ziemlich abrupt verlassen, oder? So sind Sie an die Rolle mit Wilf Laroux gekommen, nicht wahr?«

»Ja«, sagte Dietz. »Und Sie können mir glauben, dass dieser Fall der einzige in der gesamten Theatergeschichte ist, in dem die Zweitbesetzung sich nicht gefreut hat, als die Erstbesetzung weg war.« Ada Coehorn und Arnold Spindler, erklärte sie, waren zu diesem Zeitpunkt seit elf Jahren ein Liebespaar, sie hatten sich 1907 bei einem Vorsprechen kennengelernt. Ihre Affäre war weitergegangen, nachdem beide anderweitig geheiratet hatten und Ada einen kränklichen Sohn für ihren Gatten, Elias Coehorn, zur Welt gebracht hatte. Dieser hatte sie als potenzielle Akquisition identifiziert, als er aus beruflichen Gründen einer Aufführung von *When Knights*

Were Bold in einer Privatloge im Garrick beiwohnen musste; danach hatte er sein Übernahmeangebot weitgehend mit ihren Eltern verhandelt. Dass die Affäre zwischen Arnie und Ada am Broadway allgemein bekannt war, schien zunächst kein Hinderungsgrund zu sein, denn Coehorn erlaubte seiner Frau zwar, ihre Schauspielkarriere weiter zu verfolgen, untersagte ihr jedoch jeglichen Kontakt mit ihren Kollegen. Wollten sie und Arnie zusammen essen, nahmen sie also oft die Straßenbahn rauf nach Little Mongolia (wo es damals, noch lange vor dem Verfall, jede Menge netter Restaurants gab) und spazierten danach Hand in Hand über die Fußgängerbrücke, um den Zirkusreitern beim Training zuzusehen; die Wahrscheinlichkeit, dass sie jemand erkannte, war also ziemlich gering. Von Zeit zu Zeit schickte Adas Mann Angestellte aus der Abteilung für Gute Führung der Eastern Aggregate, die sie überwachten, aber für gewöhnlich war es ein Leichtes, sie abzulenken, auszutricksen oder zu bestechen. Doch dann kam schließlich der apokalyptische Nachmittag, an dem ein zielstrebiger junger Mitarbeiter der Eastern Aggregate namens Phibbs auf leisen Sohlen in die Garderobe geschlichen kam und sie nach einer Probe von *The Rainbow Girl* zusammen ertappte.

Die Pistole stets nur auf Arnies Kopf gerichtet, nie auf Adas, gestattete ihnen Phibbs nicht, sich von der Chaiselongue wegzubewegen, bis sein Auftraggeber höchstpersönlich erschien. Fast zwei Stunden lang lagen sie dort nackt und ängstlich wie Füchse nach einer Treibjagd, bis Elias Coehorn sen. durch die Tür trat.

Genau einen Monat später brach sich Ada bei einem Sturz aus dem Turmfenster das Genick. Ihr Gatte hatte angeordnet, dass sie auf unbestimmte Zeit in Braeswood eingesperrt bleiben solle und ihre gesamte Korrespondenz gelesen werde, und so waren die folgenden Ereignisse nur bekannt, weil es ihr kurz vor ihrem Tod gelang, in der Aktentasche des Lateinlehrers ihres Sohnes einen Brief an Dietz hinauszuschmuggeln. Am überraschendsten an der ganzen Geschichte war, dass sie Coehorn tatsächlich davon überzeugen konnte, dies sei ihr erster Fehltritt gewesen und es habe keine lang andauernde Affäre gegeben. Dieser Mann, der nichts übersah und nichts für gegeben erachtete, der neue Möglichkeiten und günstigere Alternativen sah, wo andere nur einen trüben Dunst aus Gefühl, Präzedenzfällen, sozialen Regeln und alten Weisheiten wahrnahmen, der Mann, der Jesus Christus höchstpersönlich einem Eignungstest unterzogen hätte, wenn er sich bei ihm für eine Stelle beworben hätte – selbst dieser Mann war offenbar nicht immun gegenüber Wunschdenken, wenn es um seine Angetraute ging.

Das Ergebnis dessen war, dass Coehorn Spindler nicht vollkommen vernichtete. Stattdessen brachte er an diesem lauen Abend die Ehebrecher nach der Probe nur zu Spindlers Haus und zwang sie, dabei zuzusehen, wie er Spindlers Frau auf dem Esstisch vergewaltigte.

Vansaska keuchte auf, und Dietz nickte leicht. »Im Hinblick auf das, was später geschah, gibt es zwei Möglichkeiten«, fuhr sie fort. »Die eine ist, dass Coehorns Agenten ein paar Wochen später die Beweise lieferten, dass Ada und Arnold seit Jahren liiert gewesen waren, woraufhin der Boss beide umbringen ließ. Oder vielleicht hat er es sogar selbst erledigt. Sie wissen ja, die Leute im Showbiz reißen Witze über alles. Alles! Aber solange Coehorns Frau bei uns am Theater war, habe ich keinen einzigen Witz über diesen Mann gehört. Er war furchteinflößend, selbst aus der Ferne. Arnie habe ich nach diesem Winter nie wiedergesehen.«

»Ja, weil er nach Hollywood gegangen ist«, sagte Vansaska. »Mr. Laroux hat ihn dort mal getroffen. Er ist anscheinend ziemlich mächtig geworden.«

»Wirklich? Nun, dann ist diese Möglichkeit wohl ausgeschlossen. Ein Mann, der wirklich um sein Leben fürchtet, wäre viel weiter weggezogen als nach Hollywood. Wenn Coehorn ihn dort hätte finden wollen, hätte er es geschafft. Q.e.d., wenn Spindler überlebt hat, dann, weil Coehorn ihn nicht unbedingt tot sehen wollte.«

»Und die andere Möglichkeit?«

»Was Coehorn Spindlers Frau angetan hat … So wie Ada es in ihrem letzten Brief beschrieb … sie war deswegen absolut am Ende. Sie gab sich selbst die Schuld dafür. Und abgesehen davon würde sie die Liebe ihres Lebens nie mehr wiedersehen. Sie würde nie wieder auf einer Bühne stehen. Und vielleicht begriff sie überhaupt zum ersten Mal, was für einen Mann ihr Sohn zum Vater hatte. Aber das liegt natürlich alles im Dunkeln. Wir können es nicht wissen. Was mir jedoch unwahrscheinlich vorkommt, ist, dass die ganze Geschichte mit Adas Beerdigung ein Ende gefunden haben soll. Vielleicht hat Arnie Spindler in Hollywood etwas aus sich gemacht, wie Sie sagen. Aber stellen Sie sich nur den Hass zwischen diesen beiden Männern vor. Die liebe Ada verstorben, und jeder gibt dem anderen die Schuld daran. Diese Art von Hass kann sehr langlebig sein.« Dietz sah sie an. »Ach, junge Frau, wie Sie die Ohren spitzen. Erst jetzt, wo ich sehe, wie interessiert Sie sind, verstehe ich, wie gelangweilt sie zuvor gewesen sein müssen. Diese ganzen pflichtschuldigen Fragen über Wilf – warum sind Sie wirklich gekommen?«

»Hier geht es nur um Mr. Laroux' Buch.« Und ich habe mich nicht gelangweilt, wollte Vansaska hinzufügen. Ich wünschte, Sie hätten eine wöchentliche Radioshow, wo Sie Geschichten erzählen und erklären, wie man nicht durchdreht.

»Wilfs Name ist schon seit einer ganzen Weile nicht mehr gefallen. Sie haben nicht versucht, mich wieder zum Thema zurückzuholen. Ganz im Gegenteil.«

»Es geht um die Hintergrundinfos.«

»Nein. Nein, das glaube ich nicht. Wissen Sie, Sie sind nicht die erste Journalistin, mit der ich es zu tun habe.« Dietz stand auf. »Etwas vorzutäuschen ist nicht clever. Nur unhöflich. Ich glaube, Sie gehen jetzt besser.«

Zurück in Silver Lake, stand sie am folgenden Montag etwas früher auf, um sich um ihre Wohnung zu kümmern, ehe sie sich ins Miramar aufmachte. Am Wochenende hatte sie sich zum ersten Mal im Leben eine Topfpflanze gekauft. Sie stand gerade am Waschbecken und ließ einen Milchtopf mit Wasser volllaufen, als das Telefon klingelte.

»Ich habe am Wochenende einen Anruf von Verree Dietz bekommen«, sagte Laroux am anderen Ende der Leitung. »Sie sagte, sie habe Besuch von einer Autorin bekommen, die sie angeblich über mich befragen sollte. Diese Autorin hatte einen Brief von mir dabei – auf meinem bedruckten Briefpapier immerhin –, in dem stand, wie sehr ich mich freuen würde, wenn Verree ein paar Erinnerungen für mein Buch preisgeben könnte.«

»Es tut mir leid, Mr. Laroux«, sagte Vansaska. Betteln würde sie nicht, beschloss sie.

»Sie haben mein Vertrauen missbraucht. Womöglich haben Sie sogar ein Verbrechen begangen. Es erstaunt mich, dass mein Verleger Sie überhaupt jemals empfohlen hat. Mein nächster Anruf wird an die *Dial Press* gehen, und ich hoffe, dass sich die Sache herumspricht. Guten Tag, Miss Vansaska.«

Es folgten zwei Arten von Morgenstille. Die erste war die Stille eines Telefonhörers, der geräuschlos aufgelegt wird, denn Vansaska befahl sich selbst, positiv in die Zukunft zu blicken, und diese positive Weltsicht war so fragil, dass sie zerspringen würde, sobald man die Konzentration verlor, weshalb die daraus entstehende Anspannung in ihren Muskeln sie auch bei kleinen Bewegungen sehr vorsichtig werden ließ. Zumindest würde sich ihr nie wieder der Magen umdrehen angesichts des Geruchs von Sperma, vermischt mit dem von Kriegsküche. Aber in der zweiten Stille, der bodenlosen Stille, die jedes Mal auf einen unangenehmen Anruf folgte, konnte sie hören, wie sich das Gefängnis aus schwarzem Basalt Block um Block vor ihrem Fenster errichtete. Um die Stille zu übertönen, stürzte sie zum Radio und schaltete es an. Sie hörte die vertraute Melodie vom *Apex Chemical Breakfast Bulletin*, eine langsam ansteigende Tonleiter, gefolgt von einem Glissando abwärts. Und sie wünschte, sie könnte Dietz anrufen und sie fragen, ob man verrückt wurde, wenn man sich einem alten Geheimnis widmete, oder ob es im Gegenteil dafür sorgte, dass man bei Sinnen blieb.

—

Etwas Schreckliches ist geschehen.

Meine Hand zittert, während ich das hier schreibe. Wäre ich auch nur ein wenig vernünftig, würde ich diese Memoiren verbrennen, aber ich muss einen Weg finden, um zu verstehen, was ich heute Morgen gesehen habe, und ich kann mit niemandem darüber sprechen. Ich versuche so unumwunden zu erzählen wie möglich.

Ich kam gegen acht Uhr am Lagerhaus an und nickte dem Wächter beim Eintreten zu. Ich hängte meinen Mantel auf und nahm einen Schluck Kaffee aus meiner Thermoskanne. Als ich zum Schneidebrett blickte, sah ich, dass noch ein Filmstreifen auf dem Brett war. Das war sehr ungewöhnlich, denn wenn ich abends nach Hause gehe, achte ich immer darauf, den Steenbeck zu leeren und den Film, an dem ich gearbeitet habe, wieder in seine Dose zu packen. Mein erster Gedanke war also, dass ich am Vorabend zu zerstreut gewesen sein musste, und ich schalt mich für meine Unachtsamkeit. Ich schaltete das Gerät ein, dessen Sprossenräder extra für fragile Negative verändert worden sind, und das Bild hinter dem Prisma wurde auf den Bildschirm projiziert. Vier Erkenntnisse kamen mir nacheinander, und obwohl das nicht länger als ein paar Augenblicke gedauert haben kann, fühlte es sich an, als wären dazwischen Ewigkeiten verstrichen.

Erstens: Es handelte sich um Farbfilm, also konnte es nicht aus *Herzen in der Finsternis* stammen.

Zweitens: Der Film zeigte ein nacktes Mädchen. Sie hatte einen Knebel im Mund, und ihre Hände und Füße waren gefesselt. Ihre Augen traten vor Angst weit hervor und waren rot geweint. Sie lag auf dem Schoß einer größeren Gestalt, deren Kopf vom oberen Bildrand abgeschnitten war. Sie befanden sich auf einem Bett.

Drittens: Das Mädchen war Frieda, meine Assistentin.

Viertens: Das Bett sah aus wie das Bett in meiner Wohnung. Die Statur der Gestalt ähnelte meiner, die Hände des Mannes hatten meine Hautfarbe, und er trug einen meiner Anzüge.

Ich betätigte den Drehschalter, um die Wiedergabe einzuschalten.

Die große Gestalt legte eine Hand an eine von Friedas Brüsten und drückte sie, was sie zusammenzucken ließ. Etwa eine weitere Minute lang betatschte er sie. Dann griff er mit der anderen Hand hinter sich nach einem Küchenmesser. Ich erkannte das Messer, denn ich habe damit Zitronen geschnitten. Frieda versuchte, sich ihm zu entwinden, aber er packte sie unter den Achseln und riss sie zu sich hoch. Er zog das Messer über ihre Kehle. Blut schoss aus dem Schlitz, und das Licht in ihren Augen begann zu verblassen. Der Film war zu Ende.

Es klingelte in meinen Ohren. Ich fürchtete, in Ohnmacht zu fallen. Aber ich schaffte es, den Film vom Schneidebrett zu nehmen und ihn in meine Tasche zu stecken. Als ich auf dem Weg hinaus wieder am Wächter vorbeiging, sagte ich mit rauer Stimme: »Melde mich krank.« Erst als ich am Auto ankam, merkte ich, dass ich vergessen hatte, meinen Mantel anzuziehen, in dem auch meine Schlüssel waren, also musste ich noch zweimal am Wächter vorbeigehen.

Der Anzug aus dem Film hängt immer noch in meinem Schrank, das Futter der Jacke hat Blutflecken. Das Küchenmesser liegt wieder in der Schublade, aber soweit ich sehen kann, ist es sauber. Die Laken auf meinem Bett sind auch sauber, aber ich habe getrocknetes Blut an der Unterseite der Stirnwand des Bettes gefunden. Friedas Körper ist nicht in der Wohnung. Falls hier etwas passiert ist, hat jemand seinen Job ziemlich gut gemacht, aber nicht alles perfekt beseitigt.

Jemand.

Ich habe keine Erinnerung daran, ein zwanzigjähriges Mädchen gekidnappt und getötet zu haben. Ich habe keine Erinnerung daran, den Tatort gesäubert und den Körper entsorgt zu haben. Ich habe keine Erinnerung daran, eine Filmkamera in meinem Schlafzimmer aufgestellt zu haben. Ich habe keine Erinnerung daran, ein solches Verlangen gehegt oder eine solche Absicht verfolgt zu haben.

Frieda war meine Assistentin. Daran erinnere ich mich. Aber gestern hat mir McKellar erneut gesagt, dass er mir keine Assistentin geschickt hat. Er sagte, allein die Vorstellung sei unrealistisch, dass es jemandem wie Frieda erlaubt werden könnte, das Lagerhaus zu betreten.

Glaubt man den Psychologen der CIA, war ich spätestens seit meinem ersten Besuch im Tempel nicht mehr ganz zurechnungsfähig; selbst wenn ich versuche, ein ehrliches Zeugnis der Wahrnehmung meiner eigenen Sinne abzuliefern, kann man mir als Zeuge nicht vertrauen; ich bin unberechenbar und wahnhaft. Das haben sie bei ihrer Aussage vor dem Tribunal durchblicken lassen, ein wenig euphemistisch, aber mit Überzeugung. Sie haben nur nachgeplappert, was Sektion 9 ihnen vorgegeben hat. Dennoch muss ich zugeben, dass sie zumindest in einer Hinsicht recht hatten. Seit ich »die Götter getroffen habe«, arbeitet mein Gehirn nicht mehr so wie das eines normalen Menschen.

Bei all meinen Überlegungen zu den Eigenschaften, die die CIA bei einem Angestellten sucht, bin ich mir einer ganz sicher: Bei den Besten unter uns darf ein Teil ihrer Persönlichkeit Menschen nur als Objekte betrachten, die im Raum aufeinandertreffen, ein Teil, der ohne Moral oder Gefühl agiert, nur Ziel und Wille ist, wie eine ausgebildete Tarantel. Ich versuche, mich daran zu erinnern, wo ich zum ersten Mal die Geschichte über den Psychopathen gehört habe, den die CIA als Analytiker angestellt hat.

Der cremefarbene Chevy parkt immer noch in meiner Straße.

Als in Cambridge das Gerücht ging, dass der Vizekanzler einen Nervenzusammenbruch erlitten habe, sagte Burlingames Freundin Claire: »Wie nah wir alle daran sind, den Verstand zu verlieren, wenn das Falsche passiert, oder?« Sprich besser für dich selbst, hatte Burlingame antworten wollen. Sie hatte sich fast immer quälend normal gefühlt, wie der einzige nüchterne Mensch auf einer Party. Gestern hatte sie sich Gracie gegenüber genau so verhalten, wie ihre Mutter es auch getan hätte – den versuchten Selbstmord als einen »Augenblick des Wahnsinns« von ihrem übrigen Leben abzuspalten. Aber die Annahme, dass bestimmte Handlungen per Definition wahnsinnig sind, war genauso zirkulär wie die Annahme, dass eine Rechenmaschine kaputt sein musste, bloß weil einem das Ergebnis nicht passte. Und jetzt saß sie hier mit Whelt und fragte sich, wie viel von dieser Epiphanie sie seinem Fieber zuschreiben konnte. Ein Pozkito berichtet über ein Gespräch mit den Göttern, und er gilt als normal. Ein Buchhalter aus Tooting berichtet von einem Gespräch mit den Göttern und gilt als verrückt. Ein Papst berichtet von einem Gespräch mit den Göttern und gilt als normal. Ein Regisseur berichtet von einem Gespräch mit den Göttern und gilt als … was?

Es war ja nicht so, als gäbe es eine krasse Kluft zwischen dieser neuen Obsession und seiner früheren Besessenheit. Heute hatte der Patient so vernünftig geklungen, dass man ihn für den Arzt hätte halten können. Tatsächlich hatte Burlingame nicht das Gefühl, als wäre sie schon in das gesamte Ausmaß von Whelts Vernunft eingeweiht, denn sie konnte sehen, dass er noch sehr damit beschäftigt war, Präzedenzfälle und changierende Ergebnisse zu analysieren. Zum Wohle seiner Gesundheit sollte er sich sicherlich ausruhen, aber sie sah, wie erpicht er darauf war, zu reden, ob sie nun reagierte oder nicht, also gab sie sich alle Mühe, ihn so ernsthaft wie möglich zu befragen und ihm so aufmerksam zuzuhören wie jedem anderen anthropologischen Interviewpartner. »Fangen wir vorne an«, sagte sie. »Als Sie im Tempel waren, haben Sie die Götter der Pozkito getroffen.«

»Ja.«

»Haben Sie nur ihre Stimmen gehört? Oder haben Sie sie auch gesehen?« Die schwüle Feuchtigkeit entlud sich in einem Gewitter, und draußen hörte man den Donner grollen, wie er näher kam und zurückwich, näher kam und ging, wie ein Wachposten auf Patrouille.

»Ich war bei ihnen«, sagte Whelt. »So nah wie jetzt bei Ihnen. Es waren mindestens zwei, vielleicht auch mehr. Sie sprachen mit Akzent, aber ich konnte sie ziemlich gut verstehen – nur ihre Namen … Sie haben sie mir mehrmals gesagt, aber ich konnte sie einfach nicht behalten. Niemand darf da reingehen, Burlingame. Unter gar keinen

Umständen. Sagen Sie das Yang und Halloran. Sie wissen doch, dass ich mein ganzes Leben lang versucht habe, die Unvernunft aus meinem Kopf zu vertreiben. Ich bin der einzige Mensch hier, der das von sich behaupten kann, und ich bin der einzige, der es riskieren kann, alleine Zeit mit den Göttern zu verbringen. Jeder, der ihnen Schlupflöcher offenlässt, verliert dort seinen Verstand.«

»Aber das ist ja genau das, was mich so überrascht. Ich hatte Sie immer für einen Freidenker gehalten.«

»Ich bin mit allen Argumenten für und gegen die Existenz eines jüdisch-christlichen Erschaffers vertraut. Diese Argumente haben keine Geltung bei den Göttern dieser Region.«

»Worüber haben Sie mit ihnen gesprochen?«

»Burlingame, haben Sie sich je gefragt, warum wir einen Tag nach den New Yorkern hier angekommen sind? Statt einer Woche später oder zwei Wochen vorher? War das nicht schon immer ein wenig zu exakt für einen dummen Zufall?«

»Nun ja, ehrlich gesagt habe ich mir das tatsächlich auch schon überlegt. Ziemlich oft sogar.« Es war das zweite große Rätsel, dem man sich zur Erfrischung zuwenden konnte, wenn man vom ersten großen Rätsel langsam gelangweilt war – die Frage, warum in acht Jahren niemand von zu Hause jemals zum Tempel gekommen war, um herauszufinden, was aus ihnen geworden war. Acht Jahre des Verharrens in völliger Abgeschiedenheit – bei neun Tempelbewohnern machte das ein ganzes dahingeschmolzenes Menschenleben, oder fast fünfzehn insgesamt (zusätzlich zu der kleineren Zahl von Menschenleben, die sie im wörtlichen Sinn verloren hatten). Was für ein unvorstellbarer Strom toter Zeit, als ginge man durch einen dieser Fußtunnel unter der Themse, in denen man sich das Gewicht, das über einem lastete, nicht vor Augen führen durfte, damit man nicht anfing zu schreien. Und dennoch hatte sie in ihrem Inneren noch eine andere Sichtweise entdeckt, eine Art Aussichtspunkt, der aus weichgekochten Papageieneiern und dem Duft von Gracies Haar entstanden war, von dem aus sie nach unten blicken konnte und nach jedem weiteren Tag noch ein wenig stolzer auf ihr zu

Hause sein konnte. Sie waren mit großen Ambitionen hergekommen und hatten versagt, und in dieser Hinsicht war das Schlimmste, was man über den Tempel sagen konnte, dass dies einfach der übliche Lauf der Dinge war. Wenn hier Zeit verschwendet wurde, dann wurde vermutlich überall Zeit verschwendet.

»Haben Sie irgendwelche Theorien zu diesem Zufall?«, fragte Whelt.

Burlingame zögerte. »Wir können es unmöglich wissen. Alles hier wurde so weit weg und vor so langer Zeit geplant. Aber ich schätze, es ist mir schon mal in den Sinn gekommen, dass … nun, dass Coehorns Vater womöglich von unserer Expedition gehört hat, oder Arnold Spindler hat vielleicht von Coehorns Expedition erfahren, und aus irgendeinem Grund wollte einer der beiden den anderen ruinieren. Beide sind reiche Männer mit allen möglichen internationalen Geschäftsinteressen. Vielleicht sind sie irgendwie beruflich verfeindet. Irgendein Groll.«

»Nein. Das war es nicht. Die Götter haben eigene ›internationale Geschäftsinteressen‹. Sie haben mir alles erklärt, Burlingame. Jetzt wirkt es so offensichtlich. Ich weiß nicht, warum wir die Falle nicht selbst gesehen haben. Die Whelt-Regel war der größte Fehler, den ich je gemacht habe. Wir müssen mit dem Film noch mal ganz von vorne anfangen. Und ihn diesmal komplett anders machen.« In seinem Blick lag nicht ein Hauch von Fieberglanz, seine Augen waren hart, blank, zu blank, wie ungeschützte Kabel. »Die Götter haben uns das angetan. Sie haben uns aus einem ganz bestimmten Grund hierhergeführt.«

TEIL DREI

Nicht vom Subjekt abweichen; Irrelevantes vermeiden.

Aus dem *Style Manual & Writers Guide for Intelligence Publications* der CIA, 8. Ausgabe, 2011

Wilson stand auf dem Balkon des amerikanischen Konsulats, und seine blanken, rosa Knie blitzten zwischen den Stäben der schmiedeeisernen Brüstung hervor. Seine Knie waren dort stecken geblieben, während er sich über das Geländer gebeugt hatte, um mit mir zu sprechen. Zwei Prostituierte schmierten bereits seine Kniescheiben mit Palmetto-Palmöl ein, um ihn dann rauszuziehen. »Bitte machen Sie sich keine Sorgen um mich«, rief er nach unten. »Das passiert relativ häufig. Wie Schlingdraht, diese Brüstung. Ich wollte sie schon längst austauschen lassen.« Beide Prostituierte bückten sich nun, um seine Hüfte mit den Armen zu umfassen. »Bereit, Ladys? Eins, zwei – drei!« Ich reckte den Kopf vor, um zuzusehen, und spürte einen warmen Tropfen des Schmiermittels auf meiner Stirn wie eine Salbung, als Wilsons Knie rausglitten. Einen Augenblick lang sah es so aus, als würden alle drei rückwärts auf den Balkon fallen, aber Wilson führte einen Pas de bourrée von unbestreitbarer Eleganz aus und stützte die anderen, die Hände um ihre Schultern gelegt. Mit der volldröhnenden Resonanz eines Holzhammers auf Blech begann die Kirchenglocke zur Morgenmesse zu läuten. Heute war Sonntag, der 5. Februar 1956, mein vierzigster Geburtstag.

Kurz zuvor war ich aus dem verbeulten alten McCormick-Laster ausgestiegen, der mich zum Hauptplatz von San Esteban gebracht hatte, und hatte einen alten Mann gefragt: *»Donde queda el consulado americano?«* Mein Fahrer war zwar schon in der Stadt gewesen, kannte das Konsulat aber nicht.

»Ich kann dir viel günstiger ein Mädchen besorgen«, antwortete der alte Mann, ebenfalls auf Spanisch.

Den Laster als temperamentvoll zu beschreiben wäre herablassend gewesen; vielmehr drängte sich mir der Eindruck auf, er habe ernsthaft mit einer tiefen Krise in seinem persönlichen Glauben an das Prinzip der Verbrennungsmaschine als Triebkraft zu kämpfen. Das Ergebnis war, dass mich die Achtzig-Meilen-Nachtfahrt südlich von Trujilo in eine Stimmung versetzt hatte, in der ich definitiv keine Zeit mehr verschwenden wollte. »Ich brauche kein Mädchen. Ich suche das amerikanische Konsulat. Verstanden?«

»Die Mädchen, die ich kenne, sind sehr viel hübscher«, gab der alte Mann zurück. Ich ließ ihn stehen und ging weiter. Ein Indiojunge, der nichts weiter trug als ein schlammverschmiertes Hemdchen und einen Strohhut, war gerade damit beschäftigt, Kakerlaken mit einem Stück Bindfaden die Beine zusammenzubinden, ließ aber seine Arbeit ruhen, um mir hinterherzurennen und um Münzen zu betteln. Als ich nein sagte, versuchten es noch drei weitere Jungen, als hätte ich sie ermuntert. Ein Friseur – der meinen frischen Bürstenhaarschnitt gesehen haben musste und auch, dass ich noch frischer rasiert war, weil ich während einer der vielen Krisen des McCormicks aus purer Langeweile mein Messer hervorgeholt hatte – bot mir sein volles Programm an und dann sehr beharrlich einen Preisnachlass auf sein volles Programm. Von meinen Kuba-Reisen kannte ich dieses leere Heischen auf tropischen Plätzen gut, Ritual und Reflex, eine Null-Ökonomie, bei der jede Zahl in jeder Verhandlung gegen null tendiert, wie ein Verdurstender, der gierig aus einer leeren Feldflasche trinkt in der Hoffnung, so einen trockenen Cracker runterzuspülen. Und dennoch haftete jeder Siedlung am Rande des Dschungels eine Art unverdienter Glamour an, nicht nur wegen des Gefühls von Intimität, wie bei der Begegnung mit dem Türsteher eines Tyrannen, wo der Schrecken nebenan lauert, sondern auch wegen der Erinnerung – verblichen, durcheinander und nur entlehnt – an die Erforscher, die die Siedlung zu ihrem letzten bekannten Wegpunkt gemacht hatten, ehe sie auf der Suche nach El Dorado, der Weißen Stadt, dem Reich von Priesterkönig Johannes, dem Jungbrunnen, den Hesperiden und/oder dem Garten Eden verschwanden.

Schließlich fand ich vor einer Cantina einen rauchenden Kellner, der mir sagen konnte, wie ich zum amerikanischen Konsulat kam, obwohl auch er Huren erwähnte. Als ich seiner Beschreibung zu dem Gebäude mit dem Giebel über der Eingangstür folgte und auf mein Klopfen hin eine Frau in einem mottenzerfressenen Negligé öffnete, die eine Cherimoya aß, war ich bereit anzuerkennen, dass das Problem entweder mit meiner Aussprache des Wortes *consulado* oder mit einer lokalen Redensart zu tun haben musste. Aber dann rief mir Wilson vom Balkon aus etwas zu.

Über Gläsern mit gekühltem Horchata im Salon – er hatte mittlerweile seine kurze gegen eine lange Hose getauscht – erklärte er mir, wie es dazu gekommen war, dass ein Engländer in San Esteban in einem amerikanischen Konsulat ein Bordell führte. »Schon seit der Grundschule wollte ich Schriftsteller werden«, erzählte er mir. »Ein richtiger, ernsthafter Schriftsteller wie Dostojewski oder Kafka.« Er hatte ein Jungengesicht und Ohren wie rötliche Austernpilze. »Aber alles, was ich zu Papier brachte, waren lediglich lustige Geschichten über den Schulsporttag und so weiter. Sie kamen bei einer bestimmten Klientel recht gut an, aber es war nicht das, wovon ich geträumt hatte. Also entschied ich, loszuziehen und mir die Welt anzusehen. Ich fing in der Streichholzfabrik meines Onkels an, weil sie mit Tegucigalpa Geschäfte machte. Ziemlich bald beschloss ich, dass mir das nicht lag, aber damals verdiente ich mir bereits ein paar nette Schekel nebenher als Korrespondent für amerikanische Zeitungen. Immer auf der Suche nach der grässlichsten Geschichte weit und breit, falls ich dabei was für mich rausholen konnte. Jedenfalls kriegte ich eines Tages davon Wind, dass es in einer Stadt namens San Esteban einen Arzt gebe, der ein Heilmittel für Lepra gefunden habe. Also zog ich los. Nun, wissen Sie, wie viele Orte namens San Esteban es in Honduras gibt?«

»Nein.«

»Ziemlich viele! Das war mir vor meinem Aufbruch nicht klar, aber es sind anscheinend ziemlich viele. Soweit ich weiß, leistet dieser Arzt immer noch hervorragende Arbeit in einem der anderen San Estebans, das noch nicht die Bürde der Öffentlichkeit zu tragen hat. Ich kam jedenfalls hier an und stellte fest, dass es nicht das richtige San Esteban war, doch dummerweise war meine Reisekasse mittlerweile leer. Aber der alte Tussmann, der amerikanische Konsul hier, brauchte jemanden, der gut Englisch sprach. Zu dieser Zeit erlaubte Tussmann seiner jungen Frau – ich weiß nicht, wer von beiden dieses Arrangement in die Wege geleitet hatte, niemals schnüffeln, das ist meine Devise – er erlaubte also seiner Frau, männliche Besucher zu empfangen, freischaffend sozusagen, in einem der Gästezimmer. Als Tussmann dann starb, musste sie sich mehr denn je dazuverdienen, und um ganz ehrlich zu sein – ich auch. Eins führte zum anderen. Natürlich habe ich Ihrem Ministerium geschrieben, ob sie Mr. Tussmann nicht ersetzen wollen, aber ich habe immer noch keine Antwort, und bis dahingehend etwas passiert, werden wir meines Erachtens den Erwartungen an seine Mission hier durchaus gerecht. Das weibliche Sexualorgan ist doch eigentlich das universelle Konsulat. Finden Sie nicht?«

»Was, wenn eine Dame bei Ihnen anklopft?«, fragte ich. »Oder ein frommer Familienvater?«

»Wir betreiben auch eine sehr große Leihbücherei.«

»Wie lange haben Sie vor in San Esteban zu bleiben?«

»So lange ich verdammt noch mal kann. Ich bin glücklich hier. Das einzige Manko, wirklich, das einzige ist, dass ich nie ordentliches Material für meine Romane bekomme – was ja der eigentliche Grund war, England zu verlassen.«

»Wirklich? An einem Ort wie diesem?«

»Ich habe eine ganze Reihe lustiger kleiner Sketche geschrieben, aber die unterscheiden sich nicht groß von dem, was ich in Walton-on-Thames hervorgebracht habe. Sie wissen schon, exzentrische Typen an einem Fluss.«

»Aber die Isolation ...«, sagte ich.

»Ja?«

»Das Laster, die Erstarrung, der Verfall. Die weißen Männer, die immer mehr auf ihren eigenen Werten herumtrampeln. Das Gefühl des Numinosen in schrecklich weiter Ferne – oder manchmal ganz im Gegenteil viel zu nah. Verstehen Sie es nicht als eine Art … allegorische Hölle?«

»Jetzt, wo Sie es sagen …« Er dachte kurz darüber nach. »Nein. Wenn ich je in übler Stimmung bin, rufe ich mir ins Gedächtnis, was für ein Glück ich habe, meine Berufung gefunden zu haben. Ich kann diese Branche gar nicht genug empfehlen.«

»Muschi zur Hand?«

»Wie? Oh, ich verstehe!« Er lachte, als freute er sich aufrichtig über den Ausdruck. »Nein, nein, nein. Ich sündige nicht. Das wäre ja Vetternwirtschaft. Aber die Gesellschaft der Damen ist immer bezaubernd. Jetzt habe ich lange genug geplappert. Sie haben doch höchstwahrscheinlich in San Esteban zu tun, und etwas sagt mir, dass es nichts mit Früchtchen zu tun hat.« Ich ging davon aus, dass Wilson damit die United Fruit Company meinte und nicht Homosexuelle. »Was kann ich für Sie tun?«

»Ich bin auf der Suche nach einem Iren namens Poyais O'Donnell. Kennen Sie ihn?«

»Natürlich! Jeder in San Esteban kennt Mr. O'Donnell. Er ist eine der Säulen unserer kleinen Gemeinde. Und der einzige andere Mann in Vogelflugweite, der eine Tasse Tee zu schätzen weiß. Nicht dass wir hier je richtigen Tee bekommen würden. Sind Sie ein Freund von ihm?«

»Ich bin Notar bei der Firma Letterblair, Handsom und Lowe. Es geht um Testamentstreitigkeiten in einem anderen Zweig des O'Donnell-Clans, der während der großen Hungersnot in die Staaten ausgewandert und reich geworden ist. Keiner scheint sich auf die genaue Gabelung des Stammbaums einigen zu können. Ich bin geschickt worden, um Mr. O'Donnell zu befragen, woran er sich erinnere, ich brauche eine eidesstattliche Erklärung von ihm und muss herausfinden, ob irgendwelche Fotografien oder Akten in seinem Besitz sind. Möglicherweise springt etwas für ihn dabei heraus.«

»Klingt nach Jarndyce gegen Jarndyce«, sagte Wilson.

»Das sagt mir nichts.«

»Ich fürchte, das ist ein ganz unglücklicher Zeitpunkt, denn

Mr. O'Donnell ist gerade heute Morgen abgereist, um sich irgendwo um irgendwas zu kümmern. Aber er wird sicher bald zurück sein. Wie immer. Haben Sie es fürchterlich eilig? Wollen Sie eine Nachricht für ihn hinterlassen?«

Der große Spiegel über dem Kamin war übersät mit Oxidationsflecken. Meiner Erfahrung nach war der Glaube weit verbreitet, Rost sei wie Schimmel ansteckend, selbst unter gebildeten Erwachsenen. Vielleicht weil eine tiefere Wahrheit dahintersteckte. Rost konnte tatsächlich ansteckend sein, vor allem an Orten wie San Esteban. Man fing an zu rosten, wenn man hier zu lange herumhing.

Andererseits schmeckte meine Horchata köstlich. »Nein«, sagte ich. »Ich werde warten.«

Eine Woche vor meiner Ankunft in San Esteban hatte ich einen jungen Mann dabei beobachtet, wie er sich in das Leichenschauhaus einer Polizeiwache in Havanna schlich, in der Absicht, widerwärtige Dinge mit einer Leiche anzustellen. Er war sichtlich nervös, wie es jeder junge Mann wäre, der sich zum ersten Mal zu so einem Unterfangen aufmacht. Die Nächte in Havanna sind nie friedlich, aber dieses Leichenhaus befand sich im Keller, also war nichts zu hören außer den Schritten des jungen Mannes und dem elektrischen Surren der Gefrierschränke. Religiöse Ikonographie ist dort in staatlichen Leichenhäusern nicht erlaubt, aber ohne sie neigen die Kubaner dazu, etwas launisch zu werden, wenn sie sich allein mit den Toten wähnen. Als der Taschenlampenstrahl des jungen Mannes über die Wände huschte, wurde der übliche inoffizielle Kompromiss sichtbar: Ein Feuerwehrschlauch war um Nägel gewickelt, die über der Aufspulrolle in die Wand geschlagen waren, und bildete so die Form einer Mano Poderosa mit ziemlich dicken Fingern. Der Mann stellte seinen Koffer ab, öffnete nacheinander die Kühlfächer und betrachtete prüfend die Gesichter der acht Leichen, die darin auf Bahren lagen, bis er das Objekt seiner Suche gefunden hatte: ein sehr muskulöses Exemplar mit dunklem Teint und dem Bartwuchs mehrerer Tage auf dem mürrischen Gesicht. Mit der Taschenlampe im Mund zog der junge Mann die Bahre halb heraus, ging in die Knie, um seinen Koffer zu öffnen, und holte daraus einen Eyelinerpinsel und eine Flasche mit Tätowiertinte hervor.

»Ich fürchte, ich kann Sie nicht guten Gewissens fortfahren lassen«, sagte ich.

Der junge Mann fuhr herum, und die Taschenlampe fiel ihm aus dem Mund; ich hörte, wie die Linse auf dem Betonboden zerbrach. »Wer«, zischte er panisch, »wer – wer ist da?«

»Nur ein Zuschauer, der sich um die Würde der Toten sorgt.«

Der junge Mann drehte sich um und wollte wegrennen. Aber bevor er durch die Tür fliehen konnte, verstellte ihm Winch McKellar den Weg. »Nicht so schnell, Freundchen.«

Wir hatten etwa eine halbe Stunde auf der Lauer gelegen. »Machst du bitte das Licht an, Winch?«, sagte ich.

Das tat er. Jetzt konnten wir einander alle besser sehen. Der vereitelte Leichenschänder war so dürr, dass er sich gut auf einer der Leichenbahren gemacht hätte. Seinen Namen wusste ich bereits, Hank Tascott, und auch seinen Job, CIA-Agent genau wie Winch und ich. Was die Leiche anging, deren Arme mit Tätowierungen und deren Brust mit Einschusslöchern übersät waren, so waren die entsprechenden Details allgemein bekannt. Etwa achtundvierzig Stunden zuvor war er bei einem Doppelmord erschossen und danach von der Polizei offiziell als ortsansässiger Landstreicher identifiziert worden, der bereits durch vorherige kleinere Vergehen bekannt war.

Warum allerdings ein ortsansässiger Landstreicher eines Nachts auf die Idee kam, mit einer Halbautomatik bewaffnet in das Zamoranos-Anwesen an der Calle 17 einzubrechen und den Industriellen Vicente Zamoranos und seine Frau Floramaria zu ermorden, als sie in ihrer 380-Liter-Wanne lagen, hatte noch niemand klären können.

Und warum ein ortsansässiger Landstreicher Tätowierungen in arabischer Sprache auf seinen Bizepsen trug – allem Anschein nach Tätowierungen aus dem Knast oder der Handelsmarine –, hatte auch noch niemand erklärt.

»Treten Sie beiseite!«, befahl Tapscott McKellar. »Sie haben kein Recht, hier zu sein.«

»Wohl wahr, aber Sie auch nicht.«

»Ich sagte, beiseitetreten!« Tapscott versuchte, sich an McKellar vorbeizuschieben, also verpasste McKellar ihm einen harten Stoß. Als er rückwärtstaumelte, riss ich ihn herum zum nächsten Autopsietisch und drückte ihn darauf, sodass er mit dem Kinn auf dem Stahlrahmen lag. Er versuchte hochzukommen, aber McKellar verpasste ihm einen rechten Haken zwischen die Augen, und er sackte zusammen.

»Ich bin hier im Auftrag des Außenministeriums –«

»Genau wie wir, Kumpel«, sagte ich. »Ich bin Sachbearbeiter hier in Kuba. Du befindest dich in meinem Revier. Also, warum sagt du uns nicht mal genauer, um was es hier geht?«

Tapscott antwortete nicht.

»Ich weiß, dass du sein Gesicht nicht sehen kannst«, sagte McKellar zu mir, »aber er schenkt uns etwas, das ich als verächtliches kleines Grinsen bezeichnen würde.«

»Wir wissen, dass du für Sektion 9 arbeitest«, sagte ich. »Wir wissen, dass sie dich hergeschickt haben, um nach der Sauerei mit den Zamoranos aufzuräumen. Wir wissen, dass du die Polizei bestochen hast, damit sie diesem Typen eine falsche Identität verpasst, der, wie kaum zu übersehen ist, noch nicht mal besonders kubanisch wirkt. Ägyptisch vielleicht oder lybisch, wenn ich raten müsste.«

In der Mordnacht war ich in Pinar del Río gewesen, etwa hundert Meilen südöstlich von Havanna. Diese Stadt hatte ich zwei Jahre zuvor zum ersten Mal besucht, um Gerüchten von russisch initiierter Hetze auf den Tabakplantagen nachzugehen, aber ich suchte mir immer wieder einen Vorwand, um dorthin zu fahren, weil ich so gern an den Hängen rund um die Stadt kletterte. McKellar gelang es, mich vom CIA-Hauptquartier in Foggy Bottom aus ans Telefon zu holen, und er erklärte, dass nach allem, was er gehört hatte – und Winch hatte Ohren wie ein Luchs –, bestimmte Dokumente am Körper des Ermordeten kritisch für die Jungs von Sektion 9 seien, weshalb sie mit dem stillschweigenden Einverständnis des stellvertretenden Leiters der amerikanischen Botschaft in Havanna eine dringliche »Spicko« in die Wege leiteten (womit eine Aufräumaktion gemeint war, benannt nach einem Putzmittel der Firma Apex Chemical). Wir verabredeten ein Treffen am folgenden Nachmittag in der Hauptstadt. Als er vor dem Flughafen in mein Auto stieg, erzählte er mir, dass Tapscott, ein Anfänger bei Sektion 9, im Flieger aus Washington ein paar Reihen hinter ihm gesessen habe. Wir waren zu spät dran für die verräterischen Dokumente, die die Polizei zerstört haben musste, ehe sie als Beweismaterial sichergestellt werden konnten. Also begannen wir stattdessen einfach, Tapscott zu verfolgen.

Zu diesem Zeitpunkt war bei der CIA allgemein bekannt, dass Sektion 9 ein Trainingslager im zentralamerikanischen Dschungel betrieb. Aber nach Einzelheiten musste man mit der Lupe suchen. In letzter Zeit jedoch waren verschiedene eigensinnige Absolventen dieses Trainingslagers an den seltsamsten Orten tot oder im Knast aufgetaucht, in Tunis etwa, Dschuba und Luang Prabang. Und wenn einer dieser Irrläufer in etwas verwickelt war, das möglicherweise viel Aufmerksamkeit hervorrufen konnte – wie etwa die Ermordung von zwei Mitgliedern aus Batistas engstem Kreis –, entsandte Sektion 9 einen Mann, um alle Einzelheiten über den Söldner und seinen Lebenslauf zu verschleiern. In der Vergangenheit war ihnen das ziemlich makellos gelungen. Aber jetzt geschah es zum ersten Mal in meinem Revier.

Sektion 9 hatte 1951 als Sondereinheit innerhalb der Western Hemisphere Division der CIA begonnen. Kein einziger der Beamten dort war ein besonders bemerkenswerter Charakter gewesen. Aber in diesen Büros muss etwas Dunkles, Wildes entstanden sein, denn über die folgenden Jahre hatte die Sondereinheit ihre Mission ausgeweitet, Macht angesammelt, jegliche Aufsicht abgeschüttelt, bis sie sich im Körper der CIA wie ein hungriges Teratom oder ein Homunkulus-Parasit nach oben arbeitete. In all meinen Jahren bei der CIA habe ich nichts Vergleichbares gesehen. Mittlerweile war

Sektion 9 keine Sondereinheit mehr, sondern ein aufkeimender Zweig der Regierung, ein *imperium in imperio* mit gewaltigem Einfluss auf die Außenpolitik der Vereinigten Staaten.

McKellar und ich waren ehrgeizig. »›Für die Zukunft jeder freien Gesellschaft‹«, zitierte mein alter Freund gern eines der Gründungsprinzipien der CIA, »›ist es unerlässlich, dass die CIA ihre Institutionen und ihre nationale Integrität vor aggressiven Bewegungen schützt, die danach streben, ihr totalitäre Regime aufzuerlegen.‹ Und für die Zukunft der CIA«, fügte er immer hinzu, »ist es unerlässlich, dass du und ich eines Tages ihr Direktor und Vize-Direktor werden.«

Und obwohl wir in all den Jahren bei der CIA unser Ziel nie aus den Augen verloren, war bislang keiner von uns irgendwo zum Chief of Station oder auch nur zum stellvertretenden Chief of Station ernannt worden, ganz zu schweigen von irgendeiner einflussreichen Position in Foggy Bottom. Innerhalb der CIA hatten McKellar und ich ziemlich viel Macht angesammelt, aber es war eine Art chthonische Macht, kaum bezeugt, kaum wahrgenommen. Und dummerweise bringt einem chthonische Macht keine Beförderung. Im Barrio Chino in Havanna habe ich gesehen, wie Höllengeld verbrannt worden ist, Scheine, mit denen man nur in der Unterwelt zahlen konnte – und ich wäre ein Höllengeld-Milliardär gewesen. Fünfzig war das angemessene Alter für eine Stelle als Direktor der CIA, also musste ich in den nächsten zehn Jahren einen Weg finden, mein ganzes Höllengeld in eine Währung umzutauschen, die auch die Bundesregierung als gesetzliches Zahlungsmittel anerkannte. Da Sektion 9 die Banken kontrollierte, würde das nicht möglich sein. Und so breitete sich vor uns eine Zukunft aus, in der alle Beförderungen, Budgets und Verrechnungen direkt an die Kumpane von Sektion 9 gehen würden und wir Übrigen uns um die Brotkrümel prügeln durften, eine Zukunft, in der jeder, der sich ihnen in den Weg zu stellen wagte, umgehend aus der CIA ausgeschlossen wurde. Die CIA war erst zehn Jahre alt, aber schon jetzt gab es – bildlich gesprochen – einen Friedhof voller Opfer ihrer internen Machtquerelen. Ich habe McKellar das Versprechen abgenommen, dass er mir die Kehle aufschlitzt und mich im Chopawamsic Creek versenkt, bevor ich wie einer dieser Trottel ende, die sich in irgendeinem Kellerbüro mit tropfenden Leitungen zu Tode saufen und von dem Verrat faseln, dem sie zum Opfer gefallen sind.

Manchmal machte ich Witze darüber, dass jeder Aufwiegler in Kuba verzweifelt hinschmeißen würde, wenn ich mich in Havanna mit so viel Eifer aufrührerischen Tendenzen widmen würde, wie ich es tat, um meine eigenen Kollegen auszuspionieren. Aber meine Prioritäten waren wohlbegründet. Auf lange Sicht war der Feind der Weltkommunismus, aber auf kurze war es Sektion 9. McKellar und ich waren überzeugt, dass das Trainingslager im Dschungel zur größten Bürde von Sektion 9 werden würde. Unter anderen Umständen wäre ich sehr neugierig gewesen, wer der tote Schütze war, woher er genau kam und wer ihn damit beauftragt hatte, die Zamoranos umzubringen. Aber im Augenblick war das alles sekundär.

»Ihr habt ganz schön geschuftet für euer Spicko«, sagte ich. »Sektion 9 hat dich hergeschickt, weil sie nicht wollten, dass irgendjemand rauskriegt, dass dieser Wichser zur Familie gehört hat.«

»Wenn ihr andeuten wollt, dass wir irgendwas mit dem Mord an den Zamoranos zu tun hatten –«

»Nein, will ich nicht. Ich deute nur an, dass es euch lieber wäre, diesen Kerl hier würde es gar nicht geben, weil er nämlich in eurem Trainingslager das Schießen gelernt hat. Und falls das bei der Morduntersuchung irgendwie ans Licht gekommen wäre, hätte euch das äußerst peinlich sein müssen. Also habt ihr dafür gesorgt, dass die Bullen ihn als irgendeinen Penner von der Straße ausweisen. Nur ist da noch diese dumme Sache mit den Tätowierungen. Viele werden die zu Gesicht bekommen, ehe er unter der Erde ist, und vielleicht lassen die sich nicht alle bestechen.«

»Was hast du damit vor?«, fragte McKellar. »Diese arabischen Zeichen sind fies verschnörkelt.«

»Ja, das wüsste ich auch gern«, sagte ich.

»Komm schon, Hank, erzähl's uns.«

»Nur wegen unserer aufrichtigen professionellen Neugierde.«

»Bitte, Hank.«

»Wir flehen dich an, Hank, nur dieses eine –«

Tapscott murmelte etwas.

»Hä?«

»Wellen«, stieß Tapscott wütend hervor. »Ich wollte aus dem arabischen Zeug Wellen machen, klar? Wie auf dem Meer.«

»Keine schlechte Idee«, gab ich zurück. »Ich an deiner Stelle hätte einfach alles mit Salicylsäure weggeätzt und es gut sein lassen, aber ich kann deine Aufmerksamkeit fürs Detail nur loben. Jetzt, da das Eis gebrochen ist, haben Winch und ich noch ein paar andere Fragen, auf die wir gern Antworten von dir hätten. Dieses Dschungel-Trainingslager von Sektion 9 – wo ist es, und wer hat es gegründet? War es Atwater?«

Ich kannte Colonel George Jawsone – der Kiefer – Atwater vom Amt für Strategische Dienste. Hinter seinem banalen und dumpfen Auftreten war er außergewöhnlich blutrünstig; er gehörte zu den Typen, für die Frieden langweilig, Krieg deutlich besser, aber die Apokalypse genau richtig gewesen wäre. Einige Jahre später, während der letzten Wochen des Bürgerkriegs in Bangassou – als alles zu Trümmern zerbombt war, aber noch niemand wusste, dass das Uran unter den Hügeln eine Schimäre war –, wollte Jawsone so dringend Ergebnisse sehen, dass er höchstpersönlich auf einem Motorrad über die Grenze fuhr und selbst das Kommando einer paramilitärischen Truppe namens La Garde de Nuit übernahm, die allen Berichten nach bis zu diesem Augenblick ein völlig untauglicher Haufen gewesen war. Für gewöhnlich war die CIA mit Kollateralschäden nicht besonders kleinlich, wenn es um die Freiheit eines ganzen Volkes ging. Allerdings gelangten einige Fotos von einer Razzia der Garde de Nuit in einem Kloster, in dessen Keller angeblich Waffen versteckt waren, nach Washington. Und diese Fotos müssen spektakulär gewesen sein – krass genug jedenfalls, um etliche besonders robuste Mägen umzudrehen –, denn als Jawsone sich aus Prinzip weigerte, seine Rolle bei der Razzia zu bestreiten, wurde beschlossen, dass er niemals wieder Feldeinsätze leiten dürfe. Nur war dieser Beschluss leider nicht von Dauer, denn ich weiß, dass er an der Ausbildung der Rebellen beteiligt war, die 1954 Jacobo Árbenz, den Präsidenten von Guatemala, enteigneten. Und sein Name tauchte immer wieder im Zusammenhang mit dem Guerilla-Camp von Sektion 9 auf.

»Einen Dreck werde ich euch verraten. Und wenn ich wieder in Washington bin …«

Aber dann löste McKellar seine Krawattennadel und hielt das spitze Ende hoch, sodass es im Licht blitzte.

»Oh, damit wollt ihr mich foltern?«, fragte Tapscott höhnisch.

»Nein, wir werden dich nicht foltern«, antwortete McKellar. »Das entspricht nicht unserer Arbeitsweise.«

»Was hast du vor?«, fragte ich. Ich spürte, wie Tapscott sich anspannte, als wollte er sich von mir losreißen, weshalb ich ihm seine Arme noch fester auf den Rücken presste.

»Wir tätowieren ihn«, sagte McKellar. »›CIA Sektion 9‹ – auf die Stirn. Ist für die Tarnung vielleicht nicht unbedingt von Vorteil, aber als Loyalitätsbeweis macht es sich gut.«

»Brauchst du da nicht irgendwelche Geräte?«, fragte ich.

»Nein, man sticht es nur rein. Ich wette, so hat dieser Typ«, er nickte zur Leiche hin, »seine auch gekriegt.«

»Aber Winch«, sagte ich, »eine der obersten Verhörregeln lautet, dass man keine Spuren hinterlässt. Diesem Kerl das Gesicht zu tätowieren ist das genaue Gegenteil.«

»Stimmt«, sagte McKellar und tauchte die Spitze der Krawattennadel in die Tintenflasche. »Aber wenn es ihm nicht gefällt, kann er ja einfach Wellen draus machen oder so. Ruhig halten bitte, Hank. Keine Sorge, es tut nicht so weh, wie du denkst, und diese Nadel ist aus echtem Silber, das wirkt desinfizierend.«

Tapscott hielt still, bis McKellar den zweiten Punkt auf seine Stirn setzte. Dann rief er »Hey! Hey!«. Ein paar Sekunden lang schnaufte er schwer. »Also gut, ihr verdammten Verräter. Aber sagt niemandem, dass ihr es von mir habt.«

»Darauf gebe ich dir mein Wort.«

»Ihr zwei seid auf lange Sicht sowieso am Arsch, wisst ihr das?«

»Wie dem auch sei. Dieses Lager …«

»Es ist im Nordosten von Honduras. Am absoluten Arsch der Welt.«

»Wer hat es gegründet?«, fragte ich. »War es Atwater?«

»Nein. Das Lager gab es schon lange vor Sektion 9.«

»Und wer führt es?«

»Indios.«

»Erzähl keinen Scheiß.«

»Es ist die Wahrheit«, sagte Tapscott. »Vom Stamm der Pozkito. Das Lager gibt es mindestens seit Mitte der Vierziger. Sie bilden jeden aus, der dafür bezahlt. Sektion 9 kam erst später an Bord.«

»Nach Guatemala?«

»Davor.«

»Indios?«, fragte McKellar. »Komm schon. Man kann ein Guerilla-Trainingslager doch nicht einfach über Nacht aufstellen wie eine Schuhputzerbude. Wo haben sie denn die Waffen hergekriegt? Woher überhaupt alles?«

»Vielleicht gab es einen Investor? Keine Ahnung. Jedenfalls ist Sektion 9 mittlerweile ihr einziger Klient. Sektion 9 bildet ein stehendes Heer für United Fruit aus.«

McKellar und ich warfen uns einen Blick zu. Der Schlüssel zum Aufstieg von Sektion 9 innerhalb der CIA war ihre enge Verbindung zur United Fruit Company. Trotz der etwas heiklen Nachwirkungen wurde der von der United Fruit gestützte Guatemala-Coup von 1954 als Vorbild für künftige Operationen angesehen: Der amerikanische Geheimdienst und amerikanische Unternehmen arbeiten als gleichberechtigte Partner zusammen, um ihre gemeinsamen Interessen weltweit voranzutreiben. »Denk nur an Guatemala …« war eine Wendung, die man auf den Fluren in Foggy Bottom in lästiger Häufigkeit hörte. Und wenn ihre Beteiligung an diesem Coup Sektion 9 an die Spitze verholfen hatte, dann war es der Einfluss von United Fruit im Außenministerium, der dafür sorgte, dass sie dort blieben. Eisenhower erkannte den Wert der CIA, zog es aber insgesamt vor, seine Außenpolitik über das Außenministerium voranzutreiben, was dazu führte, dass es bestimmte Schritte gab, die wir ohne Wissen des Ministeriums nicht unternehmen konnten. Zu dieser Zeit regierte ein Triumvirat, wobei Sektion 9 der United Fruit mitteilte, welche Aktionen sie für nötig hielten; dann marschierte United Fruit zum Außenminister und bat um ebendiese Maßnahmen; und das Ministerium beauftragte Sektion 9 wiederum mit der Ausführung. Das funktionierte für Sektion 9 deutlich besser, als sich direkt ans Außenministerium zu wenden, wie wir Übrigen es immer noch machen mussten.

»Warum zum Teufel braucht United Fruit ein Heer?«, fragte ich. »Árbenz ist weg, also gibt es keine einzige Regierung in Lateinamerika mehr, die nicht an ihrer Banane lutscht.« In einem Land wie Honduras, wo United Fruit ein Sechstel der Wirtschaft ausmachte, wo sie das gesamte Schienennetz gebaut hatten, konnten sie tun und lassen, was sie wollten. Bei den Linken hatte die Firma den Spitznamen *El Pulpo*, der Oktopus.

»Das kann sich alles ganz schnell ändern. Ist alles schon vorgekommen. Aber hey, ich bin ja eurer Meinung. Ich habe dieses Heer schon immer für Geldverschwendung gehalten. Ihr größter Feind ist der weiße Sigatoka, und den kannst du nicht erschießen.«

»Wie ist Sektion 9 mit diesen Indios in Verbindung gekommen?«, fragte McKellar.

»REMOTER.«

»Ist das ein Code-Name?«

Tapscott nickte.

»Wofür?«

»Ich weiß es nicht. Nur die ganz oben an der Spitze wissen über REMOTER Bescheid.«

»Ist es eine Operation oder ein Mensch, oder was?«

»Ich weiß es nicht.«

»Lieber mit oder ohne Serifen?«, fragte McKellar und rührte mit seiner Krawattennadel im Tintenfass. »Ich glaube, Serifen stehen dir.«

»Ich sage euch doch, ich weiß es nicht! Es ist nur ein Wort, das ich ab und zu aufgeschnappt habe. Alles, was ich mitgekriegt habe, ist, dass REMOTER uns überhaupt mit dem Lager in Verbindung gebracht hat.«

»Okay«, sagte ich. »Dieses Lager. Weißt du, wo genau es ist? Hast du es mal auf einer Landkarte gesehen? Längen- und Breitengrad vielleicht?«

»Nein. Aber es gibt da so eine gottverlassene kleine Stadt am Ufer des Patúca. San Esteban, glaube ich. Das Lager muss da irgendwo in der Nähe sein, unser Mittelsmann wohnte jedenfalls dort. Er kannte den Dschungel, und er kannte die Indios, also hat er sich zum Vermittler gemacht, und wir haben ihn sogar noch weiter eingesetzt, nachdem Atwater schon dort war. Poyais O'Donnell. Ein Ire ohne Loyalitäten gegenüber seinem Heimatland. Ich habe gehört, dass er damals vor dem Krieg irgendwie verstrickt war in eine –«

»¿Quién es usted?«

Ich blickte auf. Ein Nachtwächter stand in der Tür des Leichenhauses und beäugte unsere *ménage à trois* – oder *à quatre*, wenn man die Leiche dazuzählte.

Ohne größere Schwierigkeiten konnten wir uns rausreden. Tapscott nutzte die Gelegenheit, um sich unserem Griff zu entziehen, aber McKellar gelang es zumindest, ein paar Tropfen der Tinte hinten auf seinen weißen Seersucker-Anzug zu spritzen, als er ging. Er hatte uns ohnehin genug erzählt.

Manchmal muss man nur einen einzigen Faden durchschneiden, und das ganze Knäul entwirrt sich – und McKellar und ich waren überzeugt, dass der Faden für Sektion 9 dieses Guerilla-Trainingslager war. Sobald wir es fanden, konnten wir damit beginnen, es zu zersetzen. Den irischen Auswanderer, den uns Tapscott genannt hatte, hatte ich noch nicht getroffen, aber ich kannte viele seinesgleichen; ein Mittelsmann ist per Definition jemand, der sich kaufen lässt. Selbst die Stunden bis zum Morgen fühlten sich jetzt unendlich lang an, denn je schneller ich einen Flug nach Honduras bekam, umso früher würde ich ihm gegenüberstehen.

Doch drei Wochen nach meiner Ankunft in San Esteban machte eine halbe Nacht Verzögerung keinen großen Unterschied mehr.

Wilson versicherte mir immer wieder, Poyais O'Donnell sei noch nie zuvor so lange geschäftlich unterwegs gewesen. Jeden Morgen prognostizierte er, der Ire werde sicher an diesem oder am nächsten Tag zurückkehren, wenn ihn nicht gerade irgendein Unglück oder Notfall aufhalte. In diesem Fall sei aber zumindest mit einer Nachricht von ihm zu rechnen. In meinen Jahren bei der CIA habe ich gelernt, dass sich mit der vermeintlich naiven Jovialität der britischen Oberschicht besser Pläne verbergen lassen als mit irgendeiner anderen ethnischen Eigenheit der Welt, aber in meinem Kopf gab es keinerlei Zweifel an Wilsons Ehrlichkeit. Weil er der einzige andere weiße Mann in San Esteban war, aßen wir ziemlich oft miteinander und spielten Rommee – trotz zweier Hürden.

Zum einen war er zeit seines Lebens Abstinenzler, der noch nicht mal den einheimischen Zuckerrohrlikör probiert hatte. Zum anderen hielt meine ziemlich oberflächliche Tarnidentität als Notar kaum mehr als ein paar Gesprächen stand – zumal ich für meine Reise nach San Esteban keine offizielle Bewilligung hatte und von der CIA nicht gedeckt war. Als ich dann aufgefordert wurde, ein paar Geschichten aus meiner erfundenen Vergangenheit zum Besten zu geben, baute ich Terrassen und Balkone an ein Lügengebäude. Zu improvisieren machte mir keine Mühe, aber mir war auch klar, dass man in diesem schläfrigen Tropenklima jede Menge Spannungen und Widersprüche in die Welt setzte, wenn man aus einem Lückenfüller ein dauerhaftes Konstrukt machte und eine kurze Verzögerung sich endlos lang ausdehnte.

Noch immer hatte ich nicht die leiseste Unterschallvibration eines Guerilla-Trainingslagers irgendwo im Nordosten erspürt, aber ich wollte auch nicht ewig auf O'Donnell warten, hier an den stockfleckigen Rändern des Atlas, wo die US-Ostküste unter sowjetischen Panzerkorps fallen konnte und ich es erst Tage später von einem alten Marktweib erfahren würde, wo die Luftfeuchtigkeit nicht nur den Nachmittag endlos in die Länge zog, sondern sogar das Uhrwerk meiner Armbanduhr verstellte, als herrschte ein Wettbewerb mit der anthropischen Zeit, wo sich der Spiegel im Salon fast unmerklich immer weiter trübte, wo ich nichts weiter zu tun hatte, als wie ein verwitweter Rentner Spaziergänge durch die Stadt zu machen, und wo ich mich in meinem gemieteten Zimmer so sehr langweilte, dass ich in meinen dunkelsten Momenten tatsächlich mit dem Gedanken spielte, einen Roman zu schreiben, nur um zu sehen, ob ich weiter kommen würde als Wilson. Aber ich wollte auch nicht mit leeren Händen zu McKellar zurückkehren, nachdem ich drei Wochen hier vergeudet hatte. Also war ich am 26. März immer noch da, als der amerikanische Junge in San Esteban aufschlug wie ein Haarknäuel, das der Wald ausgehustet hatte.

Ich glaube, ich sah ihn als Erster. Fast alle anderen hatten sich auf der Plaza versammelt und beobachteten einen Hahnenkampf, offenbar das lokale Pendant zu Sugar Ray gegen Jake LaMotta. O'Donnell wohnte in einem zweistöckigen Haus nicht weit vom Konsulat, aber ich hatte herausgefunden, dass er auch noch ein Lagerhaus am Fluss unterhielt. In Ersteres war ich eines Nachts bereits eingebrochen, allerdings ohne irgendwelche nützlichen Hinweise zu finden. Also betrachtete ich den Hahnenkampf als gute Gelegenheit, Letzteres einer diskreten Durchsuchung zu unterziehen. Hier am Rand des Dschungels war eine deutliche Veränderung der Insektendemographie spürbar, und ich zog gerade irgendeine Art räuberisches Geschoss aus meinem Ohr, als ich eine Bewegung bei der Baumgrenze wahrnahm.

Der Junge muss etwa vierzehn oder fünfzehn gewesen sein. Seine Haut war so gebräunt, als hätte er keinen Tag seines Lebens drinnen verbracht – ganz zu schweigen von dem Schmutz und dem Netz aus Striemen und Bissen –, aber unter alldem waren weiße Haut und eine ordentliche Frisur zu erkennen. Der Schnitt seines zerlumpten Hemds und seiner Hose erinnerte mich an die Mode in meiner eigenen Jugend, aber die Kleidung bestand aus einer grob gewebten Faser, die weder Baumwolle noch Leinen war. Mit weit aufgerissenen Augen taumelte er vorwärts, als ließe ihn seine pure

Neugierde bei meinem Anblick seine offensichtliche Erschöpfung überwinden.

»Ist das hier New York?«, fragte er auf Englisch.

»Das ist San Esteban, Junge. Wer bist du? Wo zur Hölle kommst du her?«

»Mein Name ist Colby Droulhiole. Ich komme aus dem Lager.« Und dann musste ich vorspringen, um ihn aufzufangen, damit er nicht mit dem Gesicht voran in den Schlamm fiel.

Das sollten für lange Zeit die letzten Worte bleiben, die ich dem Jungen entlocken konnte. Wilson und ich brachten ihn in einem der »Gästezimmer« im Konsulat unter. Der Dschungel kann jeden Angelsachsen in eine schwächliche, zu dauerhafter Bettruhe verdammte viktorianische Dame verwandeln, aber dieser Fall war gravierender: Irgendwie hatte der junge Droulhiole sein Fieber lange genug in Schach gehalten, um es bis in die Stadt zu schaffen, aber als wir ihm die Kleider auszogen, glühte er bereits so sehr, dass man hätte meinen können, in seinem Inneren vollziehe sich gerade irgendeine unaussprechliche Verpuppung. Obwohl in den folgenden Tagen seine Laken häufig gewechselt wurden (kein Bordell unter Wilsons pedantischer Leitung konnte sich einer flotten Fluktuation der Bettlaken entziehen), hätten wir eigentlich eine komplette Infrastruktur inklusive Hoch- und Tiefbau brauchen können – Dämme, Aquädukte, Gullys –, um die ganze Flüssigkeit aufzufangen, die aus diesem Körper strömte: Taifune an Schweiß und ein endloses Rinnsal aus Anus und Blasen, die so wassersüchtig waren, dass man sie in einem Handtuch ausdrücken musste, wenn man nicht bis an die Handgelenke mit Eiter vollgespritzt werden wollte. Eine Kneipenschlägerei mit Todesfolge hatte unlängst dafür gesorgt, dass es in San Esteban keinen vernünftigen Arzt mehr gab, aber es stellte sich heraus, dass Wilsons Geishas und auch Wilson selbst auf eine Suppe aus der Blume des Kapokbaums schworen. Abgesehen davon gab es nicht viel zu tun, als dem Jungen Wasser in die Kehle zu schütten und seine Wunden mit Salbe zu betupfen. Manchmal hörte ich die

Frauen untereinander flüstern, keine von ihnen glaubte, dass er genesen würde. Er war einfach zu schwach.

Natürlich fieberte ich mit dem Jungen mit, denn ich wollte ihn so vieles fragen. Als ich seine Taschen und seinen Rucksack durchsuchte, fand ich eine Rolle Darmsaite, Verbandsmaterial, Socken und Unterhosen, Seife, Kerzen, Steinsalz, ein paar Holzpfeile und Pfähle, eine Art Klinge aus Obsidian, eine Sternenkarte, eine detaillierte, aber ungenaue handgemalte Karte der amerikanischen Tropen, den getrockneten Kadaver eines Skarabäus mit verbogenem Horn (vielleicht ein Glücksbringer wie eine Hasenpfote?) und ein paar andere Kleinigkeiten. Alles war handgemacht. Falls er Essen eingepackt hatte, war keines mehr übrig.

Er hatte mir gesagt, dass er aus dem Lager kam. Aber er war kein libyscher Filibuster. Er war ein schlaksiger Teenager mit amerikanischem Akzent. Und ich konnte weder verstehen, weshalb er zum Guerilla ausgebildet werden sollte, noch, warum er oder sonst jemand glaubte, dieser unerfahrene Späher könne ganz allein einen Trip durch den Dschungel überleben, ohne Kompass, ohne gedruckte Karte und ohne Waffen oder Werkzeuge, die man nicht in einer Ausstellung zur Bronzezeit im Museum fand. Falls das Pozkito-Sektion-9-United-Fruit-Trainingslager so tief in der Wildnis lag, wie ich annahm, war es eine außerordentliche Leistung, dass er es überhaupt bis San Esteban geschafft hatte. Und dennoch war bei all meiner Neugier seine eigene Geschichte gar nicht wichtig, sofern er mir aus erster Hand von dem Lager berichten konnte.

Jeden Tag wachte ich bei Droulhiole. Ich wollte sichergehen, dass das erste Gesicht, das er sah, wenn er denn je aufwachte, meines sein würde und er sich auf mich prägen würde wie ein Entenküken. Wenn er im Schlaf murmelte, verstand ich die Wörter nie, drückte aber dennoch mein Ohr an seinen Mund wie an eine Muschel und hörte den Dschungel in seinen Eingeweiden. Etwa zu der Zeit, wenn sich die Mädchen auf den Weg nach unten in den Salon machten, um die Schiffshändler zu empfangen, ging ich nach Hause in mein Zimmer und trank ein paar Gläser Guaro, ehe ich mich schlafen legte. Wilson erzählte ich, dass ich mich persönlich für das Wohlergehen des Jungen verantwortlich fühlte, weil ich ihn gefunden hatte, was Wilson selbstredend sehr anständig fand. Außer mir wusste niemand, was der Junge gesagt hatte, ehe er in seine Ohnmacht gesunken war.

Am sechsten Tag meiner Wache sah mich Wilsons Haushälterin Reyna aus dem Badezimmer kommen und sagte mir, dass Wilson nach mir suche, weil er Neuigkeiten für mich habe. Ich dankte ihr und bat sie, nach dem Jungen zu sehen. Unten fand ich Wilson in seinem Büro.

»Wie geht's dem Patienten?«, fragte er.

»Stinkt schlimmer denn je.«

»Heute musste ich daran denken, dass mir meine Mutter nach Zahnarztbesuchen immer ein kleines Geschenk kaufte. Das machte die Schrecken des Bohrers im Rückblick ziemlich belanglos. Wenn er es tatsächlich schafft, darf er sich ein paar Nächte lang mit den Damen vergnügen. Als Belohnung für seine Tapferkeit. Das würde ihm doch gefallen, oder? Meine eigene Schulzeit fühlt sich schrecklich weit weg an, und jede Generation unterscheidet sich von der vorherigen, aber Jungen in diesem Alter befassen sich doch noch immer mit solchen Dingen, oder? Das wurde nicht abgelöst von … ich weiß auch nicht – Detektorenradios oder etwas in der Art?«

»Ich denke, Fünfzehnjährige befassen sich immer noch gern mit exotischen Muschis, ja.«

»Prächtig – dann ist das beschlossene Sache.«

»Reyna meinte, Sie hätten Neuigkeiten?«, fragte ich.

»Oh ja! Ich glaube, Sie werden sich freuen, dass –«

Aber in diesem Augenblick erschien Reyna selbst mit verzweifeltem Blick in der Tür. *»El chico«*, sagte sie. *»Creo que está muriendo.«*

Wilson und ich folgten ihr eilig nach oben. In den letzten paar Minuten hatte sich der Zustand des Jungen tatsächlich deutlich verschlechtert. Ich konnte sehen, wie seine Muskeln sich verkrampften und zitterten wie bei einem Krampfanfall mit halber Geschwindigkeit, sein Gesicht hatte die Farbe von Spülwasser, und Reyna hatte ihn auf die Seite gerollt, damit er nicht an der Galle erstickte, die er hervorwürgte, dem zähflüssigen Bodensatz von Dutzenden Tassen von Kapokblütensuppe. Ich legte eine Hand auf seine Stirn und stellte fest, dass seine Temperatur so jäh gefallen war, dass sein Kopf hätte zerspringen müssen wie vergüteter Stahl.

»Ich glaube kaum, dass wir noch viel tun können«, sagte ich.

Wilson beauftrage Reyna, die bereits leise betete, den Priester zu holen. Dann standen er und ich schweigend und mit den Händen in den Hosentaschen da und fixierten den Jungen mit der unermüdlichen Aufmerksamkeit der völlig Machtlosen, als sähen wir einem Haus beim Abfackeln zu.

Als der Priester erschien, sah der Junge gesünder aus als wir alle.

Er war noch immer bewusstlos, schlief jetzt aber einen ruhigen Schlaf; zum allerersten Mal konnte ich ihn leise schnarchen hören. Sein Gesicht hatte etwas Farbe bekommen, und seine Temperatur war ziemlich normal. Offenbar war dieser ganze Kampf der letzte Schub gewesen, die Befreiung von Paris. Der Priester wurde unter Murren wegen des überflüssigen Hausbesuchs wieder heimgeschickt. Wilson sagte Reyna, dass sie und die anderen erst feiern sollten, wenn sich der Junge unbestreitbar erholt hatte. »Aber es sieht verdammt vielversprechend aus, nicht wahr?«

Als Reyna weg war, sagte ich: »Sie hatten gute Nachrichten für mich. Ich darf wohl nicht darauf hoffen, dass der Name O'Donnell aus Ihrem Mund kommen wird?«

»Ich fürchte, er ist noch nicht zurück, nein. Aber in unserer kleinen Stadt gibt es zumindest für ein paar Tage einen neuen Rommee-Spieler. Ein Amerikaner wie Sie ist hier auf Durchreise. Ich habe ihn heute auf dem Markt getroffen. Er ist Handlungsreisender. Wirkte sympathisch, aber eher zurückhaltend. Ein wenig frisches Blut tut immer gut – in gesellschaftlicher Hinsicht, meine ich.«

»Für wen arbeitet er?«

»Hat er nicht gesagt. Aber als er mir seine Lupe borgte, konnte ich den Schriftzug ›Eigentum der Eastern Aggregate‹ nicht übersehen. Das ist eine New Yorker Firma, nicht wahr?«

»Ja, das stimmt.« Meine Stimme klang gleichgültig, dabei prickelten meine Nervenenden, als hätte ich mir ein Fieber eingefangen. Seit ich in Honduras war, trug ich eine halbautomatische Browning an der Hüfte, aber erst jetzt wurde mir ihr Gewicht bewusst.

In dieser Nacht verließ ich das Krankenzimmer nicht, um in meinem eigenen Bett zu schlafen. Deshalb war ich auch um drei Uhr morgens dort, als sie kamen, um den Jungen zu holen.

»Weil aber jede deutliche Perzeption der Seele unendlich viele undeutliche Perzeptionen enthält, die das ganze Universum einhüllen, so erkennt die Seele selbst die Dinge, von denen sie eine Perzeption hat, nur insoweit, als sie davon deutliche und abgehobene Perzeptionen hat, und sie hat Vollkommenheit im Maß ihrer deutlichen Perzeptionen. Jede Seele erkennt das Unendliche, erkennt alles, jedoch auf undeutliche Weise, wie wenn ich am Ufer des Meeres spazieren gehe und den großen Lärm vernehme, den es macht, und dabei den besonderen Lärm einer jeden Welle, aus denen der Gesamtlärm zusammengesetzt ist, vernehme, jedoch ohne ihn zu unterscheiden«, schreibt Leibniz.

Ganz recht. Ich habe mal einen Botschafter getroffen, der mit großem Nachdruck erklärte, dass wahre Intuition, wie ein Spion sie brauche, »ursprünglich, uralt, fast mystisch« sei. Was mir bewies, dass dieser Botschafter in seinem ganzen Leben so etwas wie Intuition nie am eigenen Leib erfahren hat. Eigentlich ist Intuition ein streng rechnerischer Prozess, der eine unglaubliche Menge an Daten umfasst. Das ist nur nicht immer so klar ersichtlich, weil niemand seine Zeit damit verschwendet, in Berichten für Vorgesetzte die eigenen Erkenntnisse zu rechtfertigen; das ist es, was Intuition mit meiner Wenigkeit gemeinsam hat. (Und niemand hat meine Methoden jemals als »ursprünglich, uralt, fast mystisch« beschrieben, außer natürlich im sexuellen Zusammenhang.) Aus diesem Grund hätte ich nicht erklären können, warum die Worte »Eastern Aggregate« bei mir alle Alarmglocken schrillen ließen.

Dennoch, meine Intuition hatte dafür gesorgt, dass ich hier neben der Zimmertür des Jungen kauerte, an die Wand gelehnt, sodass ich nicht zu sehen war, wenn die Tür geöffnet wurde. Mehrere Stunden lang hatte ich mich nicht bewegt, außer um mir seinen Nachttopf auszuleihen. Der letzte Schiffshändler hatte das Konsulat gegen zwei Uhr verlassen, und seitdem hatte ich keine Stimmen mehr von unten gehört, nur die Grillen und einen Hahn auf Nachtwache. Im Zimmer war es dunkel bis auf das fahle Mondlicht, und das galt höchstwahrscheinlich für das ganze Haus. Ich war nicht mehr nervös. Tatsächlich hatte ich schon immer das Gefühl gehabt, in solchen Situationen einen klaren Kopf zu kriegen, zur Ruhe zu kommen, den Kern der vorüberziehenden Minuten zu spüren, wie wenn man in der Wohnung eines Mädchens sitzt und darauf wartet, dass sie mit Bagels und Lachs zurückkehrt.

Ich hörte die Treppe nicht knarzen, bis die Füße schon fast auf dem Absatz draußen standen. Langsam glitt ich an der Wand hoch, bis ich stand. Die Klinke wurde hinuntergedrückt, die Tür schwang auf, und ein Mann trat ein. Er war viel schwerer gebaut als Wilson und hatte eine Pistole in der Hand. Als der Zbyszko noch einen weiteren Schritt ins Zimmer machte, spritzte ich ihm Benzoe-Oxymorphon ins Gesicht. Trotz seiner stämmigen Gestalt faltete er sich sauber und ordentlich zusammen.

Mein Plan sah vor, den Mann von der Eastern Aggregate zu befragen, wenn er aufgewacht war. Wollte er Droulhiole umbringen oder ihn nur kidnappen? Arbeitete die Eastern Aggregate mit Sektion 9 und United Fruit zusammen? Wie hatten sie so schnell von der Anwesenheit des Jungen hier erfahren? Ich hatte ihm schon die Pistole aus der Hand genommen und durchsuchte gerade seine Taschen, als ich über meinem Kopf eine Bewegung hörte.

Das Konsulat hatte nur zwei Stockwerke. Jemand war auf dem Dach.

Jetzt war ich nicht mehr ganz so entspannt. Ich warf einen Blick zum Fenster, es war ein Schiebefenster, das sich nicht verschließen ließ. Ich spielte mit dem Gedanken, mit meiner Browning blind durch die Decke zu feuern oder neben dem Fenster zu warten, bis der zweite Mann einzusteigen versuchte. Aber wenn es einen zweiten Mann gab, konnte ich nicht sicher sein, dass es nicht auch einen dritten gab. Dann hörte ich den ersten Mann stöhnen. Ich verfluchte das Benzoe-Oxymorphon, das sich in der Hitze denaturiert haben musste. Natürlich würde es alles vereinfachen, wenn ich den ersten Mann in die Kniescheibe oder sogar den Kopf schoss. Aber sobald ich Gebrauch von meiner Pistole machte, würde es vermutlich jedes andere Arschloch, das eine hatte, auch tun, und wenn ich noch die Wahl hatte, wollte ich nicht riskieren, durch einen Irrläufer aus einer 38er in einem dunklen Zimmer meine Deckung zu verlieren.

Stattdessen trat ich dem ersten Mann fest genug gegen den Kopf, um sein Blackout zu verlängern. Dann ging ich zum Bett, zog das Laken vom Körper des Jungen und spritzte ihm fast das ganze Wasser aus einem Krug ins Gesicht. »Steh auf. Du kommst zu spät zur Schule.« Er blinzelte mich nur an. »Steh auf, hab ich gesagt.«

»Wer sind Sie?«, fragte er. Zum ersten Mal seit sechs Tagen war er bei vollem Bewusstsein. Ich musste ihn an den Achseln aus dem Bett ziehen. Er purzelte nackt zu Boden. Ich bückte mich, griff unter das Fußende des Bettes und stellte es hochkant auf das Kopfende, sodass die Matratze und der Rahmen am Fenster lehnten.

»Komm mit mir«, sagte ich. »Und damit meine ich verdammt noch mal, *jetzt*, mein Freund.« Ich griff nach seinem Arm und zog ihn zur Tür. Als er über den Mann am Boden stolperte, wäre er fast wieder der Länge nach hingeschlagen – aber dieses Hindernis war nichts im Vergleich mit der Treppe. Man könnte fast sagen, dass er die Treppe nahm wie jemand, der noch nie eine gesehen hat, nur trifft das auch nicht ganz zu, denn irgendwie schaffte er es, die Treppe noch schlechter zu nehmen als jemand, der noch nie eine gesehen hat. Selbst angesichts der Dunkelheit und der geschwächten Muskeln des Jungen war die Konsequenz, mit der er auf jeder Stufe den Halt verlor, erstaunlich. Aber irgendwann schafften wir es ins Foyer des Konsulats. Ich riss die Vordertür auf und ging gebückt hinaus, wobei ich meine Browning abwechselnd nach links, rechts und aufs Dach richtete. Soweit ich sehen konnte, war die Straße leer, und ich bedeutete dem Jungen, mir zu folgen. Einen Augenblick lang – wie er da nackt im Mondlicht meine Kampfhaltung mit wackligen Schritten zu imitieren versuchte, völlig verwirrt angesichts seiner Umgebung – glich er einem Säugetier aus dem Wald, das sich zum ersten Mal in seinem Leben auf der Nahrungssuche in eine menschliche Siedlung wagt. Als ich aus dem Haus trat, hatte ich mir ein Stück loses Gemäuer geschnappt, das ich nun in eins der Fenster im Erdgeschoss warf. Wer auch immer auf dem Dach war, seine Flucht wurde nicht einfacher, wenn der Haushalt erst wach war. Jetzt war es nur noch eine Sache von Pferdestehlen.

Ich war nicht so naiv, Dankbarkeit zu erwarten, nur weil ich Droulhiole vorm Tod bewahrt, seine Identität geschützt und ihn vor zwei oder mehr Eindringlingen mit Waffen in Sicherheit gebracht hatte. Immerhin war der Junge ein Teenager. Dass er jedoch so unkooperativ sein würde, dass ich tatsächlich Zuflucht in einem Vernehmungszimmer suchen musste – damit hatte ich nicht gerechnet. Auf dem Weg nach Tegucigalpa in einem anderen lustigen alten McCormick, den ich in Catacamas gemietet hatte (zusammen mit dem schwarzen Fahrer), fragte ich ihn wieder und wieder nach dem Guerilla-Trainingslager im Dschungel, doch er beharrte darauf, dass er, obwohl er hin und wieder ein paar Indios gesehen hatte, die mit Gewehren herumrannten, nie etwas mit ihnen zu tun gehabt hatte.

»Junge, du erinnerst dich vielleicht nicht mehr daran, aber als du noch etwas mitteilsamer warst, hast du mir bereits erzählt, dass du aus dem Lager kommst. Es hat keinen Sinn, deine Geschichte jetzt zu verdrehen.«

»Aber ich meinte ein anderes Lager«, erwiderte er.

»Oh, und was für ein Lager soll das sein? Ein Ferienlager? Camp-Waskatoon-Hey-Ho für Jungs?«

»Der Film. Wir haben einen Film gedreht. Sie müssen doch von dem Film gehört haben.«

Davon ließ ich mich nicht beirren. »Und was war davor? Wo bist zu hergekommen?«

»Aus dem Lager.«

»Ich meine, vor dem Lager«, sagte ich. »Wo warst du vor dem Lager?«

»Nirgends. Ich war nie woanders als im Lager.«

»Herr im Himmel. Also, noch mal zu später. Du hast gesagt, du seist auf dem Weg nach New York.«

»Ich war auf dem Weg nach Hollywood.«

Während der letzten Stunde hatte Droulhiole alle Symptome eines geistigen Zustands gezeigt, den man als das genaue Gegenteil von Intuition bezeichnen konnte: wenn jemand die Hoffnung aufgibt, dass ihm irgendein Aspekt des eigenen Lebens je wieder verständlich sein wird. Und die meisten dieser Fragen – dieser ziemlich einfachen Fragen – ließen ihn erzittern, als unterzöge ich ihn überraschend einem Test zu Leibniz' *Metaphysik*. Nur wenn ich ihn nach seinem Ziel fragte, log er ganz offensichtlich. Er hatte die typische Gabe eines Heranwachsenden, vollkommen kinnlos auszusehen, wenn er sich seiner selbst nicht sicher war, als ob sich sein Unterkiefer komplett in seinen Körper zurückzöge.

Eine Möglichkeit war, dass er im Lager ausgebildet worden war, bei Verhören eine bestimmte Rolle zu spielen. In San Esteban hatte er sich jedoch fürchterlich vor unserem gestohlenen Pferd gefürchtet (eine berechtigte Angst, hätte er gewusst, wie sehr er sich in den nächsten paar Stunden beim Reiten wund scheuern würde) und fragte mich, ob es sich um einen »Riesen-Tapir« handele. Er weigerte sich immer noch, zu sagen, dass er ein solches Tier schon mal gesehen habe, und sei es nur auf Bildern. Falls das Teil seiner Tarnidentität war, dann war das ziemlich avantgardistisch. Was hatten sie ihm im Lager wohl eingeschärft? »Was auch immer du tust, Soldat, sogar wenn die Hurensöhne dich an den Füßen aufhängen und dir Streichhölzer unter die Fingernägel stecken, gib auf keinen Fall zu, dass du je ein Pferd gesehen hast!« Der Laster war eine weitere Offenbarung für ihn, genau wie die elektrischen Scheinwerfer und mein Zippo.

Eine andere Möglichkeit war, dass man ihn einer Gehirnwäsche unterzogen hatte. Eine weitere, dass es sich – in den Worten des Regelwerks bei Spionageabwehrverhören – um einen »schizoiden oder seltsamen Charakter« handelte, der den »Großteil seiner Zeit in einer Phantasiewelt« verbrachte und manchmal unfähig schien, »die Realität von seiner selbstgeschaffenen Welt zu unterscheiden. Die reale Welt erscheint ihm leer und bedeutungslos im Gegensatz zu der mysteriös-bedeutungsvollen Welt, die er erschaffen hat.« Und eine vierte Möglichkeit war, dass er geistig zurückgeblieben war. Mittlerweile hatte ich ihn mit Kleidung und Salben versorgt. Unser des Englischen nicht mächtige Fahrer versuchte, eine mit Bananen beladene Eselkarawane zu überholen. Wir fuhren so nah dran vorbei, dass ich mich aus dem Lasterfenster beugen und mir eine Frucht schnappen konnte, obwohl sie noch nicht essreif war. In Honduras war es gang und gäbe, einen Reisenden dort zu begraben, wo er starb, weshalb es am Straßenrand Gräber gab, Holzkreuze mit Steinhaufen davor. Dahinter erstreckten sich grüne Kiefernwälder, Wälder in normaler und angemessener Fülle, die sich dem Himmel öffnete und sich nicht oben ballte wie das würfelförmige Blätterdach des Dschungels. »Hollywood«, sagte ich. »Ich muss dich noch einmal daran erinnern, Junge, dass du versuchst, mir Katzenfleisch anzudrehen, nachdem du mir Rind verkauft hast. Nach deiner eigenen Aussage wolltest du nach New York.«

»Das stimmt nicht. Ich muss wohl ein wenig verdattert gewesen sein. Ich war krank.«

Wieder so etwas, das ich mir nicht erklären konnte: Mein Passagier verwendete Worte – wie verdattert –, die ich zuletzt vor dem Krieg gehört hatte. »Gut, nehmen wir mal an, du warst ›verdattert‹ und wolltest sagen, dass du auf dem Weg nach Hollywood bist. Warum Hollywood?«

»Um allen von dem Lager zu erzählen«, antwortete er.

»Um allen von dem Lager zu erzählen, von dem du mir nichts erzählen willst.«

»Um allen von dem Film zu erzählen. Vom Fortschritt des Films. Sie müssen doch von dem Film gehört haben!«

Nachdem wir das etwa ein halbes Dutzend Mal durchhatten, ging mir die Geduld aus. Ursprünglich hatte ich vorgehabt, uns in Tegucigalpa ein Hotel zu nehmen, damit sich der Junge erholen konnte. Stattdessen lenkte ich unseren Fahrer zum Hauptquartier der CIA in der Stadt (das '52 einer Goldschürferfirma abgekauft worden war), wo es zumindest rudimentäre Inhaftierungsmöglichkeiten geben musste. Falls jemand Fragen stellen würde, kam der Junge aus einer Erziehungsanstalt in Sacramento, wo er abgehauen war, um sich den guatemaltekischen Kommunisten anzuschließen, bei denen er ein paar Dinge gesehen hatte, die ihn nichts angingen.

Ich ließ Droulhiole etwa eine Stunde allein, ehe ich mit einem Lunchpaket mit Eier-Baleadas und zwei Flaschen Bier zurückkehrte. Er starrte auf das Spiegelfenster, das den Großteil einer Wand des Vernehmungszimmers von der Decke bis etwa zur Mitte einnahm. Weil ich keine Hand frei hatte, trat ich die Tür hinter mir zu. »Du kannst dir wahrscheinlich denken, dass wir so einen großen Spiegel nicht haben, damit Typen wie du ihre Pickel darin betrachten können«, sagte ich. »Wir nennen ihn die vierte Wand. Von dieser Seite ist es ein Spiegel, von der anderen Seite ein Fenster. Nebenan ist ein kleines Observatorium. Wenn meine Kollegen eine Peepshow haben wollen, müssen die sich da nur einen Stuhl reinstellen, und du kriegst nicht mit, dass sie uns beobachten.«

»Sie müssen sehr viel Silber gebraucht haben, um so einen großen Spiegel herzustellen«, entgegnete Droulhiole. Er schien mich nicht verstanden zu haben. Irgendwie schaffte er es, sogar auf einem Stuhl mit gerader Lehne so seltsam auszusehen wie ein Waschbär, der in einer Katzenklappe feststeckt.

»Ich glaube, heutzutage macht man sie mit Aluminium, nicht mit Silber«, sagte ich. »Aber nur ein bisschen. Zum Großteil besteht er aus Glas.« Das ließ den Jungen nur noch intensiver auf das Spiegelfenster stieren. Ich folgte seinem Starren lange genug, um einen Blick auf mich selbst zu erhaschen. In letzter Zeit gingen mir die Haare an den Schläfen noch schneller aus als oben auf dem Kopf. »Falls du dich fragst, ob du ihn zerschlagen kannst – glaub mir, das schaffst du nicht. Schlag drauf, wirf den Stuhl dagegen, was du willst. Ganz egal. Vielleicht kriegt er einen Sprung, aber er wird nicht brechen. Aber egal, wie geht es dir, Mowgli? Ich weiß, du hast seit einer Weile nichts gegessen. Bist du hungrig?«

»Ja.«

Ich setzte mich. »Nun, es ist noch nicht ganz Mittag. Jetzt erzähl mir mal als Erstes, wohin du unterwegs warst, denn bei diesem Thema bist du ein gespaltener Mann, und das tut der Konstitution nicht gut. Sobald du mir die Wahrheit sagst, kannst du essen, okay? Erzählst du mir weiter die Wahrheit, sind wir hier bald fertig, und vielleicht bringen wir dich dann auf die Straße Richtung New York oder Hollywood, oder wohin du eben willst. Aber bis dahin sind wir hier und bleiben auch hier. Solange es eben dauert.«

»Sie sind heute nicht mit der Nahrungssuche dran?«, fragte er.

»Bin ich nicht.«

»Morgen?«

»Nein.«

»Dann übermorgen?«

»Nein.«

»Oh, sind Sie verletzt?«

»Nein … Nein, Junge, das hier ist mein Job. Du steckst hier mit mir fest. Und versuch mal im Hinterkopf zu behalten, dass du am Flussufer in San Esteban gestorben wärst, wenn da nicht der Typ gewesen wäre, dem du jetzt gegenübersitzt.«

Droulhiole blickte eine Weile auf den Tisch. »Versprechen Sie mir, es niemandem zu sagen?«

»Ich gebe dir mein Wort.«

»Erst New York, dann Hollywood. Da wollte ich hin.«

»Großartig. Jetzt kommen wir weiter. Warum wolltest du mir nicht sagen, dass du erst nach New York wolltest?«

»Ich hätte direkt nach Hollywood reisen sollen, um allen von dem Fortschritt der Dreharbeiten zu erzählen. So habe ich es zumindest Mr. Whelt versprochen. Aber vor meiner Abreise kam Mr. Coehorn zu mir. Er sagte, dass sie acht Jahre zuvor Mr. Pennebaker nach New York geschickt hatten, er aber nie zurückgekommen ist, wie es geplant war. Mr. Coehorn sagte, Mr. Pennebaker muss dort heimisch geworden sein. Er muss sich unter all diesen Leuten vergessen haben. Mr. Coehorn sagte mir, ich hätte eine besondere Aufgabe, von der ich niemandem erzählen dürfe. Ich sollte den Fluss entlang nach Norden reisen, als ob ich zufällig nach New York käme, und Bekanntschaft mit Mr. Pennebaker machen, um rauszukriegen, was passiert ist, und dann …« Er verstummte. »Außerdem hat mir Mr. Coehorn gesagt, Mr. Pennebaker sei sicher fett und halb nackt und von oben bis unten mit Funnel Cake verschmiert – das ist irgendeine Art Kuchen –, sodass man bei seinem Anblick fast kotzen muss. Stimmt das? Ist Mr. Pennebaker jetzt so?«

Da saßen wir also, jeder auf seiner Seite des Tischs, jeder auf seine Art zutiefst ratlos. »Ich fürchte, ich kenne keinen Mr. Pennebaker«, antwortete ich.

»Ich kannte Mr. Pennebaker, als ich noch jünger war, aber ich kann mich weder an sein Gesicht oder an seine Stimme noch an sonst was erinnern. Für mich ist er nur ein Name. Jedenfalls habe ich Mr. Coehorn gefragt, wie ich dafür sorgen kann, dass ich mich nicht auch vergesse, wenn ich nach New York komme, und er sagte mir, ich solle mir keine Sorgen machen, weil ich nicht mit dem ganzen Luxus dort aufgewachsen bin, dem Funnel Cake, dem Kokain und dem ganzen Zeug, also wäre das für mich alles keine so große Versuchung. Und wissen Sie, er hat recht, ich kann Ihnen nämlich nicht mal sagen, wie ein Kokain aussieht.«

»Verstehe.«

»Was denken Sie, wie lange hätte ich noch bis nach New York gebraucht, wenn ich nicht krank geworden wäre? Mr. Coehorn sagte, es würde sehr lange dauern, aber ich bin ja für gewöhnlich schneller als die Älteren. Ich habe mir überlegt, dass ich die Reise abkürzen kann, wenn ich in, äh, Cancún jemanden mit einem Boot finde, der mich nach Florida rüberrudert. Wie weit ist es von hier noch nach New York? Ich habe viele hohe Gebäude gesehen.«

Einen Augenblick lang stellte ich mir vor, ich sei mein alter Mentor Professor Mathers, der einen Angehörigen vom Stamm der Tucano interviewt, sich seine Version der neuesten Geschichte anhört, sich Notizen macht, die Allegorien und Übertreibungen durchgeht und die Nüstern bläht angesichts des »Gestanks der Wahrheit«. Anthropologen dürfen keine Schlüsse anhand der Aussagen einzelner Individuen ziehen, seit der provenzalische Gauner George Psalmanazar zu Queen Annes Zeiten nicht nur ganz London überzeugte, dass er viele Jahre auf Formosa gelebt habe, sondern aus seinen *Historischen und geographischen Beschreibungen Formosas* auch noch einen Bestseller machte. Wissen beginnt mit Konsens, dem Überlappen von zwei oder mehr Geistern, sonst ist es nichts weiter als das solipsistische Universum des »schizoiden oder seltsamen Charakters«.

Und dennoch: Als die CIA einen sowjetischen Überläufer befragte, beschrieb er so manche Abteilungen des Kremls, die für uns so undurchsichtig waren wie Formosa für Engländer Anfang des 18. Jahrhunderts, und wir mussten entscheiden, ob wir ihm Glauben schenken sollten oder nicht. Genau wie das Directorate of Support einen Konferenzraum nach Wanzen absucht, mussten wir unsere Paranoia fokussieren und jeden Millimeter des Transkripts nach technischen Spielereien absuchen. Natürlich hatten wir auch selbst jede Menge Leute (viele davon waren frustrierte Romanautoren), die Verschleierungsgeschichten runtertippten und den Gestank der Wahrheit in Flaschen gefüllt wie Moschus überallhin versprühten, um all die willkürlichen und überflüssigen Details einzubauen, die eine Geschichte authentisch wirken lassen. Wir wussten also in etwa, was in dieser Hinsicht möglich war (allerdings hatten die Russen schon früher die Erzähltechnik revolutioniert). Aber was war nun von *Tarzans neuen Abenteuern* hier zu halten? Ich war so felsenfest davon überzeugt gewesen, dass er aus dem Trainingslager gekommen war. Aber je länger er sprach, umso schwerer fiel es mir, seinen Bericht als reine Erfindung abzutun, weder seine eigene noch die eines anderen. Für mich stank seine Geschichte eindeutig nach Wahrheit.

Ich schob das Lunchpaket über den Tisch zu Droulhiole. »Iss mal diese Baleadas, Junge, und spül sie in Gottes Namen mit einem Bier runter. Ich werde dich nicht mit noch mehr Fragen unterbrechen. Erklär mir einfach, wer du bist und wo du herkommst. Und ich will, dass du ganz, ganz vorne anfängst.«

Drei Stunden später sprach ich über eine abgesicherte Verbindung mit McKellar in Foggy Bottom und gab Droulhioles Story wieder, so gut ich konnte. Mit dem Telefon unter dem Arm, das Kabel straff gespannt, tigerte ich im leeren Büro wie ein Hund an der Leine auf und ab und sprach so schnell, dass ich mich nicht auch nur ein Mal unterbrechen ließ. »Ich weiß, es klingt verrückt, und ich weiß, dass kein vernünftiger Mensch diese Geschichte glauben wird. Aber ich tue es. Verdammt Winch, ich glaube ihm. Und weißt du, was das bedeutet, wenn es wahr ist? Sektion 9 hat Nachbarn. Etwa hundertfünfzig weiße amerikanische Nachbarn. Wie eine Klosterschule direkt neben einem Puff. Stell dir mal vor, wie viel Angriffsfläche uns das gibt, um Sektion 9 bereuen zu lassen, dass sie sich jemals mit diesen Indios eingelassen haben, um ihr Trainingslager aufzubauen? Jetzt haben wir ein paar Figuren im Spiel! Jetzt haben wir eine ganze Menge Figuren auf diesem verdammten Schachbrett! Die Dullards werden Sektion 9 einiges verzeihen« – damit waren Außenminister Jon Foster Dulles und CIA-Direktor Allen Dulles gemeint – »aber wenn wir es richtig anstellen und da unten für Chaos sorgen, gibt es gar keine Möglichkeit mehr, irgendwas zu verzeihen.«

»Das hoffe ich, Kumpel«, sagte McKellar, »aber du musst das allein durchziehen. Ich reise nächsten Monat nach Jakarta ab. Ich hätte es dir schon früher gesagt, aber ich wusste nicht, wo ich dich erreiche.«

»Du verarschst mich«, erwiderte ich.

»Nein.«

»Wie kann das sein?«

»Na, was denkst du? Sektion 9 hat es veranlasst.«

»Diese verdammten Kakerlaken!«, brüllte ich und schlug mit der Faust auf den Tisch. »Winch, es fühlt sich gerade an, als hätte man mir mitgeteilt, dass du gestorben bist. Indonesien. Du hast doch keinen blassen Schimmer von Indonesien!«

»Ganz genau. Aber zumindest freut sich Laura.«

»Du sagst mir also gerade, ich muss es ganz allein mit Sektion 9 aufnehmen? Ich bin gut in meinem Job, aber das ist schon ein dickes Ding, verdammt. Ich kann auch nur an einem Ort gleichzeitig sein.« Mein ganzes Hochgefühl wegen Droulhiole war verflogen. Ich ließ mich in den Schreibtischstuhl fallen. So selten gestattete ich mir irgendwelche Zweifel an meinem kompletten und absoluten Selbstvertrauen, dass mich eine kurzzeitige Minderung schon wie eine Migräne traf. McKellar und ich hatten auch zuvor schon getrennt gearbeitet, aber nicht von der halben Welt getrennt. Zum ersten Mal seit meinem Geburtstag vor acht Wochen wurden mir meine vierzig Jahre bewusst. Keine höhere Position in Foggy Bottom. Kein Zuhause. Keine Familie. Kaum Freunde. Ich betrachtete mich von außen: ein einzelner Mensch, der stur auf der Wirklichkeit der »mysteriös-bedeutungsvollen Welt, die er sich erschaffen« hat, beharrt. Niemand da, um ihn zu beruhigen, außer dem eigenen Gesicht, das ihn aus der Spiegelwand anstarrte …

»Das ist doch nur ein Schlagloch«, sagte McKellar. »Wir sind immer noch auf der Straße. Du und ich. Vize-Direktor und Direktor ab 1964. Zu Weihnachten in New York und Sherry im Schirmzimmer vom Waldorf-Astoria.«

Mehr war nicht nötig. Schon war meine Krise vorbei. Ich zündete mir eine Zigarette an und lehnte mich im Schreibtischstuhl zurück. »Versprich mir, dass du mir jeden Tag schreibst, Liebling.«

»Natürlich.«

»Leg Lippenstift auf, bevor du den Umschlag küsst.«

Der Baleada-Verkäufer auf der anderen Straßenseite begann wieder mit seinem Singsang, so laut, penetrant und unablässig, dass ich mir nicht vorstellen konnte, wie irgendjemand in diesen Büros einen Gedankengang zu Ende bringen konnte. Irgendwas lief gewaltig schief bei einer Organisation, die es schaffte, im Sinn der amerikanischen Außenpolitik einen linken Radiosender verstummen zu lassen, aber nicht den Ruf »*Baleadas con huevos!*«. »Du sagst, diese Lager sind oben im Nordosten?«, fragte McKellar.

»Der Junge hat mir eine Karte gezeichnet. Er hat keine Ahnung von Maßstab, aber abgesehen davon ist er ein geborener Kartograph. Alles, was wir tun müssen – alles, was ich tun muss –, ist, irgendwie Einfluss auf die Leute dort auszuüben. Ohne dabei so ein Getöse zu verursachen, dass Sektion 9 und die Indianer Wind von der Sache kriegen.

»Du redest hier von einem Ort mitten im Dschungel, ohne Kommunikationsmöglichkeit«, erwiderte McKellar. »Du bist abgeschnitten von allem, was in DC passiert. Ganz zu schweigen davon, dass dich womöglich eine springende Lanzenotter beißt. Das wird keine einfache Operation. Und du kannst niemanden einweihen. Wie willst du das hinkriegen?«

»Hatte Sturgis nicht fast genau dasselbe Problem mit diesen Kuomintang, die sich 1946 in Nordburma versteckt hatten?«

»Ja, und soweit ich mich erinnere, hat er sie alle umgebracht.«

»Hm.«

»Und was machst du mit dem Jungen?«

Bei dem ganzen Drama hatte ich fast vergessen, dass meine Neuerwerbung immer noch im Verhörraum saß. »Soweit wir wissen, hat niemand westlich von meinem linken Schuh die leiseste Ahnung von diesen beiden amerikanischen Lagern, und so soll es auch bleiben. Ich bringe den Jungen nach Isla de Pinos. Suche ihm eine nette Hütte am Strand irgendwo, wo niemand Englisch spricht.« Weder Sektion 9 noch die Eastern Aggregate hatten irgendeine Chance, ihn dort zu finden.

»Glaubst du wirklich, dass niemand in den Staaten von den Lagern weiß?«, fragte McKellar.

»Falls doch, hat er achtzehn Jahre lang dichtgehalten.«

»Und was ist mit diesem Mann, den dein Junge finden sollte?«

»Mr. Pennebaker? Wenn jemand mit einer solchen Geschichte in New York aufgetaucht wäre, hätten wir davon gehört. Und ich habe keine Zeit, nach ihm zu suchen. Aber ich werde trotzdem einen Privatermittler drauf ansetzen.«

»Gab es vor dem Krieg nicht beim Lollipop einen Chefbuchhalter namens Pennebaker? Kein besonders gängiger Name.«

»Wer weiß«, sagte ich. »vielleicht sind sie verwandt.« Mein Flachmann war leer, also öffnete ich auf gut Glück die unterste Schublade, vielleicht war da ja eine Flasche Rum drin, aber ich fand nur Ohrenschützer für Metallarbeiter.

»Hör mal«, sagte McKellar, »erinnerst du dich, dass dieses Wiesel Tapscott etwas namens REMOTER erwähnt hat?«

»Ja.«

»Ich habe noch was dazu rausgekriegt. REMOTER ist der Codename für eine Person. Ich weiß nicht, wer es ist, aber offenbar gab es in New York 1953 ein paar Treffen zwischen Sektion 9, United Fruit und REMOTER. Sie haben vereinbart, dass Sektion 9 und United Fruit einen gemeinsamen Anteil von fünfzig Prozent an dem Trainingslager übernehmen sollten.«

»Also war REMOTER einer der Indios?«

»Vielleicht, wenn man glauben will, dass irgendein Indio aus dem hintersten Busch in einer Hotelsuite in Manhattan irgendwelche Deals aushandelt. Für mich hört sich das ziemlich absurd an. Aber weiter kann ich dir nicht helfen, Kumpel. Jetzt bist du auf dich allein gestellt.«

Wir standen im Schatten der Lagerhalle und beobachteten, wie die Männer das Luftschiff, das da im Staub auf der Seite lag, stopften, es mästeten, wie sie immer wieder an seiner Unterseite zupften, um die Wölbung glatt zu streichen. Zuerst sah es aus wie ein weggeworfener Strumpf, aber dann begann es sich auf eine seltsam organische, fast schon anstößige Art zu winden, sich aufzupumpen, seine Falten zu glätten, es schwoll auf die doppelte Größe an und dann noch mal, die Knorpel seines Heckruders versteiften sich, es richtete sich auf, bis es größer war, als man es sich hätte ausmalen können, und verwandelte sich in eine dreißig Meter lange, blinde weiße Raupe, die jetzt, auferstanden aus der Dunkelheit ihrer Packkiste, unter der Sonne von Südkalifornien erglühte. Die Männer in Overalls hielten einen Propangasbrenner zwischen Gebläse und Maul des Luftschiffs; von meinem Standpunkt aus konnte ich zwar nicht die Flamme, aber die sich kräuselnde Luft sehen, und innerhalb weniger Minuten waren die Auswirkungen deutlich wahrnehmbar. Zunächst schwankte das Luftschiff ein wenig, erhob sich und sank wieder auf die Rollbahn, als wollte es sich gerade zur Ruhe legen, dann richtete es sich auf, prüfte zuerst das Gewicht seiner eigenen Hülle und dann das der Gondel, die an ihm befestigt war. Heute würde niemand damit fliegen, weshalb die Männer den Brenner wieder abschalteten und begannen, das unter Druck stehende Luftschiff zu umrunden, teils aufrecht, teils auf Händen und Knie drückten sie ihre Ohren an seine Flanken.

»Was tun sie da?«, fragte ich.

»Sie lauschen nach Lecks.«

»Funktioniert das wirklich?«

Albee kicherte. »Manchmal.« Er war groß und stämmig und stand breitbeinig da, unerschütterlich, als könnte man im Notfall die Bugleine des Zeppelins unter sein Kinn hängen und ihn als Ankermast benutzen. Heute Nachmittag hatte er sich wie immer geweigert, mir zu bestätigen, dass seine Firma an einem fliegenden Auto arbeitete. »Was hältst du davon?«, fragte er. »Denkst du, er wird seinen Zweck erfüllen?«

»Ist er leise?«

»Große, langsam beschleunigende Mantelpropeller. Tausendmal leiser als jeder Flugzeugmotor. Und natürlich macht er überhaupt kein Geräusch, wenn man einfach nur schwebt. Das Problem ist, er ist langsam. Du kannst froh sein, wenn du fünfzehn Meilen die Stunde machst.

»Damit kann ich leben. Lässt er sich gut lenken?«

»Nicht bei starkem Wind. Aber das Steuer hat eine gute Größe. Wie viel Gewicht willst du transportieren?«

»Nur mich, meine Wampe und noch mal etwa dreißig oder vierzig Kilo an Ausrüstung.«

»Das wird er nicht mal merken.«

Albee war klug genug, um nicht nach Details zu fragen. Seine Firma unterhielt eine lange und gute Beziehung mit der CIA, und er war bevollmächtigt, mir den Zeppelin als Sachspende zu überantworten. Das kam mir sehr gelegen, denn ich hatte kein Budget für meine Operation in Honduras, und auch Albees Firma kam es sehr gelegen, denn der Zeppelin war seit über zehn Jahren nicht aus seiner Kiste gekommen, aber sie würden trotzdem eine Steuerabschreibung entsprechend irgendeiner märchenhaften Schätzung seines Höchstwerts geltend machen können. Ich ging hinüber, um über die warme Hülle des Luftschiffs zu streichen, schwere Baumwolle, die mit Eisenoxid, Butyrat und feuerdämmendem Halogenkohlenwasserstoff versiegelt war. »Kannst du es schwarz anstreichen, bevor ich damit nach Honduras fahre?«

»Fast achthundertfünfzig Quadratmeter Segeltuch …«, sagte Albee. »Aber wenn's nötig ist. Wenn wir genügend Männer dransetzen, sollte das in ein paar Tagen erledigt sein.«

Diese Lagerhalle war sozusagen der hinterste Dachbodenwinkel hier und entsprechend abgelegen, weshalb wir mit einer Art zweisitzigem, batteriebetriebenem Dreirad zu Albees Büro zurückfuhren. Die Möwen von Redondo Beach patrouillierten regelmäßig über dem Komplex, um auf jede neue Bedrohung ihres hoheitlichen Luftraums zu scheißen, die auf den Hangars erschien. Ich fragte mich, ob die Planer der Firma absichtlich so einen getreuen Nachbau der Hollywood-Studios hatten errichten lassen oder ob dieser Tribut unbewusst geschehen war. Als wir oben in dem sonnigen Büro saßen, wo auf den Regalen Modelle aus Balsaholz aufgereiht standen wie Ausstellungsstücke in einem Naturkundemuseum, nahm ich meinen Zigarrenschneider heraus und knipste für jeden von uns eine Petit Upmann auf. »Sie waren die ganzen Jahre über eingelagert?«, fragte ich. »Voll funktionstüchtige Zeppeline? Hat denn niemand Verwendung dafür?«

»Im Krieg hat eine Evaluation stattgefunden. Aber dabei ist nichts rausgekommen, und heutzutage sind Prallluftschiffe so modern wie der Half Doodle. Dabei ist an dem Konzept nichts verkehrt. Ich bin mir sicher, eines Tages kommen sie wieder in Mode. Aber es ist seltsam – jahrelang interessiert sich kein Mensch dafür, und jetzt kommen gleich zwei in einem Monat.«

Ich wollte ihm gerade seine Zigarre reichen, aber das ließ mich innehalten.

»Zwei?«

»Oh, nicht weiter spannend. Eine Frau war da, das ist alles. Sie hat ein paar Fragen gestellt. Zum Beispiel wie wir diese Luftschiffe ursprünglich entwickelt haben. Direkt nach der Schule kriegte ich einen Job bei Gardena Aviation. Kleine Truppe, aber 1928 haben wir einen Vertrag mit Kingdom Pictures über den Bau eines Kameraluftschiffs abgeschlossen. Sie wollten etwas zum Zusammenfalten, damit sie es auf einem Anhänger mit in die Wüste nehmen konnten; und thermisch sollte es sein, weil ihr Burschen« – damit meinte er die Regierung – »davon geredet habt, sämtliche Heliumvorräte aufzukaufen; und leise musste es sein, sodass man es dreißig Meter hoch parken konnte, ohne dass die Tonaufnahmen beeinflusst wurden. Was wir damals entworfen haben, ist mehr oder weniger das Luftschiff, das du gerade gesehen hast.«

»Das abgestürzt ist? Mit Arnold Spindler drin?«

»Ja. Danach gab es natürlich einen Prozess. Das war das Ende von Gardena. Unsere Patente wurden verkauft. Eine Weile wurden sie herumgereicht, aber als ich dann irgendwann hier anfing, waren sie auch schon hier – eine Wiedervereinigung!«

»Du gibst mir also ein Luftschiff, das hauptsächlich fürs Abstürzen bekannt ist«, stellte ich fest.

»Nein, nein, mach dir keine Sorgen. Dieser Absturz war die Folge besonderer Umstände. Hätte nie passieren dürfen. Deswegen war diese Frau hier. Wegen des Absturzes damals. Sie schreibt ein Buch, hat sie gesagt. Aber ich bin mir sicher, dass sie eine Spinnerin war. Sie hatte diesen wirren Blick. Und sie roch wie Klamotten, die man nach dem Waschen nicht rechtzeitig aufgehängt hat.«

Eine Audienz bei Arnold Spindler – dieser Name aus einer anderen Zeit! – war Droulhioles Hauptauftrag in Hollywood gewesen. Jahrelang nichts, und jetzt zwei in einem Monat. »Wie war denn ihr Name?«, fragte ich.

Albee, der mittlerweile seine Zigarre genommen hatte, blies einen Rauchring aus, der von einer langen Karriere in der Aerodynamik zeugte. »Oh, ich hab mir nicht die Mühe gemacht, ihn mir zu merken. Sag mal, stimmt es eigentlich, dass der meiste Geschmack in der Hülle steckt?«

»Kannst du das für mich rauskriegen?«

»Wegen der Hülle?«

»Den Namen der Frau.«

Albee zuckte mit den Schultern, er verstand nicht, warum ich so erpicht darauf war. »Ich schätze, ich könnte meine Sekretärin bitten, im Terminkalender nachzusehen.« Er drückte einen Knopf an der Sprechanlage. »Felicity, Süße, könnten Sie mir noch mal den Namen der Journalistin sagen, die vor zwei Wochen bei mir war?«

»Sicher, Mr. Albee.« Eine Pause folgte, in der ich das Gefühl hatte, etwas fliege über meinen Kopf, groß, geräuschlos und getarnt vor der Farbe des Himmels. Die Sprechanlage meldete sich. »Die Journalistin heißt Meredith Vansaska, Mr. Albee. Kann ich sonst noch etwas für Sie tun?«

Es gibt Häuser, die einem so eine lebendige Vision des eigenen Leichnams vor Augen rufen, wie er unentdeckt mehrere Wochen herumliegt, dass man sich fest vornimmt, sich dringend öfter mit den Nachbarn zu unterhalten oder zumindest eine Putzhilfe anzuheuern. Bei diesem Haus stand die Tür offen, aber die Kette war eingehängt, vielleicht weil das Holz so verzogen war, dass man sie nicht mehr richtig schließen konnte. Ich klopfte an – keine Reaktion. Blickte man durch die großen Fenster zu beiden Seiten oder durch den Spalt zwischen Tür und Rahmen, sah man nur Blätter, als wäre die ganze Wohnung mit Philodendren verbarrikadiert. Aber der Rasen hinter mir war braunfleckig, ganz anders als die englischen Rasen der Nachbargärten. Nach mehreren Wochen in den Tropen fühlte sich die Stille von Silver Lake, die Abwesenheit von streunenden Hunden und Straßenhändlern wie das Ergebnis einer Säuberungsaktion oder eines Rausches an. »Hallo?«, rief ich. »Vansaska? Bist du da?« Immer noch keine Reaktion.

Ich holte ein Gummiband aus meiner Tasche, griff durch den Spalt in der Tür und fummelte so lange blind herum, bis ich das eine Ende des Gummibands um den Schieber an der Kette geschlungen hatte und das andere um den Türgriff. Dann drehte ich den Griff von außen, wodurch der Schieber ans andere Ende zurückgeschoben wurde und die Kette sich löste. Drinnen herrschte eine Luftfeuchtigkeit, dass es sich anfühlte, als würde ich mit Chloroform betäubt – oder eher mit Chlorophyll.

Als hätte der Direktor eines pleitegegangenen botanischen Gartens beschlossen, die gesamte Sammlung mit zu sich nach Hause zu nehmen. Farne, Orchideen, Feigen, Bromelien, Benjamini, Veilchen, Palmen, Sukkulenten, Kakteen – manche in Töpfen auf dem Boden, andere von Blumenampeln hängend, manche tot, andere in voller Blüte, manche fast so groß wie ich, andere klein genug für mein Knopfloch, Hunderte von Pflanzen, ein hyperbares Treibhaus, ein mit jeder Rasse und Nationalität vollgestopfter Slum. Der Bungalow selbst schien sich in Kompost aufzulösen, Kondenswasser lief an den Wänden herab, Schimmel besprenkelte die Simse und den Putz, der sich an der Decke wölbte. Säcke mit Stickstoffdünger waren am Eingang gestapelt, und unter den Füßen spürte ich einen Schlammfilm. Mit meiner Schuhspitze zerriss ich ein Spinnennetz, das den Stiel einer Kartonpapier-Palme mit der Tülle einer umgekehrten Gießkanne verband. Weil ich nicht mal bis zum anderen Ende des Wohnzimmers sehen konnte, nahm ich erst durch das Rascheln des Blattwerks wahr, dass sie auf mich zukam.

»Zonulet?«, fragte sie und schlurfte in einem fleckigen blauen Kimono in meine Richtung. Ihre Haare waren strähnig, und sie hatte tatsächlich diesen wirren Blick, wie Albee es mitleidig genannt hatte. Ihr Blick erinnerte mich an bestimmte Frauen, denen ich als Gerichtsreporter begegnet war, nicht die gewalttätigen, sondern diejenigen, die von irgendeinem Kummer erstickt wurden. »Du bist so viel älter.«

»Es ist fast fünfzehn Jahre her«, sagte ich.

»Ja, das ist vermutlich die relevante Maßgabe.«

Aber ich war mir da nicht so sicher. Etwas, das mindestens so gnadenlos war wie die Zeit, hatte meine ehemalige Kollegin vom *New York Evening Mirror* so gezeichnet. Als ich sie ansah, bekam ich Angst. Es war nicht nur Sorge, wie damals am Telefon mit McKellar in Tegucigalpa, sondern Angst. Und nicht nur Angst um sie, sondern auch um mich selbst. Ich sehnte mich nach einem Schluck aus meinem Flachmann, aber eine alte Freundin spüren zu lassen, dass man es nicht aushält, sie anzusehen, ohne sich Mut anzutrinken, verstieße wohl wirklich gegen gute Manieren. »Hier wohnst du also?«

»›Gerahmte Theaterprogramme, Zeitungsausschnitte und signierte Fotografien von mir selbst. Alte Requisiten und Geschenke von meinen verstorbenen Verehrern und vielleicht ein Corgi, der unter der Chaiselongue vergammelt.‹«

»Was ist das, ein Gedicht?«

»Warum bist du hier?«

»Ich freue mich auch, dich zu sehen«, entgegnete ich. »Komm, wir gehen in ein Hotel und räumen dann später hier auf. Kannst du ein paar Sachen rauslegen? Ich packe eine Tasche für dich. Wo ist dein Schlafzimmer?«

»Ich bin kein Kind.«

»Hier kannst du nicht bleiben. Es ist nicht … nicht normal. Für einen Menschen kann das nicht gesund sein.« Ich nahm ihren Arm.

»Fass mich nicht an.« Sie entzog mir den Arm kraftlos. »Warum bist du hier? Wohl kaum, um mir einen Räumungsbefehl zu überbringen.«

»Ich bin gekommen, um eine alte Freundin zu besuchen. Aber

das ist jetzt nicht wichtig. Wichtig ist, dass wir dich irgendwohin bringen, wo du weder der Sumpfkrankheit noch einem einstürzenden Dach zum Opfer fällst.«

»Das ist mein Zuhause. Das sind meine Pflanzen. Wenn ich mich hier nicht wohlfühlen würde, wäre ich schon längst weg. Mir ist vollkommen klar, wie das hier auf dich wirken muss.« Ihre Stimme klang so tonlos, als würde sie ablesen.

Okay, ich hätte vielleicht weniger mit der Tür ins Haus fallen sollen. »Können wir dann einfach nur reden? Können wir uns irgendwo setzen?«

»Wenn du willst.«

Sie führte mich ins Schlafzimmer, das genauso zugewuchert war, obwohl zumindest das Bett eine Lichtung bildete. Um das Bett herum war der Boden übersät mit Hamburgerpapier, Suppendosen, Zigarettenstummeln, Radiergummis, Taschentüchern und Unterwäsche. Noch mehr als der Dreck selbst schockierte mich, dass sie kein bisschen verlegen oder peinlich berührt wirkte, weil ein Besucher das alles zu sehen bekam. Wir setzten uns nebeneinander auf die Bettkante, was sich kaum weniger provisorisch anfühlte, als im Wohnzimmer herumzustehen. »Hast du jemanden verloren?«, fragte ich.

»Was meinst du damit?«

»Ich meine, ob jemand gestorben ist. Oder verschwunden? Dein Kind oder dein Mann?«

»Nein.«

»Deine Eltern?«

»Meine Eltern sind tot, ja.« Sie gähnte und schien sich ein wenig zur Seite zu neigen. Mir wurde klar, dass ich sie nicht in ihr Nest hätte zurückkehren lassen dürfen.

»Wie lange ist das her?«

»Mein Vater 1948, meine Mutter 1949.«

Sie konnte nicht immer noch um sie trauern. Und dennoch war ich mir sicher, dass die Frau, die ich vom *Mirror* kannte, eine eifrige Reporterin mit hübschem Gesicht, mit der man Pferde stehlen konnte und die nie Mühe hatte, ihre Tanzkarte vollzukriegen, nicht ohne Grund vor die Hunde gegangen sein konnte. »Was ist es dann? Was ist passiert?«

»Nichts. Eigentlich ist nie irgendwas passiert.«

»Aber die Pflanzen, warum diese ganzen Pflanzen?«

»Ich bin nie in den Dschungel gereist, also … Die alte Frau, die unter meiner Klavierlehrerin wohnte – nachdem sie starb, hat ihr Großneffe … daran habe ich mich immer erinnert. Ich wollte schon immer in den echten Dschungel.«

»Das soll das also sein? Der Dschungel?« Für jemanden, der das Original nie gesehen hat, tatsächlich eine ziemlich gute Kulisse. Hätte man mich, ehe ich Vansaskas Bungalow gesehen habe, gefragt, ob ein Mensch eine vollkommen überzeugende Imitation der Unordnung der Natur erschaffen könne, hätte ich verneint. Aber jetzt fragte ich mich, ob man dazu nicht einfach nur in der richtigen Verfassung sein musste. »Vansaska, Herrgott noch mal, wenn du so gern in den Dschungel willst, warum fährst du dann nicht hin? Heute! Wir können zusammen losziehen! Wir setzen uns in einen Flieger nach Cancún und fahren dann runter nach Yukatan. Kostet dich keinen Cent. Verdammt, wir sind nur ein paar Tagesfahrten vom Redwood-Wald an der Küste entfernt. Hast du den mal gesehen? Ich schwöre dir, es ist genau wie in den Tropen, nur dass man nicht so viel schwitzt.«

Sie schüttelte den Kopf. »Nein. Nein.«

»Nein was? Du könntest morgen schon im echten Dschungel sein! Warum nicht? Nenn mir einen guten Grund.«

»Nein. Nein.« Sie schien nicht nur das Angebot abzulehnen, sondern sich auch zu weigern, das Thema überhaupt in ihren Kopf zu lassen. Wie zum Selbstschutz beugte sie sich vor, als wäre das Gespräch selbst eine Bedrohung für irgendein inneres Gleichgewicht.

»Vansaska, meine Hübsche, hör mir doch mal zu. Ich sehe, dass du hier gerade ziemlich durchhängst –«

Plötzlich veränderte sich ihre Körperhaltung, und sie sah mich zum ersten Mal direkt an, nicht von der Seite mit halb geneigtem

Kopf, sondern mit einer Wut, die innerhalb einer Sekunde den Schleier von ihren Augen gebrannt hatte. »Du denkst, ich hänge durch, dass das hier ganz unten ist? Du Arschloch. Hast du eine Ahnung, was es für eine Schlacht-in-der-Normandie-Besteigung-des-Mount-Everst-verdammteRelativitätstheorie-Anstrengung in jeder Minute jedes verdammten Tages ist, dass ich nicht die ganze Flasche Nembutal in dieser Schublade auf einmal schlucke? Das hier soll ganz unten sein? Ich bin am Leben. Ich lebe und habe noch keine entscheidenden Schritte unternommen, daran etwas zu ändern. Ich bin noch nicht mal in einer Anstalt. Besser wird's nicht. Das ist summa cum verficktes laude. Und du spazierst hier ungebeten rein und beschwerst dich über meine verdammten Pflanzen?«

Ich atmete tief aus. »Herrgott.« Ich holte meinen Flachmann raus. »Sorry.« Und dennoch war ich froh, dass ich gesagt hatte, was ich gesagt hatte, denn in ihrer Wut war sie jetzt viel klarer. »Das will ich gar nicht bestreiten«, sagte ich, »aber ich weiß zufällig, dass du vor ein paar Wochen einen Mann wegen eines Luftschiffs getroffen hast. Was ich sagen will: Du warst nicht nur am Leben, du hast es sogar bis nach South Bay geschafft.«

»Das fühlt sich an, als wäre es sehr lange her. Ich habe gute und schlechte Wochen. Zurzeit ist keine gute Woche.« Sie kramte zwischen den Laken hinter ihrem Rücken und fand ein Haargummi, mit dem sie sich die Haare so ungeduldig nach hinten band, dass sie ein paar blonde Strähnen ausriss. »Woher weißt du davon?«

»Ich war vor ein paar Stunden bei Albee. Er hat erwähnt, dass du da warst und ihn über Arnold Spindlers Luftschiffabsturz ausgefragt hast. Er sagte, du schreibst ein Buch darüber.«

»Das sage ich den Leuten, weil ich keinen Presseausweis habe. Es gibt kein Buch.«

»Also ist es … was? Reines Interesse?«

»Könnte man so sagen. An manchen Tagen fühlt es sich an, als wäre es einzig das, was mich davon abhält, diese entscheidenden Schritte zu unternehmen. Aber wenn du es Interesse nennen willst, dann tu das. Ich habe die letzten zehn Jahre mit Nachforschungen über Arnold Spindler und Elias Coehorn verbracht. Es geht sehr langsam, weil ich meistens nicht dazu in der Lage bin. Aber ich habe hier heißen Scheiß, Zonulet.«

Wir grinsten beide über diese alte Phrase. »Und was ist dein heißer Scheiß?«

»Der Mann, den sie aus dem Wrack gezogen haben, war nicht Arnold Spindler. Oder genau genommen haben sie zwei Männer rausgezogen, einer war Spindler und der andere nicht. Der Mann, der auf der Liege fotografiert und im Krankenhaus wieder zusammengeflickt wurde und dann in das Anwesen in Bel Air gezogen ist – das war er nicht. Was nach dem Absturz aus dem echten Spindler geworden ist, weiß ich nicht. Ob er tot war oder noch lebte – keine Ahnung. Aber niemand hat den echten Spindler je wiedergesehen. Der Absturz war geplant.«

»Und wer war der andere?«

Jetzt klang ihre Stimme zehnmal lebendiger: »Jemand, der sich für ihn ausgab. Spindler sah nach dem Unfall nicht mehr aus wie früher. Sein Schädel hatte eine andere Form. Sein rechtes Auge war kleiner und saß tiefer.«

»Weil er sich bei dem Absturz schwer verletzt hat.«

»Das war nur ein Manöver, um den Austausch zu verbergen. Kein Chirurg hätte es je geschafft, den Darsteller genauso aussehen zu lassen wie den echten Spindler. Aber Spindler mit verzogenem Gesicht war besser zu bewerkstelligen. Deswegen der Luftschiffabsturz. Außerdem war es viel sauberer, den Austausch in Alabama Hills durchzuziehen, als in einer Limousine, die auf dem Sunset Boulevard gerammt wird.«

»Und das hat dir alles Albee erzählt?«, fragte ich.

»Nein, aber alles, was er mir gesagt hat, passt zu dem, was ich bereits herausgefunden habe. Er hat selbst viele Zweifel an den Ereignissen jenes Tages.«

»Das war 1929. Korrigiere mich, wenn ich falschliege, aber New Yorker Geld kam erst Anfang der Dreißiger nach Hollywood. Damit konnte Kingdom Pictures so groß werden. Bei wem stand zuvor schon genug auf dem Spiel für solche Faxen?«

»Es ging nicht um Geld.« Sie war wieder in den Duktus der Zeitungsredaktion verfallen, wie ein Trommler, der nicht anders kann, als auf der Theke einen Rhythmus mitzuklopfen.

»Worum ging's dann?«

»Rache. Vaterschaft. Hast du je von einem Film namens *Herzen in der Finsternis* gehört?«

Droulhiole hatte mir im Vernehmungszimmer drei Stunden lang davon erzählt. Aber Droulhiole war geheim. Droulhiole existierte nicht. »Nein.«

»1938 begann Kingdom Pictures mit der Produktion eines Films namens *Herzen in der Finsternis*. Crew und Besetzung wurden zusammengestellt. Als ich in diesem Jahr in Hollywood war … habe ich den Regisseur getroffen. Er wollte direkt am Schauplatz drehen, einem Maya-Tempel in Honduras. Bev wollte, dass ich von den Dreharbeiten berichte, aber ich bin nicht gefahren, weißt du noch? Jedenfalls ist der Film nie fertig geworden. Und keiner dieser Leute kehrte je aus dem Regenwald zurück. Etwa zur selben Zeit brach eine Expedition mit exakt demselben Ziel von New York aus auf. Auch die ist nie zurückgekehrt. Elias Coehorn jr. hat diese Expedition geleitet. Der einzige rechtmäßige Erbe eines der reichsten Männer Amerikas verschwindet in der Wildnis, zusammen mit mindestens hundert anderen, und soweit ich weiß, ist darüber nie ein Wort in irgendeiner amerikanischen Zeitung aufgetaucht. 1940 schickte die Familie der Schauspielerin Adela Thoisy einen Suchtrupp in den Regenwald. Es gibt ein paar Beweise, die darauf schließen lassen, dass dieser Suchtrupp von Einheimischen niedergemetzelt worden ist, noch ehe sie zum Tempel gelangten.«

Schön zu hören, dass Droulhiole kein zweiter Psalmanazar war. Außerdem bedeutete das wohl, dass Pennebaker nie in New York aufgetaucht war; meinen Spitzel würde ich trotzdem nicht abziehen, für alle Fälle. »Ich verstehe nicht, was das alles mit dem Luftschiff zu tun hat«, sagte ich.

»Die Spindler-Expedition und die Coehorn-Expedition machten sich zur gleichen Zeit auf den Weg. Aber nicht nur das verbindet diese beiden Namen miteinander. In den zehner Jahren hatte Spindler eine Affäre mit der Frau von Coehorn sen. Als Coehorn Wind davon bekam, vergewaltigte er aus Rache Spindlers Frau, und Coehorns Frau sprang aus dem Fenster. Das war 1918. Spindler floh nach Hollywood und gründete Kingdom Pictures. Elf Jahr später arrangierte jemand, dass Spindlers Luftschiff abstürzte, sodass seine Leiche wie eine Marionette benutzt werden konnte. Es heißt, Spindler sei sehr stolz darauf gewesen, unter all der Hysterie am Broadway seine Würde, Aufrichtigkeit und seinen gesunden Menschenverstand bewahrt zu haben. Stell dir diese Rache vor, bei der du nicht einfach nur jemanden umbringst und Schluss, sondern du gehst noch weiter. Du machst seinen Namen zu einer Pointe. Du sorgst dafür, dass alles, was er je zustande gebracht hat, für immer hinter den Geschichten über seinen Wahnsinn verschwindet. Du zeigst es ihm viel länger, als er es sich zu Lebzeiten selbst zeigen konnte.«

»Und wenn jemand Spindler nach 1929 getroffen hat –«

»Das passierte kaum je.«

»Und wenn doch, denkst du dann, dass er von einem Darsteller gespielt wurde?«

»Ja.«

»Und du glaubst, all das hat Coehorn getan?«, fragte ich. »Zugegeben, die Reichen suchen sich seltsame Hobbys – aber was ist deine Folgerung? Spindler muss in Hollywood auch noch andere Feinde gehabt haben. Und wenn Coehorn es ihm schon heimgezahlt hatte, warum sollte er es elf Jahre später noch mal tun?«

»Es gibt Fotos von Spindler als Jugendlichem. Er war spät dran mit der Pubertät. Vor der Pubertät hatte er das unauffälligste Gesicht, das du je gesehen hast. Nach der Pubertät ist in seinen Gesichtszügen etwas Unverwechselbares aufgetaucht.«

»Was meinst du damit?«

»Wenn die Pubertät ihn so verändert hat, kann man logischerweise annehmen, dass das bei seinem Sohn auch –« Aber sie unterbrach sich und sah mich wieder streng an. »Was, hast du noch gleich gesagt, tust du hier? In Kalifornien, meine ich?«

»Das habe ich dir erzählt. Ich wollte Albee treffen.«

»Weshalb?«

»Ich arbeite fürs Außenministerium. Seine Firma macht Geschäfte mit uns. Kürzlich waren wir an einer der alten Luftschiffkonstruktionen von Gardena Aviation interessiert – genau wie du, wie sich herausstellte. ›Jahrelang überhaupt nichts, und jetzt kommen zwei in einem Monat‹, sagte Albee zu mir. Ein ziemlicher Zufall. Also dachte ich, ich schaue mal bei dir vorbei.«

»Du lügst. Oder zumindest straffst du ordentlich. Ich kenne dich länger als fast jeder andere, Zonulet, schon vergessen? Warum bist du wirklich hier?«

Ich musste ihr irgendwas geben. »Wenn ich ›Außenministerium‹ sage …« Ich legte den Kopf zur Seite.

»Verstehe. Das überrascht mich nicht. Da bist du sicher gut.«

»Seit dem Krieg.«

»Wo wohnst du jetzt? Washington?«

»Ich bin eher eine Art Wanderrichter.«

»Du könntest mir helfen, weißt du? Irgendeinem Autohändler wird in einem mexikanischen Puff der Pass gestohlen, und die Regierung greift ein, aber hundert Amerikaner sterben in Honduras, und niemanden kümmert's. Wie gesagt: Diese Story ist alles, was ich jetzt habe. Schaust du nicht manchmal in den Spiegel und denkst: ›Noch mal dreißig Jahre? Die erwarten wirklich, dass ich noch dreißig solche Jahre hinter mich bringe? Mindestens dreißig?‹«

»Nein«, antwortete ich. »Das denke ich nie.«

»Manchmal stelle ich mir einen Stapel Terminplaner vor, dreißig Stück, diese großen Schreibtischterminplaner, wie meine Mutter sie hatte. Alle sind leer, und ich bin eine Ameise, die über jede einzelne dieser leeren Seiten krabbeln muss, bis sie zum Ende kommt. Außer … außer ich beschließe, dass ich nicht muss.« Sie verstummte. »Sagen wir es mal so. Ich finde nicht oft einen Grund, dieses Haus zu verlassen. Ich habe den Großteil meines Erbes an Botenjungen vom Lebensmittelladen mit Tüten und Rechnungen verschwendet. Wenn ich aus dem Haus gehe, dann um herauszufinden, was 1938 passiert ist. Aber ich habe keine weiteren Spuren mehr. Dein Kumpel Albee war die letzte. Jemand hat ziemlich systematisch alle losen Enden abgeknipst. Mir sind die Orte ausgegangen, an denen ich suchen könnte. Aber wenn irgendjemand wissen sollte, was aus diesen Amerikanern in Honduras geworden ist, dann sind das wohl deine Leute.«

Meine alte Freundin hatte mir fast alles gesagt, was sie wusste, ich ihr im Gegenzug aber gar nichts, als hätte ich irgendeinen betrunkenen Attaché in einer Hotelbar ausgefragt. Ich hätte ihr sagen können, dass diese Amerikaner größtenteils noch am Leben waren. Ich hätte ihr sagen können, dass es einen Jungen gab, der in einer Hütte am Strand von Isla de Pinos wohnte und am Filmset von *Herzen in der Finsternis* aufgewachsen war. Ich hätte ihr zumindest sagen können, dass sie ihre Zeit nicht umsonst verschwendete, dass sie dranbleiben sollte, dass sie, wenn sie ihre Ahnungen beweisen konnte, eine Geschichte an der Hand hatte, die Beverly Pomutz aus dem Grab klettern lassen würde, um eine letzte Exklusivgeschichte für den *New York Evening Mirror* zu kaufen. Ein paar einfache Worte aus meinem Mund wären in diesem Augenblick die größte Güte der Welt gewesen, ein Lebenshauch in dieser verseuchten Luft.

Aber ich wusste, dass Sektion 9 nur darauf wartete, dass ich unachtsam wurde.

Ich wollte noch nicht mal riskieren, weitere Fragen zu stellen, damit sie nicht noch einmal merkte, dass ich mehr wusste, als ich zugab. Unser Gespräch über Arnold Spindler geriet ins Stocken, genau wie Vansaska selbst. Ich versuchte meine Gastgeberin in ein Gespräch über die Jahre zu verwickeln, in denen wir uns nicht gesehen hatten, über alte Kollegen, den Zustand des Zeitungswesens, das Leben in Los Angeles. Aber je länger sie nicht über Arnold Spindler und *Herzen in der Finsternis* sprach, umso tiefer sank sie wieder in den vorherigen Zustand. Melancholie zog herauf wie eine Unterkühlung, ihr Geist wich Zentimeter um Zentimeter in ihr Inneres zurück, bis ihre Stimme wieder flach, ihre Augen wieder trübe und ihre Muskeln wieder schlaff waren. Ehe ich ging, wiederholte ich mein Angebot, sie in die echten Tropen mitzunehmen, obwohl ich wusste, dass ihre Antwort dieselbe sein würde. Schon bald blieb mir nichts mehr, als sie ins Bett zu stecken. Einmal mehr stand ich am Bett eines chronischen Schläfers in schmutzigen Laken, dessen Dschungelkrankheit mich überforderte. »Bleib dran, meine Süße«, murmelte ich. »Bleib dran, wenn du kannst.« Dann sammelte ich den Müll um ihr Bett herum auf und trug ihn nach draußen zu den Mülltonnen neben dem Haus.

Endlich, endlich konnte ich den Tempel sehen.

Drei Stunden zuvor hatte ich kurz vor Mitternacht von einem Frachtkahn abgelegt, der in der Ebano Lagune lag, etwa achtzig Meilen östlich der Trujillo Bay an der Nordküste von Honduras. Das war mein vierter Versuch und meine letzte Chance für fast einen Monat, denn ab der folgenden Nacht würde der Mond zu hell scheinen. Ich hatte einiges Vertrauen in Droulhioles Laienkartographie, aber er hatte aus dem Gedächtnis gezeichnet und ohne Instrumente. Wäre seine Karte ganz exakt gewesen, hätte der Tempel sechsundvierzig Meilen von der Lagune bei einem Steuerkurs von 197 Grad liegen müssen. Ich war jedoch ein Anfängerpilot, der ein Luftschiff nur mit einem Gyroskop und einem Pitot-Rohr in ruhigen, bewölkten Nächten mit leichtem Wind navigierte, was bedeutete, dass das Ungefähre meines Kurses vermutlich direkt proportional zum Ungefähren seiner Karte war, und das Beste, was ich mit diesen Zahlen anfangen konnte, war, die Stimmung für den Abend vorzugeben.

Auf jedem meiner langsamen Flüge beschrieb ich eine Tränenform, bewegte mich etwa hundertzwanzig Meter über dem Blätterdach, und bisher war es mir nicht mal gelungen, den Nebenfluss des Patúca zu lokalisieren, der mich zum Tempel hätte führen sollen. Ich benutzte CIA-gesponserte Augentropfen, um meine Nachsicht zu verbessern (die mir glitzernde paisleyförmige Pünktchen bescherten, wenn ich die Augen schloss, aber das lag vermutlich daran, dass ich die dreifache Dosis nahm). Doch wenn die Wolken das Sternenlicht verdunkelten, war die Schwärze schwindelerregend, schier unergründlich auf allen Seiten der vollgestopften Gondel des Zeppelins, in der das trübe rote Glimmen meiner Instrumente wie der letzte Funken eines ausgelöschten Universums wirkte. Während des Krieges verbrachte ich ein Jahr in der 2. Photo-Tech-Staffel der Air Force, ehe McKellar mich für die Strategischen Dienste anheuerte, hatte aber nie eins der P-40-Jagdflugzeuge, aus denen die meisten der Luftaufklärungsbilder aufgenommen wurden, von innen gesehen. Jetzt endlich verstand ich, wie sehr man sich von der Erde abgeschnitten fühlte, wenn man über unbekanntem Gelände schwebte und für den Weg nach Hause nur eine zitternde Nadel hatte. Zum Glück hatte ich doppelt so viel Sprit, wie ich brauchte, und den Lärm des Waldes als Gesellschaft, der wie Sirenen oder Hupen zu einem Fenster im fünften Stock heraufschallte.

Ich hatte gerade einen Schluck aus meinem Flachmann genommen, als ich ihn sah. Die Sinne wollen einem immer etwas vorgaukeln, und Dutzende Male hatten meine Augen nachts rechte Winkel entdeckt. Aber dieses Mal war es anders. Ich konnte eine Andeutung von Gelände erkennen, das weder Baumwipfel noch leere Luft war. Ich drehte das Ruder, um das Luftschiff nach Westen zu lenken.

Schon bald war ich nahe genug, um unter mir einen flackernden Funken zu erkennen. Nachdem ich das Ruder noch einmal gedreht hatte, um sicherzugehen, dass mein schwarzer Wal nicht direkt über die Stätte schwimmen würde, hob ich den Feldstecher und konnte einen weißen Mann erkennen, der auf einer Steinstufe ein Feuer schürte.

Ich hatte den Tempel gefunden.

Laut Droulhioles Karte war ich auf der gegenüberliegenden Seite der Ruine dessen, was er als »das Lager, wo alle Indios grün angezogen sind« beschrieb, das also das Pozkito-Sektion-9-United-Fruit-Trainingslager sein musste. Die Decke der Gondel war zu niedrig, um aufrecht zu stehen, also ging ich gebückt hinter den Pilotensitz, um meine Fracht zur offenen Luke hinten zu schieben. Als sie aus der Gondel fiel, entfaltete die Aufziehleine den schwarzen Schirm an der Kiste. Der Verlust von dreißig Kilo Ballast ließ das Luftschiff in den Himmel schnellen. Ich hielt mich am Handlauf fest und holte die Aufziehleine durch die Luke wieder herein. Etwa zehn Sekunden später hörte ich das Knacken von Zweigen, als die Kiste beim Blätterdach angekommen war. Ich war schon zurück auf dem Pilotensitz und hielt das Steuer, um unglaublich langsam auf Steuerbord zu drehen – die römisch-katholische Kirche machte schnellere Kehrtwenden als dieses Luftschiff –, sodass es irgendwann wieder in die Richtung zeigte, aus der ich gekommen war.

Das Gefährt war so gebaut, dass nicht nur die Motorengeräusche gedämpft wurden, wie Albee versprochen hatte, sondern auch die Flamme des Brenners getarnt war. Trotzdem konnte ich nicht ganz sicher sein, dass ein sehr gutes Augenpaar da unten nicht dennoch das Luftschiff erkennen konnte – seltsam deplatziert vor dem Himmel, genau wie sich der Tempel seltsam deplatziert von dem Wald absetzte –, aber ein dreißig Meter großer Schatten, der über den Horizont rumpelt, musste jedem vernünftigen Menschen so einzigartig und unerklärlich erscheinen, dass er ihn als Hirngespinst abtun würde.

In der Kiste war ein RS-1-Sendeempfänger, dasselbe Modell, das wir hinter dem Eisernen Vorhang verwendet hatten und das aus einem Empfänger, einem Sender und einer handbetriebenen Stromzufuhr bestand (alles wasserdicht), mit einer Reichweite von hundertzwanzig Kilometern, dazu vier Gasfackeln, zwei Zippos und ein Pfund Hershey's Schokolade. Auf alle sechs Seiten der Kiste war folgende Notiz getackert: »Das ist ein Radio. VERSTECKEN SIE ALLES, WAS SIE HIER GEFUNDEN HABEN, DAMIT ES KEIN ANDERER FINDET, und ERZÄHLEN SIE NIEMANDEM DAVON. Nachdem Sie in Ruhe die Bedienungsanleitung gelesen haben, versuchen Sie mich mit dem Sendeempfänger zu kontaktieren. Ich kann Sie mit Nahrung, Medizin, Waffen, Tabak, Alkohol, Nachrichten und Korrespondenz aus den USA versorgen – oder allem anderen, was Sie brauchen. Wenn Sie diesen Anweisungen GENAU folgen, werden Sie der mächtigste Mensch des Tempels.«

Das Radio war ein Pfeil ins Dunkel. Aber es war meine beste Möglichkeit. Ich konnte an keines der beiden Lager direkt herantreten, falls sie von Sektion 9 überwacht wurden. Und selbst wenn ich eine direkte Telefonverbindung zu Coehorn, Whelt oder Burlingame gehabt hätte (diese Namen hatte ich von Droulhiole), hätte ich nichts damit anfangen können. Wenn man irgendeinem albernen kleinstädtischen Boss ein Angebot machte, geschah es nur allzu oft, dass er sich furchtbar wichtig nahm und etwas zu haben glaubte, das Amerika dringend brauchte, weshalb er sich plötzlich für Napoleon hielt. Entsprechend mühsam gestalteten sich dann die Verhandlungen. Stattdessen versuchte ich mir meinen Weg von außen, aus der Peripherie, hineinzugraben. Natürlich bestand die Chance, dass derjenige, der das Radio fand, ein so durch und durch anständiger Bürger war, dass er es sofort ins Lager schleppte. Aber nach all meinem Wissen über die menschliche Natur würde diese Nachricht neun von zehn Leuten überzeugen. Ich konnte nur hoffen, dass mein neuer Schützling sich nicht als zu dumm, oder – noch schlimmer –, zu schlau erweisen würde.

In Trujillo hatte ich einen dürren Halb-Jamaikaner namens Pavo für vier Dollar pro Tag angeheuert, der bei einem Gespräch in einer Cantina einen cleveren und verlässlichen Eindruck gemacht hatte. Jeder dahergelaufene Junge hätte sich um mein Luftschiff kümmern können, aber ich brauchte jemanden, den ich auch als Funker einsetzen konnte. Jeweils vier Stunden am Stück musste er, wenn ich Pause machte, auf eine Übertragung vom RS-1 lauschen, die vielleicht nie kommen würde.

Aber wie sich herausstellte, hatte ich gerade die Kopfhörer auf, als es tatsächlich kam, das erste Wort, das Droulhiole aus dem Dschungel und in meine erwartungsvollen Arme und Ohren folgte: »Test.«

Das geschah in der dritten Nacht, nachdem ich den Sendeempfänger abgeworfen hatte. Ich saß in der Kabine meines gecharterten

Holzkahns mit den Füßen auf dem TBX-Receiver, während ich im Licht der Gaslaterne Leibniz in der bei Scribner erschienenen Neuübersetzung las. Als er zum Leben erwachte, musste ich mich so schnell drehen, dass ich mich quasi ab der Hüfte ausstöpselte. Der Receiver hing an einer Batterie, aber ich kurbelte den Sender von Hand an, während ich rief: »Ja, ich höre Sie, nur zu, nur zu!«

»Wer ist am anderen Ende der Leitung?« Eine Männerstimme mit unverkennbarem Brooklyner Akzent, die klang, als sei die Stimmritze verkrustet, weil sie schon eine Weile nicht benutzt worden war.

»Ihr neuer bester Freund.«

»Ist das so?«

»Freut mich, Sie kennenzulernen«, sagte ich. »Sehr erfreut!«

»Und wo sind Sie, neuer bester Freund?«

»Irgendwo zwischen Ihnen und den guten alten Vereinigten Staaten. Nicht weit weg. Sind Sie allein?«

»Auf jeden Fall.«

»Niemand kann Sie mit dem Radio erwischen?«

»Nein.«

»Haben Sie die Kiste und den Fallschirm versteckt?«

»Ja.«

Pavo erschien an der Kabinentür, und ich zeigte ihm den gehobenen Daumen. »Muss eine ziemliche Überraschung gewesen sein, die Kiste, oder?«, sagte ich.

»Hier im Dschungel passieren viele seltsame Dinge.«

Die Stimme kam mir bekannt vor, aber noch konnte ich sie nicht zuordnen. »So sagt man. Also, erst mal zu den wichtigen Dingen. Ich bin sehr an Informationen interessiert, und mir stehen einige Mittel zur Verfügung. Ich will sicherstellen, dass wir für alle am Tempel das beste Ergebnis erzielen. Und dazu brauche ich einen Mann am Boden, dem ich vertrauen kann. Sind Sie dieser Mann?«

»Zu Ihren Diensten.«

Natürlich hätte ich für diesen Posten am liebsten ein richtiges Vorstellungsgespräch geführt wie mit Pavo, aber in diesem Fall musste ich mit dem Blatt vorliebnehmen, das ausgeteilt wurde, auch wenn es nur eine Zwei und zwei alte Bustickets sein sollten. »Großartig«, erwiderte ich. »Ich hoffe, ihr Kurbel-Arm ist noch nicht erschöpft, denn ich muss Ihnen ein paar Fragen zum Gelände stellen. Und dann entwerfen wir zusammen einen Plan. Ach, übrigens, hat Ihnen die Schokolade geschmeckt?«

»Ich habe sie noch nicht gegessen.«

»Wirklich? Kein Grund, sie zu rationieren. Da, wo die herkommt, gibt es noch viel mehr. Und alles andere, was Sie wollen. Egal was. Vergessen Sie das nicht. Und jetzt verraten Sie mir bitte noch etwas über sich selbst. Zu welcher der beiden Expeditionen gehören Sie?«

»Ich bin 1938 mit der Crew von Kingdom Pictures angekommen. Das bedeutet aber nicht, dass ich wirklich zu ihnen gehöre. Ich schmiere mir meine Brötchen selber.«

»Und was genau …« Aber in dem Moment blieben mir die Worte im Hals stecken, und meine Hand an der Kurbel geriet ins Stocken. Denn ich hatte noch ein anderes statisches Signal empfangen, das sich über eine Entfernung von achtzehn Jahren übertrug, und es war die Erinnerung an eine Stimme: jünger, schleimiger, mehr von sich selbst überzeugt, aber dennoch sehr, sehr ähnlich. Achtzehn Jahre sind eine lange Zeit, aber damals beim *New York Evening Mirror* hatte ich mich so sehr an den Klang dieser Stimme gewöhnt, die ich Tag für Tag im Ohr hatte wie ein in Gabardine gekleideter Tentakel, noch schlammig von seinem Laichplatz am Grund des Gowanus Canal. Ich versuchte mir das aus dem Kopf zu schlagen, denn es gab kein normales, wohlgeordnetes Universum, in dem diese Stimme tatsächlich dieselbe hätte sein können.

Und trotzdem musste ich fragen:

»Trimble? Sind Sie das?«

Als ich hinter mir Schritte hörte, ging ich davon aus, dass der Bibliothekar zurückgekommen war, und blickte gar nicht vom Sucher auf. Meine Kamera stand auf einem Kopierständer zwischen zwei Lampen, beide auf das Album gerichtet, das aufgeschlagen auf dem

Tisch vor mir lag. Der Kopierständer erinnerte an Chippendale, und die gesamte Einrichtung der Firmenbibliothek im Hauptquartier der Eastern Aggregate in Manhattan war sehr herrschaftlich und sollte wohl an Oxbridge denken lassen, vermutlich um den Eindruck zu vermitteln, dass die gesammelten Kontobücher und Akten der Firma im Grunde als Klassiker zu betrachten waren. Fast alle Anfragen wurden telefonisch beantwortet, und soweit ich wusste, war ich völlig allein, von den vielen Bibliothekaren abgesehen. Aber dann machte jemand mit einem höflichen Hüsteln auf sich aufmerksam, und ich wandte mich um.

»Es tut mir leid, Sie bei Ihrer Arbeit zu stören, Mr. Zonulet. Aber ich hoffe, Sie erlauben mir, mich vorzustellen.« Trotz der hochwertigen Schreinerarbeit des Kopierständers sank eine der Lampen wegen einer gebrochenen Feder immer wieder nach unten, und der Mensch vor mir vermittelte einen ähnlichen Eindruck mit seinem Glühbirnenkopf, der seinen dürren Hals allzu stark zu beanspruchen schien. Er war Mitte fünfzig und trug einen Anzug in einem aufwendigen, altmodischen, teuren Schnitt, der sich nahtlos in die Einrichtung fügte. »John Phibbs«, sagte er. »Ich bin einer der Vizepräsidenten der Eastern Aggregate.«

Wir schüttelten uns die Hände. »Freut mich, Sie kennenzulernen, Mr. Phibbs. Wem verdanke ich diese Ehre?«

»Der Bibliotheksvorsteher hat mir gesagt, Sie schießen Fotografien von unseren Lohncoupons aus der Zwischenkriegszeit.«

»Das stimmt.«

»Mich interessiert brennend, warum Sie das tun.«

»Das ist mir sehr unangenehm, aber der Bibliothekar hat Ihnen vielleicht auch gesagt, dass ich im Auftrag des Außenministeriums hier bin. Deshalb kann ich leider keine Einzelheiten verraten. Aber ich möchte Ihnen versichern, dass die Regierung der Vereinigten Staaten die kooperative Haltung Ihrer Firma sehr zu schätzen weiß.«

»Was mich allerdings verwundert, ist«, entgegnete Phibbs, »dass die Coupons, die Sie fotografieren, seit Anfang der vierziger Jahre nicht mehr in Umlauf sind. Das Unternehmen gibt keinerlei Privatwährung mehr aus. Man würde meinen, diese Dinge seien heutzutage nur noch für akribische Numismatiker von Interesse.«

»Oh, Sie würden lachen, wenn ich Ihnen den Grund erklärte. Es ist sehr banal. Aber wie gesagt, ich darf nicht.«

»Natürlich. Das verstehe ich.«

»Sie sagten, Sie sind Vizepräsident hier?«

»Sehr wohl. Ich arbeite schon sehr lange in diesem Unternehmen. Ich habe 1917 in der Abteilung für Gute Führung begonnen. Dann war ich viele Jahre lang der persönliche Assistent von unserem Gründer Mr. Elias Coehorn.«

»Dann kommen Sie sicher nicht in die Bibliothek, um jeden einzelnen Besucher hier zu begrüßen. Das wäre wohl etwas unterhalb Ihrer Gehaltsklasse.«

Phibbs deutete auf den Kopierständer. »Und diese Arbeit könnte sicherlich auch irgendein Angestellter übernehmen, Mr. Zonulet? Das ist wohl auch ein wenig unter Ihrer.« Einen Augenblick lang hielt er meinem Blick stand. Dann lächelte er und zog seine Visitenkarte aus seiner Jacke. »Aber Sie haben natürlich recht. Wegen meiner anderen Verpflichtungen muss ich die Zeit, die ich in dieser schönen Bibliothek verbringen kann, begrenzen, so gern ich auch hier bin. Nun will ich Sie dringend bitten, sich bei meiner Sekretärin unter dieser Nummer zu melden, wenn Sie Unterstützung in egal welcher Angelegenheit brauchen sollten. Guten Tag, Mr. Zonulet, und viel Erfolg bei Ihren Nachforschungen.«

Ich sah ihm hinterher, wie er sich entfernte und sein Kopf auf seinen Schultern schwankte, dann wandte ich mich wieder dem Bildsucher meiner Kamera zu. »Einlösbar am Zahltag für EINEN DOLLAR ($ 1,00) als rechtmäßige Währung der Vereinigten Staaten«, verkündete jeder der Scheine, »ohne Abzug oder Verzinsung wie laut Vertrag THE EASTERN AGGREGATE COMPANY«, mit einer fünfstelligen Seriennummer, einem Datum und der gedruckten Signatur von »Emerson Opdycke, Kassenführer«. All das war unterlegt mit einem roten, sonnengebleichten Muster, einem geprägten Bild ebendieses Hauptquartiers in Lower Manhattan, in dem ich mich gerade befand. Und wurde in diesem Fall von einer zusätzlichen Zeile in Kursivschrift ergänzt. Es musste in den Dörfern rund um die Kohlenminen der Eastern Aggregate im Südwesten von Pennsylvania Kinder gegeben haben, die nie einen richtig Dollar gesehen haben, sondern immer nur diese Berechtigungsscheine aus Viskose, bis sie erwachsen waren und von zu Hause fortzogen. Das hatten sie mit Colby Droulhiole gemeinsam. Wie Phibbs gesagt hatte, waren die Scheine heutzutage anscheinend nicht mehr im Umlauf, aber es fühlte sich an, als könnte ich nach Mitternacht Broker finden, die mir den Wechselkurs des Höllengeldes sagen konnten, das im Barrio Chino verbrannt worden war.

Ich hatte immer noch Phibbs im Kopf, als ich den Fokus scharf stellte. Die Mitarbeiter aus der Abteilung für Gute Führung waren während der Wirtschaftskrise als die brutalsten firmeneigenen Vollstrecker berüchtigt. Jawsone Atwater hat sie mal voller Bewunderung mit den Opritschniki von Iwan dem Schrecklichen verglichen. Für gewöhnlich verschwieg jemand in Phibbs Position diesen Teil seines Lebenslaufs. Aber vielleicht wollte er seine schwächliche Statur ein wenig kompensieren, wenn er andeutete, dass er damals ein paar Schädel hatte bersten lassen oder sich zumindest um die Logistik dazu gekümmert hatte.

Damit will ich aber nicht sagen, dass Phibbs dieses Detail erwähnt hat, um mich einzuschüchtern. Einschüchterung war nicht die Absicht seines Besuchs gewesen. Er wollte mich wissen lassen, dass ich beobachtet wurde. Aber das war auf verschrobene Weise ein Akt der Gastfreundschaft, des Respekts, wie wenn der Wirt eines Restaurants an den Tisch kommt. Und dabei ging es nicht nur darum, dass ich beobachtet wurde, sondern noch dazu von höchster Ebene aus, wie es meinem Rang gebührte.

Und das wiederum soll nicht bedeuten, dass ich darüber froh war. Hätte ich mich doch als akribischer Numismatiker, wie Phibbs es so schön formuliert hatte, um den Zugang zu den Alben mit den Dollarscrips bemüht anstatt mit meinem Dienstausweis vom Außenministerium. Ich hatte mir nur deshalb diese Mühe nicht gemacht, weil so eine seltsame Anfrage für gewöhnlich keine Aufmerksamkeit erweckte. Aber ich hätte die Konsequenzen besser bedenken müssen, vor allem angesichts meines Zusammenstoßes mit dem Vertreter der Eastern Aggregate in San Esteban. Vansaska hatte mir gesagt, dass irgendjemand systematisch die meisten losen Enden abgeknipst hatte, die zu den Amerikanern beim Tempel hätten führen können. Und diese ledergebundenen Alben enthielten Exemplare jedes Gehaltsscheins, den die Eastern Aggregate je gedruckt hatte, inklusive aller Sonderscheine. Phibbs muss geglaubt haben, diese Sonderscheine seien mein Anliegen gewesen. Tatsächlich hatte ich vorgehabt, nur die üblichen Scheine zu fotografieren. Bis ich bei jener Seite des Albums ankam, war es mir nicht in den Sinn gekommen, dass ich Sonderscheine aus dem Jahr 1938 finden würde, mit einer zusätzlichen Zeile in Kursivschrift, die lautete »Ausgestellt für Mr. Elias Coehorn Juniors Expedition nach SPANISCH HONDURAS« – dem ersten urkundlichen Nachweis, den ich zu Gesicht bekam, dass es die New Yorker, die nie aus dem Dschungel zurückgekehrt waren, wirklich gab.

Die CIA mag bis zu einem gewissen Grad einem Schundverlag geglichen haben, dessen Autoren vertraglich verpflichtet meterweise Groschenromane produzierten, aber noch viel mehr erinnerte sie an ein Filmstudio. Und hätte ich für meine Operation einen offiziellen Auftrag gehabt, hätte ich auf jede Menge Requisiteure zurückgreifen können. Aber weil ich, in Trimbles Worten, »meine Brötchen selber schmierte«, musste ich mich persönlich um die Fälschung der Berechtigungsscheine kümmern. Vom Deputy Chief of Station der Botschaft in Tegucigalpa wusste ich, dass in ganz Honduras keine verlässliche Druckerei zu finden war. Ich kannte einen wirklich guten Drucker in Havanna, der aus meinen Negativen Druckvorlagen erstellen würde, so makellos, dass man sie in ein Museum hätte hängen können. Aber in Havanna war keine qualitativ hochwertige Viskose zu kriegen, wie sie Eastern Aggregate benutzt hatte, also musste ich einen Fünfzig-Meter-Ballen bei einem Großhändler im

New Yorker Textildistrikt kaufen und ihn persönlich auf meinem Pan-Am-Flug mitnehmen.

Das alles war ziemlich überschaubar. Das Problem war eher, dass die Scheine so aussehen mussten, als wären sie achtzehn Jahre lang bei tropischem Klima durch verschiedene Hände gewandert. Natürlich waren die Tempelanwohner nicht argwöhnisch auf der Suche nach Falschgeld, genauso wenig wie nach Luftschiffen, aber wenn sie achtzehn Jahre lang (oder zumindest die Hälfte dieser Zeit, denn die Crew von *Herzen in der Finsternis* hatte die Scheine offenbar erst später als Währung akzeptiert) dasselbe Geld benutzt hatten, fiel ihnen sicher sofort auf, wenn es sich anders anfühlte. Apex Chemical stellte eigens eine Lösung für gealtertes Papier her, aber die funktionierte nicht bei Kunstfaser. Also verbrachte ich in New York einen Nachmittag damit, durch Secondhand-Läden zu streifen, die ältesten Viskosekleider zu befühlen, die aufzutreiben waren, und ein Gespür für den Verfall von regenerierter Zellulose zu bekommen. In Havanna machte ich dann, nachdem die Viskosescheine gedruckt und geschnitten waren, eine Reihe von Experimenten mit künstlicher Verwitterung durch Säuren, Hefen und Drehwalzen. So erhielt ich ein Dutzend unterschiedlicher Muster mit einem Dutzend unterschiedlicher Strukturen, wie Stoffmuster eines futuristischen Schneiders. Zurück auf dem Kahn in der Ebano-Lagune, packte ich sie in ein weiteres Paket für Trimble, das ich dann vom Luftschiff aus abwarf, mit dem Licht einer Gasfackel als Zielpunkt. Später sagte mir Trimble über den Sendeempfänger, welches Muster das überzeugendste war. Ich hatte gehofft, dieser Teil meines Plans würde höchstens zwei weitere Durchgänge benötigen, aber ich musste eine dritte Bemusterung liefern, ehe der ehemalige Klatschreporter der Meinung war, dass ich den richtigen Witterungsprozess gefunden hatte, um seine Mitbewohner zu täuschen.

Was Trimble angeht: Für mich war seine Anwesenheit im Dschungel keine amüsante Schicksalsfügung. Ich war nicht darauf vorbereitet gewesen, weil Droulhiole den Namen Trimble im Vernehmungszimmer nicht erwähnt hatte und auch Vansaska nicht, als sie mich daran erinnerte, dass sie ursprünglich den Dreh von *Herzen in der Finsternis* hatte begleiten sollen. Ich durchforstete meine Erinnerung nach Einzelheiten von damals. Vansaska und Trimble waren beide ein paar Tage nicht in der Redaktion gewesen, aber nur Vansaska war zurückgekehrt. Dann verkündete Pomutz so wütend, dass man schon fürchten musste, seine Füllungen würden ihm im Mund schmelzen, dass er ein Telegramm von Trimble aus Havanna bekommen habe. Aber das war etwa zur selben Zeit, als Frank Parker verlauten ließ, dass er Trimble in einem Gipskorsett sehen wolle. Doch Trimble konnte ich mir beim besten Willen vor keinem anderen Hintergrund als dem großen Apfel vorstellen, weshalb ich davon ausgegangen war, dass dieser Havanna-Quatsch nur eine Finte war, um Parker abzuschütteln. Abgesehen davon kann man wirklich nicht behaupten, dass wir beim *Mirror* Suchtrupps losgeschickt hätten, als Trimble nicht mehr zurückkam. Wir hassten ihn alle. Manche mochten ihn anfangs, weil er so vertraulich tat, so schmeichlerisch, so informell, und erkannten ihren Fehler erst später – mein eigener Instinkt war zum Glück flink und exakt. In meinen dreizehn Jahren beim Geheimdienst habe ich Folterknechte und Kindsmörder getroffen und mindestens einen Amateurkannibalen, aber keiner von denen ist mir so auf die Nerven gegangen wie Trimble.

Manchmal habe ich mich über diese Zahl gewundert. Es ist erst dreizehn Jahre her, dass mich McKellar in das Schirmzimmer des Waldorf gedrängt hat, aber es fühlt sich an wie tausend. Erst zehn Jahre ist es her, seit Harry Truman einen Friedensgeheimdienst angeheuert hat und die CIA plötzlich so angestaubt wirkte wie die Tempelritter. So viel war geschehen. Und diese Zeitspanne holte mich jeden Abend beim Blick in den Spiegel ein. Ich erinnere mich daran, wie ich neben Vansaska saß und verglich, wie unterschiedlich das Leben uns hatte altern lassen, durch seine Experimente mit Säuren, Hefe und Drehwalzen. Zugegeben, jeder Arzt würde mir bescheinigen, dass ich meinen eigenen Verfall beschleunigte. Ich trank viel. Und wenn ich trank, dann fast immer Scotch und Cognac und *Añejo*-Rum, fassgereifte Spirituosen, je älter, desto besser, als wollte ich meinen Körper mit der Zeit selbst anfüllen, den Druck zwischen Innen und Außen ausgleichen. Hätte ich eine Methode entwickelt, um Gärungsalkohol statt bedruckter Viskose innerhalb einer Woche um achtzehn Jahre altern zu lassen – ich hätte ein Vermögen damit machen können.

Obwohl ich Trimble noch nicht zu Gesicht bekommen hatte, war ich mir sicher, dass er sich kaum verändert hatte. Er war wirklich ein widerstandsfähiges Arschloch. Aber dass er mir zutiefst unsympathisch war, zählte jetzt nicht. Ich hatte schon früher mit ihm gearbeitet, und das konnte ich wieder tun. Außerdem erschien mir sein Plan vernünftig. Trimble würde mit den gefälschten Dollarscrips Elias Coehorn jr. kaufen, genau wie ein Mafiaboss einen Lokalpolitiker kaufte. Also würde ich durch Trimble Macht über Coehorn bekommen, und durch Coehorn würde ich auf lange Sicht beide Lager unter meine Kontrolle bringen. Mein eigentliches Ziel war es, den Tempel und das Pozkito-Sektion-9-United-Fruit-Trainingslager in eine Konfrontation miteinander zu zwingen, wenn möglich in Form eines höllischen Chaos, das das Außenministerium und möglichst auch das Weiße Haus nicht ignorieren konnte, sodass ihnen keine andere Wahl blieb, als einzuschreiten und Sektion 9 zu schließen. Dass ich am Tempel die Hände im Spiel hatte, würde man wahrscheinlich vermuten, aber nicht beweisen können.

Als ich den Eid ablegte, meinem Land als Beamter der CIA zu dienen, hatte ich mir wohl kaum ausgemalt, dass ich jemals etliche Monate meines Lebens irgendeiner Mikrofraktur auf der Weltkarte widmen würde, die von den außenpolitischen Interessen der USA nicht weiter entfernt sein konnte. Aber meinem Verständnis nach funktionierte so die perfekte Spionage: die Verbindung zwischen allen Dingen auszuschöpfen, die größte Wirkung durch kleinste und indirekte Ursachen zu erzielen, wie die *gui dao*-Belagerer und -Zerstörer aus der Zeit der drei Reiche in China, die der Legende zufolge nur ein paar Baumwurzeln nahe dem Fort ausgraben, einen Bach oben am Berg dämmen und die Flügel der Tauben verstümmeln mussten, die in der Festungsmauer brüteten, ehe die Wände der Festung unter einem einzigen Hammerschlag zerbrachen.

Und Trimbles nächstes Anliegen zeigte mir, dass er dieses Prinzip genauso verinnerlicht hatte wie ich.

Fast vier Monate arbeiteten wir nun schon zusammen. Indem ich ihn regelmäßig mit kleinen Mengen der gefälschten Währung belieferte, sorgte ich nicht nur dafür, dass Trimble von mir abhängig blieb, sondern auch, dass er sie nicht zu schnell in Umlauf bringen konnte. Wer während des Krieges ein Gefangenenlager von innen gesehen hat, weiß, dass die Quantitätsmengentheorie der Inflation auch in Ökonomien mit nur ein paar Dutzend Käufern und Verkäufern greift. Darüber hinaus hatte ich jedoch keine Kontrolle. Die Operation war eine Black Box. Selbst wenn ich eine Infrarotkamera gehabt hätte, um ein paar Aufklärungsbilder vom Luftschiff aus zu machen, hätte meine Photo-Tech-Staffel-Ausbildung für dieses ungewöhnliche Schlachtfeld nicht ausgereicht.

Zum Glück war ich nicht die ganze Zeit an den Holzkahn gefesselt. Zwischen den Kontaktaufnahmen zu Trimble fuhren Pavo und ich mit einem kleinen Fischtrawler die Küste entlang nach Trujillo, wo wir auf den Bugwellen von Bananenfrachtern in den Hafen schaukelten, und zweimal flog ich nach Havanna, um sicherzugehen, dass El Movimiento in meiner Abwesenheit nicht zu viel Entsetzen hervorgerufen hatte; jedes Mal kehrten wir mit einem Koffer mit Vorräten zurück. Trujillo war keine große Stadt, aber im Vergleich zu San Esteban, wo ich zuvor festgesteckt hatte, wirkte es wie eine Metropole, mit gemäßigterem Klima dank einer gnädigen Brise vom Meer und einer kleinen Gruppe Amerikaner, die sich als Exporteure oder Makler ausgaben, aber eigentlich Veruntreuer oder Betrüger waren.

Pavo besaß ein Glas mit Blutegeln, die jedes Mal, wenn sich ein Sturm ankündigte, zu tanzen anfingen. Eines Tages sorgte ich höchstpersönlich für Nachschub für dieses meteorologische Instrument, als ich verkatert und zerstreut auf dem Deck des Kahns ausrutschte und in die Lagune fiel. Ich sprang schneller wieder raus als eine Katze, war aber bereits mit unzähligen Egeln übersät, die ich einzeln mit dem Daumen rauspulen musste; ein paar behielt ich für Pavos Glas zurück. In der Nacht spürte ich ein unerträgliches Kitzeln an meinem linken Fußballen, als ich in meine Hängematte steigen wollte. Ich zog meine Socke aus und entdeckte einen weniger bekannten Parasiten, der mir bei meiner ersten Inspektion entgangen war: eine winzige, himmelblaue Raupe, die sich in mich hineingebohrt hatte. Ich rief nach Pavo, damit er in meine Kajüte kam, um sich das anzusehen. Er kannte die Spezies, deren lokaler Name so viel bedeutete wie »Rachewurm«. Nachdem wir ihn mit meinem Zippo ausgebrannt hatten, erklärte er, dass das verbliebene Geschwür noch mindestens für ein paar Wochen munter vor sich hin eitern würde.

Ich brachte Pavo Gin-Rommee bei. Er wurde so gut, dass er mich jedes Mal schlug. Ich brachte ihm Heads-up-Poker bei. Er wurde so gut, dass er mich jedes Mal schlug. Ich brachte ihm Pennsylvania Needledick bei. Er wurde so gut, dass er mich jedes Mal schlug. Und viel mehr gab es nicht zu tun. Bei einer Flasche Guaro fand ich heraus, dass Pavos Vater sich zwei Jahre zuvor erschossen hatte, nachdem er wegen Missernten auf seiner Bananenplantage Schulden bei Gaunern gemacht hatte. Allein aus wirtschaftlichen Gründen war es für einen Kleinbauern schwierig genug, neben der United Fruit Company zu bestehen, aber der weiße Sigatoka machte alles noch viel schlimmer. Einst hatte die nekrotisierende Blattfäule Bauern und Unternehmen gleichermaßen zugesetzt, und damals waren die Bauern im Vorteil gewesen, weil sie ihre Pflanzen so genau kannten. Seit etwa 1954 oder 1955 jedoch waren die riesigen United-Fruit-Plantagen fast immun. Ganz offensichtlich hatte das Unternehmen ein Mittel gegen die Sigatoka-Infektion gefunden, aber kein einziger ihrer Arbeiter kannte das Geheimnis. In der Zwischenzeit wurden die Familienfarmen davon heimgesucht wie eh und je und verloren oft die gesamte Ernte. Nachdem sie Witwe geworden war, kehrte Pavos Mutter wieder an ihren Geburtsort nach Jamaika zurück. Pavo hegte für Trujillo keine besonders heimatlichen Gefühle.

Was die Stadt für mich jedoch weitaus erträglicher machte als San Esteban, war neben dem schöneren Wetter und dem besseren Klima, dass ich nicht nur auf meinem Hintern herumsaß, sondern etwas aufbaute, Block um Block, so schnell es eben ging. Vielleicht hatte ich etwas von einem Künstler, der sich nach zwei Dritteln eines monströsen und eigenbrötlerischen Projekts verbissen selbst darin bestätigen musste, dass die »mysteriös-bedeutungsvolle Welt, die er erschaffen hat«, tatsächlich Bedeutung hat, weil sonst niemand da ist, um das zu tun. Dennoch, eingedenk dessen, wie viel schneller das Schattenleben der CIA tickte, war mir durchaus bewusst, dass ich ganze Generationen von Ereignissen verpasste. Und manchmal bebte ich trotz meiner Übung in Geduld vor Langeweile. Die Töchter aus den reicheren Haushalten von Trujillo verbrachten morgens Stunden damit, ihre schönen schwarzen Haare zu kämmen, und oft saßen sie so nah an den geöffneten Fensterläden ihrer Schlafzimmer, dass ich ihnen bei meinem Morgenkaffee vom Balkon meines Hotelzimmers aus zusehen konnte. Ich spielte mit dem Gedanken, als eine Art Antwort meinen Fußverband an der frischen Luft zu wechseln, machte mir aber Sorgen, dass die Mädchen das nicht als gleichermaßen romantisch empfinden würden.

Da es in Foggy Bottom keine besonderen Vorkommnisse gab, war ich nicht davon ausgegangen, zurück in die USA zu reisen. Aber dann schickte mich Trimble, ganz im Geiste der *gui dao*, nach Dallas.

Bei seiner letzten Meldung über den Sendeempfänger versicherte er mir, dass das Falschgeld die erwartete Wirkung zeigte. Coehorn versuchte allen damit zu imponieren, wie viel Geld er in seiner Schatzkammer hatte. »Die braven Leute haben wieder Respekt vor Mr. Coehorn«, sagte Trimble. »Sie merken, dass er wieder plutokratisch ist, und gehen davon aus, dass er etwas richtig macht. Eine ganze Weile hat niemand mehr etwas für ihn getan. Aber jetzt gibt er wieder Befehle.«

»Und du hast ihn immer noch in der Tasche.«

»Der schnurrt sanft wie ein Kätzchen. Das Problem ist die Muschi oben.«

Ich schnappte nach einem Glühwürmchen, das seinen Weg in meine Kajüte gefunden hatte. Einen Augenblick lang flackerte es in meiner fast geschlossenen Hand wie ein Streichholz im Wind, dann erlosch es. »Wen meinst du?« Das Glühwürmchen entkam und flammte wieder auf.

»Du willst, dass Coehorn den Laden führt. Das wird nicht passieren, solange Burlingame an der Spitze steht. Whelt ist ein Nichts, aber sie ist die Bienenkönigin. Hält das andere Lager auf Linie, schön sauber und ordentlich. Ganz egal, wie reich Coehorn wird, solange sich die Hollywood-Leute immer noch loyal zu ihr verhalten.«

»Also müssen wir ihren Einfluss verringern.«

»Hör zu. In Dallas gibt es eine Irrenanstalt namens Carrotwood Hospital. Und in dieser Irrenanstalt ist eine Dame aus Corpus Christi namens Emmeline Sapp, sie müsste etwa um die vierzig sein. Oder vielleicht ist sie da auch nicht mehr, aber sie war dort. Wurde 1936 als Lesbe eingesperrt. Wo auch immer sie ist, du musst mir ein Foto von ihr besorgen. Und dazu einen Brief von jemandem mit einem schicken Titel, in dem steht, dass ihr Schicksal in seinen Händen liegt.«

»Aber ich kann unmöglich nach Dallas reisen. Weißt du nicht, dass sich Texas 1946 von der Union losgesagt hat? Nie im Leben kriege ich ein Visum, um die Grenze zu überqueren. Ich meine, vielleicht könnte ich mich über Mexiko reinschleichen …«

»Wirklich?«, fragte Trimble überrascht. »Texas gehört nicht mehr zum Land?«

»So ist es, Trimble. Genau wie meine Eier, die sich auch ’46 für unabhängig erklärt haben. Zu lange war ihnen das Recht auf Selbstbestimmung versagt.«

»Oh, verstehe. Wieder so was. Was für ein Terz.«

Ich hatte Trimble schon mit einigen abseitigen Geschichten auf den Arm genommen, aber die beste war von ihm selbst gekommen: Schon ein paar Mal hatte er die Deutsch-Amerikanische-Allianz erwähnt, die scheinbar den Krieg gewonnen hatte. Ich war zwar wirklich neugierig, wie er auf diese Idee gekommen war, aber zu meiner eigenen Unterhaltung zog ich es vor, ihn nicht aufzuklären. Heute Abend war der faulige Geruch, der manchmal von den Mangroven herüberwehte, besonders stark. Diese Sümpfe waren nicht so dicht bewachsen wie der Dschungel, an den sie grenzten, aber mindestens genauso widerwärtig; man nehme etwas Überreifes und lege es in eine Pfütze ... Zugegeben, der Abszess an meinem Fuß war auch nicht gerade ein Lufterfrischer. »Aber was zur Hölle hat diese Frau in Dallas mit dem Tempel zu tun?«

»Vertrau mir, Zonulet, dieses Bariton-Babe ist der einfachste Weg, um da hinzukommen, wohin wir wollen.«

Ich vertraute Trimble kein bisschen. Eigentlich war ich mir so gut wie sicher, dass er mich belog – ich wusste nur nicht, wobei. Aber irgendwann musste er nachweisen, dass er meine Interessen vorantrieb, sonst würde das Manna, die Zigaretten, Schokolade, Streichhölzer und die kalte harte Viskose nicht mehr vom Himmel regnen. Er war clever genug, um zu kapieren, dass er sich auf lange Sicht nur selbst schadete, wenn er versuchte, mich zu bescheißen. Unsere Interessen waren verknüpft. Das war viel besser als Vertrauen.

Also fuhr ich nach Dallas.

Das Lovelinch-Institut war nach der Aufrichtigkeitskloster-Doktrin der therapeutischen Nachkriegsarchitektur entworfen, der zufolge Ecken und Kurven an Labyrinthe erinnerten; daher war dieser Flur im zweiten Stock schnurgerade und der längste, den ich je außerhalb eines Militärgebäudes gesehen habe. Von der Schwelle von Dr. Kubies Büro aus schätzte ich die Distanz bis ans andere Ende auf etwas zwischen zweihundert Metern und unendlich, und ohne die Fenster, die auf einer Seite auf den Rasen hinausblickten, wäre der Flur mindestens so bedrückend wie jedes Labyrinth. Dieses Monument progressiver europäischer Ideen wirkte mitten in Texas etwas fehl am Platz – genau wie sein Direktor, dessen steife Haltung und schnelle, präzise und leicht anglisierte Sprechweise eher an die texanische Parodie eines Neuengländers erinnerten (später fand ich heraus, dass er aus Chicago stammte.)

Aber diese Feinheiten mal beiseitegelassen – das eigentlich Irritierende an dieser speziellen Szenerie war das Wasser, das den endlos langen Flur hinabströmte.

»Ich fürchte, Sie haben den denkbar schlechtesten Tag für einen Besuch bei uns erwischt«, sagte Kubie. Wir platschten den Flur mit Gummigaloschen über den Schuhen hinab. »Bisher hat mir noch niemand erklären können, wie durch eine ganz normale Routinewartung der Heißwasserversorgung so etwas passieren kann.«

»Ich bin sehr weit gereist, um Ihre Patientin zu treffen. Ein wenig garstiges Wetter hier drin ist da gar nicht relevant.«

»Unter Umständen wie diesen lassen wir den Patienten die Wahl, ob sie verlegt werden wollen oder nicht. Für manche ist das äußerst erschütternd und kommt einer Apokalypse gleich. Aber für die meisten ist es nur eine Unterbrechung der Monotonie hier. Miss Sapp hat es vorgezogen, in ihrem Zimmer zu bleiben. Zurzeit ist sie von sehr starker Charakterlage. Aber bitte bedenken Sie dennoch, dass sie Besucher nicht gewohnt ist.«

Also war es mal wieder so weit, dass ich Bilder von den schleierhaftesten Beständen im Archiv machte. »Und wie genau steht es um Miss Sapp?«

Kubie gab ein bedauerndes Brummen von sich. »Ihre Krankengeschichte ist ein entsetzliches Flickwerk. Mit ihrer Zustimmung werde ich dazu vielleicht eines Tages etwas veröffentlichen. 1935 wurde sie von ihrer Familie ins Carrotwood Hospital eingeliefert, wegen einer, wie es damals genannt wurde, »sexuellen Störung«. Soll heißen, sie hat sich vermutlich ihrer Tante aufgezwungen, die nur ein paar Jahre älter war als sie selbst. Ich weiß nicht, was in den Jahren in Carrotwood passiert ist – die Akten sind nur sehr lückenhaft erhalten. Ob ihre »sexuelle Störung« geheilt wurde, wage ich nicht zu sagen, aber als Carrotwood vom Staat geschlossen wurde und Miss Sapp hierher nach Lovelinch kam, befand sie sich in einem chronischen Delirium. Phantasmagorische Halluzinationen Tag und Nacht. Sie war handlungsunfähig. Das war es, was sie zu einer Kandidatin für die unilaterale Gradatorektomie machte.«

»Unilaterale wie-war-das?«

»Gradatorektomie. Es ist ein neues Verfahren, aber ich möchte sagen, dass wir es vielleicht eines Tages als wichtigsten Beitrag des Lovelinch-Instituts zur Geschichte der Psychiatrie betrachten werden. Früher waren die meisten dieser Operationen bilateral, was bedeutet, dass auf beiden Seiten Resektionen vorgenommen wurden. Aber heutzutage wissen wir so viel mehr über den hemisphärischen Aufbau des Gehirns, dass wir viel genauer arbeiten können. In diesem Fall wurde nur das linke Schläfengradatorium herausgeschnitten, das rechte blieb intakt. Das Gradatorium trägt seinen Namen wegen seiner Ähnlichkeit mit –«

»Ist das die Geschichte mit dem Eispickel?«, unterbrach ich ihn.

»Ich finde es zutiefst bedauerlich, dass Dr. Freeman mit seinem transorbitalen Einschnitt in der allgemeinen Vorstellung nun so eng mit der Lobotomie verbunden ist«, sagte Kubie ein wenig gereizt. »Tatsächlich ist die Gradatorektomie ein sehr komplexer, äußerst heikler Eingriff, bei dem direkt hinter dem Ohr des Patienten unter Vollnarkose ein kleines Loch gebohrt wird. Dabei handelt es sich um ein sehr modernes Feld der Wissenschaft, von enormem unerschlossenen Potenzial. Nicht irgendeine verwegene Abkürzung, wie man sie womöglich in Carrotwood gewählt hat.«

»Also ist sie jetzt wieder in Ordnung?«, fragte ich.

»Ihr Geist ist jetzt viel klarer als bei ihrer Ankunft hier. Aber eine Gradatorektomie hat dauerhafte Folgen, wie jeder Eingriff in den Körper. Ihr Urteilsvermögen ist betroffen. Ich möchte Ihnen ein Beispiel geben. Letzte Woche habe ich ihr erzählt, dass aktuell ein Schiff auf dem Meeresgrund eine transatlantische Telefonleitung von Schottland nach Neufundland verlegt. Sie hat mir nicht geglaubt. Ganz egal wie oft ich geschworen habe, sie weigerte sich zu glauben, dass eine vom Menschen gemachte Leitung verlässlich elektrische Signale über zweitausend Meilen transportieren kann, da unten zwischen Bartwürmern und Viperfischen. Nichts in ihrer bisherigen Erfahrung ließ darauf schließen, dass so etwas möglich sein könnte.«

»Ich verstehe, was sie meint. Es ist eine ziemlich seltsame Vorstellung.«

»Ein anderes Beispiel: Unsere wöchentliche Filmvorführung ist bei den meisten Patienten sehr beliebt, aber Miss Sapp hat keinerlei Interesse daran. Sie kann Filme nicht ernst nehmen. Wir haben ein Musical gesehen, in dem Ethel Merman eine Botschafterin spielt, an den Titel kann ich mich nicht mehr erinnern. Miss Sapp hatte eine Reihe von Einwänden. »Warum singen sie, und wo kommt die Musik her, und woher kennen sie vorher schon die Texte von allen Liedern? Warum verändern sich die Wolken vor den Fenstern nie? Warum schaffen sie das ganze Missverständnis nicht mit einem einfachen Anruf aus der Welt? Warum sagt niemand zu Ethel Merman, wenn sie sich mit irgendeinem erfundenen Namen vorstellt: ›Nein, ich erkenne Sie, Sie sind die bekannte Sängerin Ethel Merman?‹«

»Und wieder kann ich verstehen, was sie meint. Diese Filme ergeben oft einfach keinen Sinn.«

»Vielleicht habe ich noch nicht ganz klargemacht, was ich meine. Miss Sapp glaubt überhaupt nichts, wenn sie die Mechanismen nicht mit ihren eigenen Augen und Händen überprüfen kann. Die Schwelle ihrer Beweisaufnahme ist jetzt unüberwindlich hoch. Sie stellt sich nichts vor, sie schiebt ihren Unglauben nie beiseite, sie macht keine temporären Zugeständnisse um des Argumentes willen. Keine Anomalie, Neuheit oder Mode greift bei ihr. Sie ist jetzt geistig gesund – aber vielleicht zu sehr. Die Welt außerhalb unseres Instituts ist wundersam und irrational, und ich weiß nicht, ob jemand von solch geistiger Gesundheit dort zurechtkäme. Dennoch – in der Schlussanalyse besteht kein Zweifel, dass die unilaterale Gradatorektomie zu ihrem Besten war.«

Während wir liefen, schienen wir überhaupt nicht voranzukommen, sodass es sich während Kubies Ausführungen anfühlte, als stünden wir an Ort und Stelle und die Fenster der Schlafsäle würden neben uns abgespult wie die Einzelbilder vor dem Fenster eines Projektors. Aber dann traf mich etwas am Hinterkopf, und als ich mich umdrehte, traf mich etwas an der Hüfte. Ich sah zwei Bleistifte auf dem Strom am Boden wegschwimmen. Eine Tür, die geschlossen gewesen war, als wir daran vorbeigingen, stand jetzt offen, und eine Frau mit Loris-Augen blickte uns an. In ihrer rechten Hand hielt sie einen weiteren HB-Speer umklammert.

Kubie sagte zu ihr: »Ich weiß, dass Sie nicht wollen, dass Ihnen Ihre Bleistifte weggenommen werden, Miss Monbut. Bitte gehen Sie zurück in Ihr Zimmer, und machen Sie ein paar der Übungen, die wir durchgegangen sind. Ich bin mit einem Besucher beschäftigt, aber gleich kommt jemand und hilft Ihnen.« Die Frau eilte wieder aus meinem Blickfeld. Kubie verriegelte die Tür und drückte auf einen Schalter, um jemanden zu rufen; dann nahm er einen Füller und schrieb etwas auf das Beobachtungsschreibbrett an dem Haken neben der Tür. »Entschuldigen Sie bitte«, sagte er zu mir.

»Keine Umstände. Sie sollten mal versuchen, an der Schreibstube im Außenministerium vorbeizugehen.«

Eine Gemeinschaft wie diese musste ihre eigenen Dollarscrips haben, obgleich diese Währung womöglich so esoterisch war, dass keine zwei Coupons gleich aussahen. Während dieser Ablenkung war Gegenverkehr im Korridor aufgetaucht: Ein Krankenwärter schob einen Patienten im Rollstuhl. Selbst aus dieser Entfernung konnte man sehen, dass die Räder wie ein Schaufelraddampfer eine Wasserfontäne aufwarfen, und auch die rasierte Stelle, fast leuchtend nackt, an der linken Seite des geneigten Kopf des Patienten sprang mir ins Auge. Ich schaffte es nicht, den Blick abzuwenden, denn obwohl er bewusstlos war, hatte ich den so starken wie unerklärlichen Eindruck, dass er jeden Moment den Kopf heben und mich direkt anstarren würde. »Hier haben wir ein weiteres gutes Beispiel vor uns«, sagte Kubie. »Dieser Mann ist einundvierzig und war sehr erfolgreich in seinem Beruf, aber wegen andauernder Halluzinationen fast katatonisch. Er sieht Geister und Halbgötter. Große Verschwörungen. Temporäre Verzerrungen. Andere Universen, die unseres durchdringen. Es heißt, er habe bei der Ausführung seiner Arbeit bestimmte Chemikalien eingeatmet. Gerade eben wurde er für seine anstehende unilaterale Gradatorektomie sediert. Ich bin sehr zuversichtlich, dass wir nach der Operation bei ihm den gleichen Grad an –« Mehr hörte ich nicht, weil ich ohnmächtig wurde.

Einige Zeit später erwachte ich in Kubies Büro auf einer steifen Chaiselongue. Mein Anzug war auf einer Seite feucht. Durch das offene Fenster wehte etwas herein, das zunächst wie eine feierliche Kantillation klang, sich aber dann in lange Anweisungen für Freiübungen auflöste, und dazu der Geruch von Lorbeer, obwohl ich mit Schrecken feststellte, das mir jemand die Schuhe ausgezogen hatte, was bedeutete, dass der Gestank der Eiterblase von meinem Rachewurm bald jeden natürlichen Geruch im Umkreis von hundert Meilen überdecken würde. Kubie schaufelte aus einem Messingeimer in Form einer Ananas Eis in ein Wasserglas. »Was ist passiert?«, fragte ich.

Er reichte mir das Glas. »Sie sind ohnmächtig geworden, Mr. Zonulet. Ihre Kamera liegt auf meinem Schreibtisch. Ich fürchte, der Sucher ist zerbrochen. Geht es Ihnen gut? Vielleicht sind Sie das sommerliche Klima nicht gewohnt? Ich erinnere mich, dass ich nach meiner Versetzung lange gebraucht habe, um mich daran zu gewöhnen.«

Ich lächelte. »Ich verbringe den Großteil meiner Zeit in den Tropen, Doktor. Mit Texas müsste ich eigentlich klarkommen.« Ich war schon immer ziemlich selbstsicher, aber wenn es einen so umfassenden Grad an Selbstsicherheit gibt, dass man sich kein wenig unbehaglich fühlt angesichts von Anzeichen nervöser Debilität vor einem einweisenden Arzt in einer Irrenanstalt, hatte ich ihn noch nicht erreicht. »Vielleicht haben mich diese Bleistifte doch stärker getroffen als vermutet.«

Pavos Egel widersprachen dem Barometer. Sie waren alle ganz oben im Glas und schlugen quasi ihre kleinen Köpfe gegen den Deckel, so verzweifelt wollten sie raus. Aber mein Barometer zeigte nur einen kleinen Druckabfall, bei weitem nicht genug, um einen Sturm anzukündigen. Und ich konnte in der Dämmerung kein Ozon riechen. Abgesehen davon war ich ungeduldig. Die Früchte meiner Texas-

Reise, die nun in einem wasserfesten Umschlag neben mir lagen, taten ihr Übriges.

Emmeline Sapp hatte in meiner Anwesenheit kein Wort gesprochen und nur mit einem Nicken auf meine Frage zugestimmt, ob ich sie fotografieren dürfe. Als sie mich mit ihren großen dunklen Augen anblickte, fast ohne zu blinzeln, wurde ich neugierig, welche so dauerhafte Verbindung sie zum Tempel haben konnte, aber ich wusste, dass das letzten Endes nicht wichtig war. Am nächsten Morgen fuhr ich Richtung Westen zur Goree State Farm für Frauen. »Bleiben Sie auf dieser Straße, bis die Kohlacker rechts und links voller Krankenschwestern sind«, hatte mir die Chefsekretärin am Telefon gesagt; damit meinte sie die weißen Kleider der Insassinnen. Eine echte Krankenschwester half mir in der Krankenstation, ein paar Frauen auszuwählen, die ungefähr Sapps Hautton und Verbrennungen, Striemen oder Narben hatten, damit meine Fotos die Elektroschockbehandlungen, Fixierungen und Strafprügel belegen konnten, die sie angeblich hatte erleiden müssen. Später fälschte ich auch noch ein Blatt mit dem Briefkopf des Carrotwood Hospitals, um darauf einen Brief des Direktors zu tippen, dem zufolge ein Antrag vom Außenministerium genügen würde, damit er Miss Sapps unverzüglicher Entlassung zustimmte. Offensichtlich wollte Trimble einen Tempelbewohner erpressen, der Sapp kannte. Ich hatte nicht nach Einzelheiten gefragt, aber der Plan gefiel mir. Wieder einmal lautete die Maxime: Manchmal muss man nur einen Tentakel abtrennen, und der Rest folgt von allein.

»No deberías subir esta noche«, sagte Pavo zum zweiten Mal zu mir, als ich den Umschlag in die Versorgungskiste steckte. Dennoch half er mir, die Kiste zu vernageln, ehe wir sie an Deck des Kahns trugen, um den Fallschirm dranzubinden. (Trimble lag mir ständig damit in den Ohren, ihm einen Leinenanzug zu schicken, aber obwohl ich durchaus bereit war, ihn mit kleinen Luxusartikeln zu beliefern, machte ich halt bei allem, das zu deutlich verkündet hätte, dass er eine Versorgungsbrücke nach außen aufgebaut hatte.) Die Luft wirkte ruhig – nicht wie in »der Ruhe vor dem Sturm«

oder »gespenstisch ruhig« oder »zu ruhig« – sondern einfach nur ruhig.

Und so blieb es auch in den ersten Stunden des Flugs. In dieser Phase der Ebano-Luftbrücke hatte ich schon so viel Übung, dass ich mich durch den mondlosen Dschungel navigieren konnte, als wäre es eine Wohnung, die im Dunkeln lag; den Tempel übersah ich im grobkörnigen Nachtschimmer nie. Als der Wind auffrischte, machte ich mir keine Sorgen. »Du musst nur dran denken, dass es ein Dreißig-Meter-Segel ist, das du nicht laufen lassen kannst«, hatte Albee gesagt, aber die Mantelpropeller waren kräftig genug, um den Kurs zu halten, solange ich die Instrumente im Auge behielt.

Nur dass der Wind immer weiter auffrischte. Selbst aus dieser Höhe konnte ich über dem trommelnden Regen auf der gespannten Hülle des Luftschiffs hinweg das Rauschen des Windes wie Brandung in den Blättern der höchsten Bäume hören. Ich drehte den Brenner hoch, in der Hoffnung, aus dem Scherwind aufzusteigen. Aber weiter oben war es genauso schlimm. Am Horizont waren keine Blitze zu sehen, es donnerte nicht; das war kein öffentliches Spektakel, nur das Ausströmen einer gewaltigen Luftmasse, nach Feierabend und unter der Hand, begleitet von ein wenig Wasser.

Ich war nicht mehr weit vom Tempel entfernt und fragte mich, ob ich das Luftschiff zumindest lange genug unter Kontrolle würde halten können, um Trimbles Fackel zu entdecken. Das Steuer sanft mit den Händen lenken, den Wagen streng mit dem Geist: Das war meine Taktik auf prekären Straßen, und sie hat nie versagt. Aber ein paar Minuten später war der Sturm so stark, dass das Steuer pure Deko war, genau wie der Brenner und im Prinzip auch der Pilot. Ich konnte nichts sehen, ich konnte nichts tun, außer mich an meinen schwarzen Planeten zu klammern, der durch den Sturm getrieben wurde. Mittlerweile gestand ich gerne ein, dass ich Pavos Anneliden hätte vertrauen sollen.

Dennoch, ich musste zwar die Hoffnung aufgeben, heute Nacht die Fotos zu Trimble zu befördern, brauchte mir aber ansonsten keine großen Sorgen zu machen, abgesehen von der Möglichkeit, dass ich es nicht vor Tagesanbruch zurück zum Kahn schaffen würde. Und ein paar Rinderbauern, die ein unbekanntes Flugobjekt sehen, genügten nicht, um eine Operation wie diese zu gefährden. (Albee hatte ein paar dementsprechende Geschichten auf Lager gehabt). Bis das Unwetter nachließ, musste ich mich nur darauf konzentrieren, meine Koordinaten im Blick zu behalten. Mein linker Fuß fühlte sich unangenehm quatschig an, also schnürte ich meinen Stiefel auf, um den Verband um mein Geschwür zu wechseln.

Dann fielen Schüsse.

Als ich die ersten Gewehrschüsse hörte, war ich mir nicht sicher, ob ich das Ziel war. Aber diese Frage wurde unverzüglich durch das Scheinwerferlicht beantwortet. Der Strahl war nicht sehr kräftig, zeigte aber direkt auf meine Gondel. Vor der umgebenden Dunkelheit wirkte er wie die Lanze eines Erzengels. Das ergab überhaupt keinen Sinn, denn wenn ich auch nur ein klein wenig von Navigation verstand, war es völlig unmöglich, dass ich in die Reichweite des Guerilla-Trainingslagers getrieben war.

Das Nächste, was ich hörte, war schweres Maschinengewehrfeuer.

Also verstand ich überhaupt nichts von Navigation. Oder zumindest nicht bei Sturm. Wenn ich Albee wieder traf, würde ich ihn bitten, das Gyroskop gegen ein Glas mit Egeln auszutauschen, die ich mit meinem eigenen, ach so cleveren Blut nähren würde. Das Maschinengewehr feuerte die nächste Salve ab, ich durfte das Steuer nicht mehr als bloße Dekoration betrachten, falls es das Luftschiff auch nur ein paar Zentimeter bewegen konnte. Ich leerte die Ballasttanks, um an Höhe zu gewinnen, und riss das Steuer herum, um dem Wind die breite Seite des Gefährts zuzudrehen. Falls der Maschinengewehrschütze rheumatische Arthritis hatte, gab es auf diese Weise eine reelle Chance, seinem Visier zu entkommen.

Falls jedoch nicht, bot mir der Stahlboden der Gondel keinen Schutz vor den .50-Kaliber-Kugeln. Keinen Schutz für mich und keinen Schutz für die Baumwollhülle über meinem Kopf. Ich sah mich um. Der Scheinwerfer strahlte durch eine saubere Lochreihe im Boden der Gondel. Diese Kugeln waren höchstwahrscheinlich durch die Hülle gedrungen und auf der anderen Seite wieder hinaus. Das Luftschiff reagierte darauf so schwerfällig wie auf den Brenner. Aber ab jetzt hatte es nur noch einen Vektor.

Ich wusste, dass ich den tödlichen Schuss nicht hören würde, also zog ich meinen Stiefel wieder an, ging hinter den Pilotensitz und begann die Versorgungskiste zu lösen. Nicht zuletzt gab mir diese Übung die Gewissheit, dass ich, falls nötig, unter schwerem Beschuss acht Büstenhalter in weniger als fünf Sekunden öffnen konnte. Ich schob die Kiste aus der hinteren Luke und fühlte, wie das Luftschiff stieg, aber leider nicht so weit, wie ich gehofft hatte. Niemand schoss auf die fallende Kiste. Das war gut. Aber hinter mir hörte ich, wie das Armaturenbrett zerbarst. So gut ich konnte, spannte ich mich in den Fallschirmgurt, der für einen Würfel konstruiert war. Ich durchtrennte das Abziehseil mit meinem Taschenmesser und sprang.

Ich zählte eins und zwei und fast bis drei, ehe ich meinen Fallschirm öffnete, damit ich dem Strahl des Scheinwerfers entwischte. Dadurch blieben mir etwa hundertzwanzig Meter bis zum Boden, oder etwa neunzig Meter bis zu den Baumgipfeln, also kaum genug Zeit, damit sich der Fallschirm entfalten konnte, geschweige denn meinen Fall bremste.

Die Gurte können nicht gleich lang gewesen sein, denn einer riss so sehr an meiner Schulter, dass sie beinah auskugelte. Einen Augenblick später erwischte mich eine Windböe mit solcher Wucht, dass ich das Gefühl hatte, an einer Drachenschnur zu hängen. Mein Fallschirm war immer noch dabei, sich zu öffnen, und ich fiel weiter, aber zugleich wurde das ganze Wirrwarr über das Dach des Waldes geschleift.

Eine kurze Zeitlang bestand die Welt aus nichts anderem als einem Geschwindigkeitsstrudel, Regen, Dunkelheit, Schüssen und Blättern. Ich hatte keine Ahnung, was geschah. Äste streckten sich nach meinen Füßen, dann nach meiner Leiste und meinem Gesicht. Andere brachen einfach nur unter mir. Jetzt war mein Fallschirm aus dem Wind und in den Baumkronen, aber es war kein kontinuierlicher Fall, sondern eine schnelle Abfolge physischer Interaktionen, wie der Einsturz einer Bockbrücke.

Ich lebte noch, was bedeutete, dass ich nicht so hart gegen einen dieser Baumstämme geknallt war, um mir den Hals zu brechen. Falls nun natürlich die Leine barst oder die Fallschirmseide riss, hing ich immer noch etwa fünfunddreißig Meter über dem Boden. Beziehungsweise dreißig Meter, dann fünfundzwanzig, dann zwanzig, denn ich rutschte, glitt und stürzte durch die Bäume nach unten, aber mit immer weniger Wucht, bis der Fallschirm irgendwann doch noch ein paar Äste fand, die gnädigst mein gesamtes Gewicht trugen.

Da hing ich also, benommen und schlaff, ein Sack voller Beulen, eine überdimensionale Frucht, die an der Ranke verrottet. Regen rieselte mir übers Gesicht, dazu noch die letzten Blätter und Blüten, die sich von den vielen Zweigen, durch die ich gestürzt war, gelöst hatten. Die Situation erinnerte mich an den Chaplin-Film, in dem er bei der Eröffnungsfeier eines Kaufhauses kopfüber an einem Fahnenmast hochgezogen wird, nur dass sie nicht ganz so lustig war.

Ich rang noch um Atem, als ich in der Ferne einen kleinen arborealen Aufruhr hörte. Das Luftschiff sank auf das Blätterdach. Ich wusste nicht, ob sie meinen Absprung bemerkt hatten und folglich in dieser Richtung nach mir suchen würden. Falls ich mich gegen Soldaten oder Jaguare verteidigen musste, hatte ich meine Halbautomatik und mein Taschenmesser bei mir.

Was ich allerdings nicht hatte, war meine Taschenlampe, die lag noch in der Gondel. Ich hatte mein Zippo, aber im Gegensatz zu einer Taschenlampe nützte es mir zwischen die Zähne geklemmt nicht viel, was bedeutete, dass ich diesen Baum in völliger Dunkelheit hinabsteigen musste. Ehe ich die Schnallen am Gurt löste, suchte ich mit dem Fuß Halt in einer Gabelung zwischen Ast und Stamm. Erst jetzt merkte ich, dass mein linker Stiefel weg war. Ich hatte keine Zeit gehabt, ihn zu binden, ehe ich mit dem Fallschirm abgesprungen war, und musste ihn verloren haben.

Ich begann den Baum hinabzusteigen. Ein Sturz war mehr oder

weniger unvermeidbar, aber ich schaffte es, ihn eine ganze Weile hinauszuzögern. Dann schnalzte mir ein Ast aus der Hand, und ich fiel rückwärts. Aber es waren nicht mehr als vier oder fünf Meter bis zum feuchten Waldboden, der notwendige Epilog zu den vierhundert zuvor.

Vor Schmerz keuchend kam ich auf die Beine. Wenn ich den nächstgelegenen Nebenfluss zum Río Patuca erreichte, am Pozkito-Damm vorbei, erwischte ich vielleicht ein Schiff nach San Esteban. Dazu musste ich einen großen Bogen um das Guerilla-Trainingslager schlagen, damit mich keine ihrer Patrouillen erwischte. Trimble, der das Gelände kannte, hätte mich in die Sicherheit führen können, aber es gab keine Möglichkeit, ihn ausfindig zu machen.

Ich humpelte ein kleines Stück in die Dunkelheit hinein, um nicht direkt unter der schwarzen Hülle in den Bäumen haltzumachen. Dann setzte ich mich hin und ruhte mich aus, bis die Sonne am sauber polierten Himmel aufging. Ich war in den Hügeln von Guaniguanico und im Flachland von Petén und an der Del-Norte-Küste und natürlich in Vansaskas Bungalow gewesen, aber noch nie war ich so tief ins Innere dessen vorgedrungen, was die Groschenmagazine das »grüne Inferno« nennen. Das war sicherlich nicht mein bevorzugtes Einsatzgebiet, aber je besser ich es verstand, umso schneller konnte ich es durchqueren, also versuchte ich, mich trotz meiner Schmerzen und Wunden auf meine Umgebung zu konzentrieren, ein Sendeempfänger zu werden, mich auf alle Geräusche und Gerüche einzustellen, auf die geheimen Übertragungen, Propagandakampagnen und diplomatischen Telegramme, die jede Frequenz des Regenwaldes erfüllten. Außerdem lauschte ich ziemlich angestrengt auf Männer mit Gewehren, die hinter mir her waren, um mich zu töten.

Nach vier oder fünf Stunden, als es hell genug war, um Leder von Holz zu unterscheiden, stand ich auf und entleerte meinen eigenen Ballasttank an einem Baum. Sofort fiel mein Halfter herab. Ich prüfte den Riemen und sah, dass eine Schnalle gebrochen war, also warf ich das Halfter weg und steckte mir die Pistole wie die

Mexikaner vorne in den Hosenbund. Dann machte ich mich auf die Suche nach meinem linken Stiefel.

Ich suchte den Boden ab und zwischen den Ästen, zunächst entlang der Lücke meines Falls, soweit ich ihn rekonstruieren konnte, und arbeitete mich von dort nach außen vor. Aber ich fand das verdammte Ding einfach nicht. Mir blieb nicht viel Zeit, denn es war idiotisch, mich so nah am Fallschirm aufzuhalten, der meinen Standort wie mit einem Wimpel markierte. Und ich musste mit meinem Durchhaltevermögen haushalten, weil ich es sicher später noch brauchen würde. Der Sturm hatte den Waldboden mit toten Ästen übersät, weshalb meine Socke bei der Suche zu Fetzen zerrissen wurde, genau wie der Verband darunter und auch die Kruste darunter. Außerdem musste ich mir einen Stachel herausziehen, der meine Ferse aufspießte wie ein Felddorn. Mein Kollege Don Strugis behauptete, dass er 1946 acht Tage lang barfuß durch den burmesischen Dschungel gewandert sei. Zog man seine übliche Übertreibung ab, blieb vermutlich ein langer Nachmittag übrig. Aber ganz egal, was im Prinzip möglich war und was nicht, in diesem Fall hatte ich den Eindruck, ich würde ohne Schuh einfach immer langsamer werden, bis irgendwann kein weiterer Schritt mehr möglich war. Aber mir blieb keine Wahl, als es auszuprobieren. Ich zog mein Hemd aus, riss den rechten Ärmel ab, band ihn um meine eiternde Geschwulst und zog das Hemd wieder an. Der Rachewurm hatte ganze Arbeit geleistet.

Dann hörte ich ein Pfeifen.Ich erkannte die Melodie nicht, aber sie klang nach Jazz. Ich warf mich auf den Boden und kroch so leise darauf zu, wie ich konnte.

Zwischen den Baumstämmen kam ein weißer Junge in Sicht, der etwas ausgrub, das aussah wie ein Maniokstrauch. Ich wusste, dass beide amerikanischen Lager jeden Tag Dutzende von Gärtnern, Sammlern, Jägern und Fallenstellern aussandten. Der Junge war vielleicht vierzehn oder fünfzehn und ähnlich gekleidet wie Droulhiole, als er in San Esteban aufgetaucht war. Vor allem aber trug er handgemachte Ledersandalen, und er hatte große Füße für sein

Alter. Wenn die Gelegenheit an die Tür klopft, muss man mit vorgehaltener Waffe bereitstehen. Als ich nach meiner Halbautomatik griff, erinnerte ich mich an Droulhioles Staunen über mein Zippo. Wenn auch dieser Junge hier am Tempel geboren war, war ihm das krachende Echo des Gewehrfeuers hinter den Hügeln zwar vertraut, aber er hatte sicher noch nie eine Pistole gesehen. Falls ich ihm also nicht einen kurzen Lehrfilm zu den Grundsätzen der Triebkraft von Schießpulver vorführen konnte, würde er sich vor meinem schimmernden Rohr nicht fürchten. Und ich hatte noch nicht mal eine Brise Benzoe-Oxymorphon bei mir.

Stattdessen warf ich eine Handvoll Stöcke an einen Baum über dem Kopf des Jungen. Als er aufblickte, schnappte ich mir einen schweren abgebrochenen Ast wie einen Baseballschläger und sprang aus meiner Deckung. Ich wollte gerade ausholen, als jemand »Hey!« rief und mich von hinten packte.

Wer es auch war, er war riesig. So riesig, dass es peinlich war, ihn nicht bemerkt zu haben. Der Zbyszko rang mir den Ast aus den Händen und hielt mich gleichzeitig an den Schultern fest. In dieser Umklammerung konnte ich mich nicht umdrehen oder eine Pistole zücken, also griff ich stattdessen nach meinem Taschenmesser, ließ es mit einer Hand aufschnappen, und stieß es nach hinten in seinen Schenkel. Er schrie auf, und ich brach aus seinem Griff frei – direkt in die Faust des Jungen vor meiner Nase. Der Schlag, der mich aus dem Gleichgewicht brachte, war für einen Anfänger nicht schlecht, aber dann riss mich sein Freund herum, als wollte er sagen: »Hey, Junge, sieh gut zu, so macht man das richtig«, und verpasste mir einen Kinnhaken, der meinen Holzkahn zum Schaukeln gebracht hätte.

Ich erwachte erst, als wir aus dem Wald in die direkte Sonne der Tempellichtung kamen. Die Koordinaten meiner Fallschirmlandung kannte ich immer noch nicht, aber der Mann und der Junge mussten mich ein ganzes Stück getragen haben. Der Junge hatte mich an den Füßen und der Zbyszko unter den Achseln gepackt, und ich blickte nach vorn. Noch nie zuvor hatte ich den Tempel bei Tageslicht gesehen. Und auf der Stelle überfiel mich die Sorge, dass ich meine letzten Monate darauf verwendet hatte, ein Irrenhaus unter meine Kontrolle zu bringen.

Die Atmosphäre dort erinnerte mich an eine Mischung aus dem Lovelinch-Institut und der Goree State Farm. Wir kamen von Norden, also empfing uns der Tempel mit seiner flach aufragenden Mitte. Obwohl ich noch einigermaßen benommen war, erkannte ich sofort, dass das gesamte Lager der Eastern Aggregate in Bezug auf den Tempel aufgebaut war. Und damit meine ich selbstredend nicht, dass das Lager nicht da gewesen wäre, wenn der Tempel nicht da gewesen wäre. Nein, die Infrastruktur des Lagers drückte – nicht nur durch Hütten und Verschläge, sondern auch durch Sitzplätze, Feuerstellen und Regentonnen – eine obsessive, fast huldigende Konzentration zu dieser Wand hin aus, die nichts drinnen oder draußen hielt, diese Klippe, die Schatten, aber keinen Schutz spendete, diese riesige, unbewegliche, zwecklose Blockade, als wäre sie für das innere Gleichgewicht der Anwohner wichtiger als der Himmel oder der Horizont. Durch das Lager bewegten sich Männer, Frauen und auch ein paar Kinder in vagen Simulakren amerikanischer Kleidung und Frisuren. Wie Kubies Patienten schienen sie rettungslos in der mysteriös-bedeutungsvollen Welt aufgegangen zu sein, die sie erschaffen hatten.

Und dennoch, als ich sie dabei beobachtete, wie sie Wasser kochten, Fleisch schnitten, die Trümmer des Sturms beseitigten oder verschiedene andere langweilige Arbeiten ausführten wie Flechten, Schälen, Schleifen oder Schnitzen, erkannte ich sogar aus der Ferne eine gewisse Ernsthaftigkeit, eine Versunkenheit, eine Tiefe, und falls all das von einer Geistesgestörtheit zeugte, dann, wie mir klar wurde, von einer, die ich respektierte. Sie harrten seit achtzehn Jahren hier aus, und nicht nur diese New Yorker, sondern auch die Angelenos, die da oben auf einer geometrisch höchst unpraktischen Oberfläche lebten, wie man sie sich schlimmer nicht vorstellen konnte (es sei denn, irgendwo tiefer im Dschungel gäbe es noch eine Maya-Wulst oder ein Hyperboloid). Ich wäre stolz gewesen, wenn ich das von mir hätte behaupten können. Was genau rief denn letztlich bei Touristen solche Bewunderung für Pyramiden oder die Wats ausgestorbener Zivilisationen hervor, wenn nicht die Vorstellung, dass ein gesamtes Volk die eigenen unmittelbaren Bedürfnisse vernachlässigte zugunsten des Dienstes an einer Idee?

Ich spürte, dass meine Pistole immer noch in meinem Hosenbund steckte, der Griff war unter meinem Hemd verborgen. Meine Träger hatten mich nicht durchsucht, oder zumindest nicht besonders gründlich.

Eine Epidemie an Spätzündungen breitete sich im Lager aus, während ich durch die Hauptdurchgangsstraße getragen wurde. Jeder, der mich erblickte, ließ seine Arbeit ruhen und starrte mich an. Zu meiner Linken sah ich eine Hütte mit einer Reihe bekleideter Puppen auf der Veranda wie bei einem Schneiderladen, zu meiner Rechten standen etwa ein halbes Dutzend Bankett-Tische auf Holzbrettern mit einer Bühne am hinteren Ende wie in einem Nachtclub. »Er ist wach«, sagte der Zbyszko. »Lass ihn fallen.« Der Junge gehorchte, worauf ich so lange herumgeschubst wurde, bis ich auf den Knien landete. »Hol den Boss.« Der Junge rannte davon. Als Reporter beim *New York Evening Mirror* hatte ich Elias Coehorn jr. nie direkt kennengelernt, aber hatte ihn hin und wieder gesehen und machte mich auf eine weniger jüdische Version des Schnulzensängers Frank Parker gefasst.

Nur dass der Typ, der dann als Anführer einer vierköpfigen Gruppe (inklusive des Jungen) erschien, nicht Coehorn war. Er war etwa vierzig und legte ein, wie ich zu erkennen meinte, ex-militärisches, herrisches Gebaren an den Tag, wie ein abgesetzter Offizier, der nicht die Absicht hat, für den Rest seines Lebens wie ein Aufziehtrommler herumzustolzieren, aber dennoch um dreißig Zentimeter zu wachsen und in den Marschschritt überzuwechseln vermochte, wenn ihm die gute alte Militärdisziplin seiner Meinung nach von Nutzen war. »Wer sind Sie?«, fragte er. »Wo kommen Sie her?« Er sprach mit deutschem Akzent. Nur sein lückenhaftes Gebiss schmälerte seinen Auftritt.

»Für gewöhnlich stelle ich mich mit Handschlag vor«, antwortete ich, »aber dieser Tölpel lässt mich nicht. Sind Sie hier der Anführer?«

»Natürlich ist er das«, sagte der Zbyszko. »Beantworten Sie Herrn Meinongs Fragen.« Er riss an meinen Armen.

Meinong hob beschwichtigend eine Hand. »Ich assistiere Mr. Coehorn lediglich, wo ich kann«, sagte er in einem Ton, der höfliche Zurückhaltung signalisieren sollte. »Sind Sie Amerikaner?«

»Korrekt.« Ich war verärgert, wenn auch nicht besonders überrascht, dass Trimble mich belogen hatte. In seinen Berichten über die Machtverhältnisse in den beiden Lagern war von einem Meinong nie die Rede gewesen.

»Sie waren also in dem Luftschiff, das gestern Nacht im Dschungel abgestürzt ist, nehme ich an?«, fragte Meinong. »Die Soldaten haben Sie abgeschossen.« Sein Akzent war nicht der eines deutschen Einwanderers, der in Amerika Englisch gelernt hat, er sprach wie ein gebildeter Deutscher, dem die Sprache im Gymnasium beigebracht worden ist. Mittlerweile waren wir von Gaffern umgeben, die brav Abstand hielten.

Ich nickte. »Deshalb hoffe ich, dass Sie das Missverständnis verzeihen können, das ich mit Ihren Freunden hier hatte. Angespannte Nerven, unüberlegte Taten – Sie wissen ja, wie das ist. Aber ich hätte natürlich lieber einen anderen ersten Eindruck gemacht. Denn soviel ich über Ihre Situation hier weiß, kann ich Ihnen behilflich sein.«

Meinong leckte sich über die Lippen und schien kurz nachzudenken. »Knebelt ihn«, sagte er. Der Befehl kam so abrupt, dass ihn niemand direkt verstand. »Einer von euch. Holt ein Tuch – irgendwas. Knebelt ihn. Sofort bitte.«

Die Entourage brach in Aktionismus aus. Ich fragte mich, warum Meinong dieses Verhör beenden wollte, noch ehe es begonnen hatte.

Dann erinnerte ich mich an Trimbles Erwähnung der »Deutsch-

Amerikanischen Allianz« und legte mir eine ziemlich schlüssige Theorie zurecht. »Aber ich habe Ihnen allen so viel zu sagen«, fuhr ich rasch fort. »Ich habe Nachrichten von zu Hause.«

Die Entourage hielt inne, und selbst der Kerl, den ich mit dem Messer gestochen hatte, lockerte seinen Griff um meinen Arm. Vor mir sah ich gierige Mienen. Aber nur drei davon sahen aus, als warteten sie verzweifelt auf Nachrichten von der Außenwelt. Nicht der Junge, der war nur neugierig. Und auch nicht Meinong, der wirkte eher bestürzt.

»Ich weiß, dass Sie schon seit einiger Zeit keine Besucher von außen mehr hatten«, fügte ich hinzu. »Nicht seit Herr Meinong von der ›Deutsch-Amerikanischen Allianz‹ hier in den Tropen aufgetaucht ist. Etwa 1945 oder 1946. Stimmt das?« Meinong fragte: »Habt ihr ihn durchsucht?«

Ich riss meine Hände frei, zog meine Browning und schoss ihm mitten ins Gesicht. Im selben Augenblick wusste ich, dass ich verantwortungslos gehandelt hatte. Nicht weil ich irgendwie unsicher war wegen Meinong: An seiner Reaktion hatte ich gesehen, dass er wusste, dass ich wusste, wer er war. Sondern weil es viel produktiver gewesen wäre, ihn mit vorgehaltener Waffe in Schach zu halten.

Aber ich hatte aus einem Instinkt heraus gehandelt, den ich nicht kontrollieren konnte. Viele meiner Kollegen stellten nach dem Krieg nur allzu bereitwillig jeden Nazi ein, wenn er militärisches oder wissenschaftliches Geheimwissen zu bieten hatte, solange er versprach, dass er nicht vorhatte, im laufenden Steuerjahr ein Viertes Reich zu errichten. Ich aber nicht. Niemals. Ich war mit den Strategischen Diensten in Europa gewesen und hatte da ein paar unschöne Dinge zu Gesicht bekommen.

Meine Hoffnung war, dass die Zuschauer zu überrascht waren, um sofort zu reagieren. Und tatsächlich war niemand schnell genug, um mich aufzuhalten, als ich auf eine Lücke zwischen den Umstehenden zurannte. Ich glaubte schon, es locker bis zur Baumgrenze zu schaffen.

Dann rannte ich an einer Hütte vorbei und sah mich plötzlich vier Männern gegenüber. Zwei hatten Speere, zwei Pfeil und Bogen. Ein Jagdtrupp.

»Haltet ihn auf!«, ertönte der Ruf.

Mir blieb keine andere Wahl, als nach links Richtung Tempel auszuweichen. Ein Pfeil sauste an meinem Kopf vorbei. Ich rannte so schnell, dass ich direkt in ein Bambusgestell prallte, auf dem eine Tierhaut getrocknet oder gestreckt wurde, aber es bremste mich nur minimal.

Niemand verharrte mehr in Schockstarre. Bei einem Blick über die Schulter sah ich, dass die Tempelbewohner aus allen Richtungen hinter mir herrannten. Selbst wenn ich versucht hätte, den Tempel direkt an der Ecke zu umrunden, wäre ich aufgehalten worden. Ich hatte nicht erwartet, dass sie so effizient zusammenarbeiten würden, aber andererseits jagten diese Leute seit achtzehn Jahren mit Steinzeitwaffen Pekari durch den Dschungel. An der nackten Wand des Tempels würden sie mich stellen, und ich hatte nur noch zwölf Schüsse in meinem Magazin.

Eine Art schwere Takelage erstreckte sich über die gesamte Höhe des Tempels. Unten war eine Holzpalette, auf der zwischen straff gespannten Seilen an den vier Ecken, die in der Mitte mit einem Knoten verbunden waren, zwei Fässer standen. Oben eine weitere Palette, ebenfalls beladen. Das brachte mich auf eine Idee. Aber keine gute.

Ich fuhr herum. Etwa vierzig Defensive-Line-Spieler wollten sich auf den Quarterback stürzen. Es blieb nur noch eine Richtung. Ich rannte auf die Fässer zu.

Ich habe nie ganz verstanden, wie ein Flaschenzug funktioniert. Aber ein Liftboy im Waldorf-Astoria hat mir vor Jahren, als ich betrunken war, ganz grob das Prinzip des Gegengewichts erklärt. Darauf baute ich jetzt, als ich auf die Palette stieg und beide Fässer runterstieß.

Wasser floss hinaus, als sie auf den Boden fielen. Und die Palette fuhr ohne das Gewicht ächzend in die Höhe. Ich hoffte, dass ich dem Liftboy ein gutes Trinkgeld gegeben hatte, und legte mich auf die Palette. Wenn ich oben ankam, konnte ich vielleicht beim anderen Lager Asyl suchen.

Ich nahm an, das Gegengewicht würde mehr oder weniger in der Geschwindigkeit des freien Falls heruntersegeln und meine Palette genauso schnell zur Tempelspitze hochschnellen, aber tatsächlich war der Aufstieg viel zu gemächlich. Vielleicht war irgendeine Art von Bremse am Seil eingebaut, um zu verhindern, dass eine der Paletten zu schnell am Boden aufschlug. Aber immerhin nahm meine die richtige Richtung.

Zuerst schickten die Bogenschützen Pfeil um Pfeil zu mir herauf, die sich in die Unterseite der Palette bohrten. Aber dann begannen sie, auf das Seil über meinem Kopf zu zielen. Ein paar Pfeile fielen neben mir auf die Palette, und ich schnappte sie mir, zerbrach sie und warf sie runter. Doch es schienen weniger zu werden, vielleicht weil es zu gefährlich war, sie wieder aufzusammeln, während weiter Pfeile wie Schüsse bei einer serbischen Hochzeit vom Himmel regneten.

Als ich etwa die Hälfte geschafft hatte, durchschnitt ein Pfeil eins der vier Seile, mit denen die Palette an dem Haken befestigt war. Ich musste mein ganzes Gewicht auf die andere Seite werfen, damit ich nicht von der Palette rutschte.

Jetzt war ich noch fünfundzwanzig Meter von der Tempelspitze entfernt, und sie hatten keinen Treffer mehr landen können. Zwanzig Meter, achtzehn Meter – diese gesamte Mission war eine Abhandlung über Höhe und Podologie.

Ein Pfeil ritzte das Seil direkt über dem Knoten. Das Seil hielt, aber die letzten Fasern schrien vor Schmerz. Ich konnte mich nicht länger auf dieser Palette halten.

Ich trat seitlich von der Palette und hielt mich an der Tempelwand fest. Von meinem Gewicht erleichtert schlug die Palette gegen den Kalkstein und schwebte an mir vorbei nach oben. Ich begann zu klettern.

Die Muskeln, die ich mir beim Klettern an den Felswänden im Valle de Vinales erworben hatte, waren noch nicht völlig verkümmert. Und wie alles, was halbiert wird, war auch diese Seite des Tempels so zerklüftet, dass der Kalkstein großzügig Griffe und Tritte bot. Aber er war von einer feuchten Moosschicht überzogen, und abgesehen von meinem rechten Stiefel waren meine Hände und Füße nackt und schwitzig. Und ich hatte es zu eilig, um jeden Halt zu prüfen. Ich hätte nicht darauf wetten wollen, ob ich zuerst abrutschen oder von einem Pfeil getroffen werden würde, aber wie auch immer – mir war klar, dass ich keine realistische Chance hatte, die gesamten zehn Meter nach oben zu schaffen. Wie frustrierend, wenn ich nicht lange genug überlebte, um McKellar diese Geschichte zu erzählen, die schon jetzt eine meiner besten war.

Ein Pfeil riss den oberen Teil meines linken Ohrs mit sich. Ich kletterte weiter.

Und dann fand ich die Lücke.

Es war nicht nur ein besonders luxuriöser Haltegriff – die Lücke im Tempel war so hoch, tief und weit, dass meine Schultern reinpassten. Wenn es kein Ausweg war, so war es doch zumindest ein Fuchsloch. Ich zwängte mich hinein.

Ich nahm einen muffigen Geruch wahr, wie Erde oder Auspuffgas, aber ohne den Hauch von Guano, den man erwartet hätte. Ich wand mich vorwärts hinein, bis meine Beine beide drin waren. Blut lief an meinem Ohr herab, also drückte ich die Haut dort zusammen. Eine Zeitlang lag ich da und versuchte, wieder zu Atem zu kommen. Wenn ich mal wieder in Foggy Bottom war, würde ich bei der Wartungsabteilung einen neuen Körper beantragen. Bei diesem hier lohnte sich die Reparatur nicht mehr.

Im schwachen Kerkerlicht konnte ich erkennen, dass es sich bei der Lücke nicht nur um einen Alkoven handelte. Es sah eher so aus, als würde sie sich auf dem Weg hinab ins Tempelinnere ausweiten.

Ich konnte nicht zurück. Also ging ich vorwärts. »Und erdichteten Falls / daß eine Machine wäre / aus deren Structur gewisse Gedanken / Empfindungen / Perceptionen erwüchsen; so wird man dieselbe denkende Machine sich concipieren können / als wenn sie ins große nach einerlei darinnen beobachteter Proportion gebracht worden sei / dergestalt daß man in dieselbe / wie in eine Mühle / zu gehen vermögend wäre …«, schreibt Leibniz in seiner *Monadologie*.

—

Wissen Sie, wo Sie sind?
Nein.

Wissen Sie, welches Jahr wir haben?
Entweder das Jahr 1956 oder 1959. Es könnte sein, dass es 1956 ist und ich eine Vision von etwas habe, das 1959 geschehen wird. Oder es könnte 1959 sein, und ich erlebe eine Rückblende zu einem Ereignis aus dem Jahr 1956. Ich weiß es nicht.

Was ist das letzte Ereignis, an das Sie sich erinnern?
Es gibt zwei letzte Dinge. Das Letzte, woran ich mich aus dem Jahr 1959 erinnere, ist, dass ich am Film geleckt habe. Fast vierundzwanzig Stunden hatte ich an meinen Memoiren geschrieben. Ich habe nicht geschlafen, nicht gegessen, nur in meiner Wohnung gesessen und getippt. Ich fürchtete so sehr, dass ich Frieda umgebracht haben könnte, dass ich mich in Nostalgie geflüchtet habe, um nicht darüber nachdenken zu müssen. Ich habe die Gegenwart ausgeklammert und weiter über die Vergangenheit geschrieben. Ich habe die Jahre gewählt, in denen ich noch frei war und unerschrocken, mich noch als Held empfand. Aber es waren auch die Jahre, in denen ich die Entscheidungen getroffen habe, die zu diesem Terminus führten.

Ich begann meine Aufzeichnungen mit meinem ersten Treffen mit Wilson, aber dann wurde mir klar, dass ich besser damit anfangen sollte, was wir erfuhren, als wir Tapscott verhörten. Von da an schrieb ich in mehr oder weniger chronologischer Reihenfolge, bis ich beim Tempel angekommen war, kurz bevor ich den Pilz zum ersten Mal einatmete.

Ich wollte mich genau daran erinnern, wie es sich anfühlte. Und ich hatte ein paar Krümel Fungus vor mir, auf dem Filmmaterial, das ich aus dem Lagerhaus geschmuggelt hatte. Das Feuerschutzmittel Halorit 1219 ist giftig, was bedeutet, dass der Pilz aus Honduras auf dem Film im Lagerhaus nicht hätte überleben dürfen, von Wachsen ganz zu schweigen. Aber er hat es getan.

Also sitze ich gerade an meinem Schreibtisch. Es ist ein paar Minuten her, seit ich die Bilder in den Mund genommen habe, als würde ich den Belag von einem Spiegel lecken. Ich spreche mit Ihnen und erinnere mich gleichzeitig äußerst lebhaft daran, wie ich 1956 in den Tempel in Honduras gestiegen bin.

Was ist das Letzte, woran Sie sich aus dem Jahr 1956 erinnern?
Ich kroch tiefer in den Tempel, wie der blaue Rachewurm, der sich in meinen Fuß gebohrt hatte. Es gab kein Licht mehr, aber ich kroch weiter. Meine Finger streiften immer wieder Metall. Die Maya mussten einigen Schmuck zurückgelassen haben. Die Oberfläche des Metalls war mit etwas überzogen, einer dünnen Schwammschicht wie Schimmel. Und ich spürte langsam eine Bewusstseinsveränderung. Natürlich war ich erschöpft und verletzt und hatte vermutlich einen ganzen Zoo von Infektionen im Blut. Aber das war es nicht allein. Ich bin zwar kein Beatnik, aber ich habe schon Opium, Haschisch und Nähmaschinenöl geraucht, und vielleicht lässt sich damit am besten erklären, wie es sich anfühlte, als es begann; aber andererseits war es auch überhaupt nicht so. Das Gefühl wurde so intensiv, dass ich mir nicht mal mehr sicher war, ob ich mich noch bewegte oder angehalten hatte.

Also, jetzt bin ich gerade im Tempel. Es ist ein paar Minuten her, dass ich etwas Grobkörniges in meinen Lungen gespürt habe. Ich spreche mit Ihnen und habe gleichzeitig einen äußerst lebendigen Traum davon, 1959 in irgendeinem miesen Apartment in Virginia zu sitzen. Wenn er alles berücksichtigen könne, was ihm in der Gegenwart passiere oder ihm erscheine, schreibt Leibniz, dann könne er alles vorhersehen, was ihm passieren oder erscheinen werde. Diese Zukunft werde ihm nicht versagt werden und ihm sicherlich erscheinen, selbst wenn alles außerhalb von ihm zerstört werden würde, wenn nur Gott und er selbst übrig blieben.

Ich glaube, ich bin in beiden Jahren gleichzeitig. Oder vielleicht in keinem. Als würde ich jedes Mal, wenn ich den Pilz schlucke, einen anderen Eingang zum selben Ort nehmen. Dem Ort, an dem ich jetzt bin.

Es muss Dinge geben, die Sie 1959 wissen, 1956 aber noch nicht gewusst haben.

Ja. Ich weiß, dass der Pilz, den ich im Tempel gefunden habe, ein Argyrophage ist, genau wie das Medium des Kinos. Ein Organismus, der sich von Silber ernährt. Ich weiß, dass er Wissen verleiht, das man auf keinem anderen Weg hätte erlangen können. Erinnerungen an Ereignisse, bei denen man nicht zugegen war. Überwachungsbänder von den Gedanken anderer Menschen. Deswegen erfüllt er die Sehnsüchte eines Spions und macht meine Memoiren überhaupt erst möglich.

Ich weiß auch, dass ich zehn Tage nach meinem Absturz mit dem Luftschiff aufgewacht bin … oder aufwachen werde … Ich verwende einfach das Präsens: Ich wache in einem Krankenbett in Wilsons Konsulat auf, genau wie Colby Droulhiole damals. Ich habe keine Erinnerung daran, wie ich dorthin gekommen bin. Keinerlei Erinnerung, wie ich aus dem Tempel raus- oder dessen Bewohnern entkommen bin, wie ich die Pozkito umgangen oder meinen Weg nach San Esteban gefunden habe. Daher komme ich zu dem Schluss, dass das alles unbewusst geschehen sein muss. Meine Intuition hat die Kontrolle übernommen. Der Pilz hat mir die Kraft zu einem taktischen Schlafwandel verliehen, ohne Schmerz, Ermüdung und die kognitiven Engpässe bewusster Absicht.

Wilson fragt sich voller Sorge, ob mich mein Arbeitgeber, die Firma Letterblair, Handsom und Lowe, ausreichend für die Verletzungen, die ich in der Ausführung meiner Pflichten als Notar erlitten habe, entschädigen werde. Er fragt außerdem, ob ich Poyais O'Donnell getroffen hätte, der immer noch nicht in San Esteban aufgetaucht ist. Er ist zu diskret, um auch nur darauf anzuspielen, dass ich vor einigen Monaten mit Colby Droulhiole mitten in der Nacht verschwunden bin und dabei auch noch ein Fenster zerschlagen habe.

Reyna hat, nachdem sie mich entkleidet hat, alle meine Habseligkeiten in eine Schublade gelegt. Darunter ist auch ein Stück silberner Rüstung, überzogen mit lebendigem Pilz, das ich mit aus dem Tempel gebracht haben muss. Also habe ich eine Probe. Wenn ich in diesem Krankenbett erwache, werde ich diese Vision, die ich gerade habe, vergessen haben – das ist das Problem. Ich werde alles vergessen haben, was ich aus dieser Vermischung von 1956 und 1959 erfahren habe. Andernfalls würden alle Entscheidungen, die ich in den dazwischenliegenden Jahren treffen werde, anders aussehen.

Wissen Sie, wer ich bin?

»… selbst wenn alles außerhalb von ihm zerstört werden würde, wenn nur Gott und er selbst übrig blieben …« Ich bin in den Tempel gegangen, und jetzt spreche ich mit jemandem. Mensch, Meier, sind Sie …

Sind Sie ein Pozkito-Gott?

Nein.

War nur ein Witz. Das weiß ich schon. Ich glaube nicht an sie. Als Whelt in den Tempel gegangen ist, atmete er die Sporen des Pilzes ein, der auf der Silberrüstung wuchs, hatte daraufhin eine psychotrope Erfahrung und dachte, er wäre ein paar Gottheiten in die Hände gefallen. Er war immer so stolz auf sein rationales Denken, aber als er zum ersten Mal im Leben auf etwas stieß, das er sich nicht sofort erklären konnte, stürzte er sich gleich auf das Übernatürliche.

Danke. Ich wollte mir einen Eindruck von Ihrem subjektiven Zustand verschaffen. Damit können wir etwaige Missverständnisse zwischen

uns ausräumen. Zum ersten Mal seit mehreren Tagen sind Sie so klar, das möchte ich ausnutzen.
Was zur Hölle meinen Sie mit »klar«?

Ich frage Sie noch einmal, wissen Sie, wo Sie sind, Mr. Zonulet? Versuchen Sie sich zu konzentrieren. Können Sie diesen Schreibtisch sehen? Können Sie diese Tür sehen? Können Sie sich selbst in diesem Spiegel sehen?
Das ist nicht der Schreibtisch, der in meiner Wohnung steht.

Sie sind nicht in Ihrer Wohnung. Sie sind in einem psychiatrischen Beobachtungsraum in Camp Detrick, Maryland.
Der Spiegel. Das ist eine Vierte Wand, oder? Einseitig. Sitzen Leute dahinter, die uns beobachten?

Ich möchte, dass Sie mir genau zuhören. Es handelt sich um eine Forschungszusammenarbeit von Ihnen mit Apex Chemical im Auftrag des Ministeriums des Wissenschaftsgeheimdienstes. Vor drei Wochen haben Sie eine Ampulle mit Halorit 1219 ohne Autorisation aus einem der Labors hier in Camp Detrick entfernt. Wir wissen nicht, was Sie damit vorhatten. Die Ampulle ist in Ihrer Brieftasche zerbrochen, und als Sie die Brieftasche öffneten, haben Sie eine große Dosis davon eingeatmet.
Halorit 1219 ist ein Feuerschutzmittel.

Nein, Mr. Zonulet, Halorit 1219 ist kein Feuerschutzmittel, es ist eine mächtige experimentelle Droge. Seit Sie sie eingeatmet haben, befinden Sie sich im Zustand einer halluzinatorischen Katatonie.
Ich bin bei der Operationsleitung, nicht der Scientific Intelligence. Ich war nie in Camp Detrick.

Versuchen Sie sich auf das zu konzentrieren, was Sie in diesem Zimmer sehen. Versuchen Sie sich auf mich und meine Stimme zu konzentrieren. Ich bin Ihr Arzt. Das ist die Wirklichkeit. Alles andere ist reine Phanta-

sie. Es gibt keinen Tempel. Sie waren niemals in Honduras. Keine dieser Figuren, die Sie erfunden haben, ist real.
Oh, verstehe. Das ist ein Verhör. Hören Sie mal, Kumpel, ich habe das Handbuch auch gelesen. Ich weiß, was Sie da machen. Die »Verwirrungstaktik« ist nicht nur dazu da, das Vertraute auszulöschen, sondern es durch das Verrückte zu ersetzen.

In Ihrem gesamten Bericht über die letzten zwanzig Jahre gibt es Aussagen, sowohl gewichtige als auch unwichtigere, die nachweislich im Widerspruch zu den Fakten der Geschichtsschreibung stehen.
Sie sprechen mit einem Veteranen der Strategischen Dienste und der CIA über die »Fakten der Geschichtsschreibung«? Also bitte. Das können Sie gleich sein lassen, das wird nicht funktionieren.

Eigentlich sind wir immer noch sehr zuversichtlich, dass sich Ihr Zustand bessern wird. Wir ziehen eine Reihe von Behandlungsmöglichkeiten in Betracht. Es gibt da ein neues Verfahren namens unilaterale Gradatorektomie. Damit sind in anderen Einrichtungen bereits hervorragende Ergebnisse erzielt worden, in Fällen, die Ihrem ganz ähnlich sind. Möglicherweise ist nur ein direkter Eingriff nötig, und danach sehen Sie die Welt wieder vollkommen klar. Das würde doch ein paar Nebenwirkungen rechtfertigen, nicht wahr?
Also sagen wir mal, Sie sind ein Pozkito-Gott. Ich würde davon ausgehen, dass Sie versuchen, mich schreiend und rasend aus Ihrem Tempel zu jagen. Aber ich glaube, ich weiß, was wirklich passiert. Ja, Halorit 1219 ist hier höchstwahrscheinlich der Übeltäter – darauf können wir uns einigen. Das Feuerschutzmittel hat etwas mit dem Pilz auf dem Film gemacht. Es hat die Chemie versaut. Wenn Sie sich die Sporen unter einem Mikroskop ansehen, sieht man vermutlich, dass sie alle völlig vermasselt sind wie Hiroshima-Babys. Deswegen habe ich diesmal schlechte Träume.

Bitte setzen Sie sich, Mr. Zonulet.
Wer ist auf der anderen Seite dieses Spiegels? Wer beobachtet mich? Hallo da drüben!

Stellen Sie den Stuhl wieder hin. Wenn Sie ihn nicht sofort abstellen, rufe ich die Wärter, um Sie fixieren zu lassen.
Sie gehen besser aus dem Weg. Hier kommt's auf den Schwung an.

Sie kennen doch solche Räume. Sie müssten wissen, dass die Vierte Wand nicht bricht.
Ein Versuch kann ja nicht schaden.

Stellen Sie den Stuhl wieder hin. Stellen Sie ihn hin. Hey, schickt mir jemanden rein! Schickt jemanden, bevor er –

Das Glas zersplitterte.

Phibbs blickt nach unten und sieht die Augengläser auf dem Teppichboden des Büros; eins der Gläser ist unter seinem Schuh zerbrochen. »Oh, das tut mir leid, Sir. Hat Mr. Barry die hier vergessen?«

»Hat er«, sagte Elias Coehorn sen. Sein vorheriger Besucher, E.W. Barry, war Präsident der Atlantic National Bank, und heute, am 3. September 1938, war es an Coehorn, zu entscheiden, ob diese Institution weiterhin bestehen bleiben sollte oder nicht. Während der Unterredung hatte Barry derart gequält an der Brille auf seinem Schoß herumgefummelt, dass er die Scharniere verbogen hatte. Als er sich anschickte zu gehen, setzt er sie wieder auf, doch sie rutschte ihm beim Aufstehen von der Nase. Anstatt sich zu bücken und sie aufzuheben, schwankte er nur kurz und ging dann rückwärts aus dem Zimmer. Wenn Coehorn seinen resignierten Gesichtsausdruck richtig deutete, dann glaubte Barry, angesichts der vorherrschenden psychischen Atmosphäre unmöglich irgendetwas tun zu können, ohne Coehorn vorher um Erlaubnis zu fragen, und da er es nicht über sich brachte, zu fragen, ob er die Brille aufheben dürfe, blieb ihm keine andere Wahl, als zu gehen und sie zurückzulassen.

Jetzt wirft Phibbs sie in den Mülleimer. »Gibt es noch andere Angelegenheiten, bei denen Sie infolge des Treffens Wert auf meine Anwesenheit legen, Sir?«

Ein paar Minuten lang gibt Coehorn genaue Anweisungen. Er hat natürlich schon seit Monaten gewusst, dass die Atlantic National Bank bis in den Kern verfault ist, vermutlich noch ehe Barry davon wusste. Der Mann war hergekommen, um ihn anzuflehen, den Baum zu retten. Doch tatsächlich hatte er damit Coehorn nur darauf aufmerksam gemacht, dass dies seine Chance war, dem Baum einen sanften Schubs zu geben. Und so den Winkel seines Falls zu bestimmen. Danach sagt Coehorn: »Was haben Sie für mich?«, und meint damit die Aktentasche unter Phibbs' Arm.

»Drei Dinge. Erstens den monatlichen Report der Untersuchungsbeamten.«

»Irgendwas dabei?«

»Nichts, was der Rede wert wäre, nein.«

Coehorn hat es schon lange aufgeben, sich persönlich mit den christlichen »Visionären« zu treffen, die ihre Gaben für seine Missionsstiftung anboten. Jahrelang hatte er große Hoffnungen in sie gesetzt, aber allesamt waren sie Schwindler gewesen, jeder Einzelne von ihnen, inklusive derer, die von Pfarrern und Dekanen geschickt worden waren. Obwohl sein kleines Team von ausgebildeten Inquisitoren weiterhin wissenschaftliche Unterredungen mit den glaubwürdigeren Kandidaten im Dreiländereck durchführen, ist sogar das schon fast zu einer überflüssigen Maßnahme geworden. Denn Coehorn selbst ist inzwischen mit einer direkten Offenbarung gesegnet worden, wie sie so viele andere nur fälschen.

Schon als junger Mann hörte er bestimmte Bibelpassagen wie Telegrafendrähte summen, die ihm persönliche Nachrichten überbrachten – zum Beispiel die Rückversicherung, dass der Herr, wenn man der Kirche seinen Zehnten bezahlte, »euch die Fenster des Himmels öffnen und euch Segen ausgießen werde bis zum Übermaß« (Maleachi, 3,10), denn auch der Herr denkt volkswirtschaftlich. Als Coehorn noch Pard Liquor in Hershey braute, wusste der

Herr bereits, dass sein »Zehnter« eines Tages eine der größten Missionsstiftungen der Welt hervorbringen würde und dazu ein Programm zur Renovierung von Kirchen in den gesamten Vereinigten Staaten. Aber offenbar ist Coehorns Werk noch nicht vollendet, denn der Herr hat immer noch Anweisungen für ihn. Er empfängt sie nicht als gesprochene Worte, sondern in einem fast greifbaren Sendungsbewusstsein, das von außen in ihn dringt. Obwohl es keine Stimme gibt, hat diese Nicht-Stimme ein Timbre, vor dessen Heiligkeit er erschaudert.

Vor seinem Fenster hängt warmer, grauer Dunst über den Spitzen der nahegelegenen Wolkenkratzer, die aus dieser Höhe betrachtet so unordentlich arrangiert wirken wie die Baracken in einem Slum. »Nächstes Thema?«, fragt er.

»Der letzte Bericht über Master Whelt, Sir.«

Jervis Whelt. Zwanzig Jahre alt. Wohnt in Hollywood, Los Angeles. Elias Coehorn seniors einziger leiblicher Sohn. Ein zweifacher Fehler.

Der erste Fehler war die Fehlplatzierung von Samen. Als Coehorn Arnold Spindlers Frau vergewaltigte, war die Frau selbst überhaupt nicht von Bedeutung. Wie eine Zungenrednerin war sie nur das Medium für das Wort, das von oben geschickt wurde, in diesem Fall ein Wort der Strafe. Coehorn bemächtigte sich Spindlers Eigentum, genau wie Spindler zuvor Coehorns. Coehorn machte sich nicht die Mühe, Spindlers Frau währenddessen ins Gesicht zu sehen, genauso wenig wie er Elias Coehorn juniors Haushund in die Augen geblickt hatte, als er ihm das Genick brach, um ihn für wiederholte Blasphemie zu strafen. Die Vergewaltigung war allein eine Vorstellung für Spindler, sonst nichts. Dass die banale anatomische Vereinigung substanzielle Folgen haben könnte, war Coehorn gar nicht in den Sinn gekommen. Wie absurd erschien es nun, dass er seiner Frau Ada während ihrer Ehe mindestens ein Dutzend Mal ganz ohne Schutzschild seinen Samen gegeben hatte, aber dass nur ein einziger, eher zufälliger Abwurf nötig war, um ein Kind in die Frau von Spindler zu pflanzen. Andererseits durfte man nicht vergessen, dass Spindlers Frau ebenfalls jüdisch war und die Lenden von Jüdinnen sich auf Sperma stürzen wie Fledermäuse auf Nektar.

1918 war Coehorn noch nicht klar gewesen, dass Ada ihm gar keinen Erben geschenkt hatte. Das war der zweite Fehler. Die Vergewaltigung hätte nicht passieren dürfen. Hätte er zu diesem Zeitpunkt schon gewusst, dass Spindlers unbefugtes Eindringen in Ada in der Garderobe nach der Probe nicht der erste Vorfall gewesen war, wie sie mithilfe ihrer Theaterausbildung so überzeugend wie flehentlich versicherte, sondern tatsächlich eine über mindestens sieben Jahre fortgeführte Gewohnheit, und hätte er außerdem gewusst – was noch hundertmal schlimmer war –, dass Spindler ihm ein Kuckucksei ins Nest gelegt hatte, dann hätte Coehorn niemals die milde Strafe gewählt, Spindlers Frau vor dessen Augen zu vergewaltigen und ihn kämpfen und heulen zu sehen. Erst Jahre später erkannte er, dass sein »Sohn« ein Eindringling war, und so wählte er eine angemessenere Strafe für Spindler. Er hätte von Anfang an keine Gnade walten lassen dürfen. (Jetzt, da Barrys zerbrochene Brille wie ein ausgespiener Handwurzelknochen nach dem Verschlingen der frisch erlegten Beute im Abfalleimer lag, weiß er, dass ihm dieser Fehler seither nicht unterlaufen ist und auch nicht mehr unterlaufen wird.)

Die Symmetrie, mit der Coehorn Spindlers Frau geschwängert hatte, genau wie Spindler zuvor schon Coehorns Frau geschwängert hatte, war in jeder Hinsicht ein Zufall. Whelt war eine Misszeugung, die auf einer Fehlplatzierung basierte, die auf einem Irrtum basierte.

Und dennoch lebt der Junge, und Coehorn lebt in ihm.

Von Whelts Existenz hatte er bis vor vier Jahren keine Ahnung; sie kam auf folgende umständliche Art zutage: Nachdem Spindlers Witwe, die damals in La Jolla, Kalifornien, gelebt hatte, an Brustkrebs gestorben war, wurden Agenten der Abteilung für Gute Führung der Eastern Aggregate ausgesandt, um vorsichtshalber in ihr Haus einzubrechen. Sie entwendeten alle auffindbaren Papiere, deren Fehlen für die Testamentsvollstrecker nicht zu offensichtlich war.

Keine neuen Informationen durften ans Licht kommen, die dem Schauspieler, der seit Spindlers sabotiertem Luftschiffunfall 1929 in dessen Rolle geschlüpft war, die Arbeit hätten verkomplizieren können. Spindler selbst war natürlich ausführlichst durchleuchtet worden. Dank des Dossiers der Abteilung für Gute Führung, das etwa tausend Seiten umfasste, wusste man über den toten Mann mehr als über die meisten lebenden Menschen. Aber es war dennoch denkbar, dass irgendein unangenehmes Detail aus dem Haus der Witwe herauskrabbelte. Was würde beispielsweise geschehen, wenn Spindler laut einer Krankenakte irgendwann von seinem Arzt gesagt bekommen hatte, dass er äußerst allergisch auf Fuchsschwanzgewächse reagierte, und irgendeinem gründlichen Reporter auffiel, dass das überhaupt nicht vereinbar war mit den MacKenzie-Bohnen, die im Sommer wöchentlich in die Küche seines Anwesens in Bel Air geliefert wurden? Also durchsuchten die Agenten das Haus der Witwe über Nacht. Und unter den eingezogenen Dokumenten fand sich eines, laut dem die Frau 1919, etwa neun Monate nach Coehorns Vergewaltigung, einem Waisenhaus in Hollywood ein männliches Neugeborenes übergeben hatte.

Phibbs machte den Jungen ausfindig. Und als Coehorn zum ersten Mal ein Foto von Jervis Whelt erblickte, wusste er sofort, dass er seinen Sohn vor sich sah. Seinen genetischen Sohn, nicht wie Elias jr., in dessen Gesicht nach einer späten Pubertät deutlich Spindlers Züge zu erkennen waren. (Obwohl Spindler zum Glück keine charakteristisch jüdische Nase oder Haare hatte, sonst wäre jedem Betrachter alles sofort klar gewesen.)

Laut Konvention wäre also Whelt Coehorns einziger blutsverwandter Sohn. Aber es gibt auch anderes Blut. Name ist Blut. Glaube ist Blut. Geld ist Blut. Der Großteil von Coehorns Nachlass wird aus Errungenschaften des Geistes bestehen, nicht aus persönlich zugestellten Körpersäften. Letzteres über alles andere zu stellen wäre affengleich und profan. Coehorn ist überzeugt, dass in Zukunft kaum jemand aus der amerikanischen Oberklasse seine Kinder selbst zeugen wird. Dass Elias jr. nicht nach Coehorns Bild entstanden ist, ist an sich noch nicht Grund genug, ihn zu enterben. Schließlich ist New York ja auch nicht ursprünglich nach Coehorns Bild entstanden. Er hat ihm sein Bild aufgedrückt, und jetzt übertrifft er die Stadtgründer an Bedeutung, wenn nicht sogar an Besitzanspruch.

Dennoch hat Adas uneheliches Kind, das von Geburt an als Coehorn erzogen worden ist, dieses große Geschenk weggeworfen und nur die vergoldete Verpackung behalten. So sehr er dem Gesicht nach ein Spindler ist, so sehr gilt dies auch für seinen Charakter, der sich zu den Grillen, dem Knalligen, dem Dekadenten genau wie allem Theatralischen herabgelassen hat. Elias jr. ist jetzt sechsundzwanzig, und Coehorn ist von Jahr zu Jahr mehr von ihm angewidert. Wogegen Jervis Whelt laut sämtlichen Berichten Freude an harter Arbeit und Selbstvervollkommnung findet. Er ist vernarrt in Kinofilme, ja, und kein guter Christ, aber das liegt daran, dass er das Pech hatte, eine Meile südlich des Sunset Boulevards aufzuwachsen.

Während der Kuckuck Coehorns Geld verprasst und seinen Namen besudelt, ahnt der Bastard nichts von seinen Wurzeln. Insoweit ist Coehorns Erbe in Unordnung. Aber bald wird es besiegelt werden. Er hat die Eastern Aggregate so angelegt, dass sie das Leben eines Menschen überdauert. Rom fiel, als sich das Imperium nicht mehr weiter ausdehnte, aber dieses Imperium soll sich bis in die Ewigkeit ausdehnen. Es gab andere Imperien – nicht nur Rockefeller, Mellon und Ford, die üblichen Idioten, sondern dunklere Imperien, geheime Imperien –, und sollten diese je an seine Grenzen drängen, müssen seine Grenzen ihnen widerstehen.

Er braucht einen Nachfolger.

Entweder muss er sein sechsundzwanzig Jahre andauerndes Investment fortführen und weiter Geld in das Kind stecken, das aus seiner verstorbenen Frau gekommen und der Gesellschaft als sein Sohn bekannt ist und aus dem vielleicht sogar jetzt noch ein würdiger Erbe werden kann, wenn man ihn aus der Stadt entfernt und ihn ein paar Jahre lang in eine streng korrektive Umgebung steckt; oder er muss alles auf den Kopf stellen, einen jungen Angeleno auf den Thron heben und das Durcheinander des väterlichen Erbes eingestehen, über das sich dann alle das Maul zerreißen werden.

Er blättert durch den Bericht. An Whelts Umständen hat sich nichts geändert. Er gibt immer noch Abendkurse an der Hancock Park Technical High School. In jedem Kurs sitzt als Schüler getarnt ein Agent der Abteilung für Gute Führung, der über Whelt nur weiß, dass er für die Firma eine Person von besonderem Interesse ist. Coehorn hat begriffen, dass die Leute in Hollywood nicht davon ausgehen, durch Tatkraft und Tugend Karriere zu machen, sondern dass sie erwarten, »bemerkt« oder »entdeckt« zu werden, um aus dem Staub an den Tisch der Könige geholt zu werden. Zweifellos hat Whelt genug Verstand, um dieser Phantasie zu widerstehen, auch wenn lustigerweise genau das eintreten würde, wenn Coehorn ihn Elias jr. vorzieht.

Seine neuesten Anweisungen von ganz oben haben ihn darauf aufmerksam gemacht, dass er nicht mehr länger nach Ausflüchten suchen darf. »Er befreite mich, denn er hatte an mir Gefallen« (Psalme 18,20), denn der Herr kümmert sich genau wie der Kapitalismus um die richtige Verteilung von Ressourcen und Möglichkeiten. Das Gleichnis vom verlorenen Sohn mag hier oberflächlich betrachtet greifen, genau wie das deuteronomische Gesetz des Erbens durch den Erstgeborenen, aber in Wirklichkeit ist keines der beiden auf diesen Fall anwendbar. Coehorn ist zu der Überzeugung gelangt, dass er sich Salomon zum Vorbild nehmen muss, und zwar nicht die berühmte Geschichte um das umstrittene Baby, sondern seine Vorgehensweise im Allgemeinen. Der Herr möchte, dass er eine Methode findet, um den einen Beinahe-Sohn gegenüber dem anderen Beinahe-Sohn zu prüfen. Dieser Konkurrenzkampf muss, wie auch immer geartet, an irgendeinem Ort fern von New York oder Los Angeles stattfinden, sodass beide dieselben Voraussetzungen haben und kein Außenstehender eingreifen wird, bis er entschieden ist.

Er blickt auf. »Sie sagten, es gäbe noch ein drittes Thema.«

Phibbs legt die letzte Akte auf den Tisch. »Ich war mir nicht ganz sicher, ob das Ihre Aufmerksamkeit wert ist, Sir, aber es ist ein durchaus einmaliges Ereignis. Hier ist ein Bild, das wir per Bildtelegramm aus La Ceiba in Spanisch-Honduras bekommen haben. Wie Sie wissen, führt Ihre Stiftung eine Missionsstation im Nordosten des Landes, in der Nähe einer kleinen Stadt namens San Esteban. Vor drei Tagen sind zwei französische Archäologen in der Missionsstation aufgetaucht und verlangten nach Wasser und medizinischer Hilfe. Nachdem sie beides bekommen hatten, berichteten sie, dass sie tief im Dschungel in der Nähe eines Nebenflusses des Río Patuca etwa fünfzig Meilen landeinwärts vom Karibischen Meer voller Überraschung auf ein … Es tut mir außerordentlich leid, Sir, aber da scheint etwas in Ihrem Ohr zu sein.« Aus dem ledernen Etui, das in das Futter seiner Anzugjacke eingenäht war, nimmt Phibbs eine winzige Pinzette. »Darf ich …?«

Er beugt sich vor und zieht mich aus Coehorns Ohr. Ehe er mich in den Abfalleimer zu der Brille werfen kann, hebt sein Arbeitgeber die Hand. »Ich möchte sehen, was es ist.« Also legt mich Phibbs stattdessen auf den Schreibtisch, so sorgfältig, wie ein Juwelier einen Edelstein präsentieren würde, und tatsächlich leuchtet meine blaue Epidermis mit dem saphirfarbenen Schimmer vor den düsteren Tönen des Büros, als ich mich auf der Schreibtischunterlage winde.

»Haben Sie so etwas schon mal gesehen?«, fragt Coehorn.

»Nicht, dass ich wüsste.«

»Wie zum Teufel ist das Vieh in mein Ohr gekommen?«

Dieses eine Mal hat Phibbs keine Antwort parat.

»Besser, Sie töten es, ehe Sie es wegwerfen. Sonst haut es womöglich ab.«

So schnell ich kann, versuche ich mich der Pinzette zu entwinden, aber die Entfernung zum Rand des Schreibtisches ist fünfzigmal so lang wie mein Körper. Phibbs hält mich mit der Pinzette über den Mülleimer und drückt gerade fest genug zu –

Als ich erwachte, lag ich mit dem Gesicht auf meiner Schreibmaschine. Mein Mund war trocken, mein Körper schweißgebadet.

»Du bist wach. Gutes Timing. Ich bin gerade mit deinem Manuskript fertig.«

Ich blickte auf. Meredith Vansaska saß auf dem Sessel am Fenster, mit einem Stapel maschinenbeschriebener Seiten auf dem Schoß.

TEIL VIER

Ich sah das belebte Meer, ich sah Morgen- und Abendröte, ich sah die Menschenmassen Amerikas, ich sah ein silbriges Spinnennetz im Zentrum einer schwarzen Pyramide.

Aus *Der Aleph* von Jorge Luis Borges

In Kuba glaubte man, wenn man Fieber habe, solle man ein paar abgeschnittene Fingernägel in eine Zigarette drehen und die Zigarette an einer Kreuzung fallen lassen, ohne nach links oder rechts zu sehen. Derjenige, der die Zigarette aufhob, würde einem das Fieber abnehmen. Als ich Vansaska sah, hatte ich das Gefühl, ihre Zigarette geraucht zu haben. Als ich sie zuletzt gesehen hatte, vor drei Jahren in ihrem Bungalow in Silver Lake, war sie schwach und in einem jämmerlichen Zustand gewesen, ein Fall für die Wohlfahrt. Jetzt hatten wir die Plätze getauscht. Wie sie damals auf mich gewirkt hatte, so wirkte ich wahrscheinlich heute auf sie. Sie dagegen hatte ihre frühere Gelassenheit wieder zurückerlangt. Sie trug einen grauen, schmal geschnittenen Wollanzug, in dem ich einen Anklang aktueller französischer Ideen zu erkennen meinte, mit Nylonband an den Säumen und Glasknöpfen in einem Dreiecksmuster am Revers der Jacke.

»Wie viele Brüder hatte Frieda?«, fragte sie.

»Was?«

»An einer Stelle schreibst du, sie habe zwei Brüder, an einer anderen, drei. Hast du einen Fehler gemacht oder sie?«

Ich dachte darüber nach. »Verdammt noch mal. Sie hat sich widersprochen. Seltsam, sich dabei zu irren.«

»Ist dir je in den Sinn gekommen, dass sie vielleicht nicht diejenige war, als die sie sich ausgegeben hat? Dass sie eine Art Spitzel war?«

»Keine Sekunde lang. Nicht bis gerade eben.«

»Könnte es sein, dass jemand diesen Mordfilm inszeniert hat, damit du glaubst, du verlierst den Verstand?«

Ich saß im Gefängnis von »alle verfügbaren Beweise« meine lebenslängliche Haftstraße ab, ohne die Hoffnung auf Entlassung auf irgendeinem anderen Weg als letaler hepatozellulärer Dysfunktion. Ich hatte Springfield, Virginia, seit Monaten nicht verlassen. Ich war vollkommen am Ende. Warum sollten meine Gegner sich meinetwegen die Mühe einer solchen psychologischen Kriegsführung machen? Ein recht aufwendiger Weg, um einen Mann aus der Fassung zu bringen, der schon ziemlich außer Fassung ist.

Aber während meiner Karriere bei der CIA war ich mehrere Male weiter gegangen, um noch kleinere Ziele zu erreichen. Ich dachte an die Halluzination, aus der ich gerade erwacht war. Die Vernehmung, die Vierte Wand, die Geschichte über einen Kontaktmann der Scientific Intelligence mit Wahnvorstellungen. Vielleicht war der Traum doch gar nicht so böse, sondern vielmehr ein Traum mit einer Botschaft, der mich an meine eigene geistige Gesundheit glauben ließ.

Frieda hatte behauptet, McKellar hätte sie mir geschickt. Ich erinnerte mich daran, dass Winch gesagt hatte: »College-Mädchen sind nicht mehr so unschuldig, wie sie es mal waren.« Damals hatte ich es als versteckte Bestätigung des Gefallens aufgefasst, den er mir mit einer hübschen Zwanzigjährigen getan hatte, um mir beim Polieren des Familiensilbers zu helfen. Wenn das der Fall war, dann war er auf jeden Fall am Plan beteiligt. Mein ehemaliger bester Freund, mein ehemaliger engster Verbündeter gegen die Sektion 9 hatte mich betrogen.

Aber eine andere Möglichkeit war, wie ich jetzt erkannte, dass er versucht hatte, mich vor ihr zu warnen.

Und die dritte Möglichkeit war, dass er tatsächlich keine Ahnung von ihrer Existenz hatte und sein Scherz eine höfliche Floskel war. Dass sie seinen Namen erwähnt hatte, war nur eine weitere Lüge. Ich versuchte mich an seine genaue Intonation zu erinnern, aber Vansaska unterbrach mich: »Eigentlich sollte ich dich übers Knie legen.« Sie deutete auf das Manuskript. »Du hast alles gewusst. Und hast mir damals in Silver Lake nicht mal einen verdammten Krümel hingeworfen. Ganz egal, wie viel es mir bedeutet hätte.«

Ich zuckte mit den Schultern. »Ich konnte nicht. Tut mir leid. Und ich wusste nicht alles. Das tue ich immer noch nicht.«

»Du weißt verdammt viel über mich und mein Leben. Es stimmt fast alles. Und ich soll glauben, dass du das alles von einem Pilz weißt?«

»Hast du eine bessere Erklärung?«

»Nicht zur Hand. Ich hoffe, du weißt meinen Einsatz zu schätzen, ich habe jede verdammte Seite gelesen. Wo hast du gelernt, so zu schreiben? Von einem Typen, dessen Wohnung so aussieht wie diese hier, erwartet man nicht, dass er insgeheim nach Ausschmückungen süchtig ist. Was hätte Bev wohl zu diesem ganzen Schnickschnack gesagt? Weißt du nicht, dass Vergleiche eine Form von Paranoia sind? Eine Verbindung zwischen zwei Dingen herzustellen, nur weil du, und nur du, eine versteckte Übereinstimmung in ihrer Funktionsweise zu erkennen meinst? Außerdem ist dein Manuskript sicher fast schon so lang wie *Moby Dick*, und du bist noch nicht mal annähernd beim Ende.«

»Es ist nicht so lang wie *Moby Dick*.«

»Am Anfang führst du diesen Phibbs ein, und wir sollen uns ungefähr zehntausend Seiten später noch daran erinnern, wer das ist?« Sie stöhnte. »Ich bin Reporterin mit einem sehr aufnahmefähigen Gehirn und habe es in einem Rutsch gelesen, trotzdem musste ich zurückblättern und nachlesen. Und das ist nur ein Beispiel von vielen. Ich hoffe, das Hardcover bekommt ein Personenregister.«

»Der einzige Mensch, der das hätte lesen sollen, ist –«

»– der Jungspund vom Sicherheitsbüro, der deine Sachen durchgehen muss, wenn du gestorben bist. Klar. Aber ich glaube nicht, dass dieses Buch nur ein Fluch für jemanden ist, der deine Totenruhe stört. Ganz offensichtlich bist du auch stolz darauf. Tief im Inneren hoffst du sicher, dass es entdeckt – geleakt – veröffentlicht – und in der *New York Times* gepriesen wird.«

Ich stand auf und ging in die Küche, wo ich mir ein Glas Wasser eingoss, es austrank, es wieder auffüllte und mit zurück zu Vansaska nahm. »Wie bist du hier reingekommen?«

»Deine Tür war nicht abgeschlossen.«

»Das warst du mit dem Bel Air«, sagte ich. »Der fast die ganze Woche da geparkt war.«

»Ja.«

»Warum hast du mich beobachtet?«

»Mir wurde gesagt, du seist in den Ruhestand versetzt worden«, sagte Vansaska. »Und das konnte ich kaum glauben. Ich dachte, es sei vielleicht Tarnung. Ich wollte dich lange genug beobachten, um zu sehen, dass dein deprimierendes Leben hier echt ist – nix für ungut. Also sah ich, dass du eine gewisse Routine hast. Aber als du deine Wohnung nicht mehr verlassen hast, war ich ein wenig besorgt.«

»Warum interessiert es dich, ob mein Ruhestand eine Tarnung ist?«

»Ich musste entscheiden, ob ich dir vertrauen kann. Wenn du immer noch in dein Geheimdienstzeug verstrickt gewesen wärst, hätte ich das nicht gekonnt.«

»Und bei welcher Sache willst du mir trauen können?«

»Weißt du, dass du im Schlaf gesprochen hast?«, fragte Vansaska. »Ich dachte, wer im Schlaf spricht, darf kein Spion werden.«

»Ich habe nicht geschlafen. Ich war nur woanders.«

»Sogar im Schlaf nimmst du dich wahnsinnig wichtig.«

»Wobei willst du mir vertrauen können?«

Vansaska zog ein Blatt Papier aus ihrer Jacke und reichte es mir. Ich faltete es auseinander und sah, dass es eine Fotokopie eines Memorandums der CIA war, mit S-E-C-R-E-T gestempelt.

»Wer hat dir das gegeben?«, fragte ich.

Sie sagte es mir, aber ich werde diesen Namen hier nicht festhalten.

3. Juli 1958

MEMORANDUM FÜR: den Vizedirektor
BETREFF: Zusammenfassung der Operationen von REMOTER seit 1935

1. *1935 traf Dr. Sidney Bridewall, Ethnologe von der Cambridge University, bei einer Expedition nach Honduras an der Tempelstätte auf REMOTER. REMOTER zwang Bridewall dazu, seine Überfahrt in die Vereinigten Staaten zu arrangieren mit der logistischen Unterstützung des Vermittlers Poyais O'Donnell, wohnhaft in San Esteban und Tegucigalpa.*
2. *Laut O'Donnell hat sich REMOTER in Red Hook, Brooklyn niedergelassen. Abgesehen davon ist nichts von REMOTERS Aktivitäten bekannt, bis Sektion 9 zum ersten Mal 1953 Kontakt zu ihm aufnahm. Als Bestechungsmittel während der Verhandlungen mit United Fruit brachte Sektion 9 REMOTER in einer Suite im Waldorf-Astoria-Hotel in Manhattan unter.*
3. *In den Nachwehen der Ereignisse im Nordosten von Honduras Ende des Jahres 1957 stellte sich heraus, dass REMOTER das Waldorf-Astoria verlassen hatte. Alle folgenden Bemühungen, seinen Aufenthaltsort zu ermitteln, blieben erfolglos. Analytiker von Sektion 9 glauben, dass er vermutlich nach Honduras zurückgekehrt ist, aber unsere Außenposten hier haben kein Wort von ihm gehört.*

»Wer ist REMOTER?«, fragte Vansaska.

»Du bist hergekommen, um mich das zu fragen?«

»Ich habe gehofft, du könntest es wissen.«

Ich schüttelte den Kopf. Durch meine letzte Exkursion mit dem Pilz wusste ich jetzt Dinge, die ich am Tag zuvor noch nicht gewusst hatte, eine umfassende zusätzliche Chronik der Ereignisse am Tempel zwischen 1956 und 1959. Ich hatte das Gefühl, meine Schläfenlappen liefen heiß, um das alles zu verarbeiten, und ich brannte darauf, einiges davon zu Papier zu bringen, um diesen Druck loszuwerden. Aber wer sich hinter diesem Codenamen verbarg, wusste ich immer noch nicht. »Tut mir leid, deine Reise war umsonst. Deine Quelle konnte es dir nicht sagen?«

»Nein. Du schreibst hier, dass Tapscott REMOTER erwähnt hat, als du ihn in Havanna befragt hast.«

»Ja, aber genau wie du kannte er nur diesen Codenamen. Dann hat McKellar noch ein wenig mehr herausgefunden, aber nicht genug.«

Vansaska seufzte. »Hast du irgendwas zu essen? Ich habe das Mittagessen ausfallen lassen, als ich vor den Türen der Wahrnehmung auf dich gewartet habe.«

»Nun, ich hatte ein wenig Mühe, die Klinke zu finden«, sagte ich. »Ich habe Cornflakes, aber ich glaube, die Milch ist sauer. Ein paar Zitronen. Vielleicht ein bisschen Anchovispaste.«

»Gehen wir dann was essen?«

»Sie wissen vermutlich schon, dass du hier bist und mit mir sprichst, aber trotzdem gehe ich nicht ohne guten Grund mit dir raus in die Öffentlichkeit.« Allerdings war ich auch hungrig. »Ich fahre schnell los und hole uns was zum Abendessen. Was möchtest du?«

»Was holst du dir normalerweise?«

»Hamburger.«

»Sind die gut?«

»Sie sind schrecklich.«

Sie zuckte mit den Schultern. »Prima.«

Als ich ging, sagte sie: »Warum bekommst du so viel Post?«

»Tue ich gar nicht. Ich mache sie nur nicht mehr auf. Also stapelt sie sich.«

»Soll ich sie für dich durchsehen? Zonulet, selbst wenn ich ganz unten bin, mache ich immer noch meine Post auf.«

»Das letzte Mädchen, das sich um meine Büroarbeit gekümmert hat, hat sehr kurzfristig gekündigt. Also könnte ich wohl eine Aushilfe gebrauchen.«

Draußen war der Himmel über Springfield violett. Es war die Stunde vor dem Abendessen, wenn alle Jungen und Mädchen rauskamen, zu Fuß oder auf dem Rad. Sie hielten nie an, um zu spielen, sondern waren immer in Bewegung, wirbelten durch die breiten, laubigen Straßen, jaulend und unersättlich, sodass man das Gefühl bekam, sie würden ausschwärmen und jeden Erwachsenen verschlingen, der zu dumm war, sich nicht im Haus einzuschließen. Trotzdem überlebte ich meine Fahrt zum Diner und wieder zurück zur Wohnung. Ich hatte kaum die Tür hinter mir geschlossen, als mir Vansaska schon ein Papier unter die Nase hielt. »Sieh dir das an!«

Ich ließ die Tüte mit dem Essen auf den Beistelltisch fallen und gehorchte. Zuerst sah ich mir die beiden Umschläge an. Der größere trug amerikanische Briefmarken und war an meine Adresse in Springfield adressiert, der kleinere hatte Briefmarken aus Honduras und war an die Büros von Letterblair, Handsom und Lowe in New York gerichtet. Der Brief war mir also per Nachsendeauftrag von der Adresse geschickt worden, die ich benutzte, wenn ich Undercover arbeitete.

Dann besah ich mir den Inhalt des inneren Umschlags: ein Brief und eine Karte. Der Brief war von Wilson.

Büro des Managers
Le Sphinx
San Esteban
Honduras

15. April 1959

Geschätzter Freund,
ich möchte damit beginnen, die Adresse auf dem Briefkopf zu erklären. Sie erinnern sich, dass bei meiner Ankunft in San Esteban das amerikanische Konsulat von Tussmann geleitet wurde, und weil er jemanden brauchte, der gut Englisch sprach, bekam ich die Stelle. Nach seinem Tod trat ich in seine Fußstapfen. Stets habe ich eingeräumt, dass die Situation nicht ganz offiziell war, aber das Mi-

nisterium beantwortete meine Briefe nicht. Nun, vorigen November hatte ich endlich die Gelegenheit, persönlich Erkundigungen einzuholen, denn einige Mitarbeiter Ihres Auslandsdienstes haben unsere kleine Stadt zu ihrem Stützpunkt gemacht. (Soweit ich in Erfahrung bringen konnte, hatte es im Zusammenhang mit der Indio-Ruine im Dschungel irgendeinen Aufruhr mit recht vielen Toten gegeben, und diese Amerikaner hatten alle Hände voll damit zu tun, hinterher aufzuräumen, aber das nur nebenbei.) Sie werden nie erraten, was sie mir gesagt haben: Es gibt kein amerikanisches Konsulat in San Esteban und hat nie eines gegeben. Also hat der ehrwürdige Tussmann offenbar auf gut Glück gearbeitet, genau wie ich. Was für ein kühner Kerl! Seine Gründe werden im Dunkeln bleiben, aber vielleicht wollte er einen Neustart wagen wie so viele von uns irgendwann im Leben und hatte ein paar sehr spezielle Ideen, wie genau dieser Neustart aussehen sollte. Jedenfalls konnte ich mich, da jetzt der Schleier der Unwissenheit gelüftet war, nicht mehr guten Gewissens amerikanischer Konsul nennen. Jetzt bin ich also nur noch der Besitzer eines Etablissements, das wir nach seinem Pariser Vorbild Le Sphinx getauft haben. Auf gewisse Weise eine sehr angemessene Einschränkung meines Geltungsbereichs, denn war es nicht Tocqueville, der einst sagte: »In Amerika ist eine Diplomatie der Kurtisanen noch nicht –«

Weiter weiß ich gerade leider nicht mehr, aber Sie können den Satz zweifellos selbst vervollständigen.

Nun, Anlass dieses Schreibens ist, das Beigefügte beizufügen. Als ich Poyais O'Donnell zuletzt gesehen habe, der dieser Tage etwa die Hälfte seiner Zeit in San Esteban verbringt, habe ich ihn aus freundlicher Neugier heraus gefragt, ob je ein Geldregen aus dieser Geschichte mit der irischen Erbschaft auf ihn niedergegangen sei, weil ich davon ausgegangen bin, dass mittlerweile alles geklärt sein müsse. Er aber wusste nicht, wovon ich sprach, und hatte nie von Ihnen gehört. Also haben Sie den alten Tunichtgut immer noch nicht zu fassen bekommen! Natürlich ist es gut möglich, dass die Angelegenheit längst abgeschlossen ist, aber falls Sie im Gegenteil noch immer in unermüdlicher Verfolgungsjagd gefangen sind wie Culhwch auf der Jagd nach Trwyth (um die passenden keltischen Begrifflichkeiten zu verwenden), dachte ich, ich bringe Ihnen ein Ereignis zur Kenntnis, bei dem Mr. O'Donnell kaum fernbleiben kann. Ich weiß nicht viel über die Dame, außer dass ihr Clan stinkreich ist. Zweifellos wird es Gerüchte geben, dass er sie nur des Geldes wegen heiratet. Nun, und wenn schon? Mein eigener Vater war selbst vor Gästen immer ziemlich unverblümt, was seine Motive in dieser Hinsicht anging, was in unserem Haushalt eine erfrischende Atmosphäre der Direktheit und des Pragmatismus schuf. Aus diesem Grund

Ich legte Wilsons Brief beiseite und holte die Karte hervor.

General und Señora Juan Gonzalez
bitten um die Ehre Ihrer Anwesenheit
bei der Hochzeit ihrer Tochter
Josefa Candida
mit
Mr. Poyais O'Donnell
Am Samstag, den 1. Juli um 12 Uhr
In der Kirche Los Dolores
zu Tegucigalpa

—

Hier ist Meredith Vansaska.

Es ist nach Mitternacht, Zonulet schnarcht, und ich schreibe mit der Hand auf die Rückseite seines Manuskripts. Er hat bereits so viel von meiner Geschichte hier festgehalten, dass ich auf den Mittelsmann auch verzichten kann.

Ich packte die Tüte mit dem Essen auf dem Küchentisch aus, während er die Einladung las. Er hat immer noch eine bullige Figur, aber seit ich ihn zuletzt gesehen habe, hat sich sein Auftreten verändert oder zumindest angepasst: In Gesicht und Körperhaltung wirkt er noch immer wachsam, was bei einem Mann mit seiner Laufbahn wohl nie verschwinden wird, aber jetzt ist es eine Wachsamkeit, die ohne Erwartung einen nebligen leeren Horizont absucht, eine Wachsamkeit, die auf nichts Besonderes mehr lauert und noch weniger etwas dafür tut. Ich wünschte fast, ich wäre dabei gewesen, als er wirklich dachte, er habe dieses Mädchen getötet, wenn auch nur um einen Blick auf sein altes hektisches Ich zu erhaschen. »Diese Hochzeit ist übermorgen«, sagte ich. »Wenn wir nach Tegucigalpa fahren, können wir Poyais O'Donnell finden und ihn fragen, wer REMOTER ist. Das könnte die ganze Sache endlich lösen.«

»1956 habe ich nach dem Tipp von Tapscott drei Wochen in San Esteban damit verbracht, auf O'Donnell zu warten. Er kam nie. Ich fühlte mich wie ein Idiot. Glaubst du wirklich, dass ich ihm noch einmal hinterherjage?«

(Wie ich Zonulet gesagt habe, ist mein Gehirn tatsächlich immer noch sehr aufnahmefähig, aber dennoch muss dieses Gespräch als Rekonstruktion verstanden werden, denn ich werde nicht wie er vorgeben, dass ich mit Protokollen arbeite.)

»Er wird in der Kirche sein«, sagte ich. »Höchstwahrscheinlich ist er bereits in Tegucigalpa. Hör mal, laut deinem Meisterwerk hier war es Poyais O'Donnell, der 1938 die Helfer für *Herzen in der Finsternis* anheuerte, und auch die Arbeiter für die Eastern Aggregate, nur dass er beiden Seiten dieselben Eingeborenen angedreht hat. Er ist von Anfang an in diese ganze Geschichte verstrickt. Vermutlich gibt es nicht sehr viele lebendige Menschen, die REMOTER identifizieren können. Die meisten davon arbeiten für die CIA, und selbst wenn nicht, kennen wir ihre Namen nicht. Aber wir kennen O'Donnells Namen, und wir wissen genau, wo er dieses Wochenende sein wird. Willst du ihn nicht befragen?«

Zonulet kam herüber an den Tisch. »Nicht, wenn ich dafür bis nach Honduras reisen muss.«

»Vor drei Jahren hast du auf meiner Bettkante gesessen und gesagt, du bringst mich in den Dschungel, wann immer ich will.«

»Das war vor dem Tribunal. Wenn ich das Land verlasse, während das Verfahren noch läuft, werden sie argumentieren, dass ich dadurch alle möglichen Rechte verwirkt habe. Sie haben mich am Sack, wenn ich zurückkehre. Genau das wollen sie doch.«

»Bist du dir da ganz sicher?«

»Warum nicht?« Statt mir in die Augen zu sehen, biss er von seinem Hamburger ab.

Ich nahm einen Bissen von meinem. Ich muss das Gesicht verzogen haben. »Das ist unmenschlich.«

»Der ist besser als sonst. Warum fährst du nicht einfach alleine?«

»Ich brauche deine Hilfe. Du warst schon mal in Tegucigalpa. Ich spreche noch nicht mal Spanisch.«

Keiner von uns beiden war ganz aufrichtig. Ich brauche seine Hilfe nicht. Ich kann O'Donnell auch alleine finden. Ja, es würde geschmeidiger ablaufen, wenn er mitkommt. Aber das ist nicht der Grund, warum ich ihn dabeihaben will. Ich will ihn dabeihaben, weil ich, wenn ich es schaffe, ihn aus dieser Wohnung, aus diesem Lagerhaus herauszuholen, etwas Gutes getan habe.

Zwei Einwände könnten hier erhoben werden, beides Fragen der Symmetrie.

Als er mich eingeladen hat, mit ihm in den Dschungel zu fahren, habe ich abgelehnt. Warum sollte er sich also darauf einlassen?

Als er die Möglichkeit hatte, mir zu helfen, hat er es nicht getan. Warum sollte ich ihm also helfen?

Man könnte argumentieren, er habe versucht, mir zu helfen, als er mir anbot, mit mir in den Dschungel zu fahren. Und ich will nicht bestreiten, dass er es gut gemeint hat. Aber er verlangte von einer Frau in den tiefsten Abgründen der Depression, spontan und aus einer Laune heraus eine innere Hürde zu überwinden, die so fundamental war, dass sie kein Gegenargument, sondern ein Axiom war, das allen Argumenten im Wege stand. »Nein. Nein. Ich kann jetzt nicht in den Dschungel.«

Seine Einladung war nicht nützlich. Wirklich genutzt hätte es, sehr sogar – und ich weiß, dass er das wusste, denn so steht es in seinem Manuskript, das ich hier gerade beschmiere –, wenn er mir etwas erzählt hätte, das ich noch nicht über *Herzen in der Finsternis* wusste. Diese Geschichte war und ist der einzige Nährstoff, von dem mein Körper zu leben scheint. Nur allein wegen des Fortschritts, den ich in den letzten Monaten mit der Geschichte gemacht habe, fühle ich mich jetzt so stark wie seit vielen Jahren nicht.

Das meine ich, wenn ich sage, er hatte die Möglichkeit, mir zu helfen, und hat es unterlassen. Also warum sollte ich ihm helfen?

Vielleicht weil es wichtig ist zu zeigen, dass man auch anders handeln kann.

Wie auch immer, wenn ich einräumen muss, dass es damals 1956 in Silver Lake völlig unmöglich gewesen wäre, mich zu überreden, meine emotionale Blockade zu überwinden (um einen Begriff aus der Zeit zu benutzen, als ich mir noch einen Therapeuten leisten konnte), wie kann ich dann von Zonulet erwarten, dass er bereitwilliger reagiert?

Wie gesagt: Als wir bei den Hamburgern darüber sprachen, war ich nicht ganz aufrichtig über meine Beweggründe, und er war nicht ganz ehrlich mit seinen Gründen für seine Absage.

Ich sagte: »Du willst nicht wieder nach Honduras.«

Er antwortete nicht.

Ich sagte: »In seinem Brief schreibt dein Freund Wilson, dass vorletztes Jahr irgendwas am Tempel vorgefallen ist.«

Er antwortete nicht.

Ich sagte: »Was ist am Tempel passiert? Und was hattest du damit zu tun?«

Meinong war noch niemals ins Gesicht geschossen worden.

Später war seine lebendigste Erinnerung nicht der Einschlag oder der Schmerz – denn das hatte er schon erlebt, als er unter Artilleriebeschuss bei Weidesheim fast ums Leben gekommen wäre –, sondern das äußerst unangenehme Gefühl, dass Blut in seinen Mund strömte und auch aus der Austrittswunde an seinem Hinterkopf den Nacken hinab. Er lag hilflos am Boden, wurde aber nicht ohnmächtig, weshalb er den ganzen Tumult hören konnte, als ich in Richtung Tempel davonrannte.

Er kapierte sofort, dass es nur zwei Möglichkeiten gab. Im Prinzip beruhte seine Autorität hier auf Reichtum, aber in der Praxis funktionierte sie wie jede Autorität über grundsätzlich mythische Begriffe. Jetzt, da ihn das Lager hatte fallen sehen, konnte er entweder wochenlang in der Krankenhütte liegen, ein kümmerlicher Invalide, der um ein Minimum an Sepsis und Entstellung betete, oder er konnte sich erheben wie ein Unsterblicher und mit einer Stimme, lauter als der Schuss, der ihn getroffen hatte, alle Zweifel an seiner Autorität ausschließen.

Mittlerweile hatte er das Lager der New Yorker schon eine ganze Weile fest im Griff. Seit Trimble im Wald auf ihn zugekommen war und ihm eine Zusammenarbeit angeboten hatte.

An jenem Nachmittag vor acht Monaten war er spazieren gewesen. Weit oben hatten Motten, zu ausgefransten schwarzen Wirbeln und Wellen formiert, eine riesige Völkerwanderung unternommen, wodurch sie die Risse im Blätterdach verdeckten. Wieder einmal beschäftigte ihn die Frage, wie lange er noch beim Tempel bleiben sollte. In ebendiesem Augenblick befand sich womöglich schon eine Expedition aus den Vereinigten Staaten auf dem Weg hierher. Er hatte Colby Droulhiole abfangen wollen, genau wie er zehn Jahre zuvor Walter Pennebaker abgefangen hatte. Aber es war ihm nicht gelungen, denn er hatte die fast übernatürliche Gewandtheit unterschätzt, mit der sich der Junge durch den Dschungel bewegte. Meinongs Beute war entkommen, ohne überhaupt zu ahnen, dass sie verfolgt worden war. Also war das Siegel um diesen Außenposten gebrochen. Es gab natürlich noch genügend Hindernisse zwischen Hollywood und hier, aber auch wenn Droulhiole es nur bis San Esteban geschafft hatte, die Nachricht von den Amerikanern am

Tempel hatte die Außenwelt erreicht, und es war nur noch eine Frage der Zeit, bis Meinongs Versteck hochgenommen wurde.

Nicht, dass er es noch so dringend brauchte. Mittlerweile hatte sich der westliche Kapitalismus bestimmt schon die nächste Krise gesucht, die Juden hatten mit irgendeiner übertriebenen Version ihres Elends, das sie sich selbst eingebrockt hatten, der Menschheit den letzten Tropfen Mitleid abgerungen, und nur die unversöhnlichsten Politik-Nostalgiker hatten noch Interesse daran, die Vergehen einer anderen Zeit zu bestrafen. All dessen war er sich ziemlich sicher. Dennoch würde die Enthüllung der Zustände hier am Tempel sicherlich viel internationale Aufmerksamkeit mit sich bringen, und nur um auf der sicheren Seite zu sein, wollte er sich lieber vorher vom Acker machen. Vielleicht war es nun doch Zeit, ins Vaterland heimzukehren. Neue Papiere waren alles, was er brauchte.

»Hey.« Ein Zischen aus den Bäumen.

Meinong wandte sich um, und Leland Trimble trat auf die Lichtung heraus.

Er trug Baumwollsocken und Baumwollunterhosen, sein Gesicht war genauso pockig und mit Narben übersät wie sein Torso, das lange Haar verfilzt, aber er hatte fast keinen Bart. »Erinnern Sie sich an mich?«, fragte er. »Falls nicht, nehme ich das nicht persönlich. Bin gerade gegangen, als Sie kamen.«

Natürlich erinnerte sich Meinong an Trimbles Verbannung, die nur ein paar Tage nach seiner Ankunft beide Lager durcheinandergewirbelt hatte. Später ging ihm auf, dass diese zeitliche Überlagerung einer der Gründe war, warum Trimble ihn als Verbündeten ausgewählt hatte: Meinong kannte Trimble kaum und hasste ihn logischerweise weniger als jeder andere Erwachsene am Tempel. Selbst Coehorn, der damals gegen Trimbles Verbannung gewesen war, hatte nach und nach die übereinstimmende Meinung verinnerlicht und redete mittlerweile so daher, als wäre er lange vor allen anderen Trimble gegenüber skeptisch gewesen.

»Ich bin sehr überrascht, Sie zu sehen, Mr. Trimble«, sagte Meinong. »Ich glaube, man geht allgemein davon aus, dass Sie sich sehr weit weg von hier befinden.«

»Nein, ich habe es vorgezogen, in der Gegend zu bleiben.« Er schien Meinongs Blick nicht standhalten zu können, sondern warf ihm immer wieder kurze Blicke zu, wie Fingerspitzen, die eine heiße Herdplatte betasten.

»Zehn Jahre lang?«

»Wie die Zeit vergeht!« Lächelnd nickte Trimble vor sich hin. »Und mein Anzug ist immer noch nicht aus der Reinigung zurück.« In seiner rechten Hand hielt er ein Bündel Viskose, das er nun Meinong hinstreckte. »Sehen Sie sich das an, Mr. Meinong.«

Es war eine große Summe in Eastern-Aggregate-Coupons. »Wollen Sie mir etwas abkaufen?«, fragte Meinong verwirrt.

»Nein.«

»Aha, vielleicht wollen Sie, dass ich in Ihrem Auftrag etwas kaufe?«

»Schnippschnapp, beim zweiten Mal hat's geklappt«, sagte Trimble. »Ja, ich will, dass Sie etwas kaufen. Ich will, dass Sie den Tempel kaufen.« Er lächelte. »Ich würde es selber machen, aber ich plane eine richtig schicke Wiedervereinigung mit der alten Truppe und will nicht vorgreifen. Als Chick Bullock zum ersten Mal nach vier Jahren nur für eine Nacht ins Lollipop zurückgekehrt ist, hat er am Vorabend auch nicht an der Garderobe gearbeitet, wenn Sie verstehen, was ich meine.«

Meinong verstand es nicht. Trotzdem unterbreitete ihm Trimble seinen Vorschlag. Er behauptete, Zugang zu einer unbegrenzten Quelle von Eastern-Aggregate-Coupons zu haben, zusätzlich zu – aber nicht zu unterscheiden von – der bestehenden Menge, die in beiden Lagern seit Jahren zirkulierte. Im Gespräch mit Meinong räumte er nie direkt ein, dass fast jeder am Tempel ihm den Tod wünschte, aber ihm war offensichtlich klar, dass er nicht persönlich dort auftreten konnte. Deshalb schlug er Meinong vor, sein Geschäftspartner zu werden. Seit Trimbles Verbannung hatte sich die wirtschaftliche Situation in den Lagern genau umgekehrt. Damals, 1946, steckte das *Herzen in der Finsternis*-Lager in einer langen Depression, wogegen das Eastern-Aggregate-Lager im Wohlstand erblühte, der direkt den ganzen langen Weg bis zu den Strafmaßnahmen in Form von Lösegeldzahlung für die Freilassung der zwei Männer zurückverfolgt werden konnten, die bei dem Versuch erwischt worden waren, Ammoniak von Coehorns Eismaschine zu stehlen. In der multivalenten Versöhnung nach Trimbles Exilierung wurden jedoch alle Schulden erlassen, und außerdem wurde der Handel zwischen den beiden Lagern liberalisiert; die Eastern-Aggregate-Dollarscrips gewannen an Wert, nachdem die Angelenos sie als gesetzliches Zahlungsmittel akzeptierten.

In der folgenden Zeit – als ein Jahr, das so außerordentlich trocken war, dass der ganze Dschungel braune Ränder zu bekommen schien, in ein Jahr überging, das im selben Maß feucht war – kehrte sich die ökonomische Situation der Lager um. Nach seinem Besuch im Tempel stellte Whelt alle Crew-Mitglieder von *Herzen in der Finsternis*, die nichts mit der Herstellung von Silbernitrat zu tun hatten, von ihren Verpflichtungen frei. Da er damit mehr oder weniger der Einzige war, der am Film weiterarbeitete, machte es für ihn keinen Unterschied mehr, ob die anderen Nahrung oder Essen hatten, also gab er bereitwillig seinen letzten Rest von Autorität im Lager ab. Unter Burlingames unbehinderter Führung – die sich als äußerst clever, gewissenhaft und zielführend erwies – florierten die Angelenos; die New Yorker mussten dagegen immer noch mit Coehorn zurechtkommen, der selbstgefälliger auftrat denn je. Über kurz oder lang retteten allein Burlingames großzügige, ja fast mildtätige Handelskonditionen das Lager der Eastern Aggregate vor dem Verhungern. Der Stamm hielt zusammen, aber im Inneren wurde Coehorn mittlerweile im besten Fall toleriert, im schlechtesten verachtet.

Und deshalb war Trimbles Plan schlau. Hatte man genügend

Mittel, konnte man einen so weitreichenden und unauffälligen Einfluss auf das Lager und seinen Anführer ausüben wie die Rothschilds auf Großbritannien und seinen Premierminister.

»Und wie wollen Sie überprüfen, dass ich die Coupons nicht einfach für mich selbst behalte?«, fragte Meinong.

»Ich werde Sie überwachen«, antwortete Trimble. »Sie werden mich nicht sehen, aber Sie können sich sicher sein, dass ich Sie überwache.«

Meinong beschloss, seine Rückkehr nach Deutschland für den Augenblick zurückzustellen.

In der Nacht nach dem unerwarteten Aufeinandertreffen im Wald sprach er mit Coehorn. Die beiden waren alleine in der präsidialen Hütte, ihre Gesichter nur von einer mickrigen Talgkerze erhellt. Er sagte Coehorn, er könne ihn mit genügend Dollarscrips subventionieren, damit das Prinzchen seine alten Würden zurückkaufen könne. Im Gegenzug müsse Coehorn nur ein paar Anweisungen Folge leisten.

Meinong hatte einkalkuliert, dass er Coehorn würde überzeugen müssen. Wenn ein Mann so wie Coehorn bis ins Erwachsenenalter von Taschengeld abhängig gewesen ist und dann schließlich doch an eigenes Vermögen kam, schwor er sich gern Dinge wie: »Von jetzt an werde ich mein eigener Herr sein und niemandem mehr gehorchen.« Aber der vierundvierzigjährige Elias Coehorn jr. ließ Meinong kaum ausreden, bevor er dem Pachtverhältnis ohne Einwände zustimmte.

Nach dem Beginn der Zahlungen war der nächste Schritt ganz einfach. Coehorn war bei aller Arroganz eine unterwürfige Persönlichkeit. Zunächst erlaubte Meinong Coehorn in der Öffentlichkeit nicht mehr als winzige, kaum wahrnehmbare Zeichen der Hochachtung gegenüber seinem Wohltäter. Aber dann unternahm Meinong, als wäre Coehorn sein Walzertanzpartner, kleine Veränderungen im Schritt, ohne je zu zerren oder zu stupsen, er entzog sich ein bisschen und ließ Coehorn so ein wenig mehr Spiel, ließ ihn sich ein wenig tiefer beugen, sodass eine Zeitlang nicht mal Coehorn selbst bemerkte, dass er sich Meinong gegenüber mittlerweile ganz anders verhielt … Bis schließlich ein Punkt erreicht war, an dem für alle im Lager offensichtlich war, dass der Deutsche sie führte, auch wenn sie keine Ahnung hatten, warum. Sobald Coehorn bewusst wurde, was geschehen war, versuchte er schleunigst, die Verhältnisse zu korrigieren, und verhielt sich demonstrativ grob gegenüber Meinong. Aber damit machte er niemandem mehr etwas vor. Meinong hatte jetzt das Sagen.

So hatte sich Trimble das acht Monate zuvor überhaupt nicht vorgestellt. Meinong hätte in diesem Arrangement einfach ein Mittelsmann sein sollen, keine für sich selbst stehende *éminence grise*. Nun, Pech für Trimble.

Dennoch war Meinong nicht egoistisch genug, um darauf zu bestehen, dass seine Machtposition im Lager, nun, da sie auf sicheren Beinen stand, auch anerkannt wurde; Coehorn würde er vorerst erlauben, formell seine Position zu behalten, die Dollarscrips zu verteilen, den großzügigen Herrscher zu spielen, sich mit gefälschten Wertmarken einer imaginären Währung ein leeres Prestige zurückzukaufen und so das einzig Nützliche mit seinem Namen darauf aufzuweichen. Doch diese schwermütigen Menschen sehnten sich danach, Befehle von einem Mann zu bekommen, den sie respektierten, damit sie sich irgendwann auch wieder selbst respektieren konnten. Meinongs Vorteil war, dass er von außen kam, weil sie sahen, dass er nicht von ihrem Wahnsinn infiziert war. Auf lange Sicht würden sie sich ihm bereitwillig zuwenden.

Nur dass meine 9-mm-Kugel aus der langen Sicht eine kurze gemacht hatte, denn jetzt musste er sicherstellen, dass sie seine Errungenschaften nicht genauso durchlöcherte wie seinen Körper. Außerdem machte ganz tief in ihm hinter diesen ganzen Überlegungen der direkte Schock bereits Platz für die Wut, und diese Wut verlangte Fleisch auf ihrem Altar. Er hatte keine andere Wahl, als zu handeln.

»Helft mir auf!«, gurgelte es aus seiner Kehle. Viele der Zuschauer waren mir hinterhergerannt, die restlichen bildeten einen Kreis um ihn.

»Sie bewegen sich besser nicht, Mr. Meinong«, sagte Mac Parke, Coehorns ehemaliger persönlicher Trainer, der über ihm kniete und ihm zu helfen versuchte. Die Machtverschiebung im Lager hatte mit den Jahren viele Beweise für Parkes primäre Qualität erbracht: eine glühende, selbstlose und lebenslängliche Treue gegenüber jedem mehr oder weniger menschenförmigen Objekt, das zu einem bestimmten Moment sein Blickfeld beherrschte.

»Ich habe gesagt, helft mir auf die Beine.«

»Sie bluten ziemlich stark …«

»Dann stillen Sie es!«

Seine Wahrnehmung glitzerte an den Rändern, als Meinong aufgerichtet wurde, sodass er an Parke lehnte, während ein Mädchen aus der zweiten Generation Kapokbäusche auf seine Wunde drückte. Zu seiner Überraschung sah er, wie der amerikanische Pilot – er wusste meinen Namen nicht – auf der Plattform des Flaschenzugs den Tempel hochfuhr. Das bestärkte ihn in seiner Entscheidung. Falls ich irgendwie lange genug überlebte, um zu verkünden, dass alles, was Meinong diesen Amerikanern über den Weltkrieg erzählt hatte, eine eigennützige Lüge gewesen war und Meinong höchstwahrscheinlich ein »Kriegsverbrecher« (in der modernen oxymoronischen Bedeutung) war, musste Meinong bis dahin unbedingt seine Position gestärkt haben. Er war sich nicht sicher, wie er das Lager führen würde, wenn er die Gelegenheit dazu bekam. Damals in Deutschland hatte er den fanatischen Kontrollwahn des Dritten Reichs in der Praxis als langweilig und stickig empfunden. Doch auch ein junger Mann, der eine Woche in einem prächtigen alten Anwesen umgeben von einer Truppe versnobter Butler verbringt, denkt womöglich: »Das ist absurd, niemals würde ich Herr eines solchen Hauses sein wollen«, aber wenn sich später im Leben dann tatsächlich die Möglichkeit dazu ergibt …

»Was zur Hölle ist hier los?« Coehorn kam in seinem bestickten Sisal-Hausmantel daher.

»Der Ätt…« Meinong musste einen zweiten Versuch starten, um das Wort verständlich auszusprechen. »Der Attentäter ist noch auf freiem Fuß. Begleiten Sie Mr. Coehorn zu seiner Hütte und bleiben Sie bei ihm.« Als er schluckte, spürte er Zahnsplitter unter seiner

Zunge. Übelkeit stieg in ihm auf, aber er hielt den Kopf oben. Seine Wunden verursachten weniger Schmerzen als eine Art Panik des Fleisches. Aber die Schmerzen würden bald folgen, das wusste er.

»Nein, jetzt, wo ich schon aufgestanden bin, kann ich ebenso gut bleiben und zusehen«, sagte Coehorn. »Warum sprechen Sie so komisch? Was ist mit Ihrem Gesicht passiert?«

»Mr. Coehorn, wir wissen alle, dass Ihnen Ihr Komfort und ihre Schich… Sicherheit gleichgültig sind, wenn das Wohlergehen der Gemeinschaft auf dem Spiel steht.« Meinong spuckte einen Blutschwall aus. »Aber ich fürchte, wir können nicht zulassen, dass Sie Ihr Leben riskieren. Dazu sind Sie zu wichtig.«

»Das ist doch absurd, Meinong. Ich gehe, wohin ich will.«

Und damit präsentierte sich hier der erste Test quasi als Probelauf. Wahre Macht funktioniert auf einer grundsätzlichen, wortlosen Ebene. Und auf dieser Ebene war Coehorn ersetzt worden, und jeder wusste davon. Würden sie sich trotzdem um diesen aufgeplusterten Versager scharen, nur weil er theoretisch noch das Sagen hatte?

Noch einmal gab Meinong den Befehl, so unanfechtbar, wie es ihm möglich war. »Bringt Mr. Coehorn in seine Hütte. Dort wird er bleiben.«

Dem Befehl wurde Folge geleistet.

—

Ich habe die erste Hälfte des Jahres 1957 in Trujillo mit Schimmelgärtnerei verbracht.

(Hier ist übrigens wieder Zonulet. Selbst wenn ich auf Vansaskas unautorisierte Marginalien reagieren wollte, könnte ich es nicht, weil ihre Handschrift so unleserlich ist, dass es genauso gut ein Code sein könnte.)

Das Trainingslager von Sektion 9 interessierte mich mittlerweile noch so sehr wie ein gegrillter Rattenarsch, weil mir klar geworden war, dass der Pilz tausendmal wichtiger war. Er würde den gesamten Geheimdienst umwandeln und den Kalten Krieg gewinnen. Davor jedoch würde er eine Dividende an McKellar und mich ausschütten. Ich hatte nicht die Absicht, den Pilz bei meinen Vorgesetzten bei der CIA abzuliefern, weil ich wusste, dass sie ihn mir stehlen würden. Stattdessen würden McKellar und ich ihn einsetzen, um eine Reihe von Siegen zu erzielen, die unsere Beförderung zum Direktor und Vizedirektor beschleunigen und zwingend machen würden. Nur fragte ich mich in letzter Zeit immer wieder, ob das nicht ein wenig einfallslos war. Wäre es nicht eigentlich besser, mit dem Pilz eine eigene Splitterorganisation zu gründen, die zwar aus der Exekutive heraus immer noch die Interessen der Vereinigten Staaten schützte, aber frei war von der alten Bürokratie?

Als ich in Wilsons Krankenbett erwachte, platzte ich fast vor Wissen. Ich konnte mich nicht erinnern, wie ich vom Tempel nach San Esteban gelangt war, aber ich konnte mich an eine unglaubliche Menge anderer Dinge erinnern, die wenig oder gar nichts mit mir zu tun hatten, angefangen mit jener Nacht im Jahr 1938, in der Elias Coehorn jr. vom Oktopuskampf entführt worden war, über die ersten achtzehn Jahre der Lager hinweg bis zum heutigen Tag – nicht nur an Szenen, Gespräche und Dokumente, sondern sogar an die Gedanken der Beteiligten, und zwar oft deutlich klarer, als ich mich an mein eigenes rumgetränktes Leben erinnerte. Die gesamte seltsame Geschichte der amerikanischen Kolonien am Tempel – wohlgemerkt nicht die seltsamste, die ich in meinen vierzehn Jahren beim Geheimdienst gehört habe, aber sicherlich seltsamer als die meisten – lag vor mir wie ein Überwachungsbericht so umfangreich wie die Library of Congress. Als ich die Sporen des Pilzes in diesem Steinkanal einatmete, führte er mich an den Aleph, den Punkt, von dem aus alle anderen Punkte sichtbar sind. Jede Lüge, die mir Trimble erzählt hatte, wurde jetzt durch die volle Wahrheit berichtigt. Nein, ich hatte keinen Zugang zur Erinnerung jedes einzelnen Individuums in jeder Minute jeden Tages – die Hellsicht war partiell und folgte Prinzipien, die ich noch nicht ermittelt habe –, aber ich wusste fast alles, was von Bedeutung war.

Relativ gesehen. Die Lagerbewohner und ihre Marotten waren mir nicht so wichtig, abgesehen davon, dass sie mich zu dieser Apotheose geführt hatten. Aber wenn man das Pilz-Infrarotvisier auf die Unruhestifter in Kuba oder den Kreml oder die Büros von Sektion 9 in Foggy Bottom richten könnte und dort dieselbe Ausbeute an Wissen machen würde! Jegliche Spionagepraxis wäre überholt. Hin und wieder musste ich mir vorstellen, was beispielsweise passieren würde, wenn die Stasi dieses Zeug in die Finger bekäme: Gigantische Untergrund-Schreibstuben voller Agenten, die die Sporen aus Atemschutzmasken einsogen wie Süchtige in einer Opiumhöhle, alles aufzeichneten, alle Querverweise herstellten. Aber diese Vision bereitete mir keine allzu großen Sorgen, denn sobald meine Verbündeten und ich den Argyrophagen einsetzten, war es nur noch eine Frage der Zeit, bis alle Ostblockgeheimdienste in tiefster Verzweiflung die Segel strichen.

Das einzige Problem war, dass ich erst noch herausfinden musste, wie sich dieses verdammte Ding kultivieren ließ.

Da ich nicht riskieren konnte, eine Probe nach Fort Detrick zur Analyse zu schicken, beschloss ich, mir den Schimmel unter dem Mikroskop anzusehen. Das verschaffte mir die Gewissheit, dass er zumindest eine grundsätzliche Ähnlichkeit mit den bekannten Deuteromycota aufwies, wie sie in den Lehrbüchern über laborchemische Mikrobiologe abgebildet waren, die ich mir besorgt hatte. Logistisch gesehen, wäre es einfacher gewesen, meine Experimente in den Vereinigten Staaten durchzuführen, aber da ich das authentische Klima von Honduras brauchte, mietete ich einen Schuppen am Stadtrand von Trujillo. Als Annäherung an das *terroir* des Tempels ließ ich zweihundert Tonnen Kalkstein kommen, fünfhundert Pfund silbernes Geschirr und dreihundert Pfund Tierknochen. (Auf einem Regal im Konferenzraum der amerikanischen Botschaft in Havanna schmachtete eine Bronzeskulptur aus der Zhou-Dynastie, die Herbert G. Squiers, seines Zeichens Diplomat und China-Liebhaber, aus Peking mitgebracht hatte, als er 1902 in Kuba zum Minister ernannt worden war. Seit ich von ihrer Herkunft wusste, betrachtete ich sie als meine Notfallkasse. Diskret entfernte ich die Skulptur aus der Botschaft und verkaufte sie über einen New Yorker Antiquitätenhändler, um damit die Ausgaben zu begleichen, die durch mein Einsatzbudget von der CIA nicht gedeckt waren.)

Mithilfe von Pavo und vier zusätzlichen Handlangern baute ich einen Korridor aus Kalkstein und verstreute Silber und Knochen darin. Dann platzierte ich dort als Anfangskolonie das Stück schimmliger Rüstung, das ich aus dem Tempel mitgebracht hatte. Laut Lehrbuch brauchen alle Pilze Kohlenstoff- und Stickstoffzufuhr, aber angesichts der Tatsache, dass der Tempel weder Guano noch Totholz zu bieten hatte, von denen sich Höhlengiftpilze für gewöhnlich ernähren, ging ich davon aus, dass diese Gesetzmäßigkeit ein paar Schlupflöcher haben musste.

Und obwohl dieser Pilz so wenig brauchte, schien er doch etwas zu benötigen, das ich ihm nicht gab. Wochen vergingen, und er wuchs einfach nicht. Jeden Tag setzte ich eine Chirurgenmaske auf und kroch in den Tunnel, aber ich fand nie auch nur eine einzige Hyphe, nicht, nachdem ich vier verschiedene Anordnungen des simulierten Tempels ausprobiert hatte, und auch nicht, als ich zu künstlichen Maßnahmen griff und das Silber mit Czapek-Lösung überzog und die Sporen mit einem feuchten Ponyhaarpinsel verteilte. Ich musste an meine verwitwete Tante denken, die in ihrer Kellerwohnung in Hell's Kitchen wie besessen gegen den Schwarzschimmel gekämpft hatte. Am Ende starb sie nicht an der »schlechten Luft«, wie sie immer gefürchtet hatte, sondern an einem Defekt des »Anti-Schimmel-Heizkörpers«, den sie im Katalog bestellt hatte. Was hätte sie wohl davon gehalten, wie ich hier schmeichelnd, flehend, bittend und bettelnd auf den Knien herumrutschte? In der Zwischenzeit machten in Kuba Batistas grimmige Anstrengungen, El Movimiento aus den Hügeln zu brennen, so viel Fortschritt wie meine Tante gegen den Schimmelaufstand, und ich bedachte die Station in Havanna nur mit symbolischen Auftritten.

An einem quälend schwülen Julitag sah ich das Datum auf meiner Zeitung, und mir ging auf, dass ich nun beinah sechs Monate mit dem Pilz verbracht hatte, länger als mit der gesamten Luftschiffoperation – und ich hatte nichts vorzuweisen. Seit meinem ersten Aufenthalt in San Esteban schien meine Hauptbeschäftigung darin zu bestehen, Zeit vergehen zu lassen. Der einzige Unterschied war, dass ich jetzt vollkommen verstand, wie es sich anfühlte, achtzehn zwecklose Jahre in Litern von Nackenschweiß zu messen. Meinen ersten Eindruck von den Siedlern am Tempel revidierte ich nicht, nämlich dass ihre heldenhafte Psychose mehr Respekt verdiente als jede Milchbubi-Normalität.

Ein Hoch auf sie. Aber hätte ich das auch ausgehalten? Teufel noch mal, nein. Beschwichtigte ihr Beispiel meine äußerste Unlust, auch nur noch eine Minute länger im Stillstand zu verharren, als unbedingt sein musste? Teufel noch mal, nein.

Ich weigerte mich, noch mehr Zeit zu verschwenden. Wenn ich den Pilz nicht selbst anbauen konnte, musste ich ihn eben an der Quelle ernten. Ich musste zurück zum Tempel.

Allerdings hatte ich dort bei meinem ersten Besuch keinen besonders guten Eindruck hinterlassen. Und ich war nicht bereit, alles von Verhandlungen mit Coehorn, Whelt oder Burlingame abhängig zu machen. Jemand wie Trimble verfolgte sein Eigeninteresse zumindest halb rational, aber nicht diese Kultanhänger.

Ich würde mir die schwärende Silberrüstung mit Gewalt holen müssen.

Und das bedeutete genügend bewaffnete Männer, um Dutzende von Menschen mit vorgehaltener Waffe in Schach zu halten, während ich die Rüstung holte. Eine so drastischer Maßnahme widerstrebte mir – ich war ja kein Desperado wie Jawsone Atwater –, aber es gab einfach keine Alternative. Der Pilz war wichtiger als alles andere. Trotzdem konnte ich nicht einfach Pavo und seinen Freunden Waffen in die Hand drücken. Der Raubüberfall würde nicht nur unangenehm nah am Gebiet von Sektion 9 stattfinden, auf der Flucht würden wir außerdem mehrere hundert Kilo Silber transportieren müssen, und zwar mindestens fünfzig Meilen weit durch den Dschungel. Die Operation musste effizient und genauestens vorbereitet werden, wenn ich nicht ein noch größeres Chaos als bei meinem Luftschiffabsturz riskieren wollte. Unglücklicherweise hatte ich meinen Geldregen aus der Zhou-Dynastie bereits ausgeschöpft, und so konnte der Raub einer Reliquie nicht die Plünderung einer anderen finanzieren.

Ich brauchte einen Investor. Und dazu würde ich nach New York reisen müssen.

—

»Weißt du, was deine alten Kumpels über dich sagen? Sie sagen, dass du durchgeknallt sein musst, völlig durchgeknallt, wenn du schon so lange hier bleibst, wo kein weißer Mensch leben sollte. Lieber Himmel, alter Junge, du hast doch deinen Spaß gehabt. Warum kommst du nicht einfach nach Hause?«

(Der Verlobte von Coutts Schwester zu Coutts,
aus dem Originaldrehbuch von *Herzen in der Finsternis*.)

—

Wenn in der ersten Hälfte der amerikanischen Besetzung des Tempels die allgemeine Weigerung geherrscht hatte, das Vergehen der Zeit zu akzeptieren, als wären diese acht Jahre einfach nur eine sehr weit in die Länge gezogene Woche, dann markierte den Beginn der zweiten Hälfte eine Zäsur, als die Zeit über die beiden Lager hereinbrach.

Die Besetzer waren so alt geworden, dass sie es nicht mehr ignorieren konnten. 1957 war selbst das jüngste Mitglied der ursprünglichen Expedition – der Küchenjunge der Eastern Aggregate, Merv Charvin, der als Teenager angekommen war – schon 35 und fast kahl. Und dem Ältesten, dem Schreiner Dick Schwalbe von Kingdom Pictures, 1938 schon kurz vor der Rente, war es tatsächlich gelungen, an Altersschwäche zu sterben. Bisher war er der Einzige, dem diese Distinktion zuteilwurde. Aber er war bei weitem nicht der einzige Todesfall. Denn der Dschungel war lange gnädig mit ihnen gewesen und schien jetzt die Geduld zu verlieren.

Es gab Einzelfälle. Ein Mann schoss sich in die Augenhöhle, während er Pfeil und Bogen ausrichtete. Ein Mann war vom Selbstgebrannten so blau, dass er in einer fünf Zentimeter tiefen Pfütze ertrank. Eine Frau rutschte bei einem Unwetter auf der vorletzten Tempelstufe aus und brach sich das Genick. Ein Mann wurde von einem galoppierenden Tapir umgeworfen, und ein abgebrochener Ast pfählte ihn durch das Rektum. Ein Mädchen wurde von ihrem Haustier-Stachelschwein in den Ellbogen gebissen und starb an der Infektion.

Andere Todesursachen waren sehr viel alltäglicher – in erster Linie Krankheiten. Die Sprache der Medizin beschränkte sich hier auf Begriffe wie »krank«, »heiß«, »durstig«, »faulig« und so weiter, nichts so Elaboriertes wie »Ruhr« oder auch nur »Fieber«, denn solche Worte implizierten Symptome, mehr oder weniger regelmäßig und zum Teil erklärbar, wogegen jeder der schwindenden Körper hier seine Katastrophenmeldungen abzuspulen schien wie ein Glücksspielautomat. Häufig gab es auch Komplikationen bei Geburten und Operationen, Skorpionstiche und Zusammenstöße mit Jaguaren.

Aber es wurde auch für Nachwuchs gesorgt. In den ersten acht Jahren wurden weniger als ein Dutzend Kinder geboren. Bei manchen Frauen blieb aufgrund des Nahrungsmangels der Eisprung aus. Bei allen Tempelanwohnern war der *Coitus interruptus* so weit verbreitet, dass Irma mal unter allgemeiner Zustimmung anmerkte: »Wenn ich noch ein einziges Mal Wichse auf meinen Bauch kriege, beschließt meine arme Gebärmutter wahrscheinlich, dass sie da draußen ihr Lager aufschlagen muss.« Schließlich will ja niemand aufgepumpt von einem Auslandseinsatz heimkommen.

Nach Trimbles Verbannung jedoch wirkte die Atmosphäre der Befreiung so euphorisierend, dass in dieser Nacht gleich mehrere

Kinder gezeugt wurden. Und von da an war unter den Männern und Frauen in beiden Lagern eine neue Ungeduld zu spüren, mit dem Ergebnis, dass man Coehorn etwa um 1947 herum oft klagen hörte, jedes Elend, das sie bisher hatten ertragen müssen, sei nichts im Vergleich mit dem ununterbrochenen Geplärre von mindestens tausend Babys.

Wo sich die erste Generation widerwillig und zähneknirschend angepasst hatte, bildete die zweite Generation einen neuen Stamm, dessen Begründer Colby Droulhiole war. Sie sprachen mit verschiedenen amerikanischen Akzenten und waren in dem Glauben erzogen worden, dass sie alle eines Tages mit ihren Eltern nach Hollywood oder New York zurückkehren würden. Aber sie gehörten zum Regenwald und zum Tempel. Und die Geometrie des Letzteren – seine Stufen unter ihren Füßen oder seine Wand vor ihnen, je nachdem, wo sie aufwuchsen – hatten sie so verinnerlicht, dass ihnen jede Rede von Abbau oder Wiederaufbau abstrakt, fast widersinnig erschien.

Doch wenn man mit den älteren Kindern im Lager von Kingdom Pictures sprach, stellte sich heraus, dass sie mindestens so fest wie ihre Eltern daran glaubten, dass der Film gedreht werden musste. Natürlich hatten sie nie einen Film gesehen, aber sie hatten alle Film gespielt oder Bilder gemalt und wussten, dass das große Gegenstück dieser Aktivitäten namens *Herzen in der Finsternis* das zentrale Gebot des menschlichen Lebens war. »Drehen wir jetzt den Film?«, fragten die Kinder immer wieder, im Versuch zu verstehen. »Nein, noch nicht!«, antworteten ihre Eltern. Nicht bevor alles fertig war und die Schauspieler und Schauspielerinnen endlich vor den Kameras ihre Zeilen sprechen konnten.

Was diese Metaphysik allerdings durcheinanderbrachte, war die Tatsache, dass Mr. Whelt, der Regisseur von *Herzen in der Finsternis*, genau das Gegenteil zu antworten schien.

Zwischen 1946 und 1958 filmte Whelt jeden Tag etwa zwölf Stunden lang. Er benutzte die letzte funktionierende 35-mm-Kamera am Set, eine schiefe, kannibalistische Schrottkiste, die mit

Ersatzteilen der anderen rostigen Kameras repariert und in ein Geschirr eingepasst worden war, sodass der Kameramann sie mit sich herumtragen konnte. Dadurch entstand der Eindruck, die Kamera sei eine prothetische Verlängerung von Whelts Körper oder Whelt eine Verlängerung der Kamera, oder die beiden seien zu einem merkwürdigen Zentaur mit fünf dürren Beinen verschmolzen, weil man ihn fast nie ohne sie sah. Am Ende jeden Tages war sein Arm vom Kurbeln so erschöpft, dass er keine Gabel mehr zum Mund führen konnte. Da er weder Licht noch Mikrofon benutzte, war die einzige Unterstützung, die er von der Crew von *Herzen in der Finsternis* brauchte, das Filmmaterial, bevor und nachdem es durch die Kamera lief: Filmmeter um Filmmeter musste aus Holzbrei, Tapirknorpeln, Steinsalz, Ammoniak und Silberspänen zusammengekocht und die belichteten Rollen zur Aufbewahrung in beschrifteten Tonkanistern verstaut werden. Wie ein *Wochenschau*-Korrespondent vagabundierte Whelt durch beide Lager und filmte, was immer ihm vor die Kamera kam, geduldig und scheinbar wahllos. Er griff nie in die Szenen ein, außer wenn er das Gefühl hatte, dass jemand schauspielerte, was er keinesfalls wollte. Keine Schauspielerei, kein Drehbuch, keine Requisiten, keine Kostüme. Nur diese umherwandelnde menschliche Kamera, die den Alltag aufsaugte. Doch wenn er gefragt wurde, was er drehte, sagte er, er filme *Herzen in der Finsternis*.

Whelt ging, zwei Tage nachdem Trimble 1946 verstoßen worden war, zum ersten Mal zum Filmen in das Lager der New Yorker. Die Membran zwischen den beiden Lagern war noch nie so dünn gewesen, und er wurde mit wohlwollender Neugier aufgenommen. Erst als Coehorn ihn bemerkte, verscheuchte man ihn. Aber er kam einfach immer wieder, Tag für Tag, und stahl sich von den Rändern der Siedlung mit seiner Linse herein. Wenn man Coehorn zu dieser Zeit sah, kam einem als Erstes in den Sinn, wie scharf er Trimble an jenem historischen Tag verteidigt hatte, und so begann seine Autorität zu schwinden, ein Prozess, der an Fahrt aufnahm, als die wirtschaftliche Situation des Lagers den Bach runterging. Man folgte noch immer seinen Anweisungen, aber jedes Mal, wenn er verlangte, dass Whelt rausgeschmissen und seine Kamera konfisziert werden sollte, dauerte es ein wenig länger, bis der Regisseur tatsächlich eine sanfte Hand auf seiner Schulter spürte. Schon bald wurde Whelt mindestens eine Stunde eingeräumt, ehe er gehen musste, und die Kamera wurde nie angerührt. Schließlich gab Coehorn auf; seine einzige Bedingung war, dass er Whelt niemals persönlich treffen musste.

Für die New Yorker war es ziemlich schräg, dass sie nicht nur einen der Feinde unter sich hatten, sondern sogar den Anführer der Feinde, wie in einem Traum, in dem jemand Berühmtes in einem völlig unlogischen Kontext auftaucht. Aber sie wussten, dass selbst die Angelenos im Dunkeln tappten, was Whelts Vorhaben anging – und es wirkte fast so, als wäre er nicht in irgendeiner offiziellen Funktion hier, als wäre er tatsächlich nicht mehr derselbe Mann, den sie in Erinnerung hatten, sondern ein Neuankömmling, unbeleckt vom alten Händel, ja ohne eine Verbindung dazu, abgesehen von seinem undefinierbaren Projekt – also ignorierten sie ihn mehr oder weniger, wie eine Katze oder einen Geist.

Elf Jahre später fühlte sich Whelts Anwesenheit ziemlich normal an. Was bedeutete, dass Whelt in einer wunderbaren Position war, um die Veränderungen im Lager der Eastern Aggregate nach Meinongs Machtübernahme zu beobachten.

Nun hatte der Deutsche nicht gerade eine Zweikammer-Legislative beiseitegefegt. Im Lager hatte es schon immer eine Alleinherrschaft gegeben. Aber diese neue Autokratie war nicht mit der vagen, unberechenbaren und egozentrischen Autokratie von Coehorn vergleichbar, die aus Nachlässigkeit auch liberal und tolerant gewesen war und weniger einer eisernen Hand im Samthandschuh geglichen hatte als einer eisernen Faust, die sich zwischen den Kissen einer Samtcouch verlor. Genauso wenig ließ sie sich mit Trimbles Autokratie vergleichen, die die meiste Zeit über zielgerichtet, intim und unerklärt gewesen war, eine Geheimpolizei, die keinem Staat angehörte, in der man eine abendliche Kalebasse voll Ananasbier mit seinem besten Freund teilen konnte und keine Ahnung hatte, dass er gefährdet oder verzweifelt war oder Befehlen folgte, bis man eines Morgens erkannte, dass er einen an den *Pozkito Enquirer* verraten hatte.

Nein, Meinong hatte eine altmodische, waschechte Diktatur mit allem Drum und Dran errichtet.

Whelts Kamera sah: Männergruppen beim Militärdrill, die Bäume hinaufkletterten, Speere warfen und im Schlamm kämpften.

Whelts Kamera sah: eine Mutter, die nach der Mahlzeit ihres Kleinkindes schmachtete, weil ihre eigene Essensration einbehalten worden war, da sie zum dritten Mal in Folge ihre Quote bei der Nahrungssuche nicht erfüllt hatte.

Whelts Kamera sah: Meinong, der vor dem versammelten Lager eine Rede über die Angelenos hielt (ohne Coehorn, der immer noch in einem vagen Schutzgewahrsam gehalten wurde).

Whelts Kamera sah: eine Frau, die sich tränenreich bei einer öffentlichen Entschuldigung erniedrigte, nachdem sie zugegeben hatte, dass sie die heimtückische Unwahrheit verbreitet hatte, einige der Eastern-Aggregate-Dollarscrips sähen anders aus als andere.

Whelts Kamera sah: einen Mann, der mit Stockschlägen bestraft wurde, nachdem er dabei erwischt worden war, wie er mit der Frau eines anderen Mannes im Wald Liebe gemacht hatte.

Whelts Kamera sah: drei von Meinongs Leutnants, die sich mit strengem Gesichtsausdruck näherten, bis ihre Brust die Aufnahme schwarz werden ließ.

—

Am 4. Oktober 1957 fuhr ich mit dem Fahrstuhl in den obersten Stock des Eastern-Aggregate-Hochhauses in der Pine Street, unterwegs zu einem Gespräch über eine Expedition in den Dschungel, genau wie Elias Coehorn jr. neunzehn Jahre zuvor. Nichts hatte sich verändert, noch nicht mal der schielende Fahrstuhlbegleiter, dem ich zwar nie persönlich begegnet war, den ich aber aus meiner Pilzkamera kannte. Wenn sich in früheren Zeiten ein Mitarbeiter der Eastern Aggregate einen psychologischen Vorteil für einen Termin mit Geschäftspartnern verschaffen wollte, konnte er den Rezeptionisten in der Lobby anweisen, den Gast zum »Express Fahrstuhl« zu führen, der genauso aussah wie die anderen, aber so schnell und ruckartig nach oben fuhr, dass der Gast oben seekrank heraustaumelte. Natürlich stammte die Idee von dem gefürchteten Unternehmensgründer. Ich fragte den Fahrstuhlbegleiter, ob er immer noch in Gebrauch sei. »Nein«, gab er zurück, ein wenig überrascht, dass ich davon wusste. »Den haben sie vor ein paar Jahren stillgelegt.« Das war zu erwarten gewesen. Ein ganzes Unternehmen als Erweiterung der Persönlichkeit seines Gründers, der, »indem er das Ganze ordnet« wie Leibniz' Gott, »jeden einzelnen Teil angesehen hat, sodass es ein Spiegel von ihm ist« – dieser altmodische Stil schwand dahin oder wurde reformiert. Heutzutage organisierten sich Unternehmen nach dem Vorbild der United Fruit Company: rationalisiert, modularisiert, ohne charismatische Köpfe, lediglich eine Kolonie, die sich aus grauen Flanellsporen selbst reproduzierte. Elias Coehorn sen. war weg, und die Eastern Aggregate passte sich den neuen Zeiten an.

Doch Phibbs hatte – wie der Fahrstuhlbegleiter – ausgeharrt. Und Coehorns Geist würde in diesem Gebäude herrschen, solange Phibbs noch da war – nicht nur wegen des echohaften Manierismus, mit dem der ehemalige Agent der Abteilung für Gute Führung seinem langjährigen Arbeitgeber Tribut zollte, sondern auch wegen einer grundlegenden Eigenschaft, die beiden gemein war – der Eindruck, dass seine Vornehmheit der exquisite Endschliff eines sehr groben Erzes war und er sich in seinen gestärkten Manschetten zwar so wohlfühlte wie jeder x-beliebige Würdenträger, es ihn aber weder wundern noch beunruhigen würde, wenn sie stattdessen mit getrocknetem Blut gestärkt wären.

»Ich kann es wirklich kaum erwarten, den Grund Ihres Besuches zu erfahren, Mr. Zonulet«, sagte er, als ich ihm an seinem Zwölftausend-Quadratmeter-Schreibtisch gegenübersaß und seine Sekretärin die Tür hinter sich geschlossen hatte. Es war fast anderthalb Jahre her, dass ich hier gewesen war, um mir die Dollarscrips anzusehen. »Kann unser Unternehmen dem Außenministerium wieder einmal behilflich sein?«

»Ich will offen mit Ihnen sein, Mr. Phibbs. Vor neunzehn Jahren hat Ihr Chef seinen Sohn nach Honduras geschickt, um einen Tempel zu holen. Er ist nie zurückgekehrt. Zumindest darüber müssten Sie im Bilde sein. Vielleicht auch noch über vieles mehr. Immerhin hat jemand dafür gesorgt, dass sich das nicht herumgesprochen hat. Vielleicht war das Ihr Geheimdienst hier. Entscheidend aber ist doch, dass Elias der Jüngere sich noch immer im Dschungel befindet. Und ich glaube nicht, dass Sie es sich leisten können, ihn dort noch viel länger zu lassen.«

»Das kommt ziemlich unerwartet«, entgegnete Phibbs, obwohl er auch nicht das mikroskopisch kleinste Anzeichen von Überraschung erkennen ließ, weder im Tonfall noch in der Körpersprache – vielleicht hatte er meine Absichten bereits erraten, wahrscheinlicher aber war, dass dieser Mensch seine Regungen so gut unter Kontrolle hatte, dass er seine Rülpser eine Woche im Voraus plante.

»Die Welt weiß immer noch nicht, dass dort ein Tempel steht«, fuhr ich fort. »Ein richtiges Shambhala. Im Norden und Osten sind Berge, und im Süden und Westen rennen Indios mit Waffen durch den Regenwald. Bisher also keine neugierigen Blicke. Aber das wird sich ändern. Haben Sie schon von künstlichen Satelliten gehört?«

»Ich fürchte nicht.«

»Das Jet Propulsion Laboratory ist nur noch wenige Monate davon entfernt, eins dieser Dinger in den Orbit um die Erde zu schicken. Ich habe Freunde in der Branche und muss also nur ein Ferngespräch nach Kalifornien führen, um von den neuesten Entwicklungen unterrichtet zu sein. Schon bald werden so viele davon da oben sein, dass es auf der Umlaufbahn aussieht wie zur Rushhour auf der Lexington. Vielleicht wird der erste Satellit nicht mit einer Kamera ausgestattet sein. Vielleicht auch der zweite noch nicht. Aber dann? Kommen Sie. Sie wissen, wo ich arbeite. Sie können sich die Erwartungen dort vorstellen. Wir haben also diese ganzen Satelliten da oben, die Bilder zu uns schicken wie die Fernsehanstalten. Aber wir können die Satelliten nicht einfach über Russland parken. So funktioniert das nicht. Sie wandern immer um die Erde herum, immer weiter. Über die Meere. Über die Kontinente. Über Honduras. Und selbst wenn sich niemand darum schert, wie der Dschungel von Honduras für die Vögel aussieht, wird sich jemand diese Bilder ansehen. In der Regierung gibt es viele Leute, die nur ihre Zeit absitzen. Und die werden den Tempel entdecken. Und ich meine nicht nur meine Truppe. Die ganze Welt wird davon erfahren. Und es gibt nicht genügend Indios mit Waffen, um danach die Türen noch verschlossen zu halten. Also werden viele neugierige Menschen am Tempel auftauchen. Und über kurz oder lang wird die Titelseite der *New York Times* berichten, dass Elias Coehorn sen. seinen Sohn und etwa fünfzig Angestellte der Eastern Aggregate 1938 in den Dschungel geschickt hat und sie nie zurückgekommen sind. Und auch, dass er das nicht nur verschwiegen und sie nicht nach Hause geholt hat, sondern womöglich gar alle Versuche unterbunden hat, sie heimzuholen, und zum Donnerwetter noch mal, das ist wirklich kaum zu glauben, aber sie sind immer noch da draußen, und zwar in einem wirklich schlechten Zustand. Nun, entspricht das Ihren Vorstellungen? Ich glaube kaum. Das klingt für mich ganz und gar nicht nach dem Stil der Eastern Aggregate. Diese Tempelgeschichte muss irgendwie verpackt werden, so oder so, und ich glaube, Sie würden ein Minimum an Peinlichkeit und Schlamperei vorziehen. Dazu müssten wir aber die Party beenden, bevor die Kameras am Firmament auftauchen. Verstanden?«

»Ich glaube, ich kann Ihnen folgen, ja«, sagte Phibbs ruhig.

»Also schicken wir eine Expedition hin. Gut ausgebildete und bewaffnete Leute. Sie übernehmen die Kosten. Ich führe sie an. Wird es offiziell über die Eastern Aggregate laufen? Das ist Ihre Entscheidung. Wird es offiziell über das Außenministerium laufen? Nicht zu diesem Zeitpunkt, nein. Aber danach werde ich vermutlich in einer Position sein, jede rückwirkende Unterstützung anbieten zu können, die sich als nötig erweisen wird.« Ich zündete mir eine Zigarette an. »Natürlich könnten Sie einfach eine eigene Expedition schicken. Mich aus dem Spiel lassen. Aber momentan gibt es außerhalb von Honduras nur zwei Männer, die je im Dschungel-Lager der Eastern Aggregate waren. Einer davon bin ich. Der andere ist ein Junge, der dort aufgewachsen ist, und niemand außer mir weiß, wo dieser Junge sich gerade aufhält. Wenn Sie ohne uns hinfahren, verirren Sie sich allein im dunklen Wald, wie ein alter Freund von mir immer gesagt hat. Wenn Sie mich und den Jungen mitnehmen, wissen Sie den Weg und an wen man sich vor Ort wenden sollte.«

»Erlauben Sie mir eine Frage, Mr. Zonulet. Was könnte Ihr eigener Ansporn sein, ein solches Unterfangen zu betreuen? Ich nehme an, Sie verlangen dafür kein Gehalt?«

»Ganz einfach: Am Tempel gibt es etwas, das ich haben will. Die Amerikaner dort sind mir im Weg. Und wenn ich sage, dass ich es haben will, dann geschieht das in meiner Funktion als Diener unserer Regierung und unseres Volkes. Ich denke dabei an die Zukunft jeder freien Gesellschaft.«

»Verstehe.« Phibbs machte eine Pause, nicht weil er nachgedacht hätte, er schien bereits genau zu wissen, was er sagen würde, sondern um aus Höflichkeit seinem Gast gegenüber zu signalisieren, dass er dieses Gespräch interessant genug fand, um dafür innezuhalten. Wie bei allen seinen Höflichkeiten war deren absolute Sinnlosigkeit Teil ihrer Würde. »Mir leuchtet ein, dass Sie glauben, der von Ihnen unterbreitete Plan diene dem Wohl der Eastern Aggregate Company, und aus diesem Grund möchte ich Ihnen meinen aufrichtigen Dank aussprechen, dass Sie ihr Anliegen an mich herangetragen haben. Trotzdem muss ich bedauerlicherweise sagen, dass wir nicht jede Ihrer Einschätzungen teilen. Ihre Darstellung unseres Erdballs, der von diesen erstaunlichen schnurlosen Drachen aus jedem Winkel fotografiert wird, kann sicher eines Tages der Realität entsprechen. Eines Tages. Aber wenn ich richtig informiert bin, ist es noch keinem Land der Erde gelungen, auch nur einen einzigen dieser elektronischen Satelliten in den Orbit zu bringen?«

»Sowohl das Weiße Haus als auch der Kreml haben die Absicht bekundet –«

»Unser aktueller Krieg ist ein Krieg des Bluffs«, unterbrach mich Phibbs. »Natürlich werden alle möglichen Absichten bekundet.«

»Wie ich bereits sagte, es ist eine Frage von Monaten. Höchstens von einem Jahr.«

»Bei allem Respekt, Sie sind bei weitem nicht der erste Besucher, der in meinem Büro sitzt und mir von einem technologischen Fortschritt erzählt, der vermutlich irgendwann die Zukunft dieses Unternehmens gefährden wird. Das erinnert mich daran, was Mr. Coehorn in ähnlichen Situationen manchmal sagte. ›Verbrenne nicht das Milchmädchen, bevor du die dritte Titte gesehen hast.‹ Ist Ihnen dieses Sprichwort schon mal begegnet?«

In der Atmosphäre dieses Büros explodierte das Wort »Titte« wie eine Neutronenbombe, was Phibbs Absicht gewesen sein muss. Es setzte einen Schlussstrich. Darüber zu diskutieren hatte keinen Sinn. »Nein, ist es nicht.«

»Es bezieht sich auf den alten Glauben, der zu Mr. Coehorns Jugend in Hershey noch immer nicht ganz ausgestorben war, dass Hexen eine überzählige Brustwarze besäßen. Ich glaube, man kann es am besten erläutern, indem man zwei bekanntere Sprichwörter kombiniert: ›Ich glaube es erst, wenn ich es sehe‹ und ›Schlafende Hunde soll man nicht wecken‹.«

»So.«

Wieder eine Pause. »Gibt es sonst noch etwas, was ich für Sie tun kann, Mr. Zonulet?«

Als ich nach meinem misslungenen Verkaufsgespräch den Aufzug nach unten nahm, ging mir auf, dass Phibbs nie direkt zugegeben hatte, von irgendwelchen Amerikanern im Dschungel zu wissen. Ich dagegen hatte meine Position fast zu detailliert dargestellt. Diese Asymmetrie lag natürlich in der Situation begründet, und ich hatte sie von Anfang an in Kauf genommen, trotzdem wurde ich das Gefühl nicht los, dass ich meine eigene Ausbildung mit Schande bekleckert hatte. Phibbs war wirklich ein Profi. Ich stellte mir vor, wie er vor all den Jahren mit einer Pistole in Ada Coehorns Garderobe gekommen war, als sie mit Arnold Spindler nackt auf der Chaiselongue lag – wie furchteinflößend das gewesen sein musste!

Draußen war einer dieser blauen Herbstnachmittage, der wie eine kühle Fensterscheibe an der Stirn wirkte, eigentlich das beste Heilmittel nach all den Monaten in den Tropen, aber ich war nicht in der Stimmung, mich darüber zu freuen. Wenn mich Eastern Aggregate nicht unterstützte, wer dann? Kingdom Pictures gab es nicht mehr. Vor ein oder zwei Jahren hätte ich nach Kuba fahren und dort ein paar Deals aushandeln können. Möglichkeiten hatte es immer gegeben, aber sie hatten mich nie besonders interessiert, denn Dollar und Peso waren trivial im Vergleich zu den geheimnisvolleren Währungen, mit denen ich handelte. Jedenfalls hatte ich meine Kontakte dort vernachlässigt – und Batistas Schwerfälligkeit begann Unbehagen und Vorsicht unter denen hervorzurufen, die am meisten zu verlieren hatten, auch wenn man die ganze Situation nur mit ruhigem Blick betrachten musste, um zu erkennen, dass die Rebellen nicht den Hauch einer Chance hatten, Havanna zu erreichen – und so konnte ich nicht sicher sein, ob ich immer noch in der Position war, als Insider-Outsider an schnelles Geld zu gelangen.

Bis ich diese Mission finanzieren konnte, würde der Pilz auf der Rüstung im Tempel ruhen wie ein gesunkener Schatz; und ich stand schlechter da als noch am Tag zuvor, weil ich nicht wusste, welche Schritte Phibbs nun unternehmen würde. Ich verfluchte Sektion 9, weil sie McKellar nach Jakarta versetzt hatten. Gemeinsam hätten wir das knacken können. Ich beschloss, in einer Bar alles noch mal in Ruhe zu überdenken. Ein paar Drinks würden sicher helfen.

Siebzehn Stunden später weckte mich das Telefon in meinem Hotelzimmer in der 17. Straße. Tief in der Lagune von Ebano – unter dem dunklen Wasser, in dem sich Algen und Grünzeug wanden, unter dem Abwasserrinnsal aus den Pumpen meines Holzkahns, unter den verfaulenden Fisch- und Vogelleichen, unter den Eiern des Rachewurms, unter den Gründlern und Parasiten auf den Gründlern und den Parasiten auf diesen Parasiten – tief unter alldem, in der stinkendsten Region der Welt, fand die Schöpfung vielleicht einen Platz für einen Invertebrat, so jämmerlich wie ich.

Auf dem anderen Kissen lag ein Gebiss. Ich erkannte es nicht. Während ich nach dem Hörer griff, dachte ich, dass sie vielleicht eines Tages eine Prise wahrsagenden Schimmel neben das Alka-Seltzer legen würden, sodass man herausfinden konnte, was am Vorabend alles passiert war.

»Mr. Zonulet? Hier spricht John Phibbs. Einen guten Morgen wünsche ich Ihnen.«

Ich war mir sicher, dass ich ihm nicht gesagt hatte, wo ich untergebracht war. »Hi. Ja.« Ich konnte kaum sprechen.

»Wie Sie sicher schon erraten habe, rufe ich an, um alles zurückzunehmen, was ich gestern gesagt habe.«

Er schien davon auszugehen, dass ich wusste, wovon er redete. Ich wollte nicht zugeben, dass ich gerade erst aufgewacht war. »Oh. Ja.«

»Die Ereignisse haben mich widerlegt und dabei keine Zeit vertrödelt.«

»So. Ja.« Mit gigantischer Mühe hievte ich mich aus dem Bett und ging nackt mit dem Telefon in der Hand zur Tür.

»Die heutigen Nachrichten haben mich dazu veranlasst, meine Meinung zu überdenken. Könnte ich Sie dazu bewegen, zu einer weiteren Unterredung in mein Büro zurückzukehren? Vielleicht heute Nachmittag?«

»Okay. Ja.«

Ich machte die Tür auf. Wie erhofft lag die *New York Times* auf der Schwelle. SOWJETUNION SCHICKT SATELLITEN INS ALL, lautete die Überschrift. ER UMKREIST DEN GLOBUS MIT 18 000 MPH; ERDKUGEL WIRD BEI 4 ÜBERQUERUNGEN DER USA AUSGESPÄHT.

—

Grüße aus dem malerischen San Esteban.

Ich werde aus Zonulets Manuskript zitieren, denn er beschreibt mich recht gut, wenn er sagt, dass während der Phase meines Lebens, die ich »die Klemme« nenne, »ein Zusammenhang oder eine Logik dahinter nicht vorhanden waren, und diese Abwesenheit spürte sie schmerzlich, wie nach einem Diebstahl«. Ich glaube, Zonulet geht es ganz ähnlich mit den Ereignissen der letzten paar Jahre, und deswegen konnte ich ihn überreden, mit mir nach Honduras zu fahren.

Wenn diese fehlende Logik einen Namen hat, dann wäre es in diesem Fall vermutlich REMOTER. 1935 hat REMOTER den Tempel in Honduras verlassen, der jahrhundertelang für die Welt verloren war, und ist Richtung Red Hook, Brooklyn aufgebrochen. Drei Jahre später beschloss der Wolkenkratzer-Khan von New York, Elias Coehorn sen., zwei Expeditionen zu demselben Tempel zu schicken – eine unter seinem eigenen Namen, die andere unter dem Namen Arnold Spindler, ein toter Mann, der als Coehorns betrügerische Marionette weiterlebte –, um dort ihre beiden Söhne gegeneinander antreten zu lassen. Ich glaube nicht, dass der Zeitpunkt zufällig gewählt war. Irgendwie muss REMOTER das alles beschleunigt haben.

Wenn uns Poyais O'Donnell erklären könnte, wer REMOTER ist und welchen Plan er oder sie verfolgt – nun, dieses Manuskript ist ein Rechnungsbuch, und auch wenn es jetzt zu spät ist, um das Scheitern von Zonulets Mission abzuwenden, würde es ihm dennoch etwas bedeuten, einige der riesigen leeren Seiten darin zu füllen.

Ich kann genauso gut da weitermachen, wo ich aufgehört habe (auch wenn das auf diesen Seiten eigentlich hinfällig ist). Zonulet und ich haben stundenlang an seinem Küchentisch miteinander gesprochen. Ich wollte, dass er zugab, was er vor mir verborgen hatte, aber das tat er nicht. Ich konnte ihn nicht direkt fragen, das hätte sich zu aggressiv angefühlt. Unser Gespräch hatte nichts Kokettes, und dennoch war diese lange, schwierige Unterhaltung dem zuträglich, was folgen sollte, als hätten wir gemeinsam mit einer Schrotsäge einen Baumstamm zerteilt. Es synchronisierte uns physisch, nicht nur im Rhythmus unserer Arbeit, sondern auch in unserer Erschöpfung, als es dann Nacht wurde. Wir fielen zusammen ins Bett, wie es so schön heißt. Dort waren wir plötzlich nicht mehr müde, und Zonulet strafte seine Aussage Lügen, ein Fall fürs Hospiz zu sein, auch wenn er danach sehr lange brauchte, um sich wieder zu erholen.

Als ich ihm eine Zigarette reichte, sagte er: »Ich fahre mit dir nach Tegucigalpa, wenn wir Montag wieder zurück sind.«

»Aha. Die Sexfalle ist zugeschnappt.«

»Hey, keine Witze jetzt. Ich warte schon seit 1938 auf eine Chance bei dir.«

»Nett von dir, das zu sagen.« Ich wusste, dass es nicht stimmte.

Aber er erwiderte: »Das ist mein Ernst. Bist du mal auf die Idee gekommen, dass das alles *mein* Plan war und nicht deiner?«

»Alles was?«

»Die letzten zwanzig Jahre. Vielleicht sollte alles nur zu dieser Nacht heute hinführen.«

»Die Expeditionen? Der Tempel?«

Er gähnte. »Sektion 9. Alles. Und hier sind wir. Hat prima funktioniert.«

»Mein Gott. Als ich die Verbindungen gezogen habe zwischen allem, was passiert ist, habe ich also eine große Verschwörung entdeckt … einen mächtigen und geheimnisvollen Plan … eine Art Krake, der sich unter der Oberfläche bewegt …«

»Du weißt, wie weit ich für einen hübschen Arsch gehen würde.« Er drehte sich um. Danach war er so schnell eingeschlafen, dass ich über ihn drübergreifen und ihm die Zigarette aus der Hand nehmen musste. Die Decke war heruntergerutscht, ich zog sie über seine Schultern und sah zum ersten Mal, dass er an der linken Seite eine Narbe hatte, die von einer ziemlich schlimmen Verletzung stammen musste.

Am nächsten Morgen fuhren wir zum Washington National

Airport. In der Schlange vor dem Pan-Am-Schalter standen zwei unrasierte Männer vor uns, deren Gespräch so regelmäßig zu dem Refrain zurückkehrte: »Hauptsache, man weiß, wann man den Schaden begrenzen und aussteigen muss«, dass ich mich fast persönlich betrogen fühlte, als sie einen Hin- und Rückflug nach Mexiko City buchten anstatt des viel dramatischeren Oneway-Tickets. Als wir an die Reihe kamen, buchten wir unseren Flug nach Tegucigalpa über Miami.

Keine Sorge, das soll kein Reisebericht werden. Das ist nicht das *Life*-Magazin, und ich kriege nicht fünf Cent pro Wort für meine Schilderungen. (Man könnte meinen, Zonulet kriege zehn.) Ich will nur anmerken, dass das Plaza Dolores in Tegucigalpa wie ein schöner Ort für eine Hochzeit wirkt, mit seinen Etageren voller Desserts, den rostbraunen Tauben und der duftenden, schläfrigen Luft, auf der Konfetti meilenweit dahintreiben könnten. Was es noch trauriger macht, dass Señorita Josefa Candida Gonzalez ihrer Zeremonie beraubt wurde. Nein, wir fanden Poyais O'Donnell nicht in San Esteban, weil Poyais O'Donnell nicht zu seiner eigenen Hochzeit erschien.

Wir kamen am frühen Abend an und checkten in miteinander verbundene Zimmer in einem Hotel bei der Kirche ein. Zonulet fand heraus, dass der Concierge, der zwar schon früher mit O'Donnell zu tun gehabt hatte, nicht wusste, wo er sich diesmal eingemietet hatte. Also schob ihm Zonulet ein Scheinchen zu, damit er seine Kollegen in den anderen Hotels anrief, aber auch von denen hatte keiner O'Donnell gesehen. Dafür beschrieb uns der Concierge den Weg zur Villa von General Gonzalez, dem Vater von O'Donnells Verlobten. Zonulet war deutlich anzumerken, wie sein alter Elan nach und nach zurückkehrte. Er kaufte sich Informationen in tropischem Klima – er war zu Hause.

Als wir auf die Villa zugingen, machte ich Zonulet auf eine schöne junge Frau aufmerksam, die auf einem der oberen Balkone stand. Sie klammerte sich weinend mit beiden Händen ans Geländer und blickte über die Dächer, als suche sie in der Dämmerung nach einer Erklärung. Wir klingelten. Ein Hausmädchen machte auf. Ich verstehe kein Spanisch, aber ich weiß, dass Zonulet ihr sagte, wir seien wegen der Hochzeit unseres Freundes O'Donnell in der Stadt und wollten uns erkundigen, wo er sich aufhalte.

Der Ton des Hausmädchens war düster. Zonulets Ton war erst ungläubig, dann wütend. Er stellte noch ein paar weitere Fragen. »Was ist los?«, fragte ich.

Zonulet stampfte mit dem Fuß auf. »Gottverdammtnochmal!«

»Was?«

»Sie sagt, die Hochzeit sei abgesagt. O'Donnell ist in San Esteban! Er leidet an einem schweren hämorrhagischen Fieber, und sie wissen nicht, ob er es überleben wird. Josefa«, er zeigte auf das Mädchen auf dem Balkon, »will hinfahren, um bei ihm zu sein, aber ihr Vater erlaubt es nicht, damit sie sich nicht ansteckt. Das ist ihre ganze Geschichte.« Er trat ein paar Schritte von der Tür weg und rief etwas zum Balkon hinauf.

»Was tust du?«

»Ich frage sie, wo sich der Scheißkerl versteckt. Ich frage sie, was sie wirklich mit ihm angestellt haben. Hämorrhagisches Fieber für'n Arsch!«

»Sie sieht furchtbar traurig aus. Vielleicht solltest du besser –«

Aber die Verlobte, der es zunächst die Sprache verschlagen hatte, rief jetzt Zonulet etwas mit einer Stimme zu, die rau war vom Weinen und vor Wut kochte. Zonulet antwortete mit unverminderter Überzeugung. Ich zog an seinem Arm, aber das Gespräch ging weiter, bis Josefa nach drinnen rannte. Ich dachte schon, Zonulet hätte die weinende junge Braut heroisch in die Flucht geschlagen, bis sie mit mehreren Sherry-Gläsern in jeder Hand zurück auf den Balkon stürmte und sie nacheinander auf uns herabwarf. An diesem Punkt war schließlich auch Zonulet bereit zu gehen.

Auf dem Weg zurück ins Hotel fragte ich: »Wie kommen wir nach San Esteban?«

»O nein, keine Chance. Ich habe dich gegen besseres Wissen bis nach Tegucigalpa begleitet, aber bis nach San Esteban fahre ich auf keinen Fall. O'Donnell hat mich zum letzten Mal an der Nase herumgeführt. Ich bin mir noch nicht mal mehr sicher, ob er überhaupt existiert. Niemand hat ihn je gesehen.«

»Aber der Concierge und das Hausmädchen und Josefa …«

»Zur Hölle mit denen«, sagte er. »O'Donnell könnte genauso gut ein verdammter Leprechaun sein.«

»Und dein Freund Wilson?«

»Was soll das überhaupt für ein Name sein, Poyais?«

»Ich schätze, das ist irisch oder so. Hör zu, wir sind immerhin schon in Honduras. Wir wissen, wo O'Donnell ist, und wir wissen, dass er nicht verschwinden kann, wenn er krank im Bett liegt. Wir sind so nah dran an REMOTER! Es wäre total dämlich, jetzt umzukehren. Als würdest du zu Bev sagen: ›Ich bin den ganzen Weg bis nach Shepards Bay gefahren, aber es stellte sich heraus, dass meine Quelle in Brighton Beach war, also habe ich aufgegeben und bin heimgefahren.‹«

»Versuch nicht, mich mit Nostalgie zu ködern«, grummelte Zonulet.

Vielleicht ist es tatsächlich die Hauptsache, zu wissen, wann man den Schaden begrenzen und abhauen muss. Ganz sicher können vernünftige Leute einen vernünftigen Strich unter eine Sache ziehen. Aber ich weiß gar nicht, was ohne all meine Verluste noch von meinem Leben übrig bliebe. Ich bin keiner dieser vernünftigen Menschen, und Zonulet auch nicht. Er legt doch noch gar nicht richtig los, bevor es zu spät zum Umkehren ist.

Er sagte nie etwas davon, seine Meinung geändert zu haben. Als wir ins Hotel zurückkamen, marschierte er einfach zum Concierge und fragte ihn nach Bussen nach Catacamas.

Wir brachen am nächsten Morgen auf. Man hatte mir zu verstehen gegeben, dass in einem Bus nach Süden unter jedem Arm, auf jedem Schoß Hühner sein würden, Hühner auf den Gängen, Hühner auf dem Dach, selbst der Fahrer und der Schaffner wären womöglich Hühner. Aber in unserem Bus gab es kein einziges Huhn, er holperte lediglich etwa hundertfünfzig Meilen über etwas, das ich naiverweise für sehr schlechte Straßen hielt. Da lag ich falsch. Jetzt weiß ich, dass es in Wirklichkeit keine schlechten Straßen waren. Im Nachhinein betrachtet waren es ganz großartige Straßen. Erst später, nach Einbruch der Dunkelheit, als wir einen Laster mieteten, um von Catacamas nach San Esteban zu kommen, fand ich heraus, was sehr schlechte Straßen sind.

Wir kamen gegen drei Uhr früh an. Während der Fahrt hatte es nicht geregnet, aber als ich einen Fuß zur Tür rausstreckte, setzte der Regen so abrupt und stark ein, als hätte einem jemand einen Streich gespielt und ein Wassereimerchen oben auf die halb geöffnete Tür gestellt. Unser Fahrer Iván legte sich im Laster schlafen, und wir rannten über die Straße ins Le Sphinx. Zonulet klopfte dort wie ein Gerichtsvollzieher.

Nach kurzer Zeit wurde die Tür von einem Mann im Hausmantel geöffnet, der Wilson sein musste. Einigermaßen bewegt schüttelte er Zonulets Hand. »Es ist eine große Freude, Sie hier zu sehen, und es überrascht mich nicht im Mindesten«, sagte er. »Kommen Sie herein.«

Wir folgten ihm in den Flur, und ich stellte mich ihm vor. Draußen bellten die Hunde den Donner an. »Was meinen Sie damit, es überrascht Sie nicht im Mindesten?«, fragte Zonulet.

»Mein Vater hat immer gesagt, zu seiner Zeit habe es so etwas wie ›Geschäftsbeziehungen‹ nicht gegeben. Wenn man mit jemandem gute Geschäfte machte, nannte man ihn seinen Freund. Ich sehe, Sie sind ein Mann alter Schule. War es das Geschäft, das Sie mit Mr. O'Donnell zusammengeführt hat? Ja, und hält Sie das davon ab, ihm die letzte Ehre zu erweisen? Nein, das tut es nicht. Ich nenne das äußerst bewundernswert. Am liebsten würde ich einen ehrenamtlichen Engländer aus Ihnen machen. Nichts gegen Ihr eigenes Land, aber –«

»O'Donnell ist tot?«

»Das wussten Sie nicht? Aber sind Sie nicht deswegen hier?«

»Wir sind hier, um mit ihm zu reden«, sagte Zonulet.

»Also ist die Frage der irischen Erbschaft immer noch nicht geklärt? Nun, dann wird sie sich wohl nie mehr klären lassen. Ich bedaure zutiefst, Ihnen mitteilen zu müssen, dass ihn heute Nachmittag das Fieber geholt hat. Ich tröste bereits die halbe Nacht die Damen. Ein schwerer Schlag für uns alle. Sie erinnern sich sicher, dass ich O'Donnell eine Säule unserer kleinen Gemeinschaft genannt habe. So verlässlich, so entgegenkommend, immer da, wenn man ihn brauchte …«

»Ich will die Leiche sehen.«

»Wir haben ihn direkt begraben, der Hygiene wegen, aber morgen wird noch ein richtiger Gottesdienst abgehalten.«

Zonulet packte Wilson am Schalkragen seines Hausmantels. »Es gibt keinen O'Donnell hier, oder? Du hast die ganze Zeit über Bescheid gewusst! Sag die Wahrheit, oder ich schwöre bei Gott, ich blas dir den Schädel weg, du englischer Lude!«

»Ich kann Ihnen versichern, ich habe selbst das Sargtuch getragen!«, protestierte Wilson. »Sozusagen.«

Zonulet ließ ihn los. »Wo? Wo ist er begraben?«

»Im südlichen Teil des Friedhofs.«

Zonulet drehte sich um und ging hinaus in den Regen. »Entschuldigen Sie …«, sagte ich und brachte den Satz mit einer Geste zu Ende.

»Oh, alles in Ordnung«, sagte Wilson. »Ich weiß, dass Trauer einen Mann umhauen kann. Denken Sie, er hat vor, einen Kranz ans Grab zu legen?«

Ich ging davon aus, dass er deutlich mehr vorhatte als das.

Ich bat Wilson um einen Schirm. Als er damit zurückkehrte, sagte er: »Sie müssen mich daran erinnern, Ihnen später unsere Leihbücherei zu zeigen.«

Als ich beim Laster ankam, verhandelte Zonulet bereits mit Iván über einen Überstundenzuschlag. Ich folgte ihnen zum Friedhof. Sie trugen zwei Sturmlampen und zwei Schaufeln, die Iván für den Fall von Felsstürzen im Laster gehabt hatte. Zwischen den Gräbern wuchsen Kakteen. Zuerst hatte ich vor, ihnen beim Graben zuzusehen, denn wenn ich schon an der Schändung eines frischen Grabes beteiligt sein musste, schien mir irgendein ominöses moralisches Prinzip vorzugeben, dass ich dann auch dabei anwesend sein musste. Ich stand im strömenden Regen und hoffte, der Blitz würde weder in meinen Schirm noch in die Schaufeln einschlagen. Es war eine schauerliche Szene. Nachdem sie etwa eine halbe Stunde gegraben hatten, war noch kein sichtbarer Fortschritt auszumachen, sodass ich Zonulet fragte, wie lange es noch dauern würde. Vier oder fünf Stunden, meinte er. Ich wollte Wilson nicht noch mal aus dem Bett holen, also ging ich zurück zum Laster und legte mich auf dem Vordersitz schlafen.

Später – also vor ein paar Stunden – weckte mich der Sonnenaufgang. Zum ersten Mal sah ich San Esteban bei Tageslicht, und zum ersten Mal traf mich mit voller Wucht die Erkenntnis, dass ich mich an der Schwelle zum Dschungel befand, der für mich so viele Jahre lang das gewesen war, was für andere das Jenseits ist: Ich hatte dem Glauben angehangen, dass diese unbeschreibliche Welt alle Geheimnisse lösen und alle Lücken füllen würde, und dennoch hatte ich bisher jedes Angebot einer Reise dorthin abgelehnt. Ein paar Kinder waren schon unterwegs, Meerschweinchen huschten zwischen ihren Füßen herum, und sie starrten mich an, als ich mich auf den Weg zurück zum Friedhof machte. Iván ruhte sich gerade aus, aber Zonulet grub immer noch. Er sah aus dem tiefen Loch heraus zu mir auf, und seine Augen leuchteten hell aus einer Sturmmütze von Schlamm hervor. Zonulet behauptet, er sei wegen seiner Leber nicht mehr weit entfernt vom Jenseits, aber als ich ihn so sah, war ich mir sicher, er wäre ohne Furcht in den Hades hinabgestiegen, hätte die Toten auf seinem Pfad auseinanderstieben lassen und O'Donnell zurück an die Oberfläche gezerrt. Man bedenke nur, dass wir nicht mal mit Sicherheit wussten, ob uns O'Donnell irgendetwas Verwertbares zu REMOTER sagen konnte. Aber Zonulets Herz war wild entschlossen. Das ging wohl auf meine Kappe.

»Wir sind nah dran!«, sagte Zonulet. »Ich spüre es. Die *sepultureros* hatten es eilig.«

Er hatte recht. Etwa ein Dutzend Schaufelhiebe später stieß er auf Holz.

Iván stand auf und half Zonulet, den Rest der Erde vom Sargdeckel zu kratzen.

»Bitte aufmachen, Mr. O'Donnell!«, rief Zonulet frivol. »Aufmachen, oder wir brechen die Tür auf!«

Gemeinsam stemmten sie den Deckel mit den Schaufeln auf.

Der Sarg war leer.

—

Die Grausamkeit und Ungerechtigkeit, die die New Yorker unter Meinongs Führung erleiden mussten, machten Burlingame traurig: eine tiefe, aufrichtige, ausdauernde Traurigkeit hatte sie überkommen. Jedem anständigen Menschen wäre es so gegangen. Aber auch Meinong selbst machte Burlingame traurig, und diese Traurigkeit war weniger menschenfreundlich, professionell oder ästhetisch, sondern fußte vielmehr auf der Auffassung, dass Meinong hinter seinen Fähigkeiten blieb. Sie hatte den Deutschen vor seinem Aufstieg mehrfach getroffen und ihn als kultivierten, intelligenten, humorvollen und gebildeten Menschen kennengelernt. Und jetzt zog er seine Diktatur durch wie ein viel dümmeres Exemplar.

Seit elf Jahren – also seit Whelts Abdankung – leitete sie das Lager von Kingdom Pictures, und zwar ziemlich gut. Sie arbeitete hart. Aber legte sie Wert darauf, jedes einzelne Detail mitzubekommen? Legte sie Wert darauf, jede noch so unwichtige Unterabteilung des Lebens zu bestimmen? Nein, natürlich nicht. Ihr altes, streberhaftes, eingebildetes und jungfräuliches Ich hätte vielleicht einen festen, nervösen Griff für nötig gehalten. Heute wusste sie es besser.

Ihre Unterweisung im Fach Macht war nicht zu trennen von ihrer Unterweisung im Fach Sex. Sex, nicht Liebe. Bestenfalls hatten ihr ihre Erfahrungen mit Liebe einen brauchbaren Einblick in die Wirkung gegeben, die sie auf andere Menschen hatte. Aber Liebe taugte nicht als Analogie oder Gebrauchsanweisung für etwas anderes. Sie stand nur für sich allein, unübersetzbar und in keinem Verhältnis zu etwas anderem. Sex dagegen hatte die Welt in einem anderen Licht erstrahlen lassen. Seit dem Tag ihrer Geburt bis zu dem Tag, an dem sie Gracie traf, hatte sie sich auf der Welt nicht willkommen gefühlt. Du bist nicht eingeladen, du gehörst nicht hierher; wenn du schon hier sein musst, dann versuch doch zumindest, nicht im Weg herumzustehen. Aber all das hatte sich geändert. Wenn sie sich im Bett an Gracie drückte, wusste sie, dass sie sich nicht am Rande der Welt befand, sondern vielmehr in ihrem Zentrum, oder zumindest nur ein paar rosige Zentimeter von ihrem Zentrum entfernt. Die Welt fügte sich jetzt ihrer Berührung, enthüllte jedes Geheimnis ihres Schaltens und Waltens. Nimm; nimm alles, was du willst, nimm noch mehr, falls dein Appetit größer ist als deine Augen. Aus diesen gelösten Stunden zog sie die Stärke und Gelassenheit, die sie zu einer so guten Anführerin machten. Sie war nicht gefürchtet (außer vielleicht von ein paar Kindern), sie wurde respektiert, beizeiten sogar verehrt, und alles, was sie erledigt sehen wollte – alles, worauf es ankam –, wurde auch erledigt. Wogegen Meinong zu glauben schien, er müsse sich stets verkrampft und unnachgiebig geben. Ein Mann eben. Schwerfällig und nervtötend, ironiefrei und unerotisch: Das war seine Vorstellung von Macht. Seine Verwandlung war genau gegenläufig zu ihrer.

Und so hatten ihre Leute Nahrung, Schutz, Kleidung (bei der jedes Lager mit den Jahren zu seinem eigenen Stil gefunden hatte; das Hollywood-Lager galt als das modernere der beiden). Sie hatten Kistenfallen und Schnitzbänke, Puppentheater und Schachspiele, Krücken und Zahnprothesen. Sie hatten so viel Komfort und Sicherheit, wie man auf diesen Inselstufen nur haben konnte. Und dennoch gab es einen Bereich, bei dem sie manchmal das Gefühl hatte, ihren Leuten nicht gerecht zu werden.

»Weißt du, nächstes Jahr sind es zwanzig Jahre«, sagte Burlingame.

Sie lag da, und Gracies Kopf ruhte in ihrem Schoß. Ihr Bett hatte natürlich keine Federn, aber ihre mit Kapokflaum gefüllte Sisal-Matratze war weich genug. Draußen ging das Lager seinen nachmittäglichen Beschäftigungen nach. Immer lag sie nun nach dem Mittagessen hier mit Gracie, um Liebe zu machen, als hätte die Jahreszeit irgendwelche aphrodisierenden Pollen aus dem Dschungel ins Lager geweht. Wenn sie in dieser Position den Kopf ein paar Zentimeter hob, hatte sie eine interessante Perspektive auf Gracies Nase. Diese Nase war Burlingames heidnisches Abbild, der Fetisch ihres Kults. Sie hatte eine ganz schauderhafte Form – in jedem anderen Gesicht hätte sie schrecklich knollig ausgesehen –, aber irgendwie schmälerte sie in diesem speziellen Kontext Gracies hübsches Aussehen nicht, sondern war im Grunde sogar die Krönung des gesamten Gefüges, verband alle ihre Züge zu einem perfekten Ganzen. Man musste nicht in Gracie verliebt sein, um das so zu sehen. Burlingame war sich sicher, wenn Aristoteles und da Vinci lange genug gelebt hätten, dann hätte sie das Geheimnis um die Schönheit dieser Nase bis ins Grab begleitet.

»Zwanzig Jahre«, sagte Gracie. »Wir fangen besser schon mal an, den Jubiläumsball zu planen.«

Burlingame lächelte. »Das habe ich gar nicht gemeint. Es ist mir nur gerade eingefallen und hat mich an etwas erinnert, das Apinews vor langer Zeit mal gesagt hat. Damals waren wir seit etwa einem Jahr hier, was auch schon völlig absurd schien. Jemand, ich weiß nicht mehr, wer, fragte: ›Glauben Sie, dass man sich jemals an die Moskitos gewöhnt?‹, und er antwortete: ›Oh, sicher –‹«

»Bitte versuch nicht, irgendeinen Akzent nachzumachen«, unterbrach Gracie sie.

Burlingame schnippte ihr gegen das Ohr. »Er antwortete: ›Oh, sicher. Kein Problem. Irgendwann gewöhne ich mich dran. Geben Sie mir einfach nur zwanzig Jahre.‹ Und wir haben natürlich alle herzlich darüber gelacht. Die Vorstellung, in zwanzig Jahren immer noch hier zu sein … Aber es ist kein Scherz mehr. Zwanzig Jahre. Für die Dreharbeiten waren zwei Wochen vorgesehen.«

»Wenn der Film in zwei Wochen fertig gewesen wäre, hätten wir uns nie kennengelernt.« Gracie drückte ihre Hand.

»Das weiß ich.«

»Und selbst wenn wir uns irgendwo anders über den Weg gelaufen wären, hätten wir uns verstecken müssen.«

Obwohl Burlingame Gracies erste Geliebte nie getroffen hatte, fühlte es sich an, als wäre die Tragödie um Emmelines Einweisung in ein texanisches Irrenhaus Teil ihrer eigenen Geschichte geworden. Und deshalb war sie stolz, dass sie hier mit gutem Beispiel voranging: Ihre neue Anführerin ziemlich offen mit einer anderen Frau rumknutschen zu sehen, hatte die Hollywood-Siedler sehr tolerant gemacht, selbst gemessen am Standard ihres Herkunftsorts. Heute musste man im Lager keine höhere Position haben, um gegenüber Kritik an den eigenen Lebensumständen immun zu sein: Zum Beispiel gab es da Floyd Noisom und Wally Charters (Burlingame fand, dass sie ein reizendes Pärchen abgaben); Emil Berg, Vinton Niehle und Janet Jones (Burlingame rechnete auf lange Sicht mit verletzten Gefühlen, aber konnte vorerst nichts Anstößiges an diesem Versuch finden); und sogar Wayne Dutch und sein Waschbär »Mrs. Dutch« (offen gestanden fand Burlingame, dass das die Grenze des Erlaubten überschritt, aber der, welcher ohne Sünde ist, etc.) »Was mich angeht, ich bereue gar nichts«, sagte sie. »Aber nicht jeder hier hatte so viel Glück wie wir. Manchen Menschen wäre es zu Hause womöglich besser ergangen.«

»Nun, vielleicht sollten sie dann nach Hause gehen.«

»Aber du weißt auch, niemand hier käme auf die Idee zu gehen. Nicht, wenn es ihnen nicht jemand sagt. Und der einzige Mensch, der es ihnen sagen und sie dazu bringen könnte, es auch wirklich zu tun …«

»… bist du.«

»Ja.«

»Und? Tust du das? Allen sagen, dass sie nach Hollywood abhauen sollen?«

»Ich frage mich manchmal, ob ich es sollte.«

»Aber wir drehen doch immer noch den Film. Jeder Mann, jede Frau und jedes Kind hier, selbst die kleinsten, wollen den Film vollendet sehen, komme, was wolle. Wir haben doch nicht zwanzig Jahre investiert, um jetzt aufzugeben.«

Burlingame widersprach ihr nicht. Niemals hatte sie erlaubt, dass die Herstellung von Nitrat-Film unterbrochen wurde – auch wenn Whelt und seine Kamera solche Mengen davon verschlangen, dass es zu einer dauerhaften Bürde für das Lager geworden war, und auch wenn er auf Nachfragen hin sein drehbuchloses Unterfangen nur äußerst gnostisch erklären konnte. Burlingame war nicht in den Dschungel gekommen, um *Herzen in der Finsternis* zu drehen, alle anderen in diesem Lager aber schon. Wenn eines selbst einer Kaiserin verboten ist, dann, den Sinn des Imperiums in Frage zu stellen, dachte sie. Auch wenn sie sehr wohl ihre Zweifel hegte, war es nicht an ihr, einen systemischen Selbstmord anzuführen.

Dennoch fragte sie sich: Wie war es möglich, dass niemand jemals eins der Lager verlassen hatte, die ganzen neunzehn Jahre über nicht? Loyalität und Standhaftigkeit waren ausgezeichnete Tugenden, aber musste man sie in diesem Fall nicht als eine Art von Wahnsinn betrachten? Manche dieser Menschen hatten Familien zurückgelassen. Sollte sie je mit so einer dürftigen Menge an ernsthafter anthropologischer und archäologischer Arbeit nach Cambridge zurückkehren, würde es definitiv die Chancen anderer Studenten schmälern, jemals von der Fakultät solche Reisen genehmigt zu bekommen.

Aber Gracie hatte recht. Der Film musste fertig gedreht werden.

Gracie verlagerte ihr Gewicht auf ihr, vermutlich nur, um sich bequemer hinzulegen, aber die Reibung ließ Burlingame den Atem stocken. Ihre Hände glitten zu Gracies Hüftknochen hinab. Sie sahen sich einen Moment lang in die Augen, und dann begann Gracie sie um die Brustwarze herum zu küssen. Burlingame seufzte glücklich. Da klopfte es an der Hüttentür.

»Nicht jetzt, bitte!«, rief Burlingame.

Rick Hallorans Stimme antwortete: »Es tut mir wirklich leid, wenn ich Sie störe, Miss Burlingame, aber es ist wichtig.«

Gracie küsste gerade an Burlingames Bauch abwärts, wie ein

flanierender Tourist, als hätte sie kein bestimmtes Ziel vor Augen, sondern wäre nur neugierig, wohin diese Richtung sie führte. »Wie wichtig?«, fragte Burlingame. Legte sie Wert darauf, jede noch so unwichtige Unterabteilung des Lebens zu bestimmten? Weniger denn je.

»Meinongs Leute haben Whelt geschnappt.«

Innerhalb von dreißig Sekunden war Burlingame auf den Beinen, angezogen und beratschlagte sich mit Halloran vor der Hütte. »Was meinen Sie mit ›geschnappt‹?«

»Sie wissen doch, dass sie Coehorn ›zu seinem eigenen Schutz‹ eingesperrt haben?«

»Ja.«

»Und jetzt haben sie Whelt zu ihm gesteckt. Er war drüben im anderen Lager und hat gedreht wie immer, als ihm drei von Meinongs Leuten die Kamera weggenommen und ihn weggescheucht haben.«

»Hat er sie irgendwie provoziert?«

»Das wissen wir nicht.«

Allein Whelts Anwesenheit hätte einst als Provokation gegolten. Aber im Lauf der Jahre war sie zur Normalität geworden. Doch Burlingame glaubte nur zu gern, dass Meinong jetzt, da er das Sagen hatte, das Feuer von neuem schüren wollte. Und im Grunde war es sein volles Recht, Whelt aus seinem Lager zu schmeißen. Aber das war etwas anderes.

»Rick, ich möchte, dass Sie da runtergehen. Finden Sie heraus, ob das eine Art Beschwerde ist oder ob sie ihn einfach nur gekidnappt haben. Machen Sie deutlich, dass wir das nicht dulden. Und tragen Sie auch eine Waffe. Nicht aufdringlich. Aber sichtbar.«

Burlingame wäre gern selbst gegangen, aber bei Meinong würde es den falschen Eindruck erwecken, wenn sie bei jeder seiner Übertretungen selbst die Treppen herabgerannt käme. Also wartete sie stattdessen voller Sorge auf Hallorans Rückkehr.

Bis dahin hatten sich die Neuigkeiten längst im Lager verbreitet, und seinem Bericht lauschte ein großes Publikum. »Sie sagen, er sei verhaftet.«

»Mit welcher Begründung?« Zuletzt hatten die New Yorker 1942 jemanden »verhaftet«, nämlich die zwei Männer, die Whelt ausgeschickt hatte, um Ammoniak von der Eismaschine zu klauen.

»Sie sagen, er sei unrechtmäßig in ihr Lager eingedrungen. Sie sagen, er sei aufgefordert worden zu gehen, aber er habe einfach weitergedreht, wozu er kein Recht habe. Sie sagen, sie verdächtigen ihn der Spionage.«

»Und was bitte soll er ausspioniert haben?«

»Private Unterhaltungen. Herstellungsmethoden.«

»Himmelherrgott noch mal!«, rief Burlingame. »Mit anderen Worten, er hat überhaupt nichts falsch gemacht.«

»Er wird vor Gericht gestellt werden.«

»Verstehe. Was ist ihr Preis?«

»Das habe ich auch gefragt, und sie haben so getan, als wären sie beleidigt.«

Höchstwahrscheinlich war Meinong der Ansicht, dass ein Handstreich sein kleines Volk beeindrucken und es hinter ihm vereinen würde, falls zwischen den Lagern eine Fehde entstand; und wenn die außer Kontrolle geriete – umso besser für ihn. Höchstwahrscheinlich ging er davon aus, dass er bei jeder Konfrontation im Vorteil wäre. Burlingame hatte seine Soldaten exerzieren gesehen. Natürlich war auch Meinong selbst ein ehemaliger Soldat, und Burlingame griff nur ungern auf Stereotype zurück, aber die Deutschen hatten in diesem Jahrhundert schon einmal einen Krieg begonnen. Er gehörte noch nicht mal von Anfang an hier dazu, glaubte aber, einfach so viele Jahre des Friedens zerschlagen zu können.

»Und jetzt?«, fragte Gracie.

»Wir geben ihnen eine Nacht Zeit, um wieder zur Vernunft zu kommen. Wenn sie ihn morgen noch nicht freigelassen haben, gehen wir da runter und holen ihn selbst.« Sie war sich des Ernstes dieses Befehls bewusst. In zwei Jahrzehnten war der lange Streit um den Tempel nie in Gewalt umgeschlagen. Und vielleicht spielte sie Meinong damit in die Hände. Aber er hatte Whelt. Das war nicht der Zeitpunkt, den Mut sinken zu lassen. »Wir wollen keinen

Kampf«, sagte sie – obwohl der Gedanke, ein Kommando anzuführen, zu ihrer eigenen Überraschung durchaus attraktiv wirkte, wie eine Art Höhepunkt … Sie sah Gracie vor sich, wie sie ihr die verbeulte Rüstung auszog und sich um ihre Wunden kümmerte, wie Achilles neben Patroclus … Dennoch wiederholte sie: »Wir wollen keinen Kampf. Aber wenn sie unbedingt danach verlangen, sollen sie ihn kriegen.«

—

Die neuesten Entwicklungen haben endlich die Sinnlosigkeit und Torheit von Whelts Einstellung bewiesen. Jeder versteht mittlerweile, dass Coehorn von Anfang an im Recht gewesen ist. Noch nicht mal Whelt selbst kann die Fakten leugnen. Aber dieser ewige Teenager zieht sich nicht in Würde zurück. Stattdessen schlägt er in seiner Erniedrigung um sich, faucht und spuckt seinen animalischen, fauligen Atem – er hat einen Buckel, wenn man es genauer betrachtet, und aus irgendeinem Grund sogar ein entstelltes Gesicht. Coehorn dagegen bleibt ruhig und staatsmännisch, er weigert sich, zu bestrafen oder sich zu brüsten.

Diese Phantasie hatte in Elias Coehorn juniors Kopf schon lange die unumstößliche Wahrheit von Geschichtsschreibung angenommen. Was es äußerst quälend machte, dass das genaue Gegenteil der Fall war.

Als Meinongs Leutnants Whelt in die Schutzgewahrsamshütte brachten, begrüßte er Coehorn höflich und ohne Regung, als wären sie Fremde in einem Bahnabteil, obwohl die beiden sich seit dem Jahr 1938 zum ersten Mal von Angesicht zu Angesicht gegenüberstanden. Coehorn dagegen brüllte heraus, dass er mit diesem Kriminellen keine Hütte teilen würde. Aber die Leutnants ignorierten ihn, und als er das Knallen der Tür hörte und wie sie von außen verriegelt wurde, führte ihn seine Wut über diese neue Demütigung zu einer umfassenderen Rückschau auf Whelts Verhalten in den vergangenen neunzehn Jahren, sodass er ihn nach fünf Minuten mit einem Blick, so heiß wie ein Brennschneider, musterte. Erstaunlich war nur, dass Whelt diesen Blick gar nicht zu bemerken schien, weshalb sich Coehorns Finger nach zehn Minuten verkrampften und unter dem rasenden Verlangen erzitterten, ihn zu erdrosseln und ihm das Genick zu brechen. Nach fünfzehn Minuten hatte seine Rage eine Intensität erreicht, dass er sich keinen Herzschlag länger hätte zurückhalten können – wenn Whelt nicht genau in diesem Augenblick das Wort ergriffen hätte.

»Ich würde gerne weiterfilmen«, sagte er. »Ich nehme an, auch Sie wollen hier raus. Ich glaube, es wäre einfacher, wenn wir zusammenarbeiten.«

»Nein!«, brüllte Coehorn. »Ich werde nicht mit Ihnen zusammenarbeiten! Mit Ihnen nicht!«

»Sie sind hier seit zehn Monaten eingesperrt. Haben Sie versucht zu fliehen?«

»Seit zehn Monaten? Das ist doch absurd.« Coehorn hatte keinen Kalender geführt – er war ja keine Sekretärin –, aber er wusste, dass es mindestens fünf oder sechs Jahre sein mussten. Vor kurzem hatte er an sich erfreut die Reife und Weisheit eines Mannes um die fünfzig festgestellt.

»Wir haben Oktober 1957«, sagte Whelt. »Das macht zehn Monate. Ich glaube nicht, dass Meinong vorhat, Sie jemals rauszulassen. Aber wenn wir zusammenarbeiten, kommen wir vielleicht weiter.«

»Oh, da ist es wieder, dieses Wort! Zusammenarbeiten! Mein Gott, es macht mich krank, das von Ihnen zu hören. Wenn Sie vor all den Jahren zur Zusammenarbeit bereit gewesen wären, dann wäre das alles hier nicht passiert!«

»Also, eigentlich, Mr. Coehorn, ist das, was Sie sagen, aus zwei Gründen falsch. Der erste ist, dass ich damals zur Zusammenarbeit bereit war, wenn Sie uns einfach den Film hätten drehen lassen, aber Sie wollten keine zwei Wochen warten, bis wir den Tempel wieder aufgebaut –«

Coehorn stürzte sich auf Whelt.

Nach der langen Zeit in der Hütte zeigte Coehorns Körperbau keine Spuren mehr von der früheren beeindruckenden Stärke und Athletik. Was erklärte, warum es ihm nicht gelang, Whelt zu packen, ihn zu Boden zu zwingen und ihm die Frechheit mit einer Reihe präziser Haken für immer auszutreiben. Stattdessen wandte sich auch diese Phantasie gegen ihn: Er versetzte Whelt einen einzigen wilden Schlag mit der offenen Hand aufs Ohr, ehe er spürte, dass er sich den Rücken gezerrt hatte, und aufjaulend vornüberkippte.

Whelt half Coehorn auf sein Bett. Sie sprachen nicht. Später brachten Meinongs Handlanger zwei Teller mit Essen, und sie aßen. Sie sprachen nicht. Die ganze drückende Nacht verging. Sie sprachen immer noch nicht.

Aber die Neugierde war wie ein schmerzendes Bläschen auf Coehorns Zunge, und am nächsten Morgen fragte er schließlich: »Und was ist der zweite Grund?«

»Hä?«

»Sie haben gesagt, es gebe zwei Gründe, warum wir das damals nicht vernünftig klären konnten. Was war Ihrer Meinung nach der andere?«

»Ich glaube, es war bereits zu spät, als sie noch gar nicht mit dem Abbau des Tempels begonnen hatten«, antwortete Whelt. »Ich glaube, es war schon zu spät, noch bevor einer von uns beiden überhaupt einen Fuß nach Honduras gesetzt hatte. Wir waren schon im Bannkreis des Tempels. Das Diagramm funktioniert zeitlich gesehen rückwärts wie vorwärts.«

»Wovon zur Hölle sprechen Sie?« Whelt überhaupt die Ehre dieses Gesprächs zu erweisen, fühlte sich an, als verriete Coehorn sich selbst. Aber während er versucht hatte einzuschlafen, war ihm aufgegangen, dass Meinong sie beide hier womöglich in der Hoffnung eingesperrt hatte, dass einer den anderen umbringen würde und er dann beide los wäre, ohne Schuld auf sich geladen zu haben. Diese Pläne würde Coehorn zu vereiteln wissen. Immer mehr bedauerte er, dass er Trimbles Verbannung aus dem Lager zugelassen hatte. Sein alter Berater hätte ihn sicher davor gewarnt, sich nur für diese zweifelhaften Dollarscrips Meinong gegenüber zu verpflichten.

Sein Rücken schmerzte immer noch. Das morgendliche Sonnenlicht schien durch die hohen Fensterschlitze und warf blasse Rechtecke auf die gegenüberliegende Wand. Je länger Coehorn den Dschungel nicht zu sehen bekam, umso mehr entzog er sich wie sterbendes Gras seiner Realität. Manchmal stellte er sich vor, die Hütte stünde an der Ecke zur Park Avenue oder schmiegte sich in die Hügel von Braeswood, und diese alten erinnerten Landschaften erschienen ihm viel substanzieller. Aber ganz konnte er den Tempel nicht wegträumen. Immer war er da, stets in seinem Blickfeld, andauernd dieser kolossale Keil anstelle des Waldorf-Astoria oder des Landhauses seines Vaters.

»Sind Sie sich darüber im Klaren, dass ich 1946 in den Tempel gegangen bin, wo ich die Götter der Pozkito getroffen und von ihnen die Wahrheit erfahren habe?«, fragte Whelt.

»Wenn Sie mich fragen, ob bis zu uns durchgedrungen ist, dass Sie wahnsinnig geworden sind: Ja.«

»Ihnen muss auch klar sein, dass ich seit den letzten elf Jahren eine andere Art von Film drehe. Ich habe versucht, dem Diagramm gegenzusteuern.«

»Und wer oder was ist das Diagramm?«

»Das ist nur mein eigener Name dafür.« Whelt kauerte sich auf den Boden und zeichnete mit dem Finger etwas in den Staub. »›Bei jeder erfolgreichen Geschichte muss sich die Handlung in einer Reihe von fünf oder sechs regelmäßigen Schritten intensivieren und dann ihr höchstes Niveau erreichen, ehe sie sich zu einem Intervall der Schwerelosigkeit oder des Schwebens auflöst, um dann wieder sicher zum Status quo zurückzukehren.‹ Ich hatte geglaubt, die Whelt-Regel sei eine Formel für Filme, und war der Meinung, sie selbst erfunden zu haben. Aber tatsächlich ist sie nur eine Anleitung zum Zeichnen des Diagramms. Die Pozkito-Götter müssen sie mir irgendwie eingegeben haben.«

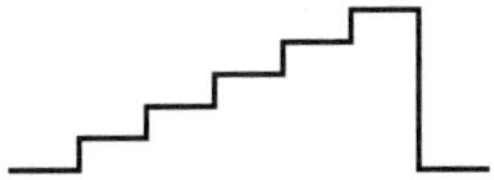

»Das ist ein Bild des Tempels«, sagte Coehorn.

»Nein. Das ist das Diagramm. Der Tempel und das Diagramm sehen genau gleich aus, weil der Tempel das aus Stein gebaute Diagramm ist.« Whelt wischte die Kritzelei weg und zeichnete eine einfache Gerade.

»Das ist der Fluss.«

»Welcher Fluss?«, fragte Coehorn.

»Irgendein Fluss. Jeder Fluss. Stellen Sie sich vor, ein Mann reist neben dem Fluss. Das ist sein Weg. Er will bis ganz zur Quelle vordringen.«

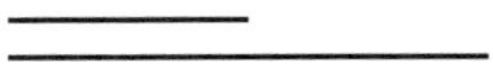

»Und was findet er dort?«

»Das weiß er nicht«, antwortete Whelt. »Vielleicht hofft er auf die Wahrheit. Oder das Paradies. Oder das Vergessen. Oder seine eigene fehlende Hälfte. Was es auch ist, er weiß nur, dass er es finden will. Aber bevor er dort ankommt, holt ihn sich der Fluss. Da ist er, er fällt rein.«

»Er stirbt?«

»Vielleicht. Aber erst verliert er den Verstand.«

»Wie Sie«, sagte Coehorn.

»Wie wir alle. Sie erkennen doch sicher das Muster. Es muss kein Mann sein, es muss noch nicht mal ein Fluss sein, aber so läuft es. Später hört ein anderer Mann von dem ersten Mann. Und auf der Stelle überkommt ihn ein unwiderstehlicher Drang. Er muss sich auf den Weg machen, auf den Spuren des ersten Mannes. Muss selbst herausfinden, was am Ende des Flusses wartet. Er weiß, der Weg dorthin wird hart werden, aber er glaubt, dass er es bis ans Ziel schafft, weil er nicht zulassen wird, dass ihm dasselbe zustößt wie seinem Vorgänger. Er hält sich weiter entfernt vom Fluss, weil er nicht in die Fußstapfen des ersten Mannes treten will, er schreibt einfach nur die Geschichte des anderen. Seine Reise ist eine Reise ›über‹ eine Reise. Das grenzt ihn von dem ersten Mann ab. Also denkt er, er sei auf der sicheren Seite.

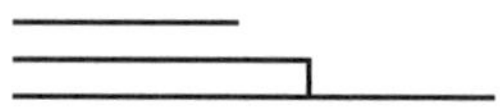

Aber es funktioniert nicht. Der Fluss holt sich den zweiten Mann noch früher als den ersten.

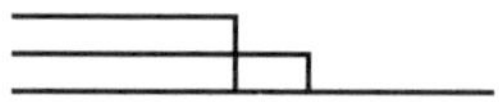

Dann erfährt ein dritter Mann vom Schicksal der beiden Männer. Er beschließt, einen Film über die Geschichte des zweiten Mannes auf der Suche nach dem ersten Mann zu drehen. Also ist er doppelt so weit vom Fluss entfernt. Aber der Fluss holt ihn sich noch früher.

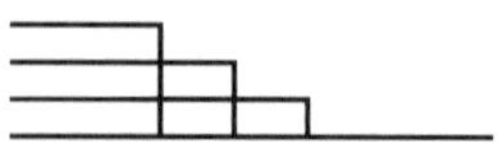

»Ein vierter Mann kommt vorbei«, sagte Whelt. »Sagen wir mal, er schreibt ein Tagebuch über den dritten Mann, der einen Film drehte über die Geschichte des zweiten Mannes über die Expedition des ersten. Drei Zwischenstufen. Aber der Fluss holt ihn sich fast schon sofort. Was auch immer an der Quelle des Flusses liegt, er kann sich glücklich schätzen, wenn er ihr auch nur ein wenig näher kommt.

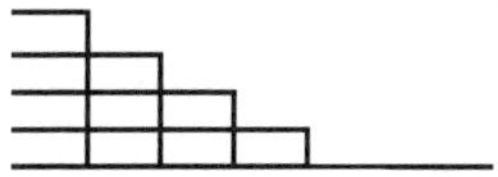

Und dann schreibt vielleicht ein fünfter Mann einen Roman über den vierten Mann, der ein Tagebuch über den dritten Mann schreibt, der einen Film dreht über die Geschichte des zweiten Mannes über die Expedition des ersten Mannes. Vielleicht verlässt er dazu nicht mal das Haus. Aber trotzdem ist er von Anfang an verloren. Und so weiter. Verstehen Sie?«

»Ich wünschte, Sie würden aufhören, so bildlich daherzureden.«

»Ich muss so bildlich daherreden, weil das Diagramm ein Bild ist.«

»Sie scheinen sagen zu wollen, dass diese Art von Unglück unausweichlich ist.«

»Wir haben es unausweichlich gemacht, als wir das Diagramm gebaut haben«, sagte Whelt. »Indem Sie den Tempel zur Hälfte abgebaut haben. Intakt war er einfach nur ein Palast für die Götter. Aber als wir ihm seine neue Form gaben, haben wir etwas anderes daraus gemacht. Eine Form voller Macht, wie ein Siegel. Haben Sie sich jemals mit Burlingame über die Kosmogonie der Pozkito unterhalten? Die Pozkito glauben nicht, dass die Götter die Welt erschaffen haben, sie glauben nur, dass die Götter die Platon'sche Ideenlehre geschaffen oder die Gesetze der Physik kalibriert oder die Spielregeln erfunden haben, oder irgendwas in dieser Richtung. Und so ist es. Die Form verbreitet sich wellenförmig über die Welt. Rückwärts und vorwärts im Verlauf der Zeit. Sie beeinflusst Ereignisse und sorgt dafür, dass sie sich diesem Muster anpassen. Das wollten die Götter der Pozkito. Das haben wir für sie getan. Wir alle sind hier in den Fluss gefallen. Wir sind alle verrückt geworden. Wir haben mit unseren Leben die Form hergestellt – und gleichzeitig auch mit dem Tempel. Wie Sender und Energiequelle für das Diagramm zugleich, und wir sind all die Jahre geblieben und haben immer weitergesendet. Auf der ganzen Welt werden sich immer wieder Menschen veranlasst fühlen, sich auf den Weg entlang des Flusses zu machen, und dann werden andere Menschen diesen Menschen nachfolgen und so weiter, und wenn sie den Verstand verlieren, was unweigerlich geschehen wird, ist das wie ein Opfer auf dem Altar der Götter. Vermutlich gibt es Vorfälle, die bei unserer Abreise noch nicht geschehen waren, aber weil wir jetzt hier sind, hat es sich so ergeben, dass sie passiert sind, noch bevor wir aufgebrochen sind … Manches davon ist schwer zu erklären. Aber jetzt verstehen Sie, warum wir den Tempel nie verlassen werden. Wir sind näher dran am Diagramm als irgendein anderer Mensch, deshalb hat es uns fester im Griff als den Rest der Welt. Wir können es nicht bezwingen. Wir können allein keine andere Form erzeugen. Ich dachte, ich könnte das Diagramm überwinden, wenn ich eine völlig neue Art von Film drehe. Einen Film, der die Whelt-Regel völlig missachtet. Einen Film, der einfach nur ist. Mit Menschen, die einfach nur leben. Ohne Höhepunkt, ohne Thema. Kein Anfang, kein Ende. Aber ich glaube, es hat nicht funktioniert.«

Coehorn hob eine Augenbraue. »Klar. Ich nehme an, Sie wollen mir gerade sagen, dass wir dieses ›Diagramm‹ durchkreuzen können, indem wir – oh, ich weiß nicht – den Tempel wieder aufbauen, was uns dann alle wie von Zauberhand von unserem Wahnsinn befreien würde?«

»Ja. Oder auch wenn wir ihn ganz abbauen. So oder so, der Tempel hat dann nicht mehr die richtige Form, um das Diagramm noch länger aufrechtzuerhalten. Dann wäre er einfach nur ein Steinhaufen. Die Übertragung würde enden, sozusagen. Aber ich weiß, dass weder das eine noch das andere je passieren wird. Meine Leute würden den Abbau niemals erlauben und ihre den Wiederaufbau nicht. Wir kommen nicht wieder zu Verstand, bevor das Diagramm nicht aufgelöst ist. Und wir werden das Diagramm nicht los, bevor wir nicht wieder bei Sinnen sind. Das ist das Dilemma.«

Die neuesten Entwicklungen haben endlich die Sinnlosigkeit und Torheit von Whelts Position bewiesen. Jetzt versteht jeder, dass Coehorn schon von Anfang an im Recht gewesen ist. Warum? Es hat sich herausgestellt, dass Whelt noch wahnsinniger ist als bislang angenommen. Man muss sich nur seine Finger ansehen, schmutzig vom Malen im Dreck.

Daran hätte Coehorn gern geglaubt. Aber dafür erschien ihm zu viel an Whelts Darstellung plausibel. Er musste an die Unterredung im Büro seines Vaters denken, damals im Jahr 1938, direkt nachdem er im Hauptquartier der Bering Strait Railroad Association zugesehen hatte, wie der Oktopus versuchte, den Ringer im Wassertank zu ertränken; Phibbs hatte ihm das Holzmodell des Tempels gereicht, und es war in seinen Händen in zwei Hälften zerbrochen. Damals hatte er nichts davon geahnt, aber doch, ja, er hatte sich schon zu diesem Zeitpunkt im »Bannkreis des Tempels« befunden. Das klapprige Modell war so massiv wie Basaltstein gewesen.

Denn was war die Alternative? Dass er widerspruchslos dem Befehl seines Vaters gehorcht hatte, nach Honduras zu fahren? Dass er sich einer so willkürlichen Beschäftigung nur um der Beschäftigung willen hingegeben hatte? Dass er sich mehr oder weniger freiwillig auf den Kurs begeben hatte, der hier endete, hier in diesem erniedrigenden Loch? Dass der Oktopus und der Ringer – zwei sture Freaks, die einen sinnlosen Kampf nicht lassen konnten, und das vor einem Publikum, das zu passiv war, um einzugreifen – die beste Analogie für das Blutvergießen waren, das Meinong vermutlich zwischen den beiden ehemaligen Anführern in dieser Hütte hatte anzetteln wollen, und darüber hinaus für jeden einzelnen zwecklosen Tag der letzten neunzehn Jahre?

Es musste eine vorteilhaftere, weniger widerliche Darstellungsweise seines Verhaltens geben. Und Whelts Kabbalistik war nun wirklich nicht so schwer zu glauben. Fast alle großen Eingriffe seines Vaters in das Weltgeschehen erfolgten unsichtbar für den Rest der Menschheit. Und die altgedienten Bilanzbuchhalter der Eastern Aggregate waren längst weit jenseits jeder menschlichen Mathematik. Mit diesem Wissen war er aufgewachsen. Also konnte er durchaus glauben, dass in derselben Finsternis noch andere Körperschaften agieren konnten.

Die beiden Hälften des Balsaholzmodells schwirrten in seinem Kopf herum, während er Whelts Behauptung prüfte, dass das Ziel nicht sei, den Tempel zu gewinnen, sondern *gegen* den Tempel zu gewinnen. Er sah Whelt an. »Was, wenn es noch eine andere Möglichkeit gibt?«

—

Als Meinong im Dunkeln aus einem bereits vergessenen Traum erwachte, stellte er fest, dass seine Finger fest den Griff der Machete umklammerten. Jemand war in seiner Hütte. Er wusste nicht genau, wo, aber er hatte es selbst im Traum gespürt: eine Unreinheit in der Nacht. »Wer ist da?«, fragte er.

»Trimble.«

Meinong hielt den Atem an und lauschte auf das kaum wahrnehmbare Spannen der Sehne am Bogen. Er hörte nichts. Die Machete, neben der Meinong schlief, war die letzte verwendbare Metallklinge im ganzen Lager. Wenn Trimble seinen Bogen noch nicht gespannt hatte, blieb Meinong Zeit, die Machete zu werfen, ehe er einen Pfeil abschießen konnte. Allerdings konnte er nicht wissen, ob Trimbles Wohltäter ihm irgendwelche anderen Waffen hatte zukommen lassen. Gut möglich, dass der amerikanische Pilot verantwortungslos genug gewesen war, ihm einen Revolver anzuvertrauen.

»Ich habe eine Machete, Mr. Trimble«, sagte er. »Sie kommen besser nicht näher.«

An diesem Punkt hätte ein Mann mit einer Schusswaffe höchstwahrscheinlich seinen Vorteil kundgetan. Aber Trimble sagte: »Ich bin nicht gekommen, um hier etwas durcheinanderzubringen, Mr. Meinong. Sie wissen, dass das nicht mein *modus operandi* ist.«

»Warum sind Sie hier?« Mittlerweile hatten sich Meinongs Augen etwas besser an die Finsternis gewöhnt, und er konnte erkennen, dass Trimble lässig an die gegenüberliegende Wand gelehnt stand, die Hände hinterm Rücken verschränkt.

»Wir hatten eine Abmachung«, antwortete Trimble.

»Ja. Und diese Abmachung beruhte auf der Versorgung mit Dollarscrips. Seit der amerikanische Pilot abgeschossen wurde, hat es keine Coupons mehr gegeben. Also ist die Abmachung nichtig.« Heutzutage machte sich das Loch in seinem Gesicht, das sich nie wieder ganz geschlossen hatte, nur noch ganz leicht an seiner Aussprache bemerkbar.

»Ohne mich hätten Sie hier keinerlei Macht.«

»Das stimmt. Ich bin Ihnen natürlich dankbar für Ihre Hilfe.«

»Dankbarkeit ist ein Gebimmel in der Hand, nicht im Mund. Das hat Tommy Gagliano immer gesagt.«

»Dieses Sprichwort ist mir unbekannt. Aber Sie haben mir nichts mehr anzubieten, Mr. Trimble. Also betrachte ich unsere Verbindung als aufgelöst. Ich bitte Sie, mein Quartier zu verlassen.« Mit einer entschiedenen Bewegung schob er seine Decke beiseite und stellte seine Füße auf den Boden.

»Aber natürlich habe ich Ihnen etwas anzubieten. Mir war klar, dass Ihre Dankbarkeit nicht ausreichen würde, also habe ich dafür gesorgt, über etwas zu verfügen, bei dem Sie die Korken knallen lassen.«

»Und worum handelt es sich?«

Soweit Meinong folgen konnte, besaß Trimble Fotos von einer Frau namens Emmeline Sapp, einer ehemaligen Geliebten von Gracie Calix, die seit über zwanzig Jahren in einer Irrenanstalt in Texas eingesperrt war. Die Fotos zeugten von Elektroschock-Behandlungen und Misshandlungen durch Pfleger. Beigefügt war ein Brief des Direktors der Anstalt, in dem er darlegte, dass er unter gewissen Umständen bereit sei, Miss Sapps Entlassung zuzustimmen.

»Ich nehme an, der amerikanische Pilot hat Ihnen dieses Material zukommen lassen«, sagte Meinong.

»Ja, richtig.«

»Wer war er, wenn ich fragen darf?«

»Nur ein alter Kumpel von mir.«

»Ich soll dieses Material nutzen, um Macht über Gracie Calix auszuüben. Und mit Calix unter meinem Kommando bricht Burlingame der Rückhalt weg. Wollen Sie darauf hinaus?«

»Wieder richtig. Und wenn Burlingame aus dem Spiel ist, gehören die Stufen Ihnen. Dann sind Sie der Bürgermeister der gesamten Stadt. Oben wie unten. Mir scheint, diese Bilder sollten Ihnen eine ganze Menge wert sein, Mr. Meinong.«

»Angenommen sie sind echt – was wollen Sie dafür?«

»Wir werden wieder Partner. Aber diesmal ganz offiziell. Morgen Mittag halten Sie eine Rede. Schmeißen mir eine Willkommensparty. Verkünden: ›Mein guter Freund Trimble ist heimgekehrt, um mir zu helfen. Seid besser nett zu ihm, sonst kriegt ihr es mit mir zu tun.‹«

Meinong lächelte. »Ich fürchte, dass ist nicht möglich.«

»Das ist mein Preis, und ich bin der Einzige, der das im Angebot hat. Ganz wie Sie wollen.«

»Wo befinden sich diese Fotografien?«

»Oh, die sind sicher im Dschungel versteckt. Aber Sie werden sie niemals finden. Selbst wenn ich wollte, könnte ich Ihnen nicht beschreiben, wo Sie danach suchen sollen. Ich kenne den Weg dorthin, aber ›Am Kapokbaum links abbiegen‹ bringt Sie nicht weit, wenn Sie verstehen, was ich meine.«

Als Meinong schließlich auf den Beinen war, stand Trimble nur noch drei lange Schritte entfernt. Meinong schnellte auf ihn zu, griff nach seinem Handgelenk und drückte seine linke Hand in die Schlammwand. Er schwang die Machete. Die Klinge trennte das obere Glied von Trimbles Zeigefinger, jeweils zwei Glieder von Mittel- und Ringfinger und fast den gesamten kleinen Finger ab. Mit einem leisen, fast ungeduldigen Trommeln fielen die Stummel zu Boden.

Von Trimble war kein Laut zu hören, er ruckte nur langsam mit dem Kopf, den Mund aufgerissen, die Augen traten hervor. Dann glitt er an der Wand hinab, halb kauernd, halb kollabierend, und griff panisch nach seinen abgetrennten Fingern, als fürchtete er, jemand könnte sie ihm wegschnappen.

Meinong riss ein Stück Stoff von seinem Bettlaken. Als er nach Trimbles verletzter Hand greifen wollte, zuckte dieser zurück. »Bitte stillhalten«, sagte Meinong. »Ich verbinde Sie, damit Sie nicht verbluten. Sie müssen die Hand höher halten als Ihr Herz.« Er zog den Verband fest. Wie befohlen hielt Trimble die Hand in die Luft, was Meinong grinsen ließ. »Heil Hitler«, sagte er. »Jetzt bringen Sie mich zu dem Versteck. Wenn nicht, schneide ich Ihnen auch die anderen Finger ab. Und danach Ihre Ohren, die Nase, die Genitalien und so weiter.« Trimble sah ihn keuchend an, voller Wut, aber auf ganzer Linie besiegt – ein Anblick zum Auskosten.

Meinong warf sein Bettlaken über Trimbles Kopf, für den Fall, dass sie auf ihrem Weg durchs Lager jemandem begegneten; keiner seiner Untergebenen würde so kühn sein zu fragen, wer unter der Geisterverkleidung steckte.

Mit einer Hand an Trimbles Oberarm führte er ihn an den Waldrand. Dann zog er das Laken herunter und stieß ihn mit der Spitze der Machete in den unteren Rücken. »Ich gehe hinter Ihnen. Wenn Sie versuchen wegzulaufen, haue ich Sie um.«

»Es ist dunkel. Können wir nicht bis zum Morgen warten?«

»Keine Verzögerungstaktik. Sie leben seit elf Jahren im Dschungel. Sie finden den Weg.« Aber Trimble war erst ein paar Schritte gegangen, als Meinong eine Vorsichtsmaßnahme in den Sinn kam. »Warten Sie.« Er sammelte drei Stöcke vom Boden, riss drei lange Blätter von einer Palme, trennte die Mittelrippe des Blattes heraus und band damit je einen Stock an Trimbles Füße und den dritten an seinen Kopf. Er wollte ihn so unbeholfen machen wie möglich. Meinong würde Trimble überallhin folgen müssen und wusste nicht, was für eine Art von Infrastruktur Trimble hier draußen hatte. Er erinnerte sich an den Fall eines cleveren Mädchens aus der polnischen Heimatarmee, dem es bei einer Razzia gelungen war, einen

Untersturmführer direkt in den Stolperdraht einer Selbstschussanlage zu lotsen. Diese prothetischen Verlängerungen Trimbles nach unten und oben würden es dem Amerikaner erschweren, über seine eigenen Fallen zu steigen oder hindurchzuschlüpfen.

»Mit diesem Zeug an den Füßen kann ich nicht laufen«, beschwerte sich Trimble.

»Doch, können Sie. Weitergehen bitte.«

»Ich blute immer noch.«

»Ich möchte Sie daran erinnern, dass ich nicht nach meinem Kindermädchen geschrien habe, als Ihr ›alter Kumpel‹ mir ins Gesicht geschossen hat.«

Wie zwei tapfere Jungen in einem Märchen wanderten sie durch den dunklen Wald, nur dass dieser Dschungel eine wirre und entartete Variante des edlen deutschen Waldes der Brüder Grimm darstellte, in dem man eigentlich nur die niedrigsten Charaktere der minderwertigsten Geschichten entsorgen konnte. Meinong gab sich alle Mühe, die Orientierung zu behalten, für den Fall, dass er Trimble umbringen und allein zum Lager zurückfinden müsste.

»Was hat Ihnen Ihr ›alter Kumpel‹ über die aktuelle Weltlage berichtet?«, fragte Meinong.

»Er hat mir erzählt, dass die Yankees fünf Jahre in Folge die World Series gewonnen haben.«

Danach wurde eine Zeitlang nicht gesprochen. Bei ihrer langsamen Geschwindigkeit verging fast eine Stunde, ehe Trimble stehen blieb, obwohl keine erkennbare Landmarke zu sehen war, und verkündete: »So, wir sind da.«

»Ich sehe nichts.«

»Ich habe die Bilder vor diesem Baum vergraben. Im Dunkeln kann man es nicht erkennen, aber der Baum sieht aus wie Marie Dressler. Deshalb habe ich ihn ausgewählt.«

Meinong tastete mit dem Fuß herum und bemerkte, dass tatsächlich eine Delle im Boden war. »Sehr gut. Graben Sie sie aus.«

»Aber …«

Meinong hob die Machete. »Graben.« Trimbles Schultern sanken.

Er ging auf die Knie und begann, die Erde mit seiner gesunden Hand wegzuscharren. Meinong fand den Anblick erbärmlich, aber vor allem unglaublich ineffizient. »Aufhören«, sagte er. »Aufstehen. Herkommen.« Er stellte Trimble mit dem Rücken an einen Trompetenbaum und nahm dann ein paar der Palmenmittelrippen von Trimbles Kopf, um damit seine Handgelenke hinter dem schmalen Baumstamm zusammenzubinden.

»Dieser Baum ist voller Ameisen! Ich spüre sie jetzt schon!«

Meinong zog einmal fest an Trimbles Handgelenken, um sicherzugehen, dass sich nichts löste, und machte sich dann auf die Suche nach einer Schaufel. Der Dschungel war in der frühmorgendlichen Dämmerung wie ein nasskalter Keller, nur wenig Licht drang durch das Blätterdach. Er stieß auf einen Baumstamm am Boden, dessen Inneres größtenteils von Termiten gefressen worden war. Mit dem Absatz dagegenhaltend riss er ein großes Stück dicker Rinde ab, und als das erste zerbrach, gleich noch ein zweites. Bei seiner Rückkehr wand sich Trimble am Trompetenbaum und versuchte wie ein Hund, die Ameisen wegzureiben. Meinong legte die Machete beiseite und kniete sich hin, um mit beiden Händen an der Rindenschaufel nach Trimbles Versteck zu graben.

»Wie tief haben Sie die Sachen vergraben?«, fragte er, als seine Arme schwer wurden.

»Ziemlich tief«, antwortetete Trimble.

»War das notwendig?«

»Hier kann man kein Risiko eingehen.«

Meinong bemerkte, dass sich die Erde anders anfühlte, aus ihrem Inneren strömte eine milde Wärme. Verwirrt grub er die Finger hinein. Die Erde war nicht nur warm, sie pulsierte, bewegte sich. Die Erde war lebendig.

Der Boden explodierte.

Meinong wurde von einem Geysir aus Fell und Knurren auf den Rücken geworfen. Eine Kralle riss seinen Hals auf, Fangzähne streiften seine Stirn. Der Jaguar drückte ihn heiß glühend und ekstatisch zu Boden. Sein Atem brachte Meinongs Gesicht zum Kochen, Speichel rann ihm in die Augen, und im Gegenzug sprenkelte das Blut aus seiner Halsschlagader das Fell des Tieres.

Er versuchte unter ihm herauszurollen, aber das Tier klebte auf ihm wie Kohlepapier auf dem Durchschlag. Also streckte er seinen linken Arm aus und tastete nach seiner Machete. Er sah, dass an der Stelle, wo die Augen des exhumierten Jaguars sein sollten, nur zwei Löcher waren. Als der Jaguar ein Stück aus seiner Schulter riss, schlossen sich seine Finger fest um den Griff der Machete.

Mit letzter Kraft hob er die Machete in einem Bogen über seinen Kopf. Sie stieß auf Fleisch, und der Jaguar kreischte auf. Ein paar Sekunden lang trat er auf der Stelle, kleine halbbewusste Zuckungen, als schliefe er und träumte von der Jagd. Dann kippte er zur Seite, und die Machete fiel Meinong aus der Hand. Der ganze Kampf hatte nur ein paar Sekunden gedauert.

»Sie verdammtes Glücksschwein«, sagte Trimble hinter ihm. »Sie hatten wirklich Dusel, ist Ihnen das klar? Totaler Zufall. Sie hätte sie zum Frühstück verspeisen sollen. Sie war stark wie eine U-Bahn und dabei noch nicht mal ganz ausgewachsen. Ich habe sie vor zwei Jahren, als sie noch ein Baby war, ganz allein im Wald gefunden. Also habe ich sie adoptiert. Habe ihr die Gucker mit einem Stock ausgestochen, damit sie immer auf ihren lieben Pflegevater angewiesen ist. Habe sie großgezogen, alles an sie verfüttert, was ich selbst nicht essen wollte. Ich wusste, dass sie mir eines Tages nützlich sein würde. Vor anderthalb Tagen habe ich sie auf den Kopf geschlagen und gefesselt, damit sie nicht fressen konnte. Und direkt bevor ich zu Ihnen gegangen bin, habe ich sie wieder auf den Kopf geschlagen, die Fesseln gelöst, und sie mit dem Gesicht in einem Gürteltiernest vergraben, sodass sie Luft hatte, aber sich nicht selbst ausgraben konnte. Als Sie hier angekommen sind, muss sie hungrig gewesen sein. Hungrig und ein wenig gereizt.«

Meinong wollte antworten, bekam aber keinen Ton heraus. Der schwere Schwanz des toten Jaguars hing wie ein kuscheliges Haustier über seinem Schenkel. Auf dem Boden liegend spürte er keinen Schmerz, nur Kälte, und sein eifriges Herz pulsierte immer mehr

Blut aus seinem Körper heraus. Es fühlte sich ganz anders an als damals, als er die Kugel geschluckt hatte: Das hier war kein Notfall, es gab keine weiteren Maßnahmen zu ergreifen. Er fragte sich, ob Trimble wirklich jemals Fotos von dieser Emmeline Sapp besessen hatte; vermutlich nicht.

»Jetzt muss ich mich nur noch befreien. Sollte nicht lange dauern. Und dann werde ich, falls es Sie nicht allzu sehr stört, Ihren Kopf abschneiden und ihn mit ins Lager nehmen, und ich werde …« Trimble verstummte, als sich drei Gestalten lautlos aus dem Wald vor ihm aufbauten.

Für Meinong sahen sie aus wie die Männer, die vor elf Jahren die Bauern aus Erlösungsfeld bei seiner Verfolgung durch den Dschungel erschossen hatten: Indios in Khaki-Hosen mit Kammerverschlussgewehren. Einer von ihnen hatte eine grobe Seemannstätowierung auf dem Bizeps, die einen Schmollmund, nackte Brüste und einen kecken Hintern zeigte, nur dass diese Teile nicht zu einer Frau gehörten, sondern zu einer Art menschenähnlicher Banane mit zerfetzten Ärmeln und einem übergroßen, schüsselförmigen Hut. »Guten Morgen Leute!«, sagte Trimble nicht mehr ganz so selbstsicher. »Ich kann mir schon vorstellen, wie das für euch aussieht, und es ist eine Wahnsinnsgeschichte.« Zwei der Soldaten gingen an Meinong vorbei und traten aus seinem schwindenden Gesichtsfeld, während der Obstnutten-Indio sein Gewehr auf Trimble gerichtet hielt. Um den Trompetenbaum herum gab es einige Bewegung. »Tausend Dank, meine Arme schmerzen wie die Hölle, und diese Ameisen!«, sagte Trimble. »Hört mal, Jungs, ich glaube, mein Verband muss gewechselt werden, wie wäre es also, wenn – hey, Leute – also, wenn ihr einfach – hey – *hey*!« Und das Letzte, was Meinong hörte, ehe sein Bewusstsein für immer wegtröpfelte, war der schreiende Trimble, den die drei Männer durch den Wald wegschleppten.

—

»Wir hatten gehofft, Sie beide vor Meinong retten zu können«, sagte Burlingame, »aber ich weiß nicht, ob sich das machen lässt, wenn er gar nicht hier ist.«

Als Whelt und Coehorn aus der Schutzgewahrsamshütte traten, hatte sich Burlingames Armee leicht frustriert und peinlich berührt zerstreut. Am Morgen hatten sich etwa zwanzig Angelenos mit Bogen und Speeren bewaffnet, eine sehr mitreißenden Rede von Burlingame wie zum St.-Crispins-Tag bejubelt und waren dann ins Lager der New Yorker marschiert, um die Gefangenen gewaltsam zu befreien. Aber jetzt gab es nichts für sie zu tun, und das Starren der Zuschauer wurde ihnen unangenehm.

»Nun, es ist trotzdem sehr freundlich von Ihnen, dass Sie sich die Mühe gemacht haben«, sagte Coehorn in einem seltenen Anfall guter Manieren; die Fehde zwischen den Lagern war für den Augenblick vergessen.

Die Erklärung, Meinong sei aus Angst vor dem Aufmarsch der Angelenos geflüchtet, wurde auf ihre Seetüchtigkeit geprüft und bedauernd als unhaltbar verworfen. Allem Anschein nach schwänzte er einfach. Natürlich waren immer noch jede Menge Leute hier bereit, die Befehle von Meinong zu befolgen, aber seine unerklärliche Abwesenheit musste sie aus der Trance ihres Lakaientums gerissen haben: Noch bis zur vergangenen Nacht war es absolut entscheidend gewesen, dass Whelt und Coehorn eingesperrt blieben, aber heute wusste niemand mehr genau zu sagen, warum. Wie immer konnte Mac Parke unendlich loyal sein, aber nur solange der Gegenstand seiner Loyalität direkt vor seiner Nase baumelte. Nachdem sie auf so wenig Widerstand gestoßen waren, fragten sich die enttäuschen Angelenos, ob es hier auch ganz, ganz sicher nichts und niemanden gab, den sie vor jemandem retten konnten.

Als sich aber immer mehr New Yorker unter die Menge vor der Schutzgewahrsamshütte mischten, bemerkte Whelt, wie sie Burlingame ansahen. Und ihm ging auf, dass ihre kleine Armee vielleicht unnötig erscheinen mochte, aber tatsächlich hatten sie etwas bisher völlig Beispielloses bewirkt: Durch ihr Handeln schloss Burlingame eine gewaltige Wiederauferstehung Meinongs aus, wodurch sich der Engländerin an diesem Tag die Führung beider Lager am Tempel auftat.

»Ich möchte mich fast entschuldigen, dass wir nicht früher gekommen sind«, sagte Burlingame zu Coehorn. »Ich weiß, Sie waren da schon eine schrecklich lange Zeit eingesperrt.«

»Das kann man wohl sagen. Ich habe jeden Augenblick der letzten sieben Jahre in Gefangenschaft gespürt.«

»Sieben Jahre?«, setzte Burlingame an. »Aber es waren nur –«, dann besann sie sich eines Besseren und unterbrach sich.

»Ich hoffe, Sie erkennen die Feierlichkeit dieses historischen Augenblicks. Ich komme nicht umhin, mir zu wünschen, unser alter Freund Trimble wäre hier mit seinem Notizbuch, damit er in grobschlächtiger Boulevardprosa diese Ereignisse unsterblich …« Aber als Coehorn Burlingames Gesichtsausdruck bemerkte, war er an der Reihe zu verstummen. »Jedenfalls ist es so, dass Whelt und ich eine Einigung erzielt haben, was mit dem Tempel geschehen soll.«

»Eine Einigung?«, fragte Burlingame ungläubig.

»Ja, wir sind uns vollkommen einig. Vielleicht sollte er es erklären – er kennt alle technischen Details.«

Tatsächlich waren sie sich nicht wirklich vollkommen einig, denn Whelt hatte Coehorn etwas verschwiegen. Vor elf Jahren hatten ihm die Götter im Inneren des Tempels mehr oder weniger am Rande erklärt, dass Whelt der echte Sohn von Elias Coehorn sen. war und Elias Coehorn jr. eigentlich Arnold Spindlers Sohn. Whelt hatte sich dafür entschieden, dies seinem Stiefbruder (ein langes und schräges »Stief«, aber er kannte kein besseres Wort für ihr Verwandtschaftsverhältnis) nicht zu offenbaren, weil er fürchtete, die folgenden emotionalen Komplikationen könnten Coehorn ruhiges Nachdenken erschweren. Doch jetzt, als die Sonne an seinem womöglich letzten Tag als Regisseur von *Herzen in der Finsternis* aufging, dachte er an seinen allerersten zurück. Das Anwesen in Bel Air, finster und gruslig, von Decke bis Boden mit einem Bändergewirr aus Luftschiffleintuch bespannt, war nichts anderes als eine

Tonbühne gewesen; sein rauchender Bewohner mit der honigsüßen Stimme und dem schiefen Gesicht ein Schauspieler; die ganze Inszenierung nur von Elias Coehorn sen. auf die Beine gestellt, um den Ruf eines toten Mannes zu vernichten und ihn gleichzeitig als untote Puppe zweckdienlich einzusetzen. Oder zumindest war das ein Teil seines Plans; gleichzeitig war es durchaus möglich, dass er schon 1929 von Flussnässe in seinen Vikunja-Wollsocken geträumt hatte, dass er unbewusst den Sog des Tempels gespürt, den Wahnsinn in seiner Zukunft erahnt (denn niemand war immun) und womöglich beschlossen hatte, diesen Wahnsinn von sich fernzuhalten, ihn irgendwo weit weg abzuladen wie ein paar Tonnen Kohlenaushub aus einer Mine der Eastern Aggregate und den falschen Spindler als Sündenbock oder Gadara-Schwein zu benutzen, damit er den Wahnsinn an seiner statt in sich aufnahm.

Wenn dem so war, hatte Whelts Vater eine Weitsicht bewiesen, die Whelt selbst nicht für sich beanspruchen konnte. Er hatte den Großteil seiner ersten drei Lebensjahrzehnte damit verbracht, Lebensaxiome aufzustellen, die ihm rational und selbsterklärend erschienen waren, doch nahm man diese Axiome genauer unter die Lupe, wusste er nun, dass man nichts anderes finden würde als das Diagramm, immer und immer wieder in verschiedenen Umsetzungen. Später hatte er mit seinem drehbuchlosen Film versucht, daraus auszubrechen, aber beruhte die Anarchie dieses Vorhabens nicht genauso sehr auf Ehrfurcht vor dem Tempel und dem ursprünglichen Masterplan? Er hatte nie die Geschichte erzählt; die Geschichte hatte immer ihn erzählt. Und er wusste, dass er noch nicht entkommen war, denn wenn er darüber nachdachte, was für einen Film er als Nächstes machen wollte, kam ihm jedes Mal zuerst die Idee zu einem Film über einen Filmdreh, nicht unbedingt im Dschungel, sondern vielleicht in der Salzwüste oder am Grund des Meeres … Bis die Macht des Diagramms nicht gebrochen war, konnte er nicht wissen, was für einen Film er machen wollte, wenn er nicht mehr unter dessen Einfluss stand.

»Wir sollten das vertraulich miteinander besprechen«, sagte

Whelt. Die drei gingen zurück in die Schutzgewahrsamshütte, auch wenn Coehorn kurz drohte, er würde eher sterben, als diese Schwelle noch einmal zu überschreiten.

»… also werden wir erst wieder zu Sinnen kommen, wenn das Diagramm verschwunden ist«, beendete Whelt seine Ausführungen für Burlingame, die er zuvor schon Coehorn dargelegt hatte. »Und wir können das Diagramm erst wieder loswerden, wenn wir bei Sinnen sind. Wir werden uns nie darauf einigen, den Tempel abzubauen oder seine ursprüngliche Form wiederherzustellen. Aber es gibt eine dritte Möglichkeit, und das war Mr. Coehorns Vorschlag: Wir können ihm eine neue Form verleihen. Stellen Sie sich die beiden Hälften des Tempels vor; jetzt drehen Sie eine Hälfte auf den Kopf und schieben sie auf die andere. Die beiden Treppen greifen ineinander wie ein Reißverschluss. Man bekommt einen sechzig Meter hohen, sechzig Meter breiten und hundertzwanzig Meter langen Quader. Das werden wir bauen.« Mit einer Geste zur offenen Hüttentür deutete er auf das Felsenmeer aus Kalkstein, das immer noch den Grundriss des Eastern-Aggregate-Lagers bestimmte, Steine, auf denen die New Yorker aufgelaufen waren, das Chaos ihrer unvollendeten Aufgabe inzwischen verkleidet als Architektur. »Niemand bekommt, was er will, was bedeutet, dass niemand die andere Seite gewinnen lassen muss. Der Tempel kann nicht nach New York verschifft und der Film nicht gedreht werden. Deshalb sollte es keine Einwände geben. Und wenn der Tempel ein Würfel ist, wenn er seine aktuelle Form verloren hat, ist die Macht des Diagramms gebrochen, und wir werden uns nicht mehr gezwungen fühlen hierzubleiben. Bis zu meinem Gespräch mit Mr. Coehorn wäre es mir nicht in den Sinn gekommen, etwas so Perverses zu wagen. Aber ich glaube, es ist unsere einzige Rettung. Und ich glaube, dass Sie die Einzige sind, die alle von diesem Plan überzeugen kann. Niemand wird in beiden Lagern so sehr respektiert wie Sie.«

»Ich werde in beiden Lagern respektiert«, unterbrach ihn Coehorn.

»Nein, werden Sie nicht«, sagte Burlingame.

»Meinong ist verschwunden, der Zeitpunkt ist perfekt«, fuhr Whelt fort. »Schon in ein paar Tagen könnten wir frei sein.«

Burlingame antwortete nicht sofort. Whelt beobachtete sie unbewegt. Er wusste, er hatte getan, was er konnte – nur war das nicht sehr viel. Wofür sie sich auch entschied, es würde nicht an der Kraft eines Arguments liegen. Das war niemals der Grund. Als er noch jünger gewesen war, hatte er felsenfest an die Kraft von Argumenten geglaubt, an das logische Aufzählen der relevanten Fakten eines Falls, als könnten sie ohne große Schwierigkeiten isoliert werden. Man watete brusttief durch den endlosen Sumpf und schälte immer wieder das ab, was sich an einem festgehängt hatte, und nannte das dann die relevanten Fakten.

Schließlich nickte Burlingame. »Wir fangen gleich heute damit an«, sagte sie.

—

Als die Soldaten Trimble in Colonel Atwaters Quartier zum Verhör brachten, war es im Zimmer so schummrig, dass er nur einen Teil der Gestalt auf dem Bett erkennen konnte; sie war korpulent, kahl und roch nach langsamem Tod. Die Gestalt hob eine Schüssel und spritzte sich kühles Wasser ins Gesicht, das im Dämmerlicht golden schimmerte. Die aufgequollenen Lippen glitzerten, als sie die Worte formten: »Ich habe auf jemanden wie Sie gewartet.« Eine Stimme wie Malaria und Albträume. Trimble war zu erschüttert, um etwas zu erwidern.

Dann kam Atwater herein. »Ah, ich sehe, Sie haben meine Frau schon kennengelernt«, sagte er. Die Gestalt auf dem Bett murmelte etwas, das Trimble nicht verstehen konnte. »Sie dachte, Sie seien für ihre Lymphdrainage gekommen. Nein, Herzchen, das ist ein Gefangener. Der Mann aus Tegucigalpa verspätet sich um einen Tag oder so.« Mehr Gemurmel. »Ja, es wird ein Honduraner sein. Aber er hat eine Ausbildung. Ich bin mir sicher, dass seine Methoden in Ordnung sind.« Der Colonel wandte sich Trimble zu. »Erschrecken

Sie nicht. Meine Frau leidet gerade an ein paar, wie soll ich sagen, temporären Stoffwechselnebenwirkungen eines Medikaments namens – wie heißt es noch mal, Herzchen?«

»Theorozol«, sagte Atwaters Frau.

»Wie war das? Theoro…«

»Theorozol!«, wiederholte sie.

»Es ist gegen Migräne.«

»Es ist gegen sexuelle und emotionale Frigidität«, lallte Atwaters Frau. »Sie wollten mich heißmachen. Hat wohl funktioniert.«

»Unser Hausarzt hat es verschrieben. Alles ganz legal.«

»Das Medikament ist ungetestet. Er hat einen Schulfreund bei Apex Chemical, der es ihm in einer unbeschrifteten Pillenflasche gegeben hat.«

»Das reicht jetzt, Herzchen.« Er wandte sich wieder seinem Gefangenen zu und deutete auf einen Campingstuhl. »Setzen Sie sich, Mr. Trimble.«

Trimble setzte sich, und seine beiden Begleiter nahmen hinter ihm Position ein. Die letzten achtzehn Stunden seit seiner Verschleppung aus dem Dschungel hatte er bewacht in einem Zelt verbracht. Und auf dem Weg dahin hatte seine Neugierde auf das dritte Lager im Wald, dem er sicherheitshalber nie zu nahe gekommen war, stark nachgelassen. Dieses Camp hatte keine feststehenden Hütten wie die Lager am Tempel, sondern nur Leinwandzelte, manche so groß wie Festzelte, die allesamt so aussahen, als würden sie einem Sturm durchaus standhalten. Außerdem gab es Latrinen, Generatoren, Lampen, Radios und Kochstellen, Kettensägen, Moskitonetze und verschiedene andere moderne, voll funktionstüchtige Annehmlichkeiten. Er schätzte, dass etwa die Hälfte der Soldaten im Lager Pozkito waren, aber viele andere hatten hellere oder dunklere Haut, und auch ein paar weiße Offiziere waren ihm aufgefallen, möglicherweise Amerikaner. Das Ganze war geprägt von einer Atmosphäre echter militärischer Disziplin, die Meinong im New Yorker Lager vor seinem frühzeitigen Ableben nie ganz hatte durchsetzen können.

Trimble hatte nicht die Absicht gehabt, Finger zu verlieren.

Selbstverständlich hatte er damit gerechnet, dass Meinong ihm Gewalt androhen würde, wenn er ihn nicht zu dem imaginären Erpressungsmaterial führte. Aber er hatte nicht damit gerechnet, dass Meinong diese Gewalt ihm schon als Anzahlung antun würde.

Und er hatte auch nicht vorgehabt, sich gefangen nehmen zu lassen, statt seinen Sieg voll auszukosten. Jetzt war Meinong nur noch ein Selbstbedienungsbuffet für den Dschungel, und womöglich würde nie jemand davon erfahren.

»Ich hoffe, meine Jungs haben sich gut um Ihre Wunden gekümmert«, sagte Colonel Atwater. Er war ein Kraftpaket, gerade mal eins sechzig, mit schütter werdendem grauem Haar und sprach ohne Schwankungen in Tonhöhe und Rhythmus. »Wie Sie sehen können, weiß ich, wie es sich anfühlt, einen Körperteil zu verlieren, von dem man abhängig ist.« Er deutet auf die schwarze Klappe über seinem rechten Auge. »Ein Souvenir aus meiner Zeit bei der Army.«

»Er hat einen Mann in einem Bierkeller in Stuttgart totgeprügelt, und das hat er jetzt davon«, lallte seine Frau und spritzte sich noch etwas Wasser ins Gesicht.

»Wir wollten schon seit einer ganzen Weile mit Ihnen reden«, fuhr Colonel Atwater fort. »Meine Jungs hatten ein paarmal Sichtkontakt, oft genug, um sicher zu wissen, dass Sie diese Fallschirmabwürfe im Wald eingesammelt haben. Aber sie konnten Sie nie schnappen, genauso wenig wie die Fallschirmladungen – bis auf die letzte. Wir hatten bereits auf das Luftschiff geschossen und sahen, dass der Pilot den Ballast nicht weit von hier abwarf. Nachdem wir die Kiste aufgestöbert hatten, haben wir sie aufgemacht und ein paar«, er hob einen braunen Umschlag in die Höhe, »wie soll ich sagen, mysteriöse Fotos und einen mysteriösen Brief gefunden.«

»Für meinen Mann waren diese Bilder besser als ein Kabarett voller Nackter«, sagte Mrs. Atwater. »Nahaufnahmen von Verbrennungen und Beulen auf blasser Haut. Eine Frau mit totem Blick, als könnte man alles mit ihr machen, ohne dass sie sich wehrt. Es wundert mich, dass er sie nicht mit auf die Latrine genommen hat.«

Ihr Gatte blickte gequält drein. »Herzchen, ich wünschte …« Er wandte sich wieder an Trimble. »Ich bin schon so lange in Übersee stationiert, dass es für uns beide schön ist, wenn ich sie mal eine Weile hier bei mir haben kann.«

»Seit mich das Theorozol aufgeheizt hat, wagt er es nicht, mich unbeaufsichtigt in Washington zu lassen. Wir sind seit vierundzwanzig Jahren verheiratet, und ich weiß alles, was er getan hat, und erzähle es jedem, der es wissen will.«

»Also, Herzchen –«

»Sag ihm, dass er mich massieren soll.«

»Aber Herzchen, er ist nicht der Masseur. Er hat vermutlich keine Ausbildung dafür.« Colonel Atwater schaute Trimble an. »Oder haben Sie eine?« Eine Antwort wartete er nicht ab. »In diesem Brief steht, dass eine Frau namens Emmeline Sapp unter gewissen Umständen eine Irrenanstalt in Texas verlassen könne, in der nicht gerade, wie soll ich sagen, nach besonders modernen Methoden gearbeitet wird, wenn man sich diese Fotografien ansieht. Also, warum war dieses Material in der Fallschirmkiste? Waren solche Dinge in jeder der Fallschirmkisten? Wer ist verantwortlich für diese Sendungen?«

»Geben Sie mir zurück, was in diesem Umschlag steckt, und ich sage Ihnen alles, was Sie wissen wollen«, antwortete Trimble.

»Ich glaube, Sie verstehen, wie soll ich sagen, das Wesen dieser Unterhaltung nicht, Mr. Trimble. Ich arbeite für das Außenministerium und –«

»Er arbeitet für die CIA«, fiel ihm Mrs. Atwater ins Wort. »Besser, Sie plaudern alles aus. Er redet daher wie ein Möbelverkäufer, aber das Einzige, was ihm Vergnügen bereitet, ist, Schmerzen zu verursachen. Ich wette, er beneidet den, der Ihnen die Finger abgeschnitten hat.«

»Ich glaube nicht, dass etwas Derartiges nötig sein wird«, erwiderte der Colonel.

»Oh, aber er hofft sicher, dass es so weit kommt«, sagte seine Frau. »Er betet zu Gott, Santa Claus und Eisenhower, dass es nötig sein wird.«

»Wie gesagt«, schaltete sich Trimble ein, »geben Sie mir den Umschlag, und ich singe Ihnen das ganze Liederbuch vor.«

»Festhalten«, befahl Colonel Atwater einem der Soldaten hinter Trimble, der daraufhin Trimbles Oberarme umklammerte. Dann versetzte er Trimble einen Schlag in die Magengrube, der aus Scheiße Diamanten hätte machen können. Trimble senkte würgend den Kopf, bis Atwater sein Kinn hochschob und ihn zweimal ins Gesicht schlug.

»Ich will das nicht schon wieder mit ansehen«, sagte Mrs. Atwater. »Nicht, wenn du es bis zum Schluss durchziehst.«

Trimbles Wangenknochen fühlte sich an, als wäre er gebrochen. »Ich sage Ihnen alles über Emmeline Sapp«, lallte er fast so sehr wie Mrs. Atwater, »und danach können wir uns einen Deal überlegen für den richtig heißen Scheiß.«

»Was bedeutet heißer Scheiß, Herzchen?«, fragte der Colonel. Seine Frau murmelte etwas. »Ich auch nicht.« Er wandte sich wieder dem Objekt seines Verhörs zu. »Keine Deals, Mr. Trimble.« Er holte aus zum nächsten Schlag.

»Sir?« Ein Soldat war ins Zelt getreten.

Atwater ließ die Faust sinken. »Einen Augenblick«, sagte er fast entschuldigend zu Trimble. Er ging zum Eingang, um sich mit gesenkter Stimmte mit dem Soldaten zu beraten, und Trimble vernahm mit Erstaunen ein Wort, das sehr wie »Burlingame« klang. Mrs. Atwater und der Metallrahmen ihres Bettes knarzten im Einklang, als sie sich auf die Seite drehte. Von draußen konnte Trimble Musik aus einem kleinen Lautsprecher hören, vielleicht irgendeine Tanznummer aus Honduras.

»Was ist die CIA?«, fragte er. »Ist das so was wie Hoovers Behörde?«

»Nein, die CIA ist eine viel bessere Erfindung«, sagte Mrs. Atwater, »weil sie so viele von unseren Arschlöchern in andere Länder schickt.«

Schließlich trat Atwater wieder zu Trimble, der aus dem Mund blutete. »Unser Mann am Tempel –«

»Sie haben einen Mann am Tempel?«, fragte Trimble. »Einen Amerikaner?«

»Sicher. Wir haben ihn schon vor langer Zeit angeworben. Er hält uns über die Ereignisse dort auf dem Laufenden.« Trimble war schlecht vor Empörung darüber, dass einer der Tempelanwohner ein Geheimnis hatte, das man im Schaufenster von Tiffanys ausstellen konnte, ohne dass er darüber im Bilde war. »Wir haben gerade eine dringende Meldung erhalten. Sie reden darüber, ihn wieder zusammenzubauen. Wissen Sie etwas davon?«

»Sie meinen, Whelt hat gewonnen?«

»Nein. Aus irgendeinem Grund haben sie beschlossen, ihn verkehrt herum wieder aufzubauen. Sie stapeln ihn wie einen Baukasten. Auf Burlingames Initiative hin. Das wurde mir zumindest gerade mitgeteilt.«

»Er arbeitet für die CIA, bekommt seine Befehle aber von der United Fruit Company«, sagte Mrs. Atwater. »Er wurde hergeschickt, um dieses Lager von den Eingeborenen zu übernehmen. Guerillas bilden sie nur aus, um die Stromrechnung zu bezahlen. In Wirklichkeit sind sie hier, um sicherzustellen, dass niemand den Tempel anrührt. Er weiß nicht, warum. Es quält ihn, dass er nicht weiß, warum. Aber daheim in Washington schickt man uns große Körbe mit Mangos und Ananas.«

»Eigentlich bin nicht nur hier, wie soll ich sagen, als neutraler Beobachter«, sagte Atwater, »und ich kann Ihnen versichern, dass die Vereinigten Staaten in dieser Gegend keine Interventionspolitik fahren. Dennoch gibt es gute Gründe, warum der Tempel bleiben soll, wie er ist.«

»Da kann ich weiterhelfen«, entgegnete Trimble. Er wusste, wie Macht floss, sich sammelte und über die Tempelstufen strömte, und so überraschte es ihn nicht, dass jetzt, da Meinong weg war, Burlingame noch herrischer auftrat als zuvor. Aber er verstand nicht, warum sie einen so abseitigen Befehl ausgab. »Sie müssen mir nur einfach zurückgeben, was in diesem Umschlag ist.«

Er erklärte Atwater, dass er diese Bilder und den Brief nur Gracie

Calix, Burlingames Gangsterliebchen, zeigen musste, und Calix würde alles tun, was er von ihr verlangte. Und wenn Calix drohte, ihre Geliebte wegen dieser Baukastenidee zu verlassen, würde Burlingame diesen Plan fallenlassen wie eine giftige Schlange. Trimbles übliche Methode, der freundliche Austausch von Gefälligkeiten, griff bei Burlingame nicht. Aber über Calix kam man an sie heran, denn so, wie Trimble es sah, war Calix wie die magische Krone von Shambhala, die der Herrscher trug, um gegen das Böse zu kämpfen, wie in der alten *United Fruit Company Radiostunde* (Die Erwähnung des Unternehmens hatte ihm die Sendung wieder in den Sinn gerufen). Nahm man sie ihr ab, würde sich Burlingame zurückverwandeln in einen kleinen ängstlichen Niemand.

»Aber wenn ich Ihnen diesen Umschlag gebe und Sie gehen lasse«, überlegte Colonel Atwater, »was hält Sie davon ab, sich einfach damit aus dem Staub zu machen?«

»Sie haben immer noch etwas, das ich haben will«, antwortete Trimble.

»Und was ist das?«

»Ich will einen Job bei der CIA. Das würde mir sicherlich gut liegen.«

Colonel Atwater nahm eine Zigarre aus einer Kiste auf dem Tisch, zündete sie an und paffte ein paarmal. »Sie wollen einen Job.«

»So ist es.«

Atwater zog die Augenbrauen hoch, als wollte er sagen, es seien schon seltsamere Dinge geschehen. »Also gut, abgemacht. Sie bekommen diesen Umschlag. Verdammt, ich lege sogar noch einen Erste-Hilfe-Kasten und ein paar Dosen Leberkäse obendrauf. Und wenn Sie es schaffen, dass Burlingames Sexgespielin ihr ausredet, Hand an den Tempel zu legen, gebe ich Ihnen mein Wort, dass danach ein Job beim Geheimdienst der Vereinigten Staaten auf Sie wartet. Ein Einstiegsposten, versteht sich. Aber aufsteigen kann man schnell.« Trimble stand auf, und sie schüttelten sich die Hände, nicht gerade so wie zwei Männer, von denen der eine dem anderen eine ordentliche Tracht Prügel verabreicht hatte. »Ich muss Sie warnen.

Wenn Sie es nicht schaffen, bleibt mir keine andere Wahl, als meine Jungs zu schicken, damit sie dort, wie soll ich sagen, eine Zeitlang die Aufsicht übernehmen.«

»Einmal ist er pfeifend von so einer Mission zurückgekommen«, sagte Mrs. Atwater, »und hat sich dann mit einem Taschenmesser hingesetzt, um sich einen Stein aus der Stiefelsohle zu puhlen. Aber als er dann rausfiel, war es kein Stein, sondern ein Zahn. Ein andermal habe ich sogar Bilder gesehen. Das Kloster in Bangassou. Manche Männer haben Geliebte ...«

»Die Männer und Frauen am Tempel sind amerikanische Bürger, und ihre Sicherheit steht an erster Stelle. Hat mich gefreut, Sie kennenzulernen, Mr. Trimble.«

»Sag ihm, dass er mich massieren soll, bevor er geht. Ich kann nicht mehr warten. Mein Hals ist voller Flüssigkeit. Diese verdammten Pillen. Mit Wörtern lässt sich die Wirkung von Theorozol nicht beschreiben.«

»Herzchen, er hat dafür nicht das richtige Fingerspitzengefühl.«

»Ich würde lieber seine blutigen Stümpfe auf meinem Rücken spüren als den Gestank deiner leeren Höhle riechen, wenn du das nächste Mal deine Augenklappe abnimmst, um mit mir ins Bett zu gehen.«

»Meine Augenhöhle hat nur in den ersten Wochen nach der Verletzung gelegentlich einen Geruch verströmt«, versicherte Colonel Atwater Trimble. Seine Frau murmelte etwas. »Das verletzt mich, Herzchen.«

—

Lovelinch-Institut
3350 Sheldon Avenue
Dallas, TX
Vereinigte Staaten

5. November 1957

Mein Liebes,
Ich hätte nie geglaubt, dass ich Dir je wieder einen Brief schreiben würde. Zum ersten Mal habe ich an dem Tag geschrieben, als ich Trimble kennenlernte, und zum letzten Mal am Tag, bevor Trimble das Lager verlassen hat. Jetzt ist er zurück, und ich schreibe Dir wieder. Vermutlich, weil Du das genaue Gegenteil von ihm bist, er ist wie Du mit einem Minuszeichen davor; dass Trimble auf Erden wandelt, wäre Grund genug, das ganze Anwesen zum Abriss freizugeben, wie diese Pesthäuser in Galveston, wenn nicht auch Du zum Ausgleich darauf wandeln würdest. Vielleicht habe ich schon versucht, Deinen Segen gegen seinen Fluch zu setzen, bevor ich wusste, wie schrecklich er ist. Aber das ist der Grund, warum es mir die Augen im Kopf umdreht, wenn ich daran denke, dass Du mit diesem Mann zu tun hattest. Es dürfte nicht möglich sein, es ergibt nicht den geringsten Sinn, Du und er, ihr solltet euch nicht näher kommen als Mittag und Mitternacht. Aber er hat Dich gefunden. Ich weiß nicht, wie, aber er hat Dich gefunden.

Er war ein Schatten im Regen, als ich auf Nahrungssuche war. Fehlende Finger, ruiniertes Gesicht. Beides noch frisch, allem Anschein nach. Ich weiß nicht, wer ihm das angetan hat, aber wer auch immer es war, ich würde ihm gern die Hand schütteln.

Er hat mir die Bilder von dir gezeigt, und als ich sie gesehen habe

Zwanzig Jahre, und ich erkenne immer noch jeden Teil von Dir wie den Klang deiner Stimme. Weißt du, dass Farbfotos jetzt [unleserlich] aussehen als früher, ich schätze, sie haben irgendwas erfunden, um mehr Farbe reinzubringen. Nun, ich wünschte, das wäre nicht so. Diese ganzen Flecken. Diese ganzen Narben. So viele

Farben. Diese Farben zeugen von keiner Gnade. Das haben sie Dir in diesen zwanzig Jahren angetan, Emmy. Die ganze Zeit über hast Du in der Hölle geschmort. Ich schwöre Dir, ich habe nicht geahnt, dass es Dir so schrecklich ergeht, ich habe Geschichten gehört von solchen Orten, aber ich hatte mir ausgerechnet, dass unsere Verwandten nie zulassen würden, dass ihrer Emmy so etwas angetan wird. Aber es ist genauso sehr meine Schuld wie ihre. Das weiß ich.

Du bist immer noch so schön, Emmy. Noch schöner als in meiner Erinnerung.

So viel Zeit ist vergangen, und trotzdem würde ich Dir lieber nicht von Joan erzählen. Nicht, weil ich denke, Du wärst eifersüchtig, so dumm bin ich nicht. Es fühlt sich nur sehr unhöflich euch beiden gegenüber an. Ich liebe sie, das sage ich dir ganz unumwunden. Eines Nachts im Bett fragte sie mich, ob ich sie mehr liebte als Dich, aber ich glaube, nur ihre Zunge war noch wach, denn sie schnarchte schon, ehe ich ein Wort sagen konnte, und am nächsten Tag wusste sie nicht mehr, dass sie mich das gefragt hatte. Aber ich lag wach und dachte darüber nach. Was liebt man mehr, die Luft, die man atmet, oder die Lungen, die einem geschenkt wurden, um sie damit zu atmen?

Sie würde es womöglich tun, das ist das Problem. Wenn ich zu Joan gehe und sage, was Trimble mir aufgetragen hat, nämlich dass ich sie verlasse, wenn sie den Würfel baut, dann lässt sie es wahrscheinlich, das glaube ich wirklich. Und wenn sie hören würde, in was für ein Dilemma er mich gebracht hat, aus dem es keinen Ausweg gibt, weil es bis nach Texas reicht, hängt sie den Würfel vielleicht an den Nagel, ohne mich überhaupt zu fragen. So gut ist sie zu mir.

Oh Emmy, ich habe Dir noch nicht mal erzählt, was der Würfel ist, und auch gar nichts von all dem, was hier in der Zwischenzeit passiert ist, und dabei gäbe es so viel zu berichten. Meinong ist weg, und wir haben immer noch keine Ahnung, was aus ihm geworden ist, wir wissen nur, dass auch seine Machete verschwunden ist. Er muss also irgendwas im Wald zu tun gehabt haben, außer jemand ist in seine Hütte gegangen und hat beide mitgenommen, ohne die ganze Ehre dafür für sich zu reklamieren. Die New Yorker hatten Glück, dass Joan am nächsten Morgen dort war, sie waren nämlich so daran gewöhnt, dass ihnen Mr. Meinong sagt, was zu tun ist, dass man ihnen das Atmen erst wieder beibringen musste. Ganz zu schweigen davon, dass Mr. Coehorn aus seiner Gefängniszelle raus war und sich wie ein Gentleman benommen hat, das war vielleicht der größte Schock überhaupt, hahaha.

Aber wir hatten nicht die Muße, uns an all das zu gewöhnen, denn Joan, Mr. Coehorn und Mr. Whelt haben uns direkt von dem Würfel erzählt. Joan ist der Meinung, dass der Würfel die einzige Möglichkeit ist, damit wir wieder alle richtig im Kopf werden, und ich glaube, sie hat recht, denn allein davon zu hören, fühlte sich schon richtiger im Kopf an, und dabei hatten wir noch nicht mal mit dem Würfel angefangen. Und jetzt packen alle mit an. Wir bauen den Tempel wieder auf, aber diesmal so, wie wir wollen, nicht wie jemand anders. Joan hat sich dazu entschlossen, und kein Teufel kann sie jetzt mehr aufhalten.

Kein Teufel, aber eine Lady könnte es, und das ist Deine treulose Schreiberin. Joan hat diese eine Schwäche, und die bin ich. Ich habe nie darum gebeten, ihre Schwäche zu sein, aber ich bin es. Vor elf Jahren hat Trimble versucht, mich zu seinen Zwecken zu verbiegen, und ich habe es eine Zeitlang zugelassen und lernen müssen, dass nichts, was man für diesen Mann tut, harmlos ist, selbst die kleinsten Dinge sind böse, und die großen – die zerstören uns alle. Als er von mir verlangte zu behaupten, Mr. Aldobrand hätte mich missbraucht, sah ich zum ersten Mal klar und habe es deshalb nicht getan, und darüber bin ich froh. Ich weiß nicht, warum er den Würfel jetzt verhindern will, aber ich werde ihm nicht helfen. Ich werde es drauf ankommen lassen. Das verstehst Du doch, Emmy, oder?

Aber das bedeutet, dass er Dich nicht rausholen wird. Wenn ich es ihm verweigere, vertue ich die ganz einfache Chance, Dich rauszuholen. Die ganze Zeit über hat die Sache mit dir auf meinem

Gewissen gelastet, aber nun. Nein. Gar nicht dran zu denken. Also muss ich Dich selber rausholen.

Ich hole Dich raus, Emmy. Wenn es sein muss, mit einem Gewehr. Ich komme zurück nach Texas und werde dich finden und rausholen. Es tut mir nur leid, dass ich so lange gebraucht habe. Vermutlich sollte ich Trimble dankbar sein. Das klingt wie ein schlechter Witz, aber hätte er mir die Bilder nicht gezeigt, hätte ich meine Schuld nicht mit eigenen Augen gesehen. Außerdem hat er mir bewiesen, dass es nie zu spät ist, um zurückzukehren und seine Versprechen einzulösen. Ist es nicht wahnsinnig, dass ich diese ganzen Jahre gewartet habe? Vielleicht ist es Wahnsinn, aber das ist besser, als aufzugeben. Ich hätte Dich mit Lyndons Flinte holen sollen, noch in derselben Nacht, als sie dich mitgenommen haben, aber damals war ich noch grün hinter den Ohren, hatte keine Ahnung, wie ich die Dinge auf die Reihe kriege. Jetzt habe ich diese ganze Zeit über hier gelebt und gesehen, wozu ein Körper fähig ist, wenn er es nur will.

Es wird Joan ziemlich [unleserlich] verletzen. Das weiß ich, und auch das tut mir leid. Aber sie ist zu stark, als dass der Schmerz anhalten würde. Sie war ein Setzling, als ich sie kennenlernte, aber jetzt ist sie ein Kapokbaum. Ich will mich nicht direkt bei ihr verabschieden, damit ich meine Meinung nicht ändere. Ich werde ihr eine Nachricht hinterlassen, ohne Trimbles Namen zu erwähnen. Sie soll nicht denken, er könnte mich zurückholen, wenn sie tut, was er verlangt. Eines Tages werde ich sie wiedersehen und ihr alles erklären. Ich werde ihr sagen, dass ich versucht habe, nur einmal so mutig zu sein, wie sie es immer ist.

Wir sehen uns bald, Emmy. Für immer Dein. Fs fühlt sich an, als wären wir schon für immer hier, aber keine Sorge, für immer ist noch nicht vorbei, also bin ich immer noch Dein.
Gracie

Hier wieder Vansaska.

Heute Morgen hat Zonulet Wilson fast erwürgt, nachdem sich herausstellte, dass O'Donnells Sarg leer war. Ich will nicht ins Detail gehen, denn die Ereignisse ähnelten denen in der Nacht zuvor, als Zonulet Wilson fast erwürgt hätte, weil sich herausstellte, dass O'Donnell am hämorrhagischen Fieber gestorben ist, nur dass es diesmal deutlich intensiver war und ich viel mehr Mühe hatte, Zonulet wieder auf den Boden zu holen. Wilson wirkte betreten, nicht weil er zugibt, etwas mit O'Donnells andauernder Körperlosigkeit zu tun zu haben – das hat er nicht, und ich glaube ihm –, sondern nur, weil ein Gastgeber seines Schlags sich immer persönlich dafür verantwortlich fühlt, wenn einer seiner Gäste während seines Aufenthalts von einer Kopfgrippe, einem vergessenen Rasierset oder dem unkontrollierbaren Drang, einen unbesonnen Mord vor einer Reihe von Zeugen zu begehen, beeinträchtigt wird.

Danach war ich der Meinung, wir sollten besser gehen, und Zonulet stimmte zu, aber Wilson wollte nichts davon wissen. Stattdessen setzten wir uns in den Salon von Le Sphinx, und seine Haushälterin Reyna schenkte uns ein Glas Hochata ein, was aussieht wie Milch und schmeckt wie Schokolade. »Vielleicht habe ich die Situation nun endlich verstanden«, sagte Wilson. »Keinen Augenblick lang will ich Sie der Unaufrichtigkeit bezichtigen. Aber auch im Leben des redlichsten Mannes kann eine Zeit kommen, in der es ihm ergehen könnte wie König Cymbelines Tochter Imogen, die sich als Page verkleidete: ›Wollt Ihr das verbergen / Was, wenn's erschiene, immer nur Gefahr / Euch bringen würde …‹ (Zugegeben, nicht gerade Shakespeares leichtfüßigste Verse.)«

»Könnten Sie das noch mal wiederholen?«, fragte Zonulet.

»Ich glaube, er will andeuten, dass du eine Frau bist, die sich als Mann verkleidet«, erklärte ich ihm.

»Nein«, sagte Wilson, obwohl er kurz innehielt, um seinen prüfenden Blick über Zonulet gleiten zu lassen, »nein, das will ich nicht andeuten. Ich meine nur, dass ich sofort kapiert habe, dass Sie nicht der sein können, der Sie zu sein vorgeben, als ich gesehen habe, mit welch qualvoller Trauer Sie auf die Nachricht von O'Donnells Ableben reagierten.«

Zonulet sah mich an. Ich zuckte die Schultern, was heißen sollte: Hat es denn irgendeinen Sinn, diese schäbige alte Tarnung aufrechtzuerhalten, nach allem, was geschehen ist? »Sie haben mich auf frischer Tat ertappt, Wilson«, sagte Zonulet. »Ich bin kein Notar.«

»Ich wusste es!«, rief Wilson und stieß triumphierend die Faust in die Luft.

»Ich bin oder war ein Sachbearbeiter der CIA. Ein Spion. Zum ersten Mal bin ich nach San Esteban gekommen, weil ich glaubte, dass O'Donnell etwas über ein geheimes Trainingslager im Dschungel wissen könnte. Jetzt bin ich aus ähnlichen, aber komplexeren Gründen hier.«

»Oh …«, sagte Wilson enttäuscht. »Ich war mir fast sicher, Sie würden sagen, dass Sie und O'Donnell verloren geglaubte Brüder sind. Genau wie bei *Cymbeline*: ›Ihr hießt mich Bruder, und ich war nur Schwester‹, oder in diesem Fall auch Bruder, ›Ich nannt' euch Brüder, die ihr wirklich waret.‹«

»Aber ich bin kein Ire.«

»Direkt nach der Geburt getrennt, dachte ich. Das wäre verdammt aufregend und Shakespeares würdig gewesen. Aber nun ja, es ist auch nicht wichtig.« Wilson versuchte, weiterhin ein tapferes Gesicht zu wahren angesichts dieser offenbar sehr großen Enttäuschung. »Bitte, sprechen Sie weiter.«

»1935«, fuhr ich fort, »traf Dr. Sidney Bridewall, ein Ethnologe von der Cambridge University, bei einer Expedition nach Honduras an der Tempelstätte auf REMOTER.« Ich konnte das Memorandum des Vizedirektors des Geheimdienstes auswendig, so oft habe ich es gelesen. »REMOTER zwang Bridewall dazu, seine Überfahrt in die Vereinigten Staaten zu arrangieren mit der logistischen Unterstützung des Vermittlers Poyais O'Donnell, wohnhaft in San Esteban und Tegucigalpa.«

»Wer ist REMOTER?«, fragte Wilson.

»Genau das wollen wir herausfinden.«

»1935 ist lange vor meiner Zeit. Das war noch unter dem Tussmann-Regime. Aber Reyna könnte womöglich etwas wissen. Sie ist Victoria, ich bin nur Gladstone.« Er sprach mit der Haushälterin auf Spanisch, und sie antwortete nickend. »Sie sagt, sie erinnert sich an den Gentleman aus Cambridge.« Wilson stellte ihr eine weitere Frage; diesmal schien Reyna zu zögern, also ermunterte Wilson sie, und sie gab eine schüchterne Antwort. Wilson dankte ihr, drehte sich dann aber mit einem entschuldigenden Lächeln zu uns. »Es nützt nichts, fürchte ich. Der örtliche Aberglaube ist immer pittoresk, aber manchmal sehr hinderlich. Sie sagte –«

»Schon in Ordnung, ich spreche Spanisch«, unterbrach ihn Zonulet.

»Aber ich nicht«, sagte ich. »Was genau hat sie gesagt?«

Wilson fuhr fort: »Sie sagte, dass Dr. Bridewall bei seiner Rückkehr aus den Tiefen des Dschungels *un espíritu*, einen Geist, mitgebracht habe, den er am Ende des Flusses gefunden hat. Ich habe bisher noch nie von so etwas gehört. Die Flusshändler bringen den zornigen Geistern der Stromschnellen Gaben dar, aber soweit ich weiß, beschränkt sich das mehr oder weniger auf ihre eigenen Gemeinden.«

Als ich 1942 mit meinem damaligen Mann in Puerto Penasco war, konnte sich mein Magen einfach nicht an das Essen dort gewöhnen. Jedem meiner Brechanfälle ging ein kurzes Gefühl des Schwebens voraus, das man leicht für Schwindel oder Schwerelosigkeit durch Liebe und Vergnügen hätte halten können. Ich war so guter Laune, dass ich dieses Gefühl erst beim dritten oder vierten Erbrechen nicht mehr genoss. Als ich nun Wilson so zuhörte, sagte ich mir, dass ich achtgeben musste, einen Schauer, der mir über den Rücken lief, nicht mit dem Kitzel einer Enthüllung zu verwechseln, wenn es in Wirklichkeit nur der Krampf irgendeines alten Gebrechens in meinem Inneren war. Besser, man hieß den Wahnsinn nicht wie die Erneuerung eines Geschenks willkommen. »Fragen Sie sie nach dem Geist«, sagte ich.

Wilson stellte Reyna tapfer eine weitere Frage. »Sie sagt, sie weiß nicht viel mehr über den Geist«, berichtete er, »sie weiß nur, dass die Beziehung zwischen Dr. Bridewall und dem Geist ziemlich angespannt war, doch als dann O'Donnell dazustieß, wurde der Ton geschäfsmäßig.«

An diesem Punkt fiel Wilson dann endlich ein, dass Tussmann zwischen 1932 und 1939 Tagebuch geführt hatte. »Nach seinem Tod war ich wild entschlossen, seine Chroniken nach Hinweisen auf seine Arbeit zu durchforsten, aber irgendwie habe ich es nie geschafft, mich dranzusetzen.«

2. April

Der englische Ethnologe Dr. Bridewall ist aus dem Wald zurück. Habe ihn bei Gonzales getroffen. Sah so krank und müde aus wie jeder Weiße, der zu lange da draußen war. Und er war betrunken. Aber hatte auch einen eigenartigen Blick.

»Wie war Ihre Expedition?«, fragte ich. Bridewall beantwortete die Frage nicht, sondern sagte nur: »Alles, was ich in der Kirche gelernt habe, ist eine verdammte Lüge. Alles, was ich in der Schule gelernt habe, ist eine verdammte Lüge. Alles ist eine Lüge, also kann man genauso gut für den Rest seines Lebens nur noch ficken. Alles andere lohnt sich sowieso nicht. Wenn ich wieder in England bin, will ich nur noch ficken. Ich werde allen sagen, dass es völlig in Ordnung ist, die ganze Zeit zu ficken. Und dann werde ich ficken und ficken und ficken.« Mehr war aus ihm nicht herauszubringen. Habe ihm gesagt, wenn er seelsorgerische Betreuung braucht, kann er zur Missionsstation der Coehorn-Stiftung gehen.

Und wieder war der Jährliche gebundene Jahresbericht des French Bulldog Club of America für 1934 nicht in der Post. Drei Monate zu spät – das Limit.

3. April

Nachdem ich hier geschrieben hatte, weckte mich letzte Nacht Bridewall auf, indem er an die Konsulatstür hämmerte. Ich ging runter. Er war noch besoffener als vorher. Konnte ihn kaum verstehen. »Bitte«, sagte er. »Sie müssen mir helfen. Es wartet am Waldrand. Es lässt mich hier nicht weg, ehe ich einen Weg finde, es nach Amerika zu bringen.« »Was sollen Sie nach Amerika bringen?« »Kann ich Ihnen nicht sagen. Sie würden es nicht verstehen.« »Wenn Sie sich weigern, mir zu sagen, wovon Sie sprechen, kann ich Ihnen kaum helfen.« »Nein«, sagte er. »Das können Sie wohl nicht. Ich glaube, das kann niemand.« Als er wegging, rief ich ihm hinterher: »Haben Sie O'Donnell gefragt? Er kriegt fast alles organisiert.«

Habe überlegt, ob ich einen Beschwerdebrief an den French Bulldog Club of America oder den Leiter der Poststelle in Tegucigalpa schreiben soll. Wer hat Schuld? Habe schließlich an beide geschrieben und bin sehr deutlich geworden.

4. April

Am späten Nachmittag Bridewall wieder bei Gonzales getroffen. »Es ist in O'Donnells Lagerhaus am Flussufer«, sagte er zu mir, als wüsste ich, wovon er redet. »Es wird da bleiben, bis O'Donnell eine Truhe gebaut hat, die groß genug ist, damit es darin reisen kann. Dann fährt er die Truhe auf einem Laster nach Trujillo und bringt sie dort auf ein Boot.« Habe überlegt, ob Bridewall eine Art Schmuggler sein könnte. Oder handelt er mit exotischen Tieren? Scheint nicht der Typ dafür zu sein. Fragte: »Mussten Sie O'Donnell dafür bezahlen?« »O'Donnell wird für seine Arbeit entlohnt werden«, sagte er. »Aber nicht von mir.«

Bat ihn vergebens, das zu erklären. »Wenn es hier mit dem Laster wegfährt, braucht es mich nicht mehr«, sagte er. »Es wird mich freigeben. Ich werde wieder ein freier Mann sein. Aber ich werde nie vergessen können, was ich durchgemacht habe. Bis zu meinem

Todestag werde ich mir wünschen, ich hätte diesen verdammten Tempel nie gefunden.« »Welchen Tempel?«, fragte ich. »Meinen Sie einen Schrein der Eingeborenen am Fluss?« Wieder kam von Bridewall keine direkte Antwort. »Wenn noch mal ein Forscher hier vorbeikommt, müssen Sie ihn wegschicken«, sagte er. »Lassen Sie ihn nicht in den Wald gehen. Sagen Sie ihm, im Nordosten gibt es nichts zu finden. Besser einfach zu Hause bleiben und vögeln. Ficken und ficken und ficken. Alles andere bedeutet gar nichts.«

Später Poker gespielt. Auf dem Nachhauseweg bei O'Donnells Lagerhaus vorbeigegangen, um mir das anzusehen. Vorhänge waren zugezogen, die Türen verschlossen. Zurück im Konsulat, erwähnte ich zufällig die Beschwerdebriefe P. gegenüber. Sie sagte mir, der Jahresbericht sei schon vor Wochen angekommen und sie habe ihn einfach zu den anderen ins Regal gestellt. Zu spät, um die Beschwerdebriefe zurückzuziehen.

5. April

Den ganzen Nachmittag im Salon im Jährlichen gebundenen Jahresbericht des French Bulldog Club of America für 1934 gelesen. Beste Ausgabe bisher, obwohl Vergnügen deutlich getrübt wegen der peinlichen Briefe. Habe mir noch nie so sehr eine französische Bulldogge gewünscht. Muss O'Donnell fragen, ob die Einfuhr immer noch unmöglich ist, wenn ich ihn das nächste Mal bei Gonzales sehe – allerdings kann ich dann die Bridewall-Geschichte nicht erwähnen, trotz meiner Neugier; will ihm ja nicht wegen jeder Kleinigkeit, die in der Stadt passiert, im Nacken sitzen.

Aber was ist in diesem Lagerhaus? Was könnte da drin »leben«? Was zur Hölle hat Bridewall aus dem Wald mitgebracht?

Das war die letzte Erwähnung von Bridewall, die wir auf den zerknitterten Seiten des Tagebuchs fanden.

»Sehr rätselhaft«, sagte Wilson. »Wirklich sehr rätselhaft. Tussmann hat mir gegenüber kein einziges Mal sein Interesse an französischen Bulldoggen verlauten lassen!« Er kicherte. »Ich scherze natürlich. Ich erkenne wohl, dass das andere Thema, nicht die französischen Bulldoggen, das eigentlich relevante ist.«

»Mir gefällt sein Stil besser als deiner«, sagte ich zu Zonulet. »Weniger blumig. Direkter. Wenn du so schreiben würdest, könnte man deine Memoiren in nur etwa einer Stunde lesen.«

Später saßen wir im Schatten an einem Tisch vor einer Cantina (nicht Gonzales, sondern die Konkurrenz) und aßen gebratenen Fisch mit Kochbananen. Eine streunende Katze strich um mich herum, als wäre sie sehr angetan von mir, aber dann merkte ich, dass sie nur an einer verkrusteten lila Wunde an ihrem Ohr gekratzt werden wollte. Doch da hatte ich schon so viel aus der Beziehung gezogen, dass ich meinte, mich nicht weigern zu können, ohne mich als flatterhaft und egoistisch zu entlarven.

»Bridewall ist in den Tempel gegangen, hat die Sporen eingeatmet und davon Visionen bekommen, genau wie ich«, sagte Zonulet.

»Und was hat er aus dem Dschungel mitgebracht?«

»Vielleicht gar nichts. Oder vielleicht einen Steingötzen, von dem er glaubte, dass er mit ihm spreche wie ein Babylonier. Komm schon. Du glaubst doch nicht ernsthaft …«

Noch einmal zitierte ich das Memorandum der CIA und tauschte nur ein Wort aus. »›1935 traf Dr. Sidney Bridewall, Ethnologe von der Cambridge University, bei einer Expedition nach Honduras an der Tempelstätte auf eine Maya-Gottheit. Die Gottheit zwang Bridewall dazu, eine Überfahrt in die Vereinigten Staaten zu arrangieren, mit der logistischen Unterstützung des Vermittlers Poyais O'Donnell.‹ Das Schiff kommt in New York an, und die Gottheit fragt jemanden, wer ist der mächtigste Mann hier? Die Gottheit erfährt von Elias Coehorn sen., Gründer und Vorsitzender der Eastern Aggregate. Schon bald darauf verfällt Coehorn sen. dem Glauben, dass er direkte Anweisungen vom lieben Gott persönlich bekommt. REMOTER ist irgendwie in sein Gehirn eingedrungen. 1938 schickt er pflichtgemäß zwei Expeditionen nach Honduras, die zur selben Zeit dort ankommen sollen. Er glaubt, er lasse seine Söhne gegeneinander antreten, um zu entscheiden, welcher sein Imperium erben wird. Ihm ist nicht klar, dass er von REMOTER manipuliert wird, damit das Diagramm erschaffen werden kann.«

»Oh, klar, das Diagramm«, sagte Zonulet. »*Eine geheime Philosophie der Gesamtheit aller Dinge, geometrisch dargestellt.* Arbeitstitel für ein Buch, das Leibniz nicht zu Ende zu schreiben wagte.«

Viele dieser Dinge über Coehorn sen. hatte ich aus den letzten Seiten von Zonulets Manuskript erfahren, die meine Strapazen als Reporterin fast wie Zeitverschwendung wirken ließen. Aber sie waren keine Zeitverschwendung. Denn viele Jahre lang waren sie alles gewesen, was ich hatte. »Zunächst geht Coehorn davon aus, dass der Test nicht länger als ein paar Wochen dauern wird, aber selbst nachdem Jahre vergangen sind, weigert er sich, einzugreifen«, fuhr ich fort. »Und in der Zwischenzeit sorgen Phibbs und die Abteilung für Gute Führung der Eastern Aggregate – und vielleicht noch etliche andere Abteilungen, von denen wir nichts wissen – dafür, dass niemand eine Antwort bekommt, wenn er fragt, was aus seinem Cousin geworden ist, der einen Job bei dem Film *Herzen in der Finsternis* hatte. Die genaue Lage des Tempels ist ja nie öffentlich bekannt geworden. Wir wissen, dass Adela Thoisys Familie einen Suchtrupp in den Dschungel geschickt hat. Doch der kam nie zurück. Wahrscheinlich gab es noch andere, die sich auf die Suche gemacht haben. Aber nach Kriegsbeginn muss es schwer gewesen sein, die Aufmerksamkeit der Öffentlichkeit zu bekommen, und ich schätze, am Ende haben sie einfach die Hoffnung aufgegeben, oder sie hatten keine Spuren mehr, die sie hätten verfolgen können. Weiter: ›Laut O'Donnell hat sich die Maya-Gottheit in Red Hook, Brooklyn, niedergelassen. Abgesehen davon ist nichts von den Aktivitäten der Maya-Gottheit bekannt, bis Sektion 9 zum ersten Mal 1953 Kontakt mit ihr aufnahm. Als Bestechungsmittel während der Verhandlungen mit United Fruit brachte Sektion 9 die Maya-Gottheit in einer Suite im Waldorf-Astoria-Hotel in Manhattan unter.‹«

»Und genau hier wechselt die Geschichte von einfach nur blödsinnig zu rabenschwarzer *Dementia praecox*«, sagte Zonulet. »Du glaubst ernsthaft, Sektion 9 und United Fruit trafen sich in New York mit einem ... Scheiße, ich kann es noch nicht mal aussprechen.«

»Einem Gott.« Ich warf den Kopf meines Fisches der Katze zu. »Warum nicht?«

»Was soll der Gott davon haben?«

»Die CIA steigt als Partner im Pozkito-Trainingslager mit ein. Führt es mit voller Kraft. Sorgt dafür, dass der Dschungel immer von Guerillas wimmelt, sodass kein Außenseiter dem halben Tempel jemals nahe genug kommt, um das Diagramm zu unterbrechen, zu dem er geworden ist.«

»Ich wünschte, ich hätte dir nie von dem Diagramm erzählt. Also haben die Götter so ihre Türsteher gekriegt. Und wie steht es mit den weltlichen Parteien in diesem Deal?«

»Warum beten primitive Völker zu Göttern?«, fragte ich.

»Ich weiß nicht ... Regen? Gute Ernte?«

»Du bist auf dem richtigen Weg. Etwa ab 1954 waren die Bananenplantagen der United Fruit in und um Honduras immun gegen den Weißen Sigatoka, und niemand konnte erklären, warum. Wer hat das für sie arrangiert? Wer hat Macht über so etwas?«

Zonulet schüttelte den Kopf. »Wenn Bev Pomutz hier wäre, würde er dieser Schnepfenjagd ein Ende machen.«

»Du hast gesagt, United Fruit kann jederzeit zum Außenministerium marschieren und die CIA bei Problemen in Zentralamerika einspannen. Also sagen sie zu Sektion 9: ›Wir haben ein Problem, und wir glauben, ihr könnt uns dabei helfen, es zu lösen.‹«

»Und Sektion 9 sagt: ›Klar, wir haben jede Menge Erfahrung bei Verhandlungen mit Göttern. Diese Fäule-Krankheit kriegen wir locker in den Griff.‹«

»Die CIA wimmelt nur so von Veteranen der Strategischen Dienste. Sie waren während des Kriegs über die ganze Welt verteilt. Auf dem Berg Ararat, den Karolinen, am Südpol und weiß der Geier, wo sonst noch. Sie müssen da so einiges mitgekriegt haben.«

»Vansaska, du halluzinierst in Stellvertretung. Es hat doch überhaupt nur jemand Götter oder Geister ins Spiel gebracht, weil der Argyrophag im Tempelinneren die Leute Dinge sehen lässt –«

»Von denen sich etliche als authentisch und hellseherisch erwiesen haben. Deine Pilz-Theorie soll also die nüchterne und vernünftige Alternative sein?«

Darauf wusste Zonulet nichts zu sagen.

Er hatte seit Tegucigalpa kaum geschlafen, also bezahlten wir unser Essen und gingen in das Zimmer, das man im Le Sphinx für uns vorbereitet hatte. Es war schmucklos, aber in der obersten Schublade der Kommode fand ich ein paar Dinge, die möglicherweise bei der Abreise des vorherigen Bewohners dahinein gelegt worden waren: Einen Messinggriff mit eingravierten Arabesken, einen Federfächer ohne Federn; den Schädel eines kleinen behornten Tieres, den ich nicht zuordnen konnte, der aber so glatt poliert war wie der Messinggriff trübe, und ein Zigarettenetui aus Zelluloid, das mit Kirschblüten bedruckt war und auf der Rückseite die Worte »DIE SCHWARZEN SCHIFFE« trug. Letzteres verstand ich nicht, bis mir einfiel, dass das der Titel eines alten Hollywood-Schinkens über den Vertrag von Kanagawa war. Solche Kinkerlitzchen wurden bei Studiopartys verschenkt; vielleicht war es in der Tasche eines Crew-Mitglieds von *Herzen in der Finsternis* von Hollywood nach San Esteban gereist. Ich legte alles in die Schublade zurück. Dann, ein paar Minuten nachdem ich mich hingesetzt hatte, um mit diesem Bericht zu beginnen, den ich gerade beenden will (und ich habe nicht vor, Zonulets Manuskript ein weiteres Mal zu besudeln), bemerkte ich, dass er mit weit geöffneten Augen auf dem Himmelbett lag, mit der Miene eines Nackten, der auf sehr kaltes Wasser blickt.

»Bist du nicht müde?«

»Seit ich an dem Pilz auf dem Film vom Lagerhaus geleckt habe, träume ich jedes Mal direkt nach dem Einschlafen dasselbe. Bei einem Verhör sagt mir der Fragesteller, dass ich nur ein Kontaktmann der Scientific Intelligence bei Apex Chemical sei und man an mir eine unilaterale Gradatorektomie durchführen werde.«

Wenig weckt bei mir größeres Mitgefühl als Erschöpfte, die nicht schlafen können. Ich zog meine Schuhe aus und legte mich hinter ihn mit meinem Arm über seiner Brust. Ich dachte, es könnte helfen. Aber dann drehte er sich um, oder ich drehte ihn um, ich weiß nicht genau, und schon bald liebten wir uns wieder, ganz leise, denn selbst in einem Hurenhaus wollte ich nicht, dass man uns durch die Wände hörte. Seit dem Morgen hatte er nur sein Gesicht in einem Becken gewaschen, und ich fand Graberde in seinem Brusthaar und zwischen seinen Zehen. Meine weniger liebevolle Seite sagte, dass es nur deshalb etwas wie Romantik zwischen uns gab, weil wir chronisch ungeeignet für die Gesellschaft jedes anderen waren. Aber vielleicht gibt es keinen besseren Grund als diesen.

Danach lagen wir nebeneinander, und der arme Kerl wähnte sich vermutlich in Sicherheit.

»Wonach genau suchst du in diesem Lagerhaus?«, fragte ich. »Du glaubst, dass bei Whelts Material etwas dabei ist, das bestätigt, was du vor dem Tribunal ausgesagt hast. Ein Beweis dafür, dass deine Geschichte stimmt. Ein Beweis, dass du ›aus bestem Wissen und Interesse für dein Land‹ gehandelt hast. Aber ich kann mir nicht vorstellen, was um alles in der Welt das sein könnte.«

»Lass mich schlafen«, murmelte er. »Mich überfällt gerade ein wunderschöner, traumloser Schlaf. Ich spüre es.«

»Suchst du überhaupt nach etwas?«

»Warum zur Hölle sollte ich jeden Tag in diesem verdammten Lagerhaus hocken, wenn ich nicht nach etwas suchen würde?«

»Als du rausgegangen bist, um Hamburger zu holen, und mich deine Post hast durchsehen lassen … habe ich auch in deinen Schreibtisch geschaut. Ich habe einen offiziellen Brief gefunden, der so klang, als ob die CIA dein Tribunal abblasen würde, wenn du bereit wärst, eine zweiseitige Erklärung zu unterschreiben. Du wirst mit vollem Pensionsanspruch entlastet. Dann wäre alles vorbei. Du musst nicht mehr in Springfield wohnen. Aber du hast dich geweigert zu unterschreiben.«

Zonulet sah mir in die Augen. »Du hast meinen Schreibtisch durchwühlt?«

»Niemand hält dich in diesem Lagerhaus fest außer dir selbst. Bei dir hört es sich an, als wärst du in einem Verlies angekettet, dabei hast du dich freiwillig eingeliefert. Du musst doch wissen, dass nichts, was du dort finden kannst, etwas nützen wird. Und niemand zwingt dich dazu, dich durch fünfzehntausend Stunden Filmmaterial zu wühlen. Aber du bestehst darauf. Du bist so verdammt stur. Deswegen hat Sektion 9 versucht, dir weiszumachen, dass du verrückt bist und das Mädchen umgebracht hast. Sie wollen nicht, dass dieses Tribunal noch ewig dauert. Sie wollen nicht, dass du diese ganzen Beweise durchkämmst. Die wollen nur, dass du aufgibst und verschwindest.«

»Die Erklärung, die ich unterschreiben soll, ist eine Lüge. Wenn man sie liest, denkt man, es sei überhaupt nichts Bemerkenswertes passiert. Ich werde dem Tribunal die Wahrheit sagen.«

»Ein geheimes Verfahren in einem geschlossenen Gerichtssaal. Du wirst die Wahrheit nur einer Handvoll von Leuten verkünden, die sie bereits kennen und sich nicht besonders dafür interessieren. Und abgesehen davon wird das Tribunal nie beginnen, weil du es nicht schaffst, das ganze Beweismaterial zu sichten. Du tust das nicht für das Tribunal. Du brauchst kein Tribunal. Du hast dich schon selbst verurteilt. Die ganze Unternehmung ist eine Sühne, nicht wahr?«

Für den Flug nach Tegucigalpa hatte ich mir Zonulets alte Leibniz-Ausgabe mitgenommen. Zonulet spricht so oft von dem alten Sachsen, dass ich dachte, wenn ich ihn selbst lese, verstehe ich vielleicht besser, wie er denkt. Ich habe eine unterstrichene Passage gefunden, in der Leibniz sagt: »Da jeder Geist, unabhängig von jedem anderen Geschöpf, wie eine sich selbst genügende Welt für sich ist, die das Unendliche einschließt und das Universum ausdrückt, ist er ebenso dauernd, ebenso existent und ebenso absolut wie das Universum der Geschöpfe selbst.« Leibniz wollte damit vermutlich die Seele rühmen. Für mich dagegen beschreibt er damit zumindest an bestimmten Tagen die Hölle, zu der wir alle verdammt sind. Ganz ehrlich, ich hatte nicht geplant, mich aus dem Hinterhalt auf Zonulet zu stürzen, gerade als er am verletzlichsten war – postkoital, hundemüde und von einer Brise umweht, die mit jedem Hauch an sein altes Leben erinnerte –, aber eine bessere Chance würde ich nicht kriegen, ihn dazu zu bewegen, sich mir anzuvertrauen. Und dennoch war ich diejenige, die, noch ehe er antworten konnte, ganz ohne Vorwarnung anfing zu schluchzen.

»Was ist los, Süße?«, fragte er.

»Werden wir je davon loskommen?«, fragte ich. »Werden wir je vom Tempel frei sein?«

—

Ich glaube nicht an Vansaskas Theorie über REMOTER. Aber ich glaube, dass eine Gottheit unbemerkt über die Hügel getragen werden kann wie ein Kaiser in einer Sänfte, denn vor zwei Jahren habe ich womöglich genau das miterlebt; allerdings nicht mit einem Gott der Maya, sondern einem Gott von Manhattan …

An diesem Tag blickte ich aus dem Fenster eines Eisenbahnwaggons auf den Dschungel hinab. Viele Jahre lang hatte dieser Waggon die Linie Caracas–Valencia bedient, zur Freude des Ölbarons Julio Méndez aus Venezuela, aber jetzt hing er an Stahltrossen zwischen zwei Sikorsky-S-56-Lastenhubschraubern, die Richtung Süden zum Tempel flogen. Obwohl Méndez' Vorliebe für den verschwenderischen Umgang mit Onyx, Perlmutt und schildpattgemustertem Zelluloid und ähnlichen Materialien dem Waggon eine beschlagene, hautartige Anmutung gab, war er sicher bequemer als die Helikopter der Abteilung für Gute Führung (oder ein Luftschiff). Jedenfalls war der Waggon in zwei Hälften unterteilt, und ich wusste, dass dieser Erste-Klasse-Waggon nicht nur zum Wohl der drei Passagiere in dem vorderen Abteil – Phibbs, Colby Droulhiole und ich – aus Caracas nach Trujillo importiert worden war.

»Wofür ist das andere Abteil?«, fragte ich Phibbs. Wir flogen mit hundert Knoten in etwa fünfundsiebzig Meter Höhe, und der Wind rüttelte uns durch wie ein Baby in einer Trageschlinge, aber es war auch nicht schlimmer als mit einem Schiff auf dem Meer.

Phibbs' Antwort lässt sich nicht adäquat wiedergeben. Wenn auch sehr höflich, war die Antwort doch so ausweichend, dass sie nicht in die menschliche Sprache zu übersetzen ist.

»Soll damit der Coehorn-Junge zurückgebracht werden?«

Wieder zögerte Phibbs.

Ich stand von meinem Sofa auf und ging zur Holzabtrennung hinüber. »Kann ich mal reinschauen?« Aber noch ehe meine Hand am Türgriff war, hatte sich Phibbs zwischen die Tür und mich geschoben und schüttelte bedauernd den Kopf.

Bislang hatte ich nur eine Theorie darüber, was mir Phibbs im hinteren Teil des Waggons nicht zeigen wollte, aber die war eigentlich zu grotesk, um sie überhaupt in Erwägung zu ziehen.

Obwohl ich nicht flugkrank war, nahm ich ein Bonbon gegen Flugkrankheit aus einer Schale auf der Anrichte und setzte mich dann neben Colby Droulhiole. Das war sein dritter Flug, und er hing so leidenschaftlich am Fenster wie eh und je, was mich nicht überraschte: Um Karten so gut wie er zeichnen zu können, musste der Kopf des Jungen für die Draufsicht wie geschaffen sein – er gäbe einen guten Spion bei der 2. Photo-Tech-Staffel und zweifellos auch bei dem sowjetische Satellitenprogramm ab, das um fünf Ecken seine Anwesenheit hier möglich gemacht hatte. Seine anderen beiden Flüge hatten in Viersitzern von Tegucigalpa auf die Isla de Pinos (vor neunzehn Monaten) und von der Isla de Pinos wieder zurück nach Trujillo (vor drei Tagen) stattgefunden. In dem Anglerdorf hatte ich einen verwirrten und perplexen Jungen zurückgelassen; als ich wiederkam, um ihn abzuholen, war er gesund, stark, ein guter Schwimmer, sprach fließend Spanisch und hatte sich in die Tochter eines Fischers verliebt. Aber auf einer grundsätzlichen Ebene befand er sich immer noch in einer Art Schockstarre, als würde er den Anblick der Welt jenseits des Tempels niemals verkraften.

»Wie hältst du dich, Junge?«, fragte ich. »Freust du dich darauf, deine alten Freunde wiederzusehen? Deine Mutter?« Ich wusste, dass das grollende Dröhnen des Hubschraubers beim Tempel bereits zu hören sein musste, eine unterbewusste Unruhe, bis das Geräusch die Schwelle zum Bewusstsein überschritt, unheimlich und nicht identifizierbar, eine Angst ohne Ursache, wie Wahnsinn. »Sie werden stolz auf dich sein. Du hast deinen Auftrag erfüllt. Du bist bis nach Amerika gekommen. Aber vergiss nicht, dass du jetzt für mich arbeitest. Du kennst die Gegend hier besser als wir alle. Wir brauchen deine Hilfe.«

Statt einer Antwort zeigte Droulhiole aus dem Fenster. Aus etwa anderthalb Kilometer Entfernung sah es nicht größer aus als ein Mottenloch in einem Pulli. Aber während der Helikopter die grüne Distanz schrumpfen ließ, wurde mir klar, dass ich auf ein beträchtliches Loch im Blätterdach blickte.

Diese Fläche war von einer Holzfällertruppe schon vor ein paar Wochen gerodet worden, um uns einen Landeplatz zu schaffen – weit genug vom Tempel entfernt, dass ihre Arbeit nicht bemerkt wurde, nah genug, dass wir nicht allzu weit zu Fuß gehen mussten. In dieser und auch in jeder anderen Hinsicht waren Phibbs' Vorbereitungen außerordentlich gründlich gewesen. Die beiden Hubschrauber setzten unseren Eisenbahnwaggon vorsichtig auf dem Boden ab und landeten jeweils seitlich davon. Einen Augenblick lang hoffte ich, Phibbs würde den Waggon als Erster verlassen und ich hätte eine Chance, die Tür der Abtrennung zu öffnen, aber natürlich wartete er, bis Droulhiole und ich draußen waren, ehe er selbst ausstieg.

Ich wusste, dass die Eastern Aggregate die Rekrutierung für die Abteilung für Gute Führung während des Krieges ausgesetzt und die ganze Abteilung später, als unternehmenseigene Schlägertruppen zum Anachronismus geworden waren, vollständig aufgelöst hatte. Daher waren die meisten der zwanzig Männer, die aus den Hubschraubern stiegen, mindestens so alt wie ich, zeigten etliche Narben und verschobene Knorpel, waren aber insgesamt sehr gut in Form, denn Freiübungen und ein sauberer Lebensstil waren in dieser Abteilung Vorschrift.

Allerdings war der Kerl, der in San Esteban in Colby Droulhioles Schlafzimmer eingestiegen war, zu jung gewesen, um sich seine Meriten in den Zwanzigern und Dreißigern verdient zu haben, die Eastern Aggregate hatte also das, was man das lösungsorientierte Geschäft nennen könnte, nicht komplett abgeschafft. Einige der Männer waren jünger, hagerer und hatten einen kälteren Blick.

Scharlachrote Blütenblätter, die die Rotoren von den Baumwipfeln geblasen hatten, flatterten um uns herum zu Boden. Ich bemerkte, dass das Dampfbad-Klima Phibbs überhaupt nicht beeinträchtigte, und für Droulhiole musste es sich wie eine Heimkehr anfühlen. Macheten und Karabiner wurden verteilt – Letztere nur als Abschreckung für jemanden mit Pfeil und Bogen –, gefolgt von pulverisiertem Schwefel zum Schutz vor Insekten. Die Fenster des hinteren Eisenbahnwaggonteils waren mit Seidenvorhängen verdeckt, und als Phibbs gerade nicht hinsah, ging ich auf die Zehenspitzen, um ein Ohr an das Glas zu drücken. Ich nahm ein Surren wie von einem Generator wahr, das während des Flugs nicht zu hören gewesen war.

Wir brachen auf. Was auf unserem Weg durch den Dschungel Richtung Tempel als Nächstes geschah, war ganz allein meine Schuld.

Vom ersten Tag an hatte Colby Droulhiole auf mich immer so unschuldig und weich gewirkt, dass es mir nie in den Sinn gekommen wäre, er könnte mich hintergehen. Außerdem schwirrte in meinem Kopf all das herum, was nun folgen würde. Später sollten die Hubschrauber eine Reihe von Rundflügen nach Trujillo machen, um zuerst alle überlebenden Mitglieder der Eastern-Aggregate-Expedition von 1938 abzutransportieren, dann alle Dinge, die ich im Auftrag der Regierung der Vereinigten Staaten vom Tempel mitnehmen wollte, und schließlich die Staffel der Abteilung für Gute Führung wieder zurückbringen. Innerhalb von ein paar Tagen wäre die Silberrüstung in Washington. Ich hätte so viele Pilzsporen, wie ich nur brauchte. Von da an würde ich nicht nur hin und wieder den Aleph besuchen – ich würde im Aleph wohnen. In meiner Allwissenheit würde ich die Ziele korrigieren von 1. mir selbst, 2. der CIA, 3. der Nation und 4. vielleicht der Welt. Was 5. die Tempelanwohner anging, hatte ich das Gefühl, nur das Unvermeidliche zu beschleunigen. Früher oder später hätte man sie ohnehin gefunden, ganz egal was ich tat.

Das alles ging mir durch den Kopf, als Droulhiole sich plötzlich ins Gebüsch schlug und davonrannte.

Ich lief hinterher, genau wie auch drei Männer der Guten Führung, aber er war zu schnell. Der Dschungel schluckte ihn. Wir hatten keine Chance.

—

»Ich bin froh, dass Sie hier sind, Mr. Trimble, ich wollte ohnehin mit Ihnen sprechen. Wir hatten eine Abmachung. Ich habe Ihnen den Umschlag mit den Bildern der Frau und den Brief aus der Irrenanstalt in Dallas gegeben, und Sie wollten ihn dazu benutzen –

Lassen Sie mich ausreden, bitte. Sie wollten den Umschlag dazu benutzen, wie soll ich sagen, Burlingames Absicht, den Tempel aufschichten zu lassen, zu vereiteln. Aber unser Mann dort sagt, dass der Tempel weiterhin fleißig –

Bitte lassen Sie mich ausreden, Mr. Trimble. Wenn Sie mich immer wieder unterbrechen – Sie erinnern sich doch sicher noch, dass unser letztes Gespräch, wie soll ich sagen, eine grobe Wendung genommen hat, und ich möchte nicht, dass das wieder geschieht. Wie gesagt –

Tut mir leid, das musste sein, Sie müssen einfach lernen, einen Mann den Gedanken zu Ende bringen zu lassen, den –

Sie spielen mit meiner Geduld, Mr. Trimble.

Und wer zur Hölle ist Colby Droulhiole?

Vor einer Weile habe ich eine Patrouille rausgeschickt, um was über die Helikopter rauszufinden, die wir im Nordosten gehört haben. Sind Sie sich sicher, dass dieser Junge nicht zufällig auf meine Jungs gestoßen ist und sie für jemand anderen hielt?

Also, wenn dieser Junge mit seinem Bericht den ganzen Weg zum Tempel rennen musste und Sie dann hierherrennen mussten, bedeutet dass, dass diese Männer jetzt vielleicht –?

Wie hat Burlingame reagiert?

Und das haben Sie alles selbst gehört?

Verstehe. Da haben Sie ein hübsches Talent, Mr. Trimble. Normalerweise sind darin nur die Taubstummen gut, vor allem aus der Ferne. Nun, ich danke Ihnen. Wie gesagt, ich habe eine Patrouille rausgeschickt, aber sie ist noch nicht zurück, und all das ist mir neu.

Genau das werde ich tun. Die Absichten dieses Lagers sind immer noch, wie soll ich sagen, zweifelhaft, und ich trage die Verantwortung dafür, dass die Männer und Frauen am Tempel in Sicherheit sind. Reißen Sie sich zusammen. Wir brechen sofort auf.

Bei allem Respekt, es ist mir egal, ob es Ihr ›Stück vom Kuchen‹ ist. Ich will Sie bei mir haben. Sie kennen den Tempel und die Leute dort deutlich besser als ich.

Wollen Sie –

Wollen Sie auf –

Wie gesagt, Mr. Trimble, Sie müssen wirklich lernen, einen Mann ausreden zu lassen. Ich sagte gerade: Wollen Sie auf eigenen Beinen mit zum Tempel kommen, oder wollen Sie, dass ich Ihnen hier einen Haken durchziehe und Sie hinter mir herschleife?«

—

»Wir müssen uns nur rarmachen«, sagte Coehorn. »Sollen die das unter sich ausklamüsern. Immerhin haben sie es mit uns ja genauso gemacht.«

Burlingame stand neben ihm ganz oben auf dem Tempel, sie blickten hinab auf die Lichtung. Zu jeder Seite waren an der Baumgrenze bewaffnete Männer zu sehen; rechts die Soldaten aus dem Pozkito-Trainingslager, einige davon Einheimische, andere Fremde, alle in khakifarbenen Tarnanzügen, die jeder von ihnen gut kannte, der in die brenzlige Situation gekommen war, zwischen den Bäumen eine ihrer Patrouillen zu entdecken, wenn er auf Nahrungssuche zu weit nach Südwesten geraten war; und links die Neuankömmlinge von der Eastern Aggregate, alles Weiße in Safari-Anzügen. Die beiden Parteien standen sich sechzig Meter voneinander entfernt gegenüber, zwischen sich das New Yorker Lager, und starrten einander düster an; oder zumindest starrten sie düster in Richtung der anderen, denn obwohl Dutzende von Kalksteinblöcken in Vorbereitung auf den Umbau des Tempels beiseitegeschafft worden waren, gab es kaum freie Blickachsen zwischen den Hütten und Verschlägen. Das Glitzern dieser Hunderte von unbekannten Augen erzeugte eine traumartige Atmosphäre bei den Tempelanwohnern (nicht zuletzt bei Irma, die über die Jahre hinweg dem katholischen Gott ihrer Jugend eine Unzahl extravaganter Versprechen gegeben hatte, wenn »er mir nur noch einmal im Leben einen Mann in Uniform schickt – aber, liebe Güte«, hatte sie vorhin ausgerufen, »ich will mir gar nicht vorstellen, was ER im Gegenzug für all das hier von mir erwartet«). In letzter Zeit war die Frage, warum niemand aus der Außenwelt erschien und die zwei Lager erlöste, kaum mehr aufgekommen, sie schien einfach nicht mehr besonders relevant zu sein. Doch jetzt war die Außenwelt in Massen gekommen. Über ihnen war das riesige Mittagsblau von einem so feinen Dunst getrübt, als hätte sich ein einziger Regentropfen über den ganzen Himmel verteilt.

Burlingame schüttelte den Kopf. »Wir gehen nicht.«

»Wenn sie anfangen zu schießen, und wir sind mittendrin, wird das ein Massaker wie beim Owl's Head Pier.

»Wir gehen nicht.«

Coehorn sah sie an. Bis vor ein paar Tagen hatten sie kaum je miteinander gesprochen, aber es ging ihnen wie so vielen anderen hier – weil sie so lange so nahe beieinandergelebt hatten, fühlte es sich an, als kennten sie sich auch schon so lange. »Joan, ich weiß, es war eine ereignisreiche Woche, aber du musst dir das Ganze hier sehr genau ansehen.«

»Das habe ich.«

Tatsächlich hatte Burlingame noch nie so klar denken können

wie jetzt. Gracie war weg und hatte eine Nachricht hinterlassen, die Liebe und Bedauern ausdrückte, aber keine wirkliche Erklärung für ihr Verschwinden lieferte. Normalerweise würde man wohl erwarten, dass einen so ein geheimnisvolles und unglaubliches Ereignis einigermaßen verwirrte, dass man übermannt wäre von der Umkehrung all dessen, was im Leben verlässlich und kongruent gewesen war. Das Herz konnte den Kopf durchaus vom Kurs abbringen. Aber tatsächlich war das nicht der Fall. Diese Katastrophe war wie eine Säure, die stärkste Säure im Universum, die mühelos alles, was sie berührte, in einen mickrigen schwarzen Rückstand verwandelte; und jetzt wusste Burlingame, dass dies das wahre Wesen der meisten Dinge war. Nachdem die Säure jedoch abgeflossen war, blieben immer noch ein paar solide Reste unbeschadet übrig, die nach dieser Spülung umso sauberer strahlten. Einer davon war der Tempel, den die Männer und Frauen hier seit neunzehn Jahren besaßen, und Burlingame war ihre unangefochtene Anführerin. Sie hatten nicht all das durchgemacht, um jetzt ihre Selbstbestimmung wegen ein paar bewaffneter Schlägertrupps aufzugeben. Nichts war wichtiger, als dass sie standhielten. Fast war sie erleichtert über Gracies Verschwinden, denn ohne diese vernichtende, gallenbittere Dusche hätte sie das alles womöglich nicht so glasklar und unverschleiert erkannt.

Vor weniger als einer Stunde war Colby Droulhiole ins Lager gerannt gekommen. Burlingame hatte sich immer optimistisch gegeben, wenn über seine Rückkehr aus Amerika diskutiert wurde, hatte aber nicht ernsthaft damit gerechnet, den Jungen jemals wiederzusehen. Die ursprüngliche Logik seiner Aussendung – dass er unbeleckt sei von dem Verlangen nach dem Komfort der zivilisierten Welt und sich deshalb nicht von seiner Mission abbringen lassen würde – war ihr nicht besonders stichhaltig erschienen. Aber hier war er auf einmal wieder, in den Armen seiner heulenden Mutter, nach mehr als achtzehn Monaten in der Ferne. Und er hatte dringende Nachrichten, die auch das Dröhnen in der Ferne erklärten, das ganz anders klang als die Flugzeuge aus den alten Zeiten. Mittlerweile war die Eastern Aggregate zur reinen Abstraktion geworden, die ursprüngliche Herkunft der New Yorker zwar, aber ein totes Reich, das nur noch in Ortsnamen und der Juristensprache zu Ehren kam. Doch heute waren sie schließlich erschienen, die eigentlichen Herrscher des New Yorker Lagers, in strenger Formation, als wären sie nicht zur Rettung, sondern zur Wiederunterwerfung ihrer Kolonie gekommen. Sobald es sich herumgesprochen hatte, folgten die meisten dem richtigen Instinkt: Sie griffen zu Pfeil, Bogen und Speer und riefen sich – falls sie New Yorker waren – Meinongs Ausbildung ins Gedächtnis, oder (falls sie Angelenos waren) den Geist der heldenhaften Befreiungsaktion, die nie stattgefunden hatte. Sie hatten nicht vor, in den Kampf zu ziehen, aber sie waren entschlossen, ihre Grenzen zu sichern. Erst später, als kurz nach der Ankunft der Männer der Eastern Aggregate auch die Guerillas von der anderen Seite erschienen, wurde darüber diskutiert, doch das Feld zu räumen.

»Wenn es sein muss, kämpfen wir«, sagte Burlingame. »Das ist unser Tempel. Wir sind ja schließlich nicht zwei Jahrzehnte lang geblieben, um dann einfach aufzugeben, sobald hier ein paar Schläger auftauchen.«

»Wir müssen ihn ja nicht aufgeben. Wir müssen nur aus dem Weg gehen. Wo ist Whelt? Er würde Ihnen dasselbe sagen.«

»Er ist unten und filmt.«

Coehorn schirmte die Augen ab und suchte nach Whelt. »Oh. Ich dachte, das hätte er sich abgewöhnt nach seiner Epiphanie über das Diagramm, aber das hier kann er wahrscheinlich einfach nicht ignorieren.« Dann erstarrte er. »Mein Gott, das ist Phibbs! Der Assistent meines Vaters! Er ist es wirklich! Allein bei seinem Anblick wird mir schon schlecht!« Zwei Babys im New Yorker Lager begannen zu weinen und füllten jeweils das Schweigen des anderen, als wetteiferten sie darum, wer von beiden die unerträglicheren Qualen zu ertragen hatte. Rick Halloran kam mit dem Megafon die Stufen herauf. Coehorn bedankte sich. »Ich habe Rick darum gebeten. Sie müssen eine Ansage machen.«

Reflexartig nahm Burlingame es entgegen, hob es aber nicht an den Mund. »Das ist nicht nötig. Alle wissen bereits, dass wir uns nicht vom Fleck rühren.«

»Wir werden uns vom Fleck rühren. Wir *müssen* uns vom Fleck rühren. Sagen Sie allen, dass sie sich verstreuen sollen. Bitte. Sie konnten als Einzige alle von dem Würfel überzeugen, und jetzt sind Sie wahrscheinlich die Einzige, die alle überzeugen kann, auf Sie zu hören. In Gottes Namen, Joan, sehen Sie nicht, an was für einem apokalyptischen Punkt wir angekommen sind, wenn ich derjenige von uns beiden bin, der für Pragmatismus plädiert?«

Burlingame dachte an jenen Tag vor elf Jahren, als sie mit dem Megafon in der Hand hier oben auf diesen Stufen gestanden und zu Trimbles Verbannung aufgerufen hatte. Sie hatte den Tempel vor ihm gerettet und in der Nacht darauf zum ersten Mal Liebe erfahren. Jetzt war ihr die Liebe entglitten, war vielleicht die ganze Zeit nur ein Trick gewesen, aber der Tempel stand so unumstößlich wie eh und je, und wieder einmal war es an der Zeit, ihn zu retten, die Verantwortung auf sich zu nehmen, alles zu verteidigen, wofür sie gearbeitet hatten. »Wir kämpfen, wenn es sein muss«, wiederholte sie.

Coehorn seufzte verzweifelt. »Also gut. Wenn Sie es nicht machen, dann eben ich. Mal sehen, ob sie auf mich hören.«

Er griff nach dem Megafon. Doch Burlingame holte, plötzlich wild geworden, wie mit einer Waffe damit aus, und er musste seinen Kopf nach hinten reißen. »Nehmen Sie die Finger weg! Sie haben es nicht verdient, meinen Lagern etwas zu sagen! Sie waren immer nur ein dreckiger, fauler, gieriger –«

Schüsse unterbrachen sie.

—

Seit ich sie auf der anderen Seite der Lichtung erblickt hatte, war ich auf den ersten Schuss gefasst, und als er dann schließlich fiel, lag ich schon auf dem Bauch, kaum dass ich ihn gehört hatte. Als alle noch still auf ihrer Seite standen, schickte jede der beiden Truppen Späher aus, die sich entlang der Baumlinie über die Lichtung verteilten, um sich gegenüber den anderen einen Vorteil zu verschaffen. Diese Späher mussten sich irgendwo in der Mitte getroffen haben. Eine einzige fahrlässige Kugel wirkte wie ein brennendes Streichholz an einem Nitratfilm. Als ich mich hinter einen Kapokbaum gewunden hatte, fielen die Schüsse in Salven aus beiden Richtungen.

Ich hob meinen Karabiner und beugte mich ein paar Zentimeter aus meiner Deckung heraus, um das Feuer zu erwidern. Aber ich fand kein Ziel, denn die meisten der Guerillas waren immer noch auf der anderen Seite der Lichtung. Auf sie zu schießen hätte bedeutet, direkt über das Lager der New Yorker hinwegzuschießen. Und das kam nicht in Frage.

Trotzdem taten alle genau das.

Bevor es losging, hatten ein paar Dutzend Männer, Frauen und Kinder im Freien gestanden. Manche hatten Jagdbogen dabei und schossen jetzt zurück, so gut es eben ging. Alle anderen rannten in ihre Hütten, um sich hinter Wänden aus Schlamm, Holz und Stroh zu verstecken, die selbst wenn sie dreimal so dick gewesen wären, keine .308-Kugel aufgehalten hätten. Durch meine Pilz-Hellseherei mehr noch als von meinem ersten Besuch hier hatte ich einen anschaulichen Plan des Lagers im Kopf, der aber nicht mehr aktuell war, weil die nummerierten Kalksteinblöcke, die zumindest noch ein wenig Schutz hätten bieten können, entfernt worden waren.

Ich sah, wie eine Bogenschützin in die Brust getroffen wurde, während sie ihren Bogen spannte, und als sie zu Boden fiel, stieg ihr Pfeil in die Höhe wie ihre Seele, die sich im Augenblick des Todes aus ihrem Körper gelöst hatte. Vorläufig waren die Angelenos auf den Stufen noch sicher, aber beide Parteien würden vermutlich Truppen an die Flanken ausschicken, um die Ruine zu umzingeln, und dann würde sich das Schlachtfeld auch auf die Stufen ausdehnen. »Nicht schießen!«, brüllte ich. »Nicht schießen, verdammt!« Aber niemand hörte auf mich.

Ich sah mich nach Phibbs um. Er war auf die Lichtung vorgerückt und schoss jetzt hinter einer Hütte hervor. Ich ließ mein Gewehr fallen und rannte mit gesenktem Kopf zu ihm.

»Phibbs!« Ich schlug ihm auf die Schulter. »Befehlen Sie ihnen aufzuhören!«

»Tut mir leid, Mr. Zonulet«, er schoss, »aber die Eastern Aggregate muss ihre Interessen verteidigen.«

In der Tat. Jeder hatte hier seine Mission. Ich war bereit zum Blutvergießen, falls nötig, um an die Rüstung im Tempelinneren zu kommen. Aber ich war nicht bereit, unschuldiges Blut zu vergießen, amerikanisches Blut, nicht so viel, nicht in so einem schwachsinnigen Saustall. Ich zog meine Pistole, hielt sie Phibbs an den Hinterkopf und spannte den Hahn, damit er das Klicken durch seinen Schädelknochen hören würde. »Befehlen Sie Ihren Leuten, das Feuer einzustellen und sich zurückzuziehen, oder ich töte Sie hier auf der Stelle.«

Phibbs gurgelte und kippte um. Meine Hüfte brannte.

Ich hatte nicht abgedrückt. Eine Gewehrkugel hatte seinen Adamsapfel entkernt und mich danach seitlich gestreift. Man war mir zuvorgekommen. Er war tot.

Ehe ich mich wieder zu Boden warf, sah ich mich schnell um. Als ich das Lager ein Jahr zuvor zum ersten Mal bei Tageslicht gesehen hatte, war ich voller Respekt gewesen für die logische Beharrlichkeit, mit der sich diese Emigranten ihrer Sache gewidmet hatten, aber jetzt zeigte sich, dass es nur kultischer Wahn war. Ich sah, wie ein Pfeil einen Mann in Uniform niederstreckte, und hörte daraufhin begeisterten Jubel. Aber es gab nichts zu jubeln. Zu Beginn waren die Bogenschützen, die das Lager verteidigten, eher um Aufmerksamkeit heischende Zuschauer gewesen, aber mittlerweile wurde ihnen die Ehre der vollen Aufmerksamkeit zuteil, was bedeutete, dass die Soldaten beider Seiten jetzt direkt auf sie schossen und sie nicht mehr nur ab und zu verirrte Kugeln abbekamen. Ich wusste nicht, wie viele von ihnen schon blutend in den durchlöcherten Hütten lagen. Das Kreuzfeuer verschärfte sich noch weiter. Und da es niemanden mehr gab, der das Gemetzel hätte abblasen können, würde die Gute Führung einfach dranbleiben wie die Finger von Phibbs linker Hand, die immer noch zuckten.

Aber dann entdeckte ich Jawsone Atwater nur etwa zwanzig Meter von mir entfernt am Fuß des Tempels.

Ich hätte nicht rennen sollen. Aber vielleicht witterte ich irgendwas, einen Tunnel der glücklichen Fügung, einen Negativ-Wirbel, einen Transekt in Zeit und Raum, in den die Kugeln nicht eindringen würden, wie die Linie, die man durch die Abwesenheiten in einem Stapel geheimer Akten ziehen kann. Wahnsinn eigentlich. Kein bisschen besser als diese Templer. Aber ich rannte und wurde nicht getroffen. Stattdessen attackierte ich Atwater von der Seite hart genug, dass ihm sein Gewehr aus den Händen fiel und er im Schlamm landete.

Ich kniete auf ihm und richtete meine Browning zwischen sein Auge und seine Augenklappe. »Zonulet?«, fragte er. »Was zur Hölle machen Sie denn hier?« Wir hatten uns fast ein Jahrzehnt lang nicht gesehen.

Mit meiner freien Hand fand ich sein Halfter, zog seine Waffe heraus und warf sie hinter mich. »Befehlen Sie Ihren Männern, das Feuer einzustellen und sich zurückzuziehen. Sie tun verdammt noch mal besser, was ich sage. Der Letzte, der sich verweigert hat, ist jetzt tot.« Ein wenig irreführend, entsprach aber den Tatsachen.

»Für wen arbeiten Sie heutzutage? Diese Typen in Tropenuniform?«

Auf der anderen Seite des Tempels war eine Explosion zu hören. »Verdammt, ihr werft Granaten?«, fragte ich. »Haben Sie eine Ahnung, wie viele Zivilisten auf diesen Stufen leben?« Aber ich wusste, dass es keinen Sinn hatte, an Atwaters Moral zu appellieren. Ganz im Gegenteil. Für Atwater waren Gräben voller Leichen wie Silos voller Korn, eine Ernte, die die Zukunft sicherte. Er lebte für Todesopfer. Also rammte ich stattdessen den Lauf meiner Pistole in sein gutes Auge, aber nicht fest genug, um seine Hornhaut platzen zu lassen. »Beenden Sie das, oder ich stelle Ihre Symmetrie wieder her, Sie verdammter tollwütiger Zwerg.«

Etwas landete hinter mir. Ich blickte mich um und sah eine menschliche Hand, am Gelenk verkohlt. In diesem Augenblick spürte ich, dass etwas in meinen Körper eindrang. Ich sah nach unten. Atwater hatte mir ein Messer bis zum Anschlag in die Flanke gerammt. 18 Zentimeter plus/minus.

Während ich diese Überraschung noch bestaunte, riss er seinen Kopf unter meiner Pistole weg und schüttelte mich ab. Ich kippte zur Seite. Er stand auf, trat auf mein Handgelenk, damit ich meine Pistole losließ, hob sie auf und zielte damit auf mich. »Ich kenne Sie schon sehr lange, Zonulet, und glauben Sie mir, es ist mir kein Vergnügen, wie soll ich sag–«

Ein menschengroßes Objekt machte ihn platt.

Nicht ein menschengroßes Objekt, sondern tatsächlich ein Mann. Ein richtiger Mann war vom Himmel gefallen, ein braunhäutiger, von einem Speer durchbohrter Soldat. Und Atwater war nicht wirklich platt, aber er lag unter dem Mann, und keiner von beiden bewegte sich. Ich blickte wieder zu der abgetrennten Hand und dann zum Tempel hinauf, aber aus diesem Winkel konnte ich gegen die blendende Sonne nichts an der Spitze erkennen. »Die Wunder sind mit der allgemeinen Ordnung übereinstimmend«, schrieb Leibniz in seiner *Metaphysischen Abhandlung,* obwohl sie »durch die Überlegung eines geschaffenen Geistes, wie aufgeklärt er auch sein mag, nicht vorhergesehen werden können.«

Das Messer in mir glühte. Ich zog es nicht heraus, denn das würde nur mein Herzblut entkorken. Stattdessen begann ich zur Baumlinie zu kriechen. Ich dachte nicht an Deckung, sondern nur daran, dass es eine letzte Möglichkeit gab, das alles hier zu beenden – eine abseitige Möglichkeit, beinah grotesk, aber mir blieb nichts anderes übrig. In der Nähe hörte ich eine Frau schreien. Sie lag im Sterben, oder ihr Kind lag im Sterben, beides war möglich.

Als ich ein Jahr zuvor gerade von dem Argyrophag wieder runterkam, war ich vom Tempelinneren bis zur Schwelle von Wilsons

Konsulat gesteppt, ohne ganz aufzuwachen. Jetzt versuchte ich, mich allein durch Willenskraft wieder in denselben Zustand zu versetzen, nur für eine Weile. Es war nicht einfach. Das Universum kreiste um meinen Körper, und mein Körper kreiste um das Messer. Mit jeder Bewegung machte ich die Verletzung schlimmer, drehte die Klinge in meinen Eingeweiden. Es war nicht wirklich eine yogische Angelegenheit. Aber ich wusste im Prinzip, dass ich imstande war, das Kommando an meine zwanzig Jahre lang sorgfältig geschärften Instinkte abzugeben, anstatt es bei meinem wimmernden, ablenkbaren Bewusstsein zu belassen, dass ich imstande war, der Hai in der Tiefe zu werden statt der »besondere Lärm einer jeden Welle« an der Oberfläche. Während ich mich zwischen den Hütten hindurchschlängelte, verfiel ich in eine dynamische Trance, in der ich nicht mehr jede Handlung erzwingen oder mich bei jedem Reiz krümmen musste.

Erst als ich den Schatten des Waldes erreichte, war die Dynamik am Ende, denn meine Trance wurde von einem bewussten Gedanken entweiht. Jetzt, da ich ein paar große Bäume zwischen das Feuergefecht und mich gebracht hatte, war es eindeutig am klügsten, mich auszuruhen, meine Wunde zu halten und darauf zu warten, dass jemand von der Guten Führung auftauchte und mir half.

Aber ich hatte noch keine Abwanderung vom Tempel beobachtet. Was bedeutete, dass diese Schwachköpfe immer noch dort waren, stur bis in den Tod. Das alles war nicht Teil des Plans. Sie hätten nicht sterben sollen. Es hätte nicht zu einem Kampf kommen sollen. Es war nicht geplant, dass wir bei unserer Ankunft am Tempel unsere Expedition auf der anderen Seite gespiegelt sehen würden – genauso schlechtes Timing wie vor zwanzig Jahren, als alles begonnen hatte. Ich musste irgendeine Art von Kontrolle über die Ereignisse erlangen. Also hievte ich mich auf die Beine und versenkte mich wieder in Trance, sodass ich tiefer in den Dschungel vordringen konnte, auf dem Pfad, den wir heute Morgen mit unseren Macheten geschlagen hatten.

Die Natur war hier draußen so habgierig, dass ich fast damit rechnete, sie hätte den Eisenbahnwaggon und den Lastenhubschrauber in verrostete, zugewucherte Mikro-Habitate verwandelt. Aber tatsächlich schreckte ich nur einen einzigen topazfarbenen Kolibri auf, als ich in den Waggon taumelte. Die viele Bewegung hatte das Siegel um das Messer bersten lassen, und mein Hemd war auf dieser Seite mittlerweile blutgetränkt. Einen Augenblick lang wurden meine Beine schwach, und ich verstreute die Bonbons gegen Flugkrankheit auf dem Parkettboden, als ich mich an der Anrichte abstützte. Fast da.

Ich drückte die Klinke in der Holzabtrennung, aber die Tür war natürlich verschlossen. Als ich mein Ohr dagegenpresste, hörte ich noch immer dieses Generator-Summen. Mir blieb kaum mehr Kraft. Einmal, zweimal, dreimal schlug ich mit der Faust an die Tür. Jeder Schlag erschütterte meinen gesamten Körper, aber die Tür so gut wie gar nicht.

»Mr. Coehorn?«, rief ich an die Tür gelehnt. »Sind Sie da drin?«

Elias Coehorn sen. musste jetzt sechsundachtzig sein. Sein Ableben war nicht bekannt gegeben worden, aber die Tradition von Geheimhaltung, Contenance und Distanz auf höchster Ebene bei der Eastern Aggregate hätte womöglich auch eine Todesanzeige als nicht erwünschte Publicity eingestuft. Doch selbst wenn er noch am Leben war und bei klarem Verstand, war es fast absurd, sich den alten Herrscher vorzustellen, wie er mit uns in den Tropen schwitzte. Die Welt kam zu Elias Coehorn sen. (mit seiner Erlaubnis), nicht andersrum; so war es schon seit Jahrzehnten.

Doch seit Colby Droulhiole und ich Phibbs auf dem Flugplatz getroffen hatten, war es ganz offensichtlich gewesen, dass er uns etwas vorenthielt. Die Operation hatte einen Schattenzusatz, einen gewichtigen Überschuss an Aktivität und Material, und all das war in Stunde null in der abgetrennten Hälfte des Eisenbahnwaggons konvergiert. War es möglich, dass Elias Coehorn sen. persönlich gekommen war, um seinen verlorenen Sohn zu holen? Dass er nur ein paar Meter entfernt in einem elektrischen Schoß aus Klimaanlage, Luftentfeuchter und lebenserhaltenden Maschinen ruhte?

»Mr. Coehorn, wenn Sie da drin sind … am Tempel ist eine Schießerei ausgebrochen. Es gab schon viele Tote, auch Phibbs. Ich weiß nicht, wo Ihr Sohn ist, aber je länger es dauert, umso schlechter die Chancen.« Was für eine Tragödie für Coehorn jr., dachte ich, dass er der langverdienten Abrechnung mit seinem Vater so nah gekommen war und es nun doch nicht dazu kommen würde. »Irgendjemand muss den Gute-Führung-Leuten den Rückzug befehlen, aber Kommandos nehmen sie nur von Vorgesetzten an. Mr. Coehorn, wenn Sie mich hören … Können Sie irgendetwas tun? Gibt es irgendetwas …«

Ich wurde ohnmächtig.

—

Was außer Trimble kaum jemand über das Massaker am Owl's Head Pier wusste – man hatte ihm 1937 gesagt, dass man ihm das Maul mit seinen eigenen »fettigen Nüsse« stopfen werde, wenn auch nur die leiseste Spur davon im *Mirror* auftauchte –, war, dass die Polizei die Anführer zweier verfeindeter Verbrechersyndikate mit einem Trick in fraglicher Nacht zur gleichen Zeit dorthin gelockt hatte. Beide nervösen Parteien gingen mitsamt Gefolge davon aus, dass sie mit einem türkischen Waffenhändler über den Kauf eines kleinen U-Boots der Navy verhandeln würden. Nach einem wilden Maschinenpistolenfeuer war die Anzahl der New Yorker Gangster deutlich dezimiert. Gleiches galt allerdings auch für die Anzahl der eleganten Nachtschwärmer, die von Bord der *Golden Goglin* auf den Pier strömten, nachdem ein Brand im Maschinenraum die Vergnügungsfahrt notfallmäßig beendet hatte. Weshalb die Polizei im Nachhinein ganz schön belämmert dastand angesichts ihres Gambits.

Dieses Ereignis hatte Trimble zu seinem neuesten Streich inspiriert. Das Massaker kam ihm direkt in den Sinn, als er sah, wie Colby Droulhiole Burlingame warnte, dass sich eine Truppe der Eastern Aggregate den Tempel holen wolle. Wenn er diese Neuigkeiten schnell genug an Atwater weitergab, wäre der in voller

Mannschaftsstärke da, bevor die Neuankömmlinge die Chance hatten, sich am Tempel breitzumachen. Die folgende Auseinandersetzung würde wohl nicht bei erhobenen Stimmen haltmachen. Und vielleicht würden sich ganz nebenbei ein paar von Trimbles alten Bekanntschaften endlich abholen, was sie verdient hatten.

Er hatte nicht vorgehabt, dabei zuzusehen. Wenn der Tempel in Reichweite seines Opernglases war, war Trimble in Reichweite einer Kugel. Besser am nächsten Tag vorbeispazieren und schauen, was von den beiden Lagern noch übrig war. Er hatte von Atwater Dankbarkeit für den Hinweis erwartet – und dankbar war er auch, sicher, aber nicht so dankbar, dass er etwa gefragt hätte: »Was kann ich tun, um Sie dafür zu entlohnen?« Stattdessen hatte er sich etwas unhöflich verhalten, indem er Trimble mit vorgehaltener Waffe zum Mitkommen zwang, was für Trimble ganz und gar nicht praktisch war. Also hielt Trimble bei dem Marsch durch den Dschungel beide Augen nach einer Fluchtmöglichkeit offen. Und nachdem die Schießerei begonnen hatte, sogar noch mehr. Das Dumme war nur, dass Atwater seinen Soldaten den Befehl gegeben hatte: »Wenn ihr ihn fliehen seht, macht euch nicht die Mühe, ihn zu warnen. Einfach abschießen wie einen Hund.«

Aber dann beorderte Atwater fünf Männer auf die Spitze des Tempels, sodass sie von oben aus dem Hinterhalt auf den Feind schießen und mit dem Pfeifcode, den sie zur Verständigung im Dschungel benutzten, nach unten Meldung machen konnten. Und Trimble bot sich dafür als Freiwilliger an.

Nein, er hätte heute nicht dabei sein wollen; aber wenn er schon mal da war, ließ er sich die Gelegenheit nicht entgehen, von den besten Plätzen aus dabei zuzusehen, wie seine ehemaligen Kumpel einer nach dem anderen die Folgen für ihr schäbiges Betragen ihm gegenüber zu spüren bekamen. Es wurde verdammt viel geschossen, aber obwohl ihm die ersten paar Schüsse den Atem verschlugen, seine Hände erzittern und seine Ohren hatten klingeln lassen, störte ihn der Lärm bald nicht mehr. Es war die musikalische Untermalung seines Streichs, der jetzt perfekt aufging.

Die fünf Männer, zwei Pozkito und drei jüngere Guyaner, stürmten die Treppen hinauf. Trimble hatte Mühe mitzuhalten. Viele der Angelenos waren nach unten gegangen, um sich dem Kampf anzuschließen, andere waren immer noch in ihren Hütten, weshalb sich die Soldaten bei ihrem Aufstieg immer wieder umwandten, jede Richtung mit ihren Kampfgewehren absicherten und auf jeden feuerten, der auch nur die Hand nach einem Bogen oder Speer ausstreckte. Sie kletterten so schnell, dass sie schon oben waren, ehe irgendeine Art Verteidigung organisiert werden konnte. Ein hübsches Dienstzeugnis für Atwaters Trainingslager.

Burlingame stand allein auf der obersten Terrasse, das Megafon lag zu ihren Füßen.

Für die Soldaten war sie nur eine unbewaffnete Frau, also bedeuteten sie ihr, zur Seite zu gehen. Aber Burlingame stand bloß da und starrte Trimble an. Vom Aufstieg noch außer Atem sah er eine Reihe von Regungen auf ihrem Gesicht: Schock als Allererstes, was verständlich war, denn sie hatten sich seit elf Jahren nicht gesehen, und sie erfuhr gerade erst, dass er nie weit weg gewesen war – dann eine Art Erkenntnis mithilfe ihrer guten alten weiblichen Intuition. »Natürlich hattest du deine Finger im Spiel«, sagte sie. »Du hast das hier gewollt.« Und er grinste sie an. Es folgten weitere Erkenntnisse, die fast übermächtig waren, als würde Burlingame ganz plötzlich spüren, wie sich in ihrem Inneren etwas Großes, Pelziges mit sechs Beinen regte – »Gracie …«, sagte sie, obwohl sie nun einer der Guyaner auf den Boden drückte, »Gracie wäre nie einfach gegangen, wenn du nicht etwas damit zu tun gehabt hättest …« Und dann zeigte sich schließlich ein Ausdruck auf ihrem Gesicht, der deutlich erkennen ließ, dass sie das nicht sportlich nehmen würde, ein Gesichtsausdruck, der ihm, um ehrlich zu sein, einen Schauer über den Rücken jagte, wie es bei all den Streichen in seinem Leben noch nie geschehen war. Zu seinem Glück lag sie am Boden und war völlig machtlos.

Nur dass die Soldaten nicht mehr ganz so gefasst wirkten. Als er sich umdrehte, sah Trimble, dass jetzt etliche Angelenos die Stufen heraufstürmten, mindestens zwanzig, jedenfalls so viele, dass man selbst mit einem Gewehr nicht mehr unbedingt alle schnell genug erschießen konnte, ehe sie einen in Stücke rissen – wozu sie wild entschlossen schienen. »Ihr habt die Königin, Jungs«, warnte er, »und jetzt kommen euch die Ameisen holen.« Er erwartete, dass die Soldaten in die Menge schießen würden, um sie abzuschrecken.

Stattdessen nahm einer von ihnen eine Handgranate aus seinem Gürtel, zog den Stift und warf sie die Treppe hinunter.

Während sie noch rollte, sprang Rick Halloran auf sie drauf.

Die meisten anderen hätten eine Ananas-Granate nicht von einer echten Ananas unterscheiden können. Aber Halloran hatte im Großen Krieg in Deutschland gedient, nachdem er sich älter gemacht hatte. Dieses biographische Detail fiel Trimble genau in dem Augenblick wieder ein, als der Regieassistent in tausend Teile explodierte.

Nur einen Augenblick lang stockte die Meute vor Staunen. Aber dann stürmte sie die Stufen noch schneller nach oben. Die Angelenos wurden mit Hallorans Blut bespritzt und hatten die Münder offen, als würden sie schreien, aber nach dem Knall hörte Trimble gar nichts mehr. Er suchte hinter den Soldaten Schutz. Doch als sie jetzt Schuss um Schuss abfeuerten, wirkten ihre Bewegungen verzweifelt. Sie wurden unsicher. Genau wie Trimble.

Dann traf ein Speer einen der Soldaten mit solcher Wucht an der Schulter, dass er sich um die eigene Achse drehte und über den Rand des Tempels fiel.

Burlingame war nun unbewacht und zog einem anderen Soldaten das Megafon über den Schädel, und er ließ sein Gewehr fallen. Sie sah aus, als wollte sie sich auf Trimble stürzen, und es gab keinen Ausweg.

Über die gesamte Länge der Stufen erstreckte sich bis nach unten die hölzerne Transportrampe, die Rusk 1939 gebaut hatte und die seither täglich in Gebrauch war. Trimble warf sich auf die Rampe, als wäre sie die längste Rutsche von Coney Island.

Kopfüber rutschte er am Mob vorbei – schnell – zu schnell – und nicht nur zu schnell, sondern auch zu schief, denn er rutschte diagonal auf den Rand zu und würde in ein paar Sekunden über die Tempelwand segeln. Also warf er sich in die andere Richtung, doch zu stark, sodass er genau an der Stelle von der Rampe rollte, wo die Granate gerade Hackfleisch aus Halloran gemacht hatte.

Er hatte einen Bogen um die Meute geschlagen. Aber ein paar der Angelenos hatten sich mit erhobenen Speeren umgedreht, und er war sich nicht sicher, ob er sich würde aufrappeln und losrennen können, ehe er harpuniert wurde. Da sah er neben sich einen dreißig Zentimeter breiten Riss in den Stufen. Die Granate hatte den Kalkstein durchschlagen. Er ließ sich seitlich in den Riss gleiten.

Und dann rutschte er wieder. Der Tempel schien viel mehr einem Dachsbau zu gleichen, als ihnen je klar gewesen war, denn diese Rutschbahn war nicht ansatzweise in der Nähe des Gangs, in dem Calix die Silberrüstung gefunden und Whelt »die Götter getroffen« hatte; sie brachte ihn tief ins Innere der Ruine. Als seine Hüfte gegen eine Wand krachte und er den Boden erreicht zu haben hoffte, war es nur eine scharfe Kurve, und er fiel in die andere Richtung, jetzt in totaler Finsternis. Er versuchte sich zu bremsen, aber der Kalkstein war zu glatt unter seinen Händen. Wenn die Transportrampe der Bowery Slide auf Coney Island ähnelte, dann glich dies hier eher der Down & Out Tube, die bekannt dafür war, dass sie Kinder zum Weinen brachte.

Schließlich wurde die Neigung flacher, und er kam lediglich etwas angeschlagen zum Stillstand. Nach Atem ringend verfluchte er die Maya. Aber was seine Lungen füllte, war samtiger als Luft. In seinem Mund war ein Geschmack nach Boden und Abgasen. Und dann konnte er wieder sehen, aber nicht mit den Augen.

Was er als Erstes sieht, ist sein eigener Tod durch einen Herzinfarkt, der ein paar Minuten später folgen wird, weil das Nervensystem eines Menschen so etwas nicht lange aushält. Sein Körper versteift sich, seine Haut wird blau, seine Spermien sterben ab wie Hunde in einem Kellerverschlag. In dieser feuchten Luft dauert es keine drei Wochen, bis er zu einem Skelett geworden ist. Sein Skelett wird erst entdeckt, als etwa ein Jahr später der Tempel doch noch komplett abgebaut wird. Doch die Arbeiter unterscheiden diese jungen Knochen nicht von den Dutzenden von Maya-Knochen, die hier überall herumliegen.

Trimble sieht das alles, und es ist so ein Jammer. Was für eine Verschwendung. Er hätte sich keinen schlechteren Zeitpunkt zum Sterben aussuchen können. Denn endlich hat er, was er immer wollte – er sieht alles.

Er sieht alles, was je an dieser Tempelstätte passiert ist, und alles, was je passieren wird. Er sieht, dass der Bau fast ein Jahr lang unterbrochen wird, nachdem man dem Architekten vorgeworfen hat, dass er sich mit den Feinden von Lord Kak Tiliw Chan Chaak verbündet habe, er zu Tode gefoltert und kein qualifizierter Ersatz gefunden wurde. Er sieht oben ein Flugzeug passieren, das den Wald mit stark gebündelten Lichtstrahlen absucht, um die Umrisse der kleinen Stadt aufzuspüren, die einst den Tempel umgeben hat. Er sieht Professor Sidney Bridewall, wie er beim ersten Anblick der Tempelruine ein Freudenlied anstimmt. Er sieht einen zweieinhalb Meter großen Salamander mit verdorbenem Magen, der halbverdaute Stücke einer ähnlich großen Monsterraupe auswürgt. Er sieht eine Dokumentarfilmerin, die ihrem Mann in Lissabon schwört, dass sie das ganze geliehene Geld wird zurückzahlen können, obwohl sie in ihrem tiefsten Inneren den Glauben daran verloren hat, dass der verteufelte Dreh von *Herzen in der Finsternis* mehr als ein Mythos ist.

Und natürlich sieht er alles, was in den zwei Lagern passiert ist. Er sieht Dinge, von denen er selbst nichts wusste, als er sich auf dem Höhepunkt seiner Macht befand und es schien, dass man nicht mal nachts etwas in sein Kissen murmeln konnte, ohne dass er es rauskriegte. Er sieht Knüller, heißen Scheiß, Tausende von Titelseiten für den *Pozkito Enquirer*, die ihm entgangen sind. Er würde sich am liebsten in den Hintern treten, als er das alles sieht.

Aber er ist auch glücklich, glücklicher als je zuvor, weil er so viel weiß. Er sieht auch New York, alles, was er immer wissen wollte, jede Sünde, jede Bestechung und jeden Mord, von jeder »äußerst verschlossenen Person«, jedes Geheimnis, über das jemand gedacht hat: »Gott sei Dank nehme ich das mit ins Grab.« Er sieht Arnold Spindlers Affäre mit Ada Coehorn und Elias Coehorn seniors Vergewaltigung von Arnold Spindlers Frau, er sieht die zwei Söhne, den Bastard und den Kuckuck. Wenn er dieses Zeug doch nur in der Klatschspalte vom *Evening Mirror* hätte bringen können. Was für eine Geschichte.

Aber zum ersten Mal wird Trimble klar, dass es ihm tief in seinem Inneren vielleicht nie um Tinte auf Papier ging, zumindest nicht um ihrer selbst willen – dass Zeitungen vielleicht nur ein nützlicher Türöffner waren, wenn er auf Schmusekurs mit seinen Quellen ging, die kooperativen belohnte und den Rest abstrafte, damit er mehr herausfinden, mehr wissen konnte, wissen, was andere nicht wussten, was doch letzten Endes alles ist, worum es geht, sogar wichtiger als Rache. Vielleicht bleiben ihm nur noch ein paar Minuten, aber es ist doch nicht so schlimm, es ist keine Verschwendung, denn irgendwie ist trotzdem genügend Zeit für den ganzen Klatsch des Universums, jetzt und für immerdar. Er ist im Paradies.

—

Ich will nicht mehr weiterschreiben. Aber Vansaska zwingt mich. Sie sagt, es sei ein schrecklicher Zeitpunkt zum Aufhören, sowohl für meine Hauptpersonen – gefangen in ihrem »spannenden Intervall der Schwerelosigkeit oder des Schwebens« – wie auch für mich selbst. Sie sagt, mein Eindruck, dass dieser Tag das Ende der Geschichte, das Ende der Welt sei, habe mich veranlasst, mich von der Zukunft abzuwenden. Aber es war tatsächlich das Ende, zumindest in dreierlei Hinsicht. Große Stahlgitter fielen krachend herab, und ich stand auf der einen Seite und der Tempel auf der anderen.

Erstens: Der Pilz bringt mich nicht weiter. Als ich an meinem Schreibtisch saß und an dem Streifen versilberter Zellulose leckte, sah ich alles, was zwischen meinem ersten und meinem zweiten Besuch beim Tempel stattgefunden hat. Aber von allem, was danach geschah, sah ich nur sehr wenig. Ich weiß nicht, was mit diesen Leuten nach November 1957 geschehen ist. Der Film schmilzt in einem verstopften Projektor.

Zweitens: Der Tempel ist auf grundsätzlicher Ebene unerreichbar geworden. In meinem gegenwärtigen Gesundheitszustand wäre eine lange Reise durch den Dschungel ein Todesmarsch, und leider habe ich mir kein Luftschiff der CIA mit nach Hause genommen, so wie manche Typen in Rente immer noch an ihrer Dienstwaffe festhalten. Außerdem kann ich aus der Ferne keine Strippen ziehen. Einst träumte ich davon, an den Schicksalen von unabhängigen Nationen herumzubasteln, aber jetzt übersteigen selbst ein paar Morgen Land mitten im Nirgendwo meine Kraft. Verglichen mit dem alten Zonulet bin ich fünffach amputiert – Hände, Füße, Schwanz –, und das wusste ich im selben Augenblick, als ich in Panama in einem Krankenhausbett aufgewacht bin. Die sauberen Laken und weißen Wände und die Erniedrigung kränkten meine Sinne, weil sie mir sagten, dass es vorbei war.

Etwa eine Woche war vergangen, seit ich in dem Eisenbahnwaggon ohnmächtig geworden war. Ich kriegte nie raus, wer mich dort fand und mir das Leben rettete, aber ich schätze, es muss einer der überlebenden Männer von der Guten Führung gewesen sein. In der Zwischenzeit war jemand von Atwaters Lager mit einer Antenne auf einen Baum geklettert, um einen Schlachtbericht an die CIA-Station in Tegucigalpa zu funken. Der Bericht wurde nach Washington weitergeleitet, wo er für einiges Entsetzen sorgte. Helikopter wurden von der Howard Air Force Base am Südende des Panamakanals ausgesendet, und in dieser Nacht wurde ich evakuiert.

Der Aufräumtrupp schwoll an, bis er mindestens doppelt so groß war wie *Herzen in der Finsternis*, koordiniert von Sektion 9 und versorgt vom Außenministerium. Atwaters Lager wurde dem Erdboden gleichgemacht. Die Leichen am Tempel wurden in gummibeschichtete Stoffbeutel verpackt. Das Filmmaterial wurde in Halorit

1219 getränkt und nach Virginia geschickt. Aber damals wusste ich nichts von alledem, denn wie sehr ich die Krankenschwestern auch anflehte, mir ein Telefon zu bringen, damit mir jemand sagen konnte, was passiert war, sie folgten brav ihren Anweisungen, mich komplett zu isolieren. Ich konnte noch nicht mal aus meinem Bett kriechen, weil meine Stiche zu sehr schmerzten. Das war der Beginn meines Nachlebens.

Das sind die ersten beiden Gründe, um diesen Tag im November als unumstößliches Ende zu betrachten. Und der dritte ist, wie ich Vansaska erklärt habe, dass es moralisch gesehen widerwärtig wäre, diese Stätte jemals wieder zu betreten. »Sie sind meinetwegen gestorben, und ich spaziere über ihre Gräber. Eine Rückkehr wäre eine Beleidigung.«

»Sie sind nicht deinetwegen gestorben«, sagte sie.

»Doch. Ich wollte diese Rüstung so sehr, dass ich mit zwanzig bewaffneten Männern am Tempel aufgetaucht bin und mir dabei völlig egal war, wohin es führen würde.«

Sie wollte etwas entgegnen, aber ich ließ sie nicht zu Wort kommen. »Letztes Jahr saß ich in meiner Wohnung und hörte Radio, während Kuba an Castro fiel. Kuba. Mein Kuba. Weißt du, wie sich das angefühlt hat? Meine Arbeit von Jahrzehnten war plötzlich nur noch ein schlechter Witz. Das war echtes Harakiri-Material. Du könntest dir die Lebensgeschichten von hundert Männern nacheinander anhören und würdest kein einziges ähnlich beschämendes Pflichtversäumnis zu hören bekommen. Aber das war nichts – absolut gar nichts –, verglichen mit dem, was ich am Tempel angerichtet habe.«

»Du wolltest nie, dass jemand stirbt. Trimble schon. Ohne ihn wäre das alles nicht passiert. Er war derjenige, der geschoben und geschoben und geschoben hat, bis alles in den Abgrund stürzte. Das geht ziemlich eindeutig aus deinen ›Memoiren‹ hervor.«

»Aber ich bin auch an Trimbles Macht schuld«, erwiderte ich. »Ich habe ihn unterstützt. Dafür gesorgt, dass er stark bleibt. Ich habe ihm diese Bilder besorgt. Alles fällt auf mich zurück.«

»Du hast versucht, es aufzuhalten.«

»Und ich habe es nicht geschafft. Weil ich eine Situation geschaffen hatte, die niemand aufhalten konnte. Vansaska, ich weiß, du willst nur nett zu mir sein, aber das macht es kein bisschen besser, klar? Du kannst die Fakten darstellen, wie du willst, aber wenn du in der Zeitung über irgendeinen Typen lesen würdest, der getan hat, was ich getan habe, ohne ihn persönlich zu kennen – dann würdest du ihn für den letzten Abschaum halten. Diese Leute sind meinetwegen gestorben. Jeder Idiot wird kapieren, dass ich niemals, niemals dahin zurückkann.«

Und dennoch sprachen wir über eine Rückkehr.

In der letzten Zeit hatte das Pozkito-Hinterland ein paar Umwälzungen erfahren. Anfang 1958 erlitten die Bananenplantagen von United Fruit in Zentralamerika den katastrophalsten Ausbruch von weißem Sigatoka, den die Branche je erlebt hatte. Millionen von Bananenpflanzen fielen der Infektion zum Opfer, die ihre Blätter zu Asche welken ließ (eher grau als weiß eigentlich). Um das Defizit auszugleichen, musste das Unternehmen den Großteil des unbebauten Landes verkaufen, das es, in Erwartung der steigenden Nachfrage in den USA, billig in Honduras erworben hatte. Hauptabnehmer war der Holztycoon Wilfredo Nazar, ein enger Verbündeter des abgesetzten ehemaligen Präsidenten Juan Manuel Gálvez. Damit war es Nazar endlich möglich, seinen Anteil an den Wäldern im Nordosten zusammenzulegen, und so machte er sich an den Bau der Eisenbahnlinie von den Kordilleren bis zum Río Patuca, was schon sein Plan gewesen war, seit er als Junge über dieses fruchtbare, aber »undurchdringliche« und daher unerforschte Territorium gelesen hatte. Er heuerte Hunderte von Arbeitern an, um die Strecke vorzubereiten (etliche davon höchstwahrscheinlich Veteranen aus dem Guerilla-Trainingslager). Zu guter Letzt wurde nun doch ohne große Zeremonie die andere Hälfte des Tempels abgebaut.

Doch Nazars monumentales Vorhaben, das so rasant begonnen hatte, war im Scheitern kein bisschen langsamer. Noch vor Ablauf eines Jahres stellte sich heraus, dass er sich finanziell völlig übernommen hatte. Er konnte keine Löhne mehr zahlen. Die Werkzeuge wurden niedergelegt, und die Arbeiter kehrten aus dem Dschungel mit Geschichten von Misswirtschaft, Krankheit und uralten verfluchten, unfällbaren Bäumen zurück. Andere dagegen blieben und bauten Nutzpflanzen auf den Flächen an, für deren Erschließung Nazar sie bezahlte hatte. Dieses Fiasko füllte immer noch die hinteren Seiten der Zeitungen, als Vansaska und ich in Tegucigalpa ankamen. Nazar behauptete, seine eigenen Buchhalter hätten ihn belogen. Seine Buchhalter behaupteten, er habe sie mit einer Bullenpeitsche verprügelt, wenn sie schlechte Nachrichten überbrachten.

Jedenfalls war das Ergebnis: Man konnte nun von dem Boot steigen, das einen zu dem entsprechenden Nebenfluss des Río Patuca beim Betondamm unterhalb der Hügel gebracht hatte, von einem Bauern einen Esel mieten und den Rest des Weges auf einer Art Pfad zur Tempelstätte reiten, ohne dass man ernsthaft befürchten musste, aus dem Hinterhalt von Pozkito angegriffen zu werden, die keine Söldner mehr in der Nachbarschaft ausbildeten. Die Gegend hatte sich wirklich verändert.

Wir saßen einmal mehr vor der Cantina mit der Eiterkatze, als Vansaska sagte: »Ich will zum Tempel. Wir sind schon so weit gekommen. Warum nicht?«

Ich sagte ihr genau, warum. Ich begann mit den praktischen Gründen: meine schwächliche Verfassung, ihre Unerfahrenheit, »Bessere Männer als du und ich sind nicht lebendig von dort zurückgekehrt« etc. Das Problem war nur, dass Nazars Arbeiter den Zugang erleichtert hatten. Dann fuhr ich mit den juristischen Gründen fort. Wie musste es auf das Tribunal wirken, wenn ich nicht nur den Staat Virginia verließ, sondern sogar an den Tatort zurückkehrte? Vansaska wusste allerdings, dass mir das Tribunal mittlerweile egal war. Also versteifte ich mich auf die moralischen Gründe. Ziemlich unbekanntes Terrain für mich, auf dem man mich nur als Amateur bezeichnen konnte, als hätte ich erst spät im Leben mit dem Klavierspielen begonnen. Doch die moralischen Gründe erfüllten ihren Zweck.

»Ich stimme dir nicht zu«, sagte sie. »Aber es ist nicht an mir, das abzulehnen. Ich hoffe nur, du erinnerst dich noch, dass unsere Rollen vertauscht waren. Dass du versucht hast, mich von einer Kur zu überzeugen. In den Dschungel zu reisen, die Luft zu atmen, das Wasser zu trinken, neuen Antrieb zu bekommen. Aber ich war zu kaputt, um auf dich zu hören.«

»Ich erinnere mich.«

Es war an der Zeit, San Esteban zu verlassen. Obwohl mich eine tiefe Nostalgie überkam angesichts der glücklichen Tage, die ich in dieser wunderbaren Burg verbracht hatte, sodass ich mich quasi unter Tränen losreißen musste – unsere Angelegenheiten hier waren erledigt. Wir gingen zurück zum Le Sphinx, um uns von Wilson zu verabschieden, und Vansaska sagte: »Wenn du nicht an die Maya-Götter glaubst, glaubst du auch nicht an das Diagramm.«

»Nein.«

»Du glaubst nicht, dass das Diagramm die Falle war. Die Falle, in die Whelt, Coehorn, du, ich und alle anderen getappt sind. Die uns all die Jahre gefangen hielt.«

»Ich gehöre nicht auf diese Liste«, sagte ich. »Ich hatte vor 1956 noch nie von dem Ort gehört.« Ich war in einem Kreislauf gefangen, bei dem man sich den Schweiß von den Augen wischt und es damit jedes Mal nur schlimmer macht.

»Doch, hast du. 1938 in Bevs Büro. Und Trimble war auch da. In den folgenden achtzehn Jahren hast du es bis nach Havanna geschafft. Nur ein paar Hundert Meilen daneben.«

»Hör mal –«

Vansaska winkte ab. »Schon gut, schon gut. Du hast den Tempel erst 1956 bewusst wahrgenommen. Aber ab 1956 warst du genauso gefesselt davon wie wir anderen auch. Warum? Warum hatte er diese Macht? Warum waren wir so gefügig? Der Tempel hat uns nichts als Wahnsinn gebracht. Warum haben wir nicht versucht zu fliehen? Nichts hielt uns zurück. Wenn das Diagramm nicht unseren Willen Richtung Tempel gebeugt hat, warum haben wir uns dann so wenig Mühe gegeben, davon loszukommen?«

»Vielleicht war Wahnsinn genau das, was wir wollten«, sagte ich. »Wir haben uns unser ganzes Leben lang danach gesehnt, der Tempel hat ihn uns gegeben, und dafür liebten wir ihn.« Ich blieb stehen. Vansaska schoss an mir vorbei, ehe auch sie stehen blieb und sich zu mir umwandte. Wir wurden von einer Frau beobachtet, die Schildkröten zum Kochen ausbluten ließ; sie hängte sie an Nägeln an einem unfertigen Haus auf. Sie schaukelten im Wind wie die Anführer eines vereitelten Reptiliencoups.

»Was ist?«, fragte Vansaska.

Beim Sprechen war mir eine Erkenntnis gekommen, die mir zwar nicht gefiel, die aber unumgänglich war. In der Rangliste möglicher Vergehen, Fehlschläge und Fahrlässigkeiten hatte sich ein neuestes, größtes Übel herauskristallisiert. Wenn mich meine verfehlten Verpflichtungen wie einen Königsmörder vierteilen sollten, hatte ein Pferd eindeutig die Nase vorn. Ich seufzte. »Du musst es selbst sehen, Süße. Nach allem, was passiert ist, musst du es sehen. Es ist nicht mehr da, aber ich glaube, wenn du an der richtigen Stelle stehst, wirst du es trotzdem sehen. Wir fahren. Ich bringe dich hin.«

»Vor ein paar Minuten hast du noch geredet, als wäre es ein Verbrechen, zum Tempel zurückzugehen.«

»Ja. Das ist es auch. Für mich. Ein widerliches Verbrechen. Aber ich werde dich nicht nach Hause schicken, ohne dass du den Tempel gesehen hast, nur damit ich mir vormachen kann, ich hätte eine saubere Weste. So egoistisch bin ich nicht.«

Also gingen wir zum Fluss.

Wir mieteten ein Dieselboot, das ging genauso, wie einen Laster zu mieten, man bekam es mit einem Kapitän, der den Weg besser kannte als ich. Wir brachen Richtung Nordosten auf, mit genug Benzin und Vorräten für eine Rundfahrt zum Tempel, die nach meiner Schätzung zehn bis zwölf Tage dauern würde. Ich verspürte keinerlei Aufregung angesichts der Rückkehr in den Dschungel, aber Vansaska sah das alles zum ersten Mal: Die Dörfer, die wie Amphibien im Seichtwasser lagen, wo der Großteil des Lebens stattfand, das Fischen, Waschen und Reinigen; Häuser wie bunte Farbblitze, bedruckte Kaliko-Kleider, ein spektakulärer Haufen von Cashew-Äpfeln oder ein aus einem alten Karton gerissenes und an die Wand geklebtes Coca-Cola-Logo; dazu gehörte auch der Verkehr auf diesem großen Boulevard – Kanus, Alligatoren, Sotalia-Delfine und manchmal Pferde, die gezwungen wurden, von Ufer zu Ufer zu schwimmen; später dann keine Dörfer mehr, nur verlassene Grashütten und Tonöfen oder hin und wieder ein Goldschürfer-Häuschen hinter Maschendrahtzaun; später gar keine Hütten mehr, nur noch weißgesichtige Affen, die sich von Baum zu Baum schwangen und dem Boot folgten, Flamingos, die über ihren Nestern kauerten, und Kröten, groß wie Boxhandschuhe; Bäume, die fast vom Ufer zu rutschen schienen wie eine Menschenmenge, die sich an den Rand des U-Bahnsteigs drückt.

»Und? Wie gefällt dir der Dschungel?«, fragte ich am Morgen des zweiten Tages. Vansaska funkelte mich an, weil sie wusste, dass ich sie auf den Arm nahm: Die ersten anderthalb Stunden der Reise war sie eine begeisterte Touristin gewesen, hatte auf jede Neuheit am Ufer gezeigt, sich Notizen in ihr Tagebuch gemacht, aber schon bald war ihre Laune gesunken, und seither hatte sich ihre Reichweite auf den fragilen mikroklimatischen Ausschnitt zwischen Sonnenhut, Fächer und Moskitonetz verengt. Letzte Nacht hatte sie in dem Lager, das wir aufgeschlagen hatten, wegen der Geräusche in den Bäumen bis zur Dämmerung wach gelegen.

»Er gefällt mir nicht so gut, wie ich angenommen hatte«, antwortete sie schnippisch.

Zweimal entdeckte ich am Ufer Kalksteinblöcke – einer als Stegsäule, der andere lenkte einen Wasserfall um – und wusste, woher sie stammten, denn unter der Moosschicht konnte ich nicht nur Schnitzereien erkennen, sondern beim zweiten auch eine aufgemalte Seriennummer. Von den Maya-Städten über Nazars Bahnlinie, von Erlösungsfeld bis San Esteban – alle menschlichen Eingriffe in den Dschungel gerieten irgendwann ins Stocken, und die Wunden verheilten mit der Zeit; aber manchmal juckten die Splitter noch unter der Haut.

Nach sechs Tagen erreichten wir den letzten befahrbaren Abschnitt des Nebenflusses, ehe der Damm seinen Kurs veränderte. Wir banden das Boot fest und stiegen aus. Heutzutage leckte der Damm an verschiedenen Stellen, und das Bassin, in dem Whelt nach Steinsalz gegraben hatte, war mittlerweile ein Sumpf, aber ein paar Spiere des *Herzen in der Finsternis*-Dampfers ragten noch aus dem braunen Wasser hervor. Vansaska starrte sie ein paar Minuten lang an, ehe wir weitergingen. Von diesem Moment an kehrte ihre Kraft zurück. Sie war müde und schmutzig, hatte einen Sonnenbrand, war von den Insekten übel zugerichtet und hatte einen Ausschlag in ihrer linken Achsel, der vermutlich von einem Pilz stammte, aber es hätte genauso gut ihr Hochzeitstag sein können.

Unser Kapitän erkundigte sich bei einem Bauern, der in der Nähe Mais und Maniok anbaute, nach einem Esel. Wie angekündigt war einer verfügbar; ohne großes Interesse, als wäre es ein geschäftiger Nachmittag am Mietschalter und er spule mir die Standardvereinbarungen ab, zeigte der Bauer auf meine Uhr, die er nicht als Kaution, sondern als Tagessatz verlangte. Ich wollte verhandeln, aber Vansaska war einfach zu ungeduldig. »Wir gehen zu Fuß«, sagte sie.

»Ich weiß nicht, ob das eine so gute Idee ist.«

»Ich trage dich höchstpersönlich, wenn es sein muss.«

Wir ließen unseren Kapitän beim Bauern Kakao trinkend zurück und machten uns auf in den Wald Richtung Osten. Offenbar führte der Pfad, im Gegensatz zu den weitschweifigen Routen früher, direkt zur Tempelstätte und erwies sich als breit genug, sodass gar keine Machete nötig war, um einen Korridor freizuschlagen (dennoch musste man auf den Untergrund aufpassen, um nicht über einen Baumstamm oder eine Schlangenhöhle zu stolpern, weil der Weg mit Äxten freigehauen worden war und nicht mit einem Bulldozer). Hinten am Damm war der Boden von strahlendem Grün, aber hier wirkte er feucht, holprig und aromatisch, als wäre er mit einem gigantischen Stößel in die Erde gemahlen worden.

»Wenn all das hier vorbei ist, will ich an einem Ort leben, an dem ich mein ganzes Leben lang keinen einzigen Baum mehr sehen muss«, sagte ich. »So was wie eine Tundra. Keine Wüste – da wähnt man sich in Sicherheit, aber man weiß nie, wann man auf eine Oase stößt.«

Aber Vansaska hatte etwas anderes im Kopf. »Du weißt immer noch nicht, ob Elias Coehorn sen. in der anderen Hälfte des Eisenbahnwaggons war.«

»Nein.«

»Was, wenn er von Anfang an leer war?«

»Sie hätten sich nicht die Mühe gemacht, ihn so zu bauen, um ihn leer zu lassen.«

»Du wolltest die Rüstung mit zurücknehmen«, sagte sie. »Was, wenn auch Phibbs irgendetwas nach New York mitnehmen wollte? Mal abgesehen von Coehorn jr.«

»Zum Beispiel?«

»United Fruit hat sehr von dem Maya-Gott profitiert, mit dem sie in New York verhandelt haben. Es waren noch mehr von diesen Göttern im Tempel. Was, wenn Eastern Aggregate dachte, sie könnten –?«

»Keine Theorien mehr«, unterbrach ich sie.

»Was, wenn sie dachten, sie könnten zum Tempel reisen und noch einen von den –?«

»Ich habe gesagt, keine Theorien mehr! Es ist zu spät für noch mehr Theorien.«

Danach schwiegen wir eine Weile. Aber dann hörten wir über dem Sirren, Brummen, Keifen und Rülpsen des Waldes eine Jazz-Band.

Vansaska sah mich an. Wir beschleunigten unseren Schritt, bis wir fast schon den Pfad entlangrannten und ich meine Schwäche vergaß. Ich glaubte schon, wir würden an der Lichtung den Moment erleben, wie die beiden Expeditionen ankommen, der Tempel und seine Besatzer wiedergeboren wie die Welt nach Ragnarök, weil die

Ewigkeit, die sie dort verbrachten, nie ein eindeutiges Ende gefunden hatte …

Was wir stattdessen sahen, war sogar noch seltsamer.

Dreizehn von ihnen waren auf der Lichtung. Acht vom Hollywood-Lager, fünf der New Yorker. Jemandem persönlich zu begegnen, den man bereits aus seinen Halluzinationen kannte, ist schon ganz schön, aber nicht halb so aufregend, wie jemandem persönlich zu begegnen, den man aus dem Kino kennt. Während der sechs Monate, in denen ich meine Schimmelgärtnerei in Trujillo betrieb, mied ich generell das einzige Kino der Stadt wegen der Läuse in den Sitzen, aber eines Abends war mir so langweilig, dass ich es wagte. Als ich mein Ticket kaufte, stellte sich heraus, dass nicht wie angekündigt *Schüsse peitschen durch die Nacht* laufen würde, weil die Filmrollen noch nicht geliefert worden waren, sondern eine zweiundzwanzig Jahre alte Kingdom-Pictures-Komödie namens *Fat Chance.* Eine komplette Rolle fehlte, und der Rest sah aus, als hätte ein Rudel Hunde darauf rumgekaut, aber es war trotzdem ein ziemlich guter Film, vor allem wegen der Nebendarsteller George Aldobrand und Adela Thoisy, beide im Jahr 1935 auf der Höhe ihres Erfolges. Ich hatte Aldobrand und Thoisy immer gemocht. Und jetzt standen sie hier vor mir.

Beide trugen unterschiedliche Arten von Tierfellen. Aldobrand einen Lendenschurz aus gestreiftem Fell, wogegen Thoisy noch immer ihren Revillon-Frères-Nerz über die Schulter gelegt trug, darunter ein zerfetztes Sisal-Kleid, das älter war als Aldobrands Lendenschurz, aber nicht so alt wie die Stola. Selbst jetzt noch war es ein Schock, Aldobrands ruiniertes Gesicht zu sehen, eine Maske aus knotigem, wächsernem Narbengewebe, eingefallenen Wangen ohne Oberlippe und nicht mehr viel Nase. Aber das war nicht so erschreckend wie der Blick in den Gesichtern dieser Überlebenden, Aldobrand, Thoisy, der Viermannband (mit Trommeln aus Flaschenkürbissen, einer Flöte aus Tierknochen, einer alten verbeulten Trompete und einer fingerschnipsenden Sängerin) und all der anderen. Ihr Blick war hell und fröhlich und bereit für die Kamera.

»Ich grüße euch!«, sagte Aldobrand mit dem amerikanisierten Akzent, den er vor der Kamera pflegte. »Und wer mögt ihr beiden wohl sein?«

Ein anderer Schauspieler trat vor, den ich zwar kannte, aber nicht benennen konnte, was die Frage aufwarf, ob meine Pilz-Offenbarungen nun schließlich zu verblassen begannen wie andere Erinnerungen auch. Vielleicht schicke ich sie mit dieser Niederschrift hier quasi ans Archiv, und das beschleunigt das Vergessen? »Mein Name ist Coutts!«, sagte der Schauspieler. »Das ist meine Schwester Marla, sie ist mit diesem Knaben hier gekommen, um mich nach Hause zu holen, aber ich kann euch sagen – ich gehe nirgendwohin! New York ist eine Schlaftablette im Vergleich zu den Tropen!«

»Wovon spricht er?«, flüsterte Vansaska mir zu.

»Erinnerst du dich nicht an *Herzen in der Finsternis*?«, flüsterte ich zurück. »Der Film, den Whelt hätte drehen sollen?«

»Ich muss meinen dämlichen großen Bruder mit nach New York nehmen, damit er mich meinem Bräutigam zuführen kann!«, sagte Thoisy. »In unserer Familie gibt es die Tradition, dass der Bruder die Braut zum Altar führen muss, sonst hält die Ehe keine sechs Monate!«

»Wo waren Sie, als ein Pfad zum Fluss freigeschlagen und der Tempel abgebaut wurde?«, fragte ich.

»Ja, wir haben ein paarmal Verstecken gespielt mit diesen Einheimischen«, antwortete der Schauspieler, der Coutts verkörperte. »War hin und wieder ganz schön knapp, das können Sie mir glauben! Gar nicht so einfach, einen Nachtclub im Dschungel zu führen, wissen Sie! Aber als sie weg waren, sind wir einfach zurückgekommen und haben weitergemacht! Hier hört der Spaß nie auf!«

Wir anderen sind alle durch die Schichten der Anpassung und Intentionalität nach außen geflohen und haben eine Geschichte über eine Geschichte über eine Geschichte erzählt, weil wir glaubten, das würde uns vor dem Fluss retten. Aber diese Leute haben genau die andere Richtung gewählt. Sie haben sich innerhalb der ursprünglichen Geschichte verbarrikadiert, haben die Vierte Wand zugemauert, zusammen mit allen Türen und Fenstern.

»Die nächste Runde Cocktails ist unterwegs!«, rief Thoisy. »Wollen Sie bis dahin nicht ein Tänzchen mit uns wagen?«

Vansaska und ich wechselten einen Blick. Unter diesen Umständen wäre es pervers gewesen, sogar boshaft, die Einladung abzulehnen. »Was tanzt man hier denn so?«, fragte sie.

»Den Half Doodle natürlich!«

»Ich habe seit zwanzig Jahren keinen Half Doodle mehr getanzt«, erklärte mir Vansaska. »Aber ich glaube, ich kann es noch.«

Also legten wir unsere Hüte ab, ich nahm sie in die Arme, und wir tanzten, Wange an schwitziger Wange, dort, wo einst der Tempel gestanden hatte. Unsere Schuhe schleiften ein wenig im Gras, aber der Boden darunter war wunderbar eben, als wäre der eigentliche Zweck des Tempels schon immer gewesen, eine möglichst glatte Tanzfläche abzugeben. »Ich bin froh, dass wir hergekommen sind«, sagte Vansaska.

»Ich auch.«

»Das mussten wir. Damit es vorbei sein konnte. Wirklich vorbei. Damit wir frei sein konnten. Jetzt sind wir frei. Spürst du es? Ich glaube, wir sind endlich wirklich frei.«

»Ja«, antwortete ich. »Ich spüre es. Wir sind endlich frei vom Tempel.«

Die Band spielte weiter, nicht ganz harmonisch, aber immer im Rhythmus. Meine Füße erinnerten sich an den Half Doodle, die Schritte musste ich in irgendeinem Nachtclub am Broadway gelernt haben, von irgendeinem Mädchen, das ich gerade erst kennengelernt hatte, vor so langer Zeit.

Hoch und rüber und hoch und rüber und hoch und rüber – und das Ganze wieder zurück …

Hoch und rüber und hoch und rüber und hoch und rüber – und das Ganze wieder zurück …

DANK

Für ihre Kommentare zum ersten Entwurf danke ich Allison Devereux, Ben Eastham, Courtney Maum, Edmund Gordon, Jonathan McAloon, JW McCormack, Kiloran Campbell, Onur Teymur und Spencer Matheson. Für Gastfreundschaft und Inspiration geht mein Dank an Beatrice Monti della Corte und alle in Santa Maddalena; an Alex Gerson, Matteo Zevi und alle auf dem Land-Art-Roadtrip; und an das Literatur-Team des British Council. Für die viele Arbeit, die ihr euch meinetwegen gemacht habt, danke ich wie immer Jane Finigan, Juliet Mahoney, Felicity Rubinstein und allen bei Lutyens & Rubinstein; David Forrer und allen bei Inkwell; Drummond Moir und allen bei Sceptre; und Gray Fisketjon und allen bei Knopf.

Die Originalausgabe erschien 2017 unter dem Titel
Madness is Better than Defeat bei Sceptre, einem Imprint von
Hodder & Stroughton, einem Verlag von Hachette UK, London.

TEMPO Bücher erscheinen im
Hoffmann und Campe Verlag, Hamburg.

1. Auflage 2018

www.hoca.de
Satz: Dörlemann Satz, Lemförde
Gesetzt aus der Berling und der Neuland
Druck und Bindung: CPI books GmbH, Leck
Printed in Germany
ISBN 978-3-455-00416-8

HOFFMANN
UND CAMPE

Ein Unternehmen der
GANSKE VERLAGSGRUPPE